HEYNE BÜCHER

Die Romane

Evelyn Sanders hat ihre Familie in ihrem heiteren Erstling *Mit Fünfen ist man kinderreich* einem Millionenpublikum vorgestellt. Doch in einer großen Familie herrscht kein Mangel an Erlebnissen.

Werden sie denn nie erwachsen? Es scheint ruhiger zu werden im Hause Sanders. Die Kinder sind flügge geworden; Sascha will demnächst heiraten. Die Hochzeit findet in England statt, aber Mutter Sanders meistert die organisatorischen Probleme der Reise wie immer spielend. Mit der vermeintlichen Ruhe im Hause wird es jedoch vorerst nichts. Das junge Paar will sich in Deutschland niederlassen und bis es eine geeignete Wohnung gefunden hat, gibt es eigentlich nur eine nahe liegende Lösung...

Schuld war nur die Badewanne Die Turbulenzen reißen im Hause Sanders nicht ab. Denn schließlich ist die Mutter Dreh - und Angelpunkt der Familie, was auch immer passiert. Und wenn Mutter sich einen solchen Luxus wie eine Lesereise erlaubt, geht alles drunter und drüber. Selbst die Gegenstände in der Wohnung scheinen sich verschworen zu haben; eine undichte Badewanne setzt das Tüpfelchen aufs i.

Die Autorin

Die Berlinerin Evelyn Sanders hatte schon als Kind den Wunsch zu schreiben. Nach der Schule volontierte sie bei einer Kinderzeitung und arbeitete dann bei verschiedenen Zeitungen, bevor sie für ihre Familie den Beruf an den Nagel hängte.

Doch ihre schriftstellerischen Ambitionen gab sie nie auf. 1978 entstand ihr erster Roman *Mit Fünfen ist man kinderreich* (01/9439), mit dem sie sich sofort eine große Leserschaft eroberte, die ihr auch bei ihren weiteren, im Wilhelm Heyne Verlag vorliegenden Büchern treu blieb.

Evelyn Sanders

Werden sie denn nie erwachsen?

Schuld war nur die Badewanne

Zwei heitere Romane

WILHELM HEYNE VERLAG
MÜNCHEN

HEYNE TIPP DES MONATS
Nr. 23/166

Umwelthinweis:
Dieses Buch wurde auf
chlor- und säurefreiem Papier gedruckt.

2. Auflage

Taschenbuchausgabe 7/2000

Printed in Germany 2001
Quellennachweis: s. Anhang
http://www.heyne.de
Umschlagillustration: Peter Butschkow/Baaske
Cartoon Agentur
Umschlaggestaltung: Nele Schütz Design, München
Druck und Bindung: Elsnerdruck, Berlin

ISBN: 3-453-16880-1

Werden sie denn nie erwachsen?

1

»Du brauchst ein Schwiegermutterkleid«, sagte Nicole, nachdem sie meinen Schrank inspiziert und nichts gefunden hatte, was ihrer Ansicht nach dem feierlichen Anlaß entsprechen würde. »Und einen Hut!« ergänzte Katja. »Lieschen Windsor hat auch immer einen auf.«

»Ich bin nicht die Queen, einen Hut habe ich noch nie getragen, werde es also auch jetzt nicht tun, und wenn das Sascha nicht paßt, soll er ohne mich heiraten!«

Ich war wütend! Sogar mehr als das, denn seit Tagen drehte sich alles nur noch um diese vermaledeite Hochzeit, an die noch immer keiner so recht glauben wollte. Ausgerechnet Sascha, unseren Miniatur-Casanova, der erstens nie und zweitens auf keinen Fall vor seinem dreißigsten Geburtstag heiraten wollte, hatte es als ersten erwischt. Mit siebenundzwanzig. Und was hatte er sich geangelt? Eine Engländerin! Folglich hatte die Hochzeit in England stattzufinden, und folglich hatte ich nach Ansicht meiner achtzehnjährigen Zwillingstöchter irgendwas in grauer Seide zu tragen, weil doch »alle Engländer so schrecklich konservativ« seien.

»Du kannst nicht im Hosenanzug in die Kirche gehen«, blockte Nicki meinen dezenten Hinweis auf den reichhaltigen Bestand meiner Lieblingskleidung ab, »da biste doch gleich unten durch. Und Sascha auch. Immerhin repräsentieren wir als einzige den deutschen Anhang dieser Mischehe, und wenn ich mir vorstelle, wie Victorias ellenlange Verwandtschaft uns unter die Lupe nehmen wird, würde ich am liebsten gar nicht mitkommen. Englische Hochzeit! Da gibt's ja nicht mal was Vernünftiges zu essen.« Sie schüttelte sich. »Die können doch alle nicht kochen. Oder weshalb sonst stammen die meisten Gewürzsoßen aus England?«

Unter diesem Aspekt hatte ich die bevorstehenden Feierlichkeiten noch nicht betrachtet. »Wir fahren nicht nach England, um unsere Mägen zu strapazieren, sondern um eurem Bruder auf seinem schweren Gang seelischen Beistand zu leisten.«

»Den braucht er nicht, schließlich heiratet er ja freiwillig«, sagte Katja lakonisch. »Ich wünsche ihm bloß, daß seine Ehe länger hält als sämtliche Küchenmaschinen, die sie zur Hochzeit kriegen werden.« Dabei fiel ihr etwas ein. »Was schenkt ihr eigentlich?«

»Das Honorar für den Scheidungsanwalt«, sagte ich patzig.

Nein, so ganz hatte ich mich noch immer nicht mit dem Gedanken abgefunden, daß Sascha tatsächlich heiraten wollte. Seine Verlobung, die er uns morgens um fünf Uhr telefonisch mitgeteilt hatte, als er sich irgendwo zwischen Hongkong und Singapur befand, hatten wir natürlich nicht ernst genommen, obwohl sein Vater gemeint hatte, gegen ein hübsches Thai-Mädchen in der Familie hätte er gar nichts einzuwenden. Doch verlobt sei noch nicht verheiratet, und überhaupt könne das alles auch nur ein Hörfehler gewesen sein, immerhin sei die Verbindung miserabel gewesen, wahrscheinlich hätte ich statt verliebt eben verlobt verstanden.

»Wenn er jedesmal anrufen würde, sobald er sich verliebt hat, dann würden die Telefonrechnungen sein Einkommen um ein Mehrfaches übersteigen«, erwiderte ich. »Aber du hast ja recht. Noch ist er nicht verheiratet, und Felix hat sowieso prophezeit, daß er sich mindestens dreimal verloben würde, bevor er zum erstenmal Ernst macht.«

Felix ist langjähriger Freund unserer Familie, Patenonkel und mit Sicherheit Geheimnisträger, was Saschas vergangenes Liebesleben betrifft.

Ernsthaft beunruhigt war ich erst nach dem zweiten Anruf. Der kam aus Durban, diesmal via Satellit, wodurch die Verständigung erheblich verbessert wurde und keinerlei Zweifel an den konkreten Anweisungen meines Sohnes mehr zuließ. »Kannst du bitte umgehend meine Geburtsurkunde nach England schicken?« Es folgten ein Mädchenname sowie eine äußerst komplizierte Anschrift, die mir Sascha sicherheitshalber einzeln durchbuchstabierte.

»Wozu brauchst du ...«

Meine Frage wurde elegant mit dem Hinweis abgeblockt, jede Minute Satellitentelefon koste ungefähr sieben Dollar, und er habe bereits an die vierzig in den Himmel geschickt. »Ich schreibe dir ganz ausführlich, sobald ich ein bißchen Zeit habe.«

Die schien er in den letzten Wochen jedoch nie gehabt zu haben. Ein paar Ansichtskarten waren gekommen, darunter eine mit einem kurzbehosten Nikolaus, der Badelatschen trug und Glitzerketten an eine Palme hängte. Der Text lautete: »Wir liegen hier am Strand, trinken Piña Colada und singen Weihnachtslieder. Herzliche Grüße.« Abgestempelt war sie in Barbados. Das nächste Lebenszeichen kam vom Panamakanal, aus Tahiti folgte auch noch eines, und danach hörte ich überhaupt nichts mehr vom ihm. Bis die Anrufe kamen. Zwischendurch hatten wir uns zwar kurz gesehen, doch zu diesem Zeitpunkt war von einer Verlobung nicht mal andeutungsweise die Rede gewesen.

Aber vielleicht sollte ich lieber ganz von vorne anfangen.

Im zarten Alter von siebzehn Jahren war Sascha zu der Erkenntnis gelangt, sein derzeitiger Bildungsstand genüge vollkommen, ein Abitur brauche er nicht, er habe das Leben als Taschengeldempfänger satt und wolle endlich selber Geld verdienen. Sein um ein Jahr älterer Bruder Sven war der gleichen Ansicht — wer seinerzeit wen überredet hatte, haben wir niemals mit letzter Sicherheit herausbekommen —, und so herrschte eine Zeitlang innerhalb der Familie ein ausgesprochen frostiges Klima. Der väterlichen Weigerung, die Knaben von der Schule zu nehmen, setzten sie passive Resistenz entgegen, die blauen Briefe sowie das folgende Donnerwetter quittierten sie mit einem Achselzucken, und acht Wochen später blieben sie sitzen. Beide!

Das Familienoberhaupt kapitulierte zähneknirschend. Sohn eins durfte seine Lehre als Landschaftsgärtner beginnen, Sohn zwei wurde nach Bad Harzburg in Marsch gesetzt, um dort unter der Ägide von Rolfs Schulfreund eine Ausbildung als Restaurantfachmann zu absolvieren. Nach vier Monaten flog er wieder raus. Wegen angeblicher Renitenz. Die Hoffnungen seines Vaters, Sascha würde nun doch den relativ bequemen Schulalltag dem Erwerbsleben vorziehen, erfüllten sich trotzdem nicht. »Der Job macht mir Spaß, aber nicht unbedingt unter Aufsicht eines Sklaventreibers! Oder findest du es normal, in einem Müllcontainer herumzukriechen und nach irgendwelchen verlorengegangenen Rechnungen zu suchen?«

Rolf fand das auch nicht normal, vermittelte seinem Sohn eine weitere Ausbildungsstätte, diesmal in einem Nobelrestaurant, wo Sascha noch vor Ablauf der regulären Lehrzeit eine glänzende Prüfung hinlegte.

»Jetzt geht's ans Verdienen«, verkündete er strahlend, »mit *dem* Zeugnis komme ich in jedem Haus unter! Ich suche mir natürlich nur die besten aus.« Sprach's, verschickte Bewerbungen und bekam als erste Zuschrift einen Brief vom Wehrbereichskommando, das ihn als Vaterlandsverteidiger beanspruchte.

»Ich verweigere!« erklärte Sascha sofort. »Ich laß mir doch nicht eine Knarre in die Hand drücken!«

Allerdings war ihm das damals noch übliche Verfahren zu langwierig, sein Ausgang zu ungewiß, und die Möglichkeit, als Zivi in einem Krankenhaus Bettpfannen leeren zu müssen, erschien ihm auch nicht gerade verlockend.

»Ich weiß gar nicht, weshalb du dich so sträubst«, sagte Sven, »nach der Grundausbildung kommst du sowieso ins Offizierskasino. Oder glaubst du, die haben da diplomierte Essenträger zu Dutzenden herumlaufen?«

Sascha sah das ein und fügte sich ins Unvermeidliche. Das Unvermeidliche nannte sich Grundausbildung und vermittelte mir einen umfassenden Einblick in die bundeswehreigene Garderobe. An jedem Wochenende röhrte die Waschmaschine, und wenn ich hinterher fluchend am Bügelbrett stand, weil das Verteidigungsministerium offenbar auch Mütter zwangsverpflichtete und zu Sonntagsarbeit verdammte, erklärte Rekrut Sascha mit schöner Regelmäßigkeit: »Ich könnte die Klamotten ja in der Kaserne waschen lassen, aber hinterher sind immer die Knöpfe kaputt, und dann müßte ich jedesmal neue drannähen.«

Nach drei Monaten konnte ich meine Wäscherei schließen. Sascha bekam als Kasino-Ordonnanz weiße Jacken mit ein bißchen Gold obendran und festvernieteten Knöpfen, die auch dem stabilsten Bügelautomaten widerstanden. Morgens durfte er ausschlafen, weil die Herren Offiziere das auch taten, dafür kam er abends spät ins Bett, doch daran war er ja gewöhnt. Nun empfand er seine Zwangsrekrutierung auch nicht mehr unbedingt als Hemmschuh auf seinem Weg zum Hotelmanager, denn er mußte die Konfirmationsfeier vom Majorstöchterlein organisieren und wenig später die Verlobungsparty eines Oberleutnants. Angst vor der Arbeit hatte er nicht, er wehrte sich nur sehr tapfer dagegen, genoß seine unbestrittenen Privilegien und ließ vorzugsweise die Hilfskräfte schaffen. Er war allgemein beliebt und bis auf die Bezahlung sogar zufrieden.

Alles ging so lange gut, bis sich ein frustrierter Hauptmann im Kasino vollaufen ließ, zu mitternächtlicher

Stunde Sascha das Du anbot und seinem Bruder im Geist Bundeswehr-Interna erzählte, wobei es sich keineswegs um militärische Geheimnisse handelte, die Sascha ohnehin nicht interessierten, sondern um pikante Einzelheiten aus dem Privatleben höherer Chargen. Und die wiederum interessierten ihn brennend.

Es kam, wie es kommen mußte. Der wieder nüchtern gewordene Hauptmann entsann sich des peinlichen Plauderstündchens und strebte die möglichst umgehende Entfernung seines neuen Duzbruders an. Ihm fehlte nur noch ein plausibler Grund, und den fand er nicht. Also wurde Sascha zunächst einmal beurlaubt, denn er hatte ja diverse, bei der Bundeswehr nicht vorgesehene Überstunden abzubummeln.

Die beste Methode, eine unbequem gewordene Person loszuwerden, besteht darin, sie wegzuloben. Folglich erklärte der Herr Hauptmann dem Herrn Oberst, daß der Gefreite Sanders aufgrund seiner beruflichen Qualifikationen in dieser kleinen Garnison am völlig falschen Platz sei, er gehöre vielmehr an einen namhaften Truppenstandort, wo man seine Fähigkeiten sicher mehr zu schätzen wisse.

Dem Herrn Oberst war das egal. Er ließ sich ohnehin nur sehr selten im Kasino blicken, denn es gab zu Hause eine Frau Oberst sowie zwei überreife Töchter, die der Papa zu den gesellschaftlich höherstehenden Veranstaltungen begleiten mußte, damit sie vielleicht doch noch passende Ehemänner finden würden. Und damit war, nach Ansicht der Frau Oberst jedenfalls, im unmittelbaren Kasernenbereich wohl kaum zu rechnen.

Als sich Sascha nach einer zehntägigen Ruhepause wieder zum Dienstantritt meldete, wurde ihm ein Marschbefehl ausgehändigt. Ihm blieb gerade noch Zeit genug, sich von einigen Kameraden zu verabschieden, insbesondere jedoch von jenem Schreibstubengefreiten, der ihm unter dem Siegel der Verschwiegenheit alle Einzelheiten mitteilte, die zu der plötzlichen Versetzung geführt hatten, einschließlich der Lobeshymne, die jener vertrauensselige Hauptmann gesungen hatte.

Etliche Stunden später stand Sascha in einer anderen Schreibstube, wo man auf sein Kommen zwar vorbereitet war, aber nicht wußte, was man mit ihm anfangen sollte. Man brauchte keine Kasino-Ordonnanz, weil das Offizierskasino wegen mangelnder Inanspruchnahme schon vor längerer Zeit aufgelöst worden war; die nahe gelegenen Bars und Kneipen boten mehr Unterhaltung. Was man brauchte, waren Leute, die etwas von Panzern verstanden, doch genaugenommen brauchte man die auch nicht mehr, man hatte schon übergenug.

»Dann kann ich ja nach Hause gehen«, sagte Sascha.

»Könntste, aber kannste nich.« Der Schreibstubenmensch blätterte in den Papieren. »Wie lange haste noch? Elf Monate? Bißchen zu lange für 'ne Zwischenlösung. Was haste denn gelernt?«

»Restaurantfachmann.«

»Restaurants ha'm wir nich, und in der Kantine ist Selbstbedienung. Ich will ja auch bloß wissen, als was du ausgebildet bist.«

»Hab' ich doch schon gesagt, als Restaurantfachmann.«

»Beim Bund, du Pfeife!!!«

»Ach so«, sagte Sascha gedehnt, während er krampfhaft überlegte, was er außer Strammstehen, Scheibenschießen und Gepäckmärschen gelernt hatte. »Ein paarmal bin ich mit einem Motorrad durch die Botanik gefräst.«

»Also Kradmelder«, meinte sein Gegenüber befriedigt. Dann kratzte er sich am Kopf. »Die ha'm wir hier aber gar nicht. Möchte wissen, welcher Trottel dich hierhergeschickt hat.«

Das hätte ihm Sascha ganz genau sagen können, aber diesmal hielt er doch lieber den Mund.

»Geh erst mal in deine Stube und richte dich häuslich ein. Nachher kommste wieder, vielleicht ist mir bis dahin etwas eingefallen.«

Wenn Einfalt und Pedanterie zusammentreffen, entsteht Verwaltung. In den folgenden Wochen wurde Sascha regelrecht verwaltet, was in der Praxis bedeutete, daß er hin und her geschoben wurde. Ein paar Tage lang putzte er Antennen, und als sie glänzten, kamen sie wieder ins Materiallager, wo sie erneut vor sich hin rosteten. Dann hatte man ein Motorrad aufgetrieben, und statt Antennen wienerte Sascha Kolbenringe und Auspuffanlage. Fahren durfte er aber nicht, weil dieses Motorrad offiziell gar nicht existierte und niemand wußte, wie der Spritverbrauch hätte verbucht werden sollen.

Auch im Manöver wußte man mit Sascha nichts Rechtes anzufangen. Es fand irgendwo an der Küste statt, doch weil er weder ein Geschütz bedienen konnte noch jemals einen Panzer von innen gesehen hatte, wurde er zum Wacheschieben abkommandiert. Man setzte ihn in eine Holzhütte Marke Bauarbeiter-Klosett mitten auf den Strand, drückte ihm ein Nachtglas in die Hand und ließ ihn das Meer absuchen, denn es könnte sich vielleicht doch mal ein Fischerboot in das Sperrgebiet verirren. Da dieser Küstenteil aber schon seit Jahren als Truppenübungsplatz requiriert und zur Bannmeile für jeden Zivilverkehr erklärt worden war, hielt Sascha seinen Beobachtungsposten für genauso überflüssig wie überhaupt seine ganze Anwesenheit bei der Bundeswehr. Er las sich im Schein einer Taschenlampe durch zwei Kriminalromane und meldete am nächsten Morgen »Keine besonderen Vorkommnisse«.

Auch die längsten Manöver gehen mal zu Ende. Wieder in der Kaserne, hatte man für den Gefreiten Sanders noch immer keine angemessene Tätigkeit gefunden. Die fand er dann selber. Er hatte entdeckt, daß in der Sporthalle kein intaktes Tischtennisnetz mehr zu finden war, die beiden Fußbälle je ein Loch hatten und von dem angeblich vorhandenen Inventar mindestens die Hälfte fehlte. »Nicht mal ein anständiges Basketballspiel kann man durchziehen, weil der eine Korb wackelt und vom anderen nur noch der Ring da ist. Gibt's denn hier niemanden, der sich mal darum kümmert?«

»Doch«, erklang eine befehlsgewohnte Stimme aus dem hinter der Schreibstube gelegenen Zimmer, »Sie!«

Von da an verbrachte Sascha den größten Teil des Tages an einer zum Schreibtisch umfunktionierten Tischtennisplatte und beschriftete Formulare in fünffacher Ausfertigung. Niemand kümmerte sich um ihn, denn genaugenommen war er ja nur inoffiziell vorhanden, beim nächsten Manöver vergaß man ihn regelrecht, und hätte er nicht zwei Wochen vor Ablauf seiner Dienstzeit schriftlich auf diese Tatsache hingewiesen, dann säße er womöglich noch heute in seiner Sporthalle und würde Trillerpfeifen sortieren.

Dem staatlichen Zugriff endlich entronnen und mit einem mittelgroßen Schuldenberg im Rücken — sein Antrag auf Erstattung des Benzingeldes für die Heimfahrt war schon bei der ersten Instanz im Papierkorb gelandet —, sah sich Sascha vor die Notwendigkeit gestellt, nunmehr Geld zu verdienen. »Dabei weiß ich gar nicht, ob ich das noch kann. Richtig arbeiten, meine ich«, seufzte er, lustlos die Hotel- und Gaststättenzeitung durchblätternd, »die suchen überall junge, dynamische Kräfte, die an selbständiges Arbeiten gewöhnt sind. Dazu müßte man ja denken können, aber was ist, wenn man sein Hirn vor anderthalb Jahren in der Kleiderkammer abgeliefert hat?«

»Ich hoffe doch stark, man hat es dir wieder ausgehändigt?«

»Da bin ich mir nicht so sicher«, antwortete mein Sohn. »Übrigens, wie schreibt man Commis de rang? Mit zwei m?«

Freiheit ist der Zwang, sich zu entscheiden. Sascha entschied sich für ein Hotel der gehobenen Preisklasse, nicht allzuweit weg vom Heimathafen, denn so ganz hatte er sich wohl doch noch nicht abgenabelt, aber weit genug weg, um vor gelegentlichen Überfällen seiner Familie halbwegs sicher zu sein. »Wehe, wenn ihr jemals dort aufkreuzt und erwartet, daß ich euch Sauerampfersuppe oder Wachtelbrüstchen an den Tisch trage.«

Das erwarteten wir auch gar nicht, weil ein Mittagessen in dieser Umgebung unseren Etat bei weitem überschritten hätte und nicht mal steuerlich absetzbar gewesen wäre. Im allgemeinen ließ Rolf sich von seinen Kunden einladen, und wenn er doch mal Gastgeber spielen mußte, dann sorgte er dafür, daß die Gäste zu uns nach Hause kamen, weil es sich in privater Atmosphäre doch viel besser verhandeln lasse. Kochen durfte *ich*, und statt eines anständigen Trinkgeldes bekam ich bestenfalls ein Kompliment und zum Abschied einen Handkuß.

Trotz Saschas Warnung rückten wir aber doch einmal geschlossen an, allerdings nur zum Kaffeetrinken, und mußten uns sagen lassen, daß Herr Sanders niemals zum Nachmittagsservice eingeteilt werde, denn der sei überwiegend den Auszubildenden vorbehalten. Dank unserer verwandtschaftlichen Beziehungen fielen die Eisbecher für die Zwillinge jedoch besonders groß aus, und die zum Kaffee servierten Pralinen hatten wir auch nicht bestellt.

Nach einem knappen Jahr Waldeinsamkeit hatte Sascha genug von Vogelgezwitscher und winterlichem Schneeschippen, und außerdem »schwebt man in ständiger Lebensgefahr, seitdem der Golfplatz eröffnet worden ist. Fragt nicht, wie oft mir auf dem Weg zum Personalhaus schon ein Ball um die Ohren geflogen ist. Die lernen doch alle noch.«

Es folgte ein kurzes Zwischenspiel in Heilbronn, und dann endlich betrat Sascha den blankgewienerten Parkettboden jenes Luxusschuppens, der zwar nicht die große Welt bedeutete, in dem sie jedoch verkehrte. Zu Hause sahen wir ihn kaum noch, was nicht so sehr an der Entfernung lag, sondern an seiner neuen Liebe Sabine, aber wenn er tatsächlich mal aufkreuzte, dann warf er mit illustren Namen aus Politik und Wirtschaft um sich und fragte uns ganz unschuldig, ob er nicht vielleicht doch den ihm angebotenen Job als Butler beim Fürsten Sowieso annehmen solle.

»Ein Butler muß mehr können als Ente tranchieren«, warf ich ein, »und soviel ich weiß, hast du noch nie ein Plätteisen angefaßt. In höheren Kreisen trägt man keine Jeans, sondern messerscharfe Bügelfalten.«

»Und du hast noch nie mit Fürsten verkehrt«, konterte Sascha, »da gibt es doch genug Arbeitssklaven, die für so was zuständig sind. *Ich* hätte ja nur die Oberaufsicht.«

»Quatsch, du mußt immer in gestreiften Hosen neben der Haustür stehen mit 'm Silbertablett in der Hand und ›Durchlaucht lassen bitten‹ sagen.« Nicki hatte noch keine Folge der Endlosserie *Das Haus am Eaton Place* verpaßt.

»Dämliche Gans« war alles, was Sascha dazu einfiel. Möglicherweise hatte ihn die Vorstellung, das abendliche Dinner mit weißen Handschuhen servieren zu müssen, doch etwas abgeschreckt – er zog ja nicht mal bei zehn Grad unter Null welche an –, denn dieses Thema ist nie wieder zur Sprache gekommen.

Wer ihm nun eigentlich den Floh ins Ohr gesetzt hatte, weiß ich bis heute nicht, es mußte wohl eine ganze Menge Frust zusammengekommen sein. Krach mit Sabine, die in London ihre Englischkenntnisse aufbessern wollte, regnerisches Herbstwetter, allgemeine Unzufriedenheit und nicht zuletzt der ewig gleiche Trott. Jedenfalls stand Sascha eines Tages mitten im November vor der Tür, hinter sich sein bis zum Dachgepäckträger vollgepfropftes Auto, und erklärte rundheraus, er werde jetzt eine Weltreise machen.

»Ach ja?«

Einen neuen Koffer nebst dazugehöriger Reisetasche hatte er schon gekauft, und seine ins Hellviolette schimmernde Hose paßte so gar nicht zu dem wolkenverhangenen Himmel. »Und wie gedenkst du dieses Unternehmen zu finanzieren?«

Sicher, er hatte gut verdient, aber das meiste davon auch wieder ausgegeben. Für den englischen Sportwagen zum Beispiel, angeblich billig aus vierter Hand erworben, oder für seine Garderobe, die garantiert nicht aus einem Versandhauskatalog stammte. Rücklagen hatte er bestimmt nicht. Hatte er nicht erst unlängst behauptet, das Leben sei ungerecht, denn andernfalls käme man nämlich alt auf die Welt und könne für die Jugend beizeiten das nötige Geld sparen, um sie richtig zu genießen.

»Überhaupt nicht«, griff Sascha meine Frage auf, »ich kriege sogar Geld dafür!«

Das hatte ich ja geahnt! Früher nannte man ihn Gigolo, wenn eine begüterte Witwe oder zweimal Geschiedene der gehobeneren Altersklasse einen dreißig Jahre jüngeren Mann aushielt; heute heißt er »Ständiger Begleiter«, doch unterm Strich kommt das gleiche dabei heraus: *Sie* hat das Geld, *er* hat alles andere, und wenn er das nicht hat, muß er zumindest jung sein. Sascha erfüllte alle Voraussetzungen. Er war gerade vierundzwanzig geworden, war groß, schlank, sah gut aus und verfügte über sehr viel Charme, wovon wir zu Hause allerdings kaum etwas merkten, denn da brauchte er ihn ja nicht. Kein Wunder also, wenn so eine überreife Matrone, die vermutlich eine Luxussuite in dem Nobelschuppen bewohnte und in der Hotelgarage einen Bentley parkte, meinen unerfahrenen Sohn umgarnt und ihm als Gegenleistung für etwas Zuwendung eine Weltreise in Aussicht gestellt hatte. Vielleicht würde sie ihn sogar als Butler ausgeben, auch alleinstehende Frauen haben manchmal einen, ist ja schließlich ein ganz seriöser Beruf... wahrscheinlich ahnte Sascha gar nicht, worauf er sich da eingelassen hatte...

»Wer ist die Frau???« fauchte ich ihn an.

»Welche Frau?«

»Na, dieses Weibsstück, das dir die Reise bezahlt.«

Erst sah er mich fassungslos an, doch dann wieherte er plötzlich los. »Määm, ich denke, du liest keine Heftchenromane?« brachte er schließlich, immer wieder von Lachsalven unterbrochen, heraus. »Hast du etwa geglaubt, ich hätte mich von so einer abgetakelten Tante als eine Art Reiseleiter anheuern lassen?« Er suchte nach einem Taschentuch, fand keins, holte ein Blatt Küchenkrepp, schmiß dabei die ganze Rolle herunter und fing wieder an zu lachen.

»Ich weiß gar nicht, was daran so lächerlich ist«, sagte ich pikiert.

»Kannst du dir etwa vorstellen, wie ich mit Kosmetikköfferchen in der einen Hand und Hutschachtel in der anderen, unterm Arm womöglich noch einen hechelnden Yorkshireterrier, hinter einer vollschlanken Mittfünfzigerin die Gangway raufstapfe?«

Vorstellen konnte ich mir das durchaus, und außerdem:»Nicht jede Frau über fünfzig ist dick! *Ich* zum Beispiel habe immer noch Größe vierzig.«

»Du tust ja auch was. Haushalt, Brutpflege und so weiter, aber diese reichen alten Schachteln langweilen sich doch den ganzen Tag, kompensieren ihren Frust mit Gourmet-Menüs und wundern sich, wenn das Chanelkostüm, extra für sie angefertigt und aus Paris eingeflogen, an ihnen aussieht wie von Neckermann.« Verächtlich winkte er ab. »Laß mich mit diesen exaltierten Weibern in Ruhe! Ich bin froh, daß ich sie nicht mehr sehen muß.«

»Ja, aber wenn du nicht ...« Ich habe wohl ein bißchen sehr hilflos ausgeschaut, denn er drückte mir einen flüchtigen Kuß auf die Stirn und stiefelte treppaufwärts. »Einzelheiten erzähle ich nachher, wenn die ganze Sippe da ist«, brüllte er von oben herunter, »sonst muß ich alles dreimal wiederkäuen.« Eine Tür knallte zu, und Sekunden später dröhnte die voll aufgedrehte Stereoanlage durchs Haus. »Take it easy ...« hörte ich noch, bevor ich nach den Wattestöpseln suchte.

Während des Abendessens erfuhr die staunende Familie, daß sich Sascha zusammen mit einem Freund bei verschiedenen Reedereien beworben hatte, aufgrund der offenbar sehr guten Referenzen auch unbesehen angeheuert worden war und sich nunmehr Steward nennen durfte, der Anfang Dezember in Southampton an Bord gehen werde.

»Was ist denn das für 'n Kahn?« wollte Katja wissen.

»Ein großes Passagierschiff. MS LIBERTY heißt es.«

»Noch nie gehört.« Und nach kurzem Überlegen: »Bist du sicher, daß es sich nicht um die Fähre zwischen Dover und Calais handelt?«

Er warf ihr nur einen mitleidigen Blick zu. »Warte ab, bis ich euch die ersten Ansichtskarten schicke, zum Beispiel von Hawaii oder den Bahamas. Aus Hongkong kriegt ihr auch eine und aus Tokio.«

Zwei Wochen lang nervte er uns von morgens bis abends, dann endlich fuhr ich ihn zum Flughafen, wünschte ihm eine gute Reise und Neptuns Wohlwollen. In Wirklichkeit war mir zum Heulen zumute, was ich auf der Heimfahrt auch ausgiebig tat. Natürlich mußte man eines Tages seine Kinder hergeben, sie loslassen und auf ihren eigenen Weg schicken. Aber doch nicht gleich bis nach Australien!

Wenigstens die anderen vier blieben mir noch, obwohl Sven seit längerem in Stuttgart wohnte und Steffi ebenfalls ausgezogen war, doch die zehn Kilometer ließen sich leichter überwinden als zehntausend. Die Zwillinge hatten noch zwei Schuljahre vor sich, danach würden sie wohl auch verschwinden, irgendwo irgendwas studieren. Momentan schwankten die Berufsziele noch zwischen Reiseleiter auf den Malediven und Biochemiker bei BASF, doch das würde sich wohl noch ein paarmal ändern.

Erschreckend deutlich wurde mir klar, daß sich unser Haus immer mehr leerte und der Tag abzusehen war, an dem Rolf und ich allein in unseren vier Wänden sitzen würden und bloß noch Fotoalben begucken konnten. »Weißt du noch, damals in Monlingen, als Sven den ersoffenen Maulwurf...«

Energisch rief ich mich zur Ordnung. *Noch* war es ja nicht soweit, noch bevölkerten die Zwillinge beziehungsweise mehr noch deren Freundesscharen das Haus, noch kreuzte Steffi regelmäßig bei uns auf, hauptsächlich dann, wenn sie mal wieder Krach mit Horst Herrmann hatte — erwachsen war sie mit ihren einundzwanzig Jahren auch noch nicht geworden.

Von Sascha trudelten Postkarten ein, schöne bunte mit schönen bunten Marken drauf, und alle zeigten sie Palmen, mal mit, mal ohne Strand, aber immer mit Meer im Hintergrund. Ich fand, daß der Pazifische Ozean genauso aussah wie der Indische und beide sich nicht vom Atlantischen unterschieden. Auf Teneriffa wachsen auch Palmen.

Irgendwann im Mai stellte Sascha seine baldige Heimkehr in Aussicht — die Karte war fast einen Monat unterwegs gewesen —, und drei Tage nach ihrer Ankunft klingelte das Telefon. »Hallo, Määm, ich bin in Reykjavik, fliege gleich nach Brüssel und bin um sieben in Frankfurt. Kannst du mich abholen? Aber nicht am Flughafen, sondern am Busbahnhof.« Es knackte in der Leitung, und das Gespräch war weg.

»Das ist Sascha gewesen«, erklärte ich meinem zeitungslesenden Ehemann, »er ist in Island.«

»Was macht er denn *da*? Ich denke, er schippert durch die Südsee?«

Das allerdings fragte ich mich auch. »Hat er nicht gesagt. Ich soll ihn heute abend in Frankfurt abholen. Vorher muß er aber noch nach Brüssel.«

Nachdenklich faltete Rolf die Zeitung zusammen. »Eine merkwürdige Reiseroute. Bist du sicher, daß du dich nicht geirrt hast?«

So sicher war ich mir keineswegs mehr. Andererseits hatte ich mich bisher noch immer auf mein Gehör verlassen können, und das hatte eindeutig »Frankfurt, Busbahnhof, sieben Uhr« verstanden. »Wie spät ist es?«

»Kurz nach eins. Warum?«

»Na prima! Wir haben Pfingstsamstag, zwei Feiertage vor uns, die Geschäfte sind zu, und Sascha war nicht eingeplant.« In Gedanken überflog ich meine Vorräte in der Kühltruhe, mußte jedoch einsehen, daß ich weder mit vier verschiedenen Eissorten noch mit eingefrorenen Maultaschen oder einem halben Dutzend Gläsern Bienenhonig das Feiertagsmenü würde verlängern können. Seitdem kürzlich das Kühlaggregat ausgefallen war und ich diese Panne erst bemerkt hatte, als sich auf dem Kellerboden Erdbeersaft mit Bratensoße und Schokoladeneis zu einer klebrigen Masse vermischt hatte, war ich vorsichtiger geworden und stopfte die Truhe nicht mehr mit preiswerten Sonderangeboten voll. Die zwölf aufgetauten Schnitzel waren zusammen mit den Rouladen in der Mülltonne gelandet und hatten noch Tage später mein Gewissen strapaziert.

»Jetzt habe ich nicht genug zum Essen im Haus«, lamentierte ich von neuem, »die Lammkoteletts sind genau abgezählt.«

»Ich verzichte auf meins«, brüllte Sven von oben, »wie ich dich kenne, hast du dir ja doch wieder Hammel andrehen lassen.« Noch im Schlafanzug, schlurfte er die Treppe herunter, schlappte weiter in die Küche, holte zwei Gläser aus dem Schrank, goß in das eine Orangensaft und hielt das zweite unter die Wasserleitung. »Is' Aspirin im Haus, Määm?«

»Ja, oben im Bad.«

Er stöhnte mitleiderregend. »Hättste das nicht früher sagen können? Da komme ich doch gerade her.«

»Davon sieht man aber nichts, du machst im Gegenteil einen reichlich zerknitterten Eindruck.«

Müde winkte er ab. »Wer morgens zerknittert aufwacht, hat den ganzen Tag viele Entfaltungsmöglichkeiten. Ich glaube, ich gehe noch mal schlafen.«

Getreu der Devise, wonach hohe Feiertage am billigsten im Kreise der Familie verbracht werden können, war Sven gestern nachmittag eingetrudelt, hatte sich gegen

Abend »nur auf ein kleines Bier« abgeseilt und war vermutlich irgendwann zwischen Mitternacht und Morgen ins Bett gefallen. »Wann bist du eigentlich nach Hause gekommen?« fragte ich beiläufig. »Ich habe dich gar nicht mehr gehört.«

»Spät. Oder früh, ganz wie du willst. Hab' ein paar alte Klassenkameraden getroffen, und da haben wir uns natürlich festgelabert. Als der Pfalzgraf zugemacht hat, haben wir noch bei Erwin weitergebechert. Mens sana in Campari Soda.« Er stöhnte noch ein bißchen lauter. »Am besten lege ich mich noch 'ne Stunde aufs Ohr, mir geht's nämlich gar nicht gut.«

Auffallend langsam, als ob er Widerspruch erwartete, schlich er die Treppe hinauf. Sollte er nur, ich wußte genau, wie ich ihn munter kriegen würde. »Dein Bruder kommt heute abend.«

»Na und?« murmelte er, schien dann aber doch zu begreifen, was ich eben gesagt hatte. »Sascha? Was will der denn hier?«

»Ostereier suchen«, sagte ich pampig. »Er hat vorhin angerufen und gebeten, daß ihn jemand nachher in Frankfurt abholt.«

Ungläubig schüttelte Sven den Kopf. »Ich denke, der Kahn ist ein Kreuzfahrtschiff. Wie kommt denn das nach Frankfurt? Der Main hat doch gar nicht genug Tiefgang für so 'n Riesenpott.«

Da gab ich es auf. »Jetzt steck erst mal dein Haupt unter kaltes Wasser, zieh dich an, und dann reden wir weiter.«

Doch er ließ nicht locker. »Nu mal im Ernst, Määm, wie kommt Sascha so plötzlich nach Deutschland? Ich denke, der gurkt durch die Karibik?«

»Dein Vater sucht ihn in der Südsee, du in der Karibik – meine Güte, habt ihr denn noch nie was von Flugzeugen gehört?«

Ein verstehendes Lächeln zog über Svens Gesicht. »Sind das nicht diese modernen Geräte, mit denen man bei schlechtem Wetter schneller als je zuvor dreihundert

Kilometer weit von der Stelle entfernt landet, an die man eigentlich wollte?« Ihm mußte wohl noch der Rückflug aus seinem letztjährigen Urlaub in den Knochen stecken, als der Stuttgarter Flughafen wegen Nebel geschlossen worden war.

»Das kann heute nicht passieren, die Sonne scheint ja.« Dann fiel mir noch etwas ein. »Übrigens sollen wir ihn vom Busbahnhof abholen.«

Stille. Plötzlich schallendes Gelächter. »Heiliger Himmel, muß der Junge pleite sein!«

Fünf Minuten vor sieben hatten wir nicht nur den Busbahnhof, sondern gleich daneben einen Parkplatz gefunden, und zehn Minuten nach sieben waren wir überzeugt, daß wir uns geirrt hatten. Weit und breit war kein Mensch zu sehen, keine Reisenden mit Koffer, keine Abholer mit Blümchen, nicht mal irgend etwas Uniformiertes, das man um eine Auskunft hätte bitten können.

Nach einer weiteren Viertelstunde hatte Sven genug. »Hier stimmt doch was nicht. Ich gehe mal rüber zum Hauptbahnhof, vielleicht kriege ich da etwas raus.«

»Und ich muß zu Hause anrufen«, sagte ich sofort, froh, diese öde Gegend, in der es nur Baustellen mit herrenlosen Kränen gab, wenigstens vorübergehend verlassen zu können. »Dein Vater glaubt sonst, ich hätte seinen Wagen an einen Brückenpfeiler gesetzt.«

»Du mußt hierbleiben. Es könnte ja sein, daß der Bus in der Zwischenzeit doch noch auftaucht.«

Dabei bezweifelte ich schon, daß hier jemals einer vorbeigefahren war. »Beeil dich bitte, ich komme mir im wahrsten Sinne des Wortes wie bestellt und nicht abgeholt vor.«

Sven hatte sich wirklich beeilt. Atemlos kam er zurückgespurtet und nickte schon von weitem mit dem Kopf. »Wir stehen richtig, aber wann der Bus eintrudelt, konnte mir die Tante bei der Auskunft auch nicht sagen. Er hätte schon längst dasein müssen.«

Das allerdings war mir schon vorher bekannt gewesen. »Na schön, warten wir eben weiter. Jetzt hältst du die Stellung, und ich gehe telefonieren.«

Rolf wunderte sich überhaupt nicht. »Hast du denn geglaubt, so ein Überlandbus ist pünktlich? Wir haben Pfingsten, die Autobahnen sind überfüllt.«

»Da, wo wir stehen, müssen aber alle Leute schon angekommen sein. Kein Mensch ist mehr auf der Straße.«

Als ich zur Haltestelle zurückkam, hatte Sven Gesellschaft gekriegt. Ein älteres Ehepaar trippelte ungeduldig von einem Fuß auf den anderen, zwei Teenager unbestimmbaren Geschlechts kickten eine leere Coladose durch die Gegend, ein etwa fünfjähriges Mädchen hockte halb schlafend auf einer riesigen Kühltasche, und Opa war auch noch da mit Trachtenjoppe und Gamsbarthut. Wenn die alle zusammengehörten, mußten sie in einem Kleintransporter angereist sein.

»Die warten auch auf den Bus«, erläuterte Sven überflüssigerweise.

»Das habe ich mir beinahe gedacht.«

Im Laufe der nächsten halben Stunde erfuhr ich, daß die so zahlreich versammelte Familie zum Empfang des heimkehrenden Sohnes angetreten sei. »Der fährt nämlich zur See und hat jetzt Urlaub. Die ganze Welt hat er schon gesehen, und dabei ist er erst sechsundzwanzig Jahre alt.«

»Meiner auch«, sagte ich erfreut, obwohl das nicht so ganz stimmte, denn bisher hatte Sascha erst bestenfalls die halbe umrundet. »Wie heißt denn das Schiff?«

»LIBERTY«, antwortete Papa stolz. »Das ist ein ganz großes Passagierschiff.«

»Weiß ich, mein Ableger ist nämlich auch drauf.« Nachdem ich noch kurz das Mißverständnis korrigiert und den als meinen Ableger bezeichneten Sascha der Gattung homo sapiens zugeordnet hatte, wurde ich darüber aufgeklärt, daß der andere Sohn Stefan heiße, als »Stuart« im großen Speisesaal tätig sei, weil er doch bei seinem Onkel im Allgäu richtig Kellner gelernt habe, »und nun wird er wohl viel zu erzählen haben. Morgen haben wir ein großes Fest, da kommen alle Verwandten, sogar der Vetter vom Stefan aus Bremen und seine Patin aus dem Westerwald. Seine drei Nichten haben wir gleich mitgebracht, denn ihre Mutter, also dem Stefan seine Schwester, steht zu Hause und kocht.«

Die Aufzählung weiterer Onkel und Tanten blieb uns erspart, denn endlich bog ein verstaubter Bus um die Ecke. »Da kommt er!« schrie der eine Teenager, während der andere der Coladose einen letzten Tritt versetzte und sich dann mit ausgebreiteten Armen mitten auf die Fahrbahn stellte.

»Na-di-ne, komm sofort zurück!« kreischte Mama, »hilf dem Großi bei der Fahne!«

Papa hatte sich der beiden langen Stangen bemächtigt, die seitwärts an einem Bauzaun lehnten, umhüllt von einem weißen Tuch. Als es zu voller Bettlakengröße auseinandergerollt war, konnte ich auch die mit Wasserfarben gepinselten Buchstaben entziffern: Willkommen zu Hause, Stefan.

Mama hatte das schlafende Mädchen an Uropa weitergereicht und die Kühltasche geöffnet. Zum Vorschein kamen zwei Flaschen Sekt nebst einer noch zugeschweißten Packung Plastikbecher. »Wir müssen doch die gesunde Heimkehr begießen«, sagte Mama, mit dem ersten Korken kämpfend. »Sie kriegen auch ein Gläsle ab.«

Der Bus hielt, zischend öffnete sich die Tür, und dann standen sie vor uns, die beiden braungebrannten Burschen, und wirkten zwischen uns Bleichgesichtern reichlich exotisch.

»Hi!« grüßte Sascha, etwas herablassend das Empfangskomitee musternd, während Stefan erst gar nicht zu Wort kam. Die gesamte Sippe war auf ihn zugestürzt, Mama, mit der noch immer ungeöffneten Flasche in der

Hand, umhalste ihn und ließ ihm nicht mal Zeit, seine Tasche abzustellen.

»Bloß weg hier!« zischelte uns Sascha zu. »Der Kerl geht mir allmählich auf den Senkel.«

Doch dazu kamen wir noch nicht. Erst mußte Sascha schnell ein Glas Sekt trinken, weil »der Freund von unserem Stefan wird doch sicher mit uns anstoßen wollen«, was er denn auch notgedrungen tat. Anschließend mußte er noch Papa die Hand geben und Opa, mußte Papas Visitenkarte einstecken, damit er den Stefan bald mal besuchen könne (»Das erste Dorf hinter Kempten, wo Edeka draußen dransteht, das sind wir!«), und dann endlich durften wir uns verabschieden.

»Genau so habe ich mir seinen Verein vorgestellt«, schimpfte Sascha, »die letzten zwei Stunden hat er von nichts anderem erzählt. Von wegen Freund« — er schüttelte sich, als wollte er ein lästiges Insekt abstreifen —, »ich hab' den vorher ja kaum gekannt. So 'ne Flasche hätte überhaupt nicht in unsere Crew gepaßt. Wir hatten nur zufällig denselben Weg.«

Als wir im Auto saßen, den Kofferraumdeckel mit Strippe fixiert, weil er nicht mehr zugegangen war, machte Sven zum erstenmal wieder den Mund auf. »Wie kommst du von da unten« — auf nähere Bezeichnungen wollte er sich wegen mangelnder geographischer Kenntnisse wohl nicht einlassen — »nach Island, von da nach Brüssel und dann mit 'nem popligen Bus nach hier?«

»Weil's der schnellste Weg war.«

»Ach? — Na ja, wenn ich nach Stuttgart will, fahre ich auch immer über München.«

»Und billiger war's außerdem«, ergänzte Sascha, bevor er sich zu einer näheren Erklärung herabließ. Demnach wäre ein Direktflug Miami—New York—Frankfurt ein paar hundert Dollar teurer gewesen als der Umweg über Island, nur gab es von dort keine Verbindung nach Frankfurt, so war als letzte Möglichkeit Brüssel geblieben. Und von dort wiederum wäre erst am nächsten Tag wieder eine Maschine in die Mainmetropole gegangen. »Ich wußte gar nicht, daß Busfahren so teuer ist«, beendete er seinen Bericht, »ein Flugticket hätte auch nicht viel mehr gekostet.«

»Und nun erzähl mal, wie das so ist auf 'm Kahn«, forderte Sven ihn auf. »Ich hatte eigentlich damit gerechnet, daß du mit einem Millionärstöchterlein aufkreuzt oder wenigstens mit was Exotischem, Typ Bali oder Java.«

»Quatsch«, murmelte Sascha nur, und dann sagte er gar nichts mehr. Er war nämlich eingeschlafen.

Wenn ich mir nun eingebildet hatte, er würde seinen Seesack an den Nagel hängen und wieder seßhaft werden, so wurde ich sehr schnell eines Besseren belehrt. »In sechzehn Tagen muß ich wieder in Southampton sein. Hab' ich euch eigentlich schon gesagt, daß ich auf der Kju-Iii-Tu angeheuert habe?«

Nein, hatte er nicht. Er hatte überhaupt recht wenig erzählt, und wenn er nach so kurzer Zeit schon wieder den Kahn wechseln wollte, mußten wohl schwerwiegende Gründe vorliegen. Oder war er am Ende gar nicht freiwillig gegangen? Was war das überhaupt für ein Name? Kju-Iii-Tu, so heißt doch kein anständiges Schiff? »Warum bleibst du denn nicht auf der LIBERTY?«

»Würdest du nicht zugreifen, Määm, wenn du dich verbessern könntest?«

»Natürlich! Nur kann ich nicht verstehen, weshalb du dir dazu ausgerechnet ein chinesisches Schiff ausgesucht hast. Kju-Iii-Tu, was heißt denn das auf deutsch?«

Er grinste nur. »QUEEN ELIZABETH Zwo. Vielleicht hast du schon mal was davon gehört.«

Jetzt ging mir endlich ein Licht auf. Einige Fachausdrücke hatte ich inzwischen gelernt, wußte, daß man unter »Crossing« die Atlantik-Route England—New York zu verstehen hatte und »Overnight« bedeutete, daß das Schiff auch nachts im Hafen blieb und nicht, wie bei Kreuzfahrten üblich, auf hoher See dem nächsten Ziel entgegenfuhr, doch daß man hinter diesem vermeintlich chinesischen Namen das Kürzel QE II zu suchen hatte, konnte ich nun wirklich nicht ahnen. »Ist das nicht überhaupt das größte Passagierschiff der Welt?«

»Nee, die NORWAY ist einen Meter länger und noch ein bißchen breiter, deshalb geht sie auch nicht durch den Panamakanal, die muß immer unten rum.«

Keine Ahnung, was unten rum bedeutete, war mir auch egal. Die QUEEN ELIZABETH kannte jeder, zumindest dem Namen nach, die LIBERTY hatte niemand gekannt, und das hatte mich immer gewurmt. Ich wurde oft gefragt, was denn aus Sascha geworden sei, man sähe ihn ja gar nicht mehr, und wenn ich dann erzählte, er sei als Steward mit der LIBERTY gerade auf Weltreise, hatte ich schon häufig genug zu hören bekommen: »So? Des Schiff kenn i net. Onsers hat LEXORNO g'hoißa, wo mer die Kreizfahrt mit gemächt haba im Middelmeer.« Jetzt konnte ich wenigstens auftrumpfen!

Doch vorher mußte Sascha noch mal schnell nach England. Wegen Sabine. »Ich glaube, die hat sich umorientiert«, vermutete er, »ihre Briefe wurden immer kürzer und sachlicher.«

»Wenn du dich bei ihr genauso häufig gemeldet hast wie bei uns, kann ich das verstehen. Schon so manche Liebe ist an der Geographie zugrunde gegangen.«

Also flog Sascha nach London und war schon zwei Tage später wieder zurück. »Sie hat 'n andern«, freute er sich, »einen Piloten von den British Airways. Jetzt überlegt sie, ob sie nicht auf Stewardeß umsatteln soll. Englisch hat sie inzwischen prima gelernt, aber mit Technik hat sie doch noch nie was am Hut gehabt. Sie müßte ja schon froh sein, wenn sie sich bei der Vorführung der Sauerstoffmasken nicht erwürgt.«

Anscheinend machte ihm die geplatzte Beziehung überhaupt nichts aus, und das wunderte mich ein bißchen. Immerhin hatten die beiden fast zwei Jahre zusammengelebt. »Hast du dich etwa auch – äh, umorientiert?«

»Auf die Frage habe ich schon lange gewartet«, meinte

er grinsend, »aber du brauchst keine Angst zu haben, Schwiegermutter wirst du vorläufig bestimmt nicht.«

Das zumindest war beruhigend, doch: »Gibt es denn keine hübschen Mädchen an Bord?« Ich dachte an die *Traumschiff*-Serie im Fernsehen und an Steward Viktor, der seine Freizeit häufig mit attraktiven weiblichen Passagieren verbracht hatte — in allen Ehren natürlich, bestenfalls händchenhaltend, weil diese Seifenoper ja im Vorabendprogramm ausgestrahlt wurde. Nach dem dritten hingehauchten Kuß auf die Stirn hatte ich jedesmal den Eindruck bekommen, daß dieser schöne Steward ein geschlechtsloses Wesen sein mußte.

Sascha war garantiert keins. Bevor er mit Sabine seßhaft wurde, hatte er uns beinahe alle drei Monate eine neue Freundin vorgestellt, bis Rolf ein rigoroses Bräutemitbringeverbot erteilt hatte. Deshalb konnte ich mir auch nicht vorstellen, daß mein Sohn plötzlich der gesamten Weiblichkeit abgeschworen haben sollte.

Hatte er auch nicht. »Natürlich gibt es mal einen Flirt«, gestand er bereitwillig, »aber was Ernstes ist nie draus geworden. Du kannst doch in einem Heringsfaß keine Forelle angeln.«

Womit das Thema erst einmal abgeschlossen war.

Die restlichen Tage bis zu seiner Abreise verbrachte er überwiegend schlafend, und wenn er gerade mal wach war, nervte er. An fangfrische Langusten und gerade vom Baum geholte tropische Früchte gewöhnt, bezeichnete er meine tiefgefrorenen Kabeljaufilets als Fischfutter und die Dosenpfirsiche als Glibber. »Hast du schon mal eine frisch geerntete Ananas gegessen?«

»Selbstverständlich. Ich lasse sie mir ja täglich von Südafrika einfliegen!« Dieser bornierte Jüngling hatte offenbar sämtliche Maßstäbe verloren und keine Ahnung mehr, wie es in einem deutschen Normalhaushalt zuging. Er schwärmte von der chinesischen Küche, die man natürlich nur in Hongkong richtig genießen kann, zählte in allen Einzelheiten auf, was zu einer indonesischen

Reistafel gehört, und hatte noch nie ein so exzellentes Steak gegessen wie in Buenos Aires. Wenn man ihm glauben wollte, hatte er sich auf dem Schiff vorwiegend von Kaviar und Hummermayonnaise ernährt (»Auf dem Mitternachtsbüfett steht das Zeug kiloweise herum«), und hätte er uns nicht Fotos gezeigt, auf denen er in Affenjäckchen mit Silbertablett in der Hand zu sehen war, dann wäre mein damals geäußerter Verdacht vielleicht doch wieder aufgeflammt. Schließlich sehnte ich den Tag seiner Abreise regelrecht herbei, und als es endlich soweit war, ließen wir ihn ohne großes Bedauern ziehen.

Katja war es, die uns allen aus der Seele sprach: »Ich liebe meinen Bruder wirklich, aber am meisten liebe ich ihn, wenn er mindestens hundert Kilometer weit weg ist.«

2

Was schenkt man seinen Kindern zum Abitur? Um die Jahrhundertwende ist wohl spätestens zu diesem Zeitpunkt die goldene Uhr fällig gewesen, sofern der Primaner sie nicht schon zur Konfirmation bekommen hatte. Heute besitzt jeder Abiturient mindestens drei Armbanduhren mit zum jeweiligen Outfit passendem Zifferblatt. Gold ist spießig, Plastik ist in.

Ganz begüterte Väter pflegten seinerzeit ihren gerade der Schule entronnenen Nachkommen einen Scheck zu überreichen und sie auf Reisen zu schicken, damit sie sich von den Strapazen des Lernens erholen sowie ihren Horizont erweitern könnten. Als Begleitperson wurde etwas Zuverlässiges aus dem Bekanntenkreis erwählt, meist ein sogenannter väterlicher Freund oder — wenn die zu begleitende Person weiblichen Geschlechts war — die ältliche und selbstverständlich unverheiratete Kusine zweiten Grades, der man auf diese Weise auch mal etwas Gutes tun konnte. Erkorenes Ziel war meistens Italien, erstens wegen des Wetters und zweitens wegen der Bildung.

Die heutigen Abiturienten buddelten allerdings schon im Windelalter Löcher in den Strand von Rimini, wußten bereits als Grundschüler, an welcher Imbißbude in Marbella die Fritten am billigsten sind, und wenige Jahre später, als sie sich noch mit den ersten französischen Vokabeln herumschlugen, beherrschten sie den tiefschürfenden Satz »Wo kommst du her?« schon in vier verschiedenen Sprachen. Nein, mit Auslandsreisen kann man den jetzt Neunzehnjährigen nicht mehr imponieren. In Österreich sind sie im Landschulheim gewesen, in Frankreich als Austauschschüler, die Klassenfahrt war ins Elsaß gegangen, und Holland hatte man mit dem Schachclub besucht. Studienreisen? Aber selbstverständlich, hatten wir doch auch schon. Eine Woche Berlin zum Beispiel, vom Kultusministerium bezuschußt zwecks Besichtigung der Mauer, die man jetzt allerdings nur noch in Form von kleinen bunten Bröckchen käuflich erwerben kann. Dann mußte man noch den Reichstag durchwandern und auf dem Alexanderplatz seinen Zwangsumtausch in Schallplatten oder Bücher einwechseln, womit der Kultur meist Genüge getan war und man sich dem Studium von Schaufensterauslagen und Diskotheken widmen konnte.

Eine Reise als Belohnung fürs bestandene Abitur fiel also aus. Was dann? Ein eigenes Auto? In unserem Fall hätten es normalerweise gleich zwei sein müssen, Zwillinge kriegen ja grundsätzlich alles doppelt, und außerdem ... sie hatten schon eins! Größenwahn war es nicht gewesen, dem die Mädchen ihre schon etwas bejahrte Ente zu verdanken hatten, auch nicht die mehr oder weniger regelmäßigen, mit anklagendem Unterton vorgebrachten Bemerkungen wie: »Uwe hat den alten Wagen von seinem Vater gekriegt, der hat sich nämlich einen neuen gekauft!« oder: »Daniela darf das Auto von ihrer Mutter benutzen, wann sie will.« Abgesehen davon, daß die ach so beneidenswerten Freunde samt und sonders älter und schon im Besitz der begehrten Führerscheine waren, hielt ich es aus rein pädagogischen Gründen für übertrieben, gerade erst achtzehn gewordenen Teenagern ein eigenes Auto vor die Tür zu stellen. An diesem Vorsatz hielt ich fest, bis das vorletzte Schuljahr begann.

Ländliche Gymnasien haben große Vorteile. Die Kriminalität beschränkt sich auf das nächtliche Besprühen der Schulhauswände mit gerade gängigen Parolen (We don't need no education) oder die mutwillige Zerstörung eines Fensterrollos, was eine extra gebildete Untersuchungskommission zur Folge gehabt hatte (die wie die meisten Untersuchungskommissionen zu keinem Ergebnis gekommen war!), aber es hatte weder Schlägereien gegeben noch Drogenprobleme. Sogar die beiden sehr alternativ eingestellten neuen Lehrer war man wieder losgeworden. Ihre eigenwilligen Unterrichtsmethoden, nämlich mit gekreuzten Beinen auf den Tischen zu sitzen und Atemübungen zu praktizieren, hatten zwar den Schülern recht gut gefallen, nicht aber den Eltern. Yoga statt Geographie? Die Kinder sollten doch erst einmal lernen, wo Indien überhaupt liegt! Es dauerte auch nicht lange, da waren die beiden Selbstbesinnungs-Fetischisten an eine andere Schule versetzt worden, und daß die Erdkundestunden mangels kompetenter Lehrkräfte bis zum Schuljahresende größtenteils ausfielen, wurde hingenommen.

Eine ländliche Schule, die ihre Schüler aus den mehr oder weniger weit entfernten Ortschaften bezieht — deshalb heißt es ja auch Einzugs-Gymnasium —, muß für Transportmöglichkeiten sorgen. Sie heißen Schulbusse und fahren zweimal täglich, nämlich morgens vor Schulbeginn und mittags nach Schulschluß. Da sie in der Regel mindestens ein halbes Dutzend Dörfer abklappern, sind diejenigen Schüler am schlechtesten dran, die als erste eingebaggert werden. Die Zwillinge gehörten dazu und mußten früh um sieben an der Haltestelle sein. Folglich waren sie umgekehrt auch die letzten, die wieder ausgeladen wurden. Mittagessen gab es bei uns nie vor zwei Uhr, oft genug später, weil es unterwegs eine ampelgeregelte Baustelle gegeben hatte, die morgens noch nicht dagewesen war, oder weil plötzlich ein Reifen platt gewesen war oder der Fahrer auf dem Abstellplatz die Zeit verpennt hatte. Wie oft es statt der zerkochten Salzkartoffeln schließlich Kartoffelbrei gegeben hat, weiß ich nicht mehr. Nudeln warf ich grundsätzlich erst in den Topf, wenn die Mädchen vor der Tür standen. Dann gab es bei uns eben Mittagessen, wenn andere Leute schon die Kaffeetassen auf den Tisch stellten.

Doch daran kann man sich gewöhnen. Problematisch wurde die ganze Sache allerdings, als mit der »erweiterten Oberstufe« die Kurse begannen. Da hatte Nicki in der dritten und vierten Stunde Chemie, danach nichts mehr und erst am Nachmittag wieder Computer-AG und Musik. Katja dagegen, die von Naturwissenschaften nichts hielt und alles, was abwählbar gewesen war, auch prompt abgewählt hatte, mußte morgens zur ersten Stunde antreten, weil da der Deutsch-LK begann. Im Anschluß daran kam Geschichte, ein Fach, auf das Nicki verzichtet hatte, und danach war sie fertig. Dafür hatte sie am nächsten Tag acht Stunden und Nicole bloß fünf.

Nun waren die Zwillinge zum erstenmal getrennte Wege gegangen, und schon wuchs sich dieser Entschluß zur Katastrophe aus. Ich verbrachte einen Teil des Tages auf der Landstraße, fuhr die eine Tochter um zehn zur Schule, holte die andere um halb drei ab, nahm die erste gleich mit, obwohl sie noch eine Stunde Zeit gehabt hätte, holte sie um fünf wieder ab ... versuchte, Fahrgemeinschaften zu organisieren, kapitulierte, weil tatsächlich alle sieben Schüler aus unserem Ort sieben verschiedene Stundenpläne hatten, schimpfte, fluchte, kannte inzwischen jeden Kilometerstein auf der Strecke und hatte schließlich die Nase voll.

Sechs Wochen später hatten die Mädchen ihre Führerscheine und eine Woche darauf die Ente.

Fortan holte ich Nudeln und Waschpulver wieder mit dem Fahrrad. Ich hatte nämlich nicht berücksichtigt, daß diese hübschen rosa Scheine nicht nur zum Fahren der Ente berechtigten, sondern quasi ein Freibrief für das Requirieren jedes familieneigenen Fahrzeugs waren. Und davon gab es mehrere. Das väterliche Auto stand allerdings erst abends zur Verfügung, doch immer noch früh genug, um damit in die Disko, ins Kino oder auch nur fünf Straßen weiter zur Freundin zu fahren. Wenn Steffi mal wieder Krach mit Horst Herrmann gehabt hatte und samt Übernachtungsköfferchen bei uns vor der Tür stand, wurde sofort ihr Polo beschlagnahmt, denn mit der Ente war gerade Katja unterwegs, und Nicki mußte dringend zwecks Klärung der Schallschwingungen zu Mark, weil der in Physik viel besser war als sie. Die Fahrräder rosteten in der Garage still vor sich hin, als Führerscheinbesitzer ist man über diese Drahtesel erhaben, die Gesundheitswelle hatte gerade erst das Stadium des Joggens erreicht, Radeln war noch nicht wieder in.

Im Notfall war ja immer noch mein Auto da. Und Notfälle gab es beinahe täglich. Sie wurden regelmäßig beim Abendessen diskutiert.

»Ich fahre doch morgen nicht mit Nicki zur ersten Stunde hin, wenn ich erst zur vierten dasein muß«, moserte Katja.

»Dann nimmt Nicki den Bus, du die Ente, und mittags kommt ihr zusammen zurück. Wo liegt da das Problem?«

»In den Sternen. Ich habe nachmittags noch Astronomie.«

Kleine Denkpause, dann hatte ich die Lösung. »Ihr kommt beide zum Essen nach Hause, und später fährt Nicki wieder rüber.«

»Und wie komme ich nach Sinsheim? Wir haben doch morgen das Volleyball-Turnier«, protestierte Katja.

Jetzt meldete sich das Familienoberhaupt zu Wort: »Wenn ich euch so höre, frage ich mich wirklich, wie ich die

Schulzeit überlebt habe. *Ich* mußte jeden Tag mit dem Fahrrad fahren, neun Kilometer hin und wieder zurück. Bei Wind und Wetter. Und mir hat das auch nicht geschadet.«

Katja nickte nur. »Weißt du, Paps, je älter du wirst, desto weiter wird dein Schulweg. Im vorigen Jahr sind es noch sieben Kilometer gewesen.«

»Na ja, im Winter mußte ich immer einen Umweg fahren, weil der Feldweg zugeschneit war«, verteidigte sich Rolf, »und wenn man die zusätzlichen Kilometer mit dem Jahresdurchschnitt . . .«

»Ich glaub's dir ja, Papi, aber hier gibt es bloß Landstraße, und da landest du als Radfahrer irgendwann als Kühlerfigur auf 'nem Daimler. Bernd ist erst neulich zehn Meter durch ein Maisfeld gefräst, weil ihn sonst so ein Midlife-crisis-Geschoß aufgespießt hätte.« Und als sie seine fragende Miene sah, ergänzte sie: »'n Porsche.«

Jedenfalls endete auch diese Debatte wieder mit einem Kompromiß. Katja würde die Ente nehmen und Nicki meinen Wagen, damit ihre Schwester am Nachmittag Ball spielen konnte.

»Und was wird aus meinem Friseurtermin?« fragte ich zaghaft.

»Na, die paar hundert Meter kannste doch zu Fuß gehen.«

Als ich später den Tisch abräumte — die Zwillinge hatten sich wie üblich mit unaufschiebbaren Verpflichtungen entschuldigt —, sagte ich resignierend zu meinem zeitungslesenden Ehemann: »War das noch eine schöne Zeit, als die beiden im richtigen Alter waren.«

»Wann soll denn das gewesen sein?«

»Vor ein paar Monaten. Zu alt, um nachts zu schreien, aber zu jung, um sich meine Autoschlüssel zu krallen.«

Wir hatten den Zwillingen ein Benzinkontingent ausgesetzt, das großzügig bemessen war und ihnen neben dem Schulweg noch kleinere Extratouren gestattete. Trotzdem reichte es nie. Taschengeld und gelegentliche

Nebenverdienste wurden größtenteils in Treibstoff umgesetzt, damit sie in die Disko oder ins Kino fahren konnten. Vorher mußten sie aber noch Ulf und Mark und Svenja aufsammeln, die ihnen dafür den Eintritt bezahlten. Den wiederum hätten sie mühelos selbst aufbringen können, hätten sie nicht das Benzin gebraucht, um Ulf und Mark und Svenja abzuholen.

Den ersten Strafzettel konnte Nicole noch abfangen, bevor er Rolf in die Hände fiel. Da die Ente auf seinen Namen lief, waren alle amtlichen Bescheide — Reparaturrechnungen inbegriffen — an ihn adressiert. Der nächste landete denn auch auf seinem Schreibtisch.

»Wer hat am Siebzehnten das Auto auf einem Behindertenparkplatz abgestellt?«

»Das war ich«, gab Katja sofort zu, »aber nur für fünf Minuten, weil ich ...«

»Bist du behindert?« donnerte ihr Vater.

»Ja, geistig«, kommentierte Nicki halblaut.

»Bist du behindert?« wiederholte Rolf.

»Ich *war* behindert«, behauptete Katja prompt, »da hatte ich noch die beiden Finger in Gips.«

»Dann hättest du sowieso nicht fahren dürfen«, tobte Rolf. »Hätte man dich erwischt, wäre nämlich *ich* drangewesen.«

»Stimmt gar nicht, ich bin achtzehn und strafmündig.«

»Schön, daß du das einsiehst. Dann bezahle gefälligst auch den Strafzettel.«

»Mach ich ja. Gleich am nächsten Ersten.« Und dann, ziemlich kleinlaut: »Oder würdest du vielleicht ... Du kannst es mir ja wieder vom Taschengeld abziehen. Danke.« Weg war sie, steckte aber noch einmal den Kopf durch die Tür. »Du mußt die Sache mal andersherum sehen, Paps. Wer sein Vaterland liebt, freut sich über ein Knöllchen. Es beweist doch, daß die öffentliche Verwaltung funktioniert.«

Weihnachten kam und ging, und wir hatten noch immer nichts gefunden, womit wir unsere Töchter für das demnächst fällige und natürlich glänzende Abitur belohnen konnten. Rolf war ohnehin dagegen. »Wieso die? *Du* hättest eine Anerkennung verdient für dreizehn Jahre Nachhilfeunterricht, für Frustabbau, Seelentrost, für Chauffeurdienste, für ... ach, das weißt du doch viel besser als ich.«

»Großartige Idee«, sagte ich sofort, »und womit gedenkst du mich zu belohnen?«

So genau festlegen wollte er sich nun auch wieder nicht. »Mal sehen, vielleicht ein paar Tage Berlin? Natürlich erst, wenn der ganze Rummel hier vorbei ist.«

So allmählich warf »der Rummel« seine Schatten voraus. Vorzugsweise in Gestalt eines lang aufgeschossenen, bebrillten Jünglings namens Heiko, der jeden Nachmittag auftauchte und sofort mit Nicki in den oberen Gemächern verschwand.

»Was treiben die da eigentlich?« erkundigte ich mich schließlich bei Katja, die den Knaben nur mit einem kurzen »Hi!« zu begrüßen pflegte, um sich dann wieder ihrer jeweiligen Beschäftigung zu widmen. »Die machen Mathe. Am Vierzehnten sind wir mit der Abi-Klausur dran.«

»So bald schon?« fragte ich erschrocken.

»Wieso bald? Sechs Tage sind doch eine lange Zeit!«

Nun war mir hinlänglich bekannt, daß Katja mein mangelndes Begriffsvermögen für alles, was mit Zahlen zu tun hat, geerbt hatte. Über den Lehrsatz des Pythagoras war ich eigentlich nie hinausgekommen, und Katja hatte nicht einmal den kapiert. Auf meine Frage, ob sie es nicht für opportun halte, an den offenbar kostenlosen Nachhilfestunden teilzunehmen, schüttelte sie nur den Kopf. »Vergeudete Zeit. Was ich in neun Jahren nicht verstanden habe, werde ich in der letzten Woche auch nicht mehr begreifen. Mathe habe ich sowieso abgehakt. Wenn ich drei Punkte kriegen würde, wäre ich schon happy.«

(Sie bekam *einen* und ging damit in die Annalen des Gymnasiums ein als die Schülerin mit dem miesesten Mathe-Abitur, das jemals abgeliefert worden war.)

Überhaupt hatte ich den Eindruck, daß sie die bevorstehende Bewährungsprobe ein bißchen zu sehr auf die leichte Schulter nahm. Nicki paukte in jeder freien Minute, hatte bei den Mahlzeiten neben dem Teller Block und Bleistift liegen, seitdem ihr einmal beim Zerteilen ihres Schnitzels die Lösung für ein geometrisches Problem eingefallen war, und wenn man sie irgend etwas Belangloses fragte, bekam man als Antwort ein Genuschel, das ungefähr klang wie »die Koordinationsbindung gleich koordinative, dative oder semipolare Bindung ...«

»Weißt du eigentlich, wovon du da redest?« wollte Rolf einmal wissen.

»Nee, deshalb lerne ich es ja auch auswendig«, gab Nicki zurück, »... steht der Atombindung nahe ...«

»Was man sowieso nicht begreift, kann man wenigstens auch nicht vergessen«, sagte Katja, fuhr übers Wochenende zum Skilaufen, versäumte auch nicht die Geburtstagsparty ihrer zweitbesten Freundin, und wenn sie mal wirklich etwas las, dann waren es der Sportmoden-Katalog oder das Rezept für Chop-suey. »Ich kloppe mir doch nicht von morgens bis abends die Birne voll mit Dingen, die ich später ohnehin nie brauche. Wer will schon von einer Reiseleiterin Genaueres über den Westfälischen Frieden wissen?« Sprach's, klapperte mit den Autoschlüsseln und verschwand.

Stimmt ja, ihr gegenwärtiges Berufsbild bestand aus einem palmengesäumten Strand irgendwo in fernen Landern, an dem sie den größten Teil des Tages verbringen und nebenher einige Touristen betreuen würde, die sich eine solche Reise leisten konnten. Seit neuestem war der Bereich Touristik sogar zum Studienfach erhoben worden, was Katja außerordentlich begrüßte. Studieren wollte sie auf jeden Fall, nur hatte sie bisher noch nichts Passendes finden können. Noch vor einem Jahr hatte sie auf Fragen besorgter Verwandter, womit sie denn in näherer Zukunft ihren Lebensunterhalt zu bestreiten gedächte, geantwortet: »Weiß ich noch nicht.

Vielleicht haben sie meinen Beruf ja noch gar nicht erfunden.«

Dann begannen die schriftlichen Arbeiten. Ich entfernte mich nie weiter als fünf Meter vom Telefon, wartete auf den erlösenden Anruf, der natürlich nie kam, weil sämtliche Prüfungskandidaten entweder die richtig beantworteten Fragen feiern oder die vermasselte Klausur in Tränen und/oder Alkohol ertränken mußten. Beides spielte sich in der schulnahen Pizzeria ab, konnte dreißig Minuten dauern oder dreihundert, und wenn dann wirklich das Telefon klingelte, hörte ich eine etwas kleinlaute Stimme: »Könntest du uns bitte abholen? Es ist besser, wenn wir uns jetzt nicht hinters Steuer klemmen.«

Am 22. Januar war der Streß vorbei, Ende Januar bekam Rolf die Nachricht, daß seine vor Monaten beantragte Kur bewilligt und bereits in zwei Wochen anzutreten sei. Sofort klickerte es bei mir. »Hattest du nicht *mir* eine Reise versprochen?«

»Du kannst ja mitkommen«, sagte er lauwarm, denn die wenigsten Ehemänner legen bei derartigen Unternehmungen Wert auf die Begleitung ihres Weibes, weil das die Freizeitgestaltung erheblich beeinträchtigt. Nicht umsonst wohnen wir in einem Kurort, ich weiß also Bescheid!

»Was soll ich denn mitten im Winter im Schwarzwald? Zugucken, wie du Sauerbrunnen trinkst und mit hochgezogenen Hosenbeinen Wasser trittst? Nein, danke, ich würde eine wärmere Gegend vorziehen. Andererseits habe ich mir wirklich einen Urlaub verdient. Und die Mädchen auch«, fügte ich sofort hinzu. Allein verreisen macht keinen Spaß. »Wir sind ihnen sowieso noch eine kleine Anerkennung schuldig. Im Gegensatz zu dir haben sie ihr Abi schon beim ersten Anlauf geschafft!«

Mit dieser Überlegung ließ ich ihn erst einmal allein. Ein Freund spontaner Entschlüsse ist Rolf noch nie gewesen.

Am nächsten Vormittag führte mich mein Weg — rein

zufällig natürlich — am Reisebüro vorbei. Fragen kostet bekanntlich nichts.

»Wo ist es um diese Jahreszeit warm genug zum Baden?« erkundigte ich mich bei Frau Erlemann, die mir zwar schon des öfteren Flugtickets nach Berlin besorgt, aber noch niemals eine Urlaubsreise vermittelt hatte. Ich wußte also nicht, inwieweit sie als kompetent anzusehen war. Immerhin handelte es sich nur um ein sehr kleines Reisebüro, das in erster Linie Pauschalfahrten zu den Götz-Festspielen anbot und Omnibustouren in die nähere oder auch mal weitere Umgebung. Drei Tage Südtirol mit Unterkunft und Halbpension.

»In Auschtralien«, lautete denn auch die prompte Antwort, »da ischäs fei jetzt Sommer.«

»Ganz so weit muß es nun nicht gerade sein«, gab ich zurück. »Ich hatte eigentlich mehr an Südeuropa gedacht.«

»No fahret Se doch auf Mallorca. Die Frau Hämmerle isch grad z'rückkomma ond war ganz begeischtert. Fei richtig warm isch's g'wesa ond an Haufa nette Leit. In der Hauptsach Deitsche, sogar welle aus Heilbronn.«

Da Frau Erlemann offenbar voraussetzte, daß ich Frau Hämmerle kannte — wenn man seit zwanzig Jahren im selben Ort wohnt, hat man auch seine sechtausendundetwas Einwohner zu kennen —, erkundigte ich mich vorsichtig: »Welche Frau Hämmerle meinen Sie denn? Die alte oder die junge?«

Das war zwar ein Schuß ins Blaue gewesen, doch er hatte getroffen. Ein so typisch schwäbischer Name mußte ganz einfach mehrmals vertreten sein.

»Ha, die Alt natürlich. Mit dere schöne Pension von der Poscht ko ses sich doch leischte, zwoi Monat auf Mallorca zum fahre. Die Jung hot doch die zwoi Kinder, und's dritte isch unterwegs. Bei dene langt's net für en Urlaub.«

Ich hatte also richtig gelegen. Es gab mindestens zwei mir unbekannte Frau Hämmerle.

Frau Erlemann hatte aus den Tiefen ihres Schreibtisches einen schon reichlich mitgenommen aussehenden Katalog geholt und blätterte eifrig. »I woiß nemme, wie des Hotel g'heiße hot, aba wenn i des Foto seh, tät ich's wiederkenna.«

Nun gehörte Mallorca keineswegs zu meinen Traumzielen, und so fragte ich vorsichtshalber, wie alt denn die Frau Hämmerle jetzt sei.

»I glaub, im Herbscht isch se zweiunachtzig g'worda. Oder sind's doch scho dreiunachtzig?« Nachdenklich schob Frau Erlemann ihre Brille auf die Nasenspitze und sah mich an. »Noi, des ko net sei, na wär's ja so alt wie mei Schwiagamutter, und die isch älter. Aba über achtzig isch se g'wiß.« Die Brille wurde wieder auf ihren angestammten Platz gerückt, weil Frau Erlemann weiterblätterte. »Mei Neffe isch fei im Posaunenchor, ond da hat er damals mitgeblase beim Geburtstagsschdändle für die Frau Hämmerle. Do hot's sogar an Sekt gegäbe hinterher. — Do, jetzt hab' ich's g'funda.«

Sie schob den aufgeschlagenen Katalog über den Tisch und deutete auf die Abbildung eines Hauses mit Blumenrabatten davor und einem Kellner im Hintergrund, der freundlich in die Kamera lächelte. »Des sieht doch so richtig g'miatlich aus, gell? Ond älle Zimmer hin dr Blick zum Meer.«

Sie verstand gar nicht, weshalb ich plötzlich laut zu lachen anfing. »Ich stelle mir gerade meine beiden Töchter vor, wie sie sich am Strand von zwei betagten Herren über die verschiedenen Behandlungsmethoden von Arthritis oder Alterszucker aufklären lassen.«

Erst stutzte sie einen Augenblick, dann nickte sie verstehend. »Ja so, die beide Mädle kommet au mit? Hen die jetzt koi Schul'?«

»Sie haben gerade ihr Abitur gemacht«, sagte ich stolz.

Frau Erlemann staunte. »Sind sie au scho so weit?« Dann nickte sie nachdrücklich mit dem Kopf. »Des sieht mer ja bei Ihne, gell? Sie werde au net jünger.«

»Zum Überwintern auf Mallorca fühle ich mich trotzdem noch nicht alt genug!« Meine Empörung mußte sie mir wohl angemerkt haben, denn sie winkte sofort ab. »So hab i des net g'moint. I wollt bloß sage, daß i die Zwilling scho kennt hab', wie se no mit ihr'm Dreirädle romg'fahre sind. Mit dene zwoi müsset Se im Sommer auf Mallorca fahre, wenn do ebbes los isch. Jetzt täten se sich ja zom Tod langweila.«

»Eben. Und baden kann man auch noch nicht. Also streichen wir die Balearen. Wie warm ist es denn jetzt in Griechenland?«

»So g'nau woiß i des au net, i bin vor fünf Johr im Sommer dog'wesa, do war's arg heiß. Was tät Se denn interessiera? Vielleicht Kreta? Do gibt's an Haufa Kultur zum Sehe, kaputte Tempel und so.« Sie wälzte einen anderen Katalog. »Oder Rhodos? Do isch's g'wieß warm, sonscht hätt sich doch die Kaiserin Sissi net scho vor hundert Johr ihre Tuberkolos do unta ausheila kenne.«

Das allerdings war ein Argument. Nur wußte ich nicht genau, zu welcher Jahreszeit Ihre Kaiserliche Hoheit den (K)Urlaub genommen hatte, Tb hatten wir auch nicht, was also sollten wir mitten im Winter auf Rhodos? Mir schwebte plötzlich etwas ganz anderes vor. »Afrika! Haben Sie nicht Prospekte von Afrika?«

Frau Erlemann hatte. Sogar eine ganze Menge. Sie fielen in die Kategorie Fernreisen und zeigten Bilder von hübschen Balineserinnen, von fast weißen Stränden mit der so beliebten, beinahe ins Meer hängenden Palme im Vordergrund, von traumhaften Inselchen mit glasklarem Wasser, von kleinen, fröhlich winkenden Mohrenkindern — nur die Preise neben den Fotos gefielen mir ganz und gar nicht. Viel zu teuer. Das sagte ich auch Frau Erlemann, als ich ihr nach flüchtigem Durchblättern die Kataloge wieder zurückgab. »Dann bleiben wir eben hier und schippen weiter Schnee.«

Doch so leicht gab sie sich nicht geschlagen. »Sie müsset sich des in Ruh ogucka. No findet Se b'schtimmt ebbes, wo net so viel koscht.«

Mit anderthalb Pfund Urlaubsträumen auf Hochglanzpapier zog ich nach Hause, wo ich sie erst einmal versteckte.

Beim einsamen Frühstück am nächsten Morgen holte ich sie wieder hervor. Zwischen leergegessenen Müslischalen, verkleckertem Eigelb und halbvollen Kaffeetassen war ich für die Fotos von blumengeschmückten Büfetts und makellos aufgeräumten Zimmern besonders empfänglich. Warum, zum Donnerwetter, sollte ich mir nicht endlich mal einen richtigen Urlaub gönnen und nicht bloß drei Tage Niederbayern, weil Rolf dort an einer Tagung teilnehmen mußte und jemanden brauchte, bei dem er jeden Abend seinen Frust loswerden konnte. Oder neulich die Woche in Hamburg! Vier Tage Kongreß mit Damenprogramm, bestehend aus der obligatorischen Hafenrundfahrt, bei der mir schlecht geworden war, Besichtigung des Zoologischen Gartens bei Nieselregen, abends *Die lustige Witwe,* und das immer in Gesellschaft von Seidenkleidern und raschelndem Taft. Auch das anschließende Wochenende in einer von Hamburgs Nobelherbergen hatte mich nicht versöhnen können. Nach dreißig Jahren Ehe verliert selbst das schönste Hotelzimmer, von dem aus man früher mit wohligem Schauer in den Schnürlregen gestarrt hätte, seinen Reiz.

Nein, ich wollte jetzt mal einen Urlaub nach meinem Geschmack haben, wollte ans Meer (und nicht in die Berge), wollte faulenzen (und nicht in einem dieser entzückenden kleinen Ferienhäuschen im Schweizer Stil Kartoffeln schälen und Zwiebeln hacken), wollte barfuß laufen und nicht in klobigen Bergstiefeln drei Stunden lang aufwärts steigen, damit ich von oben auf das entzückende kleine Ferienhäuschen runtergucken konnte.

Zugegeben, Afrika war teurer als Kärnten und auch ein bißchen weiter weg, aber unerschwinglich war's nicht. Außerdem haben Autoren das Recht, Eindrücke zu sammeln, um Inspirationen für neue Bücher zu bekommen. In den Alpen hatte ich jedenfalls keine gekriegt. Ob nun ausgerechnet die kenianische Küste das geeignete Terrain sein würde, blieb dahingestellt, jedenfalls redete ich es mir ein, und damit war mein Entschluß gefaßt: Während Rolf im Schwarzwald heilsame Wannenbäder nahm, würde ich zwar weniger gesunde, aber dafür wesentlich vergnüglichere Bäder im Indischen Ozean nehmen. Und die Zwillinge auch. Basta!

Frau Erlemann lächelte erfreut und machte sich an die Arbeit. Es dauerte auch nur eine halbe Stunde, dann hatte sie die richtige Telefonverbindung, und nach weiteren zehn Minuten, während derer sie mich über ihre Ansichten zur Apartheidpolitik aufklärte (»mich tätet ja koine zehn Gäul nach Afrika zu de Neger bringa!«), die Buchungsbestätigung. Am 17. Februar, also einen Tag nach Rolfs Abreise, würden wir ebenfalls türmen. Er wußte es bloß noch nicht.

Nachdem sich bei den Zwillingen die Aufregung und die stürmischen Dankesbezeugungen etwas gelegt hatten, hielten wir Kriegsrat. Und kamen zu keinem Ergebnis.

»Muß er das denn überhaupt erfahren?« meinte Katja treuherzig. »Wie fliegen doch nach ihm weg und sind vor ihm wieder da. Du schreibst einfach ein paar Briefe auf Vorrat, und Bettina steckt sie ein. Das kriege ich schon auf die Reihe.«

»Aber was ist, wenn er anruft?« gab Nicole zu bedenken.

»Dann war eben mal wieder die Leitung kaputt, wäre ja nicht zum erstenmal. Als die im Herbst die Röhren für das Erdgas gelegt haben, hatten sie ja auch die Telefonstrippe durchgehackt. Und wir haben es erst gar nicht gemerkt.«

»Das war aber bloß drei Tage lang und nicht drei Wochen.«

Denkpause.

»Dann hat uns eben die Post den Hahn zugedreht, weil du die letzte Rechnung nicht bezahlt hast«, schlug Nicki vor.

»Geht nicht, die wird abgebucht.«

Schließlich wurde es Katja zu dumm. »Ich weiß gar nicht, weshalb du solch ein Theater machst. Du verdienst doch dein eigenes Geld, also kannst du es auch ausgeben, wie du willst.«

»Darüber reden wir später noch mal, wenn du selber Familie hast. Und merke dir gleich eins für die Zukunft: Stecke nie Geld in etwas, das ißt oder gestrichen werden muß!«

Trotzdem hatten mir die Kinder Mut gemacht. Natürlich würde ich auch ohne Rolfs Segen in Urlaub fahren, doch mit wäre mir lieber. Ich mußte nur auf eine passende Gelegenheit zur Beichte warten.

Leider ergab sich keine. Wenn ich abends stöhnte, daß ich bereits dreimal Schnee geschippt und mir ganz bestimmt einen Schnupfen eingehandelt hätte, erklärte Rolf — gerade dem angenehm durchwärmten Auto entstiegen —, ein bißchen Arbeit in frischer Luft sei gesund, und ich hätte sowieso viel zuwenig Bewegung.

Austoben könnte ich mich auch in Äquatornähe. Da käme die Luft sogar an meinen ganzen Körper, erwiderte ich patzig.

Auch mein Interesse für Badeanzüge hatte nicht die erwünschte Resonanz. Als ich ihn zum Ankauf eines Jogginganzugs begleiten mußte, der nach seiner Ansicht zum Outfit eines jeden Kurgastes gehörte, inspizierte ich den Ständer für Badebekleidung.

»Meinst du nicht, daß du das angemessene Alter für Bikinis etwas überschritten hast?« sagte mein Mann mitleidlos, während er sich in einer violetten Stretchhose mit grünen Applikationen vor dem Spiegel drehte.

»Zieh sofort den Strampelanzug aus! Dafür bist du zwanzig Jahre zu alt!« konterte ich, worauf Rolf beleidigt in die Kabine ging und ich mir am liebsten auf die Zunge gebissen hätte. Die Möglichkeit, so ganz nebenbei über meine Urlaubspläne zu sprechen, hatte ich mal wieder gründlich verpatzt. Und nur noch eine knappe Woche Zeit!

Die Bombe platzte ohne mein Zutun. Der Briefträger brachte sie in Form von drei Flugtickets ausgerechnet in dem Augenblick, als ich im Keller die Waschmaschine fütterte. Einschreiben muß man quittieren.

»Ond? Wohin goht's denn?« fragte Herr Künzel neugierig, denn er trägt seit Jahrzehnten in unserem Viertel die Post aus, kennt alles und jeden und kondoliert bereits wortreich, noch ehe er einem den Umschlag mit dem schwarzen Rand aushändigt. Folglich war ihm auch der Absender dieses eingeschriebenen Briefes nicht entgangen. »Ganget Se ins Schifahre?«

»Ach wo, das sind nur Prospekte«, keuchte ich atemlos, denn ich war die zwölf Stufen im Eiltempo hinaufgestürmt, nahm den Brief und wollte verschwinden, doch Rolf hielt mich zurück. »Das müssen aber teure Prospekte sein.«

»Sind es auch. Sie haben einige tausend Mark gekostet!« Jetzt war mir alles egal, irgendwann mußte ich ja mit der Sprache heraus. Der enttäuschte Herr Künzel wurde verabschiedet, und dann stand ich wie eine Schülerin, die beim Abschreiben erwischt worden war, vor meinem Herrn und Gebieter.

»Raus damit! Was ist jetzt wirklich in dem Kuvert?«

»Mach's doch auf, dann siehst du es ja.«

»Ich öffne keine fremden Briefe.«

Also schlitzte ich den Umschlag auf und schüttelte seinen Inhalt auf den Tisch. Außer den Tickets fanden sich noch Hinweise über Zollvorschriften und Gesundheitsvorsorge sowie ein kleines Büchlein, das Wissenswertes über Kenia versprach. Danach griff Rolf zuerst.

»Oben ohne ist verboten«, sagte er nach kurzem Blättern, »und auf intimere Bekanntschaften solltest du ebenfalls verzichten, weil die Aidserkrankungen, prozentual gesehen, gerade in Kenia am weitesten verbreitet sind.«

»Ist das alles?« stotterte ich verblüfft. »Kein Wutanfall, kein ›Warum hast du mich nicht erst mal gefragt‹, keine Vorwürfe?«

»Weshalb sollte ich? Du bist doch emanzipiert genug, auch mal allein zu verreisen.« Er lächelte süffisant. »Nur manchmal habe ich bezweifelt, ob du überhaupt jemals mit euren Reiseplänen herausrückst.«

»Woher weißt du denn . . .?«

Er schmunzelte nur. »Ich wollte mir im Reisebüro einen Prospekt vom Schwarzwald holen, schließlich muß ich doch wissen, welche eventuellen Freizeitgestaltungen mein Gesundheitsghetto zu bieten hat.«

Alles klar! Frau Erlemann hatte ihren Mund nicht halten können, und ich hatte versäumt, sie zum Schweigen zu verdonnern. Wahrscheinlich vermutete sie schon eine bevorstehende Trennung, denn im allgemeinen pflegen Ehepaare gemeinsam ihre Ferien zu verbringen, und wenn dann noch Herr Konzel seine eben erst gewonnenen Erkenntnisse beisteuern würde . . . Vor unserer Abreise mußte ich unbedingt noch einmal ins Reisebüro!

Die Zwillinge waren selig, daß sie endlich von der Schweigepflicht entbunden waren und ihre Vorfreude offen zeigen durften. Sie holten die Koffer aus dem Keller, packten ein, packten um, packten wieder aus, wollten wissen, ob es in Kenia auch frische Milch gäbe und ob man bei eingeschalteter Klimaanlage überhaupt schlafen könne, welchen Lichtschutzfaktor das Sonnenöl haben müsse und ob es wahr sei, daß »da unten« geröstete Schlangen als Delikatesse gelten. Bettina habe das mal gelesen.

Dabei hatte ich doch selbst keine Ahnung, was uns in dem schwarzen Erdteil erwartete. Im übrigen war mir das auch ziemlich egal. Bei der Hitze hatte man sowieso keinen großen Appetit, das Essen interessierte mich also herzlich wenig, ich wollte Sonne haben und Meer, wollte faulenzen oder nur das tun, wozu ich gerade Lust hatte. Für den Bücherstapel, den ich schon parat gelegt hatte, würden drei Wochen Urlaub allerdings kaum reichen.

Endlich waren auch die letzten Tage herum. Rolf verstaute sein Gepäck im Auto und fuhr, wohlversehen mit guten Ratschlägen und der Telefonnummer unseres Hotels, in sein Sanatorium.

»Was glaubst du, Mami, ob er sich einen Kurschatten zulegt? Zutrauen würde ich es ihm«, sagte Katja nachdenklich, als der Wagen hinter der Ecke verschwunden war.

»Blödsinn, dazu ist er doch schon zu alt«, widersprach Nicki, die alle Leute ab dreißig als UHUs bezeichnete — also Unter Hundert —, »und außerdem müßte er dann immer seinen Bauch einziehen. Das hält doch keiner lange durch.«

»Nun mach dir mal keine Sorgen, Määm«, versuchte Katja ihren voreilig geäußerten Verdacht etwas abzuschwächen. »Paps behauptet doch immer, er könne keiner Fliege was zuleide tun. Und weißt du, warum? Er ist ja gar nicht mehr imstande, eine zu fangen.«

Es dauerte eine Weile, bis ich den vermutlich tieferen Sinn dieser Feststellung verstanden hatte.

3

Reisen bildet, wird behauptet, und wenn man schon in einem fremden Erdteil Urlaub macht, hat man sich gefälligst auch zu bilden. Fanden zumindest die Zwillinge, weil sie sich gleich am zweiten Tag einen Sonnenbrand geholt hatten und für die nächste Zeit zu einem Schattendasein verdonnert waren. Also fuhren wir nach Mombasa, um dort Kultur zu besichtigen. Zwischen den Häusern war es aber noch heißer als auf dem Hotelgelände, wo vom Meer immer eine kühle Brise herüberkam, und so hatten die Mädchen von ihrem Bildungstrip ziemlich schnell genug.

»Können wir nicht mal 'ne Pause machen«, stöhnte Nicki, nachdem wir die Elfenbeinzähne beguckt und auch noch einen Blick in den angeblich entzückenden kleinen Park gleich nebenan geworfen hatten, in dem das einzig Sehenswerte die Abfallhaufen gewesen waren, »mir ist so warm.«

»*Ihr* wolltet doch hierher, also jammert nicht«, sagte ich wütend, denn ich hätte auch viel lieber unter meiner schattenspendenden Palme gelegen, statt durch staubige Straßen zu laufen und die auf der Karte angekreuzten Sehenswürdigkeiten zu suchen. »Auf zum Fort Jesus! Die zwei Kilometer schaffen wir spielend in einer halben Stunde.«

»Müssen wir denn unbedingt dorthin?« An ein Stück Mauer gelehnt, wischte sich Katja den Schweiß von der Stirn. »Sooo doll soll das gar nicht sein, habe ich gehört, weil bloß noch die Außenmauern stehen.«

»Und die berühmten Kanonen.«

»Na und? Die werden auch nicht anders aussehen als die verrotteten Dinger auf dem Heidelberger Schloß. Können wir nicht lieber in die Moschee gehen? Da ist es wenigstens kühl.«

Also besichtigten wir die Moschee, die stand auch viel näher und war wirklich sehenswert. Leider konnte Nicki hinterher ihre Schuhe nicht wiederfinden, die wir seitlich der Tür zurückgelassen hatten, und nachdem wir zwanzig Minuten lang von Wildlederpumps bis zu Plastikpantoffeln alles durchgesucht hatten, mußten wir einsehen, daß die frommen Moslems auch nicht alle den Koran beherzigten, sondern ungeniert Touristen beklauten.

»Um die alten Treter tut es mir ja nicht leid, die hätte ich sowieso dem Roomboy geschenkt, aber ich kann doch nicht den ganzen Tag auf Socken herumlaufen.«

Das war einzusehen. »An der vorvorletzten Ecke war ein Schuhgeschäft«, erinnerte sich Katja, »da kriegen wir bestimmt ein Paar einfache Latschen.«

Der angepeilte Laden hatte die Größe eines Wohnzimmers und überwiegend Kunststoffsandalen mit Golddruck zu bieten, die als Hochzeitsschuhe angepriesen wurden.

»Gibt's denn hier keine Espandrilles?« Nicki zog ein Paar Leinenschuhe aus dem Regal, die durchaus ihren Bedürfnissen genügt hätten, jedoch nur in Größe sechsundvierzig vorrätig waren.

Der Verkäufer, ein freundlich lächelnder Inder, bedauerte. Espandrilles habe er nicht, aber wie es denn mit entzückenden weißen Sandaletten wäre? Er verschwand durch eine Klapptür in irgendwelchen Kellergewölben und kam mit wirklich hübschen Schuhen zurück, die zu einer Gartenparty gepaßt hätten oder zu einer Freilicht-Aufführung, wo man sitzen kann, doch bestimmt nicht zu einem Marsch durch Mombasas teilweise ungepflasterte Straßen.

Wir bedankten uns höflich und suchten das nächste Schuhgeschäft. Im dritten Laden wurden wir fündig. Zu Hause hätte meine Tochter diese Jesuslatschen keines Blickes gewürdigt, zumal sie nur aus einer Ledersohle mit langen Riemchen bestanden, die man kreuzweise um die Waden zu wickeln hatte, aber die Socken hatten inzwischen große Löcher. »Ich komme mir vor, als ob ich über glühende Kohlen laufe«, seufzte sie. »Fakir habe ich nicht gelernt.«

Frisch beschuht, sammelte sie wieder so viel Energien, daß es bis zum nächsten Whimpy's reichte. Direkt vor der Tür versagten dann auch Katjas Kräfte. »Wenn ich nicht bald was zu essen und vor allem zu trinken kriege, falle ich um.«

Nun habe ich um Restaurationen dieses Genres schon immer einen großen Bogen gemacht und nie die Überzeugung aller Teenager teilen können, in einem Pappbrötchen mit einem Klops in der Mitte das Nonplusultra der Gastronomie zu sehen. Bewundert habe ich lediglich ihre Fähigkeit, auch in völlig unbekannten Städten zielsicher den richtigen Weg einzuschlagen, an dessen Ende der ersehnte Gourmettempel liegt.

Von Whimpy's hatte ich noch nie etwas gehört, was Katja als absolute Bildungslücke bezeichnete, doch innen sah es genauso aus wie in den mir — nur vom Sehen her! — bekannten Imbißstätten. »Da kriegen mich keine zehn Pferde rein!« sagte ich denn auch sofort.

»Mußte ja nicht, du kannst ruhig draußen warten. Es dauert nicht lange«, gestattete Katja gnädig, bevor sie hinter ihrer Schwester durch die Tür schritt.

»Mache ich auch!«

Draußen war es warm, um nicht zu sagen brüllendheiß. Da drinnen war es bestimmt kühl. Dann sah ich die Colaflaschen, die man den Mädchen gerade auf den Tisch stellte, sah die herablaufenden Wassertropfen und merkte erst jetzt, wie durstig ich war. Ach was, zum Kuckuck mit den Prinzipien, man kann sowieso nicht etwas verurteilen, was man genaugenommen gar nicht kennt.

Die Zwillinge grinsten sich nur vielsagend an, als ich mich auf den freien Stuhl setzte, doch ich hatte schon eine Entschuldigung parat. »Ihr habt ja gar kein Geld dabei.« Dann bat ich um Menüvorschläge. »Was ißt man denn hier so?«

»Steht alles da oben dran.« Nicki deutete auf die großen Schilder direkt über der Theke, nur konnte ich mit den diversen »Burgers« nichts anfangen, und was um mich herum von den überwiegend jugendlichen Touristen gemampft wurde, ließ mich zweifeln, ob ich überhaupt Hunger hatte.

»Am besten nimmst du eine Portion Pommes, da kann nichts schieflaufen. Ich weiß ja auch nicht, was die hier in ihre Buletten reinmachen, vielleicht Antilopen oder Nashörner. Wenn ich an die unterernährten Kühe denke, die wir vorhin gesehen haben, kann ich mir nicht vorstellen, daß da zwischen den Knochen noch Fleisch sitzt.«

Am Ende begnügte ich mich aber doch nur mit Mineralwasser, kaufte später im Supermarkt eine Packung Kekse deutscher Herkunft und mußte hinterher feststellen, daß das aufgedruckte Verfallsdatum um knappe vier Monate überschritten war. Nun hatte ich auch genug von Mombasa.

»Von dem, was wir nicht besichtigt haben, kaufen wir einfach Ansichtskarten«, schlug die manchmal doch recht praktisch veranlagte Katja vor, und so beguckten wir uns während der Rückfahrt doch noch den Dhauhafen, den Gemüsemarkt, das Fort Jesus und sogar die Hauptpost, auf die die Stadtväter offenbar besonders stolz sind, obwohl sie kaum anders aussieht als die Hauptpostämter in der ganzen Welt.

Sogar unser Roomboy profitierte von dem Mombasa-Trip, denn er bekam noch am selben Tag ein Paar fast neuer Ledersandalen geschenkt. Nicki wartete tagelang, daß sich das aparte Streifenmuster auf ihren Waden wieder halbwegs der übrigen bronzebraunen Hautfärbung anpassen würde.

Mein kulturelles Soll hatte ich erfüllt, jetzt konnte ich endlich richtig Urlaub machen! Die Mädchen hatten sich einer Gruppe Gleichaltriger angeschlossen, ich sah sie nur noch zu den Mahlzeiten und um siebzehn Uhr beim täglichen Volleyballspiel. Obwohl die Mannschaften jedesmal neu zusammengestellt wurden, gehörten die Zwillinge grundsätzlich zu den Verlierern und forderten deshalb meine Anwesenheit zwecks psychologischer Unterstützung, in erster Linie jedoch zum Heranschaffen kalter Getränke.

Mit der Clique fuhren sie auch zur Schlangenfarm, ein Ziel, das mich ohnehin nicht gereizt hatte, beteiligten sich an der von einem Einheimischen angeführten Radtour »Quer durch den Busch« mit nachfolgendem tagelangem Muskelkater, segelten, schnorchelten und waren überhaupt entnervend aktiv.

»Du könntest auch ruhig mal ein paar hundert Meter

am Strand entlangjoggen, statt ewig auf deiner Liege zu grillen«, sagte Katja vorwurfsvoll, als sie an mir vorbei Richtung Meer trabte, »du glaubst gar nicht, wie herrlich hinterher das Schwimmen ist. Sei doch nicht so entsetzlich indolent.«

»Wo hast du denn dieses Wort her?« staunte ich. »Und sogar richtig angewandt. Übrigens gefällt es mir, es wertet meine Faulheit auf.« Das fehlte gerade noch, bei fast senkrecht stehender Sonne im Dauerlauf durch den glühendheißen Sand zu spurten. »Wenn ich mal jemanden beim Joggen lächeln sehe, probiere ich es auch«, versprach ich.

Dabei hatte ich nicht das geringste Bedürfnis, mich sportlich zu betätigen, und als ich es dann doch tat, geschah es unfreiwillig. Von der zweiten Woche an befand ich mich nämlich ständig auf der Flucht.

Schon bei unserer Ankunft war uns die ätherisch wirkende Dame um die Vierzig aufgefallen, die, angetan mit einem bodenlangen Wallegewand und einem überdimensionalen Sonnenhut, in der Halle saß und an einem Filetdeckchen häkelte. Außer ihrem Gesicht war kein Körperteil unbedeckt geblieben. Sogar die Hände steckten in dünnen weißen Handschuhen.

»Vielleicht hat sie eine Sonnen-Allergie«, hatte Nicki vermutet, »aber hier drinnen könnte sie doch ihren Deckel absetzen.«

»Glaube ich nicht«, hatte Katja widersprochen. »Wer die Sonne nicht verträgt, fährt nicht an den Äquator. Die hat ganz einfach 'n Sparren locker.«

In den folgenden Tagen verstärkte sich dieser Eindruck. Niemals haben wir diese Dame woanders gesichtet als in den überdachten Gebäuden, und niemals beschäftigte sie sich mit etwas anderem als ihrem Häkeldeckchen. Daß es nicht größer wurde, wunderte uns nun auch nicht mehr. Von den nachthemdähnlichen Gewändern mußte sie einen ganzen Koffer voll mitgebracht haben, lediglich der Hut blieb immer derselbe. Sie trug ihn sogar während der Mahlzeiten.

Eines Morgens, als ich an der Rezeption Briefmarken holte, sprach sie mich an. »Sind Sie allein hier?«

»Keineswegs. Ich habe meine beiden Jüngsten mitgebracht.«

»Ach«, sagte sie und häkelte im Stehen weiter. Höflich wartete ich auf die nächste Frage. Es kam keine mehr. Also murmelte ich etwas von »Schönen Tag noch« oder so ähnlich und ging.

Beim Five o'clock tea, der merkwürdigerweise immer um vier Uhr serviert wurde und den ich meistens mit den unerläßlichen Schreibarbeiten verband (wer hat eigentlich die Pflichtübung des Ansichtskartenverschickens erfunden???), tauchte jene Dame an meinem Tisch auf und setzte sich. »Wo sind Ihre Kinder?«

Ich schraubte den Füller zu und sah mich um. »Wahrscheinlich drüben am Pool bei dem anderen Jungvolk. Sie werden wohl gerade beratschlagen, was sie heute abend wieder anstellen können.«

Am Morgen hatte es nämlich einen kleinen Aufstand gegeben, weil die überlebensgroßen, aus Holz geschnitzten Massai-Figuren, Zierde der auf einheimische Folklore getrimmten Buschbar, ihrer farbenprächtigen Kostüme beraubt worden waren und sich in schamloser Nacktheit präsentiert hatten. Die Kleider entdeckte man später in den Ästen des großen Affenbrotbaums. Natürlich wurden die Übeltäter nicht gefunden, doch die Zwillinge schienen ganz genau zu wissen, wer dahintersteckte. Mit Sicherheit waren sie sogar daran beteiligt gewesen.

Die Dame, diesmal ganz in Kaffeebraun gehüllt, schwieg beharrlich, machte jedoch keine Anstalten, wieder zu gehen. Weiterschreiben wollte ich aber auch nicht, man weiß ja, was sich gehört. So suchte ich krampfhaft nach einem Anknüpfungspunkt. »Sind Sie schon lange hier?«

»Zu lange«, sagte die Dame.

Aha. »Dann ist Ihr Urlaub wohl bald zu Ende?«

»Das weiß ich nicht.«

Merkwürdig. Wohl alle Gäste wußten, wie lange sie

diese unbeschwerte Zeit genießen konnten, wir zählten ja auch schon rückwärts, weil die Halbzeit bereits hinter uns lag, und dieses eigenartige Wesen wollte keine Ahnung haben, wann es wieder nach Hause ging? »Ja, haben Sie denn kein Rückflugticket?«

Sie sah mich an, oder besser, sah durch mich hindurch, stand auf und ging.

»Was wollte denn das Gespenst von dir?« Von weitem hatte Nicki abgewartet, bis die braune Dame entschwunden war.

»Das hat es nicht gesagt.«

»Komische Heilige. – Kann ich deinen Tee austrinken? Danke. Angeblich hat die mit noch keinem Menschen hier gesprochen, und jetzt soll ich dich fragen, wieso sie ausgerechnet mit dir redet.«

»Sie hat überhaupt nicht geredet, sie hat lediglich einige Wörter von sich gegeben, und die waren auch nicht sehr ergiebig. – Hier, schreib mal 'n Gruß an Sven drunter.« Ich schob ihr die Karte hinüber.

»Das hat doch noch Zeit bis nachher.« Weg war sie.

Von diesem Nachmittag an fühlte ich mich regelrecht verfolgt. Sobald ich einen der Aufenthaltsräume betrat, sei es nun den Speisesaal, die Lounge oder auch nur den Waschraum, tauchte wie ein Schatten diese Dame auf. Manchmal drückte sie mir eine wohl gerade abgepflückte Blume in die Hand, ein anderes Mal war es eine Muschel, doch meistens sah sie mich bloß fragend an. »Sind Sie allein?« Nur wenn ich in Begleitung eines oder beider Mädchen war, ließ sie sich nicht sehen oder verschwand gleich wieder.

»Die hat doch echt einen an der Waffel«, stellte Katja mitleidlos fest, »weshalb beschwerst du dich nicht?«

»Bei wem denn? Und warum? Sie tut mir doch nichts, sie ist einfach bloß da. Das ist nicht gerade angenehm, aber kein Grund zum Meckern.«

Trotzdem erkundigte ich mich bei der Reiseleitung, die in Gestalt einer etwas unbedarften, gerade dem Teenageralter entwachsenen Blondine täglich von zehn bis elf Uhr hinter ihrem Schreibtisch Hof hielt, nach diesem eigenartigen Hotelgast.

»Ich kenne sie auch nur vom Sehen, zu uns gehört sie nicht. Sie wird wohl privat hier sein«, lautete die erschöpfende Auskunft.

Wenigstens entwickelte ich jetzt sportlichen Eifer. Sobald ich das sichere Freigelände verließ, joggte ich in zügigem Tempo durch alle Räumlichkeiten bis zu meinem Ziel, nahm auch Umwege in Kauf, wenn ich irgendwo die hagere Gestalt erblickte, und zum Geldwechseln, einem etwas zeitraubenden Unternehmen, wagte ich mich nur noch in Begleitung der Mädchen. Sogar zum Teetrinken setzte ich mich künftig an den Pool, der lag in der Sonne und war gespensterfrei.

Wir haben nie herausgebracht, was es mit dieser merkwürdigen Dame auf sich hatte. Wahrscheinlich lag Katja mit ihrer Vermutung halbwegs richtig. »Das ist bestimmt eine Verwandte vom Hotelmanager, Schwester, Tante oder so was in der Richtung. Hier unten ist man doch humaner als bei uns, wo leicht Umnachtete einfach in die Psychiatrie gesteckt werden.«

4

»Übermorgen müssen wir noch mal nach Mombasa!« rief mir Nicki entgegen, als ich bepackt wie ein Lastesel den Bungalow betrat.

»Könnt ihr eure Klamotten nicht mal selber zurücktragen? Ich bin doch nicht eure Kammerzofe!« Jeden Abend sammelte ich die zurückgelassenen Sachen von den Liegen, jeden Abend gelobten die Mädchen Besserung, und am nächsten Tag begann das gleiche Spiel von vorn. Unser Zimmer sah auch schon wieder aus wie ein Wühltisch bei Woolworth. »Räumt endlich diesen Saustall auf! Eigentlich dürfte man diesen Raum gar nicht betreten, ohne sich vorher eine Tetanusspritze geben zu lassen! Wo kommt denn der ganze Sand her?« Ich warf Badelaken, Bücher und Bikinis auf den einzigen noch freien Stuhl. »Jetzt hängt wenigstens die nassen Badeanzüge auf den Balkon!«

»Soll ich vielleicht so rausgehen?«

Nein, das war wohl schlecht möglich. Nur mit einem knappen Slip bekleidet, stand Nicki vor dem Spiegel und fönte ihre Haare. »Weshalb dieser Aufwand? Bei der Hitze trocknen die doch von allein.«

»Und hinterher sehe ich aus wie eine Drahtbürste.« Sie schaltete den Fön aus und begutachtete ihr Werk. »Na ja, geht gerade noch. Zu Hause muß ich aber dringend zum Friseur. — Was ich noch fragen wollte, Mami, kannst du mir deinen hellblauen Schal borgen?«

»Wozu denn?«

»Sie will den Tanz der sieben Schleier tanzen, und einer fehlt ihr noch.« Triefend kam Katja aus der Dusche und warf sich aufs Bett. »Heute abend ist Disko, und da muß sich Mademoiselle doch stylen. Sie hat nämlich den verpickelten Franzosen an der Angel.«

»Quatsch!« Eine leichte Röte zog über Nickis Gesicht. »Darum geht es ja gar nicht. Wenn du gestern nicht meine weiße Bluse geklaut und voll Erdbeereis gekleckert hättest, müßte ich jetzt nicht improvisieren.«

»Reg dich ab, morgen hast du sie wieder. Ich habe sie gleich heute früh zum Waschen gegeben.« Katja wälzte sich vom Rücken in die Bauchlage. »Vorne bin ich schon trocken. — Iihhh, was klebt denn hier?« Unter ihren Beinen zog sie eine leicht durchfeuchtete Zeitung hervor und warf sie auf den Boden. »Hoffentlich war es nicht die BILD, die färbt immer so ab.«

»Ach, *da* ist sie, ich habe sie schon überall gesucht.«

Nicki hob die Zeitung auf, und während sie darin herumblätterte, meinte Katja geringschätzig: »Liest du die etwa? Wen interessiert es denn schon, ob Fräulein Heidi Klawutke aus Wuppertal Miß Kokosnuß geworden ist?«

Bei der beanstandeten Zeitung handelte es sich um die *Coast News*, die jede Woche erschien, gratis verteilt wurde und in vier Sprachen überwiegend Reklame und zwischendurch auch ein paar Neuigkeiten enthielt, die Touristen interessieren könnten. Es gab ja immer welche, die sofort eine gerade eröffnete, zwanzig Kilometer entfernte Boutique stürmten, obwohl es da bestimmt nichts anderes zu kaufen gab als in den zig übrigen Boutiquen auch. Und ein Fußballspiel, bei dem Gäste gegen Einheimische antraten, fand alle Naselang irgendwo statt.

»Manchmal steht aber auch etwas Interessantes drin. Hier zum Beispiel!« Sie deutete auf eine kleine Notiz auf der letzten Seite. »Am 2. März gegen 22 Uhr wird die QUEEN ELIZABETH II in Mombasa erwartet und zwei Tage lang am Kai im Neuen Hafen vor Anker liegen.«

»Waas???« Ich riß ihr die Zeitung aus der Hand. Tatsächlich, da stand es schwarz auf weiß. »Welchen haben wir heute?«

»Den Ersten.«

»Dann kommt sie ja schon morgen?«

»Eben! Deshalb müssen wir übermorgen nach Mombasa. Habe ich doch vorhin schon gesagt. Ich bin ja bloß auf das dußlige Gesicht von Sascha gespannt, wenn wir plötzlich unten an der Treppe stehen.«

»Auf einem Schiff heißt das Gangway«, verbesserte Katja. »Müssen wir denn unbedingt hin?«

»Na, hör mal!« Es gab Momente, da verstand ich meine Tochter wirklich nicht mehr. »Du hast deinen Bruder immerhin ein Jahr lang nicht gesehen.«

»Ich habe ihn auch gar nicht vermißt. Am Ende bildet er sich noch ein, wir seien ihm hinterhergefahren.«

»Dann bleib doch hier, es zwingt dich ja niemand.«

»Natürlich komme ich mit«, sie rappelte sich vom Bett hoch, »ich habe nämlich noch nie einen Luxusliner gesehen.«

Gleich nach dem Frühstück machten wir uns auf den Weg. Wir hatten ausgerechnet, daß wir gegen zehn Uhr in Mombasa sein würden, vorausgesetzt, die Fähre war nicht wieder mal kaputt, und der Hafen würde sich dann wohl auch noch finden lassen. Der Busfahrer beschrieb uns den Weg denn auch so ausführlich, daß wir schon an der nächsten Straßenecke nicht mehr weiter wußten.

»Warum nehmen wir kein Taxi? Ein Vermögen wird das schon nicht kosten, und die paar Mark sollte dir dein lieber Sohn eigentlich wert sein.«

Na gut, warum nicht? Der Taxifahrer wußte schon Bescheid, kaum daß ich ihm das Fahrtziel genannt hatte. »Oh, you will see the ship!« Wir einigten uns auf den Preis von achtzig Shilling, also ungefähr sieben Mark, dann durften wir einsteigen und uns die Stellen auf der Rückbank suchen, aus denen noch keine Sprungfeder herausragte; kenianische Taxis zeichnen sich selten durch ein intaktes Innenleben aus.

Entgegen unserer Annahme fuhren wir keineswegs zum Meer hinunter, wo man logischerweise einen Hafen zu suchen hat, sondern in die entgegengesetzte Richtung, holperten über schlaglochgespickte Sandpisten, durchquerten ein kleines Wäldchen und waren nach zehn Minuten der festen Überzeugung, daß es zwischen dem Fahrer und mir irgendwelche Mißverständnisse gegeben haben mußte. »Wäre ja auch kein Wunder, bei deinem Englisch zieht's mir immer die Schuhe aus.« Energisch tippte Katja dem Fahrer auf die Schulter. »Are you sure this is the right way to the port?«

Er nickte. »Only two minutes.«

Aus den zwei Minuten wurden dann ein paar mehr,

aber schließlich kamen wir wieder auf eine geteerte Straße und stoppten vor einem endlos langen Schuppen. Irgendwo dahinter vermuteten wir das Meer, sehen konnten wir es nicht. Näher heranfahren dürfe er nicht, sagte der Fahrer, kassierte seinen Lohn, wendete und brauste unter Hinterlassung einer Staubwolke ab.

Erst husteten wir ein bißchen, danach wischten wir uns den Sand aus dem Gesicht, und dann sagte Nicki das, was wir alle dachten: »Keine Ahnung, wo wir sind, aber ganz bestimmt nicht da, wo wir hinwollten. Die QU II ist doch kein Ausflugsdampfer, die müßte man doch sehen können!«

»Jetzt gehen wir erst mal bis zum Ende dieser Baracke, vielleicht sind wir dann klüger. Rechts oder links?« Wir standen genau in der Mitte.

»Links«, entschied Katja und lag ausnahmsweise mal richtig. Als wir nämlich um die Ecke bogen, blieben wir wie angewurzelt stehen. Direkt vor uns, nur getrennt durch eine Art Kanal, lag ein Riesenschiff, mindestens zehn Stockwerke hoch und ein paar hundert Meter lang. Ein Schornstein von der Größe eines Einfamilienhauses ragte in den blauen Himmel.

»Menschenskind, ist das ein Pott!« flüsterte Nicki ehrfurchtsvoll. »So groß habe ich mir den Kahn wirklich nicht vorgestellt.«

Ich auch nicht, und deshalb ahnte ich bereits gewisse Schwierigkeiten, Sascha in dieser schwimmenden Kleinstadt überhaupt ausfindig zu machen.

Mehrere transportable Brücken führten über den Kanal. Wir wählten die erste und standen nun direkt neben dem Bug des Schiffes. Das Heck konnten wir schon gar nicht mehr ausmachen.

»Wie geht's denn jetzt weiter?« Fragend sah mich Katja an.

Das wußte ich auch nicht. »Irgendwo wird es ja einen Einstieg geben. Vermutlich da hinten bei dem größten Gewimmel.«

Auf dem Kai herrschte ein unbeschreibliches Durcheinander. Ungefähr ein Dutzend Safariwagen standen hintereinander aufgereiht, daneben, davor und dazwischen Lastwagen, vollgepackt mit Obst und Gemüse, Kühltransporter schoben sich zentimeterweise vorwärts, und zwischen all den quietschenden und hupenden Autos wuselten Fußgänger: Passagiere, Händler, Behördenmenschen mit Schlips und Aktenköfferchen, Bettler, Crewmitglieder, Schaulustige — alles vermischte sich zu Geschrei, Gezeter und einem babylonischen Sprachgewirr.

»Glaubst du im Ernst, daß wir in diesem Durcheinander Sascha finden?«

»Über'n Weg laufen wird er uns bestimmt nicht, Nicki, da müssen wir schon Eigeninitiative entwickeln.« In unmittelbarer Nähe der Gangway hatte ich mehrere Offiziere entdeckt — zumindest hoffte ich, daß es welche waren. Sie trugen zwar nur weiße Hosen und Hemden, wie viele andere auch, aber als einzige hatten sie weiße Mützen auf dem Kopf und Walkie-talkies am Ohr. An einen dieser Herren pirschte ich mich heran. »Entschuldigen Sie bitte, wäre es wohl möglich . . .«

»Pardon?«

Himmel ja, das war ein englisches Schiff, und da alle Engländer davon überzeugt sind, ihre Muttersprache sei die einzig richtige, das Erlernen einer weiteren also überflüssig, kam ich mit meiner höflichen Einleitung nicht weiter. Auf englisch kann ich aber nicht so höflich sein, weil mir die Vokabeln fehlen. Also noch mal von vorne: »Is it possible to see my son? He works on this ship as a waiter, I think in the Queens Grill.«

Er hatte verstanden. Jedenfalls nickte er freundlich, wollte den Namen des Sohnes wissen, und als ich ihn nannte, wurde er noch freundlicher. »Oh, you mean Sascha? I know him. He's a really nice guy.« Er quasselte etwas in sein Walkie-talkie, nickte ein paarmal zustimmend und wandte sich wieder zu uns. »They have called him out over the loudspeakers, but I'm afraid you'll have to wait a while.«

Wir bereiteten uns also auf eine längere Wartezeit vor, auf dem schattenlosen Kai kein reines Vergnügen. Andererseits hatten wir jetzt genug Muße, die vielen Passagiere zu bestaunen, die in hellen Scharen aus dem Bauch des Schiffs quollen. Es schienen größtenteils Amerikaner zu sein, von denen die meisten das Rentenalter bereits überschritten hatten. Auffallend viele trugen maßgeschneiderte Safarianzüge mit farblich passenden Tropenhelmen.

»Nu sieh dir *die* an«, flüsterte Katja, auf eine aber schon sehr bejahrte Greisin deutend, die von zwei Stewards die Gangway herabgeführt und zu dem am nächsten stehenden Safariwagen geleitet wurde, »kann keinen Schritt mehr alleine gehen, muß aber alles mitmachen.«

»Ja, es ist schon schlimm, wenn die Knochen älter sind als das Gesicht«, bestätigte Nicki, während sie die dürre Gestalt musterte, die sich mühsam die Gangway heruntertastete. Sie steckte in grellrosa Shorts sowie einem grünen Top, trug an den Füßen Glitzersandalen und auf dem Kopf einen blumengeschmückten Strohhut, allerdings nur in Form einer Krempe, aus deren Mitte spärliche weißblond gefärbte Haare ragten. »Hinten Lyzeum und vorne Museum«, konstatierte Nicki mitleidlos. »Wie kann man sich nur so zum Gespött der Leute machen?«

»Oh, Jonathan, look at this elephant! Isn't it marvellous?« Eine ebenfalls auf Teenager getrimmte Sechzigerin schoß auf unseren netten Offizier zu. Unter den Arm hatte sie einen riesigen Elefanten geklemmt, den sie jetzt stolz präsentierte. »I only paid five hundred dollars, that's really cheap, isn't it?«

»Hab' ich das richtig verstanden?« wisperte Katja. »Hat die wirklich fünfhundert Dollar für das Vieh gelöhnt?«

Mir erschien das auch ein bißchen happig, denn in unserer hoteleigenen Boutique war eine ähnlich große Schnitzerei mit zweitausendfünfhundert Shilling ausgezeichnet, was einem Gegenwert von etwa dreihundertzwanzig Mark oder maximal zweihundert Dollar entsprach. Sogar der Offizier wiegte zweifelnd seinen Kopf. »Oh dear, it's ebony«, zwitscherte die Dame, bevor sie im Schiff verschwand, um ihren soeben erworbenen Schatz in Sicherheit zu bringen.

»Jetzt hat sie sich das Viech auch noch als Ebenholz andrehen lassen«, feixte Katja. »Der Bursche, dem das gelungen ist, hat das Geschäft seines Lebens gemacht.«

Mit einer Umsatzsteigerung rechneten offenbar sämtliche Souvenirhändler Mombasas. Jenseits des kleinen Kanals hatten sie improvisierte Stände aufgebaut, mit einem reichhaltigen Angebot von Kitsch und Krempel bestückt, Preisabsprachen getroffen, und nun warteten sie auf Kundschaft. Lange würden sie bestimmt nicht warten müssen. Speziell Amerikaner haben eine mir unbegreifliche Vorliebe für als Souvenirs deklarierte Geschmacklosigkeiten.

In Jonathans Walkie-talkie piepste es, dann quäkte eine Stimme Unverständliches. Jonathan musterte uns drei von oben bis unten, lachte und gab eine genaue Personenbeschreibung von uns durch. »Sascha is coming«, sagte er, den Rest verstand ich nicht.

Nie wieder habe ich ein so ungläubiges, verdattertes und — pardon! — dämliches Gesicht gesehen wie das meines Sohnes, als er die Gangway herunterlief. »Wie kommt *ihr* denn hierher?«

»Mit 'm Taxi«, sagte Katja lakonisch.

»Dumme Schnepfe! Ich meine doch, wie kommt ihr nach Mombasa?«

»Mit 'm Bus.«

Die beiden standen sich schon wieder wie Kampfhähne gegenüber. »Wir machen Urlaub«, erklärte ich, »und ...«

»Deinetwegen sind wir jedenfalls nicht nach Kenia geflogen«, unterbrach mich Katja, »reiner Zufall, daß euer Schiffchen gerade hier ist. Kann man da mal rauf?«

»Das wird schwierig.« Fragend sah Sascha zu Jonathan hinüber, der unser Wiedersehen mit großem Interesse verfolgte. »Is there a possibility for my family to look around the ship?«

Dafür war Jonathan nicht zuständig, Sascha solle sich an den Sicherheitsoffizier wenden.

»So was Ähnliches habe ich schon erwartet, und ich fürchte, der sagt nein. Erstens kann er mich nicht leiden, und zweitens müssen sich Besucher mindestens zwei Tage vorher anmelden, damit man sie überprüfen kann.«

»So ein Blödsinn«, schimpfte Nicki enttäuscht, »wie soll denn das überhaupt gehen?«

»Keine Ahnung, ist aber Vorschrift.« Einen Moment überlegte er, dann war ihm etwas eingefallen. »Vorschriften sind bekanntlich dazu da, umgangen zu werden. Ich hole Vicky.« Im Weggehen ermahnte er uns noch: »Rührt euch nicht von der Stelle, ich bin gleich wieder da.«

»Wer ist Vicky?« fragte Katja verblüfft.

»Das wird sich ja bald herausstellen.«

»Habt ihr gesehen, wie braun Sascha ist? Richtig neidisch könnte man werden«, seufzte Nicole, die noch immer nicht die ersehnte Prestigebräune erreicht hatte. »Ich finde, er sieht überhaupt unverschämt gut aus. Wäre er nicht gerade mein Bruder, könnte ich mich direkt in ihn verlieben.«

»Du hast schon immer einen seltsamen Geschmack gehabt«, meinte Katja nur.

Es dauerte wirklich nicht lange, bis Sascha zurückkam. »Ich hab' sie aus dem Bett geholt, sie muß sich erst anziehen.«

»Um diese Zeit? Es ist gleich elf.«

»Ja und? Wer gerade keinen Dienst hat, versucht immer, ein bißchen Schlaf nachzuholen. Außerdem hat sie irgendeine blöde Zahngeschichte.«

Das allerdings war nicht zu übersehen. Eine geschwollene Backe verunzierte das bedauernswerte Geschöpf, das sich jetzt zögernd zu uns gesellte. Es war ein außergewöhnlich hübsches Mädchen. Groß, sehr schlank, ein ebenmäßiges Gesicht mit ausdrucksvollen dunklen Augen, umrahmt von einer raffiniert geschnittenen Kurzhaarfrisur. Das Ganze steckte in einem pinkfarbenen Jogginganzug. Ich streckte ihr die Hand entgegen. »Es tut mir so leid, daß Sascha Sie hochgescheucht hat, aber ...«

»Stopp, stopp!« unterbrach er mich. »Sie versteht dich nicht. Ich hätte vielleicht sagen müssen, daß sie Engländerin ist.«

O Gott, nicht schon wieder! »Dann übersetz ihr wenigstens meine Beileidsbezeugungen.«

Sascha schwafelte drauflos, Vicky lächelte schüchtern, nickte schließlich, sah sich suchend um und ging zu einem etwas klein geratenen Uniformierten hinüber, der gerade zwei eingeborene Händler von der Gangway scheuchte.

»Wenn sie's nicht schafft, schafft's keiner, aber sie schafft's garantiert.« Optimismus war schon immer Saschas Stärke gewesen.

»Wer ist das überhaupt?« forschte Katja.

»Vicky? Sie ist Tänzerin und gehört zur Showtruppe. Weil sie sehr beliebt ist und von der halben Crew umbalzt wird, kann sie hoffentlich den Sicherheitsmenschen weichkochen, damit er euch reinläßt.«

»Wovor hat der eigentlich Angst? Daß wir eine Bombe aufs Schiff schmuggeln?« Zum Beweis des Gegenteils stülpte Nicki die Taschen ihrer Bermudashorts nach außen.

»Das wohl weniger, aber nicht jeder Passagier schließt seine Kabine ab, und was da manchmal an Klunkern herumliegt, könnte auch einen moralisch sehr gefestigten Menschen in Versuchung führen.«

»Ach, und du bist noch nie erwischt worden?« fragte Katja interessiert.

Er warf ihr einen drohenden Blick zu. »Halt endlich die Klappe, sonst kannst du hier draußen bleiben.« Er drehte sich zu mir um. »Als die mich vorhin ausgerufen und gesagt haben, daß meine Familie auf dem Kai wartet, habe ich natürlich geglaubt, jemand will mich verarschen. Deshalb habe ich mir eine Beschreibung durchgeben lassen. Doch als ich hörte, eine meiner angeblichen Schwestern sei klein, dick und habe eine große Nase, da wußte ich ...«

Mit beiden Fäusten ging Katja auf ihn los. »Von wegen große Nase! Sieh dir doch deine eigene an! Gegen die hatte Cyrano de Bergerac ein geradezu klassisches Profil! Und dick??? Bei Konfektionsgröße sechsunddreißig? Glaubst du denn, ich will so ein Gerippe sein wie deine Hupfdohle?«

»Sagtest du Hupfdohle? Du, Vicky hat zehn Jahre Ballettunterricht gehabt. Die hat echt schon spitze getanzt, als du noch nicht mal Dreirad fahren konntest.«

»Ich habe mir schon gedacht, daß sie bald Rente kriegt.«

— Himmel noch eins, wurden sie denn nie erwachsen??? Schon als Kinder waren sie bei jeder Gelegenheit aufeinander losgegangen, hatten sich auch später ständig in den Haaren gelegen, und nun, da sie sich als erwachsen bezeichneten, führten sie sich immer noch auf wie im Grundschulalter! »Ab wann wird man mit euch beiden zusammen in der Öffentlichkeit erscheinen können, ohne sich jedesmal zu blamieren?«

Eine Antwort bekam ich nicht mehr. Schon von weitem signalisierte Vicky, daß wir die Genehmigung zum Betreten des Schiffes erhalten hatten. »Na, dann kommt mal mit!« Sascha setzte sich in Marsch, und wir trotteten gehorsam hinter ihm her. »Bleibt immer zusammen, damit ihr euch nicht verliert. Und verlauft euch nicht. Ich habe zwei Wochen gebraucht, ehe ich mich auf dem Kahn halbwegs zurechtgefunden habe.«

»Wo seid ihr in vierzehn Tagen?« erkundigte sich Nicki.

»Weiß ich nicht genau, irgendwo in Südostasien.«

»In Ordnung, da wollte ich schon immer mal hin.«

Unter den skeptischen Blicken des Sicherheitsoffiziers betraten wir das Schiff. Erst marschierten wir einen Gang entlang, dann noch einen, dann stiegen wir eine Treppe hinauf, und dann wurde es vornehm. Honigfarbene Veloursböden, teppichbelegte breite Treppen mit auf Hochglanz polierten Messinggeländern, Sitzgruppen, dekoratives Grünzeug in allen Ecken, ein Lift und noch einer, Türen, die zu den einzelnen Kabinen führten, goldgerahmte Spiegel, dann wieder Freiräume mit großen Fenstern, wieder eine Treppe hinauf, eine Bar, ein Spielsalon, das Bordkino, ein in einen riesigen, rundherum verglasten Wintergarten integrierter Swimmingpool, noch eine Bar, noch ein Clubraum — Luxus ohne Ende.

Sascha benahm sich wie ein Fremdenführer, der ein dutzendmal täglich Touristen durch die Sixtinische Kapelle schleift. »Die QE II ist zweihundertachtundneunzig Meter lang und elf Stockwerke hoch. Der Schornstein allein wiegt . . .«

»Wen interessiert denn das?« fiel ihm Nicki ins Wort. »Ich würde viel lieber wissen, wie so eine Kabine von innen aussieht.«

»Weiter oben finden wir sicher eine, in der gerade saubergemacht wird. Die gehobenere Preisklasse schläft nämlich länger.«

Die Orientierung hatte ich längst verloren, wußte nicht, in welchem Stockwerk — Verzeihung, auf welchem Deck wir uns befanden, staunte nur über den ungeheuren Luxus, der sich uns darbot. Als wir einen Raum durchquerten, der wie eine Hotelrezeption ausgestattet war, fragte ich nach dem Zweck dieser Einrichtung.

»Das ist unsere Meckerecke«, sagte Sascha gleichmütig. »Hier können die Passagiere Geld tauschen, Briefmarken holen und ihre Sorgen loswerden, angefangen von ›meine Nachttischlampe ist kaputt‹ bis zu ›wo kann ich meinen Mann begraben?‹«

»Wie bitte?« Ich hatte wohl nicht recht verstanden.

»Na ja, in so einem schwimmenden Altersheim segnet schon mal jemand das Zeitliche.«

»Und was passiert mit dem?«

»Na, was wohl? Er kommt zu Langnese.«

???

»In einen der Kühlräume«, erläuterte Sascha gelangweilt, »natürlich nur bis zum nächsten Hafen.«

»Ist ja reizend«, murmelte Nicole. »Genaugenommen kann man also damit rechnen, daß einem beim Öffnen des Fahrstuhls ein Toter entgegenfällt?«

»Ist sogar schon passiert«, sagte Sascha grinsend.

Wie zum Beweis ging direkt neben uns eine Lifttür auf, und heraus kam — nein, keine Leiche, aber ein alter Mann, der eine gewisse Ähnlichkeit mit einer solchen hatte. Mit zittrigen Beinen trat er aus der Kabine und sah sich suchend um.

»Das ist Mr. Goldstone, der weiß wieder nicht, wo er ist«, sagte Sascha halblaut, bevor er sich dem Greis zuwandte. »Can I help you, Sir?« Die gemurmelte Antwort verstand ich nicht, doch Sascha griff ihm kräftig unter die Arme und geleitete ihn den Gang hinunter. »Jetzt fährt der schon seit zwei Monaten mit uns herum, aber seine Kabine findet er bis heute nicht«, keuchte er, nachdem er seinen Schützling abgeliefert hatte. »Neulich hat ihn einer von den Filipinos vor der Wäscherei aufgesammelt, und die liegt ganz unten.«

Die Besichtigung ging weiter: Bibliothek, kleiner Ballsaal — »den großen zeige ich euch später!« —, Cafeteria, Kindergarten, erster Speisesaal, zweiter Speisesaal, wieder eine Bar, Billardzimmer — offenbar gab es nichts, was es hier nicht gab. Sascha bestätigte das denn auch. »Du kannst praktisch alles machen beziehungsweise alles lernen, was du willst. Das beginnt beim Golfspielen über Bridge und Computertechnik bis hin zu Ikebana und Kochen. Ich bezweifle allerdings, daß dieser Kursus jemals stattgefunden hat. Die Passagiere auf diesem Schiff kochen auch zu Hause nicht selber, die lassen kochen.« Er sah auf seine Uhr, ein noch sehr neu aussehendes Exemplar einer Nobelmarke. Katja hatte sie auch sofort bemerkt. »Wem hast du die denn geklaut? Oder ist Reichtum ansteckend?«

»Weder noch. Die habe ich in Hongkong gekauft, da kostet sie ein Drittel von dem, was man bei uns bezahlen muß.«

»Ein Snob bist du ja immer schon gewesen.«

Klugerweise überhörte er die Bemerkung, außerdem hatte er es eilig. »Ich liefere euch jetzt bei Vicky ab, weil ich gleich zum Lifeboattraining muß.«

»Zu was?«

»Ret-tungs-boot-übung. Wird in so ziemlich jedem Hafen durchgezogen, allerdings nur für die Crew.«

»Gehört deine Vicky denn nicht dazu?«

»Nee, die Showgirls haben einen Sonderstatus, die sind privilegiert. Nun kommt schon, ich müßte eigentlich längst oben sein!«

Wieder marschierten wir durch irgendwelche Gänge bis zu einer großen Doppeltür. »Der Ballsaal!« Einladend hielt Sascha einen Flügel auf und ließ uns eintreten.

»Wwhouw!« machte Katja. »Ist ja Wahnsinn!«

In der Mitte befand sich die Bühne, die offenbar auch als Tanzfläche diente, dahinter sah man die Empore für das Orchester, und drumherum gruppierten sich auf zwei Ebenen unzählige Rauchglastische, umgeben von dunkelroten Polstersesseln. In einem davon saß Vicky.

»Ich lasse euch jetzt hier, bis der ganze Lifeboatrummel vorbei ist. Vielleicht kann sie euch was zu trinken besorgen. Um diese Zeit ist das schwierig, weil die Bars noch geschlossen haben. Die meisten Passagiere sind ja on the road. Aber sie wird schon was deichseln. Seht zu, wie ihr klarkommt. Pidgin-Englisch versteht sie prima, immerhin besteht die halbe Crew aus Filipinos, und die kauderwelschen genauso herum wie ihr.« Mit dieser aufmunternden Feststellung ließ er uns allein.

Da saßen wir nun, lächelten uns verlegen an, malten Kringel auf den Glastisch und wußten nichts miteinander anzufangen. Ob wir etwas zu trinken haben möchten, fragte Vicky. O ja, sehr gern, am liebsten einen richtig starken Kaffee. Erst hinterher fiel mir ein, daß Engländer zwar hervorragenden Tee machen, vom Kaffeekochen aber keine Ahnung haben. Vicky verschwand hinter einer Seitentür, und Katja atmete hörbar auf. »Sehr gesprächig ist sie nicht gerade.«

»Du kannst ja auch mal was sagen«, ermunterte ich sie.

»Was denn? Soll ich sie vielleicht fragen, ob sie mit meinem Bruder was hat?«

»Natürlich hat sie was mit ihm«, behauptete Nicole sofort, »habt ihr nicht gesehen, wie sie ihn anhimmelt?«

Vicky kam zurück, stellte Tassen, Zucker und Milchkännchen auf den Tisch, fragte höflich, ob die Mädchen lieber etwas Kaltes hätten. »Cola or Lemonjuice?«

Sie entschieden sich für Zitronensaft. Dann faßte sich Katja ein Herz. Die ganze Zeit schon hatte sie neugierig die Galerie gemustert, die sich oberhalb des Ballsaals entlangzog. »What is there?«

»Oh, you mean the shops? Why don't you go upstairs and have a look at there?«

Das ließ sie sich nicht zweimal sagen. Sie sprang auf und lief die seitlich emporführende Treppe hinauf. Nicole hinterher. »Das darf doch nicht wahr sein!« hörte ich sie gleich darauf rufen. »Zweihundertachtundsechzig Dollar für dieses alberne Hemd mit nichts dran. Und guck mal da, die Krawatte, hundertzehn Dollar! Määm, komm mal rauf, das mußt du dir ansehen!«

Sehenswert war es wirklich. Nur das Feinste vom Feinen hatten die kleinen Geschäfte zu bieten, und in den Allerfeinsten waren die Preise so dezent angebracht, daß man sie beim besten Willen nicht entziffern konnte. Da gab es eine Minifiliale von Tiffany, eine von Hermès, Louis Vuitton war ebenso vertreten wie Yves Saint-Laurent und Dior — alles Namen, die ich schon oft gehört, deren Erzeugnisse ich bisher jedoch nur in Zeitschriften bewundert hatte. Oder auch nur belächelt. Abendkleider mit Löchern in der Bauchnabelgegend sind nicht unbedingt mein Geschmack.

Katja liebäugelte mit einer Armbanduhr in der Preisklasse von zwanzigtausend Mark, Nicole hatte es eine Tasche angetan, auch nicht viel billiger, und mir gefiel ein Seidentuch, das nur zweihundertsiebzig Dollar kostete, folglich als ausgesprochen preiswert zu bezeichnen war.

»Ein Glück, daß die Geschäfte erst nachmittags öffnen«, sagte Katja, »da werde ich wenigstens nicht in Versuchung geführt.«

Unten warteten schon Vicky und der Kaffee. Leider habe es so lange gedauert, doch es sei schwierig gewesen, um diese Zeit jemanden vom Personal zu finden, der Kaffee kochen könne. Er war ausgezeichnet. Später erfuhr ich von Sascha, daß fast alle Köche auf dem Schiff Deutsche, Schweizer oder Franzosen waren.

Wir lächelten, schwiegen uns weiterhin an und begrüßten jede Unterbrechung, die in Gestalt einer schwimmwestenbehängten Person den Saal durchquerte. Ab und zu glitt an einem der Fenster ein Rettungsboot vorbei, wurde heruntergelassen, wieder hochgezogen, doch das ganze Manöver verlief völlig undramatisch. Kein Boot kippte um, keins blieb stecken, dann endlich ertönte eine Sirene, die dem ganzen Auftrieb ein Ende bereitete. Kurz danach war Sascha wieder bei uns. »Na, habt ihr euch gut unterhalten?«

»Und wie!« antwortete Katja prompt. »Wir haben schon die Handelsbilanz der EG erörtert, den Verfall des Dollars analysiert und gerade angefangen, über die Wirtschaftskrise in Rußland zu debattieren.« Sie schüttelte den Kopf. »Wie konntest du uns bloß mit diesem stummen Fisch hier zurücklassen?«

»Ich hab's doch nur gut gemeint«, entschuldigte er sich, »allein hättet ihr euch auf dem Kahn hoffnungslos verlaufen.«

»Na schön, sehe ich ein, aber jetzt schick deine Vicky wieder in die Heia, am besten mit einem Eisbeutel. Sie sieht wirklich etwas deformiert aus.« Wenigstens brachte Katja noch so viel Höflichkeit auf, sich in holprigem Englisch für die Betreuung zu bedanken und gute Besserung zu wünschen. Auch ich gab einige Artigkeiten von mir, und sogar Nicole raffte sich zu einem »Thank you, you were very kind« auf. Im Gegensatz zu ihrer Schwester, die, sofern sie Lust hat, ungeniert in einer fremden Sprache drauflosquasselt ohne Rücksicht auf Grammatik oder Satzbau, überlegt sich Nicole jedes Wort sorgfältig, reiht in Gedanken Silbe für Silbe aneinander bis zum kompletten Satz, und wenn sie ihn endlich fertig hat, sind ihre Gesprächspartner längst bei einem anderen Thema.

Vicky wünschte uns allen noch einen schönen Tag und zog sich zurück. Achselzuckend sah ihr Katja hinterher. »Was hast du bloß an der gefressen, Sascha?«

»Wie meinst du das? Ich kenne sie eben, genauso wie ich die anderen Tänzerinnen auch kenne.«

»Wird das auf die Dauer nicht ein bißchen zu anstrengend?«

Nun wurde er wirklich ärgerlich. »Ich will dir mal was sagen, du dummes kleines Gör, wenn du nicht endlich mit diesen albernen Anspielungen aufhörst, fliegst du vom Schiff und kannst auf dem Kai warten, bis du schwarz wirst, kapiert?«

»Aye aye, Sir, habe verstanden! Dein Liebesleben fällt in die Kategorie top secret.« Sie konnte es einfach nicht lassen.

»So, jetzt kommt mal mit, damit ich euch meine Spielwiese zeigen kann.« Wieder ging es Treppen hinauf, wir durften einen Blick in den verschwenderisch ausgestatteten Schönheitssalon werfen und in den Gymnastikraum, und dann stießen wir auf eine durchgehende Fensterfront, die einen phantastischen Blick über den ganzen Kai bot. Vor einem der Fenster stand ein Tisch von der Größe einer Pingpong-Platte. Vier Männer im Gesamtalter von etwa dreihundert Jahren bewegten sich im Schneckentempo an der Tischkante entlang, zwei mit Lupen vor den Augen, und starrten auf die Platte. Erst beim Näherkommen sahen wir, daß sie gemeinsam ein Puzzle zusammenbauten.

»Gibt's denn das?« Entgeistert beobachtete Nicki die Altherrenriege. »Die sind auf einer Weltreise, liegen in einem exotischen Hafen, haben ein tolles Panorama vor sich und nichts Gescheiteres zu tun, als mit bunten Bildchen zu spielen.«

Sascha fand das völlig normal. »Du kannst sie ja fragen, wie oft sie schon um den Globus geschippert sind. Wahrscheinlich ein dutzendmal oder mehr. Für diese reichen Knöppe ist so eine worldcruise ungefähr das gleiche wie für euch ein Wochenende am Bodensee. Geld haben sie wie Heu, Langeweile auch, andererseits kennen sie schon alles, sind überall gewesen und freuen sich diebisch, weil sie diesmal wieder Jim aus Texas und Jack aus Florida getroffen haben, die auch schon auf der vorletzten Kreuzfahrt mit von der Partie gewesen sind.«

Ein paar Schritte weiter saß ein älteres Ehepaar auf einem der vielen Sofas, Kopfhörer auf den Ohren, und hüpfte im Takt der Musik vergnügt auf den Polstern hin und her. »Die hatte ich schon auf der Liberty« — artig grüßte Sascha hinüber —, »denen gehören in Detroit zwei kleinere Bürohäuser, ungefähr dreißig Stockwerke hoch, also nicht zu vergleichen mit Mrs. X, die in London den halben Piccadilly Circus besitzt, oder genauer gesagt, die Grundstücke. Sie bucht immer gleich drei Kabinen. Eine für sich, die zweite für ihre Garderobe und die andere für ihre Gäste. Da kommen mal welche in Singapur an Bord und fahren bis Nagasaki mit, in Kapstadt baggert sie neue ein, die gehen in Rio wieder runter oder in Antigua — Zeit und Geld spielen doch keine Rolle.«

»Eigentlich wollte ich immer einen Millionär heiraten«, sagte Katja nachdenklich, »aber wenn ich das hier so sehe, finde ich die Idee gar nicht mehr so gut. Was will man denn noch vom Leben erwarten, wenn man schon alles hat, sich jeden Wunsch erfüllen kann und nichts mehr zum Wünschen übrigbleibt? Gibt es überhaupt noch etwas, worüber die sich freuen können?«

»Ja«, antwortete Sascha sofort, »wenn sie in der Boutique ihrer zweitliebsten Feindin den Seidenfummel vor der Nase wegschnappen und abends damit herumstolzieren können. — So, und das hier ist mein Tummelplatz.«

Es war ein relativ kleiner Speisesaal, den wir betraten, aber er war ja auch nur den Passagieren der First Class vorbehalten, und davon gab es wohl doch nicht so viele. Die Tische waren bereits gedeckt, und ich fragte mich im stillen, wo denn, um alles in der Welt, zwischen dem ganzen Silber und Kristall noch Platz für Teller und Schüsseln sein sollte.

»Wenn ihr wollt, kann ich euch hier abfüttern«, bot Sascha an, »ich fürchte nur, ihr würdet euch unter diesem arroganten Volk nicht sonderlich wohl fühlen.«

»Bloß nicht«, lehnte Katja gleich ab, »die kreuzen doch sicher in Taft und Seide auf, und wir hocken dazwischen wie die armen Verwandten.«

Ganz so schlimm sahen wir nun doch nicht aus, aber ich hatte auch keine Lust, auf dem Präsentierteller zu sitzen und als Gesprächsthema zu dienen. Daß wir nicht zu diesem elitären Klüngel gehörten, wäre nur zu offensichtlich gewesen.

»Wißt ihr was? Ihr geht jetzt aufs Sonnendeck«, schlug Sascha vor, »da gibt es eine Snackbar, und dort könnt ihr euch holen, was ihr wollt.«

»Geht denn das so einfach? Wir sind doch keine Passagiere.«

»Meine Güte, wir haben über tausend Gäste an Bord, da fällt doch der einzelne gar nicht auf. Außerdem steht da oben hinter dem Tresen ein Volltrottel, der würde nicht mal merken, wenn ein Schwarzer von ihm einen Hot dog haben will. Also macht euch deshalb keine Sorgen.«

Ich machte mir aber welche. »Womit soll ich denn bezahlen? Ich habe nur kenianische Shillinge und D-Mark. Dollars habe ich bisher nicht gebraucht.«

Sascha lachte. »Määm, du bist auf einem Schiff! Da zahlt man nicht, da ißt man bloß!«

Immer deutlicher wurde mir klar, daß es mir im Umgang mit dem Geldadel und dessen Ambiente an den fundamentalsten Kenntnissen fehlte.

Nicole hatte andere Probleme. »Du, Sascha, wo kann man denn hier, wenn man mal muß?«

»Na komm, ich zeig's dir, allein findest du es doch nicht.« Hätte sie auch nicht. An der Tapetentür wären wir glatt vorbeigelaufen. Auch der Waschraum war mit Veloursboden ausgelegt und — ich traute meinen Augen nicht — sogar die Kabinen mit den zum Teppich farblich abgestimmten Toiletten. Die Schmeichelspiegel, die einem immer eine so dekorative Bräune vortäuschen, wurden von rosa Lämpchen angestrahlt.

»Da könnt ihr mal wieder sehen, daß Schönheit nur eine Frage der richtigen Beleuchtung ist«, stellte Katja fest, nachdem sie sich von den reichhaltig herumstehenden Kosmetika bedient und dann im Spiegel gemustert hatte. »Fragt sich bloß, wie der Lippenstift bei Tageslicht aussieht.«

Er sah scheußlich aus!

Draußen vor der Tür trampelte Sascha ungeduldig von einem Fuß auf den anderen. »Wo bleibt ihr denn so lange? Ich dachte schon, ihr wollt da drin übernachten.«

»Ich habe schon an weniger komfortablen Plätzen gepennt«, erwiderte Nicole. »Sag mal, klaut denn niemand was von dem ganzen Zeug? Da stehen mindestens zwanzig verschiedene Lippenstifte, haufenweise Nagellack, Eau de toilette en masse, und alles bekannte Marken. Am liebsten hätte ich mir was mitgenommen.«

»Und warum haste nicht? Was fehlt, wird wieder ergänzt. No problem.«

Auf den für sanitäre Anlagen etwas unpraktischen Bodenbelag angesprochen, grinste Sascha nur. »Was glaubt ihr, wie die Waschräume aussehen, wenn wir hohen Seegang haben?«

Das wollte ich mir lieber nicht vorstellen.

Er verabschiedete uns. In zwanzig Minuten habe er

Dienstbeginn, und umziehen müsse er sich auch noch. »Kannst du denn nicht mal zwei oder drei Stunden von Bord?« Ich war enttäuscht. Irgendwie hatte ich mir unser Wiedersehen etwas anders vorgestellt, ein bißchen familiärer und in einer weniger feudalen Umgebung.

»Zwischen Lunch und Dinner«, sagte Sascha lakonisch.

»Was heißt das?«

»Ungefähr um zwei bin ich fertig und kann bis sechs runter vom Kahn. Wollen wir uns irgendwo treffen?«

Wir verabredeten uns für drei Uhr im Castle-Hotel, dem einzigen Ort in Mombasa, den wir mit Sicherheit finden würden. Es gibt niemanden in der Stadt, der dieses Überbleibsel aus der Kolonialzeit nicht kennt und einem im Bedarfsfall den Weg zeigen kann. Sascha brachte uns noch zur Treppe nach oben, dann trabte er im Dauerlauf davon.

Das Sonnendeck war die letzte Etage dieser schwimmenden Herberge, darüber gab es nur noch den Schornstein und die Rettungsboote. In der Mitte befand sich ein Pool, drumherum waren weißlackierte Liegen gruppiert, teils mit, teils ohne grillende Sonnenanbeter, und neben der Reling standen kleine, sonnenbeschirmte Tische mit jeweils drei Stühlen. Wir suchten uns den letzten aus, weil er uns einen ungehinderten Blick über das ganze Deck gestattete.

»Wo ist denn jetzt der Futtertrog?« Suchend schaute sich Katja um. »Ich sehe keine Frittenbude.«

»Ob das dieser Fahrkartenschalter da hinten ist?« Nicole zeigte auf ein Glasfenster gleich neben der Treppe, hinter dem mit gelangweilter Miene ein weißgekleideter Jüngling Zeitung las.

»Sieh doch einfach mal nach!«

»Ich trau' mich nicht.«

»Feigling!« Aber so ganz wohl war mir auch nicht in meiner Haut, als ich aufstand und scheinbar uninteressiert hinüberschlenderte. Der Jüngling sah nur kurz hoch, musterte mich oberflächlich und kam zu dem

Schluß, daß ich nichts von ihm wollte. Im Augenblick fand ich die beiden Getränkeautomaten neben seinem Würstchenstand auch viel verlockender. »Icetea« stand auf dem einen, der andere enthielt Eiswasser. Mit einem großen Pappbecher voll Tee bummelte ich zurück zum Tisch.

»Gibt's das umsonst?« Mit Argusaugen hatten mich die Zwillinge verfolgt. »Ich könnte einen ganzen Eimer voll austrinken«, sagte Katja und stiefelte los. Nicki ebenfalls. Sie pirschten sich betont gleichmütig an den Imbißstand heran und — gingen daran vorbei zu den Getränkeautomaten.

»Mir ist ja das Wasser im Mund zusammengelaufen«, seufzte Katja und setzte sich wieder, »aber ich habe einfach nicht die Courage, da hinzugehen und was zu holen. Wir haben doch gar nicht das Recht dazu.«

»Ihr seid albern!« Hatte ich mich nicht genauso albern benommen? »Wenn's Ärger gibt, kann uns immer noch Sascha rauspauken.« Meine Zuversicht war allerdings nur gespielt. Wo, um alles in der Welt, sollte ich meinen Bürgen finden? Ich wußte ja nicht mal, wie wir überhaupt von diesem Kahn wieder runterkommen würden. Trotzdem gab ich mir einen Ruck und steuerte geradewegs das Glasfenster an. »One Hamburger, please«, verlangte ich forsch, das einzige an Fast food, was ich dem Namen nach kannte. Die diversen Salate, appetitlich in großen Schüsseln angerichtet, hätten mich zwar auch gereizt, doch ich wußte weder, was Mais auf englisch heißt, noch fiel mir die Vokabel für Gurken ein. Also nahm ich mein Pappbrötchen mit der dazwischenliegenden Bulette in Empfang, griff nach einer Papierserviette und zog wieder ab.

Auf dem Weg zurück zum Tisch kamen mir die Mädchen schon entgegen. »Scheint ja zu klappen.« Bei ihnen dauerte es wesentlich länger, und als Nicole ihr Tablett abstellte, wurde mir klar, warum. Lauter Pappschälchen mit Salaten hatte sie mitgebracht, Minituben mit allen möglichen Soßen, dazu zwei Hamburger, die mindestens doppelt so groß wie meine waren.

»Ich weiß nicht, was ihr daran findet.« Ich würgte an diesem trockenen Zeug herum und bekam es nur runter, wenn ich nach jedem Bissen einen Schluck Eistee trank. »Das schmeckt doch so was von langweilig...«

Da prustete Katja los. »Man merkt, daß du noch nie bei McDonald's warst. Du kannst einen Hamburger doch nicht solo essen!« Sie klappte ihr Brötchen auseinander, und dann wußte ich, weshalb sie bei jedem Happen Maulsperre bekam. Salatblätter, Zwiebeln, Gurken, zwei Käsescheiben und ich weiß nicht mehr, was sie noch unter und über ihre Frikadelle gepackt hatte, jedenfalls sah dieser Aufbau sehr abenteuerlich aus.

»Mir hat der Knabe aber bloß dieses Wabbelbrötchen mit dem Klops in der Mitte gegeben«, beschwerte ich mich. »Wahrscheinlich ist er bei jungen Mädchen großzügiger.«

»Quatsch, den Rest nimmt man sich selber. Der Boy da hinten paßt doch bloß auf, daß ihm die Buletten nicht anbrennen.«

Außer uns, die wir schon von einigen der sonnenbadenden Passagiere mißbilligend beobachtet wurden, schien niemand Hunger zu haben. Der Fast-food-Verwalter hatte sich wieder in seine Zeitung vertieft und sah nicht mal mehr auf, als Katja zum drittenmal ihren Becher mit Eistee füllte. Er war wohl an komische Vögel gewohnt.

Die gab es um uns herum in ausreichender Menge. Sie steckten in grellfarbenen Badehosen, über denen ein mehr oder minder ausladendes Wohlstandsbäuchlein hing, während die dazugehörigen weiblichen Partner das Gegenteil präsentierten und damit wohl dem in ihren Kreisen geltenden Schönheitsideal entsprachen: schlank und gebräunt. Gerechterweise mußte man diese Definition allerdings mit ›dürr‹ und ›verbrannt‹ übersetzen. Darüber täuschten auch die auf jugendlich geschminkten

Gesichter nicht hinweg und erst recht nicht die schweren Goldarmbänder und Brillantringe, mit denen die ohnehin schon teuren Badeanzüge noch aufgewertet wurden.

»Wehe, Määm, wann du später mal so rumläufst«, warnte Katja, während Nicki nur leise murmelte: »Wer nicht an Gespenster glaubt, war noch nie auf einem Luxusdampfer. — Können wir jetzt gehen? Ich hab' genug von dem ganzen Zirkus hier, und Sascha beneide ich überhaupt nicht mehr. Es stimmt zwar, daß er von der Welt eine Menge zu sehen kriegt, aber wenn ich mir dann wieder vorstelle, ich müßte Tag für Tag diese ganzen bornierten, übersättigten Figuren bedienen und um sie herumscharwenzeln ... nee, danke.« Sie stand auf, nahm ihr Tablett, suchte einen Abfallbehälter, fand keinen, stellte alles wieder zurück auf den Tisch. »Wahrscheinlich gibt es auch dafür einen extra Müllmann.«

Sascha hatte uns gesagt, daß wir einen Lift nehmen und auf den Knopf 3 drücken müßten, danach brauchten wir nur noch den Pfeilen zu folgen und kämen zur Gangway. Den Lift fanden wir auf Anhieb, auch den richtigen Knopf, sogar die Pfeile sahen wir, nur gab es rote, die nach rechts zeigten, darunter waren grüne, während die blauen in die entgegengesetzte Richtung wiesen.

»Hat er auch die Farbe gesagt?« wollte Nicki wissen.

Katja entschied sich für Grün. »Rot ist bestimmt der Notausgang, Grün die Hoffnung.« Diesmal erwies sie sich als trügerisch, wir hätten Blau nehmen müssen, wie uns ein staubsaugender Filipino mitteilte, nachdem wir zum drittenmal an ihm vorbeigelaufen waren.

Endlich standen wir wieder auf dem Kai und kämpften uns durch das immer noch anhaltende Gewimmel zur nächsten Brücke. Der Gegenverkehr hatte zugenommen. Bepackt mit Holzfiguren jeglicher Größe, unter den Arm noch einige T-Shirts geklemmt, stolperten die überwiegend weiblichen Passagiere zurück zum Schiff. »Darling, look at this lovely giraffe, I bought it for my grandson.« Das niedliche Tierchen war einschließlich Hals ungefähr anderthalb Meter hoch und mußte ein Vermögen gekostet haben. Darling schleppte ein ähnlich voluminöses Vieh mit sich herum und erklärte seiner Begleiterin, er gedenke das Nashorn zu Hause in Miami neben seinen Pool zu stellen. Nun suche er noch ein Pendant für die gegenüberliegende Seite, habe nur noch nichts Passendes gefunden.

Im Vorbeigehen warfen wir einen Blick auf die Souvenirstände. Normalerweise gibt es keine festen Preise, es wird gehandelt, eine sehr zeitraubende Prozedur, und am längsten dauert sie, wenn man um die letzten zehn Shillinge feilscht. Jetzt allerdings war jedes einzelne Stück mit einem Preisschild versehen, und zwar ausschließlich in amerikanischer Währung. Am erstaunlichsten fand ich die Tatsache, daß diese Phantasiepreise von den Käufern anstandslos bezahlt wurden.

Überhaupt schien während der letzten Stunden in ganz Mombasa eine Inflation ausgebrochen zu sein. Als wir eins der am Ende des Kais aufgereihten Taxis besteigen wollten, verlangte der Fahrer zwanzig Dollar. Pro Person.

»Junge, du hast ja 'n Rad ab!« schrie Katja empört. »We are no passengers, we only visited the ship.«

Es war ihm egal, ob wir Passagiere oder nur Besucher waren, er hatte uns vom Schiff kommen sehen, also gehörten wir irgendwie dazu und hatten die Taschen voller Geld. Mein Argument, wir hätten am Vormittag für die gleiche Strecke lediglich achtzig Shillinge bezahlt, akzeptierte er nicht. »You are rich people, I'm a poor man, because I have six children.«

»So siehste auch gerade aus! Du bist doch höchstens zweiundzwanzig! Erzähl deine Märchen der Parkuhr!« Wütend knallte Katja die Wagentür zu. »Komm, Määm, wir versuchen es bei einem anderen.«

Der wollte nur fünfzig Dollar haben. Der dritte verlangte siebzig, ging auf fünfundsechzig herunter, und als wir bei sechzig angekommen waren, bezeichnete er uns als Halsabschneider und kurbelte die Fensterscheibe wieder hoch.

»Ich fürchte, wir werden laufen müssen.« Ein Geizhals bin ich wirklich nicht, doch diese Mondpreise gingen mir denn doch über die Hutschnur. Wenn die Amis sie bezahlten, war das ihre Sache, bei mir jedenfalls waren diese schwarzen Geier an der falschen Adresse.

»Bis drei Uhr werden wir es zum Castle-Hotel gerade schaffen können«, stöhnte Nicki eingedenk der Strecke, die uns am Morgen schon endlos vorgekommen war. »Weißt du wenigstens, wo es langgeht?«

Darüber brauchten wir uns nicht den Kopf zu zerbrechen. Kaum ein paar hundert Meter hatten wir zurückgelegt, als neben uns ein Taxi hielt. Heraus guckte der immer noch mürrisch vor sich hin brummende Fahrer mit den angeblich sechs Kindern. »Twohundred shillings?«

»Onehundred and no shilling more!« sagte Katja sofort. Erst zögerte er noch, dann war er einverstanden.

»Siehste, du mußt bloß konsequent sein.« Erleichtert kletterte sie in den Wagen. »Dem ist der deutsche Spatz in der Hand auch lieber als die Dollartaube auf dem Dach.«

Ausnahmsweise war Sascha pünktlich, ein bei ihm äußerst seltenes Phänomen. Dabei hatten wir uns schon auf eine längere Wartezeit eingerichtet und nuckelten betont langsam an unserer Cola (Gläser hatten wir nicht, die gibt es nur auf Verlangen, aber wenigstens Strohhalme bekommt man), denn sogar in den Restaurants hatten sich die Preise inzwischen verdoppelt. Kurz nach drei hielt ein Taxi neben dem Eingang, und heraus quollen fünf junge Männer, einer länger als der andere.

Nicole staunte. »Die müssen quer gelegen haben.«

Als letzter krabbelte Sascha aus dem Wagen, warf dem Fahrer lässig einen Geldschein durchs Fenster, verabschiedete seine Kumpane und kam fröhlich winkend heran. »Da, Määm, ich habe dir etwas mitgebracht.« Unter seinem T-Shirt zog er eine Stange amerikanischer Zigaretten hervor. »Ich kenne doch das Kraut hier. Keine Ahnung, was die in ihre Zigaretten stopfen, Tabak ist es jedenfalls nicht.«

Den Verdacht hatte ich allerdings auch. Mein Vorrat aus dem Duty-free-Shop war schon vor Tagen zu Ende gegangen, und so hatte ich auf die kenianischen Erzeugnisse umsteigen müssen. Die Zwillinge hatten mir im Zimmer bereits Rauchverbot erteilt, weil »das Zeug wie verkohlte Matratze stinkt«, im übrigen auch so ähnlich schmeckt, doch ausländische Marken waren unverschämt teuer. Ich war schon auf dem besten Wege gewesen, mir die Qualmerei ganz abzugewöhnen. Genaugenommen ist es Saschas Schuld, wenn ich dieses Laster noch immer nicht losgeworden bin.

»Kommt, laßt uns ein bißchen bummeln«, meinte er nach einem Rundblick über die Terrasse, »hier sitzt die halbe Crew, und der Rest sind Passagiere. Ich bin froh, wenn ich die mal eine Weile nicht sehe.«

Ohnehin schien seine Begeisterung für die christliche Seefahrt erheblich nachgelassen zu haben. »Wenn ich noch lange auf dem Kahn bleibe, werde ich entweder zum Alkoholiker oder rauschgiftsüchtig. Es wird Zeit, daß ich wieder Umgang mit normalen Menschen kriege.«

Bisher sah er ja noch ganz gesund aus, ein bißchen übermüdet vielleicht und ein bißchen *zu* schlank, aber suchtkrank wirkte er eigentlich nicht.

»Warum hast du Vicky nicht mitgebracht?« stichelte Katja.

»Erstens hat sie noch immer eine dicke Backe, und zweitens — warum sollte ich?« Eine Kleinigkeit wollte er ihr jedoch mitbringen, quasi als Dank für die Betreuung während seiner Lifeboatübung.

»Na, so fürchterlich abgestrampelt hat sie sich nun auch wieder nicht«, bemerkte Katja halblaut, machte unter Saschas drohendem Blick aber schnell wieder den Mund zu.

Wir klapperten mehrere Geschäfte ab, deren Personalbestand in Erwartung des Käuferansturms aufgestockt worden war, sahen aber nichts, was Saschas Vorstellungen entsprochen hätte. »Ich brauche was in Pink.«

»Darf's etwas Teureres sein?« Der hinterhältige Ton in Nickis Stimme war nicht zu überhören. »Nimm doch den Opalring, der ist rosa.«

Aus erzieherischen Gründen verkneife ich mir Saschas Kommentar, er mußte das Vokabular in einer Hafenspelunke aufgeschnappt haben. Wir fanden aber doch noch ein pinkfarbenes T-Shirt mit einer Elefantenparade vorne drauf, Sascha wollte bezahlen, griff in die Gesäßtasche seiner Jeans und – zog die Hand leer wieder heraus.

Diesmal fluchte er vorsichtshalber auf englisch.

Wann und wo man ihn bestohlen hatte, war nicht mehr festzustellen. »Im Castle jedenfalls nicht, da hatte ich das Geld noch in der Hand, weil ich das Taxi gelöhnt hatte. Muß jetzt unterwegs passiert sein.«

»War es denn viel?«

»Ungefähr fünfzig Dollar. Die kann ich verschmerzen, mich ärgert bloß, daß es mir jemand so einfach aus der Tasche ziehen konnte. Nicht mal in Rio ist mir das passiert, und da klauen sie einem die Schnürsenkel aus den Schuhen, wenn man nicht aufpaßt. Kannst du mir ein paar Shillinge pumpen, Määm?«

Nach beendetem Rundgang durch die vier Hauptstraßen Mombasas landeten wir wieder im Castle-Hotel. Man kommt einfach nicht daran vorbei. Außerdem ist es der einzige Ort, an dem man draußen und trotzdem im Schatten sitzen kann. Sofern man einen Platz findet. Trotz Saschas Protest steuerte ich einen Tisch an, der bereits zur Hälfte von Amerikanern besetzt war, ausnahmslos weiblichen Geschlechts.

»Die sind auch vom Schiff«, stöhnte er, »ich hab' dir doch gesagt, daß sie wie die Heuschrecken über die Stadt hergefallen sind.«

»Wenigstens haben sie sie nicht kahlgefressen, sondern nur leergekauft«, sagte Nicki, auf den Berg von Tüten deutend, mit denen die noch freien Stühle belegt waren. »Frag mal, ob sie die nicht freundlicherweise wegnehmen können.«

»Oh, Sascha, it's good that I met you. Can you please help me carry my shopping back to the ship?«

Er schenkte der kanariengelben Dame mit dem lila Sonnenhut ein zähneknirschendes Lächeln und nickte zustimmend. »Jetzt haben wir den Salat«, flüsterte er mir zu, »die werde ich nicht mehr los, und nachher darf ich ihr den ganzen Kram auch noch zurück auf den Kahn schleppen.«

»Sag doch einfach, du hast heute frei.«

»Denkste. Die sitzt doch bei mir im Queens Grill. Stinkreiche Witwe, hat die Penthouse-Suite gebucht. Wenn ich die jetzt kalt abfahren lasse, kriege ich spätestens morgen vom Head-Steward eins aufs Dach. Scheiß Job!«

»Would you like something to drink, Sascha?« Wir anderen wurden von dem weiblichen Triumvirat gar nicht zur Kenntnis genommen.

»Lemon-juice, please«, sagte mein Sohn, bevor er sich einen Ruck gab und uns der Reihe nach ansah. »Ich glaube, wir verabschieden uns lieber. Reden können wir doch nicht mehr.«

Irrte ich mich, oder sah er wirklich ein bißchen traurig aus? Mir steckte ja auch ein Kloß im Hals, der einfach nicht runterrutschen wollte, obwohl ich die Gleichmütige zu spielen versuchte. Ich wußte ja, daß Sascha nichts mehr verabscheut als Erbsensuppe und Abschiedsszenen, deshalb kam seine liebevolle Umarmung auch völlig überraschend. »Mach's gut, Määm, es war schön, daß ihr gekommen seid. Grüß die anderen zu Hause, und sag ihnen, ich komme auch bald zurück.« Nicole bekam einen Kuß auf die Wange, und sogar Katja kriegte einen zärtlichen Nasenstüber.

Im Weggehen hörten wir Kanariengelb erstaunt fragen: »Who were those people?«

Als wir am nächsten Abend unseren Verdauungsspaziergang am Strand entlang unternahmen, sahen wir in der Ferne ein hellerleuchtetes Schiff hinter dem Horizont verschwinden. »Gute Fahrt, Sascha«, sagte ich ganz leise, doch Katja hatte es trotzdem gehört.

»Nu werd bloß nicht tränenklüterig, Mami, der geht schon nicht unter. Ein richtiger Mann wächst mit den Gefahren, die er hinter sich hat.«

5

Urlaub im Februar ist herrlich, solange man weg ist. Kommt man aus tropischen Gefilden zurück in den europäischen Winter und sieht schon am Flugplatz außer einer milchigen Sonne nur kahle Bäume und Schneematsch auf den Straßen, sinkt die Stimmung auf den Nullpunkt. Man kann ja nicht mal mit seiner Prestigebräune renommieren, weil sie niemand sieht. Wintersportler sind nämlich auch braungebrannt, nur hört bei ihnen der begehrte Farbton am zweiten Halswirbel auf. Bei uns fing er da aber erst richtig an.

»Morgen gehe ich im T-Shirt zur Schule«, hatte Nicki gesagt und war mittags bibbernd wieder nach Hause gekommen.

»Heute abend sollten wir mal ins Hallenbad gehen«, hatte Katja vorgeschlagen. »Hast du die Bikinis schon gewaschen, Määm?«

Das Hallenbad war wegen Umbauarbeiten geschlossen. »Schwimmen ist von halbem Wert, hat man das Becken ausgeleert«, kalauerte sie. »Wo kann ich denn jetzt noch meinen sportlich gestählten, makellos gebräunten Körper vorführen?«

»Im Sportunterricht«, sagte Nicki.

Trotzdem gewöhnten sich die Zwillinge viel schneller an den Alltagstrott als ich. Sie mußten ja auch nicht drei Koffer voll Sommergarderobe waschen und bügeln, und als ich endlich damit fertig war, kam der vierte hinzu, denn Rolfs Kuraufenthalt war ebenfalls zu Ende. Er sah besser erholt aus als ich.

»Komisch, daß man die Leute, die gerade aus dem Urlaub kommen, immer gleich erkennt. Du siehst aus, als hättest du dringend einen nötig«, stellte er kopfschüttelnd fest, bevor er mit dem Vierwochenstapel Post in Richtung Arbeitszimmer verschwand. »Ach ja, wenn eine Frau Schwarzenbach anruft, denk dir nichts dabei. Ich soll ihr lediglich einen Prospekt für ihr Antiquitätengeschäft machen.«

Ich dachte mir aber doch etwas. »Wo wohnt die Dame? Im Schwarzwald?«

»Nein, in Dortmund.«

»Ach. Da wirst du ja dann sicherlich hinfahren müssen?«

»Natürlich muß ich hinfahren. Wie soll ich denn einen Prospekt entwerfen, wenn ich den Laden nicht gesehen habe?« sagte mein Ehemann, der vor dem Standesbeamten ewige Treue und noch einiges gelobt hatte. Manches hatte er sowieso schon vergessen, denn hat man erst einmal die Silberhochzeit hinter sich, entwickelt das Feuer der Liebe in der Regel mehr Rauch als Hitze. Momentan schien es gewaltig zu qualmen. Ehe es sich jedoch zu einem möglichen Flächenbrand auswuchs, überstürzten sich die Ereignisse.

Sie begannen mit Saschas erstem Anruf, als er mir seine Verlobung mitteilte.

»Wahrscheinlich hat er Vicky doch einen Ring gekauft, die sollen ja in Hongkong so billig sein«, vermutete Katja, »und nun bildet sie sich ein, es sei einer für die Ewigkeit.«

Ähnlicher Ansicht war Nicole. »Ich hab' Sascha immer für halbwegs intelligent gehalten, deshalb glaube ich auch nicht, daß er sich ausgerechnet von so einer Tanzmieze einfangen läßt. Dazu ist er doch viel zu clever.«

»Habt ihr schon mal daran gedacht, daß es ja auch eine ganz andere sein könnte?« gab Katja zu bedenken. »Obwohl ... also rein optisch betrachtet, würde Vicky ja gut zu ihm passen. Neben der sehen wir alle aus wie graue Mäuse.«

Trotzdem einigten wir uns darauf, daß die ganze Angelegenheit wohl nur auf einem Mißverständnis meinerseits beruhen müsse. Außerdem hatten die Zwillinge andere Sorgen. Das mündliche Abitur stand bevor, eine Tatsache, die sie nach den schriftlichen Arbeiten völlig verdrängt hatten. »Da fällt nie einer durch«, hatte Katja gesagt und erst auf väterliches Drängen ein paar Schulbücher mit in den Urlaubskoffer gepackt. Den *Faust* hatte sie sogar täglich mit an den Strand genommen, allerdings nie hineingesehen, nachdem Nicole ihr davon abgeraten hatte. »Die reden da drin wie aus der Dose.«

Und so etwas sollte nun zur Reifeprüfung antreten!

Zwei Tage lang zitterte ich wieder mehr als die Mädchen, dann war auch das überstanden. Am Rückfenster der Ente prangte unübersehbar das Schild »Abi 88«, und in der Abiturzeitung konnte ich später nachlesen, mit welch phänomenalen Kenntnissen meine Töchter in die Zoologie-Prüfung gegangen waren.

Katja auf die Frage, was Frösche im Winter machen: »Na, sie frieren!«

Nicole, mit dem Thema Säugetiere konfrontiert und aufgefordert, den Begriff erst einmal zu definieren: »Sie haben ein festes Skelett ... äh, sind meistens haarig ... äh ... und geben Milch.« Antwort das Prüfers: »Nach Ihren Kriterien könnte es sich auch um eine Kokosnuß handeln!«

Schulbildung ist eben nicht nur kostenlos, sondern oft auch umsonst! Trotzdem hatten sich die Zwillinge entschlossen, Grundschullehrerinnen zu werden.

Für mich kam das völlig überraschend. »Ich denke, Katja, du willst Touristik studieren?«

Verächtlich winkte sie ab. »Kannste total abhaken! Dazu braucht man einen Abi-Durchschnitt von 1,4.«

»Dabei hat sie sogar das Doppelte geschafft«, spottete ihre Schwester.

»Was Besseres als Lehrerin gibt es doch gar nicht. Du hast einen gutbezahlten Halbtagsjob, jede Menge Ferien und brauchst dich nicht mal um deine Altersversorgung zu kümmern. Der einzige Nachteil ist, daß man schon so früh morgens in Hochform sein muß.«

»Bei den Kleinen kann man ja auch noch etwas bewirken«, zählte Nicki weitere Vorteile auf, »die lassen sich nämlich noch motivieren. Wenn sie erst mal aufs Gymnasium kommen, sind sie schon versaut. Wir waren ja selber lange genug bei dem Verein, da kriegste als Lehrer mit Vierzig entweder den ersten Herzinfarkt oder landest für ein paar Monate in der Psychiatrie. Nee, wenn schon Pauker, dann nur Grundschule.«

Überzeugt war ich noch immer nicht. »Schon mal was von Lehrerschwemme gehört?«

»Ist kein Thema mehr«, beharrte Katja. »Bis wir in vier Jahren fertig sind, zieht die pädagogische Nachkriegsgeneration aufs Altenteil, das ist statistisch erwiesen. Und dann denk mal an die vielen Auswanderer, Asylanten und Flüchtlinge, die haben oder kriegen auch alle Kinder. Ich weiß bloß noch nicht, ob ich nun einen Türkischkurs belegen oder besser Arabisch lernen soll. Russisch wäre vielleicht auch nicht schlecht.«

Mir kamen diese ganzen Zukunftspläne noch reichlich unausgegoren vor. »Ihr habt doch überhaupt keine Erfahrungen mit Kindern. Woher wollt ihr also wissen, ob ihr pädagogische Fähigkeiten besitzt?«

»Das werden wir in den Ferien ausprobieren. Wir haben uns nämlich als Betreuer in einem Sommercamp am Bodensee gemeldet.«

Davon wußte ich auch noch nichts. Etwas verblüfft stellte ich fest, daß meine Nesthäkchen flügge wurden und weiterreichende Entscheidungen nun selber trafen.

»Sollten wir mit den Kids nicht klarkommen, müssen wir uns ein anderes Studienfach suchen. Doch ich glaub' schon, daß es hinhaut«, meinte Katja optimistisch, »schließlich habe ich oft genug Babysitter bei Vandammes gespielt.«

»Mit drei Vorschulbalgen fertig zu werden, ist etwas anderes, als zwei Dutzend Sechsjährigen Lesen und Schreiben beizubringen«, warf Rolf ein, der die Debatte bisher schweigend verfolgt hatte.

»Stimmt, aber dafür brauchst du denen keine Pampers mehr zu wechseln oder Grießbrei aus dem Ärmel zu holen. Und aufs Klo gehen sie auch schon alleine. Ich möchte überhaupt mal wissen, weshalb es *Babysitting* heißt, wenn man dabei doch ständig auf Trab ist.«

Nicki fiel auch noch ein Argument ein. »Frau Dr. Müller hat gesagt, der Lehrerberuf sei einer der wenigen, bei denen man nicht in der Routine erstickt.«

»Da könnte sie recht haben«, bestätigte Rolf, »der Einfallsreichtum von Kindern ist unerschöpflich. Wer ist Frau Dr. Müller? Auch eine Lehrerin?«

»Nee, die Tante von der Studienberatung.«

»Also schön, macht, was ihr wollt«, beendete er die Diskussion, »heutzutage hilft Gott denen, die sich selber helfen, und die Regierung den anderen. Von mir aus könnt ihr ruhig Beamte werden.«

Nachdem die fernere Zukunft der Zwillinge geklärt war, wurde ich mit der unmittelbaren meines Zweitgeborenen konfrontiert. Er wünschte, daß ich seine Geburtsurkunde nach England schicke.

»Der will doch nicht etwa *heiraten?*« Mit spitzen Fingern faltete Nicole den Zettel auseinander, auf dem ich die telefonisch durchgegebene Adresse notiert hatte. »Da steht ja gar nicht Vicky drauf, sondern Janet«, staunte sie, »also hat er doch eine andere! Und die heiratet er gleich?«

»Vielleicht *muß* er«, sagte Katja lakonisch. »Es soll Leute geben, die noch nie was von der Pille gehört haben.«

»Dann würden wir ja Tanten werden ...« Eine Vorstellung, die Nicki gar nicht zu behagen schien, denn sie erklärte kategorisch: »*Ich* fahre das Gör bestimmt nicht spazieren, sonst denkt alle Welt noch, es sei meins!«

»Und du wirst Oma!« jubelte Katja.

Mit dieser Aussicht würde ich mich erst einmal anfreunden müssen. Andererseits ... »Dann brauche ich wenigstens nicht mehr auf meine Figur zu achten! Wen stört es schon, wenn Großmütter rundlich werden?«

Aus dem Hintergrund kam Protest: »Großväter!« Mit dem Telefonbuch unterm Arm kam Rolf aus dem Wohnzimmer, legte es auf den Küchentisch und begann zu blättern.

»Mußt du das ausgerechnet hier machen?« Ich räumte die Eierschalen zur Seite, zog das Brotmesser weg und die Marmeladendose und schob die Kaffeemaschine nach hinten. »Was suchst du überhaupt?«

»Namen für seinen Enkel«, feixte Katja.

»Quatsch! Die Nummer von der Druckerei. Im Wohnzimmer ist es einfach zu dunkel. Wir müssen wirklich mal die Birken ein bißchen kappen.«

Das hatte ich schon seit drei Jahren vor. Immerhin haben wir fünf ausgewachsene Prachtexemplare im Garten stehen. Botaniker behaupten, ein so großer Baum habe rund eine halbe Million Blätter, doch die müssen sich irren. Ich jedenfalls harke in jedem Herbst schätzungsweise 9,7 Millionen zusammen.

Rolf stand neben dem Fenster, hielt das Telefonbuch mit ausgestreckten Armen von sich, dann dicht vor die Nase, dann wieder weit weg, bis Katja es ihm aus der Hand nahm. »Gib mal her, Paps, du liest, als würdest du Posaune spielen. Wie heißt denn die Druckerei?«

Eine Zeitlang hörten wir nichts von Sascha, dann klingelte abends das Telefon, und eine sehr muntere Stimme teilte mir mit, daß mal wieder ein Flughafentransfer erwünscht sei. »Kann mich jemand übermorgen um zehn abholen?«

»Morgens oder abends?«

»Morgens natürlich. Ich brauche ja nur eine Stunde.«

»Nanu? Wo steckst du denn?«

»In Portsmouth.«

Soviel ich wußte, liegt das in England. Aber die Geburtsurkunde hatte ich doch an einen ganz anderen Ort schicken müssen? »Was machst du in Portsmouth?«

»Meine künftige Verwandtschaft kennenlernen.«

»Wie bitte?«

Er wurde ungeduldig. »Nun tu doch nicht so überrascht. Wir wollen am 4. Juni heiraten, da ist es doch wohl logisch, daß ich mich mal der neuen Sippe präsentiere. Janet ist übrigens ein Pfundskerl.«

»Janet???«

»Meine Schwiegermutter.«

Jetzt mußte ich mich doch erst einmal hinsetzen. Janet war also nicht die Auserwählte, sondern deren Mutter. Und die lebte offenbar in Portsmouth. Aber wer, zum Kuckuck, wohnte dann in Southsea? Noch eine Janet?

»Bist du noch dran, Määm?«

»Ja. Wen heiratest du überhaupt?«

»Dämliche Frage. Vicky natürlich. Ihr habt sie ja auf dem Schiff kennengelernt.«

Also doch! »Wie entgegenkommend, daß du mir diese Neuigkeit schon so früh mitteilst. Da haben wir doch tatsächlich noch drei Wochen Zeit für die Vorbereitungen. Wie stellst du dir das eigentlich vor? Ich kann doch nicht bis dahin eine Hochzeit organisieren.«

»Wieso du?« kam es erstaunt zurück, »Wir heiraten natürlich hier. Das einzige, was ihr braucht, sind Flugtickets. — Also dann, tschüß, bis übermorgen.«

»Ja, Wiedersehen«, sagte ich verdattert, doch er hatte schon aufgelegt. Jetzt benötigte ich dringend etwas Hochprozentiges. Unter den mißtrauischen Blicken der Zwillinge goß ich mir einen doppelten Whisky ein. »Das war Sascha. Am 4. Juni heiratet er Vicky. Wir sind alle herzlich eingeladen.«

Schweigen. Dann platzte Katja heraus: »Dieser Trottel! Da sieht man's mal wieder, Liebe ist der Triumph der Phantasie über den Verstand. Der wird sich noch umgucken!«

»Wie soll denn eigentlich die ganze Sache ablaufen?« fragte ich meinen Sohn, nachdem wir drei Dutzend Fotos von Vicky bewundert hatten, die er in Ermangelung der echten Braut mitgebracht hatte. Die eine Hälfte unserer Familie hatte sie ja noch gar nicht zu Gesicht bekommen.

»Hat sie außer ihrem fotogenen Äußeren denn noch andere Qualitäten? Kann sie kochen?« wollte Steffi wissen, eingedenk ihrer noch immer unzulänglichen Versuche, etwas Genießbares auf den Tisch zu bringen.

»Ausgerechnet *du* mußt danach fragen«, konterte der Bräutigam sofort, »du läßt ja sogar noch das Kochbuch anbrennen. Oder weshalb sonst hat dein Horst dich noch nicht geheiratet?«

Steffis Frage war damit beantwortet. Vicky konnte nicht kochen. »Hat sie überhaupt eine Ahnung vom Haushalt?« forschte ich vorsichtig. Sascha hatte beiläufig erwähnt, daß seine zukünftige Frau nach Absolvierung des Tanz-Colleges bereits ihr erstes Engagement bekommen und seitdem schon überall auf der Welt gearbeitet habe.

»Weiß ich nicht. Zu Hause ist sie immer nur ein paar Tage lang gewesen.«

Auch die zweite Frage war geklärt. Vicky konnte zwar die Rolle rückwärts, würde aber schon Probleme beim Aufziehen einer Klopapierrolle bekommen, einer Tätigkeit, zu der aus unerfindlichen Gründen kein Mann in der Lage ist. Oder weshalb sonst muß ich die neu angebrochenen, meist schon leicht durchfeuchteten Rollen immer wieder aus dem Waschbecken fischen und aufhängen, nachdem ich die leere Pappröhre erst mal vom Fußboden aufgesammelt habe?

Jetzt meldete sich Sven zu Wort. »Ihr müßt das nicht so eng sehen. Sascha ist doch der perfekte Hausmann! Bettenmachen und Putzen hat er beim Bund gelernt, Kochen ist sein Hobby, zum Wäschewaschen gibt's 'ne Maschine, und seine Autofenster hat er auch immer selber gewienert. Was Besseres kann sich seine Vicky doch gar nicht wünschen.«

»Idiot!« knurrte Sascha.

»Lassen wir dieses Thema erst mal beiseite«, sagte Rolf, der immer noch mit gespitzten Lippen die Fotos betrachtete. Seine Schwiegertochter gefiel ihm ausnehmend gut. »Wo wollt ihr überhaupt wohnen? In England?«

»Hier natürlich. Drüben verdiene ich nicht genug. In England ist Restaurantfachmann kein anerkannter Beruf, sondern ein Gelegenheitsjob. Weshalb sonst reißen die sich auf der QE II um deutsche Stewards?«

»Und ich dachte, ihr geht wieder zurück aufs Schiff.« Allmählich kam mir die ganze Sache reichlich suspekt vor. Offenbar wollte das junge Paar richtig seßhaft werden, hatte jedoch keine Wohnung, ganz zu schweigen von einer neuen Stellung, die Sascha ja wohl brauchte, um nicht nur sich, sondern von nun an auch seine Frau zu ernähren. »Weshalb, um alles in der Welt, mußt du denn gleich heiraten? Ihr könnt doch erst mal nur zusammenziehen.«

»Was heißt gleich?« brauste er auf. »Wir kennen uns seit anderthalb Jahren, das dürfte doch wohl genügen. Schließlich wollen wir auch mal Kinder haben.«

Na also, ich hatte es doch geahnt! »Etwa noch in diesem Jahr?«

Besonders taktvoll muß meine Frage nicht gerade gewesen sein, denn er raffte wütend seine Fotokollektion zusammen und stand auf. »Ich heirate nicht, weil ich muß, sondern weil ich will. Und wenn euch das nicht paßt, kann ich es auch nicht ändern!« Rrrums.

»Die Tür ist zu!« Steffi rückte das Aquarell wieder zurecht, das bei Saschas nachhaltigem Abgang etwas in Schieflage gekommen war, und meinte beruhigend: »Leute, keep cool and get lässig. Nicht jedes Luftschloß ist auf Sand gebaut. Sascha weiß zwar noch nicht, wo es langgeht — das aber ganz genau.«

Seine Euphorie bekam den ersten Dämpfer, als er sich mit mehreren Maklern in Verbindung setzte. In welchem Jahrzehnt er denn lebe, wurde er gefragt, für maximal sechshundert Mark Miete könne er bestenfalls ein Einzimmerapartment erwarten, und für achtzig Quadratmeter müsse er mindestens das Doppelte hinblättern.

»Dafür kriege ich in Kapstadt ein ganzes Haus, sogar mit Swimmingpool«, sagte er verblüfft.

»Dann ziehen Sie doch nach Kapstadt«, empfahl der Makler, versprach jedoch, sich umzuhören, und meldete sich nie wieder. Auch von den anderen Herren hörten wir nichts mehr, nachdem sie hatten einsehen müssen, daß Sascha weder an einem Penthouse (1800 DM) noch an einer Maisonette (1600 DM) interessiert war. Um seinen Frust abzubauen, flog er ein paar Tage nach England in der Hoffnung, zwischenzeitlich würde ein Wunder geschehen. Es geschah natürlich keins, obwohl ich alle mir bekannten einflußreichen Personen einschließlich des Herrn vom städtischen Bauhof und der größten Klatschbase des Ortes um Hilfe gebeten hatte.

Dabei lief bereits der Countdown. Noch zehn Tage bis zur Hochzeit!

Sven hatte sich schon ausgeklinkt. »Am Samstag geht mein Flieger. Das Hotel auf Kreta ist seit März gebucht, der Urlaub eingereicht — soll ich den vielleicht wegen der blöden Heirat sausenlassen? Kommt nicht in Frage. Das wird bestimmt nicht die letzte Hochzeit in dieser Familie sein. Ich werde also noch öfter das zweifelhafte Vergnügen haben, heulenden Müttern mein Taschentuch zu reichen. Außerdem besitze ich gar keinen dunklen Anzug.«

Womit er ein Thema angeschnitten hatte, dem die Zwillinge bereits mehrere schlaflose Nächte zu verdanken hatten.

»Wenn Vicky glaubt, daß ich mich in so einen pfirsichfarbenen Brautjungfernfummel wickle, hat sie sich aber geschnitten«, erklärte Katja rundheraus, »die Farbe steht mir nämlich nicht.«

»Wir sind nicht bei Königs«, hatte Sascha ihre Befürchtungen zerstreut, »Brautjungfern brauchen wir nicht. Vickys Patenkind streut Blumen, das genügt.«

»Also können wir anziehen, was wir wollen?«

»Ja, sofern es nicht gerade dein Biene-Maja-Aufzug ist.«

Zu irgendeinem Schulfest hatte sich Katja eine Kombination zugelegt, die aus einer schwarzen wadenlangen Hose bestanden hatte sowie einem quergestreiften gelbschwarzen Oberteil. Es hatte grauenvoll ausgesehen, und meines Wissens hat sie es nach jenem Abend auch nie wieder getragen.

Einen erfolglosen Streifzug durch Heilbronns einschlägige Geschäfte hatten wir schon hinter uns, die nächste Station hieß Mannheim. Ich hasse es, gezielt etwas kaufen zu müssen, weil ich dann grundsätzlich nichts Vernünftiges finde. Vor vier Jahren nun war Großgeblümtes en vogue, und so wurde ich in alle möglichen Farbschattierungen gesteckt, angefangen bei violetten Orchideen mit altrosa Schleierkraut bis zu — der Clou der botanischen Kreationen! — weißen Seerosen auf hellgrünem Untergrund. Irgendwie erinnerten mich diese ganzen Kleider an die Sofakissen meiner Großmutter. »Ihr müßt doch zugeben, daß ich in diesen Gewändern ausgesprochen lächerlich aussehe«, wandte ich mich an die verstohlen kichernden Zwillinge, »ich kann so was einfach nicht tragen!«

»Aber Mami«, versicherte Nicole mit mühsam unterdrücktem Lachen, »weißt du denn nicht, daß lächerlich aussehen in diesem Jahr Mode ist?«

Mehr durch Zufall als durch gezieltes Suchen fand ich

ein Jackenkleid, das sogar im Preis heruntergesetzt war, weil es sich um ein Vorjahresmodell handelte.

»Aber gnädige Frau«, sagte die Verkäuferin erschrocken, »zu einer Hochzeit sollten Sie wirklich etwas tragen, das dem jetzigen Modetrend entspricht.«

»Na schön, dann zeigen Sie mir noch eine Blümchenbluse.«

Bei den Mädchen war die Sache wesentlich einfacher. Nicole entschied sich für etwas beinahe Schulterfreies mit Bolerojäckchen (»aber bloß in der Kirche!«), und Katja verliebte sich in ein hochgeschlossenes weißes Kleid mit dezentem Rückenausschnitt. Zu Hause machte uns Sascha darauf aufmerksam, daß jungfräuliches Weiß eigentlich nur der Braut zustehe. »Das könnte eventuell zu Verwechslungen führen.«

»Jungfräuliches Weiß! Du gestattest doch, daß ich mal kurz lache. Wie lange, sagtest du, hast du mit Vicky eine Kabine geteilt?« Doch sie erklärte sich bereit, die beanstandete Kreation durch einen roten Gürtel, rote Ohrringe und ein entsprechend farbiges Band im Pferdeschwanz zu neutralisieren.

Noch eine Woche bis zur Hochzeit!

Telefonisch orderte Sascha einen Kleintransporter. Zusammen mit Steffi, die davon noch gar nichts ahnte, wollte er auf dem Landweg nach England fahren, um Vickys Habseligkeiten und nicht zuletzt die zu erwartenden Hochzeitsgeschenke abtransportieren zu können. »Wenn wir zu zweit sind und uns am Steuer ablösen, schaffen wir das in gut einem Tag.«

»Und zurück?«

»Kein Problem. Vicky fliegt mit euch, und wir fahren wieder Route nationale.«

Nicht nur die Zwillinge hatten darauf bestanden, daß unser Aufenthalt in merry old England ein paar Tage länger dauern sollte, als man gemeinhin für eine Hochzeit veranschlagt. Sie wollten London sehen (ich auch), wollten in einem richtigen Pub ein richtiges Glas Ale trinken (ich auch), wollten zum Buckingham-Palast (ich nicht) und in Soho chinesisch essen (ich auch). Sogar Sascha hatte gemeint, daß wir ruhig drei oder vier Tage dranhängen sollten. »Ich kenne London jetzt schon wie meine Westentasche, ihr könnt euch also getrost mir anvertrauen.«

Nächtigen würden wir in einem Bed-and-Breakfast-House, also einer dieser Familienpensionen, die es nach seiner Behauptung an so ziemlich jeder Straßenecke geben sollte. »Vicky hat die am nächsten gelegene ausgesucht, keine fünf Minuten von Janets Haus entfernt. Ihr könnt bequem zu Fuß gehen.«

»Apropos gehen. Wer holt uns eigentlich vom Flugplatz ab? Oder müssen wir von da auch laufen?«

»Ja, weißt du«, begann mein Sohn etwas zögernd, »das ist noch nicht ganz geklärt. Leigh und Grant arbeiten ja noch, und Gaynor hat genug mit den letzten Vorbereitungen zu tun. Janet fällt sowieso aus, die hat keinen Führerschein.«

Zwangsläufig hatte ich mich ein bißchen mit den Familienverhältnissen meiner künftigen Schwiegertochter vertraut machen müssen, wußte also, daß Grant der ältere Bruder von Vicky war und Gaynor ihre Schwester, verheiratet mit einem Leigh. Einen Vater gab es nicht mehr.

»Irgendwie kriegen wir das schon auf die Reihe«, beruhigte mich Sascha, »abgeholt werdet ihr auf jeden Fall.«

Noch fünf Tage bis zur Hochzeit!

»Am 10. Juni müssen wir unbedingt zurück sein«, informierte mich Katja, »da haben wir nämlich Abi-Feier.«

»Bis dahin werden wir vom englischen Essen sowieso die Nase voll haben und froh sein, wenn Mami wieder kocht«, prophezeite Nicole. »Was meint ihr, müssen wir Vicky zur Abschlußfeier mitnehmen?«

»Selbstverständlich. Dann ist sie vollwertiges Familienmitglied, also nicht nur berechtigt, sondern sogar verpflichtet, an offiziellen Veranstaltungen teilzunehmen«, sagte ich salbungsvoll.

»Na ja, vielleicht hat Sascha gar keine Lust dazu, der hat sich doch um so was immer rumgedrückt.« Klang Katjas Stimme nicht ein bißchen zu hoffnungsvoll?

Noch vier Tage bis zur Hochzeit!

Ein Anruf vom Krankenhaus. Ich könne meinen Mann abholen, es sei nichts Ernstes, man habe den Fuß vorsichtshalber in Gips gelegt. Der Knöchel sei etwas angesplittert, also erst mal nicht auftreten. In zwei Wochen sähe man weiter, und ob wir Gehstöcke hätten. Wenn nicht, bekäme er welche mit.

»Wie hat er denn das bloß geschafft?« seufzte Sascha, als er ins Auto stieg. »Er wollte doch nur einen Kasten Bier holen.«

Und genau der war ihm auf den Fuß gefallen. Wie, konnte der Patient nicht mehr rekonstruieren, eine Bananenschale sei schuld gewesen und die hohe Ladekante vom Wagen; ich sah aber nur das bis zum Knie aufgeschnittene Hosenbein, und das weckte bei mir sofort Assoziationen. Mit *dem* Klumpfuß würde Rolf in keinen Anzug passen. Und im Flugzeug würde er eine ganze Sitzreihe brauchen. Wir hatten jedoch nur *einen* Platz für ihn gebucht.

Die ganze Situation erinnerte mich an einen Tag vor ungefähr fünfzehn Jahren, als ich zum Klassentreffen nach Berlin fahren wollte. Der Koffer war schon gepackt, ich wartete nur noch auf Steffis Rückkehr von der Schule. Statt ihrer stand plötzlich ihre Freundin vor der Tür, drückte mir Stefanies Mappe in die Hand und erklärte lakonisch: »Jetzt müßte sie eigentlich fertig sein, Armeingipsen dauert ja nicht so lange.«

Ich kann mir nicht helfen, aber irgendwer muß etwas gegen meine gelegentlichen Kurzreisen haben!

»Nun wirst du wohl ohne elterlichen Beistand heiraten

müssen.« Ich beobachtete meinen Sohn, der den Hocker hin und her schob, Kissen holte, vorsichtshalber auch gleich die Kognakflasche mitbrachte und sich redliche Mühe gab, die mitleidheischende Miene seines Vaters zu übersehen. Endlich lag das Bein bequem.

»Also schön«, räumte Sascha ein, »Paps kann nicht mit, aber weshalb solltest *du* hierbleiben? Es ist doch nicht deine Schuld, wenn er nicht mal Bier holen kann, ohne sich dabei halb umzubringen.«

Ich hatte schon tief Luft geholt, um das, was ich zu sagen hatte, in einem Atemzug vorbringen zu können — und das würde eine ganze Menge sein! —, als Sascha abwinkte. »Ja, ich weiß, allein kann er natürlich nicht bleiben, doch da finden wir schon eine Lösung. Ich hole erst mal seine Karre vom Supermarkt zurück, die haben ihn ja gleich mit dem Notarztwagen abtransportiert, und unterwegs wird mir schon was einfallen.«

Merkwürdigerweise hatte sich der Patient, um dessen Wohlergehen es letztendlich ging, noch gar nicht geäußert. Nach einem Blick auf die zusammengesunkene Gestalt im Sessel wußte ich auch, warum. Er schlief. Auch gut, viel schlafen soll ja die Genesung fördern.

Es dauerte lange, bis Sascha zurückkam, dafür hatte er das, was ihm unterwegs eingefallen war, gleich mitgebracht, nämlich Frau Keks.

Hier ist wahrscheinlich eine kurze Erklärung nötig: Frau Keks heißt eigentlich Lebküchner und ist jahrelang unsere Nachbarin gewesen. Ihren Namen verdankt sie Sascha, der Lebküchner gleich nach dem ersten Kennenlernen in eine ihm genehmere Form gekürzt hatte, und im Laufe der Zeit hatten auch wir ihn übernommen. Nach dem Tod ihres Mannes hatte Frau Keks ihr Haus verkauft und war in eine Eigentumswohnung gezogen. Finanziell unabhängig, betätigte sie sich ehrenamtlich bei allen möglichen sozialen Institutionen und hatte auch schon die erkrankte oder gelegentlich urlaubende Gemeindeschwester vertreten. Darüber hinaus ist sie dreifache Großmutter, also im Umgang mit nörgelnden Kleinkindern hinreichend trainiert.

»Selbstverständlich fahren Sie zur Hochzeit«, erklärte sie sofort, kaum daß sie mich begrüßt und kurz zu dem friedlich vor sich hin schnarchenden Invaliden hineingeschaut hatte. »Ich kümmere mich schon um Ihren Mann. Kann er denn laufen?«

»Der Arzt sagt, ja, mit Krücken, aber probiert hat er's noch nicht.«

»Kein Problem. Wenn er nicht will, sage ich ihm einfach, bei seiner Weigerung handle es sich um Altersstarrsinn. Was glauben Sie, wie schnell er dann auf seinen Krücken steht.«

Bei einer Tasse Kaffee besprachen wir die Einzelheiten. Frau Keks würde im Gästezimmer schlafen, um dem Patienten beim An- und Auskleiden helfen zu können, würde kochen, was sie schon immer leidenschaftlich gern getan hatte, Blümchen gießen, falls notwendig den Rasen bewässern und im Bedarfsfall mit Rolf Schach spielen. »Ich bin ein miserabler Spieler, da gewinnt er sowieso jedesmal, und das wiederum hebt sein Selbstbewußtsein.«

Als sie sich nach einer Stunde verabschiedete, hatte sich Rolf noch immer nicht gerührt. »Er schläft wie ein Säugling.«

»Wer das behauptet, hat noch nie einen gehabt«, sagte sie trocken. »Wann wollen Sie übrigens weg?«

»In drei Tagen. Der Flieger geht um zwei.«

»Also müssen Sie spätestens um halb zwölf fahren«, überlegte sie laut. »In Ordnung, ich bin um elf Uhr hier.«

»Na, wie habe ich das gemacht?« frohlockte Sascha, nachdem er Frau Keks heimgebracht hatte. »Auf diese glorreiche Idee wärst du natürlich nie gekommen.«

»Ja, ich weiß, du bist klug, schön und gebildet, aber was ich am meisten an dir bewundere, ist deine grenzenlose Bescheidenheit.«

Wider Erwarten hatte Rolf nichts gegen meine Vertretung einzuwenden, er hielt es nur für überflüssig, daß sie im Haus übernachten sollte. »Ich bin ja nicht bettlägerig«, meckerte er, »und meine Jogginghosen werde ich mir wohl noch allein anziehen können. Es reicht wirklich, wenn sie erst gegen zehn kommt.« Er grinste hinterhältig. »Außerdem zeigt sich bei einer Frau ihr wahres Alter vor dem Frühstück.«

»Ja, und bei euch Männern nach dem Abendessen«, sagte ich wütend. »Krankenschwestern sehen nur in Fernsehfilmen wie Pin-up-Girls aus. Als ich im Krankenhaus lag, hatte meine einen Damenbart.«

»Das war ja auch auf der Frauenstation!«

Die Zwillinge nahmen den Unfall ihres Vaters mit Gleichmut auf. »Da hat bestimmt sein Unterbewußtsein mitgespielt«, vermutete Nicole, »er ist doch sowieso nicht begeistert gewesen, daß er ausgerechnet nach England fahren soll. Er kann doch die Engländer nicht leiden.«

»Verstehe ich nicht, er kennt ja gar keinen. Und jetzt glaubst du, er hat sich die Bierflaschen absichtlich auf den Fuß geschmissen?« Mit einer unmißverständlichen Handbewegung Richtung Stirn deutete Katja an, was sie von den Überlegungen ihrer Schwester hielt.

»Nicht so direkt, mehr unbewußt. Er hat einfach nach einem Grund gesucht, sich vor der Reise drücken zu können.«

»Na, ich weiß nicht. Das hätte er doch wesentlich einfacher haben können. Bei einer getürkten Sehnenscheidenentzündung hätte eine Elastikbinde am Bein genügt, und die kann man sich selber drumwickeln.«

»Bist du denn sicher, daß sein Gips echt ist?«

Er war echt, denn Sascha mußte seinen Vater am nächsten Morgen zur Kontrolluntersuchung bringen.

Noch drei Tage bis zur Hochzeit!

Abends kam Steffi, um ihren Vater zu bedauern und ihr Hochzeitskleid vorzuführen.

»Wenn du eventuell noch eine Blümchenbluse dazu trägst, ziehe ich *doch* meinen Hosenanzug an«, sagte ich beim Anblick des sandfarbenen Jackenkleids. »Nebeneinander sehen wir ja aus wie im Katalog, Sparte ›Modelle auch in Übergrößen lieferbar‹.«

Nein, sie hatte keine Bluse gekauft, sondern ein Top, das ich fälschlicherweise als Oberteil eines Unterrocks angesehen hatte und auch dann keinen sonderlichen Unterschied bemerkte, nachdem ich über meinen Irrtum aufgeklärt worden war.

Mit ihrem Engagement als Chauffeur war sie einverstanden gewesen. »Ich habe zwar noch nie einen Transporter gefahren, doch ich hab' 'ne gute Haftpflichtversicherung, und im Rechtsschutz bin ich auch. Wie ist das eigentlich, fährt man in England nicht links?«

»Da übernehme ich das Steuer«, sagte Sascha sofort, »Linksfahren bin ich gewöhnt. In Australien hatten wir uns einen Tag lang einen Ranch-Rover gemietet.«

»Das nennst du Erfahrung?« höhnte sie. »In dieser Einöde sind dir doch höchstens ein paar Känguruhs begegnet.«

Sascha äußerte sich nicht näher, vielmehr holte er die Karten und erklärte seiner Schwester anhand der bereits mit Blaustift markierten Strecke, wie er zu fahren gedächte. »Wir rauschen morgen nachmittag gegen fünf ab, gehen gleich auf die Autobahn, sind spätestens um acht in Luxemburg, und dann nehmen wir die Route nationale direkt nach Calais. Das müßten wir bis zur ersten Fähre schaffen. Von Dover sind es dann noch mal drei Stunden bis Southsea.«

»Ich denke, wir müssen nach Portsmouth?«

»O heilige Einfalt«, stöhnte Sascha, »Southsea ist ein Vorort von Portsmouth. Ein Seebad!«

»Woher soll ich das denn wissen?« Sie beugte sich wieder über die Karte. »Und wenn wir nun über Aachen fahren und dann links rüber ...«

Ich ließ die beiden allein und ging nach oben. Mir war nämlich etwas eingefallen. Ich nahm das Schwiegermutterkleid aus dem Schrank, entfernte die Schutzhülle vom Wintermantel und stülpte sie über das Kleid. Zumindest auf der Hinfahrt war der Transporter leer, also würden das sandfarbene Vorjahresmodell nebst Blümchenbluse die Reise nach England faltenlos überstehen.

Noch zwei Tage bis zur Hochzeit!

Begleitet von vielen guten Wünschen, zwei Thermoskannen Kaffee und einem Freßkorb mittlerer Größe schaukelte der LT 28 los. In letzter Minute hatte Steffi noch um Überlassung von Nicoles Kassettenrecorder gebeten. Mit Kopfhörern. »Dann kann ich mir wenigstens die Stöpsel aufs Ohr drücken, wenn Sascha mich wieder vollabert.«

Hinten im Laderaum wippten an einem von Wand zu Wand gespannten Draht vier mit Wäscheklammern fixierte Kleider, und darunter stapelten sich ebenso viele Koffer. Wir würden — Traum aller Flugreisenden — nur mit einer Handtasche in die Maschine steigen und keine Sorgen haben müssen, ob das Gepäck nicht doch versehentlich auf dem Weg nach San Francisco war. Oder noch weiter weg. Nach neuesten Erkenntnissen sollen ja die Saturnringe aus verlorengegangenem Fluggepäck bestehen.

Noch zwei Tage bis zur Hochzeit!

6

Es gibt Tage, da reicht die Zeit nicht mal für einen Nervenzusammenbruch! Als ich kurz vor sieben in die Küche kam, wischte Katja gerade den Boden auf. »Leg dir endlich eine neue Kaffeemaschine zu, das Ding hier hat doch noch James Watt selber gebaut!«

»Was ist denn passiert?«

»Weiß ich nicht. Plötzlich schwamm die Brühe überall, bloß nicht in der Kanne.«

Über unseren Köpfen bumste es. »Aha, Papi ist aufgestanden. So ein Gipsbein hat auch Vorteile. Man wird wenigstens vorher gewarnt.«

Für acht Uhr hatte ich einen Friseurtermin. Der dauerte bis zehn, weil ich mir ausnahmsweise eine professionelle Maniküre geleistet hatte. Bei der späteren Begutachtung im Spiegel hatte ich zum erstenmal den unangenehmen Verdacht, daß meine Haare doch nicht vorzeitig grau geworden waren. Die zugegebenermaßen sehr schicke Frisur ließ nämlich meine Falten deutlich zur Geltung kommen. Ach was, tröstete ich mich selber, ich habe eben eine sehr detailreiche Gesichtshaut. Schwiegermüttern steht sie zu.

»Whouw!« sagte Nicki. »Schade, daß du das nie wieder so hinkriegst.«

Sogar Rolf musterte mich anerkennend, meinte jedoch: »Jetzt wißt ihr wenigstens, weshalb die Friseure neuerdings alle Coiffeure heißen. Das ist französisch und bedeutet: Von nun an müssen Sie jede Woche wiederkommen, weil Sie es allein ja doch nicht können.«

»Ja, ich weiß, Altwerden mit Anstand ist eine verdammt mühsame und teure Angelegenheit.«

»Nimm dir ein Beispiel an mir«, erwiderte er lachend, »ich mach's wie die Filmindustrie und nenne die mittleren Jahre ›Jugend — zweiter Teil‹.«

»Du hast nur vergessen, daß Fortsetzungen selten an den Originalfilm heranreichen, es bleibt immer bloß bei einem mißglückten Versuch.« Das gelbe Hemd mit dem wilden Dschungelmuster war so einer.

»Mami, hast du meinen Paß gesehen?« Oben wurden Schubkästen aufgezogen und wieder zugeschoben, Schranktüren knallten, irgendwas fiel runter, dazwischen gedämpftes Fluchen und die laut jammernd geäußerte Erkenntnis: »Als du hier noch saubergemacht hast, war immer alles da.«

»Der Personalausweis genügt«, brüllte Nicki hinauf.

»Den finde ich ja auch nicht.«

Wir suchten zu dritt, stellten das halbe Zimmer auf den Kopf, durchwühlten sogar den Bücherschrank — nichts. Langsam wurde die Zeit knapp.

Ein plötzliches Leuchten zog über Katjas Gesicht, sie holte die Schulmappe aus der hintersten Ecke ihres Kleiderschranks hervor und kippte sie aus. Und was kam zum Vorschein?

»Für die Abi-Zeitung brauchten wir doch ein Foto von mir. Ich hatte aber keins, und da haben wir einfach das Bild aus dem Paß kopiert«, lautete die lapidare Erklärung.

Punkt elf stand Frau Keks auf der Matte, unter dem Arm einen Kochtopf. »Ich hab' schon mal ein bißchen vorgekocht.« Sie lüftete den Deckel. »Mag Ihr Mann Sauerbraten?«

»Und wie!« Sofort kam Rolf aus dem Zimmer gehumpelt. »Ich bekomme bloß nie welchen, weil meine Frau den nicht richtig hinkriegt.«

Stimmt, aber mußte er das gleich petzen?

Ich zeigte Frau Keks noch, wo sie alles Notwendige finden würde, gab ihr einen Hausschlüssel und verbot ihr strikt, ihre hausfraulichen Ambitionen auch bei uns auszutoben. »Ich weiß ja, daß die Fenster dreckig sind, aber das können sie ruhig noch eine Woche länger bleiben. Und staubwischen müssen Sie auch nicht.«

»Tu ich auch nicht. Dreck, den man nicht sieht, ist sauber.«

So hatte ich das eigentlich noch nie betrachtet, doch diese Einstellung hatte etwas für sich. Mir war bisher immer nur aufgefallen, daß es zwei Arten von Staub gibt: den dunklen, der sich auf helle Möbel legt, und den hellen, den man auf dunklen Gegenständen findet. Allerdings hatte ich schon seit langem den Kampf gegen beide aufgegeben.

»Nun machen Sie aber endlich, daß Sie wegkommen, sonst findet die Hochzeit doch noch ohne Sie statt.« Energisch schob sie uns zur Tür.

»Die ist ja erst morgen.« In diesem Moment fiel mir ein, daß sich Sascha noch nicht gemeldet hatte. Er hatte sofort anrufen wollen, sobald er angekommen war, und das hätte nach seiner Berechnung allerspätestens um zehn Uhr sein sollen.

»Vielleicht hat er ja doch noch in letzter Minute einen Bammel gekriegt und ist wieder auf der Rückfahrt«, unkte Katja.

Daran glaubte ich nun nicht mehr, und mich beunruhigte zunehmend die Frage, wer uns denn am Flugplatz abholen würde und wie wir den Betreffenden finden sollten. Ich konnte mir ja schlecht ein Namensschild umhängen wie weiland auf der Fahrt in die Kinderlandverschickung.

»Nehmen Sie Schirme mit!« rief uns Frau Keks hinterher, als wir schon auf dem Weg zur Garage waren.

»Wozu denn? Wir haben doch herrliches Wetter.«

»Aber Sie fahren nach England!«

Nun hatten wir doch noch Handgepäck. Drei Regenschirme!

Wir hätten uns ruhig mehr Zeit lassen können, denn der Abflug war um eine Stunde nach hinten verschoben worden. Ich ging Kaffee trinken, die Zwillinge wollten lieber auf die Aussichtsplattform. Sehr schnell waren sie wieder da. »Da oben zieht's!« Kaffee wollten sie aber auch nicht. »Wir gehen Schaufenster gucken.«

Also guckten sie Schaufenster, und prompt trat das ein, was ich befürchtet hatte. Katja hatte eine »ganz entzückende weiße Umhängetasche« entdeckt, die »haargenau zum Kleid passen« würde, und weil sie doch sowieso nicht wisse, wo sie Taschentuch (hatte sie ohnedies nie dabei, sie verließ sich immer auf mütterliche Vorsorge), Lippenstift und Sonstiges unterbringen solle, sei der Erwerb dieser Tasche sozusagen zwingende Notwendigkeit. Ich sah das ein, gab ihr Geld, hatte es jedoch nicht passend, und so legte sie dieses Manko als vermeintliche Großzügigkeit aus und kaufte gleich noch ein kleines Portemonnaie. »Wie sieht denn das aus, wenn ich aus einer weißen Tasche einen dunkelroten Geldbeutel ziehe?«

»Brauchst du ja gar nicht, du hast doch ohnehin nie welches drin«, bemerkte Nicole.

Katja nickte bekümmert. »Ich hab's schon mit Selbsthypnose und mit Meditation versucht, aber was mir wirklich fehlt, ist mehr Taschengeld.«

Mit einer Stunde und siebzehn Minuten Verspätung hob der Vogel endlich ab, und mit einer Stunde und zweiunddreißig Minuten Verspätung landeten wir in Heathrow. »Ab jetzt müssen wir Englisch reden«, erinnerte ich die Mädchen, bekam jedoch nur ein mißmutiges Grunzen zur Antwort.

»Wie denn?« moserte Nicki schließlich. »Hätte ich geahnt, daß uns Sascha eine englische Schwägerin anschleppt, dann hätte ich nicht in der elften Klasse Englisch abgewählt. Statt dessen haben wir den Leistungskurs Französisch gemacht. Das hätte er eben berücksichtigen müssen.«

»Franzosen sind auch viel charmanter«, behauptete

Katja eingedenk ihrer ersten Liebe Pascal, den sie als Austauschschülerin in Frankreich kennengelernt hatte.

»Na und? Deshalb heiratet Sascha bestimmt keine Französin.«

In Ermangelung verständlicher Hinweisschilder folgten wir der Phalanx unserer Mitreisenden; die würden schon wissen, wo der Ausgang war.

»Falls jetzt irgendwas schiefläuft ... hast du wenigstens Vickys Telefonnummer dabei?«

Nein, hatte ich nicht, ich wußte nicht mal mehr, wie sie mit Nachnamen hieß. Ich schüttelte den Kopf.

»Aber die Adresse kennst du doch?« hakte Nicki nach.

»Irgendwas mit Gardens hintendran, den Rest habe ich vergessen«, gestand ich kleinlaut.

»Ist ja großartig! Und was machen wir, wenn wir unseren Abholer nicht finden?«

Wir fanden ihn, denn er war nicht zu übersehen. Gleich hinter der Paßkontrolle, wo der Menschenstrom durch Leitplanken kanalisiert wurde, wedelte ein Mann mit einem großen Pappdeckel herum. »Family Sanders« stand drauf. Er trug ein kariertes Holzfällerhemd, ausgebeulte Hosen und Schuhe, die vielleicht mal vor etlichen Jahren diese Bezeichnung verdient hatten. Im rechten Mundwinkel steckte ein ausgelutschter Zigarrenstummel.

»O Gott!« war alles, was Nicki herausbrachte, und Katja murmelte nicht weniger entsetzt: »Ist das nun Grant oder Leigh?«

Es war keiner von beiden, sondern ein Taxifahrer. Von seiner ausführlichen Erklärung verstand ich nur »order« und »bed and breakfast«, beruhigte mich jedoch angesichts der Tatsache, daß er unseren Namen kannte und demnach auch wußte, was er mit uns anfangen sollte. Gehorsam folgten wir ihm durch ein Gewirr von planenverhängten Gängen, stiegen auf provisorischen Treppen in die Unterwelt, kamen irgendwann wieder ans Tageslicht und standen endlich vor einem der typisch englischen Taxis. Erst später erfuhren wir, daß der Flughafen gerade ausgebaut wurde und die Hoffnung bestehe, daß die Arbeiten trotz der englischen Gewerkschaften noch in diesem Jahrhundert beendet sein würden.

Da ich das Mitteilungsbedürfnis von Taxifahrern hinreichend kenne, stieg ich sofort hinten in den Wagen. Nicole schob sich neben mich, und so war Katja die Leidtragende. Anfangs bemühte sie sich noch, den im breitesten Hampshire-Dialekt vorgetragenen Erläuterungen unseres Chauffeurs zu folgen, dann gab sie es auf und warf lediglich ab und zu mal ein »Oh, really?« ein, was soviel wie »Ach ja, wirklich?« bedeutete und unseren Cicerone von der ungeteilten Aufmerksamkeit seiner Zuhörerin überzeugte.

Anderthalb Stunden würde die Fahrt vom Flugplatz nach Southsea dauern, hatte Sascha mal erwähnt. Wir brauchten die doppelte Zeit. Straßenbaukolonnen hatten zum Teil kilometerlang den Asphalt aufgerissen — irgendein Unternehmer mußte wohl gute Beziehungen zum Rathaus haben —, und mehrmals waren in beinahe sadistischer Willkür Umleitungsschilder aufgestellt. Wenigstens bekamen wir auf diese Weise etwas von der englischen Landschaft zu sehen. Sie bestand überwiegend aus hübschen kleinen Häuschen, die alle mindestens ein Erkerfenster hatten, dahinter Wiesen mit allem Getier drauf, das Gras frißt, und zwischendurch immer wieder Golfplätze, auf denen Männer in karierten Hosen ihre Keulen schwangen.

»Bei uns hat jedes Kaff seinen Fußballplatz, hier spielt man statt dessen Golf«, wunderte sich Nicole. »Und ich dachte immer, das ist ein ganz elitärer Sport.«

»Jeder Engländer fühlt sich als etwas Besonderes«, sagte Katja überzeugt, »sonst würde er nicht als einziger in Europa immer noch auf der linken Straßenseite fahren.«

Ich hatte schon die Hoffnung aufgegeben, jemals unser Ziel zu erreichen, als ein Schild am Straßenrand das Gegenteil versprach. »Portsmouth 7 km« las ich erleichtert. Wir bogen aber schon vorher ab, schlängelten uns zum Ichweißnichtwievieltenmal durch einen Roundabout (in England herrscht an jeder Kreuzung, auf die mehr als zwei Straßen münden, Kreisverkehr, und da haben — vermutlich auch wieder aus elitären Gründen — die einfahrenden Autos Priorität) und kamen vor einem mehrstöckigen weißen Haus zum Stehen. Vor seiner Berufung zu gastronomischen Zwecken schien das Gebäude eine Art Zweitwohnsitz irgendeines betuchten Lords oder Earls gewesen zu sein, dessen Nachkommen im Zeitalter moderner Verkehrsmittel kein Sommerhaus mehr brauchten, weil sie ihre Ferien weit weg von ihrer Insel verbrachten. Da war es sicher auch wärmer.

Der Taxifahrer lud unsere Regenschirme aus dem Kofferraum, dann verlangte er fünfzig Pfund. Genau diesen Betrag hatte ich noch schnell im Frankfurter Flughafen eingewechselt, obwohl Sascha mir empfohlen hatte, das lieber in England zu tun, da sei der Kurs günstiger. »Am ersten Tag brauchst du sowieso kein Geld, und die Banken haben auch samstags auf.«

Die Mädchen waren schon die breite Treppe hinaufgestiegen und suchten nach einem Klingelknopf. Ich fand auch keinen. Statt dessen gab es einen blankpolierten Messingknüppel, mit dem ich mehrmals gegen die Tür hämmerte. »Hoffentlich haben sie drinnen wenigstens Strom!«

Eine zierliche schwarzhaarige Frau öffnete. Sie habe uns bereits vor drei Stunden erwartet, Miss Rashburn habe schon ein paarmal angerufen, aber jetzt sollten wir doch erst einmal hereinkommen, wo denn unsere Koffer seien, ob wir einen guten Flug gehabt hätten, da hinten den Gang entlang gehe es zum Frühstückszimmer, links daneben sei der Fernsehraum, und übrigens heiße sie Mrs. Hamilton. Die berühmte Lady sei eine direkte Vorfahrin ihres Mannes, eine Behauptung, deren Wahrheitsgehalt ich stark anzweifelte. Doch ich kam sowieso nicht zu Wort, denn Mrs. Hamilton redete ohne Punkt und Komma, während sie uns eine schmale Treppe in den zweiten Stock hinaufführte, auf halbem Weg eine Tür öffnete, weil sich dort das Bad befand, und schließlich vor einer geschwungenen Flügeltür haltmachte. Sie zog einen goldenen (jawohl!) Schlüssel mit kunstvoll verziertem Oberteil hervor und schloß auf.

»Uuiiihh!« rief Nicki. »Das ist ja der totale Wahnsinn!«

Das Zimmer war ungefähr fünfzig Quadratmeter groß. Es enthielt ein Doppelbett und drei einzeln stehende Betten, Tisch, Stühle, einen voluminösen Kleiderschrank, ein Waschbecken und neben dem unerläßlichen Erkerfenster ein antikes Möbel mit einem Spiegel in der Mitte sowie unzähligen kleinen Schubfächern. Vielleicht hatte Lady Hamilton selig in einem davon ihre Schönheitspflästerchen aufbewahrt. In einer Ecke stand ein Fernsehapparat, und direkt neben der Tür waren auf einem Tischchen die Utensilien für den Morgentee aufgebaut. In Ermangelung eines Kammerdieners, ohne den Lords und Earls ja nie zu reisen pflegten, würden wir den Tee allerdings selber zubereiten müssen. Zu diesem Zweck gab es einen »Kettle« genannten elektrischen Heißwasserkocher, Teebeutel der verschiedensten Geschmacksrichtungen, Würfelzucker und Büchsenmilch. Da es manche Gäste unbegreiflicherweise vorzogen, morgens lieber Kaffee statt Tee zu trinken, wurde das Stilleben durch ein Glas Pulverkaffee vervollständigt. Statt der stilgerechten Wedgewood-Tassen (das kann man in jedem klassischen englischen Roman nachlesen!) mußten wir jedoch simple Keramikbecher benutzen, und die Silberlöffel waren aus zeitgemäßem Plastik. Trotzdem fand ich diese Miniküche großartig.

»Mach mal Tee!« sagte ich zu Nicole, nachdem Mrs. Hamilton endlich gegangen war, um Vicky von unserer Ankunft zu verständigen.

Schon nach zwei Minuten brodelte das Wasser. »So lange braucht ja unser Herd, bis erst mal die Schnellkochplatte heiß wird«, wunderte sich Katja. »Du, Määm, so 'n Teil nehmen wir mit nach Hause.«

Inzwischen gibt es diese Elektrotöpfe mit der dicken Heizspirale am Boden auch bei uns zu kaufen, aber seinerzeit waren sie hier noch völlig unbekannt.

»Willst du Earl Grey, Darjeeling oder ...«

»Mir egal, Hauptsache heiß.« Ich fror nämlich. Wir waren alle ziemlich luftig gekleidet, doch die sommerlichen Temperaturen hatten England entweder noch nicht erreicht oder waren schon wieder verschwunden. Der Himmel sah auch gar nicht nach Sommer aus. Die Straßen waren zwar trocken, doch einen vertrauenerweckenden Eindruck machten die dicken Wolkenberge nicht gerade.

Katja spielte am Fernseher herum. »Mach das Ding aus, du verstehst ja doch nichts!«

»Ich will mich auch nur an den Tonfall gewöhnen.« Sie drückte ein Knöpfchen nach dem anderen und hatte endlich das ihr genehme Programm gefunden: Ein klampfender Jüngling mit Gleichgewichtsstörungen hüpfte auf einer Bühne herum und schrie. Ich schrie so lange mit, bis sie den Kasten wieder ausschaltete. Diese Methode hatte ich schon früher – und immer mit Erfolg! – angewandt.

Vor der Konfrontation mit der neuen Verwandtschaft hätten wir uns ganz gern umgezogen, aber das war nicht möglich. Bisher hatte es noch niemand für nötig befunden, unser Gepäck herüberzubringen, und als Vicky eine Viertelstunde später an die Tür klopfte, stand sie auch mit leeren Händen da. Nicht mal Seife zum Händewaschen hatten wir.

Wahrscheinlich hätte ich meine ab morgen amtlich sanktionierte Schwiegertochter jetzt in den Arm nehmen und viele nette Worte sagen müssen, doch ich brachte es einfach nicht fertig. Sie war mir zu fremd, die Sprachbarriere schuf ein zusätzliches Hindernis, und so war ich froh, daß die Zwillinge mit der zwischen jungen Leuten üblichen Formlosigkeit die etwas ungemütliche Situation entschärften.

»Hi«, sagte Katja und musterte ihre künftige Schwägerin kritisch, um dann festzustellen, daß sie ohne dicke Backe erheblich besser aussähe. Ich fand das stark untertrieben. Vicky war ein bildhübsches Mädchen, und allmählich konnte ich Sascha verstehen. Sein Gesichtssinn ist schon immer ausgeprägter gewesen als sein Verstand.

Am besten kämen wir jetzt erst einmal mit, sagte Vicky, die anderen seien schon alle da, Thomas und Jill müßten ebenfalls bald kommen, Mel sei bereits heute früh eingetroffen ...

»Ob die auch noch alle zum Clan gehören?« wisperte Nicole, als wir hinter Vicky die Treppe hinabstiegen. »Wer soll sich denn die ganzen Namen merken?«

»Wer Thomas ist, weiß ich, den hat sich doch Sascha als *best man* ausgesucht.« Im Gegensatz zu dem bei uns üblichen Hochzeitszeremoniell schreitet das Brautpaar in England nicht Arm in Arm zum Altar, sondern der Bräutigam hat bereits vorher dort zu sein und darauf zu warten, bis seine Zukünftige in Begleitung ihres Vaters als letzte die Kirche betritt. Diese Minuten können sich endlos in die Länge ziehen, und deshalb bekommt der ohnehin schon nervöse Bräutigam als moralische Unterstützung einen nicht weniger nervösen Freund zur Seite gestellt. Sascha hatte Thomas um diesen Dienst gebeten, einen Österreicher, mit dem er lange auf dem Schiff zusammengearbeitet hatte. Genau wie Sascha hatte er nach der letzten Weltreise der christlichen Seefahrt Servus gesagt und — vielleicht war so was ja ansteckend — Vickys Kollegin Jill gleich mitgenommen. Die nächste Hochzeit war also schon vorprogrammiert.

Vickys Elternhaus lag in einer ruhigen Sackgasse. Ein frischgestrichener Holzzaun grenzte den in voller Rosenblüte stehenden Vorgarten zur Straße hin ab. Dahinter erhob sich ein wunderhübsches weißes Häuschen mit einem verschnörkelten Giebel und vielen in Vierecke unterteilten Fenstern. Der Erker fehlte natürlich auch nicht. Hinter der Scheibe, die Gardine wie einen Brautschleier über seinen Wuschelkopf gehängt, saß ein Rauhhaardackel. Kaum hatte er uns gesehen, räumte er laut kläffend seinen Platz und hing Sekunden später an meinem

Bein. Es war eine sehr stürmische Begrüßung, die sich fortsetzte, als Janet aus der Tür trat.

Sascha hatte mich darauf vorbereitet, daß seine Schwiegermutter »ein bißchen rundlich« sei, doch das war milde ausgedrückt. Janet war dick. Sehr dick sogar. Darüber täuschten weder das geschmackvolle Kleid noch das dezente Make-up hinweg, aber die überströmende Herzlichkeit, mit der sie uns willkommen hieß, ließ alles andere nebensächlich erscheinen.

Im typisch englisch eingerichteten Wohnzimmer hing Sascha in einem Sessel, Beine auf einen Hocker gelegt, und schlief. Daneben hockte Stefanie, Teetasse auf den Knien, und starrte gelangweilt in den Fernseher. Sie sah müde aus. »Ich dachte schon, ihr kommt überhaupt nicht mehr. Sascha pennt seit Stunden, und ich langweile mich zu Tode. Die sind hier zwar alle ganz reizend, ich verstehe sie bloß so schlecht. Janet fragt dauernd, ob ich was haben will oder ob sie etwas für mich tun kann — ihr zuliebe trinke ich schon den vierten Topp Tee, Kekse kann ich nicht mehr sehen —, aber nun will ich endlich unter die Dusche und was anderes anziehen.«

»Wo sind denn unsere Koffer?«

»Noch im Wagen.«

»Wo steht der denn? Ich habe ihn nirgends gesehen.«

»Um die Ecke. Vorhin war hier alles vollgeparkt.«

Katja verpaßte dem Hocker einen Tritt, Saschas Beine fielen unsanft auf den Boden, er schreckte hoch, sah uns und murmelte: »Ach, ihr seid's bloß?« Dann klappten seine Augenlider wieder zu.

»Jetzt reicht's!« sagte ich wütend. »Steh gefälligst auf. Schlafen kannst du heute nacht.«

»Eben nicht«, erwiderte er gähnend, »ich muß mit den Jungs in den Pub und mich besaufen. Angeblich feiert man hier auf diese Weise Abschied vom Junggesellenleben.« Er rappelte sich aber doch auf und verschwand Richtung Küche. »Janet, can I have a coffee, please?«

Vicky kam mit einem Teetablett, gefolgt von einem

ebenfalls blendend aussehenden jungen Mädchen, das uns als ihre beste Freundin Mel vorgestellt wurde. Wir tauschten die uns mittlerweile schon recht geläufigen Höflichkeitsfloskeln aus, dann ließen uns die beiden allein.

»Wie war denn die Fahrt?« fragte ich Steffi. »Hast du unterwegs ein bißchen schlafen können?«

»Ja, leider. Sonst wäre der Unfall bestimmt nicht passiert.«

»Wieso? Habt ihr 'n Crash gebaut?« Bisher hatte Nicole gelangweilt in ihrer Tasse gerührt, jetzt wurde sie hellhörig. »Wen habt ihr denn ins Jenseits befördert?«

»Niemanden. Schlimm war's sowieso nicht, wir sind bloß mit einem französischen Milchauto kollidiert. Bei uns ist die Stoßstange hin und der rechte Scheinwerfer, dem anderen hat es den Kotflügel eingedellt. Normalerweise hätten wir die Adressen ausgetauscht, und den Rest hätten die Versicherungen erledigt. Aber der Kerl hat uns nicht verstanden und wir ihn nicht. Also hat er nach der Polizei gebrüllt und nicht eher Ruhe gegeben, bis wir hinter ihm hergefahren sind. In irgendeinem obskuren Kaff hat er den Bullen erst aus dem Bett klingeln müssen, dann wurde ein Protokoll aufgenommen, Sascha hat unterschrieben, obwohl er gar nicht wußte, was drinsteht, aber bis wir einen Dolmetscher aufgetrieben hätten, wären Stunden vergangen, und wir hätten überhaupt keine Fähre mehr gekriegt. Die erste war natürlich weg, und die zweite ausgebucht. Die dritte ging erst um elf.«

»Wann ist denn das gewesen?«

»Der Unfall? So gegen fünf Uhr morgens. Frag mich nicht, wo, es war ja stockduster. Sascha hatte mich eine halbe Stunde vorher abgelöst, und ich bin erst aufgewacht, als es schon gescheppert hatte.«

»Wer war denn schuld?« forschte Katja.

»Sascha natürlich. Er behauptet zwar, er habe Vorfahrt gehabt, aber ich bin extra ein Stück zurückgelaufen und habe nirgends ein Schild gesehen. Der andere kam von rechts, also ist die Sache sonnenklar.«

»Das wird eine teure Geschichte.«

Steffi kicherte. »Das hat er nun von seiner Sparsamkeit! Ich durfte nie schneller als neunzig fahren, weil das angeblich die optimale Geschwindigkeit sei, um den geringsten Spritverbrauch zu erzielen. Hätte ich aufs Gas treten dürfen, wären wir mindestens eine Stunde früher an der bewußten Kreuzung gewesen. Da hat der Milchmann bestimmt noch gepennt. Ich bin ja bloß froh, daß *ich* nicht am Steuer gesessen habe, als es bumste«, schloß sie aufatmend.

Mein Sohn sah die Angelegenheit völlig anders. Selbstverständlich sei er absolut schuldlos, der andere hätte aufpassen müssen, aber da bei Sascha immer nur zwei Meinungen existierten, nämlich seine und die falsche, gab ich nicht viel auf seine Unschuldsbeteuerungen. Dann wollte er von mir wissen, ob ich eine Rechtsschutzversicherung hätte.

»*Ich* ja, die nützt dir bloß nichts.«

»Hat Steffi nicht auch ...«

»So siehst du aus«, fauchte sie los, »du baust den Crash, und ich soll dafür geradestehen! Außerdem hast du ja selbst bei der Polizei den Wisch unterschrieben, also laß mich gefälligst aus der Sache heraus.«

»Habt ihr eine Kopie von dem Protokoll?« fragte Nicki.

Aus der Hemdentasche zog Sascha ein zerknittertes Stück Papier. »Meinst du das hier?«

Die Zwillinge beugten sich über den Zettel und buchstabierten an dem Text herum. »Eine Schrift hat der Kerl ... ist das hier ein n oder ein u?«

»Ich glaube, das soll ein n sein, dann heißt das nämlich Je conviens de ...«

»Und was bedeutet das?« forschte Sascha mißtrauisch weiter.

»Daß du zugibst, den Milchwagen nicht gesehen zu haben«, triumphierte Katja, während Nicole zögernd weiterübersetzte: »... und daß du für den entstandenen Schaden aufkommst. Datum. Unterschrift.«

»Wetten, daß der Bulle ein Kegelbruder von dem Milchmann ist?« giftete Sascha.

»Bestimmt nicht«, widersprach Katja trocken, »in Frankreich spielt man Boule.«

Eine Stunde später saßen wir — immer noch ungewaschen — zu viert zusammengedrängt auf dem Sofa unterm Erkerfenster und kamen uns sehr überflüssig vor. Unentwegt wuselten irgendwelche Leute durch das nebenan liegende große Eßzimmer, schoben Tische hin und her, gruppierten Stühle, debattierten die Großwetterlage, von der die zusätzliche Möblierung des Gartens abhängig gemacht wurde, und immer wieder steckte jemand seinen Kopf durch die Schiebetür, um einen Blick auf die deutschen Gäste zu werfen. Sascha war mit Vicky zum Bahnhof gefahren, um Thomas abzuholen, es gab also niemanden, dem wir klipp und klar sagen konnten, was wir wollten: Nichts wie weg! Wir standen, beziehungsweise saßen allen im Weg, obwohl Janet permanent das Gegenteil behauptete, die angebotene Hilfe ablehnte und meinte, wir sollten uns lieber ausruhen. Ausruhen wovon? Nicht mal Sir Henry hatte ein Einsehen. Die ganze Zeit hatte er auf Katjas Schoß gesessen, doch als sie sich von Janet die Hundeleine geben ließ, um mit ihm spazierenzugehen und auf diese Weise der entnervenden Betriebsamkeit zu entkommen, kroch er unters Sofa.

Endlich fiel mir eine glaubhafte Ausrede ein: Die Koffer! Sie befanden sich samt unseren Hochzeitskleidern noch im Wagen, mußten also in Mrs. Hamiltons Herberge transportiert werden. Wieso nicht jetzt und gleich?

»Sascha hat den Autoschlüssel in der Tasche«, war alles, was Steffi dazu zu sagen hatte.

Also wieder nichts! Wir tranken weiter Tee und guckten aus dem Fenster, obwohl es gar nichts zu sehen gab.

Ein Wagen hielt. Ihm entstiegen außer Sascha und

Vicky ein junger Mann mit dunklem Kraushaar über der schon etwas gelichteten Stirn sowie ein junges Mädchen mit unzähligen Sommersprossen im Gesicht. »Endlich mal eine, die nicht ganz so hübsch ist«, stellte Nicole befriedigt fest, vorsichtig die Gardine wieder zusammenschiebend, »mit der können wir gerade noch Schritt halten.«

Erneute Begrüßungsarie, frischer Tee, lebhafte Unterhaltung natürlich in Englisch –, und dann endlich schien sich Sascha zu erinnern, daß wir ja auch noch da waren. »Was mache ich denn jetzt mit euch?«

»Überhaupt nichts«, sagte ich kurz. »Du gibst Steffi die Autoschlüssel, damit wir endlich mal an unser Gepäck kommen, und dann verschwinden wir.«

»Wollt ihr nicht erst noch was essen? Leigh ist gerade beim Chinesen.«

Doch, Hunger hatten wir, der Plastiklunch im Flugzeug hatte genauso geschmeckt, wie er ausgesehen hatte, nämlich nach gar nichts, deshalb hatten wir ihn auch kaum angerührt, aber wie, um alles in der Welt, sollte inmitten der ganzen Hochzeitsvorbereitungen ein Essen stattfinden?

Es fand statt! Der ganze Küchentisch stand voller Pappschachteln, angefüllt mit allen erdenklichen chinesischen Gerichten, daneben Teller und Besteck. Im Gänsemarsch zogen wir an dem improvisierten Büfett vorbei.

»Hat das etwa alles Janet gekocht?« Katja schaufelte sich Nudeln auf die Bambussprossen, goß rote Soße darüber und krönte das Ganze mit Entenbrust und Sojabohnenkeimlingen. »Ich weiß ja nicht, wie sie englisch kocht, aber chinesisch kann sie!«

Weshalb Sascha grinste und Thomas verstohlen lächelte, bekam ich erst später heraus. Wer in England nicht kochen will oder kann, geht zum nächsten Takeaway und holt sich das, was er braucht. Das Angebot reicht von den berühmten Fish-and-Chips bis zu einem

Komplettmenü mit fünf Gängen — alles ofenheiß in Warmhaltepackungen verstaut. Warum gibt es so was nicht bei uns?

Ich glaube, nicht nur wir waren erleichtert, als wir uns endlich mit Anstand verabschieden konnten. Sascha brachte uns noch zum Wagen und versprach, uns am nächsten Morgen so gegen halb zehn abzuholen. Janet habe ohnedies angedroht, ihn rauszuschmeißen, also würde er lieber freiwillig gehen und uns ein bißchen die Stadt zeigen.

»Vor allen Dingen eine Bank«, verlangte ich, »ohne Geld in der Tasche fühle ich mich nur als halber Mensch. Das Taxi hat mich meine ganzen Devisen gekostet.«

»Waaas??? Das war doch schon bezahlt. Wieviel hast du denn noch gelöhnt?«

»Genau fünfzig Pfund!«

Er sah mich ungläubig an. »Das darf doch nicht wahr sein! Eine Fahrt vom Flugplatz hierher kostet nicht mehr als die Hälfte, das ist Festpreis. Na, laß mal, das Geld kriegste wieder, Vicky soll morgen bei dem Verein anrufen und die Sache klarstellen.«

Natürlich hatte Vicky am nächsten Tag andere Dinge im Kopf, und natürlich hatte Sascha keine Ahnung, mit wem Vicky den Transfer ausgehandelt hatte, und ebenso natürlich geriet die ganze Sache in Vergessenheit. Die Taxiquittung bekam der Steuerberater, der sie unter »steuermindernde Abzugsposten« verbuchte.

Es war noch gar nicht richtig dunkel, als wir endlich unsere Koffer ausgepackt und uns häuslich eingerichtet hatten. »Wir können doch jetzt noch nicht ins Bett gehen, wer kann denn um neun Uhr schlafen?« jammerte Katja. »Laßt uns lieber noch ein bißchen bummeln.«

»Ohne Geld?« gab ich zu bedenken.

»Will jemand Tee?« fragte Nicole.

»Nein!!!« brüllten wir einstimmig.

»Schade, mir macht der Kocher so viel Spaß.«

Bevor wir uns darüber einigen konnten, was wir mit

dem Rest des Abends anfangen sollten, war es tatsächlich dunkel geworden, und damit erlahmte auch Katjas Unternehmungsgeist. »Na schön, geh'n wir pennen!« Sie schaltete den Fernseher ein. »Is' eigentlich wie zu Hause: essen, fernsehen, schlafen gehen. Warum sind wir überhaupt hergekommen?«

Noch siebzehn Stunden bis zur Hochzeit!

7

Gleich nach unserer Ankunft hatte uns Mrs. Hamilton gefragt, was wir denn zum Frühstück haben möchten. Nun hatte mir ein vielgereister Freund erzählt, daß man in England nur dann halbwegs gut essen könne, wenn man dreimal täglich frühstücke. Gedünstete Nierchen und gebackene Forellen sind allerdings nicht das, was mir um halb neun Uhr morgens vorschwebt, doch derartig Handfestes bekommt man sowieso nur im Dorchester-Hotel oder als Gast beim Landadel. Mehr aus Neugier denn aus Überzeugung hatten Steffi und ich »a typical English breakfast« bestellt. Die Zwillinge hatten sich für Toast und Marmelade entschieden, für Experimente am frühen Morgen sind sie nicht zu haben.

Der Frühstücksraum mußte wohl mal eine Art Gartenpavillon gewesen sein, jetzt führte ein mit gelbem Wellblech gedeckter Gang dorthin und täuschte strahlenden Sonnenschein vor. Dabei waren die Wolken über Nacht noch ein bißchen grauer und bedrohlicher geworden. Hochzeitswetter war das jedenfalls nicht. Es war im Gegenteil lausig kalt.

Das Frühstück kam. Es bestand aus zwei Scheiben

kroßgebratenem Speck, der großartig schmeckte, zwei gummiartigen Spiegeleiern Typ Mikrowelle sowie drei fingerlangen, ins Hellgraue schimmernden Würstchen.

»Na, ich weiß nicht, sehr vertrauenerweckend sieht das aber nicht aus.« Vorsichtig schnitt Steffi einen Zentimeter Wurst ab und schob ihn sich in den Mund. »Das läßt sich gar nicht kauen, und schmecken tut's nach lauwarmem Kartoffelbrei. Wenn du willst, Määm, kannst du meine auch noch haben.«

Ich wollte aber nicht. Um unsere Wirtin nicht restlos zu beleidigen, würgten wir uns die Eier hinein — zusammen mit dem Speck rutschten sie ganz gut — und schielten neidisch zu den Zwillingen, die genußvoll Orangenmarmelade auf ihren Toast löffelten.

Als Mrs. Hamilton die angeknabberten Würstchen abräumte, meinte sie kopfschüttelnd, sie verstünde gar nicht, weshalb ihre deutschen Gäste immer die sausages zurückgehen ließen. Ich hätte es ihr sagen können, aber ich bin ein höflicher Mensch. Für den nächsten Tag orderten wir vorsichtshalber Toast. Wegen der hervorragenden Konfitüre. Mrs. Hamilton war wieder versöhnt, sie hatte die Marmelade nämlich selbst gekocht.

Sascha erwischte uns noch im Frühstückszimmer. So viel Pünktlichkeit war ich von ihm nicht gewöhnt. Bei Janet gehe alles drunter und drüber, sagte er, um sieben habe sie ihn schon aus dem Bett geworfen, dabei sei er erst um eins reingekommen, und wo denn Thomas und Jill seien.

»Woher sollen wir das wissen?«

»Die wohnen doch auch hier.«

Gesehen hatten wir sie allerdings noch nicht.

Auf der Suche nach einer geöffneten Bank — die ersten zwei hatten geschlossen — bummelten wir durch die Straßen von Southsea. Sascha informierte uns über den Tagesablauf. Die Trauung sollte um zwei Uhr stattfinden und etwa eine halbe Stunde dauern. Danach begann der Empfang in Janets Haus, und nach dem Abgang des letzten Gastes würde auch das Brautpaar verschwinden, um die Hochzeitssuite im Holiday-Inn zu beziehen, ein Geschenk von Vickys Bruder Grant.

»Und wann geht ihr zum Standesamt?«

»Überhaupt nicht, da kommt einer in die Kirche.« Woraus ich schloß, daß englische Behördenangestellte keinen Beamtenstatus haben, denn von den hiesigen Staatsdienern würde man wohl keinen am geheiligten Samstagnachmittag zu einer Amtshandlung bewegen können. Nicht mal für einen Überstundenzuschlag. Bankleute bestimmt auch nicht. In England arbeiten sie. Jedenfalls einige. Ich bekam mein Geld getauscht, und kaum hatte ich es verstaut, da hatte Nicole schon einen Elektroladen ausfindig gemacht. »Jetzt kaufst du gleich einen Kettle.«

»Das hat noch Zeit«, sagte Sascha. »Ihr bleibt doch bis Mittwoch. Das Ding könnt ihr auch in London holen, da ist es sogar billiger.«

»Das hat *keine* Zeit«, widersprach Nicole. »Wer weiß, ob Määm bis dahin nicht schon alles ausgegeben hat.«

Also kauften wir für umgerechnet dreiundsechzig Mark einen Kettle und bekamen als Bonus einen kleinen Reisefön dazu. »Das ist hier so üblich«, sagte Sascha. »Als Vicky unseren Mikrowellenherd gekauft hat, kriegte sie die Kaffeemaschine gratis.«

Es gibt in England durchaus Sitten und Gebräuche, die man sofort nach Deutschland exportieren sollte.

Gegen elf wurde Sascha unruhig. »Ich glaube, wir sollten allmählich zurückgehen. Ihr müßt euch noch umziehen, und ich brauche auch 'ne Weile, bis ich mich in Schale geschmissen habe.«

»Wie gedenkst du vor den Altar zu treten? Im Cut?« spöttelte Katja. »So richtig mit steifem Kragen und Seidenplastron?«

»Quatsch! Ich habe mir in Hongkong einen Anzug machen lassen.«

»Aha, Billiglohnland. Hoffentlich sieht man's nicht allzusehr.«

Man sah es nicht! Als wir eine Stunde später das Brauthaus (sagt man so?) betraten — auf dem Weg dorthin war uns so manch verwunderter Blick gefolgt, denn die normalerweise beturnschuhten Mädchen hatten gewisse Schwierigkeiten mit ihren halbhohen Absätzen —, kam uns Sascha schon entgegen. »Ich brauche eine Mutter! Irgendeine, welche, ist mir egal. Der Knopf ist abgerissen.« Gleichzeitig betrachtete er uns von oben bis unten, um dann befriedigt festzustellen: »Na ja, man kann sich mit euch zeigen.«

»Mit dir aber auch«, sagte Katja zur allgemeinen Verblüffung, schwächte ihr Kompliment jedoch sofort wieder ab: »Vielleicht liegt das auch nur daran, weil ich dich noch nie in einem Anzug gesehen habe. Wozu hast du dir das hier umgewürgt?« Sie deutete auf den seidenen Kummerbund. »Damit du den Bauch nicht dauernd einziehen mußt?«

Sascha ging gar nicht darauf ein. Er drückte mir das Jackett in die Hand und schob mich ins Wohnzimmer. »Hier ist der Knopf, und irgendwo hinterm Fernseher steht der Nähkasten. Aber auf Stiel nähen oder wie das heißt, sonst kriege ich ihn nicht zu.«

Janet und ihre Hilfstruppen mußten am vergangenen Abend noch Schwerarbeit geleistet haben. Das Zimmer war völlig umgekrempelt worden, alles, was nicht zu Sitzgelegenheiten umfunktioniert werden konnte, war, der Himmel weiß wohin, abtransportiert und durch Sessel und Stühle ersetzt worden, dazwischen standen kleine Beistelltische. Im Nebenraum wartete das kalte Büfett, gekrönt von einer dreistöckigen Hochzeitstorte.

»Sogar frische Erdbeeren gibt es, Krabbensalat und Hummermayonnaise, und alles ganz toll dekoriert«, hatte Nicole nach einer flüchtigen Inspektion herausgefunden. »Das mußt du dir unbedingt ansehen. Wann bist du denn mit dem dämlichen Knopf fertig?«

Das wollte auch Sascha wissen. Ungeduldig trabte er auf und ab, zupfte an seiner Smokingschleife (»Sitzt sie immer noch grade?«), zerrte an den Manschettenknöpfen und benahm sich genau so, wie sich ein Bräutigam kurz vor dem entscheidenden Moment zu benehmen hatte.

»Such mal eine Schere! Wenn ich den Faden abbeiße, hast du Lippenstift am Jackett.« Ein Paradebeispiel meiner Nähkünste war diese Arbeit nicht, aber sie würde den Tag mit Sicherheit überdauern. Vorsichtshalber hatte ich die Nähseide vierfach genommen.

»Eine Schere finde ich nicht, tut's auch ein Küchenmesser?« Ich half ihm noch in die Jacke, dann endlich konnte ich meinen Sohn in voller Montur bewundern. Doch, er sah fabelhaft aus! Der dunkelgraue Seidenanzug mit den mattglänzenden schwarzen Revers saß wie eine Eins. »Was hast du dafür bezahlt?«

»Weiß ich nicht mehr genau. Inklusive Bauchbinde und maßgefertigtem Hemd so um die vierhundert Dollar, Fliege inbegriffen.«

»Ich glaube, nach Hongkong muß ich auch mal.«

Immer mehr würdig gekleidete Herren und in Raschelkleider gehüllte Damen füllten das Haus. Die meisten kannte ich bereits und kannte sie doch nicht wieder. Thomas zum Beispiel, der gestern noch in Jeans und schlampigem Pullover aufgekreuzt war und jetzt dunkelblau gewandet durch den Garten tigerte, halblaut seine Rede memorierend. Er war noch nervöser als Sascha. Zu den Aufgaben eines *best man* gehört nämlich außer der seelischen Unterstützung des Bräutigams noch die Aufbewahrung der Trauringe, später das laute Verlesen der Glückwunschtelegramme und vor dem Beginn der allgemeinen Freßorgie eine Ansprache, die erstens nicht zu lang und zweitens möglichst launig zu sein hat. Und das alles in englisch. Angeblich hatte Thomas schon in Salzburg an dem Konzept der Rede gebastelt, sie gestern noch mit Saschas Hilfe ausgefeilt, und nun lernte er sie auswendig. Die meisten Gänseblümchen hatte er schon plattgetrampelt.

Von der Braut war nichts zu sehen. Ab und zu hörte

man von oben Gekicher, doch niemand hätte gewagt, auch nur die unterste Treppenstufe zu betreten. Janet offerierte Tee, den niemand wollte, bot Gehaltvolleres an, das ich ganz gern gewollt hätte, mich aber nicht traute, um nicht als Säuferin abgestempelt zu werden, und dann fuhr Leighs Auto vor, gefolgt von Grants BMW. »Die Mütter zuerst«, hieß es. Janet, deren blaues Kleid recht geschickt ihre problematische Figur kaschierte, steckte mir noch schnell rosa Blümchen ans Revers, dann saßen wir auch schon im Wagen. Genaugenommen hätten wir die paar hundert Meter zur Kirche recht gut zu Fuß gehen können, doch das wäre wohl nicht stilvoll genug gewesen. Als wir ausstiegen, begann es leicht zu tröpfeln. Wir flüchteten unter das Dach, denn rein konnten wir nicht, da war noch eine andere Hochzeit im Gange.

Grants Auto spuckte drei würdige Matronen aus, zwei ehemalige Tanzlehrerinnen von Vicky und ihre Patentante. Alle drei fühlten sich bemüßigt, die Bräutigamsmutter zu unterhalten. Die verstand aber nur einen Bruchteil von dem, was sie heraussprudelten, lächelte verbindlich und betete im stillen, daß endlich jemand käme, der sie von diesem Triumvirat erlösen würde. Nicht mal Janet konnte mir helfen, sie mußte die sich so nach und nach einfindenden Gäste begrüßen.

Leigh baggerte die nächste Fuhre aus. Zum Glück war Thomas dabei. Endlich jemand, mit dem ich reden konnte. Wir stellten uns ein bißchen abseits und beobachteten den Aufmarsch von Taft und Seide. Kräuselkrepp war auch darunter. Immer wieder klopfte Thomas verstohlen auf die Anzugtasche.

»Piekt da irgendwas?«

»Na, gar nix. I hob nur a Ongst, doß i die Ring verliar.«

Der nächste Transport lieferte Sascha und seine drei Schwestern ab. Sofort wurde der Bräutigam umlagert. Mit auf dem Rücken verschränkten Händen plauderte er bereitwillig mit diesem und jenem — an wen erinnerte mich diese verbindlich-lässige Haltung bloß? Richtig, an

Prinz Philipp, der steht auch immer so da! – und schaffte es schließlich, sich zu uns vorzuarbeiten.

»Sag mal, kennst du die alle?« fragte Steffi.

»Ach was, nicht einen einzigen. Soviel ich weiß, sind ein paar Onkels von Vicky dabei, irgendwelche Kusinen und Freundinnen von Janet, der Rest ist Fußvolk, Nachbarn, Geschäftsleute und weiß der Geier, wer noch. Janet wohnt seit dreißig Jahren hier, die gehört zum Stadtbild.«

»Du, Sascha, kann ich das Gemüse hier nicht abmachen?« Mißmutig zupfte Katja an ihrem Blumengesteck herum. »Nichts gegen Rosa, aber das beißt sich nun wirklich mit dem roten Gürtel und den Ohrringen.«

Erst jetzt fiel mir auf, daß wir alle diese kleinen Ansteckblümchen trugen. Ob das eine Art Erkennungszeichen war?

»Laß sie wenigstens noch bis zu Hause dran«, bat Sascha, »sie sind nämlich ein Zeichen, daß ihr zur Familie gehört.«

Das schien sowieso schon jeder zu wissen. Nur sind Engländer bekanntlich taktvolle und disziplinierte Menschen, also starrten sie uns nicht direkt an, doch ich spürte ihre verstohlenen Blicke ganz genau. Besonders im Rücken.

Die Tür öffnete sich, ein Brautpaar trat heraus, ein Pfarrer, dann die Hochzeitsgesellschaft. Einen Augenblick lang ließ sich nicht feststellen, welche Gäste zu welchem Paar gehörten, aber das Durcheinander löste sich schnell auf. Die bereits Abgefertigten drifteten nach links in den Kirchgarten, wo schon der Fotograf wartete, wir anderen schritten gemessen durch das Portal. Offenbar zu früh, denn zwei Frauen waren damit beschäftigt, in Windeseile den gelben Blumenschmuck gegen rosa Blüten auszuwechseln.

»Warum denn das?« fragte ich Sascha leise. »Die Blumen sind doch noch ganz frisch.«

»Ist egal, die Dekoration muß man so oder so bezahlen. Vicky wollte Rosa, also kriegt sie Rosa.«

»Finde ich sehr unökonomisch. Was geschieht denn mit den ausrangierten Blumen?«

»Keine Ahnung, Friedhof, Altenheim – irgendwo werden sie schon landen.«

»Mich würde es nicht wundern, wenn du sie morgen an einer Straßenecke im Wassereimer wiederfindest, pro Strauß ein Pfund«, lästerte Katja. »Für 'n Friedhof sind sie viel zu schade, und die Toten haben sowieso nichts mehr davon.«

Als das letzte rosa Sträußchen an der letzten Kirchenbank hing, durften wir uns hinsetzen. »Natürlich mitten auf'm Präsentierteller«, meckerte Nicole, nachdem uns der Kirchendiener in die erste Reihe gewinkt hatte. Da saßen wir nun wie die Orgelpfeifen, erst Janet, dann ich, nebendran die Mädchen.

»Sascha ist viel schlimmer dran.« Verstohlen deutete Stefanie auf die gegenüberliegende, nur durch den Mittelgang getrennte Bank. Da hockte mein Sohn und starrte angestrengt auf seine blankpolierten Schuhspitzen. Thomas, neben ihm, half dabei.

Wenn man ganz vorne sitzt, kann man nicht nach hinten gucken, das gehört sich nicht. So wußte ich noch immer nicht, für welches der drei mitgebrachten Kleider sich Mel entschieden hatte, vermutlich für das pfirsichfarbene, es hatte ihr am besten gestanden. Einen passenden Hut hatte sie ebenfalls dabeigehabt. Sogar Tönungscreme für die Beine, weil die noch nicht braun genug waren. Vickys Freundin Mel war die einzige gewesen, mit der ich mich gestern längere Zeit unterhalten hatte. Sie hatte keinerlei Dialekteinschlag und darüber hinaus schnell mitbekommen, daß ich sie recht gut verstand, wenn sie langsam sprach. Das allerdings war diesem Temperamentsbündel schwergefallen.

Ein Mann in schwarzem Anzug schritt gemächlich durch den Mittelgang. Der Pfarrer? Nein, nur der Organist. Er nahm am Harmonium Platz und begann zu präludieren. Zehn Minuten später präludierte er immer noch. Leichte Unruhe machte sich breit. Wo blieb die Braut?

Thomas eilte zur Tür, guckte hinaus, kam schulterzuckend zurück. Nichts zu sehen. Der Pfarrer war auch noch nicht da. Leigh, gestern abend noch im Umgang mit Saschas Videokamera unterwiesen, hatte bereits die einzelnen Bankreihen rauf- und runtergefilmt und war jetzt bei den Kirchenfenstern angekommen. Den Altar hatte er auch schon von allen Seiten drauf.

Endlich Geräusche vor der Tür. Der Organist brach sein einlullendes Spiel ab und begann mit Lohengrin. Wir standen alle auf ... und setzten uns wieder. Es war nur der Kirchendiener. Ohne Braut. Er tuschelte mit dem Organisten, der nickte, und dann warteten wir weiter.

Plötzlich wurde das Portal weit geöffnet, der Pfarrer schritt hindurch, dann Gaynor mit dem Blumenmädchen an der Hand, und unter den Klängen von Wagners Hochzeitsmarsch erschien nun tatsächlich die Braut. Am Arm ihres Bruders, der eine ausgesprochen verbiesterte Miene zur Schau trug, schritt sie langsam zum Altar vor, und ich mußte mich schon sehr täuschen, wenn es um ihre Mundwinkel nicht verräterisch zuckte. Vor Lachen. Was war da draußen bloß passiert?

Vicky sah zauberhaft aus. Heimlich beobachtete ich Sascha. Anfangs hatte er stur geradeaus gesehen, wie es wohl vorgeschrieben war, aber dann siegte die Neugier. Er drehte sich um und bekam ganz große Augen. Offenbar hatte er eine so traumhaft schöne Braut nicht erwartet.

Da stand er nun, der siebenundzwanzig Jahre lang mein Sohn gewesen war, und gehörte ab jetzt einer anderen. Ein eigenartiges Gefühl ist das schon, aber wahrscheinlich würde es noch schlimmer sein, eines der Mädchen weggeben zu müssen, denn Sascha war in den letzten Jahren ohnehin nur noch zu Stippvisiten nach Hause gekommen.

Eine Trauung in angelsächsischen Ländern verläuft etwas anders als hier bei uns, wo das Brautpaar auf die entscheidende Frage nur mit Ja zu antworten hat. In England muß man einen ganzen Sermon herunterspulen. »Ich nehme dich, Mary Smith ...« und so weiter. Sascha hatte seine Lektion gut gelernt, nur beim Namen kam er ins Schwimmen. »I, Sascha Sanders, take you, Victoria Laura, Lou-l-l-Louise Rashburn ...«

Vielleicht hätte er doch nicht die drei Sherry vorher trinken sollen, raunte Janet mir zu, aber er sei doch so schrecklich nervös gewesen.

Als der Pfarrer, von der Nickelbrille bis zum Wohlstandsbäuchlein eine getreue Kopie von Nobby Blüm, die beiden zu Mann und Frau erklärte, erklang draußen ein mächtiger Donnerschlag, der einzige, den wir an diesem Tag hörten.

Nun waren Sascha und Vicky rechtmäßig verheiratet. Sie hatten die Ringe gewechselt, den Segensspruch empfangen und standen vor dem Altar, ohne recht zu wissen, was sie jetzt tun sollten. Schmunzelnd meinte der Pfarrer, er hielte es für eine gute Idee, wenn der Bräutigam die Braut jetzt küssen würde.

Da konnte ich einfach nicht mehr! Verzweifelt suchte ich nach einem Taschentuch, um es mir auf den Mund zu pressen, links neben mir gluckste Steffi, rechts wischte sich Janet die Lachtränen aus den Augen — es war so umwerfend komisch, wie Sascha seine Frau erleichtert umarmte und ihr einen vorsichtigen Kuß gab, damit um Himmels willen der Lippenstift nicht abfärbte.

Sodann schritt die gesamte Familie unter den Klängen, nein, keines Chorals, sondern einer Musical-Melodie, in die Sakristei, wo wir uns vor dem blumengeschmückten Tisch gruppierten und zuguckten, wie das frischgebackene Ehepaar Urkunden unterzeichnete. Erst mit einem simplen Kugelschreiber, dann — für den Fotografen — mit einem hellblauen Gänsekiel. Als auch das überstanden war, formierten wir uns aufs neue, und dann durften wir, das Brautpaar vorneweg, die Kirche verlassen.

Draußen wartete schon die nächste Hochzeitsgesellschaft einschließlich frierender Braut, der irgend jemand ein schwarzes Jackett über die Schultern gehängt hatte. Wir hatten den Zeitplan völlig durcheinandergebracht.

»Das geht ja hier wie am Fließband.« Katja zitterte wie Espenlaub. Zwölf Grad plus und Sommerkleid vertragen sich eben nicht. »Hoffentlich kommen wir mit einem der ersten Wagen weg.«

Doch erst mußten auch wir noch in den Kirchgarten zum Fototermin. Brautpaar allein, Brautpaar mit den Müttern, Brautpaar mit den Schwestern, Brautpaar mit kompletter Familie, Brautpaar mit Blumenmädchen... Es nahm und nahm kein Ende. Als der Fotograf endlich seine Kamera verstaute, ging alles noch mal von vorne los, nur jetzt mit etwas action bitte. Für einen Videofilm braucht man Bewegung. Also drapierten wir Vickys Schleppe, spielten Bäumchen-wechsle-dich, damit jeder mal an einem anderen Platz stand, und bemühten uns nicht sehr erfolgreich, das Zähneklappern zu unterdrücken.

Noch immer hatte ich keine Gelegenheit gehabt, dem frischgebackenen Ehepaar zu gratulieren, und als ich es endlich tun wollte, zischelte Sascha: »Nicht jetzt, erst zu Hause.«

Na schön, wenn das hier so üblich war, bitte sehr. Mein Getreide wurde ich auch nicht los. Beim letzten Einkauf im Supermarkt hatte ich eine Tüte Milchreis mitgenommen, der war am billigsten gewesen, doch kaum hatte ich eine Handvoll aus der Tasche geholt, stürzte Janet auf mich zu. Bloß keinen Reis, der würde in den Haaren und vor allem an Vickys Kleid hängenbleiben und noch Stunden später überall herausrieseln. Das war einzusehen, aber ich mußte wieder einmal feststellen, daß der Wahrheitsgehalt angelsächsischer Filme in wesentlichen Punkten anzuzweifeln ist.

Im ersten Wagen, der zwar auf Hochglanz poliert, aber

ohne jeglichen Blumenschmuck auf das Brautpaar wartete — derartige Dekorationen sind in England ebenfalls nicht üblich, man gibt sich dezent —, fuhren die Jungvermählten ab. Und als so nach und nach die übrige Gesellschaft eintrudelte, standen sie mitten im Wohnzimmer und nahmen die Glückwünsche entgegen. Und die Geschenke, soweit sie nicht schon vorher abgeliefert worden waren.

»Wie lange halten Hochzeitsgeschenke eigentlich?« wollte Nicki von mir wissen, eine kristallene Blumenvase begutachtend.

»Das kommt vermutlich auf die Intensität des jeweiligen Ehekrachs an«, sagte Katja. »Jedenfalls würde *ich* diese Vase als erstes an die Wand schmeißen.«

In Gedanken ließ ich meine damaligen Hochzeitsgeschenke Revue passieren, konnte mich jedoch nicht erinnern, noch ein einziges Teil davon zu besitzen. Vor einigen Jahren war als letztes das Schlafzimmer hinausgeflogen, Präsent der Schwiegereltern, aber zwanzig Jahre Birke geflammt war nun wirklich genug gewesen. »Ich glaube, das einzige, was ich von meiner Hochzeit noch habe, ist euer Vater«, mußte ich zugeben, womit Nicoles Frage wohl hinreichend beantwortet worden war.

Mit einem Glas Champagner in der Hand verkrümelten wir uns wieder in unsere Sofaecke, hoffend, der allgemeinen Aufmerksamkeit etwas entgehen zu können. Doch das war ein Irrtum. Jeder, der an dem Brautpaar vorbeidefiliert war, hatte das Bedürfnis, nunmehr die deutsche Verwandtschaft kennenzulernen. Zurückhaltung war nicht mehr nötig, jetzt war man ja unter sich.

Nun kann ich mich in englisch zwar ganz gut verständigen, bin in der Lage, über das Wetter zu plaudern und, wenn's denn sein muß, sogar über das Essen (es empfiehlt sich allerdings, bei diesem Thema seine ehrliche Meinung nicht kundzutun!), aber längere Unterhaltungen scheitern immer wieder an meinem zu geringen Wortschatz. Zum Glück beschränkte sich die Neugier der uns inspizierenden Gäste auf immer die gleichen fünf Fragen.

Erstens: Ob wir zum erstenmal in England seien? Das ließ sich mit einem einfachen Ja beantworten.

Zweitens: Wie uns England gefiele. Hier war natürlich Begeisterung angebracht. Die entsprechenden Adjektive wie beautiful, enchanting oder exceedingly nice kannte ich noch von der Schulzeit her.

Drittens: Ob wir schon in London gewesen seien. Nein, natürlich nicht, wir seien ja gestern erst angekommen.

Viertens: Ob wir London noch besuchen würden? Selbstverständlich, was wäre ein Englandaufenthalt ohne eine excursion (das heißt »Abstecher«, das Wort hatte ich mir von Thomas sagen lassen) in die berühmte Metropole.

Fünftens: Wie lange wir denn bleiben würden. Bis Mittwoch, dann müßten wir — leider, leider — wieder nach Hause.

Damit war die Konversation in der Regel beendet. Mit einem »So I hope you will have a nice time« verabschiedete sich der jeweilige Interviewer, um dem nächsten Platz zu machen. Nach geraumer Zeit gingen uns die Antworten richtig flüssig von den Lippen, gelegentlich variierten wir sie sogar und heimsten eine zusätzliche Frage ein: Wo wir so gut Englisch gelernt hätten.

Das Glas, mit dem Thomas um Ruhe bat, hielt dem Messergriff nicht stand und zerbrach, aber es hatte seinen Zweck erfüllt. Alles starrte den Übeltäter an. Er räusperte sich und begann mit seiner Rede. Da sie weder vom Wetter noch vom Essen handelte, bekam ich nicht allzuviel mit, doch sie muß wohl recht amüsant gewesen sein, denn häufig wurde gelacht, und der Beifall am Schluß war nicht höflich, sondern enthusiastisch. Glückwunschtelegramme waren noch nicht eingegangen, und so durfte Thomas schließlich den Sturm aufs Büfett freigeben.

Mit dem Kampf um Truthahn in Aspik und Waldorfsalat hinreichend beschäftigt, hatte sich das Gros der Gäste im Nebenzimmer zusammengedrängt. Sascha öffnete verstohlen den obersten Hemdenknopf, während Vicky in den nächsterreichbaren Sessel sank und erleichtert ihre Schuhe abstreifte. »Only for five minutes.« Doch so viel Zeit blieb ihr gar nicht. Die ersten Gratulanten, gesättigt und abgefüllt, gingen bereits, dafür kamen neue. Und wieder fing es von vorne an: »Oh, Mrs. Sanders, have you already been in London?«

Irgendwann hatte ich genug. Ich schnappte mir Sir Henrys Leine, der sich gleich uns auf dem Sofa verkrochen hatte, und entschwand durch die Hintertür. Steffi hinterher. »Ich komme mit, Knobby muß bestimmt auch mal raus.«

Bei Knobby handelte es sich um eine Art vierbeinigen Berberteppich. Er gehörte Vickys Schwester Gaynor und hatte sich im Gegensatz zu Sir Henry als so kommunikationsfreudig gezeigt, daß er kurzerhand im Bad eingesperrt worden war. Zwei Laufmaschen und fünf Zentimeter abgerissene Spitze gingen bereits auf sein Konto.

Mit unseren Alibi-Wauwaus machten wir einen ausgedehnten Spaziergang. »Ach, tut das gut!« Steffi atmete ein paarmal tief durch. »Du glaubst gar nicht, wie mir das Geschwafel da drin auf den Wecker geht. Eins weiß ich jedenfalls heute schon: Wenn ich mal heirate, dann nur im engsten Familienkreis in irgendeiner kleinen Kirche im Bayerischen Wald.«

Es war fast dunkel, als wir zurückkamen, und beinahe wäre ich die drei Treppenstufen vor dem Haus hinaufgefallen. Ein kräftiger Arm hielt mich im letzten Augenblick fest. Der war aber auch das einzig Kräftige an der ganzen Gestalt, die zusammengesunken auf der untersten Stufe hockte, neben sich eine umgekippte Champagnerflasche, Grund meines Ausrutschers. »I'm so sorry, Madam, so sorry«, lallte die Gestalt, vergeblich bemüht, sich hochzurappeln. »You are such a nice lady, I'm so sorry ...«

»Trottel!« schimpfte Steffi und konnte gerade noch verhindern, daß Knobby Trottels Hosenbein bewässerte.

Im Flur lief uns Thomas über den Weg. »Da draußen sitzt einer, voll wie zehntausend Mann, wer is'n das?«

»Der sitzt do scho lang, ober i woaß a net, wer dös iiiß.«

»Sollten wir nicht lieber Leigh oder Grant Bescheid sagen?«

»Ja, dös sollt ma vielleicht tun«, sagte Thomas und begab sich auf die Suche. Sie mußte wohl ergebnislos verlaufen sein, denn zwei Stunden später war die Gestalt immer noch da, nur lag sie jetzt zwischen den Rosen.

Drinnen war es leerer geworden. Auch das Büfett, wie Steffi sofort bemerkte. »Siehste, warum hast du mich vorhin nicht rangelassen? Jetzt ist kaum noch was da.« Sie hatte ja recht, doch als sie sich in das größte Getümmel hatte stürzen wollen, hatte ich sie zurückgehalten. »Wir sind Familie, also warte gefälligst!«

»Warum? Darf die Familie keinen Hunger haben?«

Wenigstens war noch genügend Hochzeitstorte da. Das feierliche Anschneiden hatten wir verpaßt, doch es war ja der Nachwelt auf Video erhalten geblieben. Ich habe es mir später noch oft genug ansehen müssen, und zwar immer dann, wenn wir Besuch bekamen.

Wir kauten noch auf dem zuckersüßen Zeug herum, als Katja mit allen Anzeichen des Entsetzens auf mich zukam. »Jetzt hol uns bloß von diesem gräßlichen Weib weg! Sag einfach, dir sei schlecht geworden und wir müßten dich nach Hause bringen, oder laß dir was anderes einfallen. Hauptsache, du kannst uns loseisen.«

»Von wem denn?«

»Ach, Sascha hat sie uns angeschleppt, weil sie französisch spricht. Sie war mal Lehrerin in Oxford, wahrscheinlich schon zu Queen Marys Zeiten, und jetzt kriegen wir ihre ganze Lebensgeschichte zu hören. Im Augenblick ist sie mitten im zweiten Weltkrieg, wir haben also noch fünfundvierzig Jahre vor uns. Komm bloß schnell!«

»Mach ich.« Doch zuerst suchte ich Sascha und fand ihn in der Küche. »Wen hast du den Zwillingen aufgehalst?«

Erst wußte er gar nicht, von wem ich sprach, dann schien er sich zu erinnern. »Meinst du die Professorin?«

»Keine Ahnung, ich kenne sie nicht. Aber wer immer das auch ist, die Mädchen werden sie nicht wieder los.«

»Ich habe ihnen doch nur einen Gefallen tun wollen. Mit ihrem Englisch ist es ja nicht so weit her, und da dachte ich, sie würden sich lieber auf französisch unterhalten. Mrs. IchWeißnichtmehrwiesieheißt ist ja auch ganz angetan von den beiden.«

»Möglich, aber jetzt sieh zu, daß du sie anderweitig beschäftigst, sonst rastet Katja noch völlig aus.«

»Something wrong?« Janet hatte zwar nichts verstanden, aber bemerkt, daß irgend etwas nicht in Ordnung war. »Can I help you?«

Mit dem Problem vertraut gemacht, schritt sie sofort zur Tat. »Excuse me, Dorothy.« Sie zog die vor den Zwillingen kniende, schon recht betagte Lady vom Fußboden hoch und brachte sie zu einer Gruppe ähnlich bejahrter Matronen.

»Länger hätte ich das auch nicht ausgehalten«, stöhnte Nicki, »ich muß so dringend auf die Toilette.«

»Warum biste nicht gegangen? Vielleicht wäre sie dann auch abgezittert.«

»Ich wollte dich mit dieser Nervensäge nicht allein lassen.«

Irgend etwas war mir an diesem Stilleben unangenehm aufgefallen, und jetzt wußte ich auch wieder, was. Wie konnten es zwei halbwüchsige Gören zulassen, daß eine um mindestens sechzig Jahre ältere Frau vor ihnen kniet? »Ist eigentlich keine von euch auf den Gedanken gekommen, aufzustehen und der Dame den Stuhl anzubieten?«

»Natürlich!« Richtig empört war Katja. »Glaubst du denn, uns ist diese Herumrutscherei auf dem Boden nicht peinlich gewesen? Aber sie wollte ja nicht. Da kannste mal wieder sehen, die Engländer haben wirklich alle einen Spleen.«

»Nicht alle.«

»Aber die meisten!«

Davon konnte ich mich wenig später selbst überzeugen. Ich hatte mich gerade wieder in meiner Sofaecke niedergelassen, als die beiden Tanzlehrerinnen auf mich zukamen. Sie gehörten auch zu denen, die mich im Laufe des Nachmittags schon interviewt hatten. Jetzt wollten sie sich verabschieden. Ich versuchte aufzustehen, da versanken beide vor mir in einen tiefen Knicks. Du liebe Zeit, wer war ich denn? Die Queen? Ich war entsetzlich verlegen, wußte nicht, wie ich mich verhalten sollte, doch da hatten die beiden sich schon wieder erhoben, murmelten noch einige Höflichkeiten und gingen.

»Was war denn *das*? Sehe ich tatsächlich schon so alt aus?« Hilfesuchend wandte ich mich an Katja. »Die waren doch bestimmt schon über siebzig, weshalb also dieser Kotau?«

»Na, eine hatte eine ziemlich dicke Brille auf, und die Beleuchtung hier hinten ist nicht so besonders«, meinte Katja tröstend, »bei Tageslicht wäre das bestimmt nicht passiert.«

Ich war so lange empört, bis mich Vicky beruhigte. Der Knicks sei nichts anderes gewesen als eine Reverenz vor der Mutter des Bräutigams. Na, wennschon, ich fand es ausgesprochen albern.

Gegen neun Uhr, als schon seit einer halben Stunde kein weiterer Gratulant mehr erschienen und die meisten anderen gegangen waren, erklärte Sascha den offiziellen Teil der Hochzeitsfeierlichkeiten für beendet, hängte sein Jackett über eine Stuhllehne, die Halsbinde daneben, und zog mit sichtbarem Behagen die Schuhe aus. Allgemeines Aufatmen seitens der anderen Männer, gefolgt von einem ähnlich dezenten Striptease. Vicky verschwand sogar nach oben und war fünf Minuten später im Jogginganzug wieder da.

»Was du kannst, kann ich auch«, sagte Sascha. Bei ihm ging es sogar noch schneller. In Jeans und Sweatshirt sah er gar nicht mehr bräutigamsmäßig aus.

Ob jemand Tee wolle, fragte Janet. Niemand wollte welchen, ein Magen ist schließlich kein Schwamm, und Getränke jeglicher Art hatte es genug gegeben. Auch gut, dann könne sie ja jetzt ihr Dinner zu sich nehmen. Mit einem Glas milchweißer Flüssigkeit und einem hundekuchenähnlichen Keks kam sie aus der Küche zurück.

»This is really your dinner? Milk and a cracker?«

Das sei keine Milch, sondern ein Spezialgetränk, davon lebe sie schon seit Wochen, sagte sie lachend, und allmählich habe sie sich daran gewöhnt. Sie sei ja noch viel dicker gewesen, nehme aber dank der Cambridge-Diät kontinuierlich ab und hoffe, so um Weihnachten herum endlich mal wieder ein fertiges Kleid kaufen zu können. Ihre Schneiderin hoffe allerdings das Gegenteil. Nein, das Übergewicht sei nicht krankheitsbedingt, es sei schlicht und einfach angefressen. Nachdenklich rührte sie in ihrem Vitamingebräu. Ob man im Zeitalter das Schlankheitswahns nicht vielleicht noch die Worte »Durch dick und dünn« ins Ehegelübde aufnehmen sollte? Dabei sah sie durchdringend ihre Tochter an.

»Why?« fragte die.

Eines Tages werde sie auch mal fünfundfünfzig sein, prophezeite Janet, worauf Sascha versprach, an Vickys vierzigstem Geburtstag werde er den Griff der Kühlschranktür fünf Zentimeter über dem Boden anbringen.

Das würde ich ihm glatt zutrauen!

Lange blieben wir nicht mehr. Das Brautpaar machte sich auf den Weg zur Hochzeitssuite und löste damit den allgemeinen Aufbruch aus. Kaum hatte sich die Tür hinter uns geschlossen, da jammerte Katja: »Können wir nicht irgendwo noch was essen gehen? Ich habe einen Mordshunger.«

Den hatte ich auch. Vor lauter Höflichkeit waren wir alle irgendwie zu kurz gekommen. Zwei kleine Schnittchen, zwei Löffelchen Salat, eine Ecke Hochzeitskuchen — genaugenommen hatten wir seit unserem frugalen Frühstück nichts Vernünftiges in den Magen gekriegt. »Also schön, probieren wir mal die berüchtigte englische Restaurantküche aus.«

Auf der Suche nach einer solchen kamen wir an einem hellerleuchteten Supermarkt vorbei. »Guckt mal, der hat ja noch auf! Warum holen wir uns nicht hier was zu essen?«

Stefanie protestierte. »Nee, nicht schon wieder kalte Küche. Was haltet ihr von Take-away? Da drüben ist einer.«

Take-away, das magische Wort! Mit je einem halben Hähnchen und einer großen Packung Pommes frites kehrten wir in unsere Herberge zurück. Katja schaltete den Fernseher ein, Nicole kochte Tee, und dann saßen wir rund um den Tisch, guckten in die Röhre und kauten Huhn aus Pappschachteln. »Wie zu Hause«, konstatierte Katja zum zweitenmal, »essen, fernsehen, Bett.«

»Nicht ganz«, widersprach Nicki, »zu Hause haben wir Teller.«

8

Wenn ich mal sonntags keine Lust zum Kochen oder festgestellt habe, daß die letzten tiefgefrorenen Putenschnitzel dem Raubzug der Zwillinge zum Opfer gefallen sind (auswärts lebende Studenten lernen als erstes, wie man mütterliche Kühlschränke plündert), dann gehen wir essen. Das tut man in England auch, nur heißt es dort »Sunday-lunch«.

Vicky und Sascha hatten zu einem solchen geladen. Als wir uns gegen elf Uhr versammelten, waren wir genau dreizehn Personen, eine Zahl, die auch in England nicht gerade als glückbringend gilt. Trotzdem war Janet nicht zum Mitkommen zu bewegen. Sie hatte Angst, wieder rückfällig zu werden. Notgedrungen ließen wir sie mit den zwei Hunden und ihrem bereits angerührten Vitamincocktail allein. Sie sündigte sowieso schon. In der Küche stand ein Schüsselchen Salat, den sie gerade mit Zitrone beträufelte. »It's *my* Sunday-lunch«, sagte sie und schob uns zur Tür hinaus.

Das Speisehaus oder wie immer man diese an eine Bahnhofswirtschaft erinnernde Lokalität bezeichnen will, war bis zum letzten Platz besetzt, und zwar überwiegend von Männern, je nach Familienstand mit Sohn oder Zeitung neben sich, häufig sogar mit beidem.

»Ich dachte, die Frauenbewegung ist mal von England ausgegangen, aber kurz danach muß sie wohl wieder stehengeblieben sein.« Schon immer hatte sich Katja für die Suffragetten interessiert, allerdings nur so lange, wie sie vereinzelt aufgetreten waren. »Wieso hocken hier bloß die Herren der Schöpfung und mampfen? Oder sind alle Engländerinnen auf Diät?«

Es sei hier üblich, die Hauptmahlzeit erst am Abend einzunehmen und mittags nur eine Kleinigkeit zu essen. In der Regel gingen die Männer sonntags zum Frühschoppen in den Pub, und oft blieben sie dann gleich zum Lunch, erläuterte Sascha.

Katja nickte verstehend. »Jetzt ist mir wenigstens klar, weshalb Vicky mit dir in Deutschland leben will. Wahrscheinlich hättest du sonst in zwei Jahren genauso einen Mollenfriedhof wie Grant.«

Vickys Bruder hatte wirklich das, was man früher zurückhaltend-vornehm Embonpoint nannte, heute jedoch von Schlankheitsaposteln weniger vornehm als Wampe bezeichnet wird. Vielleicht hatte ihn deshalb der Pfarrer gestern als ihren Vater angesehen und entsprechend begrüßt, was bei Grant begreiflicherweise helles Entsetzen ausgelöst hatte und bei Vicky einen Lachanfall, von dem sie sich noch immer nicht erholt hatte, als sie schon vor dem Altar stand. Oder weshalb sonst hatte während der ganzen Zeremonie die Schleife hinten auf dem Kleid so gewackelt?

Es dauerte eine Weile, bis wir uns zu dem reservierten Tisch durchgeschlängelt und Platz genommen hatten. Wie die Heringe saßen wir zusammengedrängt, was ja angeblich die Gemütlichkeit fördern soll, die Bewegungsfreiheit jedoch ziemlich einschränkt. Viel brauchten wir ohnedies nicht. Das Essen wurde fix und fertig auf dem Teller serviert und war bei allen das gleiche: Roastbeef mit Röstkartoffeln, verschiedenen Gemüsen und Yorkshirepudding.

Seitdem ich in einem Kochbuch mal das Rezept für den berühmten Plumpudding gefunden habe, weiß ich, daß Pudding nicht gleich Pudding ist; ich jedenfalls habe für meine Schokoladencreme noch niemals Nierenfett gebraucht. Mit den Ingredienzen des nicht minder bekannten Yorkshirepuddings hatte ich mich vorsichtshalber erst gar nicht befaßt, deshalb konnte ich auch nicht enttäuscht werden.

»*Das* soll Pudding sein?« Mit der Gabel stach Nicole in das pastetenartige Gebilde, worauf der aufgeblasene Brandteig mit nichts als Luft in der Mitte zusammenschrumpfte. »Wie ißt man denn das?«

»Mit Messer und Gabel«, knurrte Sascha.

»Himmel ja, das weiß ich auch. Ich meine, ist das eine Beilage oder so was?«

Bekanntlich schreibt die englische Küche vor, daß man Gemüse in Salzwasser zu kochen hat und darin so lange schwimmen läßt, bis man es essen will. Genauso schmeckt es dann auch. Für Leute mit weniger abgestumpften Geschmacksnerven gibt es Gewürze, nämlich Salz und Pfeffer. Und Soßen. Zwei standen auf dem Tisch. Worcestersauce und Ketchup.

»Attention, it's sugar!« rief Mel warnend.

»I know it.« Ungerührt streute Stefanie einige Zuckerkrümel über ihre Karotten, probierte und nickte befriedigt. »Jetzt sind sie wenigstens genießbarer.«

Sieht man davon ab, daß Katja beim Kampf mit ihrem etwas zähen Yorkshirepudding das Gewicht zu sehr auf den Tellerrand verlagerte, woraufhin der Pudding, garniert mit grünen Erbsen, teils auf ihrem Schoß und teils auf dem Boden landete, verlief das Essen ohne Zwischenfälle. Der Waschraum befand sich übrigens, nur über eine hühnerleiterartige Stiege zu erreichen, ein Stockwerk höher, hatte kein Fenster, aber dafür eine kaputte Lampe.

»Was machen wir jetzt?« fragte Steffi, als wir die gastliche Stätte verlassen hatten. »Was tut man denn hier sonntags?«

»Dös siagst doch, ma schlooft!« Grinsend deutete Thomas auf die umliegenden Häuser, vor deren Fenstern zum großen Teil die Rolläden herabgelassen waren.

»Warum gehen wir nicht mal an den Strand?« schlug ich vor. »Angeblich ist das hier ein Seebad, bloß vom Meer habe ich noch nichts gesehen.«

»Richtig, das gibt's ja auch noch«, erinnerte sich Nicole. »Nichts wie hin! Ich bin noch nie an der Nordsee gewesen.«

»Du bist hier nicht an der Nordsee, sondern am Ärmelkanal«, korrigierte ihr Bruder.

»Meer ist Meer! Wo geht's denn lang?«

Eine knappe Viertelstunde brauchten wir, dann hatten wir die niedrigen Klippen erreicht und liefen zum Wasser. Was heißt überhaupt laufen? Wir balancierten über die mehr oder weniger großen Steine, die den halben Strand bedeckten und erst weiter unten in grobkörnigen Sand übergingen. »Iihhh, ist das kalt!« Nicki hatte einen Schuh ausgezogen und die Zehenspitzen ins Wasser gestreckt. »Die Steine pieken auch. Nee, da hat es mir in Kenia besser gefallen. Hier kriegste ja Frostbeulen!«

»Dabei hat die Saison bereits angefangen.« Steffi deutete auf die gar nicht so wenigen Badegäste, die zum Teil schon im Bikini am Strand lagen, aber sofort nach einem Handtuch griffen, sobald die milchige Sonne hinter einer Wolke verschwand. »Die müssen Eskimos unter ihren Vorfahren haben.«

»Hatten sie ja auch«, bestätigte Katja. »Soviel ich weiß, waren hier doch mal die Wikinger zugange, Erich der Rote, Hägar der Schreckliche . . .«

». . . verheiratet mit Katja der Dußligen!« ergänzte Sascha. »Bist du jetzt fertig? Dann könnten wir nämlich auf die Suche nach einer Teestube gehen, mir ist kalt.«

So weit kamen wir gar nicht. Auf halbem Weg befand sich ein großer Vergnügungspark, und damit war der Nachmittag gelaufen. Plötzlich befand ich mich in Begleitung einer Horde quiekender und kreischender Kinder, die mit Hallo das Kettenkarussell stürmten, das Gesicht mit Zuckerwatte beschmierten, Papierhütchen aufsetzten und paarweise einen Wettbewerb im Schiffschaukeln austrugen. Die Sieger durften umsonst aufs Riesenrad. Nichts ließen sie aus, weder den Gespensterzug noch die Wahrsagerin, die Vicky prophezeite, sie werde im nächsten Jahr den Mann ihres Lebens kennenlernen. Sogar Grant quetschte sein — hm, sagen wir Bäuchlein — in die Achterbahn, obwohl er doch immer gleich seekrank wird und es auch prompt wurde. Thomas schoß seiner Jill einen Teddybären, Sascha schaffte nicht mal eine Papierblume.

»Der Himmel gebe, daß uns der Weltfrieden erhalten bleibt«, meinte Nicole, »wenn die Bundeswehr lauter solche Blindgänger produziert, sehe ich schwarz.«

Als sie schließlich vereint das Kinderkarussell mit seinen wunderschön lackierten Holzpferdchen enterten und der Antriebsmechanismus daraufhin seinen Geist aufgab, komplimentierte man uns höflich, aber bestimmt vom Platz. Es war sowieso beinahe dunkel. Kichernd und gackernd, behängt mit allem möglichen Krimskrams, zogen wir nach Hause. Es gab auch keine Sprachprobleme mehr, Nicole unterhielt sich angeregt mit Jill,

Steffi hatte Leigh untergehakt und redete lebhaft auf ihn ein, Katja kabbelte sich mit Gaynor, und ich fand mich neben meiner Schwiegertochter wieder, die mir laufend versicherte, wie froh sie sei, in such a splendid family geheiratet zu haben.

Um diesen Eindruck aufrechtzuerhalten, würden wir unser künftiges Leben wohl auf einem Rummelplatz verbringen müssen.

Nach London fährt man mit dem Zug. *In* London fährt man Taxi. Oder U-Bahn, das ist billiger. Auf keinen Fall jedoch fährt man mit dem eigenen Wagen, weil es keine Parkplätze gibt. Wo es welche geben könnte, darf man nicht, und wo man darf, parken die Anwohner. Deshalb werden die Londoner Straßen auch überwiegend von jenen schwarzen Autos bevölkert, die alle ein bißchen so aussehen, als seien sie zwischen zwei Möbelwagen geraten. Dafür kann man aber problemlos mit Hut einsteigen.

Sascha und Vicky hatten sich bereit erklärt, uns durch London zu führen. Wir kämen ja vom Lande, seien außerdem der Sprache nur unzureichend mächtig und folglich potentielle Irrläufer. Nie würden wir dorthin kommen, wohin wir wollten. Meinen Einwand, ich sei immerhin in Berlin aufgewachsen, ließ Sascha nicht gelten. Das sei vierzig Jahre her, und Berlin ließe sich mit London ohnehin nicht vergleichen.

So zuckelten wir denn am vierten Tag unseres England-Aufenthalts mit einem ganz gewöhnlichen Bimmelbähnchen nach London, hielten an jeder Station — es gab sehr viele! — mit teilweise recht merkwürdigen Namen, aber eine davon hieß Wimbledon. Genau weiß ich nicht, was ich eigentlich erwartet hatte, vielleicht Tennisnetze statt Bahnsteigsperren oder eine als Racket getarnte Uhr, doch nichts deutete darauf hin, daß hier jedes Jahr zwei Wochen lang der Welt größter Tenniszirkus stattfindet. Englisches Understatement.

An welchem der zahlreichen Londoner Bahnhöfe wir ankamen, weiß ich nicht mehr. Wir stiegen sowieso gleich in die Unterwelt in irgendeine U-Bahn-Linie, kamen nach ein paar Stationen und einem halben Dutzend Rolltreppen wieder ans Tageslicht und standen vor Herrn Nelson. Genauer gesagt, vor einer Säule, die oben mit einem Gerüst zugebaut war. Der Admiral wurde gerade von Taubendreck gereinigt.

»Am besten fangen wir mit einer Stadtrundfahrt an«, bestimmte Sascha, »da kriegt ihr alles Wichtige zu sehen, und das andere machen wir dann zu Fuß.«

Wir enterten eines der als Sightseeing-Bus ausgeschilderten zweistöckigen Fahrzeuge, und weil die Mädchen unbedingt fotografieren wollten, mußten wir nach oben. Oben gab es jedoch kein Dach über dem Kopf, was einerseits logisch ist, sonst hat man ja immer irgendwelche Streben vor dem Objektiv, andererseits kriegt man aber den Wind aus erster Hand und — ebenso logisch — den Regen. Noch schien die Sonne, doch sie verkroch sich immer wieder hinter Wolken. Sofort wurde es ekelhaft kalt.

Neben jedem Sitz hingen Kopfhörer, und wenn man an dem in der Armlehne verborgenen Rädchen drehte und im richtigen Augenblick den richtigen Knopf drückte, konnte man den Ausführungen des Fremdenführers sogar in seiner Muttersprache folgen. Da ich zuerst den japanischen Sender und dann den italienischen erwischt hatte, sind mir nähere Angaben über die Fleet Street entgangen. Daß man dort Zeitungen macht, hatte ich ohnehin schon gewußt.

Ich habe nicht gezählt, über wie viele Brücken wir gefahren sind, wahrscheinlich mehrmals über jede, denn den Tower haben wir von allen Seiten gesehen, an Big Ben sind wir zigmal vorbeigekommen, sogar das neue Fernheizwerk ist in das Programm der Stadtbesichtigung aufgenommen worden, obwohl es nun wirklich nicht sehenswert ist, aber jedesmal, wenn der Fahrer wieder die

Richtung zum Fluß einschlug, fing das große Zähneklappern an. Ungebremst durch Häuser, fegte ein eiskalter Wind über die Themse, wir krochen immer tiefer in unsere Jacken, die wir sowieso schon bis zum Hals zugeknöpft hatten, und vermutlich lag es an den blaugefrorenen Händen, daß die spätere Fotoausbeute elfmal Tower, sechsmal Parlament und fünfmal Big Ben enthielt, jedoch keine einzige Themsebrücke.

Kurz vor dem Gefrierstadium kamen wir wieder bei Lord Nelson an. »Ich b-b-brauche jetzt w-w-was W-warmes zum Auf-t-tauen«, sagte Katja bibbernd und sprach uns allen aus der Seele. »Gibt's hier irgend-w-wo T-t-tee?«

Inzwischen hatten wir herausgefunden, daß der Tee in England zwar unterschiedlich gut, jedoch immer trinkbar ist, was man vom Kaffee nicht so ohne weiteres behaupten kann. Zwangsläufig waren wir zu Teetrinkern geworden. Sascha kannte eine Teestube »ganz in der Nähe«, die er schon früher mal frequentiert hatte, doch wo genau sie zu finden war, wußte er auch nicht mehr. »Ich glaube, wir müssen dort lang.« Er zeigte vage in eine Straße mit Bäumen rechts und links, die sich in der Ferne verlor. Sie führte dann auch genau zu einem Seiteneingang vom Buckinghampalast.

»Glaubst du wirklich, daß uns Lieschen König zum Tee einlädt?« stichelte Stefanie. »Du und deine Ortskenntnis! Lieber kaufe ich mir einen Stadtplan, der redet wenigstens nicht so viel.«

Die Teestube fanden wir natürlich nicht, statt dessen landeten wir in einem Pub. Der war auch viel interessanter. In einem langen, schmalen Raum mit einer Theke am entgegengesetzten Ende standen beziehungsweise drängten sich fast ausschließlich Männer zusammen, tranken schweigend ihr Bier, kauten ebenso schweigend ihr Sandwich, und manche schafften es sogar, dabei auch noch eine zusammengefaltete Zeitung zu lesen.

»Lunchtime«, stellte Sascha nach einem kurzen Rundblick fest. »Wollt ihr wirklich hier rein?«

Und ob wir wollten! Hier war es wenigstens warm. Und Hunger hatten wir auch. Gleich neben dem Eingang befand sich eine kleine Nische mit zwei Tischchen und jeweils drei Stühlen. Ein Tisch war noch frei. »Wenn wir immer nur eine Pobacke benutzen, haben wir sogar alle Platz«, sagte Katja.

Schlecht gesessen ist besser als gut gestanden. Wir quetschten uns zusammen, und plötzlich erinnerte mich die ganze Atmosphäre an eine Düsseldorfer Altstadtkneipe, wo — o selige Jugendzeit! — so manche in der Redaktion begonnene Geburtstagsfeier ihre Fortsetzung gefunden hatte.

»Was kann man denn hier essen?« forschte Katja. »Bloß diese mit dem aufgeweichten Salatblatt garnierten Stullen?«

»Sieh doch selber nach«, empfahl Sascha, »hinter der Theke ist alles aufgebaut.«

Das wollte sie nun doch nicht. »Erstens wüßte ich nicht, wie das ganze Zeug heißt, und zweitens bin ich nicht im Nahkampf ausgebildet. Die stehen da vorne doch in Dreierreihen vor dem Tresen. Meinst du, da läßt mich jemand durch?«

Sie kannte die englische Mentalität noch nicht. Kaum hatte sie im Windschatten ihres Bruders die Menschentraube erreicht, als sich sofort eine schmale Gasse öffnete und den Durchgang zu dem kulinarischen Angebot freigab.

»Gereizt hat mich ja nichts davon, aber ich habe auf Saschas Empfehlung Shephard's Pie für uns bestellt.« Sie schob sich wieder auf ihren halben Stuhl. »Es sieht zwar aus wie schon einmal gegessen, doch er sagt, es würde ganz gut schmecken.«

Shephard's Pie besteht aus Kartoffelbrei mit Hackfleischsoße, schön zusammengerührt, in flache Auflaufformen gekippt und dann im Ofen überbacken. Aus Gründen der Schnelligkeit kam das Zeug hier jedoch in die Mikrowelle, wodurch die angeblich so delikate braune Kruste fehlte, aber trotzdem schmeckte die Pampe erstaunlich gut. Und noch besser, wenn man beim Essen die Augen zumachte.

Gesättigt und gut geräuchert — die dichte Qualmwolke unter der niedrigen Decke hatte sogar mir Tränen in die Augen getrieben — waren wir zu weiteren Besichtigungen bereit, nur hatten wir etwas verschiedene Vorstellungen. Was mich interessiert hätte, fand bei den Mädchen wenig Anklang, und mich reizten weder Harrod's noch die Oxford Street. Einkaufsstraßen und Warenhäuser gab es auch zu Hause. Zumindest in einem Punkt waren wir uns einig: Wir wollten nach Soho.

Das berühmte Chinesenviertel erwies sich bei Tageslicht als ähnlich faszinierend wie die Reeperbahn morgens um zehn. Viel gesehen haben wir sowieso nicht, weil wir ständig mit gereckten Hälsen Ausschau nach unserem Ehepaar halten mußten, das zehn Meter vor uns im Eiltempo durch die Straßen raste. Die beiden kannten ja schon alles und verstanden nicht, weshalb wir ehrfurchtsvoll vor Scotland Yard stehenblieben (man hatte ja seinen Edgar Wallace gelesen) oder einen zweiten Blick auf die Westminster-Kathedrale werfen wollten.

»Können wir uns nicht mal trennen und in einer Stunde oder so wieder treffen?« maulte Nicole, nachdem ihr Bruder sie ungeduldig aus dem Postkartenshop gezerrt hatte. »Geht doch inzwischen turteln, und laßt uns ein bißchen Zeit zum Gucken.«

»Ich denke, ihr wollt in den Tower?«

»Na und? Je länger wir warten, desto älter wird er«, gab Katja zurück. »Große Lust habe ich eh nicht, durch dieses Gemäuer zu latschen und mir den Richtblock anzusehen, auf dem Maria Stuart einen Kopf kürzer gemacht worden ist. Die liegt mir immer noch im Magen.«

»Wieso?«

»Weil ich seinerzeit die Deutscharbeit total vergeigt habe. Im Heft stand so was Ähnliches wie: ›Bei Frage vier müssen dich alle guten Geister verlassen haben. Es gelingt mir beim besten Willen nicht, einen Zusammenhang zwischen deinen Ausführungen und denen Schillers zu entdecken.‹«

Die Besichtigung des Towers wurde also auf einen noch nicht näher bezeichneten Zeitpunkt irgendwann in diesem Jahrhundert verschoben, statt dessen bestiegen wir wieder die U-Bahn, um den wächsernen Damen und Herren in Madame Tussauds Etablissement einen Besuch abzustatten. Gleich am Eingang informierte uns eine Tafel, daß als neuer Gast Boris Becker hinzugekommen sei, zu besichtigen neben der Treppe. Wir besichtigten ihn, fanden ihn hübscher als das Original, und dann mußte ich die Zwillinge knipsen, wie sie rechts und links neben ihm standen und Küßchen auf seine noch glänzende Wange hauchten. Als Gegenleistung erbat ich ein Foto mit Humphrey Bogart, der sich bereitwillig von mir unterhaken ließ. Er konnte sich ja nicht dagegen wehren, der Ärmste.

Bestimmt war ich nicht die erste Besucherin, die über ein Paar Füße stolperte und sich mit rotem Kopf bei der alten Dame entschuldigte, ehe sie bemerkte, daß die müde Lady auf dem abgenutzten Sofa ebenfalls aus Wachs war. Auch diese Begegnung ist dank Katjas schußbereiter Kamera im Fotoalbum verewigt worden.

Sascha drängte zum Aufbruch. Wir müßten den Sechs-Uhr-Zwanzig-Zug erreichen, und jetzt in der Rush-hour kämen wir ohnedies nur langsam vorwärts. Das stimmte. Sämtliche Rolltreppen, die uns wieder unter die Straßen Londons baggerten, waren überfüllt, doch niemand drängelte, keiner schubste, alles ging sehr geordnet zu. Mir fiel auf, daß auf jeder Treppenstufe immer nur eine Person stand, und das auch noch völlig unenglisch auf der rechten Seite. Die linke hatte für diejenigen frei zu bleiben, die überholen wollten und es auch zügig taten.

Auf den Bahnsteigen ging es ähnlich gesittet zu. Sobald ein Zug hielt, bildete sich vor jeder Tür eine Schlange, dann stieg man, einer hinter dem anderen, ein. Niemand hätte zu drängeln gewagt, wir natürlich auch nicht, und so kam es, daß die halbe Familie schon im Wagen war und die andere Hälfte noch draußen, als sich die automatischen Türen schlossen.

»Was nu?« Etwas verblüfft sahen Steffi und ich dem abfahrenden Zug hinterher. »Weißt du noch, an welcher Station wir aussteigen müssen?«

»Nee, keine Ahnung«, gab sie achselzuckend zurück. »Ich weiß ja nicht mal, wo wir *um*steigen müssen.«

»Das kriegen wir schon raus!« sagte ich zuversichtlich, obwohl mir gar nicht danach zumute war. »Jetzt steigen wir erst mal *ein*.«

Der nächste Zug war schon eingelaufen, und als wir die erste Station erreichten, sah ich meine Sippe, gleichmäßig über den Bahnsteig verteilt, angestrengt in jeden Wagen linsen. Vicky entdeckte uns zuerst und signalisierte den anderen, daß sie uns gefunden hatte.

»Die sind ja doch weitblickender, als ich gedacht hatte.« Erleichtert ließ Steffi den Haltegriff los, woraufhin der mit Leder bezogene und an einer Art Spirale hängende Holzknauf ihrem Hintermann an die Stirn knallte. »Excuse me, please«, stotterte sie erschrocken. In diesem Moment blieb der Zug mit einem Ruck stehen, sie verlor das Gleichgewicht, und bevor ich sie halten konnte, saß sie schon einem würdig aussehenden Gentleman auf dem Schoß beziehungsweise auf seiner *Times*. Ihr Gesicht nahm eine tomatenrote Färbung an. »I . . . I . . . I am so sorry, but I . . .« Sie sprang auf und hastete aus dem Zug. Ich hinterher. Warum eigentlich? Die beiden attackierten Herren hatten nicht eine Miene verzogen, nur was sie sich gedacht haben, möchte ich lieber nicht wissen.

Vor unserer Rückfahrt nach Southsea kauften wir noch schnell diverse Ansichtskarten, die erst zu Hause in Deutschland wieder zum Vorschein kamen und zur Enttäuschung der Briefmarken sammelnden Empfänger mit heimischen Wertzeichen, aber wenigstens mit englischem Text abgeschickt wurden.

Dank Saschas Sklaventreibermethoden (»Nun beeilt euch doch mal ein bißchen! Könnt ihr nicht etwas schneller laufen? Müßt ihr vor jedem Schaufenster stehenbleiben?« und so weiter...) hatte ich den Londonbesuch ohne nennenswerte finanzielle Einbußen überstanden. Lediglich für Sven hatte ich ein Mitbringsel gekauft, etwas absolut Schwachsinniges, doch es hatte mir so ausnehmend gut gefallen. Quer über die Vorderseite des weißen T-Shirts war in roter Schrift der Vorwurf zu lesen: My Mom went to London and all I got was this lousy shirt.

Für Leser, deren Englischkenntnisse ähnlich umfassend sind wie meine, hier die Übersetzung: Meine Mutter ist nach London gefahren, und alles, was sie mir mitgebracht hat, war dieses blöde Hemd.

»Bin ich froh, wenn wir wieder zu Hause sind und etwas Vernünftiges zu essen kriegen«, sagte Steffi, mit anklagender Miene an dem trockenen Toast mümmelnd, »hoffentlich kann Janet wenigstens kochen.«

Wir waren nämlich alle zum Essen geladen. Abends. Irgend etwas typisch Englisches sollte es geben, als Dessert Applepie — was immer das auch sein mochte —, angeblich eine Spezialität von Vickys Mutter und nicht mal in einem Nobelrestaurant in so hervorragender Qualität zu bekommen. Aus Zeit- und auch aus Gründen der Sparsamkeit hatten wir es uns verkniffen, in einem solchen zu speisen (ab vier Sternen auf der Speisekarte ißt man nicht, da speist man!), doch nach meinen bisherigen Erfahrungen mit der englischen Küche war mir der Verzicht nicht schwergefallen.

»Müßten wir für Janet nicht ein paar Blümchen mitnehmen?« Katja hatte recht, das müßten wir wohl. Mrs. Hamilton wußte auch, wo wir welche bekommen würden. Gleich rechts die Straße runter, dann bei der Gabelung links und wieder die zweite Seitenstraße rechts. Der Laden war nicht eben groß und hatte außer diversen

Topfpflanzen nur drei Wassereimer voll Schnittblumen zu bieten. In einem schwammen Nelken, im zweiten Astern und im dritten Moosröschen, die ihr Haltbarkeitsdatum um mindestens zwei Tage überschritten hatten.

»Ist das alles?« wunderte sich Nicole. »Damit blamieren wir uns ja bis auf die Knochen. Kommt, wir suchen ein anderes Geschäft.«

Zwei fanden wir noch. Das erste hatte Moosröschen, Astern und Nelken zu Auswahl, und das zweite hatte Nelken, Moosröschen und Astern. Zusätzlich allerdings noch ein paar gelbe Freesienblüten. Zusammen mit einigen Röschen könnte das ganz ansprechend aussehen. Die Verkäuferin zupfte die gewünschten Blumen aus dem Eimer und verschwand damit im Hinterzimmer. Als sie zurückkam, traute ich meinen Augen nicht. Sie hatte lediglich die Stengel zusammengebunden, kein bißchen Spargelkraut oder sonstiges dekoratives Grünzeug dazugetan, und als ich sie um Komplettierung dieses armselig aussehenden Sträußchens bat, wußte sie gar nicht, was ich eigentlich wollte. Ich hätte mir die Blumen doch selber ausgesucht.

Da gab ich es auf, bezahlte einen unangemessen hohen Preis und tröstete mich mit der Wahrscheinlichkeit, daß Janet mit den Gepflogenheiten einheimischer Blumenhändler vertraut war. Irgendwann würde sie ja mal nach Deutschland kommen, dann konnte ich ihr zeigen, was man unter einem Blumenstrauß zu verstehen hatte. Mit einem richtigen Bukett würde ich sie begrüßen!

Vor dem Haus herrschte geschäftiges Treiben. Sascha belud den Transporter, oder besser gesagt, er versuchte es. Würde er alles verstauen wollen, was um ihn herum schon aufgebaut war und was Vicky und Gaynor unentwegt heranschleppten, bräuchte er einen Möbelwagen. Große Koffer und mittlere Koffer, Kleidersäcke, unzählige Kisten und Kartons, Federbetten, Stereoanlage, zwei Stehlampen aus getriebenem Messing (Souvenir aus Indien), Elektrogeräte, mindestens dreißig Stofftiere verschiedener Größe, Bilder, nicht gezählt die ganzen Hochzeitsgeschenke, die vom Kühlschrank bis zum Eßservice für sechs Personen reichten.

Mir konnte es ja egal sein, wie sie das ganze Zeug im Wagen unterbringen würden, nicht egal war mir die Frage, *wohin* sie damit wollten! Eine Wohnung hatten sie noch gar nicht, lediglich eine in Aussicht, aber die war erstens noch nicht ganz fertig und zweitens auch noch nicht vertraglich zugesichert. Das junge Paar würde sich also auf unbestimmte Zeit mit unserem Gästezimmer begnügen müssen, eine Tatsache, die mir überhaupt nicht schmeckte.

»Sind die eigentlich nicht ganz gebacken?« Entgeistert sah sich Katja um. »Wo wollen die denn mit dem Krempel hin? Etwa zu uns? Soviel Platz haben wir doch gar nicht.«

»Bis auf die Kleider, die Betten und das, was man sonst noch so haben muß, kommt erst mal alles in die Keller«, sagte Sascha unbekümmert. »Ihre ganze Abendgarderobe läßt Vicky sowieso noch hier.«

»Die wird sie zum Milchholen ja auch nicht brauchen«, murmelte Nicole, und dann lauter: »Wann warst du zum letztenmal in unserem Keller? Der ist nämlich voll.«

»Blödsinn. Wenn man da mal gründlich aufräumt, gibt es haufenweise Platz.«

»Da wird sich Mami aber freuen. Sie löchert uns schon seit einem Jahr, daß wir da unten mal Klarschiff machen sollen.«

»Ihr glaubt doch nicht etwa, daß ich ...« fauchte Sascha.

»Wer denn sonst? Es sind ja nicht unsere Klamotten, die untergestellt werden müssen.«

Das Ein-, Aus-, Um- und wieder neu Einladen dauerte bis zum Spätnachmittag, dann endlich drückten wir zu dritt die hintere Tür zu und konnten nur hoffen, daß der schon etwas marode aussehende Schließmechanismus halten würde.

»Am besten gehst du jetzt in die Kirche und zündest eine Kerze an«, empfahl Steffi ihrem Bruder.

»Warum denn das?«

»Ich stelle mir gerade vor, was die Zollbeamten zu dieser vollgestopften Karre sagen werden! Was ist, wenn die auf einer Durchsuchung bestehen?«

Das wußte Sascha auch nicht. »Werden sie schon nicht«, beruhigte er sich selbst, »wir kommen ja nachts an die Grenze, und ich habe noch keinen deutschen Beamten erlebt, der zwischen Mitternacht und Morgen mehr tut, als er unbedingt muß. Er hat anwesend zu sein, das genügt. Etwaige Kontrollen stehen in seinem eigenen Ermessen, und das läuft nachts auf Sparflamme.«

Sascha sollte recht behalten. Der Zöllner beäugte zwar die beiden übernächtigten Gestalten mißtrauisch, gab sich jedoch mit der beinahe noch druckfrischen Heiratsurkunde und der Versicherung zufrieden, man transportiere lediglich die Aussteuer der Braut zu ihrem zukünftigen Domizil. Daß er Steffi zur Vermählung gratulierte, geschah rein privat und trug ihr ein angeschlagenes Schienbein ein. Sie hatte gerade energisch gegen diese Unterstellung protestieren wollen, als Sascha ihr einen heftigen Tritt versetzte. Völlig perplex nickte sie nur und mußte sich hinterher sagen lassen, daß sie eine dumme Gans sei und beinahe unübersehbare Komplikationen heraufbeschworen hätte. »Ein normaler Ehemann reist vier Tage nach der Hochzeit mit seiner Frau zusammen und nicht mit seiner Schwester.«

»Du sagst es«, konterte Steffi, »ein *normaler* Ehemann.«

Während die beiden Chauffeure mit der vorletzten Fähre über den Kanal schwammen, saßen wir in Janets gemütlichem Eßzimmer und futterten. Der Himmel mag wissen, wo sie kochen gelernt hatte, vielleicht war sie auch ein Naturtalent, jedenfalls mundete alles, was sie uns vorsetzte, großartig. Als ich nach der dritten Portion Applepie endgültig streikte, fragte sie besorgt, ob es mir nicht geschmeckt habe, ich hätte nur so wenig gegessen.

Der Abschied war lang und herzlich und endete mit Janets Zusage, das kommende Weihnachtsfest in Deutschland zu verleben. Sie würde auch einen echt englischen Christmas-cake mitbringen. Vorsichtshalber erkundigte sich Katja, ob sie den selber backen würde. Nein, den kaufe sie immer bei Harrod's, antwortete Janet. Woraufhin Katja sofort abriet, sich mit einem doch sicher zerbrechlichen und vor allem teuren (bei Harrod's ist *nichts* billig!) Kuchen zu belasten, sondern lieber mal deutschen Christstollen zu probieren.

Daß ich den auch immer fertig kaufe, sagte sie allerdings nicht.

Pünktlich um neun Uhr morgens, als ich dem Taxifahrer unser sofortiges Erscheinen signalisieren wollte, knallte ich mir zum letztenmal den Rahmen vom Schiebefenster auf den Ellenbogen. Das ist auch so eine typisch britische Einrichtung, mit der ich mich nicht hatte anfreunden können. An sich gefielen mir diese meist hellgetünchten Häuser mit den oft etwas altmodisch anmutenden Fassaden sehr gut, sie sehen schon von außen so gemütlich aus, doch an den Fensterkonstruktionen bin ich beinahe verzweifelt. Entweder gingen sie erst gar nicht auf, oder sie fielen gleich wieder runter. Und immer genau auf meinen Arm.

Zusammen mit dem Frühstück hatte uns Mrs. Hamilton die Rechnung und das Gästebuch serviert. Erstere war schnell erledigt, über dem zweiten brüteten wir gemeinsam eine geschlagene halbe Stunde, bis wir in hoffentlich wohlgesetzten Worten unsere Zufriedenheit zum Ausdruck gebracht hatten. Das Wörterbuch lag nämlich schon im Koffer, und keinem von uns fielen die Vokabeln für »Betreuung« oder »Aufmerksamkeit« ein.

Vicky wartete bereits, und mit ihr zwei Koffer sowie eine Kosmetikbox. Zusammen mit unserem eigenen Gepäck, das beim besten Willen keinen Platz mehr im Transporter gefunden hatte, war das entschieden zuviel. In den Kofferraum meines Wagens würde nicht mal die

Hälfte passen. Englische Taxis scheinen anders konzipiert zu sein, jedenfalls ging alles rein, sogar wir.

Nun ist es ohnehin nicht ganz einfach, sich an ein neues Familienmitglied zu gewöhnen, besonders dann nicht, wenn man es noch kaum kennt. Und wenn dieses neue Familienmitglied obendrein noch schuld ist, daß man beinahe sein Flugzeug verpaßt, stärkt diese Tatsache auch nicht unbedingt das Zusammengehörigkeitsgefühl. Als nämlich Vicky ihr Kosmetikköfferchen durch den Scanner schob, fing der so laut zu piepsen an, daß sich sofort alle Blicke auf uns richteten. Mit dem Corpus delicti wurden wir in einen Nebenraum eskortiert — jawohl, eskortiert! Rechts und links hatten wir je einen Polizisten als Seitendeckung! —, wo man erst unser Handgepäck durchsuchte und dann Vicky aufforderte, ihr Beautycase zu öffnen. Zum Vorschein kamen neben dem üblichen Kosmetikkram unzählige Schachteln und Schächtelchen, in denen noch kleinere Schächtelchen steckten, und überall lag ein Schmuckstück drin. Wunderhübsche Ringe, Kettchen, Broschen, Armbänder ... Sichtlich entzückt, begutachtete die Polizeibeamtin jedes einzelne Stück, ließ sich erzählen, aus welchem Land es stammte (Südafrika und St. Thomas müssen besonders preiswerten Schmuck anbieten), wobei sie immer wieder bedauerte, bei ihrem letzten Urlaub in der Karibik keine Ahnung von den günstigen Einkaufsquellen gehabt zu haben, wo sie doch Smaragde so liebe.

Gleich zu Beginn der Inquisition hatte Vicky eine Kopie ihrer Heiratsurkunde vorgezeigt, womit jeglicher Verdacht auf »heiße Ware« ausgeräumt worden war. Ihr Trauring glänzte ja auch noch ganz neu. Das Interesse an ihren Pretiosen beschränkte sich nur noch auf private weibliche Neugier. Die männliche Leibwache war ohnedies abgezogen, nachdem sie statt des erwarteten Weckers mit Zeitzünder nur eine Armbanduhr mit kleinen Brillis drumherum gefunden hatte.

In der drittletzten Schachtel lag ein herrlicher Rubinring, doch bevor sich Vicky wunschgemäß über Preis und Herkunft auslassen konnte, ertönte ein unüberhörbares Dingdong, gefolgt von einer Lautsprecherstimme, die die Passagiere Sanders aufforderte, sich unverzüglich zum Flugsteig 6 zu begeben. Dies sei der letzte Aufruf.

Wir haben die Maschine noch bekommen, allerdings mit hängender Zunge und unter Hinterlassung dreier Regenschirme, die wir bei unserem überstürzten Aufbruch vergessen hatten. Wahrscheinlich sind sie einer karitativen Institution zugeführt worden oder ruhen noch heute zwischen Schildpattkämmen und elfenbeinernen Spazierstöcken in der Asservatenkammer des Flughafens Heathrow.

Es war reiner Zufall, daß die Gattin unseres Heizöllieferanten in derselben Maschine saß. Der dazugehörige Ehemann stand mit Blümchen in der Empfangshalle und bekam Kulleraugen, als er neben mir Vicky entdeckte. »So, hen Se sich a B'süchle mitbrocht?«

»Das ist kein Besuch, sondern meine Schwiegertochter«, klärte ich ihn auf.

»Ha no, weller von dene Kerle hat denn g'heiert?«

»Sascha.«

»Ond von derer Sach hat mer nix im Blättle g'lese?«

Ach ja, das Blättle, wöchentlich erscheinende Nachrichtenbörse für sämtliche Schulen, Vereine und sonstige Institutionen, nicht zu vergessen seine Funktion als »Schwarzes Brett«, wo vom Abstellplatz für einen Wohnwagen bis zum Verkauf von Junghennen alles angeboten beziehungsweise gesucht wird. Am interessantesten sind aber die Familienanzeigen. Wer hat wen geheiratet, wer hat ein Kind gekriegt (»Das ist schon das sechste, ja, haben die denn keinen Fernseher?«), wer hat sich verlobt, und wer hat seine Gesellen-, Meister- oder sonstige Prüfung bestanden? Ich nahm mir vor, gleich morgen eine Vermählungsanzeige zu entwerfen, auf daß die gesamte

Einwohnerschaft von Bad Randersau über unsere veränderten Familienverhältnisse informiert werde. Das mußte sein, sonst sprach sich die Neuigkeit viel zu langsam herum, und ich würde bei jedem gemeinsamen Auftreten in der Öffentlichkeit — einkaufen gehört auch dazu — langwierige Erklärungen abgeben müssen.

Inzwischen war auch Herrn Schlemps Gattin erschienen, leicht echauffiert, weil ausgerechnet sie ihren Koffer hatte öffnen müssen (»wo ich doch no net mol en Tee mitbrocht hab, was mer jo derf«), und nun mußte ich noch einmal nähere Erläuterungen herunterbeten. Frau Schlemp begutachtete Vicky von Kopf bis Fuß, um dann gönnerhaft festzustellen: »A hibsches Mädle hot er sich do ausguckt. Wo kommet Se denn her?«

Hilflos sah mich Vicky an. Sie hatte natürlich kein Wort verstanden. »Meine Schwiegertochter ist Engländerin und spricht noch kein Deutsch.«

»Ha, so ebbes aber au. Wie tun Se no mit ihra schwätze?«

»Englisch, wie denn sonst?« sagte Katja patzig, ungeduldig von einem Fuß auf den anderen trippelnd. »Könnt ihr euch nicht ein anderes Mal unterhalten?«

»Recht hosch, Mädle«, bestätigte Herr Schlemp erleichtert. »Machet mer, daß mer hoimkomma.«

Da fiel mir etwas ein. »Haben Sie in Ihrem Wagen vielleicht noch Platz für zwei Koffer?« Ich deutete auf unseren überladenen Gepäckkarren. »In mein Auto kriege ich das alles nicht rein.«

»Aber freilich«, sagte Herr Schlemp sofort, »welle soll ich denn nemma?«

»Die beiden größten. Wir holen sie nachher gleich ab.«

»Das braucht's net, die bring ich Ihna scho vorbei. Dem Sascha muß ich doch au no gratuliere.« So, wie er Vicky ansah, hatte ich allerdings den Eindruck, daß ihm Sascha ziemlich egal und die nähere Bekanntschaft mit dessen Frau viel wünschenswerter war. Das vermutete wohl auch Frau Schlemp, denn sie erinnerte ihren Kurti recht nachdrücklich an seine häuslichen Pflichten, die in erster

Linie aus der Kompostierung des doch hoffentlich inzwischen gemähten Rasens bestand sowie aus der Notwendigkeit, die Ligusterhecke zu schneiden. »Die Hase hosch g'wiaß au no net g'mischtet.«

Um weiteren Vorhaltungen zu entgehen, setzte er sein Gepäckwägelchen in Bewegung und marschierte los. Wir warteten noch einige Minuten, ehe auch wir die Rolltreppe zur Tiefgarage ansteuerten. Auf ein nochmaliges Zusammentreffen legte ich im Augenblick keinen Wert.

Der erstaunlich schnell regenerierte Rolf erwartete uns schon sehnsüchtig. Immer noch in Gips, doch entgegen ärztlicher Anweisung ohne Stock, kam er angehumpelt, sobald er den Wagen gehört hatte. Ich bekam einen flüchtigen Kuß, die Mädchen einen Nasenstüber, Vicky eine herzliche, ganz und gar nicht väterliche Umarmung. Weitere Kommunikationsversuche scheiterten an Sprachschwierigkeiten. Rolf ist Lateiner und beherrscht lediglich die englische Terminologie der Werbebranche. Französisch kann er auch, Englisch nicht.

Katja war sofort in die Küche gestürmt und dort an den Kühlschrank. »Wurst, Käse, Fleischsalat, Tomaten – alles da!« stellte sie befriedigt fest.

»Frau Keks hat sogar Mittagessen für alle gekocht«, sagte Rolf. »Gemüseeintopf, weil man den schnell aufwärmen kann. Steht alles im Mikrowellenherd.«

»Weshalb hast du denn noch nichts gegessen?« Mir war nach einem kurzen Blick in die große Keramikschüssel aufgefallen, daß ihr Inhalt unberührt geblieben war.

»Ich konnte nicht.«

?????

»Bei dem alten wußte ich ja Bescheid, aber bei dem neuen hier habe ich keine Ahnung, wie man die Tür aufkriegt.«

9

Von nun an herrschte bei uns das absolute Chaos. Obwohl Stefanie einen Teil der Hochzeitsgeschenke in ihrem eigenen Keller untergebracht hatte, war immer noch genug übriggeblieben, um unser Haus in ein Flüchtlingslager zu verwandeln. Oben bei den Zwillingen standen zwei Plastiksäcke voller Plüschtiere, und der kleine Flur vor ihrer Zimmertür war vollgepackt mit Koffern, Kleidersäcken und zerbrechlichen Dingen, von denen wir hofften, daß sie abseits der Hauptverkehrswege einigermaßen sicher waren. In die Keller kamen wir schon gar nicht mehr rein. Einmal pro Tag kämpfte sich jemand mit schriftlich fixierten Angaben zum Vorratsschrank durch, um den jeweiligen Tagesbedarf an Lebensmitteln zu holen. Die Tiefkühltruhe war restlos blockiert, und als mir auf der Kellertreppe eine Tüte platzte und sämtliche Kartoffeln zwischen Federbetten und übereinandergeschichteten Kartons verschwanden, bekam ich einen Schreikrampf. So ging das einfach nicht weiter!

Das fand auch Sven, als er gut erholt und braungebrannt von Kreta zurückkam. Ein paar Tage lang sah er sich das Durcheinander an, dann hatte er eine Idee. »Weißt du was, Määm? Bis die in ihre Wohnung ziehen, stelle ich ihnen meine Bude zur Verfügung. Da haben sie wenigstens anderthalb Zimmer, 'ne Küche, ein eigenes Bad und ungestörte Zweisamkeit. Den größten Teil von ihrem Kram können sie auf dem Dachboden stapeln, der ist fast leer. Dann gehe *ich* eben solange ins Gästezimmer. Ich sitze dir auch nicht ständig auf der Pelle, ich bin ja höchstens mal abends da.«

Seine überraschende Bereitwilligkeit war vermutlich dem Umstand zu verdanken, daß seine derzeitige Freundin ebenfalls über eine eigene Wohnung verfügte und seinem geregelten Liebesleben somit auch weiterhin nichts im Wege stand. Darüber hinaus waren die nunmehr zu erwartenden Dienstleistungen wie zum Beispiel warme Mahlzeiten, schrankfertige Wäsche und kostenlose Telefonbenutzung nicht zu verachten. Trotzdem versprach ich ihm aus lauter Dankbarkeit eine neue Autobatterie.

Die Aussicht, nicht mehr ständig über Kartons steigen zu müssen, wenn ich frische Handtücher holen wollte, und endlich wieder die Flaschen- und Döschenparade im Badezimmer loszuwerden, setzte ungeahnte Kräfte in mir frei. Schon am nächsten Morgen fuhr ich die erste Ladung Koffer in Svens Wohnung, nahm auf dem Rückweg einen Teil seiner Sachen mit, und als mir unterwegs die Zwillinge begegneten, aus deren Ente oben der immer noch in Knisterfolie verpackte und mit rosa Schleifchen geschmückte Gummibaum herausragte, wurde mir erst richtig klar, daß wir bald wieder ein normales Leben führen würden. Wir könnten uns wieder auf deutsch unterhalten, brauchten nicht mehr ständig an Zimmertüren zu klopfen und würden uns wieder normal ernähren. Katja hatte schon überlegt, ob sie als demnächst milchproduzierendes Rindvieh nicht sogar subventionsberechtigt sei.

Daß Vicky Vegetarierin war, hatten wir in England gar nicht mitbekommen. Aufgefallen war es mir zum erstenmal während der Abiturfeier, als sie sich bei der anschließenden Freßorgie nur einige Salatblättchen vom reichbestückten kalten Büfett nahm und behauptete, keinen Hunger zu haben.

»Dabei gehört das Grünzeug doch bloß zur Dekoration«, flüsterte mir Nicole zu. »Warum ißt sie nichts Vernünftiges? Hast du übrigens mal den mexikanischen Salat von Frau Bettin probiert? Einsame Spitze, sag ich dir.«

Ein letztes Mal waren wir Eltern aufgefordert worden, zum Gelingen des Festes beizutragen. Hinlänglich trainiert, hatten wir wieder Salate zusammengerührt, Aufschnittplatten komponiert, dutzendweise Isolierkannen mit Kaffee und Tee angeschleppt, während die Väter angehalten worden waren, für das geistige Wohl der Festgäste zu sorgen. Ganz Spendable hatten sogar Champagner herausgerückt. Vielleicht waren es auch nur die besonders Dankbaren gewesen, deren Sprößlinge trotz gegenteiliger Befürchtungen das Abitur doch noch geschafft hatten.

Diese Abschlußfeier war Vickys erstes öffentliches Auftreten im Familienverband. Nachdem Rolf sich geweigert hatte, im Jogginganzug zu erscheinen — das Gipsbein hinderte ihn noch immer an einer standesgemäßeren Bekleidung — und Sven sich unter dem Vorwand, seinem Vater Gesellschaft leisten zu müssen, gedrückt hatte, blieb es an Sascha hängen, die männliche Komponente des Clans zu vertreten, wozu er sich nur widerwillig bereitfand. Nicht mal die Aussicht, mit einer nunmehr amtlich sanktionierten und darüber hinaus sehr dekorativen weiblichen Seitendeckung erscheinen zu können, stimmte ihn milder.

»Was soll ich denn da? Mich mit irgendwelchen Müttern, die ich nicht kenne, über ihre Blagen, die ich auch nicht kenne, unterhalten? Und ob es nicht ungerecht ist, daß der Paul oder Emil eine Vier in Latein gekriegt hat, obwohl doch Opa immer regelmäßig die Vokabeln abgehört hat?«

»Du bist ein Idiot!« fertigte ihn Katja ab. »Was glaubst du denn, wo du hingehst? In die Grundschule?«

Daran erinnerte die festlich geschmückte Aula nun wirklich nicht, schon eher an Kirche, was vor allem der weihevollen Stille zuzuschreiben war. Auch die von Lorbeerbaumtöpfen umrahmte Bühne mit dem Rednerpult in der Mitte wirkte ein bißchen sakral. Nur die dahinter aufgereihte Big Band der Schule paßte nicht so ganz ins Bild, obwohl Schlagzeuger und Blechbläser ihre Instrumente noch zugedeckt hatten und nur die Streicher das gedämpfte Stimmengemurmel mit Klassischem untermalten.

Wir waren ziemlich spät dran, denn Vicky hatte sich nicht entscheiden können, welches Teil ihrer Garderobe dem feierlichen Anlaß entsprechen würde, und als sie endlich ihre Wahl getroffen hatte, mußten wir erst den richtigen Kleidersack finden. Jedenfalls sah sie in dem weinroten Kostüm richtig brav aus, also genau so, wie nach ihrer Vorstellung eine Ehefrau in einer deutschen Kleinstadt auszusehen hat. Ich hatte noch einmal mein Schwiegermutterkleid hervorgeholt, bevor es endgültig in der hintersten Ecke des Schrankes verschwinden würde. Was es auch tat, bis ich es drei Jahre später der Rotkreuz-Kleiderstube vermachte.

Als wir die Aula betraten, kam uns Katja schon ungeduldig entgegen. »Wo bleibt ihr denn? Nicki sitzt da drüben in der dritten Reihe und verteidigt mit Zähnen und Klauen eure Plätze.«

»Ich denke, die sind reserviert?«

»Doch nur für die Eltern und nicht für die ganze Sippe. Steffi ist nämlich auch noch nicht da.«

Wenig später kam sie. »'Tschuldigung, aber erst habe ich dieses blöde Kaff nicht gefunden, dann habe ich zehn Minuten lang die Schule gesucht, und als ich die endlich hatte, gab's nirgendwo mehr einen Parkplatz. Jetzt stehe ich irgendwo neben einem Rübenfeld. Keine Ahnung, ob ich den jemals wiederfinde, hier gibt es ja nur Rübenfelder.«

In kluger Voraussicht hatte Katja ihre Schwägerin neben Dr. Greininger geparkt, seines Zeichens Englischlehrer und als solcher befähigt, seiner Nachbarin die wesentlichen Aussagen der nun folgenden Ansprachen zu übersetzen. Er tat es mit einer unerwarteten Bereitwilligkeit und so gründlich, daß Vicky mich später fragte, ob die Reden wirklich so entsetzlich langweilig gewesen seien.

Zuerst sprach der Direx. Der hatte so etwas schon oft getan und faßte sich kurz. Dann kam der stellvertretende Direktor, der mit Beginn des neuen Schuljahres das Amt seines Vorgängers übernehmen würde und noch nicht so geübt war. Seine Ansprache dauerte einundzwanzig Minuten. Danach folgte die Elternbeiratsvorsitzende. Da ihre Tochter auch zu den Schulabgängern gehörte, verabschiedete sie sich nur kurz und übergab ihre Aufgaben mit einigen netten Worten der bereits gewählten Nachfolgerin. Die wiederum brauchte achtzehn Minuten, um sich einzuführen, was ohnehin niemanden interessierte, denn mit ihr würden wir ja nichts mehr zu tun haben. Dann kamen noch der Schulsprecher und zum Schluß die Rede des Einser-Abiturienten.

Es ist mir schon immer ein Rätsel gewesen, weshalb ausgerechnet der Jahrgangsbeste dazu verdonnert wird, die unerläßliche Eloge auf Schule und Lehrerkollegium zu halten. Eine Einskommaund in Mathe und Physik ist doch nicht gleichbedeutend mit Rhetorik, und eine sonst mittelmäßige Schülerin vielleicht viel eher befähigt, eine spritzige, amüsante Rede aufzusetzen. Aber nein, die Tradition will es anders.

Da stand er nun, der arme Kerl, kaum wiederzuerkennen im dunklen Anzug mit Kulturstrick um den Hals – ich hatte ihn immer nur in Jeans gesehen –, blätterte fahrig im mitgebrachten Manuskript, räusperte sich und legte los. Was er sagte, weiß ich nicht mehr, ich hatte Mühe, die Augen aufzuhalten. Opa vor mir war bereits selig entschlummert, und zwei Reihen hinter mir schnarchte es auch schon. Sogar der Direx ganz vorne gähnte alle zwei Minuten verstohlen in sein Programmheft hinein. Wen wundert's? Die musikalischen Einlagen mitgerechnet, hockten wir seit anderthalb Stunden auf unseren Holzstühlen und ließen uns vollblubbern.

Endlich brandete Beifall auf. Es mußten doch noch einige wach geblieben sein. Ob Niels wohl ahnte, daß achtzig Prozent des anhaltenden Klatschens Ausdruck der Erleichterung war?

Nun folgte noch die Zeugnisausgabe, also das von den Zwillingen befürchtete Spießrutenlaufen, wenn die Schüler einzeln nach vorne kommen und sich so dem gesamten Auditorium präsentieren mußten, begleitet von halblaut gemurmelten Kommentaren. »Des Kleid von dr Saschkia isch aber scho a bißle arg g'wagt, findsch net au,

Albert? Wundre tut's mi gar net, die isch jo scho als Vierzehnjährig mit so em schulterfreie Hemdle rumg'laufe.«— »Wie ka mer bei so aner Figur so an Rock ozieha? Gugg mal g'scheit na, Willi, wenn ich's net besser wüßt, tät ich sage, dä Angelika isch schwanger.« — »Dem Thomas sei Eltern hätte dem Bua amol an richtige Ozug kaufe könne anstatt dem Jäckle, mit dem er scho beim Tanzschtundeball rumglaufe isch. Des Geld dazu hend se doch.« — »Ebe net, Herta, die neue Scheuer isch viel teurer, wie se 'dacht hend.«

Hier kannte eben jeder jeden, ganz besonders dann, wenn man im selben Dorf wohnte. Der liebe Gott weiß alles, aber die Nachbarn wissen mehr!

Dann war auch das überstanden. Kaum hatte Ziegler, Anita, als letzte ihr Zeugnis in Empfang genommen, da setzte ein Run auf die Toiletten ein. Die mit einer weniger sensiblen Blase ausgestatteten Eltern drifteten in die entgegengesetzte Richtung, wo in mehreren Klassenräumen lange Tische aufgebaut waren. Seinen Stuhl hatte bitte sehr jeder selbst aus der Aula mitzubringen. Das kalte Büfett hatte man in den Handarbeitssaal verlegt, da waren die Tische breiter. Mit Vergnügen stellte ich fest, daß die beiden Schüsseln mit meinem Kartoffelsalat schon fast leer waren, obwohl er so gar keine Ähnlichkeit hat mit der hiesigen Variante. Schwäbischer Kartoffelsalat besteht nämlich aus Zwiebeln, Pfeffer, Salz und lauwarmem Wasser. Nimmt man statt dessen Fleischbrühe, schmeckt er ein bißchen besser, aber nicht viel.

Nachdem Vicky ihr Karnickelfutter verdrückt und nichts Eßbares mehr gefunden hatte, das weder Fleisch, Wurst noch Eier enthielt, drängte sie ihren Mann zum Aufbruch. Der hatte jedoch gar keine Lust dazu. Erstens war er noch gar nicht richtig satt, und zweitens hatte er ein paar frühere Klassenkameraden entdeckt. Die Zwillinge hatten sich auf den Schulhof verkrümelt, wo die feierliche Bücherverbrennung stattfinden sollte. Steffi konnte ich auch nirgends finden.

Wieder einmal verwünschte ich Saschas kosmopolitische Anwandlungen. Hätte er nicht etwas Deutschsprachiges heiraten können? Meinetwegen eine Schweizerin, sofern sie nicht gerade aus Bern stammte, oder jemanden aus dem Elsaß? Sogar eine Österreicherin hätte ich in Kauf genommen, obwohl meine eigenen Erfahrungen mit dieser Spezies nur auf dem Logierbesuch von Tante Elfi beruhten, jener nach Amerika ausgewanderten Freundin meiner Mutter, die uns eine Woche lang heimgesucht und sich ausschließlich von Steaks und Whisky ernährt hatte. Abgesehen von den sonstigen Folgen war das eine kostspielige Angelegenheit gewesen. Doch außer Champagner, den wir sowieso nie im Haus hatten, trank Vicky keinen Alkohol, also hätte sie meinethalben ruhig Österreicherin sein können. Aber sie war nun mal Engländerin, sprach außer einigen Höflichkeitsfloskeln noch immer kein Wort Deutsch, und so blieb es wieder einmal an mir hängen, meine Schwiegertochter zu unterhalten. Zum Glück befanden wir uns in einer Schule, und die dazugehörigen Vokabeln lernt man bereits in der ersten Englischstunde. So beschloß ich, ihr das ganze Gebäude zu zeigen. Schon im Physiksaal wurde es schwierig. Was, bitte sehr, heißt Bunsenbrenner auf englisch?

Ohnehin schien Vicky herzlich wenig Wert zu legen auf meine unqualifizierten Erläuterungen, und so war ich heilfroh, als Dr. Greininger unseren Weg kreuzte. »Sie können das doch viel besser!« sagte ich sofort. »Wollen Sie meiner Schwiegertochter nicht mal zeigen, wie eine deutsche Schule von innen aussieht?«

»Auf jeden Fall unmoderner als eine englische«, erwiderte er prompt. »Die sind da drüben viel besser ausgestattet als wir, zumindest auf technischem Gebiet. Fast überall haben sie schon richtige Sprachlabors.«

Dann war Vicky auf die falsche gegangen, sonst hätte sie wenigstens ein *bißchen* Deutsch können müssen. Umgekehrt war ich immerhin in der Lage, mich halbwegs geläufig über das Wetter und neuerdings sogar über die Londoner Sehenswürdigkeiten zu unterhalten.

Ich begab mich auf die Suche nach den Meinen. Sascha laberte noch immer mit seinen Freunden, die Zwillinge vermutete ich in der Aula, wo die Big Band endlich Beat statt Beethoven spielen durfte, was sie im übrigen auch viel besser konnte, und Steffi war nirgends zu finden. Also gesellte ich mich dorthin, wo ich den ungeschriebenen Regeln zufolge hingehörte: zu den Müttern. Nach neun Schuljahren und mindestens drei Dutzend Elternabenden kennt man sie alle. Offenbar hatte man schon auf mich gewartet, denn ich wurde sofort mit Fragen überschüttet. Welche Zukunftspläne denn die Zwillinge hätten und ob es stimme, daß sie als Entwicklungshelferinnen nach Afrika gehen würden.

»Wer hat denn diesen Unsinn aufgebracht?«

Das wußte niemand so ganz genau, aber die Katja habe dem Ritchie erzählt, daß es ihr in Kenia so gut gefallen habe, sie aber nicht einem einzigen Entwicklungshelfer begegnet sei, obwohl die immer noch dringend nötig seien, und überhaupt sollte man viel mehr für die Länder der dritten Welt tun.

So also entstehen Gerüchte!

Ich beeilte mich, meine Zuhörer über die Berufspläne meiner Töchter aufzuklären. So so, also Lehrerinnen wollten sie werden? Na ja, bei dem nicht gerade überwältigenden Notendurchschnitt der beiden waren die Studienmöglichkeiten natürlich eingeschränkt, und die vielen Aussiedler würden ja auch alle Kinder mitbringen, da brauche man Lehrer. Holger dagegen würde selbstverständlich die juristische Laufbahn einschlagen und später die Kanzlei seines Vaters übernehmen. (Und vermutlich genauso ein Ekel werden wie der Papa, der sich beim letzten Elternabend eine halbe Stunde lang über die fehlenden Parkplätze ausgelassen hatte. Der neue Golf seines Sohnes weise bereits zwei unübersehbare Schrammen auf, lediglich auf das unzumutbare Rangieren zwischen den engen Abstellplätzen zurückzuführen.)

Niels würde natürlich Medizin studieren, Kristina wollte Dolmetscherin werden und Daniel Pilot. Wegen der Stewardessen, hatte Nicki vermutet, denn er galt schon seit etlichen Jahren als Klassen-Casanova. Zwei Anwärterinnen für den Nobelpreis gab es auch schon; Sandra und Anne wollten sich auf die Biochemie und dort wiederum auf die Genforschung werfen, während Heiko das väterliche Gut bewirtschaften würde, wozu er allerdings erst ein Studium der Agrartechnik benötigte. Anscheinend war er nicht auf den Anbau von Zuckerrüben erpicht.

Dagegen konnte ich mit meinen Lehrerinnen in spe natürlich nicht ankommen. So überließ ich die künftigen Akademikermütter den Erörterungen über spätere Verdienstmöglichkeiten ihrer Sprößlinge und verabschiedete mich. Voraussichtlich würde ich sie nie wiedersehen.

In der Aula wackelten die Wände. Die von ihren Lehrern mit so beredten Worten in den Ernst des Lebens entlassenen Abiturienten tobten wie Halbwüchsige durch die Halle, und wer nicht gerade auf der Tanzfläche Freiübungen machte, war anderweitig beschäftigt. Zum Beispiel mit dem Aufblasen von Luftballons, die später in das Büro vom Direx gestopft werden sollten, nach Möglichkeit bis unter die Decke. Andere wieder füllten Pappbecher mit Wasser und bauten sie, immer weiter rückwärts kriechend, dicht an dicht auf dem Fußboden des Lehrerzimmers auf. Langsam bezweifelte ich, daß diese herumalbernden, in ihrem so ungewohnt feierlichen Outfit verkleidet wirkenden Teenies jemals erwachsen werden würden.

Vicky stand unter der Dusche, als ich nach Hause kam, und Sascha in der Küche. »Hast du denn immer noch Hunger?«

»Ich nicht, aber Vicky.«

Auf dem Herd brodelte eine weiße Flüssigkeit. Sascha

warf geraspelten Käse hinein, rührte um, fügte Kräutlein hinzu und Gewürze, rührte um, probierte, hobelte noch mehr Käse ab, probierte wieder, goß in diesen zähen Kleister etwas Ketchup hinein, rührte weiter ...

»Was soll das eigentlich werden?«

»Abendessen für Vicky.«

»Ißt man das später mit dem Löffel oder mit der Gabel?«

Ein vernichtender Blick traf mich. »Das wird eine Käse-Sahne-Soße für die Bohnen.« Richtig, da stand ja noch eine Konservendose auf dem Tisch. »Baked beans« las ich. »Stammt nicht von mir. Hast *du* die etwa gekauft?«

»Vorsichtshalber habe ich einige Büchsen aus England mitgebracht, aber inzwischen habe ich gesehen, daß es die hier auch gibt. Gott sei Dank, denn wir Deutschen sind ja ein Volk von Fleischfressern.«

»Das hat dich bisher nie gestört.«

»Tut's auch jetzt noch nicht, aber du weißt doch, daß Vicky Vegetarierin ist, das schränkt den Radius abwechslungsreicher Kost erheblich ein.«

»Schick sie doch mal in den Garten. Seitdem Sven im vergangenen Jahr den Rasen neu eingesät und dazu die als besonders robust bezeichnete Wiesenmischung verwendet hat, haben wir eine reichhaltige Auswahl an Gewächsen, die mit Rasen nicht die geringste Ähnlichkeit haben. Einige davon sind bestimmt eßbar.«

Unter den bitterbösen Blicken das Küchenchefs verschwand ich lieber. Etwas später wollte ich mir eine Tasse Tee machen und fand Sascha immer noch vor dem Herd stehend. »Warum brauchst du denn so lange für das bißchen Soße? Oder rührst du einen Impfstoff an?«

Er schaute mich gar nicht an, servierte seiner Gattin das Dinner in den oberen Gemächern und ward an diesem Abend nicht mehr gesehen.

Die Zwillinge auch nicht. Lange nach Mitternacht hörte ich sie glucksend und kichernd die Treppe hinaufstolpern. Genau vor meiner Tür machten sie halt. »Ich finde es eine gute Idee, daß wir schon jetzt das nächste Klassentreffen vereinbart haben«, sagte Katja. »Ob man schon Kalender für 1993 kriegt? Irgendwo müssen wir den Termin doch notieren, in fünf Jahren haben wir den sonst längst vergessen.«

»Ich bin neugierig, ob wir uns dann überhaupt noch wiedererkennen werden. Stell dir bloß mal vor, Katja, die Jungs alle ohne Bärte!«

Ich lächelte leise vor mich hin. Wer weiß, was in fünf Jahren sein würde.

Es wurde ruhig im Haus. Das junge Paar hatte unter Hinterlassung der Plüschtiere sowie der Wintergarderobe Svens Behausung bezogen und widmete sich nun intensiv der Wohnungssuche. Zwar war die fest zugesicherte Neubauwohnung inzwischen tatsächlich fertig geworden, nur hatte der Eigentümer dann doch lieber dem Rentnerpaar mit Cockerspaniel den Vorzug gegeben. Bei Jungverheirateten weiß man nie, ob Nachwuchs kommt, eine Gefahr, die man bei den schon recht betagten Rentnern ausschließen konnte, und der Hund war auch nicht mehr der jüngste. Im Gegensatz zu ihm, dem man notfalls die Schnauze zuhalten konnte, pflegen sich Säuglinge selten an die amtlich verordneten Ruhezeiten zu halten, und sobald aus ihnen Kinder geworden sind, machen sie sowieso immer bloß Krach. Darüber hinaus blieb auch noch dahingestellt, ob eine Engländerin den Anforderungen der schwäbischen Kehrwoche gewachsen sein würde. Sascha konzentrierte seine Suche jetzt mehr auf ein Haus.

Die Zwillinge hatten ihren Babysitterdienst im Zeltlager angetreten. Der anfängliche Enthusiasmus, mit dem sie sich in die völlig ungewohnte Aufgabe gestürzt hatten, war bald verflogen. »Weißt du, was das größte Hindernis ist für ein gutes Verhältnis zwischen Betreuern und Kindern?« fragte mich Nicki am Telefon. Die Antwort gab sie gleich selber: »Kinder!«

»Wie alt sind denn deine Schutzbefohlenen?«

»Zwischen sechs und neun, also genau die Altersgruppe, die ich mir später mal aufhalsen will. Ob ich nicht doch lieber Archäologie wählen soll? Da sind die Studienobjekte nicht so entsetzlich lebendig.« Ein tiefer Seufzer kam durch den Hörer. »Na ja, vielleicht muß man berücksichtigen, daß die Kids jetzt Ferien haben. Im Klassenzimmer kann ich sie wenigstens zusammenstauchen. – Ach ja, Määm, was ich noch fragen wollte: Was macht man, wenn sich so ein Gör drei Hände voll Seesand in den Mund stopft? Ich hab' ihm erst mal einen halben Liter Wasser verordnet. War das richtig?«

»Keine Ahnung, aber paß auf, daß es jetzt nicht noch Zement frißt!«

Katja hatte andere Probleme. »Also eins weiß ich mit Sicherheit«, sagte sie überzeugt, »Religionsunterricht gebe ich nie! Wir hatten heute früh einen ökumenischen Gottesdienst, echt locker aufgezogen das Ganze, sogar den drei Moslems hat es gefallen. Als ich hinterher unser verzogenes Architektensöhnchen gefragt habe, ob es eigentlich weiß, was ›Preiset den Herrn‹ bedeutet, da sagt dieser Knabe doch prompt: ›Bezahlt den Mann!‹ – Mir ist glatt die Kinnlade runtergeklappt. Was soll ich denn machen, wenn ich später mal so einen Typ in meiner Klasse habe?«

»Hoffen, daß er katholisch ist.«

An sich hätte ich jetzt genug Zeit gehabt, mich an die Schreibmaschine zu setzen und an meinem seit Monaten ruhenden Manuskript zu arbeiten. Ich versuchte es sogar, doch es kam nichts dabei heraus. Die ungewohnte Stille im Haus war mir unheimlich. Hatte ich früher leise geflucht, wenn alle zehn Minuten jemand in mein Zimmer getrampelt war und meine geistigen Höhenflüge unterbrochen hatte, so fehlten mir jetzt diese ewigen Störungen. Ich wurde ja überhaupt nicht mehr gebraucht! Wie sollte das erst werden, wenn die Mädchen ihr Studium aufgenommen hätten? Dann würden sie bestenfalls nur noch zum Wochenende zu Hause sein. Zwar näherte ich mich in beängstigendem Tempo dem Rentenalter, doch so ein beschauliches Ruhestandsdasein war das Letzte, was ich mir vorstellen konnte. Keine Jugend mehr im Haus, dafür doppelt soviel Ehemann und halb soviel Geld.

Und dann war endlich wieder alles beim alten. Die Zwillinge kamen zurück. Außer zwei Koffern voll Dreckwäsche hatten sie eine herrenlose Wüstenspringmaus mitgebracht, die der eigentliche Besitzer im Trubel der Abreise wohl vergessen hatte, und als ich mich über Lebens- und Ernährungsgewohnheiten dieses Winzlings kundig gemacht hatte, benutzte er seine abendliche Freilaufstunde zur Flucht in den Garten, wo wir ihn natürlich niemals wiederfanden. Den verwaisten Käfig bezog ein Streifenhamster namens Elvira, der wenig später aus biologischen Gründen in Elvirus umgetauft wurde. Zur Zeit haben wir Elvirus den Vierten.

Mitte September begaben wir uns auf »Budensuche«, und bereits im Oktober hätte ich ohne weiteres in Heidelberg Taxifahrer werden können. Zuerst versuchten wir es über Makler. Die meisten winkten gleich ab, weil sie entweder erst gar keine Studenten vermittelten (»Was können denn diese jungen Leute schon zahlen?«) oder nichts Geeignetes im Angebot hatten und mit Sicherheit auch nicht bekämen. Das waren die mit den futuristischen Büros in der Innenstadt und bebildertem Katalog, in dem die Mieten bei zweieinhalbtausend Mark anfingen. Nur einer zeigte sich interessiert. Er wollte wissen, wieviel wir denn auszugeben bereit wären, und als ich ihm die Summe nannte, meinte er, man könne auch über einen geringeren Betrag reden, sofern die Mädchen an seinen monatlich stattfindenden Herrenabenden teilnähmen. Da sich dieser Dialog am Telefon abspielte, ist diesem Prachtexemplar seiner Zunft die wohlverdiente Ohrfeige erspart geblieben.

Als nächstes probierten wir es mit Anzeigen. Erst waren sie sachlich, dann betont originell im Stil von »Suche

Badezimmer mit kleiner Wohnung drumherum«, aber das nützte auch nichts. Angebote hatten wir bekommen, doch was für welche?

Da war zum Beispiel die gemütliche Dachgeschoßwohnung in einem romantischen Bauernhaus, etwas außerhalb gelegen. Kein Problem, die Zwillinge waren ja motorisiert. Das Haus war wirklich hübsch, nur lag die angepriesene Wohnung über dem ehemaligen Kuhstall und war vermutlich der Heuboden gewesen. Die Pumpe im Hof funktionierte noch, doch es war ohnehin eine Wasserleitung nach oben geplant. Sollten wir uns zur Anmietung der zwei Zimmer nebst Kochgelegenheit im Flur entschließen können, würde man die Sache sofort in Angriff nehmen. Wir verzichteten dankend.

Danach besichtigten wir die Zweizimmerwohnung mit offenem Kamin, allerdings im Souterrain gelegen, dafür aber mit Blick in den Garten. Auch gut, Grün soll bekanntlich für ein ausgeglichenes Gemüt sorgen, was sich dann hoffentlich auch auf den Lerneifer der Mädchen auswirken würde.

Hinter dem mit einem großen Schlüsselbund bewaffneten Hauseigentümer stiegen wir in die Tiefen des Sechsfamilienhauses hinab. »Hier ist das eine Zimmer«, sagte er, eine stählerne Tür öffnend.

»Ach ja?« Mehr brachte ich nicht heraus. Lediglich das Metallgitter war von dem ganz normalen Kellerfenster entfernt worden, und die nackten Wände hatte man mit einer himbeerfarbenen Kalkschicht übertüncht. Trotzdem blieb dieser Raum, was er nun einmal war: ein Keller, wenn auch mit Zentralheizung. »Das sieht gleich ganz anders aus, sobald da erst mal ein Teppichboden liegt und Möbel drinstehen«, versicherte uns dieser Gemütsmensch, knipste die 25-Watt-Funzel aus und schloß die Tür. »Das Kaminzimmer liegt schräg gegenüber.«

Es unterschied sich von dem anderen nur durch den an der rechten Seite liegenden Kaminschacht. Dort, wo vermutlich das kleine Türchen für den Schornsteinfeger hingehört hatte, gähnte eine Öffnung. »Können Sie sich vorstellen, wie gemütlich es ist, wenn dort ein munteres Feuerchen prasselt?«

Nun habe ich von Schornsteinen herzlich wenig Ahnung, aber als sich unser Nachbar nachträglich einen Kamin ins Wohnzimmer bauen ließ, mußte das halbe Haus auseinandergenommen und ein zusätzliches kupfernes Ungetüm aufs Dach gesetzt werden. Bei dem Versuch, in diesem Loch hier ein Feuer zu entzünden, würde vermutlich die ganze Bude in die Luft fliegen.

»Und wo ist die Küche?« wollte Nicki wissen. Immerhin war die ja als besonders großzügig und sogar als Wohnküche geeignet angepriesen worden.

»KüBa bitte«, verbesserte Herr Weber, »die ist am Ende vom Gang.«

Bevor wir fragen konnten, was unter einer KüBa zu verstehen sei, wußten wir es. Die ehemalige Waschküche, dank eigener Waschmaschinen von den Mietern nicht mehr benutzt, verfügte über die notwendigen Installationen, um dieses Gemäuer als Küche auszuweisen. Ein ausrangierter Elektroherd aus den frühen sechziger Jahren sollte wohl beweisen, daß man hier schon lange keine Wäsche mehr kochte. »Der Herd ist übrigens im Mietpreis inbegriffen, genau wie die ganz neu installierte Dusche.«

Die hatte ich noch gar nicht gesehen. Sie war hinter einer geriffelten Plastikwand verborgen, bestehend aus jenem Material, mit dem man einen Geräteschuppen abzudecken pflegt. Hinter dieser Wand verbargen sich ein Gestänge vom Typ Freibad (»Vor Benutzung des Beckens bitte gründlich abduschen!«) und zwei Meter daneben eine Toilette. An einem zehn Zentimeter langen Nagel hing eine Klopapierrolle. Das also war das Bad. Und das Ganze nannte sich Küche-Bad, also KüBa. Logisch.

»Schön groß sind die Räume ja wirklich«, sagte Katja mit todernster Miene, obwohl sie sich kaum noch das Lachen verkneifen konnte, »aber mich würde jetzt noch interessieren, wohin eigentlich die ganzen anderen Türen führen.« Sie deutete auf den Gang.

»Das sind die Keller der Mieter.«

»Wohnen die auch da drin?«

»Natürlich nicht, doch zu jeder Wohnung gehört selbstverständlich ein Abstellraum.«

»Aha. Wenn ich also von meinem Kaminzimmer die sechs oder acht Meter ins Bad will, muß ich ständig damit rechnen, daß mir jemand begegnet, der sein Eingemachtes holen will oder sein Rad in den Keller bringt.«

»Keine Sorge, Fräulein, das kommt bestimmt nicht oft vor. Ich treffe hier unten ganz selten mal jemanden.«

»Uns auch nicht!«

Auf die Besichtigung des Gartens, von dem wir durch die Fensterluke ein paar Grashalme gesehen hatten, verzichteten wir. Ebenso auf die Erkundung jener Dachgeschoßwohnung in unverbaubarer Hanglage mit Blick über die Stadt. Als Nicki die zirka neunzig Stufen bis zum tiefergelegenen Parkplatz sah, war sie bedient. »Stellt euch das bloß mal im Winter bei Schnee und Glatteis vor.«

»Da gibt es bestimmt noch einen anderen Zugang«, vermutete ich. Den gab es tatsächlich. Er führte um den Berg herum, war schätzungsweise einen Kilometer lang und nur zu Fuß begehbar. Kein Wunder, daß dieses hoch oben thronende Häuschen keine Nachbarn hatte.

Das Semester hatte längst begonnen, und noch immer fuhren die Mädchen jeden Tag die siebzig Kilometer nach Heidelberg. Und wieder zurück. An manchen Tagen hatten sie nur eine Vorlesung, an anderen wieder saßen sie acht Stunden im Hörsaal. Oft gab es lange Pausen zwischen zwei Seminaren, dann hockten sie in irgendeinem Café oder bummelten durch die Fußgängerzone, was auf die Dauer etwas kostspielig wurde. Nicht wegen der zwei Tassen Cappuccino, sondern wegen der Schaufensterauslagen.

»Das ganze Studentenleben schwappt an uns vorbei«,

beschwerte sich Katja. »Heute ist Medizinerball, und wir konnten nicht hin. Entweder hätten wir mitten in der Nacht Auto fahren müssen, dürften also nichts trinken, oder wir müßten im Schlafsack in der Mensa pennen. Dabei herrscht bei den Medizinern akuter Frauenmangel. Im Gegensatz zu uns, da kloppen sich zweihundertdreißig weibliche Erstsemester um siebenundzwanzig Männer. Und die kannste bis auf zwei Ausnahmen alle in der Pfeife rauchen.«

Jeden Mittwoch und jeden Samstag stürzten wir uns gemeinsam auf die Wohnungsanzeigen — ich hatte sämtliche im Kreis Heidelberg erscheinenden Zeitungen abonniert —, telefonierten eine Gebühreneinheit nach der anderen herunter, schrieben individuell abgefaßte Bewerbungen und bekamen entweder gar keine oder negative Antworten. Zum erstenmal versuchte ich sogar, mit meinem »Künstlernamen« zu hausieren, aber das brachte auch nichts. Die meisten hatten noch nie etwas von Evelyn Sanders gehört (solche Vermieter waren eben nicht belesen genug, wären also ohnehin nicht in Betracht gekommen, man weiß ja, was man sich schuldig ist!!!), und die zwei anderen (Frauen, was denn sonst?) hatten zumindest schon mal eines meiner Bücher gelesen und hätten auch »liebend gern« die entzückenden Zwillinge aufgenommen, nur hatten sie leider Luxuswohnungen der oberen Preisklasse zu bieten. »Es dürfte Ihnen doch nicht schwerfallen, die Miete aufzubringen. Bei Ihrem Einkommen ...«

Haha! Die eine kam aus der Fleischbranche, die andere war Gattin eines Installateurs. Mit Verlegern hatten beide noch nie etwas zu tun gehabt. Deshalb!

Schließlich versuchten wir es mit Angeboten, in denen die offerierte Wohnung mit zusätzlichen Bedingungen verknüpft war. Die »leichte Gartenarbeit« entpuppte sich als Pflege eines halben Hektar großen Erdbeerfeldes, und die zweimal wöchentlich vorzunehmende Reinigung des Treppenhauses mit vierzehn Wohneinheiten schloß auch winterliches Schneeschippen ein. Da es sich um ein Eckhaus mit Hinterhof handelte, wäre das ein tagesfüllendes Programm gewesen. Auch die »stundenweise Betreuung einer älteren Dame« war nicht das, was sich die Zwillinge vorgestellt hatten.

»Mal einkaufen gehen oder Geschirr spülen werden wir schon hinkriegen«, meinte Katja zuversichtlich. »Kamillentee kann ich auch kochen. Und Nicki kann ihr immer die Bildzeitung vorlesen.« Entsprechend optimistisch waren sie zwecks Besichtigung von Wohnung und Dame losgezogen. Mit langen Gesichtern kamen sie zurück.

»Die Wohnung hätten wir sofort genommen, aber die kriegt man nur mit Anhang«, erzählte Nicki. »Frag bloß nicht, mit was für einem.«

»Von wegen ältere Dame«, fuhr Katja fort, »die hat uns nämlich die Tür aufgemacht, und da habe ich mich schon gewundert, weshalb sie betreut werden sollte. Schick angezogen und noch ganz flott auf den Beinen.«

»Wie alt?«

Fragend sah sie ihre Schwester an. »Was meinst du?«

»Irgendwo zwischen fünfundfünfzig und sechzig, würde ich sagen.«

»Danke!!!«

Erschrocken wandte sich Katja zu mir. »Ich glaube, da hat sich Nicki verschätzt. Die war bestimmt schon dicke über sechzig.«

»Jedenfalls zeigte sie uns erst die Wohnung, damit wir auf den Geschmack kommen«, nahm Nicki den Faden wieder auf, »und dann folgte das Aber.«

»Die zu betreuende ältere Dame ist mindestens neunzig, bettlägerig und hat einen an der Waffel. Als sie uns sah, fing sie an zu kreischen, wir wollten sie bestehlen und anschließend vergiften, oder umgekehrt, weiß ich nicht mehr, jedenfalls ist sie total gaga. Unterm Bett stand so 'ne Schüssel, wie man sie in Krankenhäusern kriegt, wenn man nicht aufstehen darf, auf 'm Tisch lag ein Paket

Pampers, und mit der Flaschenbatterie drumherum kannste 'ne ganze Apotheke bestücken. Die braucht 'ne ausgebildete Krankenschwester und keinen, der ihr erbauliche Bücher vorliest!« schloß Katja erbost.

»Habt ihr denn das nicht gesagt?«

»Haben wir, doch die Tochter meinte, es käme ja täglich zweimal jemand vom sozialen Hilfsdienst oder so ähnlich, aber sie selbst arbeite halbtags, und dann müsse einer in der Wohnung sein. Für alle Fälle.«

Nun waren wir zwar um eine Erfahrung reicher geworden, doch eine Bleibe für die inzwischen restlos frustrierten Mädchen hatten wir noch immer nicht. Über das Studentenhilfswerk hatte Rolf versucht, zwei Zimmer in einem der städtischen Wohnheime zu bekommen. »Erstens sind die alle belegt, und zweitens sind wir nicht berechtigt«, teilte er uns nach dem ich weiß nicht wievielten Telefonat mit. »Studentenwohnheime stehen nur minderbemittelten Anwärtern zu.«

»Wenn wir die in Heidelberg üblichen Mietpreise zahlen müssen, sind wir in einem halben Jahr auch minderbemittelt«, sagte ich erbittert. »Wieso sind wir denn nicht berechtigt?«

»Wir zahlen keine Lohn-, sondern Einkommensteuer. Folglich sind wir nach Ansicht dieser Bürohengste begütert und somit in der Lage, tausend Mark Miete monatlich hinzublättern.«

»Bleibt also bloß noch WG.« Ich hatte mich zwar davon überzeugen lassen, daß Wohngemeinschaften heutzutage anders aussahen als noch vor zwanzig Jahren, wo sie samt barbusiger Uschi Obermeier als Ausdruck moralischer Verkommenheit durch einschlägige Illustrierte gegeistert waren, aber daß ich meine Töchter gern in so einer Sammelunterkunft gesehen hätte, kann ich nicht behaupten.

Katja wiegelte auch sofort ab. »Kommt nicht in Frage! Da weißte nie, von wem der Dreckrand in der Badewanne stammt.« Trotzdem streckte sie ihre Fühler in dieser Richtung aus, zog sie aber bald wieder ein, weil keine WG auch nur *ein* Zimmer, geschweige denn zwei anzubieten hatte. Trennen wollten sich die beiden jedoch auf keinen Fall.

Mittlerweile war es Winter geworden mit Morgennebel und Abendnebel, mit erstem Glatteis auf den Straßen und gelegentlichem Schneegestöber. Und immer noch fuhren die Mädchen tagtäglich nach Heidelberg und wieder zurück. Von morgens bis abends lief das Radio, damit ich ja auch keine Verkehrsdurchsage verpaßte und bei Verspätungen die Zwillinge lediglich im Stau und nicht im Unfallwagen vermuten mußte.

»Wenn wir mal überhaupt nicht kommen, dann ist die Ente endgültig verreckt, und wir sitzen am Straßenrand«, bereitete mich Katja auf die demnächst eintretende Wahrscheinlichkeit vor. »An das undichte Dach haben wir uns gewöhnt, aber wenn in Kürze der Boden restlos durchgerostet ist, könnte die Sache unangenehm werden.«

Statt in Maklergebühren und Mietkaution investierten wir die dafür vorgesehenen Gelder notgedrungen in einen Gebrauchtwagen. Es war nur ein ganz kleiner, aber er war wasserdicht und erst fünf Jahre alt. Nach Ansicht des Händlers würde er die Gesamtstudienzeit der Zwillinge auch noch überdauern.

In unserer Nachbarschaft wurde eine Doppelhaushälfte frei. Die jetzigen Mieter, Freunde von uns und nunmehr Besitzer eines dreiviertelfertigen Eigenheims, planten bereits den Umzug. »Spätestens Anfang Februar sind wir draußen«, prophezeite Klaus optimistisch, »es fehlen nur noch ein paar Kleinigkeiten wie Badewanne, Wasserhähne, Heizöltanks und die Treppe zur Haustür. Teppichböden sind auch noch nicht drin, und in die Garage läuft Wasser rein. Aber das kriegen wir auch noch hin.«

»Habt ihr schon Nachmieter?«

»Ach was, das hat noch Zeit. Unser Hauswirt weiß noch nicht mal, *wann* wir ausziehen. Der kriegt den

Schuppen doch sofort los. Sobald bekannt ist, daß hier was frei wird, stehen die Bewerber Schlange.«

»Eben! Gib mir mal die Adresse!«

Ich weiß heute noch nicht, wie Sascha es geschafft hat, seine insgesamt siebenunddreißig Konkurrenten auszubooten, doch er bekam den Zuschlag. »Ich glaube, das habe ich *Frau* Gerold zu verdanken. Als die nämlich hörte, daß ich im Schloßhotel arbeite, war sie hin und weg. Da hat sie doch vor einem halben Jahrhundert ihre Hochzeit gefeiert, und weil das so arg schön gewesen ist und die Ober alle so nett waren, glaubt sie wahrscheinlich, daran habe sich bis heute nichts geändert. Und als der Alte dann auch noch Vicky sah, war sowieso alles gelaufen. Die hat ihn glatt um den Finger gewickelt. Er hat sie zwar nicht verstanden, aber das hat ihn nicht gestört. Er habe auch noch nie einen so hervorragenden Tee getrunken, hat er gesagt, da merke man doch gleich, daß das echt englischer sei.« Sascha grinste. »Da kannste mal sehen, wie sich die Leute beeinflussen lassen. Das war nämlich Tütentee von Aldi. Bloß das Service war englisch.«

»Ist der euch etwa auf die Bude gerückt?«

»Na klar. Als echter Schwabe wollte er sich vergewissern, daß wir nicht zwischen Kellerregalen und Obstkisten hausen. Daß die Möbel alle Sven gehören, habe ich natürlich nicht gesagt.«

Als Anfang März das erste Semester zu Ende war, hatten Vicky und Sascha ihr neues Heim bezogen, Sven war wieder in sein Apartment zurückgekehrt, nur die Zwillinge fuhren weiter Autobahn.

»Vielleicht klappt es ja jetzt zum Frühjahr«, tröstete ich Katja, die mal wieder einen Tiefpunkt erreicht hatte und heulend in ihrem Zimmer saß. »Nach den Staatsexamen werden doch bestimmt haufenweise Zimmer oder sogar Wohnungen frei.«

»Ach, die sind doch längst schon wieder unter der Hand vergeben. Wir haben ja kaum Kontakt zu anderen

Studenten, höchstens mal in der Mensa, aber bei Hackbraten mit gemischtem Salat kannste keine Beziehungen aufbauen. Und ohne Beziehungen läuft in Heidelberg gar nichts«, schniefte sie. »Ist ja lieb, daß du mich trösten willst, aber Trost wohnt im Himmel. Und wir sind leider bloß auf der Erde.«

10

»Ich hab' mal den SPERRMÜLL mitgebracht, vielleicht steht da was drin.« Nicki legte eine Zeitung auf den Tisch, von der ich noch nie etwas gehört hatte.

»Komischer Name!«

»Ist ja auch 'ne komische Zeitung. Nur Anzeigen.«

Und was für welche! Da suchte jemand einen Originalauspuff für ein Käfermodell aus dem Jahre 1972, ein anderer offerierte zwei gebrauchte Karnickelställe, eine noch bis zum Jahresende gültige Plakette für die Schweizer Autobahnen wurde angeboten und gleich daneben zwei Eintrittskarten für *Cats*. Einen Wohnungsmarkt gab es allerdings nicht, die jeweiligen Objekte fanden sich unter der Rubrik Vermietungen und umfaßten die ganze Palette von »Vier-Zimmer-Luxuswohnung, Einbauküche und Gardinen müssen übernommen werden« bis zu »Schlafstelle für Wochenendheimfahrer«. Einige normal klingende Angebote waren auch darunter. Leider alle mit Chiffre-Angaben.

»Kein Mensch inseriert mehr mit seiner Telefonnummer«, erläuterte Nicki, »weil der Apparat von morgens um sechs bis Mitternacht bimmeln würde.«

Einen ganzen Tag lang brüteten die Zwillinge über

einem Standardbrief (nie ist der Mensch so vollkommen wie in seinem Bewerbungsschreiben!), dann hatten sie endlich den vermeintlich richtigen Text. Danach waren sie zwei strebsame und ruhige Studentinnen (anscheinend hatten sie noch nie etwas von Fernseher oder Stereoanlage gehört), Nichtraucher (was ausnahmsweise stimmte), ohne Anhang (zumindest ohne festen), tagsüber selten und am Wochenende nie zu Hause. Genaugenommen bewarben sich da zwei Mädchen um eine Wohnung, die sie eigentlich gar nicht brauchten, weil sie ohnehin nicht da waren.

Und dann warteten wir mal wieder auf Antwort, doch an den künftigen Lehrerinnen schien kein Vermieter interessiert zu sein. Bis auf einen. Der rief abends gegen sechs Uhr an, als Nicki Telefonwache schob. »Wie bitte? Ja, warum denn? Weiß ich nicht so genau, ich gebe Ihnen mal meine Mutter.« Sie hielt den Hörer zu. »Du, ich glaube, das ist ein Spinner. Oder ein Obszöner. Der will wissen, wie groß wir sind. Kannst du mal mit ihm reden?«

»Und ob!« Die männliche Stimme am anderen Ende klang recht sympathisch. »Wundern Sie sich bitte nicht über meine Frage, aber jeder, der über einsachtzig ist, kommt nicht in Betracht.«

»Weshalb nicht? Haben Sie etwas gegen große Menschen?« Wahrscheinlich war das ein zu kurz Gekommener, der es haßte, zu seinen Mietern aufsehen zu müssen.

»Nein, gar nicht«, antwortete er, »ich bin ja selber nicht gerade klein. Aber die Wohnung, um die es sich handelt, hat nur eine lichte Höhe von zwei Metern. Und schräge Wände. Entsprechend niedrig sind die Türen. Verstehen Sie jetzt, was ich meine?«

O ja. Leute mit Gardemaß würden nach kurzer Zeit an Gehirnerweichung leiden oder infolge ständigen Gebücktgehens Bandscheibenprobleme bekommen. »Wäre einsvierundsiebzig noch zulässig?«

Das ginge gerade noch, bestätigte mein Gesprächspartner, vorausgesetzt, die Bewohner würden auf Hängelampen verzichten. Das war einzusehen.

Wo sich denn die Wohnung befinde, wollte ich wissen. In Dossenheim, von Heidelberg gesehen gleich am Ortsanfang, keine zehn Minuten von der Uni entfernt. »Ihre Töchter können sogar mit dem Rad fahren, da gibt es eine Abkürzung durch die Schrebergärten.«

Der Mann wurde mir immer sympathischer. »Ab wann wäre denn die Wohnung frei?«

»Das ist sie schon. Es gibt nur einen kleinen Haken bei der Sache.«

Aha, jetzt kam der Pferdefuß. »Und welchen?«

»Es müßte ein bißchen renoviert werden.«

Na, wenn's weiter nichts war. Im Renovieren waren wir inzwischen Experten. Steffi konnte bereits tapezieren wie ein Maler-Azubi im zweiten Lehrjahr, Sven hatte die Erfahrung gemacht, daß das Verlegen von Steinplatten, was auch zu seiner Ausbildung gehört hatte, wesentlich komplizierter war als das Kleben von Teppichböden, und mit Pinsel und Farbe konnte sogar *ich* schon umgehen. »Kein Problem«, sagte ich denn auch zuversichtlich. »Wann können wir uns die Wohnung ansehen?«

»Wann Sie wollen.«

»Schon morgen?«

»Aber sicher. Paßt Ihnen fünfzehn Uhr?«

Natürlich paßte es uns, wir wären auch mitten in der Nacht gekommen. »In Ordnung, dann warte ich vor dem Haus auf Sie. Schillerstraße 42.«

Auf dem Weg nach Dossenheim stellten wir Vermutungen an. »Eins ist mal sicher, die Wohnung liegt unterm Dach, sonst hätte sie keine schiefen Wände«, folgerte Katja.

»Schräge Wände«, verbesserte Nicki. »Ob sie auch schief sind, stellt sich spätestens dann heraus, wenn die Tassen im Schrank immer nach einer Seite rutschen.«

»Hat der Herr — wie heißt der eigentlich? Propkowicz? Wer soll sich denn das merken? — also hat der nicht was von verkehrsgünstiger Lage gesagt? Paß auf, Nicki, da geht unten entweder die Autobahn lang, oder wir haben den Bahnhof vor der Nase.«

»Nun wartet doch erst mal ab!«

Das Haus Schillerstraße 42 erwies sich als vierstöckiger Kasten aus der zweiten Adenauer-Ära, direkt an der vierspurigen Durchgangsstraße nach Heidelberg gelegen. Ich sah an der dunkelgrünen Fassade empor. »Ganz oben hört man bestimmt nicht mehr soviel von dem Krach. Und wenn euer Auto mal wieder nicht anspringt, könnt ihr wenigstens die Straßenbahn benutzen.« Die fuhr nämlich auch noch vorbei.

Herr Propkowicz erwartete uns schon. »Na, dann wollen wir mal«, sagte er nach der Begrüßung und schloß die Haustür auf. »Hoffentlich sind Ihre Töchter gut zu Fuß, einen Fahrstuhl gibt es leider nicht.«

Nach sechsundachtzig Stufen waren wir oben angekommen. »Uff«, stöhnte Nicki, »und das mit 'm vollen Einkaufskorb und drei Aktenordnern unterm Arm. Oder mit 'ner Sprudelkiste.«

»Ach was«, winkte Katja ab, »du mußt mal die positive Seite sehen! Was meinste, wie viele Kalorien wir dabei loswerden.«

Im Gegensatz zum Treppenhaus, das frisch gestrichen worden war und einen gepflegten Eindruck machte, schien die Wohnung zum letztenmal während der Regierungszeit von Kanzler Kiesinger renoviert worden zu sein. Das konnte man an den Tapetenresten erkennen. Damals hatten wir auch solche großgemusterten Scheußlichkeiten an den Wänden kleben. Die Linoleumböden waren auch nicht viel jünger.

»Ich hatte Sie ja vorgewarnt.« Klang Herrn Propkowicz' Stimme nicht etwas kleinlaut? Kopfschüttelnd öffnete er nacheinander die Zimmertüren. »So schlimm hatte ich das gar nicht mehr in Erinnerung.« Zwei Pärchen hätten bis vor kurzem hier gewohnt, Musiker oder Schauspieler, so genau wüßte er das nicht mehr, doch da sie bei ihrem

Einzug die Wohnung im damaligen Zustand übernommen hatten, durften sie sie auch ohne Renovierung wieder verlassen. »Allerdings hat sie vor zwei Jahren noch etwas anders ausgesehen.« Mit spitzen Fingern zog er ein Stück Sonnenblume von der Wand. »Ursprünglich ist die Tapete mal gelb gewesen.«

Während ich noch fassungslos in der Diele stand, hatten die Mädchen schon die drei Zimmer besichtigt. »Komm mal her, Määm, von hier hat man einen phantastischen Blick.«

»Wenn ich mein Bett direkt unter das Fenster stelle, kann ich nachts immer in die Sterne gucken«, sagte Nicki träumerisch.

»Sofern welche da sind. Aber wenn du es aufläßt und es fängt zu regnen an, kannste dir morgens das Duschen sparen.«

Anscheinend störte der ramponierte Zustand dieser Kleinstwohnung die beiden überhaupt nicht. Insgeheim betete ich, sie mögen einen Rückzieher machen, doch sie richteten sich bereits in Gedanken ein. »Wer das größere Zimmer kriegt, müssen wir noch ausknobeln, aber aus dem anderen kann man auch was machen. Und das hier vorne nehmen wir als Gemeinschaftsraum mit Eßecke«, bestimmte Katja.

Herr Propkowicz schmunzelte. »Ich habe fast den Eindruck, Ihnen gefällt die Wohnung?«

»Na klar«, kam es unisono zurück. »Die machen wir uns schon zurecht. Würden Sie uns denn als Mieter akzeptieren?«

»*Ich* schon, doch das Haus gehört meiner Schwiegermutter, die hat das letzte Wort.« Er musterte die Mädchen von den Jeans bis zu den etwas wilden Mähnen. »Aber ich glaube nicht, daß sie etwas gegen Sie einzuwenden hat. Hier im Haus wohnen noch mehr Studenten.«

»Wann könnten wir denn einziehen? Vorausgesetzt, Ihre Schwiegermutter ist einverstanden.«

Herr Propkowicz überlegte. »Heute haben wir den

Zweiundzwanzigsten. Ich würde sagen, wir datieren den Mietvertrag auf den fünfzehnten April, aber die Schlüssel bekommen sie schon, sobald meine Schwiegermutter ja gesagt hat. Ein paar Wochen werden Sie ja doch brauchen, um diesen Saustall bewohnbar zu machen. Vorher schicke ich noch einen Elektriker her, damit er die Leitungen überprüft.« Gleich nachher würde er mit seiner Schwiegermutter einen Termin ausmachen, zu dem sich die Zwillinge vorstellen könnten, und dann würde er uns Bescheid geben. »Eigentlich ist das nur eine Formsache, aber die alte Dame legt nun mal Wert darauf. Sonst kümmert sie sich nie um das Haus, den Ärger damit überläßt sie mir.«

Schon zwei Tage später waren die Zwillinge erneut auf dem Weg nach Dossenheim, diesmal in sonst nur feierlichen Gelegenheiten vorbehaltenen Röcken und braven Hemdblusen. Katja hatte ihre Tolle in einem sittsamen französischen Zopf gebändigt, Nicki trug Pferdeschwanz. Sie sahen nicht nur entsetzlich bieder, sie sahen regelrecht verkleidet aus.

»Fürchterlich«, sagte Katja nach einem letzten prüfenden Blick in den Spiegel, »aber was tut man nicht alles für eine Wohnung. Alte Frauen haben nun mal was gegen modisches Outfit.«

Das war auf mich gemünzt! Hatte ich doch kürzlich gewagt, Katjas senfgelben Blazer mit dem großen Überkaro als »reichlich geschmacklos« zu bezeichnen und farbliche Parallelen zu jener Zeit zu ziehen, als ich im BDM-Look herumlaufen und dieses mostrichfarbene, Kletterweste genannte Affenjäckchen tragen mußte.

»Es hat geklappt!« jubelte Nicki ins Telefon. »Wir haben die Schlüssel! Jetzt gehen wir erst mal in die Wohnung zum Ausmessen, und dann besorgen wir gleich Farbe. Wenn die Zeit reicht, suchen wir auch noch Tapeten aus. Ich habe übrigens gewonnen!«

»Gewonnen? Was denn?«

»Das größere Zimmer.«

Die Zeit reichte natürlich nicht. Den ganzen Nachmittag lang waren die Mädchen damit beschäftigt, Länge mal Breite mal Höhe abzüglich Dachschräge im Winkel von soundsoviel Grad zu ermitteln und maßstabgerecht auf Millimeterpapier zu übertragen. Daß ihre Berechnungen vorne und hinten nicht stimmten, stellte sich erst heraus, als sie die Möbel plazieren wollten.»Es kann ja vorkommen, daß man sich mal um ein paar Zentimeter irrt, aber doch nicht um ganze anderthalb Meter!« schimpfte Katja. »Soll Nicki doch sehen, wie sie den Unterschrank wieder los wird, der geht nicht mehr in die Küche rein. Ich hab' ja gleich gesagt, daß da was nicht stimmen kann, aber sie hat behauptet, sie habe dreimal nachgemessen.«

Doch so weit waren wir noch lange nicht. Nachdem der Streit geschlichtet war, ob die Küche hellblau oder hellgrün gestrichen werden solle — den Ausschlag gab schließlich die Tatsache, daß die grünen Folien, mit denen die unansehnlichen Kacheln überklebt werden sollten, »einfach ätzend« aussahen und nur die blauen in Betracht kamen —, rückte die Malerbrigade an, bestehend aus Stefanie, die ein paar Urlaubstage opferte, und Sven, der schon lange nicht mehr krank gewesen war und fand, er müßte endlich mal die ihm zustehende Grippe nehmen.

Währenddessen räumten die Zwillinge ihre Sparkonten ab und gingen auf Möbelsuche. Als beratende und, wie sie insgeheim hofften, auch mal zahlende Institution durfte ich mitkommen. Zuerst ins Teppichgeschäft. Dort wurden wir gleich in die Resteabteilung verwiesen. »Ich weiß ja nicht, wofür Sie eigentlich die Teppichböden brauchen, denn die Maße sind etwas ungewöhnlich. Sind sie für eine Gartenlaube oder ähnliches gedacht?«

Nach kurzer Inspektion entschied sich Nicki für grauen Velours. »Sonderposten« stand auf der Rolle. »Der ist zwar nicht breit genug, aber billig. Wird eben gestückelt.

Rechts soll sowieso der Kleiderschrank hin, da sieht man das gar nicht.«

Katja suchte etwas in Lila. »Die hat doch 'ne Meise, nicht wahr, Määm? Jetzt hat sie schon so einen winzigen Raum, und dann verkleinert sie ihn auch noch optisch.«

»Ich will eine fliederfarbene Tapete, also brauche ich einen passenden Teppichboden. Ist ja mein Bier, oder?«

Für den Wohn-, Eß-, Fernseh- und Aufenthaltsraum fanden wir etwas Preiswertes, das ein bißchen nach Heidschnuckenfell aussah, aber auch noch für die Diele reichte, und in die Küche sollte ein auf Parkett getrimmter Kunststoffboden kommen. Die sechs Quadratmeter Frotteebelag für das Bad stiftete Sascha.

»Mein Einzugsgeschenk und gleichzeitig Äquivalent für nicht geleistete Hilfe. Ich hab' einfach keine Zeit. In den kommenden zwei Wochen haben wir zwei Hochzeiten, vier Konfirmationen und einmal Omas Fünfundsiebzigsten. Gar nicht zu reden von den Rotariern, die drei Tage lang ihre Vereinskasse verfressen wollen. Auf mich müßt ihr also verzichten. Aber zur Einweihungsparty komme ich bestimmt.«

Die Malerarbeiten schritten zügig voran. Aus verschiedenen Farbresten, die von früheren Renovierungsarbeiten übriggeblieben waren, hatte Steffi eine Soße zusammengerührt, von der sie behauptete, in trockenem Zustand würde sie den gewünschten mattvioletten Ton bekommen. Frisch aufgetragen sah sie aus wie Hustenbonbon.

»Was hast du denn da alles reingekippt?« Zweifelnd betrachtete Katja die frischgetünchte Decke. »Wenn jetzt noch die lila Tapete rankommt, sieht's ja aus wie ein Mausoleum.«

»Ich hab' erst mal Weiß genommen und Schwarz, Rot natürlich und etwas Blau, ein ganz klein wenig Grün ...«

»Klingt toll! Ich könnte jetzt auch einen vertragen. Wie heißt der Cocktail?« Sven wischte seine Hände an einer alten Unterhose ab und begutachtete Steffis Werk. Erst sagte er gar nichts, suchte vielmehr krampfhaft nach einem Grund, Lobendes auszusprechen, und meinte schließlich gönnerhaft: »Schön gleichmäßig hast du gestrichen, richtig professionell.«

Als die Farbe endgültig trocken war, wurde sie tatsächlich um einiges heller, doch die drei verschiedenfarbigen Lämpchen direkt über Katjas Schreibtisch hängen bestimmt nicht nur aus Dekorationsgründen dort. Glücklicherweise hatte sie keine lila Auslegeware gefunden, die hellgraue paßte später auch viel besser. Doch die Tapeten waren schon da. Violette. Selbstklebend. Angeblich nur durchs Wasser zu ziehen und an die Wand zu klatschen. Das ging schnell. Nach zwei Stunden waren wir fertig. Kaum klebte die letzte Bahn, da fiel die erste wieder runter. Steffi holte Wassereimer und Schwamm, feuchtete die Tapete nochmals an, klebte sie fest. Die dritte Bahn löste sich, und die unterm Fenster rührte sich auch schon.

»Irgendwas müssen wir falsch gemacht haben«, seufzte Katja, als der nächste Streifen herunterfiel.

»Erfahrung ist, was man gewinnt, wenn man die Gebrauchsanleitung erst hinterher liest.« Grinsend hielt uns Sven einen bedruckten Zettel unter die Nase. »Hier steht's doch! Ihr müßt die Tapeten zwei Minuten lang einweichen, damit sich der Kleister lösen und mit dem Wasser verbinden kann.«

Das taten wir denn auch, und als wir genauso naß waren wie die Tapeten, hatten wir es geschafft. Alles saß bombenfest, nirgends ging auch nur ein Zipfelchen ab – bis auf den Teppichboden war Katjas Zimmer fertig. Im Bewußtsein vorbildlicher Arbeit legten wir uns provisorisch trocken, knipsten die nackte Glühbirne aus und fuhren nach Hause.

Am nächsten Tag sammelten wir die Tapeten alle wieder vom Fußboden auf. »Jetzt langt's mir aber!« Wutschnaubend klemmte sich Steffi die noch verbliebene Rolle »Clarissa violett« unter den Arm, nahm vorsichtshalber auch noch ein Stück der schon zweimal eingeweicht gewesenen Tapete mit und fuhr zusammen mit Katja in das Heimwerkergeschäft. »Jetzt sollen die uns mal zeigen, mit welchen Tricks sie ›Clarissa‹ an die Wand kriegen. Vielleicht muß man sie nageln.«

Zurück kamen sie mit einem Eimer Kleister (»Haben wir gratis gekriegt!«) und der ernüchternden Auskunft, daß es sich just bei dieser Tapete um ein relativ schweres Papier handele, bei dem der schon serienmäßig aufgetragene Klebstoff offensichtlich nicht ausreiche. »Während Steffi mit dem Geschäftsführer noch palaverte, habe ich mir die aufgezogenen Muster mal genauer angesehen«, sagte Katja. »Hinter allen pappte eine dicke Schicht Pattex.«

Wir fingen wieder von vorne an. Statt eines nicht vorhandenen Tisches benutzten wir die ausgehängte Küchentür, einen Pinsel in Handfegergröße hatte Steffi schon mitgebracht, und nun sitzt »Clarissa violett« so fest, daß ein Nachmieter Schwierigkeiten haben wird, sie jemals wieder von der Wand zu kratzen.

Auch die aufwendigsten Malerarbeiten sind mal zu Ende, wir konnten an die Innenausstattung gehen. Hin und wieder, wenn wir die Nase voll hatten von Farbtöpfen und Wurzelbürsten, oder wenn Sven uns kurzerhand vor die Tür setzte, weil wir ihm im Weg waren, hatten wir Möbelgeschäfte abgeklappert. Schon im dritten hatte Nicki resigniert. »Was mir gefällt, ist entweder zu teuer oder paßt nicht rein. Und was reinpassen würde, gefällt mir nicht. Jetzt weiß ich auch, weshalb ich allein in meinem Zimmer vierundneunzig Dübellöcher zukitten mußte. Mein Vorgänger hat zwischen Regalen gelebt und auf dem Fußboden geschlafen. Was anderes bleibt mir wohl auch nicht übrig.«

Dabei hatte sie schon ein wunderhübsches Bett gefunden, das auch tatsächlich unter dem großen Dachfenster Platz hatte. Der Blick zu den Sternen war also gesichert. Anfangs hatte sie es gar nicht nehmen wollen. »Wie breit ist das Ding? Einen Meter bloß? Dann darf ich mich ja überhaupt nicht darin bewegen, ich habe doch schon neunundachtzig Zentimeter Hüftweite.«

Nach und nach fanden wir mal hier ein Kommödchen und dort ein Schränkchen, Regale wurden kurzerhand abgesägt und so der jeweiligen Dachschräge angepaßt, und wo wirklich mal ein bißchen Wand von oben bis unten gleich hoch war, kamen die wuchtigeren Möbelstücke hin. Deren Zusammenbau vertagten wir auf einen späteren Zeitpunkt, denn würden sie erst einmal stehen, wäre die Bewegungsfreiheit doch erheblich eingeschränkt gewesen.

»Ein bißchen sehr eng ist es ja«, sagte Steffi, als sie auf der Suche nach einem heruntergefallenen Nagel mit dem Kopf ans Bücherregal und mit dem Hinterteil an den Schreibtisch geknallt war. »Ihr solltet immer eine Tube Mobilat im Haus haben. Das Zeug ist gut gegen stumpfe Verletzungen.«

»Hilft es auch bei Elefanten?« Manchmal kann Katja sehr direkt sein. »Und überhaupt ist die Wohnung nicht eng, sondern kompakt.«

Der Tag des endgültigen Einzugs und der damit fälligen ersten Mietzahlung rückte immer näher, und hatte Rolf noch schweigend das Formular für den Dauerauftrag bei der Bank ausgefüllt, so schwieg er nicht mehr, als die Zwillinge einen weiteren Vorstoß auf seine Brieftasche versuchten.

»Weißt du, Paps, das Nötigste haben wir ja jetzt zusammen ...« begann Katja, worauf Nicki sofort unterbrach: »Ja, und alles selber bezahlt, bis zur letzten Glühbirne!«

»Aber die Küche ist noch so leer«, fuhr Katja fort. »Wir können uns nicht mal was kochen, weil wir keinen Herd haben.«

»Ich denke, ihr eßt in der Mensa?«

»Tun wir ja auch, aber doch nicht dreimal täglich.«

»Na schön, eine Kochplatte für den Frühstückskakao bewillige ich euch«, sagte Rolf und kam sich sehr spendabel vor.

»Aber wenn wir nun mal vormittags keine Vorlesung haben ...«

»... oder erst ein Seminar am Spätnachmittag«, fiel Nicki ein,

»... dann wäre es doch Blödsinn, extra zum Essen in die Mensa zu fahren. Denk bloß mal an die Benzinpreise. Wenn wir uns selber was machen, wird das viel billiger.«

»Also schön, zwei Kochplatten«, gestattete er gnädig, »für Spaghetti mit Tomatensoße reicht das, was anderes eßt ihr ja ohnehin nicht.«

»Doch, Pizza«, sagte Katja, »und für die braucht man einen Backofen.«

»Schon mal was von Warmhaltepackungen gehört? Ja? Na also. Zwei Kochplatten sind genug.«

Die erste Runde ging an ihn.

Die zweite wurde bei mir in der Küche eingeläutet. »Sag mal, Määm, wann willst du dir endlich einen Herd mit diesem tollen Ceramisfeld zulegen? Dein jetziger ist ja wirklich schon reif für das Museum vaterländischer Altertümer.« Vorsichtig öffnete Katja die Backofentür. »Die klemmt schon seit zwei Jahren, und quietschen tut sie auch.«

»Ja, und nicht mal Umluft hat dieses alte Ding«, bemängelte Nicole, »da kommst du doch mit keinem Fertiggericht klar. Die Garzeiten sind nämlich alle für Umluftherde angegeben.«

»Na und? Die stecke ich doch sowieso in die Mikrowelle.«

Kurzes Schweigen, dann war Katja wieder etwas eingefallen. »Was ist mit Kuchen? Du schimpfst doch selber immer, weil der hinten anbrennt und vorne noch roh ist. Das kann dir mit einem modernen Herd nicht passieren.«

Das passierte mir auch jetzt nicht mehr, seitdem ich mich daran gewöhnt hatte, die Kuchenform nach der halben Backzeit umzudrehen. Allerdings liebäugelte ich schon lange mit einem dieser so eleganten Herde, bei denen man die übergekochte Milch nicht mehr mit diversen

Emulsionen begießen und dann mühsam runterscheuern muß, sondern mit einem Schwammtuch einfach abwischen kann. So machte es jedenfalls die Dame im Fernsehen immer, wenn sie im schicken Cocktailkleid nach Hause kam und entdecken mußte, daß ihre halbwüchsigen Kinder drei Sorten Pudding gekocht hatten. Ich an ihrer Stelle wäre ausgeflippt, aber sie hatte ja eine Ceramisplatte.

Nach zwei Tagen hatten mich die Zwillinge weichgekocht. Ich würde mir einen neuen Herd kaufen und den alten, der plötzlich gar nicht mehr so alt war, ihnen überlassen.

»Danke, Mami!« Es folgte eine doppelte Umarmung. »Das hat uns nämlich schwer im Magen gelegen.«

Die nächste Attacke galt meiner Waschmaschine. Sie war nicht mehr das neueste Modell, hatte auch schon einige Reparaturen hinter sich und schien demnächst ihren Geist endgültig aufgeben zu wollen. Im Schleudergang produzierte sie neuerdings ein merkwürdiges Nebengeräusch. Vorsichtshalber hatte ich Rolf schon darauf hingewiesen, daß wohl bald eine neue fällig sein würde. Er hatte die alte Rechnung herausgekramt, in Relation zu den diversen Reparaturkosten gesetzt und festgestellt, daß sich beides ungefähr die Waage hielt. »Na schön, wenn sie wieder streikt, kriegst du eine neue.«

Für irreparable Haushaltsgegenstände ist Rolf zuständig, beziehungsweise *sein* Bankkonto. Handelt es sich jedoch um Luxusartikel, deren Arbeit man auch mit der Hand erledigen könnte, dann muß ich sie mir selber kaufen. »Meine Mutter hat ihren Braten auch immer mit einem extra scharf geschliffenen Messer geschnitten und nicht mit so einer elektrischen Säge.« Oder: »Wozu braucht man einen Zwiebelhacker? Meine Mutter hat auch immer ...« Nicht mal mein Hinweis, Lieschen Sanders habe zwar jahrzehntelang ihre Wäsche auf dem Waschbrett gerubbelt, sei aber eine der ersten gewesen, die sich eine der damals noch sündhaft teuren Waschautomaten zugelegt hatte, konnte Rolf von seinem Glauben abbringen, elektrische Küchengeräte seien überflüssig und nur vorteilhaft für die Hersteller, denn die bekämen einen Haufen Geld dafür.

Nun ging die Waschmaschine aber doch nicht so schnell kaputt, sie bewältigte vielmehr anstandslos zwei Ladungen Kochwäsche und sogar eine Trommel voll Turnschuhen.

»Paps hat doch sowieso keine Ahnung von Technik. Wir drehen einfach die Sicherung raus, dann schleppst du ihn in den Keller, er wird irgendwo mit dem Schraubenzieher herumfummeln und nach fünf Minuten feststellen, daß da nichts mehr zu machen ist. Danach rufst du beim Braun an, er soll die Waschmaschine bringen, die wir vorgestern ausgesucht haben. Ende der Vorstellung.«

Katjas Vorschlag klang gut, doch: »Was wollt ihr mit einer Maschine, die nach deiner Ansicht aufs Altenteil gehört?«

»Ich habe schon mit Michael gesprochen, der checkt sie durch.« Michael gehört zur Clique und hat irgendwas gelernt, das ihn befähigt, jeden Gegenstand zu reparieren, an dem ein Kabel hängt. Er war auch schon für die beim Einzug fälligen Elektroarbeiten vorgesehen. Die Waschmaschine hat er übrigens wieder tadellos hingekriegt. Er brauchte nur die verklemmte Kugelschreibermine zu entfernen.

»Ich habe noch mal nachgemessen«, berichtete Nicole, als die Zwillinge spätabends von den Aufbauarbeiten in Dossenheim zurückkamen, »ein Kühlschrank geht in die Küche noch rein.«

»Hab' ich doch gleich gesagt«, erwiderte ich erfreut, »der ist sowieso viel wichtiger als eine Waschmaschine.«

»Eben. Und weil du doch schon immer gejammert hast, deiner sei viel zu klein, da dachten wir . . .«

». . . daß ich mir einen größeren anschaffe? Keine Chance! Wenn endlich euer Sortiment an Joghurtbechern, Quarkspeisen und Fithaltesäftchen verschwindet, werde ich mehr Platz haben als jemals zuvor.«

Jetzt wurde die Mitleidswalze aufgelegt. »Na ja, sehe ich ein. Dann müssen wir uns eben nur von Nudeln, Konserven und H-Milch ernähren, bis wir einen Nebenjob gefunden haben. Vielleicht können wir uns dann zum Herbst einen Kühlschrank leisten.«

Am nächsten Tag ertappte ich mich dabei, wie ich — rein zufällig natürlich — durch die große Schaufensterscheibe in den Elektroladen linste, wo hinten die neuesten Kühlschrankmodelle aufgereiht standen. Schön sahen sie ja aus, hatten kein Eisfach mehr, in dem man immer mit einem Brotmesser die festgefrorene Petersilienpackung losstemmen muß, hatten viel mehr Platz in den Türen — in meine kriegte ich nicht mal eine große Colaflasche —, waren pflegeleicht und hatten vor allem oben drauf keinen Brandfleck. Wer die heiße Bratpfanne dort mal abgestellt hatte, habe ich nie herausbekommen. Den Fleck auch nicht.

Überflüssig zu erwähnen, daß *mein* Kühlschrank jetzt keinen Brandfleck mehr hat, die Zwillinge haben ihn bei sich mit *meiner* alten Kaffeemaschine abgedeckt.

Den Umzug hatten die Mädchen auf einen Samstag gelegt, weil die angeheuerten Hilfskräfte nur dann Zeit hatten. Noch am Vorabend hatte ich bezweifelt, daß die ausnahmslos zu den Wochenendlangschläfern gehörenden Knaben tatsächlich um acht Uhr auf der Matte stehen würden, aber sie standen! Bernd mit Papas Lieferwagen, Michael mit Bereitschaftsköfferchen, in dem vom Phasenprüfer bis zu verschiedenfarbigem Isolierband alles enthalten war, was ein Elektriker so braucht, Angela mit zwei Schüsseln schwäbischem Kartoffelsalat und Mark mit Radiorecorder. »Ohne Musik läuft nichts. Bis Micha die Anlage angeschlossen hat, ist nämlich Abend.«

»Der muß sich erst um den Herd kümmern«, brüllte

Katja von oben. »Kann mal jemand raufkommen und mit anfassen?«

»Wir brauchen Bindfaden«, tönte es aus dem Keller, »oder besser Draht, sonst fällt hier alles auseinander.«

»Alles« waren die beiden Geschirrkisten, gefüllt mit Beständen, die ich erstens »sowieso mindestens dreifach« hatte und zweitens gar nicht mehr brauchte, da ja nunmehr zwei Personen weniger am Tisch sitzen würden. Daß sie bei ihren Wochenendbesuchen nicht aus Plastikschüsseln würden essen wollen, mußten die Zwillinge bei ihren Raubzügen glatt übersehen haben.

Der Konvoi fuhr ab. Ich hatte gerade die Fußspuren von der letzten Treppenstufe gewischt, da klingelte das Telefon. »Schreib mal auf«, sagte Nicki, »99 27 19.«

»Was ist das?«

»Unsere Telefonnummer. Gestern muß noch einer dagewesen sein und hat den Kasten angeschlossen. Die Möbel sind schon fast alle oben, und wenn du in einer halben Stunde abfährst, kommst du genau richtig.«

»Richtig wozu?«

»Zum erstenmal abwaschen. Die saufen hier wie die Weltmeister. Der eine Sprudelkasten ist schon fast leer. Ach ja, noch was: Würdest du den Kettle mitbringen? Nur leihweise natürlich, aber dann könnten wir wenigstens mal was Warmes trinken. Der Herd funktioniert nämlich noch nicht, die Strippen sind zu kurz. Michael holt gerade neue.«

Da die meisten Teenager eine Abneigung gegen jede Art von Hülsenfrüchten haben, obwohl die doch kalorienarm und ballaststoffreich sind (oder weshalb sonst bestehen ihre Zwischenmahlzeiten neben Gummibärchen überwiegend aus Vollkornknäcke?), hatte ich schon gestern einen großen Topf Gulaschsuppe gekocht. Etwas Warmes braucht der Mensch! Bei unseren früheren Umzügen hatten wir die Möbelpacker immer mit kalten Rippchen abgefüttert, offenbar genauso Tradition wie die Batterie Bierflaschen, doch die Zwillinge hatten davon nichts wissen wollen. »Da bleiben so viele Knochen übrig, und wir haben noch keinen Mülleimer.«

Die Klingel war anscheinend kaputt, und mein Klopfen hörte niemand, weil drinnen gehämmert und gebohrt wurde. Schließlich donnerte ich mit dem Fuß gegen die Tür. Sie öffnete sich einen Spaltbreit. »Moment, ich muß erst den Herd zur Seite rücken«, sagte Michael, tat ein solches und ließ mich durchschlüpfen. »Geben Sie lieber mal den Topf her, den stelle ich gleich in die Badewanne, da ist er sicher.«

»O Gott, noch einer mehr!« kam es aus der Küche, wo ein bärtiger Zweimetermann mit eingezogenem Kopf Löcher in die frischgestrichenen Wände bohrte. Den kannte ich nicht. »Wer ist denn das?«

»Patrick«, stellte Katja vor. »Der wohnt unter uns und hat 'ne Schlagbohrmaschine. Die haben wir nämlich vergessen mitzunehmen. Und das ist meine Mutter.«

»Hat sie was zu essen mitgebracht?«

Wie ich später erfuhr, kam Patrick aus Norddeutschland und hatte auch nichts übrig für schwäbischen Kartoffelsalat. Dafür besaß er einen intakten Herd und jede Menge Müslischüsseln. Die Geschirrkisten standen nämlich noch zugebunden auf dem Klodeckel.

Es war gar nicht leicht, die gesättigten, müde vor sich hindösenden Knaben wieder an die Arbeit zu treiben. Wenn sich dieses Chaos bis zum Abend so weit lichten sollte, daß sich die Mädchen zu ihren Betten durchkämpfen konnten, war ein bißchen mehr Tempo angebracht.

»Was sind das eigentlich für Bretter hier draußen im Treppenhaus?«

»Der Allzweckschrank«, sagte Nicole.»Der soll in den Gemeinschaftsraum gleich hinter die Tür. Da sieht man ihn nicht. In die Küche geht er nicht mehr rein.«

»Dann baut ihn doch endlich zusammen.«

»Nur keine Hektik, erst kommen die Hängeschränke dran, damit die Küche frei wird und Michael mit seinem Herd von der Diele verschwindet. Danach nehmen wir uns das große Teil vor«, meinte Bernd zuversichtlich. »Keine Angst, wir haben alles im Griff. Ist noch Cola da?«

Drei Stunden später war ich wieder auf Nahrungssuche. Die Kaffeezeit war herangerückt, nur hatten die Zwillinge weder an Kaffee gedacht noch an das, was ihnen viel wichtiger erschien: Kuchen. Kartoffelsalat wollte niemand.

»Irgendwo wird's ja wohl ein Café geben, frag einfach mal!« Katja drückte mir eine Kehrschaufel voll Abfall in die Hand. »Kannste das mal auskippen?«

»Wo denn?«

»Weiß ich nicht.«

Ich gab die Schaufel an Mark weiter und suchte Patrick. »Kennen Sie hier in der Nähe eine Futterquelle für Kuchen?«

Er empfahl mir den Bäcker gleich um die Ecke.

»Hat der am Samstagnachmittag auf?«

Wahrscheinlich nicht, räumte Patrick ein. Er kenne jedoch nur Cafés in der Heidelberger Fußgängerzone, und die seien wohl ein bißchen zu weit entfernt. Parkplätze gäbe es auch nicht.

»Erkundige dich einfach gegenüber bei der Tankstelle«, riet Nicki, »die wissen bestimmt Bescheid.«

Der Tankwart war Student und kam aus Mannheim. »Ich jobbe hier bloß am Wochenende.« Er könne mir aber Kekse verkaufen, sogar Pulverkaffee und Büchsenmilch. So viel Gebäck, wie die hungrige Meute da oben verdrücken würde, hatte er gar nicht vorrätig. »Vielen Dank, vielleicht finde ich doch noch ein Café.«

Zum Glück kannte Oma mit Hund eins. Ich traf sie, als ich in eine Sackgasse geraten war und zwischen abgestellten Autos herumrangierte, um wieder herauszukommen. Ganz einfach sei das zu finden, nur drei Ecken weiter. »Da ist ein Café, Blum heißt es.«

Es entpuppte sich als Bäckerei mit Tchibo-Filiale, wo man sich an drei kleinen Stehtischen eine Tasse Kaffee genehmigen konnte, und zwar wochentags von neun bis achtzehn und sonnabends von acht bis dreizehn Uhr.

Also doch die Tankstellenkekse! Es war reiner Zufall, daß ich auf dem Rückweg das Café entdeckte, keine dreihundert Meter vom Haus der Zwillinge entfernt. Allerdings im ersten Stock, und wer guckt schon nach oben, wenn er Schwarzwälder Kirschtorte sucht? Da findet man doch höchstens Chinarestaurants.

Es sah schon viel aufgeräumter aus, als ich, in jeder Hand ein Kuchenpaket, nach sechsundachtzig Stufen keuchend durch die angelehnte Wohnungstür trat. Die Stille war verdächtig.

»So«, hörte ich Michaels Stimme, »daß mir jetzt keiner einen Lichtschalter oder was anderes Elektrisches anfaßt. Ich weiß nicht, ob's hinhaut. Entweder brennt der Herd gleich, oder es macht peng.« Gebannt starrten wir alle auf die Schnellkochplatte. Michael trat einen Schritt zurück, drehte mit ausgestrecktem Arm den Einschaltknopf und — »Es funktioniert!« jubelte er. »Rein theoretisch konnte auch gar nichts schiefgehen«, meinte er dann, ganz cool die Glückwünsche der anderen entgegennehmend, »aber so hundertprozentig sicher war ich mir doch nicht. Einen Herd habe ich nämlich noch nie angeschlossen.«

»Na siehste, nu kannste auch das«, lobte Katja. »Theorie ist, wenn man alles weiß und nichts geht, und Praxis ist, wenn alles klappt, und keiner weiß, warum.«

»Kaffeepause!« kommandierte Nicole. »Aber erst mal muß einer Tassen spülen.«

Ich wusch nicht nur Tassen ab, sondern den gesamten Inhalt der beiden Geschirrkisten, und als ich alles in die neuen Hängeschränke geräumt hatte, war die Stereoanlage installiert, und das Gerippe vom Allzweckschrank stand auch schon auf der Diele. Bernd paßte die Schiebetüren ein. »Na also!« Befriedigt betrachtete er sein Werk. »Die Bretter legen wir rein, wenn das Ding an seinem Platz steht. Los, alle Mann anfassen!«

Egal, wie sie den Schrank auch drehten und kippten, er

ließ sich nicht aufstellen. Durch die Tür ging er spielend, doch dann war immer ein Stück Dachschräge da, die ein völliges Aufrichten des sperrigen Möbels verhinderte. Nach dem letzten Versuch, bei dem sie den Schrank ein paar Zentimeter durchs Fenster schoben und trotzdem nichts erreichten, gaben sie auf.

»Ich hab's kommen sehen!« Die heimliche Schadenfreude in Katjas Stimme war nicht zu überhören. »Aber ihr wolltet das Teil ja unbedingt in der Diele zusammenkloppen. Warum habt ihr es nicht gleich im Zimmer aufgebaut?«

»Weil hier draußen mehr Platz war«, blaffte Mark zurück. »Du hättest ja mal eher was sagen können!«

»Na ja, so ganz sicher war ich mir nicht. Die Berechnung von schiefen Winkeln ist nie mein Fall gewesen«, gab sie zu, »und ehe ich mich vor einem Mathe-Zweier blamiere, habe ich lieber den Mund gehalten.«

Den hielt Mark jetzt auch. Wütend begann er den Schrank wieder auseinanderzunehmen.

Michael feixte sich eins. »Beim zweitenmal kriegt ihr ihn bestimmt viel schneller zusammen. Wer aus seinen Fehlern nichts gelernt hat, hat bisher einfach zuwenig falsch gemacht.«

»Halt doch die Klappe, du Angeber! Du hast mit dem dämlichen Herd ganz einfach Glück gehabt. Genausogut hätte dir der ganze Krempel um die Ohren fliegen können! Das maximale Volumen subterraler Agrarproduktivität steht im reziproken Verhältnis zu der spirituellen Kapazität ihrer Erzeuger!«

»Was ist los?« Michael hatte nichts verstanden. Ich auch nicht.

»Der dümmste Bauer erntet die dicksten Kartoffeln«, sagte Mark lakonisch. »Also los, Bernd« — er bewegte eine imaginäre Klappe, wie sie vor Filmaufnahmen üblich ist — »Besenschrank zweitürig, Kiefer furniert, Standort Wohnzimmer, zum zweitenmal.«

Es war schon dunkel, als ich die letzten Papierfetzen und Bindfadenreste in einen der vielen Kartons stopfte. Die Hilfstruppen waren schon lange abgezogen und hatten neben zwei leeren Sprudelkisten auch noch viele Fußabdrücke verschiedener Größe auf den schönen neuen Teppichböden hinterlassen.

»Halb so schlimm«, sagte Nicki müde abwinkend, »wir haben ja deinen Staubsauger noch hier, damit orgeln wir morgen mal kurz durch die Bude, dann ist alles weg. Du hast doch von Frau Keks gelernt, daß Dreck, den man nicht sieht, sauber ist.«

»Den sieht man aber. Soll ich nicht schnell...«

»Untersteh dich! Für heute habe ich die Schnauze voll — äh, ich meine, für heute ist mein Bedarf an manueller Tätigkeit gedeckt.« Sie gähnte ausgiebig.

»Na gut, dann kann ich mich wohl auch verabschieden.« Siedendheiß war mir eingefallen, daß ich an meinen verwaisten Ehemann nur selten und an den morgigen Sonntag überhaupt nicht gedacht hatte, sprich: Es war mal wieder nichts zu essen im Haus. Auch gut, dann gehen wir eben essen. Jetzt kostete es ja nur halb soviel wie sonst immer.

»Weißt du was, Määm«, begann Katja zögernd, »wenn ich dieses Durcheinander hier sehe und den ganzen Mist, der noch herumliegt« — sie ließ ihren Blick über die Bücherstapel auf dem Fußboden, über die an der Wand lehnenden Bilder und Regalbretter, über die hunderttausend Kleinigkeiten, die noch auf das Einräumen warteten, schweifen — »dann hätte ich größte Lust, noch mal mit nach Hause zu fahren. Morgen beim Aufstehen als erstes über 'n Hammer zu stolpern und dann sämtliche Kartons nach Zahnpasta zu durchforsten, ist nicht gerade das, was ich mir unter einem Sonntagmorgen vorstelle. Was meinst du, Nicki, vertagen wir die erste Nacht im eigenen Heim auf Montag?«

»Müssen wir sowieso«, kam es aus der Küche zurück, »oder weißt du vielleicht, was wir morgen essen sollen?«

11

Nun waren sie also weg. Der Zeitpunkt, zu dem die Zwillinge flügge werden und das Elternhaus verlassen würden, war viel zu schnell herangekommen. Zwanzig Jahre alt waren sie gerade, und nun sollten sie plötzlich auf eigenen Füßen stehen, ihr Geld statt für modisches Outfit jetzt für Bandnudeln und Waschpulver ausgeben und sich um den täglichen Kleinkram kümmern müssen, den ich bisher für sie erledigt hatte. Sie hatten auch ihre Schwierigkeiten damit. Wenn das Telefon klingelte, griff ich als erstes nach Block und Bleistift.

»Hallo, Määm, wir kommen mit der polizeilichen Anmeldung nicht ganz klar. Wo ist denn nun unser Zweitwohnsitz? Kannst du gleich mal zurückrufen?« Aufgelegt.

Diese Methode hatte sich eingebürgert, nachdem die Mädchen ihre erste Telefonrechnung bekommen hatten. »Telefonieren können wir uns nicht leisten«, hatte Katja sofort erklärt, »höchstens mal einen Anruf in die Pizzeria oder beim Notarzt, mehr ist nicht drin. Wenn es in Zukunft zweimal bei dir klingelt, dann aufhört und gleich danach noch zweimal, rufst du *uns* an, ja?«

Meistens klappte dieses Verfahren, aber manchmal nahm ich gleich nach dem ersten Läuten versehentlich den Hörer ab und mußte mir vorwurfsvoll sagen lassen, daß ich mal wieder völlig umsonst der Bundespost den Gegenwert von einem Brötchen in den Rachen geschmissen hätte. »Wir rechnen nämlich nicht in Gesprächseinheiten, sondern in Naturalien.«

Eine Zeitlang machte ich dieses Spiel mit, dann taten

sie mir leid. Den Kontakt zu ihren Freunden sollten sie nicht verlieren, aber ich weiß nur zu gut, wie schnell man sich am Telefon festquasselt. Rolf hat bis heute keine Ahnung, daß die Dossenheimer Telefonrechnung von meinem Konto abgebucht wird. (Da er meine Bücher aus Prinzip nicht liest, wird er es wohl auch nie erfahren!)

Um den monatlichen Unterhalt, den er seinen Töchtern zubilligte, hatte es ohnehin erbitterte Auseinandersetzungen gegeben. »Fünfhundert Mark pro Kopf sollten ja wohl reichen«, hatte er gesagt und nachgerechnet, wieviel ihn das am Ende der vierjährigen Studienzeit gekostet haben würde.

»Bärbel kriegt siebenhundert«, hatte Nicki protestiert.

»Die ist auch allein. Zu zweit lebt man billiger«, hatte das Gegenargument gelautet.

»Wann bist du zum letztenmal einkaufen gegangen?«

»Vorgestern.«

»Und wieviel hast du ausgegeben?«

»Sechs Mark neunzig. Für eine Taschenlampe.«

Wir einigten uns darauf, daß die Mädchen zwei Monate lang ein Haushaltsbuch führen und wir danach eine endgültige Entscheidung treffen würden. Damit war Rolf einverstanden. Seine Mutter habe so was auch gehabt und nur die besten Erfahrungen damit gemacht. Am Monatsende habe sie sogar immer noch Geld übrigbehalten. »Weiß ich, sie hat mir ihre Buchführung mal gezeigt«, sagte ich. »Die höchsten Beträge waren immer unter der Rubrik ›Sonstiges‹ vermerkt.«

»Sonstiges gibt es nicht«, belehrte uns der Haushaltsvorstand, »für alles findet man einen Oberbegriff.«

»Aha. Worunter würdest du zum Beispiel eine Taschenlampe aufführen«, wollte Katja wissen.

»Ihr könnt meine alte haben«, erwiderte ihr Vater.

Fünf Tage lang war es jetzt immer recht still im Haus, ein Zustand, an den ich mich nur schwer gewöhnen konnte. Manchmal sehnte ich den Freitagabend regelrecht herbei. Im Gegensatz zu Rolf, der mittags auf die

Uhr guckte und dann seufzend fragte: »Wen schleppen sie denn diesmal an? Kennen wir den wenigstens schon?«

»Sie bringen Ulli mit, haben sie gesagt, aber der war noch nie hier.«

Seitdem die Mädchen auch an dem außerplanmäßigen Hochschulleben teilnehmen konnten, hatten sie schnell Anschluß gefunden, und den brachten sie etappenweise mit nach Hause. Überwiegend handelte es sich um Studenten, deren Heimathafen zu weit entfernt war, um ihn übers Wochenende anzulaufen, und da sie alle immer hungrig und meistens pleite waren, nahmen sie die Einladung, von der ich oft erst in letzter Minute erfuhr, nur zu gern an.

»Es macht dir doch nichts aus, wenn ich Thorsten mitbringe, nicht wahr, Mami?« schmeichelte Nicki ins Telefon. »Der arme Kerl hockt im Studentenwohnheim mit so einem gräßlichen Strebertyp zusammen, der das ganze Wochenende büffelt. Nicht mal das Radio darf er anstellen.«

Natürlich machte es mir nichts aus. »Was ißt er denn?«

»Alles.«

»So viel habe ich nicht im Haus.«

Bei dem avisierten Ulli handelte es sich ausnahmsweise mal um ein Mädchen, das Ulrike hieß und ein Allroundgenie war. Sie konnte Haare schneiden, was von den Zwillingen im Hinblick auf die ständig steigenden Friseurkosten sehr begrüßt wurde, konnte Maschine nähen, was sie schon bei Nickis Gardinen bewiesen hatte, konnte – zumindest nach Ansicht meiner Töchter, die ich aber als nicht unbedingt kompetent bezeichnen würde – hervorragend kochen und war außerdem zwei Semester weiter. Ihre Referate hatte sie alle aufgehoben und somit den Zwillingen manche Eigenleistung erspart.

»Fällt denn das nicht auf?« fragte ich besorgt.

»Wie denn bei dreihundert Studenten pro Seminar? Oder glauben Sie im Ernst, der Dozent liest den ganzen Kram? Der notiert doch bloß, ob auch jeder seine Arbeit abgegeben hat.«

Mein Weltbild vom strebsamen Studenten und den

nicht minder bemühten Professoren geriet immer mehr ins Wanken. Zu viel hatten die Mädchen schon von dem Massenbetrieb erzählt, von überfüllten Hörsälen und praxisfernen Seminaren. »Zum Beispiel Philosophie! Kannste total abhaken. Brauchen wir später nie, aber den Schein müssen wir haben«, schimpfte Katja. »Also sitzen wir unsere Stunden ab und können nicht mal schwänzen, weil der Dozent eine Anwesenheitsliste führt. Na ja, wer nicht stricken kann, muß sich eben anderweitig beschäftigen. Ich nehme mir immer was zu lesen mit.«

»Heute waren wir zum erstenmal auf 'ner Demo«, hieß es ein andermal, »die halbe Uni war auf den Beinen.«

»Wogegen oder wofür habt ihr denn demonstriert?«

»Weiß ich nicht mehr, ich glaube, für mehr Bafög«, sagte Nicki, »aber wir haben ein paar riesig nette Mediziner kennengelernt, mit denen wir später in einer urigen Kneipe gelandet sind.«

Es dauerte gar nicht so lange, dann wurden die regelmäßigen Wochenendbesuche unregelmäßiger. Die Mädchen hatten keine Zeit mehr. Sie jobbten. »Wenn man sich außer Brot und Lätta auch mal was zum Anziehen kaufen will, bleibt einem ja gar nichts anderes übrig«, hatte Nicki gesagt und sich um die Abendschicht bei einer Milchverwertungszentrale beworben. Nach zwei Wochen hatte sie im wahrsten Sinne des Wortes die Nase voll gehabt. »Wenn ich Joghurt nur rieche, wird mir schlecht.«

Katja hatte es bei einem Presseunternehmen versucht, das Kataloge und andere Druckerzeugnisse für Großkunden verschickte. Sie streikte schon nach zehn Tagen. »Erstens ist das Knochenarbeit, und zweitens habe ich mich dabei ertappt, wie ich mich mit dem Fließband unterhalten habe. Bevor das noch schlimmer wird, höre ich lieber auf.«

Kellnern wollten beide nicht, obwohl diese Arbeit nicht nur gut bezahlt, sondern speziell für die Abendstunden und die Wochenenden angeboten wird. »Kommt nicht in Frage. Sollen wir uns vielleicht für sechzig Pfennig Trinkgeld von so 'nem alten Knacker betatschen lassen?«

Nach diesem kurzen Gastspiel im Berufsleben beschlossen sie, den Gelderwerb bis zu den Semesterferien zu vertagen. »Dann schauen wir, daß wir einen Bürojob bekommen. Während der Urlaubszeit werden immer Aushilfen gesucht.«

Das stimmte, nur wollte man lieber Studenten der Betriebswirtschaft haben beziehungsweise solche, die schon mal in einem Büro gearbeitet hatten. Ein Rechtsanwalt gab Katja trotzdem eine Chance, oder genauer gesagt, dessen Sohn, ein Kandidat der Jurisprudenz und offensichtlich daran gewöhnt, jedes Mädchen in seine sturmfreie Bude zu kriegen. Als er Katja seine Plattensammlung zeigen wollte, biß er auf Granit. Woraufhin der Herr Papa am übernächsten Tag meinte, es täte ihm ja sehr leid, aber er brauche eine Aushilfe, die wenigstens Maschine schreiben könne.

»Vielleicht hätte ich ihn doch nehmen sollen«, meinte sie hinterher, »schlecht hat der Junior ja nicht ausgesehen.«

»Ich denke, er hatte so feuchte Hände?« erinnerte Nicki.

»Das schon, aber auch einen tollen Sportwagen.«

»Na bitte!«

»Nicht na bitte. Du mußt mal an später denken! Einen Sportwagen kannste doch nicht mit ins Bett nehmen, die Hände sind aber immer dabei.«

Ein kurzes Zwischenspiel als Zimmermädchen in einem Vororthotel rief in Katja wieder die Erinnerung wach an jenen Sommer, als sie noch eine Karriere als Hotelkauffrau angestrebt und unter der Ägide ihres Bruders ein »Schnupper-Praktikum« gemacht hatte. Knapp sechzehn war sie damals gewesen und zum erstenmal weg von Mutters Schürzenzipfel.

»Wenn Sascha Frühdienst hatte, hat er mich um sechs aus dem Bett geschmissen und eine Stunde später mit dem Aufschnittwagen durchs Restaurant tigern lassen. Dabei habe ich die kaum verstanden. Lauter Japaner und Amis. Einer wollte mal ash-tray haben, und weil ich nicht wußte, welche Wurst das ist, habe ich gesagt, er soll mal draufzeigen. Hat er aber nicht, sondern bloß gelacht und immer wieder ash-tray verlangt. Schließlich bin ich ins Office gerast und habe gefragt. Woher sollte ich denn wissen, daß der Kerl bloß 'n Aschenbecher haben wollte?«

Und das peinliche Versehen, mit einem telefonisch georderten Kamillentee in das falsche Zimmer gegangen zu sein, wo statt des magenkranken Staatssekretärs ein kerngesunder Franzose im Bett gelegen hatte, und das nicht mal allein, hatte Katja restlos die Lust auf eine Zukunft im Hotelgewerbe genommen.

Auch jetzt fand sie die Tätigkeit eines Zimmermädchens wenig befriedigend, zumal dieser Job miserabel bezahlt wurde. »In Heidelberg hat das keinen Zweck, da übersteigt das Angebot die Nachfrage«, meinte sie, als man ihr wahlweise den freien Posten einer Toilettenfrau oder diverse Putzstellen in Großraumbüros angeboten hatte. »Wir versuchen es jetzt mal in Heilbronn.«

Da suchte ein großes Einkaufszentrum Kassiererinnen für den Supermarkt. »Warum nicht?« sagte Nicki. »Dabei kann man wenigsten sitzen. Mal sehen, was die zahlen.«

Offenbar war die Auskunft zufriedenstellend. Die Mädchen ließen sich anheuern, wurden drei Tage lang im Umgang mit Registrierkasse und Scanner unterwiesen und dann auf die Menschheit losgelassen. Und jeden Abend begannen sie das gleiche Spiel:

»Blumenkohl?« — »615.«

»Richtig. Fleischtomaten?« — »637.«

»Falsch, 635. 637 ist Sellerie.«

Bis es Rolf zu dumm wurde. »Was soll der Quatsch?«

»Das sind die Registriernummern für Obst und Gemüse, die müssen extra eingetippt werden. Bloß die für Knoblauch kann ich mir nie merken.«

»644«, sagte Nicki. Ob ihre Behauptung, sie habe nachts im Schlaf ihr Kopfkissen über einen imaginären Scanner gezogen, stimmte, weiß ich nicht, aber möglich wäre es schon. Jedenfalls hielten die Mädchen diesmal durch. Sie waren nur nicht begeistert, wenn plötzlich jemand Bekanntes oder gar die Mutter eines ehemaligen

Klassenkameraden neben der Kasse stand und etwas herablassend fragte: »So so, hier schafft ihr jetzt? Hot's fürs Schtudium net g'langt? Oder habt ihr net g'wellt? Lieber schnell schaffe ond's Geld verdiena für die Ausschteuer, gell?«

Sechs Wochen lang saßen sie eisern ihre acht Stunden täglich ab (oder auch mehr, denn der Dienstleistungsabend war schon erfunden), dann kauften sie für das Selbstverdiente neue Badeanzüge, ein Zweimannzelt sowie einen halben Zentner Konserven und fuhren an die französische Atlantikküste, Urlaub machen.

»Wer kümmert sich denn inzwischen um euer Grünzeug?« Bisher war wenigstens einmal in der Woche eine der beiden abends in die gemeinsame Wohnung gefahren, hatte gelüftet und die Blumen gegossen (Nickis Zimmer sah ohnehin schon aus wie ein Botanischer Garten), aber mir schwante, daß dieser Liebesdienst jetzt an mir hängenbleiben würde.

»Ist schon geregelt«, beruhigte mich Katja, »ich habe Volker gebeten, die Pflanzen zu gießen.«

»Volker?« sagte Nicki gedehnt. »Der ist doch viel zu unzuverlässig. Dann gieße ich sie lieber selber nicht.«

Sven war es, der mir die Ausflüge nach Dossenheim ersparte. Zusammen mit einem Sack voll Seramis setzte er sich in Marsch, topfte das ganze Grünzeug um und installierte eine komplizierte Anlage, mit deren Hilfe das Gemüse bewässert wurde. Es hat auch ausnahmslos überlebt.

Allmählich hörte der Zulauf akademisch gebildeter Hausgäste auf. Der letzte war Markus, ein schon älteres Semester sowohl an Jahren als auch an Studienzeit, der sich in verschiedenen Sparten versucht hatte und bei keiner richtig hängengeblieben war. Soweit ich mich erinnere, hatte er mit Biologie begonnen, war dann zu Germanistik übergewechselt mit ein bißchen Geschichte nebenbei, hatte zwei Semester Physik belegt und war jetzt bei Mathematik angekommen. »Zur Zeit kriegt er noch

Bafög, doch womit er mal seine eigenen Brötchen verdienen will, weiß ich nicht«, hatte Katja gesagt. »Eins hat er uns aber allen voraus: In ›Trivial Pursuit‹ ist er nicht zu schlagen.«

Diese Feststellung nötigte mir denn auch die erwartete Hochachtung ab. *Ich* schaue bei dem vertrackten Frage-und-Antwort-Spiel nämlich nie besonders gut aus!

Markus war ein Typ, der selbst im ausgeleierten Sweatshirt so aussah, als habe er eine Krawatte um, und vermutlich würde er selbst in einer Hängematte steif wie ein Brett liegen. Er war höflich (ich auch), hilfsbereit (ich auch, denn ich sorgte für regelmäßigen Nachschub an Kaffee und nähte ihm zwei abgerissene Knöpfe an), doch als er nach vier Tagen noch immer nicht verschwunden war, wurde ich unhöflich und schmiß ihn raus. Zu Weihnachten bekam ich eine Grußkarte von ihm mit Dank für erwiesene Gastfreundschaft.

Und dann kam der Tag, an dem mir die Mädchen eröffneten, sie würden jetzt nicht mehr so oft nach Hause kommen, da sie »anderweitig engagiert« seien. Die Töpfchen hatten ihre Deckelchen gefunden! Wie es sich gehört, fast zum gleichen Zeitpunkt, und — wie bei Zwillingen nicht erstaunlich — heißen beide Knaben Thomas. Einer studiert was Technisches, der andere ist Tauchlehrer mit eigenem Sportartikelgeschäft. Katja hatte seinerzeit in Kenia mit dem Tauchen angefangen und später weitergemacht, obwohl deutsche Baggerseen für Exkursionen in die Tiefe nicht gerade verlockend sind. Statt Korallenriffen und Feuerfischen sieht man entweder gar nichts oder bestenfalls Zivilisationsmüll, doch wer im nächsten Urlaub die Unterwasserwelt in der Karibik erforschen will, muß erst mal durch heimische Tümpel, sonst darf er nämlich nicht.

Zusammen mit dem noch druckfrischen Befähigungs-Zertifikat präsentierte Katja uns ihren Tom. Eigentlich entsprach er rein äußerlich so gar nicht ihrem Traummann. Er war zwar groß (»Er hat sich gerade die

Haare ganz kurz schneiden lassen, damit er bei uns nicht immer die Zimmerdecke fegt«) und dunkelhaarig, trug jedoch einen kurzen Vollbart und war Raucher. Ob auch er so wie ich bei meinen gelegentlichen Besuchen in der Küche zum Dachfenster hinausqualmen muß, weiß ich nicht, nehme es jedoch an. Im übrigen pflegen Verliebte negative Angewohnheiten, die sie bei anderen Menschen kritisieren, bei ihren Angebeteten zu tolerieren.

Meine anfängliche Befürchtung, Tauchlehrer seien so etwas Ähnliches wie Tennistrainer und Skilehrer, die sich in jedem Kurs etwas Passendes für die Freizeitgestaltung suchen, haben sich bis jetzt nicht bewahrheitet. Tauchlehrer sind im Gegenteil sehr solide, sehr fleißig und nie langweilig. Allerdings kenne ich nur den einen.

Nickis Thomas ist ein Einzelkind, ein bißchen verwöhnt, ein bißchen unselbständig, ein bißchen konservativ mit unauffälliger Brille und unauffälligem Auto, der jünger aussieht, als er ist, und sich manchmal auch so benimmt. Offenbar erweckt er in meiner Tochter mütterliche Instinkte. Aber er spielt Wasserball, womit zumindest auf *einem* Gebiet gewisse Parallelen bei den Zwillingen wieder hergestellt sind. Wasser ist Wasser, ob einer oben schwimmt oder unten drunter, spielt letztendlich keine Rolle.

Das ganze Ausmaß dieser nunmehr festen Bindungen wurde mir zum erstenmal Anfang Dezember bewußt, als auch bei mir die Weihnachtsvorbereitungen anliefen. Seitdem man hierzulande schon im August Lebkuchen, Ende September Schokoladen-Nikoläuse und im Oktober Adventskalender kaufen kann, komme ich mit dem Jahresablauf immer ein bißchen durcheinander. Ehe ich mich versehe, ist tatsächlich erster Advent, und dann kann es schon mal passieren, daß ich in letzter Minute einen Kranz kaufe und erst zu Hause feststelle, daß er nicht grün ist, sondern grau und eigentlich als Grabschmuck gedacht war.

Traditionsgemäß ist Weihnachten ein Fest der Familie.

Da die beiden Thomasse ebenfalls Familie haben, feierten sie Heiligabend zu Hause. Der eine mit Großeltern, Eltern und Geschwistern, der andere mit Mama, Papa, zweimal Oma und Opa sowie diversen Tanten, die der Ansicht sind, daß Weihnachten nur dort schön ist, wo es auch Kinder gibt. Das nunmehr fünfundzwanzigjährige Kind langweilte sich entsetzlich und tauchte zu späterer Stunde doch noch bei uns auf.

Anders die nachfolgenden Feiertage, die ja in erster Linie der kalorienreichen Nahrungsaufnahme dienen. Wir hatten uns darauf geeinigt, daß am ersten Feiertag bei uns gegessen wird, während am zweiten die Thomasse nebst Freundinnen zu ihren Familien fahren würden. Besonders die Tanten legten großen Wert darauf, sie hatten Nicki noch nicht kennengelernt. Zu Weihnachten gibt es Gans. Auch das ist Tradition, an der sogar die Zwillinge festhalten, obwohl sie sonst alle Dickmacher kategorisch ablehnen.

Wer Kinder in die Welt setzt und gelegentlich über die Pamperszeit hinaus an später denkt, hat allenfalls die berufliche Karriere seiner Sprößlinge im Sinn. Kaum jemand macht sich darüber Gedanken, daß sich diese vergnügt krähenden Winzlinge eines Tages verdoppeln werden. Bei einem oder zwei Nachkommen läßt sich das noch in den Griff kriegen, bei fünf ist die Katastrophe förmlich programmiert.

»Wieviel werden wir eigentlich sein?« fragte ich so ganz nebenbei, als wir um unseren Beerdigungskranz saßen, der durch die eine brennende Kerze auch nicht viel weihnachtlicher aussah, vor mir eine Liste mit Dingen, die ich demnächst erledigen mußte. Darunter auch eine genaue Aufstellung aller Vorlieben und Abneigungen, was die Zusammenstellung der bunten Weihnachtsteller betraf. Katja ißt kein Marzipan, liebt aber Nougat, Sven futtert alles außer Blätterkrokant, Steffi bevorzugt Rumkugeln und Walnußpralinen, Vicky mag nichts mit Alkohol, Sascha liebt alles mit Alkohol, Horst Herrmann will keine

Milchschokolade, Nicole alles mit lila Papier drum, Rolf ißt gerne Knickebein... ohne Gedächtnisprothese ist man da aufgeschmissen.

»Was mögen denn die Thomasse und was nicht?«

»Thomas ißt alles und am liebsten Geleebananen«, sagte Nicki. Nun ja, mal was Neues, Geleebananen hatte ich noch nie auf meiner Wunschliste.

»Tom mag keine Süßigkeiten«, gab Katja zu Protokoll. »Einmal hat er bei uns tatsächlich zwei Stück Kuchen gegessen und hinterher gesagt, damit sei sein Jahresbedarf an Süßem gedeckt. Geschmeckt hat es ihm sowieso nicht, er wollte bloß höflich sein. Das war noch ganz am Anfang, weißt du.«

Das war eine völlig neue Situation. Ein männliches Wesen, gleich welchen Alters, das sich nicht auf jedes Stück Schokolade stürzt, war mir noch nicht untergekommen. »Ich kann dem armen Kerl doch nicht zwei Tüten Kartoffelchips auf seinen bunten Teller kippen.«

»Könntest du«, sagte Katja, »mußt du aber nicht. Es gibt ja inzwischen diese niedlichen Pizza-Kekse oder bei Hussel das asiatische Knabberzeug. Käsegebäck ißt er auch gerne, da finden wir schon was.«

Ich schrieb auf meine Liste: Tom = Salziges. »So, und jetzt will ich endlich wissen, wer sich am ersten Feiertag um meinen Freßnapf schart.«

»Ist doch ganz einfach.« Nicki zählte auf: »Erst mal der Familienstamm, das sind immer sieben gewesen und sind es heute noch, dann Vicky, Horst Herrmann, Thomas und Tom. Daß Svens Tussie kommt, glaube ich nicht, soviel ich weiß, fliegt die mit ihren Eltern über Weihnachten nach Gran Canaria. Die haben doch Kohle ohne Ende.«

»Also sind wir elf«, rekapitulierte Katja, »wo liegt das Problem?«

»In der Gans! Eine ist zuwenig, und zwei kriege ich nicht in den Ofen.«

»Das ist ein Argument«, gab sie zu, »da müssen wir uns

wirklich was einfallen lassen.« Ihr fiel auch tatsächlich etwas ein. »Den zweiten Vogel schieben wir drüben bei Sascha in die Röhre.«

»Und ich renne alle halbe Stunde fünfzig Meter weit, um das Vieh zu begießen, oder wie stellst du dir das vor?«

»Dabei wechseln wir uns eben der Reihe nach ab.«

Na gut, das wäre eine Möglichkeit, doch: »Wie soll ich elf Leute um den Tisch kriegen?«

»Das könnte in der Tat etwas eng werden«, räumte sie ein. »Vielleicht ginge es, wenn wir den kleinen Eßtisch von Sascha dazustellen?«

»Aber wohin mit den Stühlen? Soviel Platz haben wir doch gar nicht«, warf Nicki ein.

»So viele Stühle auch nicht. Ich bekomme maximal zehn zusammen einschließlich des Hockers aus dem Bad.«

»Sascha hat doch auch welche.«

»Der wird sich schön bedanken, wenn wir ihm ausgerechnet zu Weihnachten die halbe Bude ausräumen«, erwiderte ich.

»Ach was, dafür kriegt er ja ein kostenloses Mittagessen.«

Er erhob auch keinen Protest, sondern stellte im Gegenteil vom Salzstreuer bis zur Aufschnittgabel alles zur Verfügung, was mir vielleicht noch fehlen würde. Sogar seine handgeschliffenen Gläser, Hochzeitsgeschenk einer begüterten englischen Tante, die er nie gesehen hatte.

Die Gläser brauchte ich nicht, sie waren das einzige, wovon ich selber genug hatte. Alte Römer mit dicken geriffelten Stielen, ererbt von meinem Großvater. Da wir sie nie benutzten, waren sie sogar noch vollständig. Anderthalb Dutzend.

Im Gegensatz zu meinem Geschirr, das nur noch aus Fragmenten bestand. Wie in jeder deutschen Familie üblich, hatten wir mal zwei verschiedene Ausführungen besessen, eine für täglich, die andere für »gut«, wobei unsere Meinungen, wann denn nun das gute aufzulegen sei, schon immer auseinandergegangen waren. Ich hätte es am liebsten nie auf den Tisch gestellt, weil es ein so herziges Streublümchenmuster hatte, das allenfalls für Kaffeetassen akzeptabel gewesen wäre. Doch meine Großmutter, Malchen Jäger, hatte schon immer ein Faible für Blumen gehabt; das hatte bei Maiglöckchenparfüm angefangen und bei sonnenblumenbestickten Sofakissen noch lange nicht aufgehört. Dieses als gut deklarierte Geschirr stammte auch von ihr und war uns zum zehnten Hochzeitstag überreicht worden. Weil wir damals erst drei Kinder hatten und der Wunsch nach weiterem Nachwuchs noch nicht geäußert worden war, hielt Omi die Ausführung für sechs Personen als ausreichend. Ein paar Jahre später saßen jedoch sieben Leute am Tisch, was die Aufstockung der Blümchenteller notwendig gemacht hätte. Allerdings konnte man das Dekor nicht mehr nachkaufen, es hatte sich schon damals um ein Auslaufmodell gehandelt. Komplett war es ohnedies nicht mehr, denn die zum Küchendienst verpflichteten Helfer hatten im Laufe der Jahre für erhebliche Dezimierung gesorgt.

Genaugenommen hatte mich mein unzulänglicher Geschirrbestand nie gestört. Unsere Freunde auch nicht. Für den Kaffee — wenn sie denn welchen tranken — benutzten sie lieber die Keramikbecher, da ging mehr rein, Gläser hatten wir genug, Suppentassen auch, und zum Abendessen stellte ich rustikale Holzbretter hin. Mittags hatten wir selten Gäste, abgesehen von der zeitweiligen Studenteninvasion, doch die war mehr an dem interessiert, was drauflag, als an den sowieso nicht vorhandenen Markenzeichen der Teller.

Jetzt sah die Sache allerdings anders aus. *Mir* hätte es ja nichts ausgemacht, meine Gänsekeule von einer blauweiß gemusterten Aufschnittplatte auf meinen Streublümchenteller zu legen, aber ich wollte die Zwillinge nicht blamieren. Zu genau konnte ich mir ausmalen, wie die Tanten am Abend über Thomas herfallen und ihn ausfragen würden, und wenn ich ihm auch keine umfassenden Kenntnisse in punkto Tischkultur zutraue, so würde er trotzdem mein Sammelsurium an Einzelstücken ziemlich genau beschreiben können.

Bei Tom hätte ich weniger Bedenken gehabt. Der war schon ein ganzes Stück in der Welt herumgekommen und hatte sogar einmal geröstete Maden auf Baumrinde essen müssen. Wo das gewesen ist, weiß ich nicht mehr, doch es muß eine sehr unzivilisierte Gegend gewesen sein.

Es half nichts, ich mußte wohl oder übel zum Ankauf eines neuen Services schreiten. Für zwölf Personen. Und mit mindestens zehn Jahren Garantie für Nachlieferung. Eventuelle spätere Verlobungs- beziehungsweise Hochzeitsfeierlichkeiten waren ja auch einzukalkulieren, denn nicht jeder meiner Nachkommen würde im Ausland heiraten, was ich im nachhinein übrigens als äußerst bequem empfunden hatte.

Die Zwillinge beorderten mich für Dienstag nach Heidelberg. Da hätten sie morgens nur zwei Stunden Vorlesung und anschließend genügend Zeit, mir beim Geschirrkauf beratend zur Seite zu stehen. »Letztendlich müssen wir ja auch davon essen.«

Begonnen haben wir bei den diversen Kaufhäusern. Außer schlichtem Weiß mit erhabenem Teppichfransenmuster fanden wir nichts, das in Frage gekommen wäre. Präzise ausgedrückt: *Ich* fand nichts, die Zwillinge schon. Katja verliebte sich sofort in ein schwarz-grün gestreiftes Service mit eckigen Tellern und konisch verformten Schüsseln. »Sieht das nicht stark aus?«

»Zumindest originell«, gestand ich ihr zu, doch ich suchte nichts Originelles, sondern etwas Modernes, das trotzdem solide aussehen sollte.

»Was schwebt dir denn so vor?« hakte Nicki nach.

»Weiß ich doch nicht.«

»Und mit solch präzisen Angaben soll man nun einkaufen gehen.«

Die Geschirrabteilungen der Kaufhäuser hatten wir bald durch, jetzt kamen die Spezialgeschäfte dran. Sie zeichneten sich durch beflissene Verkäuferinnen aus, aber das, was ich suchte, hatten sie auch nicht. Ich wollte keine Teller mit Goldrand, und die mit dem dezenten hellgrünen Streublümchendekor (es scheint nie auszusterben!) schon gar nicht.

Als um halb sieben die Läden schlossen, hatte ich einen Christstollen gekauft, drei Packungen Weihnachtsservietten und eine Seifenschale für die Küche.

»Ich versuche es mal in Heilbronn«, sagte ich, nachdem ich die Mädchen vor ihrer Haustür abgesetzt hatte, »vielleicht finde ich dort etwas. Die Schwaben sind solide Leute, die kaufen keine eckigen Teller.«

Diesmal nahm ich Vicky mit. Sie hatte inzwischen recht gut Deutsch gelernt und stand (steht!) nur noch mit dem *Sie*, das es im englischen ja nicht gibt, auf Kriegsfuß, doch das scheint niemanden zu stören. Jeder Verkäufer überschlägt sich vor Eifer, wenn sie mit ihrem unnachahmlichen Lächeln fragt: »Kannst du mir das rote Topf da oben einmal zeigen, bitte?«

Um die Kaufhäuser machten wir gleich einen Bogen, sie würden auch nichts anderes zu bieten haben als ihre Heidelberger Filialen, aber »Glas und Porzellan« galt als Fachgeschäft. Es war auch eines, hauptsächlich für Glas, und ein Eßservice aus Acryl wollte ich nun doch nicht haben, es erinnerte mich zu sehr an Campinggeschirr.

Die Abteilung Porzellan bot Blumenvasen jeglicher Größe an mit viel Gold und Schnörkel, nachgemachtes Meißen (Omi hatte auch mal Zwiebelmuster besessen, bis sie es kurz nach dem Krieg an die Amis verscherbelt hatte, aber das war wenigstens echt gewesen), Kerzenständer und Porzellankörbe mit bunten Engelchen als Griff. Drei Tische waren mit Geschirr dekoriert. Eins zeigte weihnachtliche Motive (wer, um alles in der Welt, kauft sich ein Service für nur drei Tage im Jahr?), das zweite kannte ich schon, es war das mit dem Goldrand, und das dritte war tiefschwarz. Ein etwas zu scharf gebratenes Steak würde man nur mit Mühe darauf finden.

»Ich verstehe nicht, weshalb in Deutschland haben die Leute eine solche schlechte Geschmack«, sagte Vicky, als wir Putten und Engelchen hinter uns gelassen hatten und auf der Suche nach dem nächsten Geschäft waren. »In England es ist sehr leicht zu finden gutes Geschirr.« Für den, der Teetassen mit handgemalten Rosen drauf liebt, sicherlich.

Im letzten Geschäft, das mir meine Putzfrau als »arg gut sortiert« empfohlen hatte, hätte ich beinahe zugegriffen, allerdings mehr aus Verzweiflung. Mindestens acht Läden hatten wir abgeklappert, mindestens achtzig verschiedene Muster begutachtet, teilweise nur im Katalog, aber »des bschtelle mer Ihne gern«, und noch immer nichts gefunden, was meiner Vorstellung nur annähernd entsprochen hätte. Hellgrau mit Rosa war zwar auch nicht das, was ich suchte, aber es sah wenigstens sehr edel aus. »Zusammen mit rosa Servietten und passenden Kerzen müßte es eigentlich wirken«, sagte ich zu Vicky. Wennschon, dennschon!

Sie schüttelte nur den Kopf. »Das du dir siehst bald übrig. Es ist genau wie mit zu moderne ... wie heißt diese Papier an die Wände?«

»Tapeten?«

»Ja, Tapeten. Erst dir gefällt großartig, und nach ein Jahr du kannst nicht mehr sehen.«

Recht hatte sie! Also kein Rosa und Grau, dann schon lieber Steingut, ganz weiß ohne Schnörkel. Gab's billig bei Ikea, Erstausstattung für junge Paare.

Welcher Zufall uns in jene Ecke geführt hatte, an der ich, wenn überhaupt, immer nur achtlos vorbeigelaufen war, kann ich nicht mehr sagen. Wahrscheinlich wäre ich auch diesmal vorübergegangen, hätte Vicky mich nicht zurückgehalten. »Sieh mal, Evelyn, hier ist noch eine kleine Geschäft, aber die Fenster sieht gut aus.«

Kunststück, es war das Rosenthal-Studio! Und klein

war es keineswegs, es wirkte nur von außen so winzig. Eine Treppe höher betraten wir ein Paradies, angefüllt mit mattschimmerndem Porzellan und funkelndem Kristall. Und da stand es, *mein* Service, in der dritten Vitrine links. Ein kleines bißchen asymmetrisch mit einem wie zufällig entstandenen Dekor in zwei verschiedenen Grautönen.

»Das ist es!« sagte ich sofort. Vicky pflichtete mir bei. »Es ist sehr schön und sicher sehr teuer.«

Das stimmte. Als wir die nötigen Zubehörteile wie Schüsseln, Sauciere, Platten und was sonst noch auf einen festlich gedeckten Tisch gehört, zusammengestellt hatten und die Verkäuferin die einzelnen Beträge in die Kasse tippte, kam eine Summe heraus, für die ich den halben Geschirrbestand von Ikea hätte erwerben können. »Das schenke ich mir eben selbst zu Weihnachten! Im vergangenen Jahr ist es die Perlenkette gewesen, diesmal ist es Porzellan. Beides hat bleibenden Wert.« Ich wandte mich an die Verkäuferin. »Und jetzt hätte ich gern das gleiche nochmals als Kaffeeservice.«

»Du bist verrückt!« sagte Vicky.

»Ich weiß, nur bezeichnet man das in meinem fortgeschrittenen Alter nicht mehr als verrückt, sondern als exzentrisch.«

Zum Einladen der porzellanenen Kostbarkeiten durften wir sogar in die Fußgängerzone fahren, ein Privileg, das ich mir schon immer gewünscht hatte, hauptsächlich dann, wenn so ein Lieferwagen, den ich nicht hatte kommen sehen, genau neben mir durch eine tiefe Regenpfütze gebrettert war.

Unser Einkauf hatte nur einen Haken: Die beiden Services waren nicht vollständig. Als wir endlich nach Hause fuhren, lagen im Kofferraum acht Suppenteller, zehn Eßteller, zwei Schüsseln und die Sauciere. Der Deckel von der Zuckerdose war unauffindbar gewesen. Die Verkäuferin, in der Schlußphase der Verhandlungen durch den Geschäftsführer verstärkt, hatte mich jedoch beruhigt. Selbstverständlich kämen die fehlenden Teile noch vor den Feiertagen, und ebenso selbstverständlich werde man sie mir dann unverzüglich zustellen. Vielen Dank und auf Wiedersehen.

Rolf begutachtete meine Neuerwerbung, fand sie sehr schön, aber viel zu teuer, obwohl ich ihm nur die Hälfte des wirklichen Preises genannt hatte. Hätte ich ihm die Wahrheit gesagt, würde er sich vermutlich geweigert haben, jemals davon zu essen. Regelrecht begeistert war Sascha. »Das sieht wirklich toll aus! Da mache ich was draus. Den Tisch decke *ich*, und keiner redet mir rein, klar?«

Aber bitte, gern. Schließlich hatte er das gelernt.

»Ich brauche nur noch ein paar kleine Accessoires, aber die muß ich selber aussuchen. Am Samstag habe ich Zeit, da fahren wir zusammen los, einverstanden?«

Was blieb mir anderes übrig? Wer A sagt, muß bekanntlich auch B sagen, doch wenn ich gewußt hätte, wie B aussieht, hätte ich wahrscheinlich sogar auf A verzichtet.

»Erst mal müssen wir eine graue Tischdecke haben«, sagte mein Sohn, als er sich hinter das Steuer klemmte, »ungefähr drei Meter lang und einsachtzig breit. So etwas hast du doch nicht, oder?«

Ich hatte überhaupt keine Tischdecken für unseren Eßtisch, weil wir Sets benutzen. Riesentücher schon gar nicht. »Bei Partys mit kaltem Büfett nehme ich immer ein Bettlaken, aber das ist dir wohl zu profan?«

Er antwortete überhaupt nicht. Erst nach einer Weile zählte er weiter auf: »Silbernes Deko-Band, ein bißchen was Weihnachtliches und dann natürlich Kerzenständer.«

»Die habe ich«, bremste ich sofort ab, »und zwar in genügender Menge.«

»Ja, ich weiß, deine Keramikleuchter, aber die passen nun wirklich nicht dazu.«

»Ach nein, und woran hast du gedacht?«

»Weiß ich noch nicht, das muß man sehen. Glas vielleicht, wenn dir Silber zu teuer ist.«

»Das *ist* mir zu teuer, und außerdem muß man es immer putzen. Mir reicht schon die blöde Messinglampe.«

Natürlich gab es in keinem Geschäft eine Tischdecke des von Sascha gewünschten Ausmaßes, und was uns an sogenannten Tafeltüchern vorgelegt wurde, war weiß, rosa und hellblau. Oder mit Blümchen.

»Dann mußt du eben eine nähen lassen!« Er steuerte die Stoffabteilung des Kaufhauses an. Die Länge hätte zwar gestimmt, nur die Breite nicht, das wäre lediglich bei hellgrauer Futterseide der Fall gewesen, und die wiederum wollte Sascha nicht.

»Also doch Bettlaken?«

»So weit sind wir noch lange nicht. Jetzt kaufen wir erst mal Leuchter.«

Die Geschäfte kannte ich alle schon, es waren die mit dem Goldrandporzellan und den Engelkörben. Bereits im dritten fanden wir das nach Saschas Ansicht »genau richtige«. Eine Art überdimensionaler Weingläser, deren lange Stiele hohl waren und mit Wasser gefüllt werden mußten. Wenn später die darin befindlichen Kerzen herunterbrannten, sollte das Wasser entsprechend steigen, so daß zum Schluß die Kerzenstummel immer noch in gleicher Höhe auf der Flüssigkeit schwimmen würden. Den physikalisch bedingten Vorgang habe ich bis heute nicht kapiert, und geklappt hat die ganze Sache sowieso nicht.

Schon mehrmals hatte ich Sascha auf die Rollen mit silbernem Geschenkband aufmerksam gemacht, das er ja auch noch haben wollte, aber er hatte nur verächtlich abgewinkt. »Doch nicht so was, ich suche ganz etwas anderes.« Was genau, konnte er mir aber nicht sagen. Wenigstens durfte ich einige künstliche Tannenzweige kaufen, die später in der Mülltonne landeten, weil sie nach Meinung unseres Serviermeisters zu kitschig ausgesehen hätten.

Eine Tischdecke hatten wir noch immer nicht. Nach kurzem Zögern schlug er den Weg zur Hauptpost ein und verzog sich in die Ecke mit den Telefonbüchern. Im Branchenverzeichnis fand er das, was er suchte. »Ich wußte doch, daß wir hier so was haben.«

»So was« entpuppte sich als Spezialgeschäft für Dekoration und Schaufenstergestaltung, irgendwo außerhalb gelegen, sehr groß und sehr voll. (Weihnachtseinkäufe sind das beste Training für den Winterschlußverkauf!) Wir kämpften uns vorbei an riesigen Christbäumen von Gold bis Lila, Säcken voll versilberter Tannenzapfen, die man selber abwiegen mußte, an kilometerlangen Glitzerketten, alle auf Kabeltrommeln gewickelt (Metermaß daneben) bis hinten zur Stoffabteilung. Und da endlich leuchteten Saschas Augen auf. Er zog einen Ballen Graues aus dem Regal und legte ihn auf den Tisch. »Genau die Farbe, die wir brauchen.«

Als Bezugsstoff für Sitzkissen hätte ich den Stoff akzeptiert, notfalls auch als Übergardine, doch Sascha ließ mich gar nicht erst zu Wort kommen.»Ja, ich weiß, normalerweise hängt das irgendwo im Schaufenster, und davor steht eine Klosettschüssel oder 'ne Puppe im Negligé, aber das ist doch völlig wurscht. Die Farbe paßt, und darauf kommt es an.«

Mir war sowieso schon alles egal, sollte er doch machen, was er wollte. Die Silberfolie fanden wir auch noch. Sie war fünfzehn Zentimeter breit, hatte lauter kleine Löcher und fühlte sich an wie die Rollfilme für Kleinbildkameras.

Der Handhabung einer Nähmaschine unkundig und nicht gewillt, zehn Meter Tischtuch mit Nadel und Faden zu säumen, brachte ich das voluminöse Stück Stoff zu unserem Schneider, der auch immer meine Hosen kürzen muß (meine Körpergröße ist nämlich völlig aus der Mode!). Der betrachtete zweifelnd die Stoffbahn. »Ha no, was gibt denn des? An Theatervorhang?«

»Nein, eine Tischdecke.«

»Ja, wenn Se moine ...«

Bei den Architekten der siebziger Jahre waren Wohnküchen verpönt gewesen und Eßzimmer als Relikt der Vorkriegszeit aus den Bauplänen verbannt worden. Statt dessen erfand man Eßdielen, die immer direkt neben der Küche liegen, was für die Hausfrau natürlich vorteilhaft ist. Als weniger vorteilhaft erweist sich die Tatsache, daß von diesen Eßdielen nicht nur die Tür zur Küche abgeht, sondern häufig auch noch die Treppe nach oben beziehungsweise die andere hinunter zum Keller. Bei uns ist das jedenfalls so. Genaugenommen ist dieser Raum nichts anderes als ein quadratischer Flur, in dem gerade so viel Platz ist, daß man Tisch, Stühle und — wenn man Glück hat und etwas schmales Hohes findet — ein vitrinenartiges Möbel aufstellen kann.

Nachdem wir den Eßtisch bis zum allerletzten Zwischenstück verlängert hatten, konnte man elf Gedecke unterbringen, vorausgesetzt, jeweils zwei Personen würden sich einen Stuhl teilen. Mehr paßten nicht hin.

»Versuchen wir es mal halbschräg«, sagte Sascha. Das ging, nur hätten die am Fenster Sitzenden unterm Tisch durchkriechen müssen, um zu ihren Plätzen zu kommen.

»Und wenn wir die Tafel einfach im Wohnzimmer aufbauen?«

»Geht nicht, da ist der Weihnachtsbaum im Weg.« Katja hatte schon die zur Verfügung stehende Fläche ausgemessen. »Es sei denn, wir stellen die Sessel solange auf die Terrasse.«

Damit war nun wieder ich nicht einverstanden. »Möglich, daß euch diese Kleinigkeit entgangen ist, aber draußen regnet es.«

»Also doch schräg«, bestimmte Sascha, »dann müssen eben die mit der leistungsfähigsten Blase an die Fensterseite. Aufstehen während des Essens geht nicht.«

Von weihnachtlichem Frieden oder gar Besinnlichkeit konnte bei uns keine Rede sein, es herrschte nur noch Hektik. Die Gans brutzelte zwar schon leise vor sich hin, aber jedesmal, wenn ich die Küche verlassen wollte, mußte ich mich an den übereinandergestapelten Stühlen vorbeidrücken oder aufpassen, daß ich nicht mit einem anderen Übereifrigen kollidierte. Am Couchtisch im Wohnzimmer schälte Nicki Kartoffeln, Steffi stand im Anorak draußen unterm Balkondach und schnippelte Rotkohl für den Salat, und Sven hockte auf der dritten Treppenstufe und versuchte das Geheimnis der schwimmenden Kerzen zu ergründen. Katja hatte sich zwecks Beaufsichtigung der zweiten Gans in das Haus ihres Bruders begeben. Vicky hatte nämlich keine Ahnung von Gänsen, kannte sie nur aus dem Fernsehen und hatte noch nie eine gegessen. In England gibt es zu Weihnachten Turkey. Von ihren Vegetariermenüs war sie in der Zwischenzeit abgekommen, bei dreimal wöchentlich Brokkoli mit Sahnesoße ja auch kein Wunder. Ihr Zugeständnis an normale Kost beschränkte sich allerdings auf Fisch und weißes Fleisch. Jetzt gab es zum Brokkoli wenigstens noch ein Hühnerbein oder ein bißchen Putenbrust. Da eine Gans im Urzustand auch Federn hat, fiel sie also nicht unter das Tabu.

Suppe gab es nicht. Bis zum verlorengegangenen Zuckerdosendeckel waren die fehlenden Geschirrteile termingerecht angeliefert worden, nur die Suppenteller nicht. Ein bedauerliches Versehen, untröstlich, gar nicht zu verzeihen, doch die Hektik vor den Feiertagen ... Ich entschuldigte alles und strich die Suppe.

Als die Kartoffeln schon zum zweitenmal übergekocht waren, dekorierte Sascha immer noch. Die Thomasse waren inzwischen gekommen, hatten artig ihre Blümchen abgeliefert und im Wohnzimmer Platz genommen. Rolf war zum Tanken gefahren und noch nicht zurück. Horst Herrmann hatte sich um den Wein kümmern wollen und saß immer noch im Keller. Mir egal, dann war er wenigstens nicht im Weg.

Das Telefon klingelte. Katja. »Ich glaube, die Gans muß aus dem Ofen, oder ist es normal, wenn sie oben schwarz wird?«

Sascha schrie nach Stecknadeln, mit denen er die Silberfolie am Tischtuch feststecken wollte, sie würde sich immer wieder zusammenrollen. Endlich lag sie flach. »Wo ist das Besteck?«

»Auf dem Tablett unterm Weihnachtsbaum.«

Kurzes Klappern, dann die entsetzte Frage: »Määm, du willst doch wohl nicht im Ernst diese Gartengeräte auf den Tisch legen?«

»Warum nicht, das ist klassisches Tafelsilber.«

»Das sind Mordinstrumente! Damit ißt doch heutzutage kein Mensch mehr.«

Wahrscheinlich hatte er recht. Dieses schwere, unhandliche Besteck hatte ich ebenfalls von meinen väterlichen Großeltern geerbt, aber die hatten auch noch ein richtiges Eßzimmer gehabt mit großem runden Tisch, gradlehnigen Stühlen, zwei Kredenzen und passenden Ölgemälden. Ich habe nie verstanden, weshalb der tote Fasan, in vollem Federkleid dekorativ auf einen Zinnteller gebettet, appetitanregend wirken sollte. Und das an der gegenüberliegenden Wand hängende Bild mit der durchgeschnittenen Melone und den Weintrauben drumherum fand ich auch nicht viel besser.

Ach so, das Besteck. »Von dem anderen kriege ich nicht genug zusammen.«

»Dann müssen wir das goldene nehmen«, bestimmte mein Sohn. »Schick mal jemanden rüber, der unsern Kasten holt.«

Nun hört sich »das goldene Besteck« ziemlich hochtrabend an, und wer sich noch an die Klatschgeschichten über Curd Jürgens erinnert, weiß vielleicht, daß dessen goldenes Tafelgeschirr als Ausdruck höchster Dekadenz oft genug durch die Regenbogenpresse gegeistert ist. Mit unserem Gold hat es eine andere Bewandtnis. Von seiner Weltreise hatte mir Sascha einen Besteckkasten mitgebracht, angeblich recht preiswert in Bangkok gekauft, erfolgreich durch den Zoll geschmuggelt und bestückt mit einem kompletten Satz für sechs Personen. Die Griffe sind aus Rosenholz und die Metallteile aus einer Legierung, die tatsächlich ein bißchen wie Gold aussieht.

Leider sind die meisten Asiaten uns Europäern an Körpergröße unterlegen, und dementsprechend fällt alles aus, was da unten hergestellt wird. Man merkt das ja auch an Textilien. Steht »Made in Hongkong« drauf, muß man sie zwei Nummern größer kaufen. Genauso ist es mit dem Besteck. Es sieht alles so niedlich aus. Die Gabeln sind kaum länger als unsere Kuchengabeln, und mit den Fischmessern kann man bestenfalls einer Sardine zu Leibe rücken. Als ich einmal bei einem Familiengeburtstag den »goldenen« Tortenheber rausgeholt hatte, konnten wir ihn nicht benutzen, weil die Auflagefläche viel zu klein war. Anscheinend ißt man in Thailand nur Petits fours.

Mit Saschas Besteck, der seinen identischen Kasten auch in einem Schrank vergraben hat, bekamen wir elf Gedecke zusammen. So ganz paßten sie nicht zur Silberfolie, aber das störte jetzt nicht mal mehr Saschas ästhetisches Empfinden. Genau wie wir hatte er nur noch Hunger. Schnell band er noch die Hängeleuchte hoch, die sonst irgend jemandem vorm Gesicht gebaumelt hätte, dann betrachtete er befriedigt sein Werk. Wir ebenfalls.

»Sieht sehr schön aus, aber wenn du nicht bald die Gänse tranchierst, sind sie kalt«, erinnerte ich ihn, band ihm eine Schürze um und schickte ihn in die Küche. Sven schoß ein paar Fotos, auf daß das festliche Stilleben auch der Nachwelt erhalten bliebe, aber die sind längst nicht so schön geworden wie die zehn Meter Videofilm, heimlich aufgenommen von Horst Herrmann, als die drei Mädchen unter dem Tisch zu ihren Plätzen krabbelten.

Im übrigen hat der Gänsebraten auch nicht anders geschmeckt als all die Jahre davor, als wir noch kein Rosenthal-Studio-Line »Asymmetrica« besaßen.

12

»Wir haben eine Überraschung für dich«, verkündete Nicki, als ich mal wieder mehrere Tage »auf Dichterlesung« war und zwecks Entgegennahme etwaiger Katastrophenmeldungen das spätabendliche Telefonat mit den Daheimgebliebenen führte. Die Mädchen hatten sich bereit erklärt, eine Woche lang die Uni zu schwänzen sowie auf Liebes- und Großstadtleben zu verzichten, um ihren Vater vor dem Hungertod zu bewahren. Zwar hatte sich auch Vicky als Köchin angeboten, doch Rolf mag keinen Brokkoli mit Sahnesoße.

»Was für eine Überraschung?«

»Sage ich nicht«, kam es kichernd aus dem Hörer, »sonst wäre es ja keine mehr.«

Nun bin ich dank langjähriger Erfahrung jeglichen Überraschungen gegenüber mißtrauisch. Eine Überraschung kann zum Beispiel ein frisch angelegtes Beet im Garten sein, dem mein Haselnußstrauch zum Opfer fallen mußte, und das nur, weil Sven im Sonderangebot für 4,95 Mark fünfzig Dahlienzwiebeln erstanden hatte. Aufgegangen sind dann tatsächlich siebzehn Stück.

Eine Überraschung war auch der neue Küchenboden, praktischerweise in blendendem Weiß, damit man auch jeden Kaffeetropfen darauf sieht. Himbeermarmelade macht sich ebenfalls gut, und ganz besonders wirkungsvoll sind Tomatenflecken. Die kriegt man nur mit Scheuersand weg.

Nun hatte ich also eine neue Überraschung zu erwarten und in meinem ungemütlichen Hotelzimmer Zeit genug, darüber nachzudenken.

Er stand schon in der geöffneten Tür, als ich vor das Haus fuhr, um Koffer, Bücher und Blumenstrauß auszuladen. Aufgeregt trippelte er hin und her und versuchte immer wieder, die erste Treppenstufe hinunterzuspringen, scheute dann aber doch jämmerlich quiekend vor der unüberwindlichen Höhe. Die kleinen Schlappohren wedelten mit dem winzigen Schwänzchen um die Wette.

»Was ist denn *das*?«

»Ein Hund«, sagte Katja.

»Das sehe ich auch, aber was wird das mal für einer, wenn er fertig ist?« Ich stand noch immer neben der offenen Autotür und starrte auf das Fellbündel. Jetzt hatten mir die Gören doch tatsächlich einen Wauwau aufgehalst.

»Das ist ein echt bayrischer Rauhhaardackel.« Katja nahm den Kleinen auf den Arm und kam die Treppe herunter. »Ist der nicht süß?«

Vorsichtig strich ich über sein Köpfchen, und sofort war eine winzige rosa Zunge da, die hingebungsvoll mein Handgelenk abschleckte.

»Nun nimm ihn doch mal, es ist ja deiner!«

Als Kind hatte ich mir immer einen Hund gewünscht, doch nie einen bekommen, weil nach Omis Ansicht ein Tier nicht in eine Mietwohnung gehörte. Sie duldete nicht mal einen Vogel. Folglich suchte ich mir einen Leihhund in Gestalt eines Foxterriers, der unserer Hauswartsfrau gehörte und von mir zweimal täglich zum Gassigehen abgeholt wurde. Drei Jahrzehnte später wollten meine eigenen Ableger einen Hund, und diesmal streikte *ich*. Wir besaßen bereits eine ständig wechselnde Anzahl von Goldhamstern (sie richtete sich danach, wie schnell Sven den jeweiligen Nachwuchs wieder los wurde, es fanden sich immer seltener Abnehmer), ferner zwei australische Springmäuse, eine heimatlose Katze, einen zugeflogenen Wellensittich, eine Schildkröte und einen Igel, der bei uns im Keller überwintert und sich später in der Hecke häuslich niedergelassen hatte. Einen Hund brauchten wir wirklich nicht mehr. Die Kinder hatten das eingesehen und sich nun ihrerseits Leihhunde geholt, wobei Steffi es nicht unter einer Dogge machte, während sich die Zwillinge mit einem Beagle begnügten, der immer das Katzenfutter auffraß.

»Wie heißt er denn? Oder ist er eine Sie?« Das Hundebaby hatte sich inzwischen bis zu meiner Schulter vorgearbeitet und begann mein Ohr abzulecken.

»Es ist ein Er und heißt Zorro.«

»Blödsinn!«

»Kein Blödsinn. Das steht im Stammbuch.«

»Dann müssen wir ihn eben umtaufen.« Zorro war Tyrene Power, umschwärmter Filmheld der fünfziger Jahre, wie er mit wehendem Umhang und schwarzer Maske auf einem feurigen Rappen über die Leinwand preschte und alle Bösewichter erdolchte, die die armen mexikanischen Bauern drangsalierten. Der Dackelwelpe sah aber gar nicht mutig aus. »Wie alt ist er überhaupt?«

»Drei Monate.«

»Ist er wenigstens schon stubenr...«

Nein, er war es nicht. Als ich die Autotür zuschlug, schreckte er zusammen, und dann lief es auch schon lauwarm über meine Hand. »Iiihhh...«

»Nun hab dich nicht so!« Katja nahm mir den Hund ab und setzte ihn neben die Birke. »Wir arbeiten ja schon seit zwei Tagen daran.« Offenbar ohne nennenswerten Erfolg, oder wie sonst war der kleine Eimer mit Schwamm und Seifenwasser zu erklären, der direkt neben der Küchentür stand?

»Wie seid ihr bloß auf *die* Idee gekommen?« fragte ich eine halbe Stunde später, nachdem die allgemeine Begrüßung beendet war und ich im Sessel vor einer Tasse Kaffee saß. Auf meinen Knien lag Zorro und schlief.

»Freiwillig gehst du doch nie spazieren«, begann Nicole, »Dabei solltest du dich wirklich ein bißchen mehr bewegen. Immer bloß am Schreibtisch sitzen ist höchst ungesund. Jetzt *mußt* du laufen! Mindestens dreimal täglich.«

»Außerdem ist nun immer jemand da, der sich freut, wenn du nach Hause kommst«, argumentierte Katja.

»Und überhaupt sieht es neuerdings viel zu aufgeräumt bei dir aus. Seitdem wir weg sind, liegt gar nichts mehr rum.«

»Stimmt!« bestätigte ihr Zwilling. »Hier herrscht eine richtig sterile Atmosphäre.«

»Ihr spinnt doch alle beide! Ich genieße es nämlich, nicht mehr dauernd über abgestellte Schulmappen zu stolpern, nicht dauernd Kassetten, dreckige Socken, Kaugummipapier und angebissene Mohrrüben zusammensammeln zu müssen und endlich ein aufgeräumtes Bad zu haben. — Na ja, Lidschatten, Clearasil und vier Sorten Shampoo wird der Hund wohl nicht brauchen. Was hat übrigens euer Vater zu dem Wollknäuel gesagt?«

»Der hat sich gefreut. Kein Wunder, *er* ist ja mit Hunden aufgewachsen. Aber Gassigehen will er trotzdem nicht mehr, hat er gesagt«, fügte Katja kleinlaut hinzu.

Es klingelte. Sofort wurde Zorro wach, wollte von meinem Schoß herunter, schaffte es nicht, winselte kläglich. Ich setzte ihn auf die Erde. Er wieselte zur Tür, die Nicole schon geöffnet hatte, und als er zurückkam, hatte er sich verdoppelt. Sein Ebenbild kugelte neben ihm her, einträchtig beschnupperten sie meine Schuhe, und einträchtig pinkelten sie dicht daneben auf den Teppichboden. »Sind das etwa zwei?« rief ich entsetzt.

»Ja, aber der andere ist mir.« Vicky stand im Türrahmen und lachte Tränen. »Das sind nämlich halbe Brüder.«

»Halbbrüder«, verbesserte Katja. »Sie haben denselben Vater, aber verschiedene Mütter. Deshalb ist Mäxchen auch drei Tage älter.«

»Wenigstens hat er einen vernünftigen Namen«, sagte ich.

»I wo, eigentlich heißt er Yoschi, aber Sascha hat ihn gleich umgetauft.«

»Und wie nennen wir unseren? Moritz?«

»Klingt gar nicht schlecht«, überlegte Nicole laut, »obwohl ich finde, daß er nicht wie ein Moritz aussieht. Eher wie Willi.«

»Willi geht nicht, so hieß mein Großvater, und der hatte mit Hunden nichts am Hut.«

Nach zwei Tagen hatten wir endlich einen passenden Namen gefunden: Otto. Und nach vier Tagen wußte ich, daß mindestens sechs männliche Bewohner der umliegenden Häuser, den Briefträger eingeschlossen, ebenfalls Otto hießen. Erst guckten sie etwas indigniert, wenn ich lauthals hinter ihnen her brüllte, doch dann entdeckten sie das Hundebaby in meiner Nähe und grinsten. Otto bekam ein grünes Halsband, das er nach erbittertem Widerstand schließlich akzeptierte, und eine dazu passende Leine, die wir gleich wieder in die Flurkommode verbannten. Der erste Versuch, den Hund damit aus dem Haus zu bekommen, hätte beinahe mit seinem Selbstmord durch Erwürgen geendet.

Von nun an bestimmte Otto den Tagesablauf. Die Zwillinge waren unter Hinterlassung eines Dackelaufzuchtbuches wieder nach Dossenheim gefahren, und ich las jetzt morgens beim Frühstück statt der Tageszeitung den Leitfaden zur sachgemäßen Aufzucht von Welpen. Im übrigen war er ähnlich ergiebig wie seinerzeit der dicke Wälzer über Babypflege. Sven hatte nichts von dem getan, was er laut Buch hätte tun müssen, er hatte gebrüllt, wenn er hätte schlafen sollen, hatte geschlafen, wenn Essenszeit war, hatte viel zu spät den ersten Zahn bekommen und viel zu früh mit Laufen angefangen.

Otto verhielt sich ebensowenig kooperativ. Brachte ich ihn stündlich in den Garten, wo er nun wirklich genug Auswahl an Bäumen und Sträuchern hatte, dann wuselte er durch den Rasen, schnüffelte sich via Terrasse zurück ins Haus und suchte sich wenig später unter der Heizung oder vor der Bücherwand einen ihm genehmen Platz, den er befeuchten konnte. Es beeindruckte ihn auch nicht im geringsten, daß er anschließend sofort wieder an die frische Luft gesetzt wurde. Den größten Teil des Tages verbrachte ich auf Knien rutschend mit Schwamm und Trockenschaum. Nach vier Wochen hatte ich ihn so weit, daß er wenigstens jedes zweite Mal den Garten bewässerte, aber richtig stubenrein wurde er erst nach Monaten. Rolf meinte dann, ein neuer Teppichboden sei ohnedies mal wieder nötig gewesen.

Vickys Max dagegen war ein sehr intelligenter Hund. Er hob bereits sein Bein vorschriftsmäßig am Baum, als Otto noch wie ein Hundemädchen sitzend in die Gegend pinkelte. Er marschierte stolz an der Leine, während Otto fiepend unter den Tisch kroch, sobald ich mit dem Ding ankam, und Max konnte auch schon bellen, als Otto immer noch heisere Krächzlaute von sich gab. Irgend etwas mußte bei ihm schiefgelaufen sein.

Sein amtlich beglaubigter Stammbaum war zwar länger als mein eigener, doch nach gründlichem Studium stellte ich fest, daß alle an Ottos Entstehung beteiligten Hunde eng miteinander verwandt gewesen waren — Großväter, Neffen ersten Grades sowie Onkel, Cousins und sogar Brüder, samt und sonders adelig (es sei denn, eine eventuelle Mesalliance ist schamhaft verschwiegen worden). Allem Anschein nach war Otto das dekadente Produkt einer Ahnenreihe, die permanent Inzucht betrieben hatte.

Nachdem ich ihn zweimal aus weiter entfernt liegenden Gärten zurückholen mußte, wo er zum Entsetzen der Eigentümer die Blumenbeete durchgepflügt hatte, zäunten wir unseren Garten ein. Bisher hatte die Hecke genügt, jetzt genügte sie nicht mehr. Kostenpunkt: Mehrere hundert Mark. Kurze Zeit später schlossen wir eine Haftpflichtversicherung ab. Die Hose vom Briefträger war nicht ganz billig gewesen. Dann mußten Rolfs Schonbezüge in die Reinigung; Otto hatte das Autofahren nicht vertragen.

Ich habe zwar nie herausbekommen, welchen Betrag die drei Mädchen für Otto hingeblättert haben, doch die Folgekosten hatten schon nach einem Vierteljahr mindestens die doppelte Höhe erreicht. Otto brauchte ein größeres Körbchen, Otto brauchte eine Wurmkur und Spritzen vom Tierarzt. Otto mußte Steuern zahlen, und vor allen Dingen mußte Otto fressen. Wie bei allen Noch-Teenies gehörte seinerzeit die Fernsehwerbung mit zum Lieblingsprogramm der Zwillinge, nur hatten sie sich bis dato mehr für Mode und Pickelbeseitigungsprodukte interessiert. Jetzt wandten sie ihre Aufmerksamkeit den Erzeugnissen der Hundefutterhersteller zu.

»Hast du ihm schon mal die kleinen Lieblingsknochen gegeben?« wollte Katja wissen, während Nicole darauf bestand, ich müsse beim nächsten Einkauf unbedingt das neue Blechbüchsenfutter mitbringen und dürfe auch nicht vergessen, den Petersilienstengel an den Rand vom Freßnapf zu legen. Bald wußte ich genau, was Kauknochen kosten und Hundeschokolade, hatte aber nur noch eine ungefähre Vorstellung von den Preisen für Makkaroni und Filtertüten. Sogar Rolf beschwerte sich. Der Inhalt von Ottos Fach im Küchenschrank enthalte ein größeres Sortiment als die Süßigkeitenschublade im Wohnzimmer. Als ich mich wieder einmal mit dem Büchsenöffner herumquälte, meinte er nur kopfschüttelnd: »Unsere Dackel haben immer das gekriegt, was vom Mittagessen übriggeblieben war. Mir wäre im Traum nicht eingefallen, daß man mal eine Konservendose aufmachen muß, um einen Hund zu füttern.«

Noch immer war Otto nicht zu bewegen, wie ein ordentlicher Hund an der Leine zu laufen. Zog ich nur das betreffende Schubfach auf, verschwand er unter irgendeinem Möbel, und hatte ich ihn dort endlich hervorgezerrt, ließ er sich auf den Bauch fallen, streckte alle viere von sich und sah mich mit herzerweichendem Blick an.

»Setz ihn doch mal auf unser altes Skateboard und zieh ihn hinterher«, empfahl Katja. »Wenn ihm das zu albern wird, springt er von ganz allein runter.« Vielleicht hätte er das wirklich getan, aber ich kriegte ihn erst gar nicht auf das Ding rauf.

Ich holte Max, der beim Anblick seiner eigenen Leine jedesmal vor Freude wie ein Gummiball auf und ab hüpfte, und hielt ihn meinem Angsthasen als lobendes Beispiel vor Augen. Otto hob nur den Kopf, beäugte seinen Kumpan und legte sich wieder platt.

Vielleicht gefällt ihm die Farbe nicht, dachte ich im stillen, ich mag ja auch kein Grün, kaufte eine leuchtendrote Leine und erntete nur einen verachtungsvollen Blick. Auf Rot stand er also auch nicht. Schließlich rief ich Stefanie an. »Wie hast du deinen Hund an die Leine gekriegt?«

Sie lachte laut los. »Will Otto nicht? Jojo wollte auch nicht, da habe ich ihn mit Wurstscheiben geködert. Alle fünf Meter eine.«

Auf die Idee hätte ich wirklich selbst kommen können! Zuerst versuchte ich es mit Geflügelaufschnitt. Ich hielt ihm ein Stückchen als Anreiz vor die Nase, doch Otto schnupperte nur kurz und drehte den Kopf zur Seite. Verständlich, *er* brauchte ja noch nicht die Kalorien zu zählen.

Vom nächsten Einkauf brachte ich Rindersalami mit. Damit kriegte ich ihn wenigstens auf die Beine. Unter den Arm geklemmt, die drei Stufen hinuntergetragen, auf den Boden gesetzt, Leine am Halsband befestigt. Sofort lag Otto da wie ein gestrandeter Seehund. Zwei Meter vor seine Nase legte ich eine Scheibe Wurst. Er schnüffelte, stellte sich auf seine Pfoten, spürte die Leine, ließ sich wieder fallen und — robbte bäuchlings vorwärts. Nach der fünften Wurstscheibe gab ich auf. Otto hatte tatsächlich die ganze Strecke kriechend zurückgelegt.

Der Tierarzt schüttelte nur den Kopf, als ich ihm meinen Problemfall auf den Tisch setzte und seine genaue Untersuchung forderte. »Vielleicht hat er Rheuma oder Arthritis oder irgendein seelisches Trauma. Ich kenne mich doch mit Hunden nicht aus, das hier ist mein erster.«

»Der Bursche ist kerngesund, dem fehlt überhaupt

nichts«, sagte der Herr Doktor, ließ sich die Leine geben, machte sie fest und spazierte los. Und Otto trabte bereitwillig neben ihm her, dreimal um den Tisch herum, dann durchs Wartezimmer bis hinaus auf die Straße.

»Könnte es sein, daß ihm die männliche Autorität gefehlt hat?« Lachend drückte mir der Arzt die Leine in die Hand und schloß die Tür. Otto drehte sich um, sah niemanden mehr und legte sich prompt wieder auf den Bauch. Es nützte ihm nichts. Erst schrie ich ihn an, was er von mir nicht gewohnt war, dann zog ich ihn ohne Rücksicht auf die vielen Kieselsteinchen hinter mir her. Das kannte er auch noch nicht. Er jaulte, fiepte, stemmte alle vier Pfoten in den Boden, doch schließlich gab er auf und folgte mir ergeben. Ich hatte meinen ersten Sieg davongetragen!

Zu Hause kämpften wir allerdings auch weiterhin um die Vormachtstellung. Otto sollte nicht aufs Sofa, Otto wollte aber. Also schlossen wir einen Kompromiß. Wenn die extra für ihn gekaufte Decke dort lag, durfte er. Die Decke lag ständig da. Otto auch. Neben der Decke.

»Das Gute an dunklen Hosen ist, daß man damit so schön die Hundehaare von den Polstermöbeln wegkriegt«, sagte Rolf und trug zu Hause nur noch helle.

»Du solltest den Hund an sein Körbchen gewöhnen«, empfahl Stefanie. »Er muß wissen, daß das sein ureigener Platz ist.«

Das begriff Otto sehr schnell. Der Korb wurde seine Schatzkammer, in der er alles deponierte, was ihm wertvoll erschien: Strumpfhosen, drei Wochen alte, nach mehrmaligem Umlagern im Garten ausgebuddelte Knochen, die Fernbedienung vom Videorecorder, Katjas pelzgefütterten Hausschuh, abgekaute Gardinenschnüre, Ansichtskarten, eine leere Ölsardinenbüchse und gelegentlich auch mal Reste aus seinem Freßnapf, die er wohl als Mitternachtssnack vorgesehen hatte. Nur selber ging er nie hinein. Vielmehr lag er davor und bewachte eifersüchtig seine gehorteten Schätze.

Es half nicht, daß ich jedesmal das Sammelsurium auf die Terrasse kippte, nachdem ich die noch verwertbaren beziehungsweise unappetitlichen Teile aussortiert hatte, Otto konnte sich von nichts trennen. Er schleppte nach und nach die einzelnen Sachen wieder ins Haus, versteckte sie erst einmal an unzugänglichen Stellen, um sie später nach vorsichtigem Rundumblick erneut in seinen Korb zu tragen. War meine Putzfrau anfangs noch erstaunt gewesen, wenn sie hinter der Übergardine einen Quirl und neben dem Schuhschrank einen zerfetzten Socken gefunden hatte, so fragte sie später nur noch: »Im Blumenwagen liegt eine Serviette. Brauchen Sie die noch, oder gehört sie dem Hund?«

Dabei hatte er genug Spielzeug, um den Neid eines Kleinkindes zu erwecken. Gummibälle, Stofftierchen, einen Beißring, das abgeschnittene Hosenbein von Svens Jeans, das man sich so herrlich um die Ohren hauen konnte, und natürlich Quietschpüppchen in verschiedenen Tonlagen, ausnahmslos Mitbringsel tierliebender Freunde, die selbst keine haben. Diese Sachen liebte Otto sehr. Und ganz besonders liebte er sie, wenn im Fernsehen ein Krimi lief. Zehn Minuten vor Schluß, wenn der Mörder gerade unter der Indizienlast zusammenbricht, pflegte Otto durch das Zimmer zu spazieren, in der Schnauze das am lautesten quiekende Spielzeug, und so lange darauf herumzukauen, bis wir entweder den Kasten auf volle Lautstärke drehten, um wenigstens noch das Ende mitzukriegen, oder dem Störenfried die Geräuschquelle entrissen. Das nützte nur nicht viel, denn er holte sofort die nächste. Wir haben auch versucht, ihn auszusperren, doch dann kratzte er so lange empört an der Tür, bis wir sie entnervt wieder öffneten.

Früher hatte für mich Weihnachten immer erst dann begonnen, wenn die Batterien in den neuen Spielsachen leer waren, jetzt ging es mir so ähnlich. Der häusliche Friede war gesichert, sobald ich den Quietschmechanismus von Ottos Püppchen mit einer Stricknadel entfernt oder durch energisches Bohren wenigstens auf eine erträgliche Lautstärke gebracht hatte. Dann allerdings hatte er jegliches Interesse daran verloren und schmiß die Sachen nur noch in der Gegend herum. Sehr zu Katjas Befriedigung. »Nun sieht das Haus doch wenigstens wieder bewohnt aus!«

Ob sich allerdings unsere Nachbarin dieser Meinung angeschlossen hat, bleibt dahingestellt. Als sie mir einen fehlgeleiteten Brief herüberbrachte, trat sie auf Ottos Gummiknochen, verlor das Gleichgewicht und knallte mit dem Kopf an die Haustür. Otto betrachtete diese Entgleisung als persönlichen Affront und fuhr ihr wütend an die Beine, woraufhin sie sich schreiend aufrappelte und die Flucht ergriff.

Abends war der dazugehörige Gatte da. Seine Frau habe sich noch immer nicht beruhigt, einen regelrechten Schock habe sie erlitten, und überhaupt sei der Hund eine Belästigung, weil er belle.»Erst vorgestern hat er siebenmal gekläfft, genau zwischen sechzehn und achtzehn Uhr. Draußen im Garten.«

»Ja, und?« fragte Rolf verblüfft. »Die Mittagsruhe dauert bis fünfzehn Uhr.«

»Das ist egal. Mein Sohn schläft immer nachmittags, wenn er abends Training hat.«

»Dann ist das sein Problem.«

Gleich darauf hatten wir auch eins. Es war Otto nicht entgangen, daß ihm dieser unfreundliche Herr nicht wohlgesonnen war, und sofort brachte er sein Mißfallen zum Ausdruck, indem er kurzerhand dessen Schuh füllte. Es erwies sich als vorteilhaft, daß er Sandalen trug und alles an den Seiten wieder hinausrinnen konnte, aber trotzdem bestand er auf Schadenersatz. Der Versicherungsvertreter meinte später, einen derartigen Fall habe er noch nicht in seinen Akten. Vorsichtshalber hatte er ein Schild für unsere Haustür mitgebracht, »Warnung vor dem Hund« stand darauf.

»Finden Sie das nicht ein bißchen übertrieben?« fragte ich lachend.

»Nein, gar nicht, sonst tritt doch noch mal jemand auf ihn drauf.«

Inzwischen ist Otto beinahe vier Jahre alt und vollwertiges, von allen heißgeliebtes Familienmitglied. Seine kindlichen Unarten hat er abgelegt, sich mit den Nachbarn arrangiert, und seitdem ich unserem Briefträger empfohlen habe, dem Hund doch mal vom Sonntagsessen einen Knochen mitzubringen, genießt er dessen uneingeschränkte Sympathie. Otto hat seinen Stammbaum im Garten und zirka achtundsiebzig Lieblingsbäume auf den diversen Spazierwegen. Selten läßt er mal einen aus. Sein Verhältnis zu Katzen ist gespalten. Für ihn gibt es zwei Kategorien dieser Spezies: Die eine läuft vor ihm weg, kann also ohne Bedenken gejagt (und nie eingeholt!) werden, die andere bleibt sitzen, wodurch sie als in höchstem Grad gefährlich einzustufen und weitläufig zu umrunden ist. Da ich aus der Ferne nie erkennen kann, ob die hundert Meter vor uns sitzende Katze nun der ersten oder der zweiten Kategorie zuzuordnen ist, muß Otto bei Spaziergängen durch bewohnte Gegenden an die Leine. Steffi hat da liberalere Ansichten, besser gesagt, hatte!

Es war an einem Frühlingssonntag, als sie telefonisch ihren Besuch ankündigte. »Wir wollen zum Kaffee kommen, ist euch das recht? Kuchen bringen wir mit, allerdings nur akademischen.«

»Was ist denn das?«

»Na, dieses Schnellzusammenrührzeug von Dr. Oetker.«

Es dauerte auch nicht lange, dann standen sie vor der Tür: Steffi, Horst Herrmann und Jojo, ein Mischling, dessen Zusammensetzung bis heute noch nicht restlos entschlüsselt ist. In der Tierarztkartei wird er als Dackel geführt, doch von dieser Rasse hat er am wenigsten abgekriegt. Mit Sicherheit steckt ein bißchen Pudel mit drin, die Beine stammen von einem Terrier, die Ohren von einer Fledermaus, und Schwänze dieser Art findet man im allgemeinen nur in Schweineställen. Jedesmal, wenn Jojo aus dem Stand kerzengerade in die Höhe springt, kann ich mich des Eindrucks nicht erwehren, daß zu seinen Vorfahren auch ein Känguruh gehört, und wenn er Männchen macht (seine Rekordzeit liegt bei 3,7 Minuten), erinnert er mich an die Braunbären im Zoo. Offenbar hat er von sämtlichen Ahnen nur die guten Eigenschaften geerbt, denn er ist eine Seele von Hund.

Die Sonne schien, zum Kaffeetrinken war es sowieso noch zu früh, in den Wauwaus waren Frühlingsgefühle erwacht, sie wollten raus, frische Luft ist gesund und Spazierengehen fördert den Appetit. Rolf haßt Spaziergänge, sofern sie nicht an irgendeiner Pilzfundstelle im Wald enden, im März wachsen aber noch keine, also ließen wir ihn zu Hause und machten uns auf den Weg. Im Vorbeigehen sammelten wir noch Mäxchen ein, der grollend im Sessel lag und darauf wartete, daß Sascha und Vicky ihr Mittagsschläfchen beendeten.

»Gehen wir durch den Schloßpark«, schlug Steffi vor. »Mal sehen, ob die Bäume schon Blätter kriegen.«

Im Schloßpark steht ein altes Schloß, deshalb heißt er ja auch so, und um das Schloß herum zieht sich ein als See bezeichneter Tümpel, weshalb das Gemäuer in der Mitte in allen Prospekten unter dem Namen »Wasserschloß« abgebildet ist. Ein Teil des Sees ist durch eine Mauer vom Park abgetrennt, der andere Teil ist offen, damit die Enten auch mal an Land gehen können.

Kaum hatten wir den Park betreten, als Steffi auch schon die Hunde von der Leine ließ. »Die müssen sich mal richtig austoben.«

»Auf deine Verantwortung!« warnte ich, doch da war es schon zu spät. Wir hörten nur noch ein doppeltes Platschen, und dann sahen wir zwei Hundeköpfe, die sich zielstrebig den Enten näherten. Am Ufer trabte ein aufgeregter Jojo entlang, jaulte zum Steinerweichen, doch seine Angst vor dem Wasser war größer als seine Sorge um seine zwei Kumpel. Die hatten inzwischen das Entenrudel erreicht und räumten auf. Laut quakend flatterten die Vögel haarscharf über das Wasser, wohl wissend, daß sie für die Störenfriede unerreichbar waren, aber trotzdem verängstigt auf der Suche nach einem Fluchtpunkt. Wir schrien uns die Kehlen heiser, doch die Hunde hatte der Jagdeifer gepackt. Unermüdlich wechselten sie die Richtung, paddelten immer wieder hinter den Enten her und gaben erst auf, als sie keine Kraft mehr hatten. Erschöpft zogen sie sich an Land und ließen sich ins Gras fallen.

»Jetzt aber nichts wie nach Hause, sonst erkälten sie sich.«

»Eben nicht!« widersprach Steffi. »Die müssen laufen, damit sie wieder warm werden.« Sie rannte los und die erstaunlich schnell regenerierten Hunde hinterher. Und dann sahen sie die Katze! Kurzer Blickkontakt, leichter Schwenk nach links, weg waren sie. Wir hörten sie nur noch quieksen.

»Jetzt haben wir den Salat!«

»Ach was, die kriege ich schon.« Steffi spurtete los, und Horst Herrmann setzte sich ebenfalls in Trab. Bevor Jojo auf den Gedanken kommen würde, sich den Sprintern anzuschließen, nahm ich ihn an die Leine. »Seht zu, wie ihr klarkommt, *ich* gehöre jedenfalls nicht zu euch!« brüllte ich noch, dann schlenderte ich langsam und mit betont desinteressierter Miene den Weg entlang. Mir schwante nämlich Fürchterliches.

Der Schloßpark grenzt an eine neu erbaute kleine Reihenhaussiedlung, deren Gärtchen damals noch mit frisch gepflanzten Hecken oder halbfertigen Zäunen abgeteilt waren, die den vom Jagdeifer gepackten Hunden keinerlei Hindernisse bieten würden. Taten sie auch nicht. Ich hörte Schimpfen, wütendes Kläffen, es klirrte, Sekunden später plätscherte etwas, und dann war ich nahe genug heran, um das Spektakel auch sehen zu können. Vorneweg die Katze mit Zielrichtung Mostapfelbaum, der den Baumaschinen versehentlich entgangen sein mußte. Dahinter die zwei Hunde. Ihnen auf den Fersen eine dicke Frau mit drohend geschwungenem Schrubber, gefolgt von einem Mann, der sich mit einer Harke bewaffnet hatte. Beide kreischten um die Wette. Und ganz hinten, schon ziemlich außer Atem, Steffi und Horst Herrmann.

Inzwischen hatte sich die Katze auf den Baum geflüchtet, umkreist von den wütend bellenden Hunden, die jetzt ihre Aufmerksamkeit zwischen dem fauchenden Zimmertiger und dem heruntersausenden Schrubber teilen mußten. Ich wollte gerade dazwischengehen, als Horst Herrmann der Frau in den Arm fiel. »So geht's nun auch nicht!«

Während des folgenden Dialogs vergrößerte sich mein Repertoire an schwäbischen und hessischen Schimpfwörtern (Horst Herrmann stammt aus Darmstadt). Doch endlich ging allen Kontrahenten die Puste aus. Mit der Drohung, das nächstemal »diese verdammten Köter zu ersäufen«, zogen sich die Gartenbesitzer schnaufend zurück.

Jetzt erst fing Steffi an zu lachen. Sie konnte sich überhaupt nicht mehr beruhigen. »Es war zu ko-komisch«, gluckste sie. »Erst ist die Alte zur Salzsäule erstarrt, als Mäxchen plötzlich vor ihren Füßen auftauchte, dann schoß Otto vorbei, und das war wohl zuviel. Zuerst hat sie mit dem Schrubber zuschlagen wollen, natürlich viel zu spät, sie hat bloß die Krokusse geköpft, und als die Hunde quer durch den Goldfischteich gerast sind, ist sie ihnen nach. Auch durchs Wasser. Ich glaube, das hat sie gar nicht gemerkt.«

»Ich habe aber noch ein Klirren gehört.«

»Das war der Mann.« Wieder lachte Steffi los. »Der hat einen Stein nach Otto geworfen und dabei die Scheibe von seinem Frühbeet getroffen.«

Wir sammelten die Hunde ein, die hechelnd im Gras lagen und noch immer sehnsüchtig nach oben zu ihrer entgangenen Beute stierten, dann verließen wir umgehend die Stätte ihres Triumphes.

Otto hat nie mehr ohne Leine den Schloßpark betreten, und um die Siedlung machen wir noch heute einen großen Bogen.

Ob sich mein Gesundheitszustand seit Ottos Anwesenheit verbessert hat, weiß ich nicht, doch zum Entsetzen der Zwillinge bin ich jetzt bestens über den Stadtklatsch informiert und gebe ihn auch bereitwillig weiter. Fährt man nämlich mit dem Auto zum Einkaufen, guckt man bloß auf die Straße und sonst nirgendwohin. Geht man aber zu Fuß zum Supermarkt und muß wegen des Hundes an jedem zweiten Baum anhalten, dann sieht man ständig etwas Interessantes. Die neue und sehr aufwendige Haustür von Müllers in Nummer sechs zum Beispiel oder den Kinderwagen auf der Terrasse von Gerolds, der zu Spekulationen herausfordert. Immerhin haben Gerolds doch nur eine Tochter. Verheiratet ist die bestimmt noch nicht, das hätte sonst im Blättchen gestanden. Frau Niedermeier, die mir gerade mit Pudel Hansi entgegenkommt, weiß sicher Näheres. Während sich die Hunde begrüßen, werde ich darüber informiert, daß Gerolds Tochter in Tübingen studiert und der Kinderwagen zu dem Besuch aus Dresden gehört. Nebenbei erfahre ich noch Einzelheiten über Hansis Kampf mit dem Cocker Chico, der Otto auch schon mal ans Leder wollte. Leute, die ihre Hunde nicht erziehen können, sollten keine haben! Otto weiß das und geht nur dann auf seine Artgenossen los, wenn ich in der Nähe bin und ihm den Rücken stärken kann. Ich sehe aber nicht nur neue Haustüren und unbekannte Kinderwagen, sondern auch die ersten Blüten an den Mandelbäumchen, die Stadtgärtner, wie sie in brütender Hitze Unkraut jäten, und das kleine Aussiedlerkind, das nur Russisch spricht und traurig am Gartenzaun lehnt. Als ich zurückkomme, ist es immer noch da. Den Lutscher will es nicht annehmen. Es wartet wohl darauf, daß jemand mit ihm spielt.

Nur Otto habe ich es zu verdanken, wenn sich mein Blick erweitert hat und ich vieles bemerke, was ich früher gar nicht wahrgenommen habe. Deshalb empfinde ich das Gassigehen auch nicht als lästig, sondern als gesundheitsförderndes Vergnügen. Jedenfalls im Sommer. Wann dieses Vergnügen zur leidigen Notwendigkeit wird, bestimmt Otto selber. Wir brauchen nämlich kein Thermometer mehr.

Öffne ich morgens die Terrassentür, damit er seinen Stammbaum besuchen kann, und er kommt nicht wieder zurück, dann haben wir mindestens fünfzehn Grad. Bleibt er fünf Minuten draußen, ist es immer noch zehn Grad warm. Der kritische Punkt beginnt bei Null, dann nämlich ist Otto nach längstens einer Minute wieder da. Dreißig Sekunden bedeuten Minusgrade, und steckt er bloß die Schnauze aus der Tür, so daß ich mit einem sanften Fußtritt nachhelfen muß, dann wird es Zeit für lange Unterhosen.

So weit war es jedoch noch nicht. Wir hatten Sommer, und zwar seit langem den ersten, der uns tropische Hitzegrade bescherte.

Die Zwillinge hatten Semesterferien, waren aber in Dossenheim geblieben, um Geld für den Urlaub und für »Sonstiges« zu verdienen, worunter die beiden erstmals etwas völlig Verschiedenes verstanden. Nicole sparte für eine komplette Skiausrüstung und Katja für einen Trockentauchanzug, mit dem man auch bei vier Grad minus in einen Baggersee steigen kann, um dann auf dem Grund rostige Blechdosen und alte Autoreifen zu besichtigen. Lediglich die Wochenenden verbrachten sie zu Hause, vorwiegend in der Hängematte oder auf der Gartenliege.

»Du weißt ja gar nicht, wie schön du es hier hast.« Katja wechselte von der Bauch- in die Rückenlage. »Was glaubst du, wie wir in Büchsenbach braten, wenn die Sonne von morgens bis abends aufs Dach knallt! Wir gucken schon gar nicht mehr aufs Thermometer, wir zählen bloß noch die benutzten Gläser in der Spüle.«

»Kochen tun wir auch nicht mehr«, ergänzte Nicki. »Zur Zeit ernähren wir uns von Salat und Speiseeis.« Was sie allerdings nicht hinderte, beim sonntäglichen Mittagessen kräftig zuzuschlagen. »Guck mal, Katja, richtige Kartoffeln. Wann haben wir die eigentlich zum letztenmal gegessen?«

Rolf erinnerte sich des Lamentos wegen des angeblich unerläßlichen Küchenherds. »Wer von euch beiden — die momentane Hitzewelle mal ausgeklammert — hat eigentlich das Kochen übernommen?«

»Ooch, das ist nicht so genau festgelegt«, antwortete Katja gleichmütig, »da wechseln wir uns ab. Mal schneidet Nicki die Tütensuppen auf und mal ich.«

So etwas Ähnliches hatte ich mir schon gedacht. »Auf die Dauer ist das aber eine sehr einseitige Ernährung, man kann nicht nur von Fertigfutter existieren. Kennt ihr denn überhaupt die Grundarten von Lebensmitteln?«

»Doch ja«, meinte Katja zögernd, »tiefgefroren, in Dosen, in Flaschen und in Beuteln.«

»O Gott«, sagte Rolf nur.

Ich muß allerdings zugeben, daß die Mädchen hervorragende Köchinnen geworden sind, und zwar alle beide. Ich genieße es, wenn sie mich mal vom Herd suspendieren und die Küche zur Bannmeile erklären. Was später auf den Tisch kommt, kenne ich in der Regel nicht, aber es schmeckt immer großartig. Am meisten liebe ich Nicolas Coq au vin, auch wenn sie der Ansicht ist, es sei schade, daß man Hühner nicht mit Tausendfüßlern kreuzen könne, »dann bekäme nämlich jeder ein Bein«.

Im Herbst hatten sie ihr erstes Praktikum und mußten vier Wochen lang täglich jeweils eine Stunde Unterricht geben. Was also lag näher, als die Schule im Nachbarort anzupeilen und vorübergehend mal wieder ins Elternhaus zu ziehen, wo ihnen außer geregelten Mahlzeiten auch schrankfertige Wäsche und seelischer Zuspruch garantiert waren. Den brauchten sie auch.

»Das wichtigste an einem Lehrer ist nicht sein didaktisches Können und so weiter, sondern seine Frustrationstoleranz«, stellte Katja bereits am zweiten Tag fest. »Die Kids von heute sind ja teilweise noch widerlicher, als wir es gewesen sind. Sagt doch so ein Rotzlöffel zu mir: ›Kein Wunder, daß Sie so gut in Geschichte Bescheid wissen, Sie haben ja das meiste davon noch selbst miterlebt!‹ Dabei ist der Bengel bestenfalls acht Jahre jünger als ich.«

Nicole kämpfte mit anderen Schwierigkeiten. Ihr hatte man eine zweite Grundschulklasse zugeteilt mit der Aufgabe, das menschliche Gebiß durchzunehmen. Nachdem sie einen Nachmittag lang sämtliche Lexika gewälzt und zum Schluß noch das mir von meiner Großmutter vererbte Standardwerk *Die Frau als Hausärztin*, Jahrgang 1907, zu Rate gezogen hatte, meinte sie achselzuckend: »Da steht auch nichts Vernünftiges drin. Na gut, dann kann ich morgen wenigstens mal meine pädagogischen Fähigkeiten voll entfalten, wenn ich etwas erklären muß, wovon ich selber keine Ahnung habe.«

Trotz dieser destruktiven Äußerungen machte ihnen das Praktikum großen Spaß. Als die Zeit herum war, tat es ihnen sogar leid. »In diesen vier Wochen haben wir mehr gelernt als während der vergangenen drei Semester Uni«, sagte Katja überzeugt. »Was da von den Dozenten geboten wird, ist doch bloß Grüne-Tisch-Philosophie, rein theoretischer Kram also, mit dem man in der Praxis nicht das geringste anfangen kann. Das habe ich jetzt mitgekriegt. Ich glaube, wenn nicht Moses, sondern irgend so ein Fachgremium die Kinder Israels geführt hätte, wären sie immer noch in Ägypten.«

»Wie kommst du denn jetzt darauf?« fragte Rolf verblüfft.

»Ich mußte heute Vertretung in Religion machen.«

13

Wenn Pfingsten, Geburts- und Muttertag auf ein und dasselbe Datum fallen, hilft nur eins: Flucht! Diese komprimierte Fürsorge, Hilfsbereitschaft und Dankbarkeit ist nur mit sehr starken Nerven zu ertragen, und die habe ich nicht mehr. Früher mußte ich sie haben. Das begann beim Frühstück im Bett mit leicht verbranntem Toast, lauwarmem Kaffee und zum Teil selbstfabrizierten Gedichten und hörte beim eigenhändig gekochten Mittagessen (in der Regel gab es Hackfleischbraten) noch lange nicht auf. Zwischendurch kamen die Präsente, bei denen anfangs die Kindergärtnerinnen Hilfestellung geleistet hatten, später der zuständige Lehrer für den Werkunterricht. Ich besaß Unmengen von bemalten Kleiderbügeln, die alle abfärben, sobald man etwas Feuchtes draufhängte. Das bestickte Nadelkissen liegt immer noch im Nähkasten und ist nur zum Ansehen da; hineingepiekte Nadeln rosten nämlich. Svens Aschenbecher steht nach wie vor auf meinem Schreibtisch, obwohl er wie ein zu klein geratener Blumentopf aussieht und auch sehr unpraktisch ist, und gleich daneben hat Saschas Dafantel seinen Platz, eine Mutation, die man in der freien Natur vergeblich suchen würde: vorne und hinten Elefant, in der Mitte Dackel. Sogar die Beine sind krumm.

Der Zeitpunkt, an dem sich die verschiedenen Ereignisse auf einen Tag konzentrieren, wiederholt sich alle zehn bis zwölf Jahre. So bin ich zwar immer rechtzeitig gewarnt und doch nie richtig vorbereitet. Die Blumenvasen reichen nicht, Kuchen ist immer viel zuviel da, denn jeder bringt noch welchen mit, weil ja Muttertag ist und ich keine Arbeit haben soll. Nach Ansicht meiner Familie habe ich im Sessel zu sitzen und mich bedienen zu lassen. Das ist aber ganz und gar nicht mein Fall. Besonders dann nicht, wenn sich vor der Tür Bruder und Schwester in den Haaren liegen, wie viele Löffel Kaffee in die Maschine müssen, während sich die Zwillinge nicht einigen können, ob die Servietten nun zu Bischofsmützen oder zu Schwänen gefaltet werden sollen. Zu allem Überfluß muß ich auch noch ein Stück von jeder selbstgebackenen Torte probieren, ergibt mindestens vier, hinterher ist mir regelmäßig schlecht, aber das liegt dann nicht am Kuchen, sondern an der Aufregung.

Nun war es mal wieder soweit. Der dreifache Festtag rückte immer näher, und ich hatte schon vorsichtshalber meine Freundin Irene um Asyl gebeten. Berlin ist weit genug weg.

»Den Muttertag wirst du zwangsläufig auch hier ertragen müssen, doch abends seilen wir uns ab. Wir gehen schick essen und dann ins Theater oder in die Oper, ganz wie du willst. Ist mein Geburtstagsgeschenk.«

Das klang verlockend, und dabei wäre es vermutlich auch geblieben, hätte Steffi nicht eine noch viel bessere Idee gehabt. »Was hältst du von einem Urlaub?«

»Urlaub? Um diese Jahreszeit? Wo denn?« Wir hatten Mitte April, meistens nieselte es, und im Thermometer verkroch sich immer noch das Quecksilber. Sogar in Kenia hatte die alljährliche Regenzeit begonnen. »Jetzt kann man keinen Urlaub machen, höchstens in der Karibik oder irgendwo in Südostasien, und daran hattest du wohl nicht gedacht?«

»Natürlich nicht. Viel zu weit und viel zu teuer. Ich kann aber ganz billig ein Wohnmobil kriegen, und damit könnten wir doch losziehen. Südfrankreich zum Beispiel, Camargue, Provence, ein bißchen die Küste lang, und wo es uns gefällt, bleiben wir ein paar Tage. Wir sind autark, auf keinen Campingplatz angewiesen, können stehenbleiben, wo wir wollen... was hältst du davon?«

»Gar nichts!« sagte ich sofort. »Und du hast dich auch immer über die Wohnwagenurlauber mokiert, die wie Schnecken ihr Haus mit sich herumschleppen.«

»Ich rede doch nicht von einem Wohn*wagen*, sondern von einem Wohn*mobil*. Das ist ein Motor mit Haus drumrum. Hier, guck dir das Ding doch erst mal an!« Sie legte einen bebilderten Prospekt auf den Tisch. Ich bestaunte Wohnmobile von Güterwagengröße, in denen immer eine lächelnde Mami am hinteren Ende vor dem Herd stand, umgeben von zwei bis vier Kindern, am Tisch in der Mitte saß eine kartoffelschälende Oma, und draußen auf einer Blümchenwiese beschäftigte sich der Papi mit dem Gartengrill. Das ganze Freiluftmobiliar entsprach in Anzahl und Größe ungefähr unseren Terrassenmöbeln.

Doch es gab auch kleinere Wohnmobile. Die hatten ein Ziehharmonikazelt auf dem Dach, das man abends aufzuklappen hatte, wenn man schlafen gehen wollte. Da auf allen Fotos die Sonne schien, blieb es der Phantasie des Betrachters überlassen, wie gemütlich diese luftige Bettstatt bei Sturm und Regen sein würde.

»Nee, danke, das ist nichts für mich.« Ich faltete den Prospekt wieder zusammen.

»Du gehst immer gleich ins Extreme. Die mittleren Größen hast du dir überhaupt nicht angesehen.« Steffi blätterte erneut und zeigte auf ein Gefährt, das mit seinen geriffelten Wänden ein bißchen wie Baucontainer aussah. Über der Fahrerkabine befand sich eine Ausbuchtung. »Der da wäre es. Ist für vier Personen konzipiert, also hätten wir zu zweit mehr als genug Platz.«

»Zugegeben, etwas handlicher ist er ja, aber du glaubst doch wohl nicht im Ernst, daß ich mit so einem Möbelwagen über die Landstraßen fahre? Ich würde garantiert jedes zweite Verkehrsschild mitnehmen.«

»Fahren würde *ich* natürlich«, sagte Steffi sofort, »mir macht das nichts aus. Ich bin schon mit größeren Kalibern fertig geworden.«

Das allerdings stimmte. Alles, was einen Motor und vier Räder darunter hat, kann von Steffi vorwärtsbewegt werden. Sie hat es sogar geschafft, mit einem Achttonner fünfundvierzig Kilometer weit über die Autobahn bis zur nächsten Raststätte zu brettern, weil der Fahrer einen Asthmaanfall bekommen hatte. »Ich konnte den armen Kerl mitsamt seinen hunderttausend Adventkerzen doch nicht einfach sitzenlassen.«

Da es sich bei dem armen Kerl um einen gar nicht so armen Kegelbruder mit gutgehender Spedition handelte, haben wir nie mehr Probleme, wenn wir mal einen Lkw brauchen. Doch wann braucht man den schon?

Steffi bohrte weiter: »Im Mai soll es in Südfrankreich am schönsten sein, schon richtig warm, noch nicht so viele Touristen, vielleicht kann man ja sogar baden...«

»Im Mittelmeer? Nein, danke, und wenn, dann nur im Taucheranzug. Das ist schon vor dreißig Jahren eine Kloake gewesen, nur hat man's damals noch nicht so genau gewußt.«

Eben! Und deshalb bin ich auch jeden Tag mehrere Male hineingestiegen, selbst wenn ich hinterher jedesmal zum Bademeister gehen und mir die Öl- und Teerspuren von den Beinen entfernen lassen mußte. Der war jedoch darauf eingerichtet gewesen und hatte immer schon mit diversen Lappen sowie einer großen Flasche Chemie parat gestanden. Trotzdem war es eine schöne Zeit gewesen damals in Loano, diesem entzückenden kleinen Badeort mit dem jahrhundertealten Ortskern, den verwinkelten Gassen und der herrlichen Palmpromenade. Nur wenige Hotels hatte es gegeben, weiter hinten angesiedelt, damit das historische Stadtbild nicht zerstört wurde. Doch auf Hotels war ich gar nicht angewiesen gewesen. Meine Mutter hatte eine Wohnung im obersten Stock eines Neubaus gehabt mit Sonnenterrasse und Blick zum Meer, nur gemietet natürlich, aber dafür ganzjährig. Im Sommer hatte sie das Touristikbüro geführt, im Winter hatte sie ihre Lire als viel frequentierte Dolmetscherin verdient. Und ich hatte immer ein kostenloses Urlaubsdomizil gehabt. Wie es wohl jetzt dort aussehen mochte?

»Könnten wir auf dem Rückweg nicht an der italienischen Küste entlang bis nach Genua fahren und dann durch die Poebene und am Vierwaldstädter See vorbei wieder nach Hause?«

»Klar können wir«, sagte Steffi bereitwillig, »in Italien war ich sowieso noch nie.« Sie holte tief Luft. »Heißt das, du machst mit?«

»Zumindest lehne ich es nicht mehr ganz ab.«

»Also ja!«

»Nein, bis jetzt nur vielleicht. Ich muß erst mal drüber schlafen und dann den Familienrat befragen.«

»Da der nur noch aus Papi und Otto besteht, der erstens kein Stimmrecht hat und zweitens mitkommt, sehe ich keinerlei Probleme.«

»Otto soll mit? Der kann doch gar kein Französisch.«

»Jojo auch nicht.«

Zwei Hunde, zwei Frauen, ein Wohnmobil und ein fremdes Land, in dem man eine Sprache spricht, die ich vor vierzig Jahren zwar mal gelernt, dann aber nie wieder gebraucht habe — konnte das denn gutgehen?

Der große Familienrat, vorsichtshalber doch von Stefanie einberufen, meinte ja. Das sei doch mal etwas anderes als so ein vorgefertigter Urlaub mit Hotelreservierung und drei Mahlzeiten täglich.

»Wieso? Brauchen wir diesmal kein Essen?«

»Nimm nicht alles so wörtlich«, tadelte Sascha, »aber ihr könnt euch doch aussuchen, ob ihr selber kocht oder essen geht. In der Provence gibt es auch im kleinsten Nest eine hervorragende Küche.«

»Woher weißt du das?«

»Habe ich gelesen.« Später stellte sich heraus, daß Saschas Lektüre der Guide Michelin gewesen war, in dem tatsächlich einige provenzalische Spezialitäten-Restaurants aufgeführt waren, weit abseits unserer Route und so teuer, daß wir unserer Reisekasse hinterher nicht mal mehr eine Tankfüllung Benzin hätten zumuten können.

Nicht mal Rolf hatte etwas gegen unsere Pläne einzuwenden. Wir sollten ruhig fahren, dann hätte er endlich seine Ruhe, mit der Mikrowelle käme er jetzt auch zurecht, und überhaupt könne er ja Freund Felix für ein paar Tage kommen lassen, der sei nämlich auch solo, weil Marianne im Mai zur Kur müsse. Das allein wäre schon Grund genug gewesen, die Reise wieder abzublasen! Sascha versprach, ein wachsames Auge auf die beiden Strohwitwer zu haben. Trotzdem wollte er wissen, ob ich nicht etwa mit den Zahlungen für die Hausratversicherung im Rückstand sei.

Aus nicht erklärbaren Gründen erreichen Sven die familiären Neuigkeiten immer erst dann, wenn sie gar nicht mehr neu sind, und deshalb kreuzte er mit seinen diversen Reiseführern und Sehenswürdigkeiten-Sammlungen (es gibt kein Land der Erde, über das Sven nicht irgend etwas Wissenswertes katalogisiert hat) drei Tage vor unserer Abfahrt auf, als wir die Route schon längst festgelegt hatten. Wir beschäftigten uns bereits mit den handfesteren Vorbereitungen.

»Ihr müßt unbedingt einen Abstecher nach Lyon machen und euch die Aquädukte der gallorömischen ...«

»Müssen wir gar nicht, von den Dingern habe ich schon genug gesehen. Steffi, schreib mal Hundefutter auf die Liste.«

»Dann seht euch wenigstens die Kathedrale Saint-Jean an, die stammt aus dem 12. Jahrhundert.«

»Na und? Die in Arles ist noch älter, und da müssen wir sowieso durch. Gehört zum Inventar des Wohnwagens auch ein Schneebesen, oder müssen wir den selber mitnehmen?«

»Erst kommt das Fressen und dann die Kultur«, zitierte

Sven frei nach Bert Brecht, packte seine Kartothek wieder zusammen und widmete sich dem Studium der Landkarte, auf der wir mit einem roten Stift die genaue Route nach Süden und mit blauer Farbe mögliche Nebenstraßen markiert hatten.

»Das sieht aus wie 'n Strickmuster. Was wollt ihr denn in Avignon? Etwa die halbe Brücke besichtigen?«

»Die auch, aber in erster Linie den Papstpalast.«

»In Frankreich? Ich denke, flying Paolo residiert in Rom?«

O heilige Einfalt! Nun sind meine Geschichtskenntnisse zwar etwas umfassender als die von Sven, aber so richtig sattelfest bin ich denn doch nicht, deshalb erschien mir ein genereller Themenwechsel angebracht. »Könntest du mal im Keller nachsehen, ob man unseren Gartengrill zusammenklappen kann? Wenn nicht, müssen wir noch einen besorgen.« Grillfeuer scheinen zum Campingurlaub ebenso zu gehören wie Plastikgeschirr und Propangas. Ohnehin hatte Steffi sich schon alles zusammengeschnorrt, was auf platzsparende Weise transportiert werden konnte, also Klappstühle und Klapptisch, Klappfahrräder, zwei zusammenklappbare Liegen, von denen die eine bei der ersten Belastungsprobe kurz vor Marseille schon zusammenbrach, und nun brauchten wir noch einen Grill, weil der unsere ein etwas zu luxuriöses Modell war, mit dem wir nicht mal durch die Wohnmobiltür gekommen wären. Auf unserer Einkaufstour fanden wir auch einen, der zwölf Mark kostete und genauso lange hielt. Im übrigen lernte ich schon am dritten Tag unserer Reise, daß man am besten nichts Teures mitnimmt. Was nämlich nicht auf dem letzten Lagerplatz vergessen wird, geht kurze Zeit später sowieso kaputt. Campen, ob im Wohnmobil oder nur im Zelt, ist eine verlustreiche Angelegenheit.

Am nächsten Morgen räumte ich meinen Kofferraum leer, bestückte ihn mit Unmengen von leeren Körben und Tüten und fuhr mit Steffi zwanzig Kilometer weit zum

Einkaufszentrum. Unterwegs versuchte sie ihr Stenogramm zu entziffern. Als Expertin für Tütensuppen und Fertiggerichte hatte Katja telefonische Ratschläge erteilt. Das hatte sich ungefähr so angehört: »Wenn ihr Ravioli mitnehmt, dann nur die von Maggi, das sind die besten. Papiersuppen dagegen von Knorr, die machen wenigstens satt, vor allem der deftige Kartoffeltopf. Die Frühlingssuppe ist auch gut. Von Fertigsoßen solltet ihr die mit den Tomaten drin einpacken, mit Oregano aufgepeppt sind sie genießbar. Überhaupt sind Gewürze das wichtigste, sag Mami, sie soll das ganze Regal mitnehmen, oder weiß sie vielleicht, was Salbei und Zwiebelsalz auf französisch heißt? Und denkt an Nudeln, die braucht man nicht zu schälen, frisches Baguette schmeckt aber viel besser, und vergeßt nicht Ottos Futternapf, der frißt doch aus nichts anderem.«

Der ganze Vormittag ging drauf, dann hatten wir genügend Vorräte eingekauft, um einen Tante-Emma-Laden zu bestücken. Sogar an Kaugummi hatte Steffi gedacht und an Tabletten gegen Durchfall. »Du tust gerade so, als gäbe es in Frankreich keine Geschäfte.«

»Frankreich ist teuer!« sagte sie nur, ein Satz, den sie in den kommenden Wochen mindestens zwanzigmal pro Tag von sich gab.

Dann kam das Wohnmobil. Es gehörte dem Bruder vom Schwager einer Freundin (oder so ähnlich), jedenfalls kannte Steffi den Eigentümer gar nicht persönlich, und ich wunderte mich mal wieder, mit welchem Vertrauen wildfremde Menschen meiner Tochter ihr Hab und Gut überließen. Im übrigen war dieses Gefährt außen größer, als ich geglaubt, und innen kleiner, als ich mir ausgemalt hatte. Die Tür befand sich hinten gleich neben dem Ende der Stoßstange, war reichlich schmal und ziemlich hoch über dem Boden. »Wir brauchen eine Fußbank«, sagte ich als erstes, bevor ich den Wagen enterte, »haben wir so etwas?«

Hatten wir nicht. Eine Nachbarin — es hatten sich

schon deren mehrere zwecks Besichtigung der mobilen Wohnstatt eingefunden — konnte aushelfen.

Im Heck stand eine Spüle mit Unterschrank, daneben war eine kleine Arbeitsfläche befestigt. »Wo ist denn der Herd?«

Steffi klappte die Platte hoch und deutete auf das zweiflammige Gerät darunter. »Da isser doch.« Jetzt wußte ich wenigstens, warum die Prospekt-Oma die Kartoffeln am Tisch geschält hatte.

Gleich neben der »Küche«, nur durch eine widerborstige Tür getrennt, war das Bad installiert mit Chemietoilette, Waschbecken und einem dreieckigen Hängeschrank. »Wo ist die Dusche? Im Katalog hieß es doch: Bad mit Dusche.«

»Du stehst bereits drin!« sagte Steffi lakonisch. Tatsächlich! Unterhalb der Decke hing ein Schlauch mit Duschkopf. »Bedeutet das etwa, diese gesamte Naßzelle wird bewässert, sobald man das Ding da oben aufdreht?«

Steffi nickte nur. Na ja, täglich duschen soll ohnedies nicht so gesund sein, die Haut verliert ihren Schutzfilm. Irgend etwas in dieser Art hatte ich erst kürzlich gelesen. Ich machte die Tür wieder zu, sie sprang auf, ich zog sie etwas fester zu, sie sprang wieder auf, ich faßte die Klinke mit beiden Händen und — hatte sie in der Hand.

»Da ist sicher nur 'ne Schraube locker gewesen«, vermutete Sven, »das bringe ich noch in Ordnung.« Weil sich die Schraube aber während der Fahrt immer wieder lockerte und wir natürlich keinen Schraubenzieher dabei hatten (die Nagelfeile war gleich beim zweiten Reparaturversuch abgebrochen), begleitete uns das rhythmische Klappern bis an die italienische Grenze, wo sich ein freundlicher Camper der Sache annahm. Von da an hatten wir Schwierigkeiten, die Tür wieder aufzukriegen.

Der Kleiderschrank war fünfzig Zentimeter breit und bot lediglich den Hosen Platz. Wenn wir unsere Blusen alle auf zwei Bügeln übereinanderhängten, würden sie vielleicht auch noch reingehen.

Quer zum linken Fenster gab es einen zusammenklappbaren Tisch, rechts und links je eine Bank, direkt gegenüber noch eine etwas längere, die erstens als Bett und zweitens als Deckel für die darunter befindliche Vorratskiste diente.

Das war's! Abgesehen natürlich von der Hühnerleiter zur Schlafkabine im ersten Stock. Bei Maklern heißt es Maisonette-Wohnung, wenn das Schlafzimmer nur über eine Wendeltreppe zu erreichen ist, hier war diese Bezeichnung fehl am Platz. Lag man völlig platt in dieser Koje, hatte man höchstens zwanzig Zentimeter Kopffreiheit, und bei jeder Körperdrehung würde man unweigerlich gegen eine der drei Wände bolzen. Die offene vierte Seite eignete sich nur zum Runterfallen.

»Gibt es außer dem Bügelbrett da drüben noch eine Möglichkeit zum Schlafen?« Ich zeigte auf die lange Bank.

»Natürlich. Wenn du nicht nach oben in den Taubenschlag willst, kriegst du das Doppelbett.« Steffi machte sich sofort an den Umbau. Der Tisch wurde zusammengeklappt und füllte nun den leeren Raum zwischen den beiden querstehenden Bänken. Kopf und Füße lagen gepolstert, der Rücken ruhte auf blankem Holz. Was ich nicht nur sah, sondern auch aussprach. »Ist aber sehr gesund«, meinte Steffi treuherzig. Nach einer Liegeprobe empfahl sie mir allerdings die Mitnahme einer Luftmatratze.

Nur von außen erreichbar war die Gepäckhalterung auf dem Dach. Man mußte eine Schornsteinfegerstiege hinaufklettern, aufpassen, daß man nicht an den hinten befestigten Fahrrädern hängenblieb, sich mit einer Hand irgendwo anklammern und mit der anderen versuchen, den Deckel von dieser kindersargähnlichen Kunststoffbox aufzustemmen. Es war ja sicher ganz praktisch gedacht, alle sperrigen Teile außerhalb des Wohnmobils verstauen zu können, doch nach der zweiten Klettertour hatten wir die Nase voll und deponierten während der Fahrt Campingmöbel nebst Grill zwischen den Bänken. Bei jedem Halt mußten wir also zuerst unseren Freiluftsitz aufbauen, bevor wir uns in dem Vehikel überhaupt bewegen konnten.

Während wir noch unsere künftige Behausung besichtigten und überlegten, wo, um alles in der Welt, wir die ganzen Habseligkeiten unterbringen sollten — die rundherum in Kopfhöhe angebrachten Klappfächer würden niemals ausreichen —, hatte Sven schon mit dem Heraustragen begonnen. Noch ein Wäschekorb voll Konserven, noch ein Pappkarton mit Wäsche, noch eine Schüssel mit Geschirr...

»Das kriegen wir nie weg. Dazu ist das Auto viel zu klein.«

»Nicht klein, kompakt!« widersprach Steffi. »Laß mich das mal machen! Da muß man planmäßig vorgehen. Zum Beispiel bei den Nahrungsmitteln. Was wir erst später brauchen, kommt ganz nach unten«, erläuterte sie und fing mit den Hundefutterdosen an.

»Ob unsere Viecher damit einverstanden sind, wenn sie erst ab der zweiten Woche was zu fressen kriegen?«

Steffi sah das ein und holte die Büchsen wieder raus. »Beginnen wir eben mit den Kartoffeln.«

Es dauerte bis zum Dunkelwerden, dann hatten wir endlich alles verstaut. Wozu brauchten wir bloß so viel Gepäck, wenn wir doch eigentlich alles hinter uns lassen wollten?

»Morgen früh räumen wir noch das ein, was man normalerweise nicht mit in den Urlaub nimmt.«

»Und das wäre?«

»Die Betten zum Beispiel«, zählte Steffi auf, »Küchenhandtücher, Klopapier, Dosenöffner, Kerzen, Sekundenkleber, Fahrradflickzeug...«

»Meine Güte, wir fahren doch nicht durch die Sahara! Wenn wir wirklich etwas vergessen haben, können wir es doch unterwegs besorgen.«

»Kauf mal abends um neun irgendwo am Waldrand einen Büchsenöffner!«

Ich gab mich geschlagen und wollte dieses Instrument sofort und eigenfüßig ins Wohnmobil bringen. Ging aber nicht. Wir besitzen nur einen elektrischen, und der hängt an der Wand.

»Ich leihe mir den von Sascha aus«, fiel Steffi ein, »die brauchen ihn sowieso nicht. Brokkoli mit Sahnesoße gibt es tiefgefroren.«

Saschas Büchsenöffner war ein englisches Modell, nicht elektrisch, aber auch fest verankert. Wir fuhren schließlich ohne ab und kauften in Genf einen, der sechs Schweizer Franken kostete und vermutlich noch heute unter dem Mimosenstrauch südlich von Grenoble vor sich hinrostet.

Um sechs hatten wir starten wollen, um sieben suchten wir noch immer den Autoschlüssel. Wie er in den Küchenschrank gekommen ist, wo ihn Sven so gegen halb neun endlich gefunden hatte, blieb auch eines der ungelösten Rätsel. Ich weiß aber ganz genau, daß Stefanie noch die Mondamin-Packung geholt hatte, weil »man das Zeug immer braucht«.

Begleitet von den Segenswünschen der in Bademänteln aufgereihten Familie — bei den Nachbarn bewegten sich lediglich die Gardinen —, lancierte Steffi das unhandliche Gefährt im Rückwärtsgang ganz langsam aus der Einfahrt. »Geschafft!« sagte sie aufatmend (der Weg ist wirklich sehr schmal), und dann rumste es auch schon. »Scheiße! Die Laterne!«

Hier ist vielleicht eine kurze Erklärung notwendig. Wie in jeder anständigen Straße stehen auch in unserer Laternen, sogar ganz moderne, die sich bei beginnender Dunkelheit von selbst einschalten. Wir können das immer bei heftigen Sommergewittern beobachten. Bei der Planung dieser Beleuchtungskörper hatte wohl ein gewissenhafter Architekt die Anzahl der vorgesehenen Laternen durch die Gesamtlänge der Straße geteilt und dann den jeweiligen Standpunkt ermittelt, wegen der Symmetrie und weil es natürlich besser aussieht, wenn alle Lampen gleich weit voneinander entfernt sind. Diesem Umstand ist es zu verdanken, daß der unsere Häuserreihe bescheinende Lichtmast genau dort steht, wo ein zurücksetzendes Auto dagegen fahren *muß*, sofern es nicht rechtzeitig einen Bogen schlägt. Anwohner sind trainiert genug, dieses Hindernis zu umrunden, Besucher werden vorher gewarnt, Paketzusteller und Bierlieferanten wissen aus Erfahrung Bescheid, sonstige Lkw-Fahrer landen regelmäßig an dem Pfahl. Wir sehen das immer sofort, weil der Mast dann noch ein bißchen schiefer steht als vorher. Früher hatte die Stadtverwaltung jedesmal gleich einen Reparaturtrupp geschickt, jetzt kommt höchstens ein Abgesandter und guckt nach, ob die Lampe noch brennt und auch nichts runterfallen kann. Beurteilt er die Sache positiv, müssen wir mit der schiefen Laterne leben, bis der nächste dagegenfährt und sie endgültig demoliert.

Steffi stieg aus, umrundete den Wagen und kletterte wieder hinter das Steuer. »Nix passiert. An der Stoßstange ist nichts zu sehen, und die Glasschale fliegt frühestens beim nächstenmal runter. Machen wir also, daß wir endlich fortkommen.«

Bis zur Grenze brauchten wir drei Stunden, dann mußten die Hunde einen Baum haben und das Wohnmobil eine Vignette für die Schweizer Autobahnen. Diese Ausgabe hatten wir nicht einkalkuliert, weil vergessen, also strichen wir das geplante Mittagessen mit Bündner Rauchfleisch und kauten statt dessen Butterbrot mit Salami. Die mußte sowieso alle werden, weil sie nicht mehr in den Mini-Kühlschrank paßte und während der Fahrt dreimal vom Geschirrschrank gerollt war, bis ich sie schließlich in die Spüle gestopft hatte.

Nächster Haltepunkt war Lausanne von oben, näher heran kamen wir nicht, es sei denn, wir hätten die Autobahn verlassen. »Nach dem Wunsch deiner Urgroßmutter hätte ich irgendwo da unten meine letzten zwei Schuljahre verbringen müssen«, erzählte ich Steffi, »und wahrscheinlich hätte sie ihre Drohung sogar wahrgemacht, wäre nicht der Krieg dazwischengekommen. Hinterher konnte sie mit ihren Aktien aber bloß noch die Wände tapezieren. Statt in die Leuna-Werke hätte sie lieber bei Krupp investieren sollen.«

»So 'n Nobelinternat wäre doch gar nicht schlecht gewesen. Vielleicht hättest du da einen Grafensproß kennengelernt, geheiratet, und ich wäre jetzt eine Komtesse mit Stammschloß am Rhein und Feriendomizil in Acapulco.«

»Da kommste aber mit einem Wohnmobil nicht hin! Also sei froh, daß der Graf eine andere geheiratet hat.«

Die Hunde hatten mittlerweile jeden Grashalm neben der kleinen Parkbucht beschnüffelt, fanden nichts Interessantes mehr, wollten zurück in den Wagen. Ich auch. Mir war kalt. Von sonnigem Maiwetter konnte überhaupt keine Rede sein.

Wenigstens in Genf schien die Sonne. Weshalb wir mitten durch die Stadt mußten, obwohl wir auch hätten drumherum fahren können, wurde mir erst klar, als Steffi einen Parkplatz ansteuerte. »Ich will endlich mal die Fontäne in natura sehen. Außerdem muß ich mir die Beine vertreten.«

Das war einsichtig. Die Hunde wollten nicht mit. Großstadtgewühl mit hupenden Autos und unendlich vielen Beinen auf dem Gehsteig waren sie nicht gewöhnt. Es half ihnen nichts, sie brauchten was Grünes, möglichst mit ein paar Büschen drauf. »Vergiß die Tüten nicht!« Die hatte Stefanie jedoch schon eingesteckt. Als pflichtbewußte Hundebesitzer hatten wir noch gestern den Automaten im Schloßpark mit unserem gesamten Kleingeld gefüttert, auf daß er in genügender Anzahl jene kleinen Päckchen spende, mit deren Inhalt man die anrüchigen Hinterlassenschaften der Vierbeiner beseitigen kann.

»Den See hatten wir im Rücken, also müssen wir in *die* Richtung«, kommandierte Steffi und marschierte los.

»Stimmt nicht, wir müssen halblinks gehen.«

Beides war falsch, aber das merkten wir erst, nachdem wir eine halbe Stunde lang herumgeirrt und endlich in einem Bistro gelandet waren, wo uns der Patron den rechten Weg wies. Danach brauchten wir nur noch drei Minuten und standen am See. Die Fontäne war abgestellt. Auch sonst gab es nichts Sehenswertes außer unendlich vielen Fahnenmasten, an denen unendlich viele schlaffe Fahnen herabhingen. Außerdem fing es wieder an zu nieseln.

»Den Umweg hätten wir uns wirklich sparen können«, moserte Steffi. »Genf gefällt mir nicht. – Jojo, komm sofort vom Rasen runter, hast du die Schilder nicht gesehen?« Doch der hatte schon ein ihm genehmes Plätzchen gefunden. Wir brauchten zum erstenmal eine Tüte. Otto dagegen hinterließ die Spuren seines Besuchs auf dem Parkplatz. Kaum hatten wir unser Wohnmobil erreicht, da kroch er unter den Wagen und kam wenig später sichtlich erleichtert wieder hervor. »Wo soll er denn auch, hier gibt es ja nicht mal einen vermickerten Löwenzahnstengel, nicht wahr, Otto?« Otto wedelte Zustimmung.

»Wo müssen wir jetzt eigentlich hin?« Die ausgebreitete Karte auf dem Tisch, hockten wir auf den hochkant gestellten Campingliegen, was äußerst unbequem war, und suchten nach dem Weg.

»Ist doch ganz einfach. Immer Richtung Annecy und Aix-les-Bains. Am besten bleiben wir auf der Autobahn.«

»Kommt überhaupt nicht in Frage«, wehrte Steffi ab. »Ich will ein bißchen mehr von Frankreich sehen als Mautstellen und Notruftelefon. Wir fahren die Route nationale.« Sie faltete die Karte zusammen und arbeitete sich zum Führerhaus durch. »Kommst du noch an den Kühlschrank? Ich habe Durst.«

»Wenn du den roten Stuhl etwas nach hinten ziehst

und die beiden Liegen festhältst, könnte es eventuell gehen.« Es dauerte eine Weile, dann hatte ich es geschafft und reichte ihr die Coladose rüber.

»Auf die Dauer ist das keine Lösung, da müssen wir uns etwas anderes einfallen lassen«, sagt Steffi, als ich mich zu ihr durchgekämpft hatte. »Der Vorteil eines Wohnmobils besteht ja darin, daß man sich auch während der Fahrt ungehindert im Wohntrakt bewegen kann. Rein theoretisch könntest du ohne weiteres hinten sitzen und lesen, schlafen oder Kreuzworträtsel lösen.«

Die Praxis sah allerdings anders aus. Ich rutschte auf dem Beifahrersitz hin und her, vor mir die Karte, auf der Ablage Brille und Langenscheidts Taschenwörterbuch Französisch-Deutsch (wer lernt schon in der Schule, daß déviation Umleitung heißt) und neben mir eine lauthals schimpfende Stefanie, die alle übrigen Verkehrsteilnehmer abwechselnd verdächtigte, ihre Führerscheine bei der Fernsehlotterie gewonnen, in der Haferflockenpackung gefunden oder bei Neckermann bestellt zu haben.

Endlich hatten wir die Stadt hinter uns gelassen. »In höchstens anderthalb Stunden müßten wir in Annecy sein.« Sie trat abrupt auf die Bremse, weil ein Huhn über die Straße flatterte. »Könntest du eventuell ein ungerupftes Federvieh tafelfertig zubereiten? Dann würde ich das nächste nämlich kaltblütig erlegen.« Zum Glück für das Huhn begegnete uns keins mehr. »In oder neben oder hinter Annecy ist ein See, da werden wir kampieren.«

»Weißt du denn, ob es dort einen Campingplatz gibt?«

»Määm, zum vierundsiebzigstenmal: *Wir brauchen keinen Campingplatz!!!* Ein Wohnmobil ist verkehrstechnisch gesehen ein Personenkraftwagen und darf überall dort stehen, wo auch ein Pkw parken kann.«

Die Franzosen sehen das aber ganz anders. Oder wie sonst ließen sich die vielen Schilder erklären, auf denen ein rot durchgestrichenes Wohnmobil abgebildet war?

Wir fanden sie überall, auf ganz normalen Parkplätzen neben den Straßen, vor Raststätten (da mußten wir immer ganz nach hinten zu den Omnibussen), sogar vor Supermärkten und an sämtlichen Aussichtspunkten. Ich sah gewisse Schwierigkeiten auf uns zukommen, und Steffi war auch kleinlauter geworden.

Annecy erreichten wir bei einbrechender Dunkelheit. Im Gegensatz zu deutschen Bundesstraßen sind die Routes nationales keineswegs immer gut ausgebaute Straßen, sondern teilweise Landstraßen zweiter Ordnung mit Engpässen, unübersichtlichen Kurven und sehr unterschiedlichem Belag. Manchmal ist auch gar keiner drauf, dann muß man ganz schnell die Fenster zumachen, sonst wird man eingepudert. Jedenfalls war Steffis Zeitrechnung mal wieder nicht aufgegangen.

Den See fanden wir auch nicht, statt dessen standen wir plötzlich vor einem kleinen Flugplatz, zu dem wir gar nicht gewollt hatten. In der Ferne schimmerten die Lichter eines Dorfes. »Da tuckern wir jetzt hin und suchen uns irgendwo am Rand einen Schlafplatz. Für heute habe ich die Schnauze voll vom Fahren!«

Auf der einen Seite hatte das Dorf ein Neubaugebiet mit halbfertigen Häusern, viertelfertigen Straßen und herumstehenden Baumaschinen, auf der anderen gab es niedliche kleine Häuschen mit niedlichen kleinen Gärtchen, und dahinter fing gleich wieder das freie Feld an. Links Weizen, rechts Hafer.

»Gibt es denn hier nicht mal einen Feldweg, auf dem wir parken können?« Im Schrittempo kroch der Wagen die Straße entlang, während ich mit einer Taschenlampe aus dem Seitenfenster funzelte. Kein Weg war zu sehen, nicht mal eine Treckerspur.

»Dreh einfach um und stell dich irgendwo in dieses Neubauviertel. Dagegen wird kaum jemand was einwenden können.«

»Und morgen weckt uns in aller Hergottsfrühe die Betonmischmaschine! Ohne mich! Ich brauche meine acht

Stunden Schlaf, ganz besonders nach dieser Marathonfahrt.« Trotzdem wendete sie den Wagen, bog jedoch von der Hauptstraße ab und tastete sich am Marktplatz vorbei weiter in die Finsternis. »Ein Dorf hat immer vier Seiten, zwei kennen wir erst.« Noch einmal schwenkte sie nach rechts in einen holprigen Sandweg, dann trat sie erleichtert auf die Bremse. »Hier bleiben wir.«

Doch, das war ein sehr ansprechendes Plätzchen. Als ich die Tür öffnete, hörte ich ein Bächlein plätschern, und als ich ausgestiegen war, merkte ich, daß es gar kein Bächlein war, sondern Regentropfen, die sich in einer alten Zinkwanne sammelten. »Es regnet«, sagte ich überflüssigerweise.

»Hat aber gerade erst angefangen.« Steffi öffnete die hintere Tür, und sofort schossen die Hunde ins Freie. »Wenigstens brauchen sie hier keine Tüte.« Unschlüssig betrachtete sie unsere Klappmöbel. »Wohin mit dem Krempel? Wenn wir das vor die Tür stellen, ist morgen alles klatschnaß.«

»Schieben wir's doch einfach unter den Wagen.«

Das hielt sie für eine hervorragende Idee. Daß sie gar nicht so hervorragend gewesen war, merkten wir erst am nächsten Morgen, als wir die Sachen aus dem aufgeweichten Matsch klauben und zum erstenmal die Dusche benutzen mußten. Nicht für uns, nein, dazu reichte hinterher der Wasservorrat gar nicht mehr, sondern für das Campingmobilar. Wir hatten gerade noch genug zum Zähneputzen.

Das Ritual, ein fahrendes Wohnmobil abends in eine stehende Wohnung zu verwandeln, habe ich nie einwandfrei beherrschen gelernt. Ich habe auch nie begriffen, weshalb man während der Fahrt nicht kochen darf, obwohl das doch sehr praktisch wäre. Glücklicherweise ist Stefanie technisch wesentlich talentierter als ich, denn schon nach vierzig Minuten hatten wir heißen Tee, während auf der zweiten Flamme bereits die deftige Kartoffelsuppe brodelte. Als Dessert gab es Himbeerjoghurt.

»Leben wie Gott in Frankreich! Genauso habe ich mir das immer vorgestellt.«

»Wir üben doch noch«, tröstete mich Steffi. »Morgen klappt alles schon viel besser. Vor allem müssen wir uns künftig bei Tageslicht einen Stellplatz suchen.« Sprach's, warf mein Bettzeug aus dem »Schlafzimmer« und kletterte in ihre Koje. »Ich werde garantiert prächtig schlafen.«

Sie ist auch nur einmal wach geworden, als ich samt Luftmatratze aus meinem sogenannten Doppelbett kippte und auf Jojos Hinterteil landete, der lautstark gegen diesen Überfall protestierte. Völlig ungeübt im Umgang mit Luftmatratzen, hatte ich das Ding bis zum Platzen aufgeblasen. In diesem Zustand eignet es sich allerdings nur als Unterlage, wenn man auf dem sicheren Boden nächtigt.

Als ich gegen sieben Uhr erwachte, hatte ich das Gefühl, beobachtet zu werden, und tatsächlich bewegte sich ein Schatten vor dem Fenster. Was es war, konnte ich durch die nur auf Spalt stehenden Rolläden nicht erkennen, aber daß da etwas war, spürte ich genau. Was jetzt? Schreien? Hätte sowieso nichts genützt, wer sollte uns hier schon hören? Die Hunde loslassen? Auch sinnlos, wahrscheinlich würden sie sich ganz schnell irgendwo verkriechen und abwarten, wie die Sache weiterging. Weshalb hatten sie eigentlich nicht angeschlagen? Schöne Wächter!!! Man sollte ihnen das Futter streichen!

»Steffi, da draußen ist wer!« flüsterte ich, bekam jedoch nur ein unwilliges Grunzen zur Antwort.

»Wach auf! Wir müssen irgendwas tun!«

»Du kannst ja schon mal Kaffee kochen«, murmelte sie.

Nichts lag mir ferner. Entschlossen schälte ich mich aus meinem Deckbett und suchte nach einem geeigneten Gegenstand, um notfalls Leib und Leben verteidigen zu können. In einer Hand den Pfefferstreuer, in der anderen das Brotmesser, öffnete ich vorsichtig die Tür. Es muß ein fürchterlicher Anblick gewesen sein ... jedenfalls für den Voyeur. Er galoppierte laut muhend davon.

Kurz darauf wollte Steffi wissen, ob ich Kühe melken könne. Sie zeigte auf die sich im Topf zusammenziehende Milch. »Die ist sauer.«

Das war ich auch, aber aus anderen Gründen. Ich hatte gerade unsere Terrasse aufbauen wollen und die lehmverschmierten Möbel entdeckt. Als ich sie endlich notdürftig unter der Dusche abgeschrubbt hatte, war ich genauso naß wie das gesamte Inventar.

»Am besten lassen wir den ganzen Krempel hier im Bad stehen, da stört er am wenigsten«, entschied Steffi, hatte jedoch nicht bedacht, daß uns jetzt der Zugang zur Toilette versperrt war. Zum Glück gab es weiter oben einige Büsche, und statt Klopapier nahmen wir Küchenkrepp. Man muß eben flexibel sein. »So ein Wohnmobil ist doch eine feine Sache«, knurrte ich erbittert, die aufgeweichte Lehmschicht von den Turnschuhen kratzend. »Man ist absolut autark und auf niemanden angewiesen. Wo kriegen wir jetzt Wasser her?«

»Wir müssen sowieso tanken, da fülle ich den Vorrat gleich auf.«

»Welchen Vorrat?« Aus der Leitung tröpfelte es nur noch. Es reichte nicht mal mehr für eine Tasse Pulverkaffee.

Wir beschlossen den sofortigen Aufbruch und hofften auf ein Bistro mit Café au lait und ofenfrischen Croissants. Solche Lokalitäten scheint es jedoch nur in Paris zu geben, wo man — zumindest pflegte Inspektor Maigret das immer zu tun — schon morgens um sechs an jeder Straßenecke ausgiebig frühstücken kann. Sämtliche Kneipen, an denen wir vorbeikamen, hatten aber noch die Jalousien unten.

Während Steffi tankte und dem Besitzer gestenreich klarzumachen versuchte, daß sie auch Wasser brauchte, nein, nicht aus der Blechkanne für den Kühler, sondern sauberes zum Trinken, kaufte ich in der gegenüberliegenden Bäckerei frisches Baguette und für zwei Mark zwanzig einen Liter Plastikmilch. Und dann saßen wir in der Sonne — Steffi auf der Fußbank, ich in der geöffneten Tür — neben der Dieselzapfsäule und frühstückten. Es war urgemütlich, besonders dann, wenn ein Lastwagen vorbeidonnerte und unser frugales Mahl mit Staub panierte.

Schließlich reihten wir uns auch wieder in den Verkehr ein. Aix-les-Bains, Chambéry — hier wurde die Straße besser, meine Laune auch —, weiter nach Voiron und dann Richtung Valence. »In der Gegend von Orange sollten wir übernachten«, schlug ich vor, »da sieht es auf der Karte so grün aus. Rein theoretisch müßte das liebliche Landschaft bedeuten.«

Wahrscheinlich hatten wir die falsche Straße erwischt. Die liebliche Landschaft entpuppte sich als sehr waldreiche Gegend mit ein paar Schluchten mittendrin, bestens geeignet als Kulisse für Webers *Freischütz*, keineswegs verlockend als Rastplatz.

»Hier würde ich mich zu Tode graulen«, wehrte Steffi ab, als ich auf eine Waldschneise deutete, die malerisch von vereinzelten Sonnenstrahlen beschienen war.

»Dann eben nicht! Mal werden die Bäume ja aufhören.«

Das taten sie auch, und gleich dahinter führte ein Weg nach rechts. »Campingplatz« stand auf einem Schild. »Den sehen wir uns mal an«, beschloß meine Chauffeuse, »vielleicht bleiben wir da. Um diese Jahreszeit ist der bestimmt noch nicht überfüllt.«

Das war er wirklich nicht, genaugenommen war er noch nicht einmal geöffnet. Das hatte jedoch eine Großfamilie nicht daran gehindert, sich häuslich niederzulassen. Sie mußte schon länger dort leben, denn der Abfallberg hinter dem letzten Zelt hatte eine beachtliche Höhe erreicht.

»Sind das nicht Zigeuner?« Vorsichtshalber stoppte Steffi den Wagen in respektvollem Abstand und ließ sogar den Motor laufen. Die Sippe, zu der auch eine Schar

Kinder gehörte, warf nur einen flüchtigen Blick auf uns Eindringlinge, dann interessierten wir sie nicht mehr.

»Nee, hier bleiben wir nicht, die sind mir zu suspekt.«

»Aber in die Camargue zum Sinti-Treff willst du unbedingt hin«, erinnerte ich Steffi. »Wahrscheinlich sind die hier auch auf dem Weg nach Süden, nur sind sie noch ein bißchen zu früh dran. Und dieses Gewäsch von wegen ›alle Zigeuner stehlen‹ ist doch nur ein Vorurteil. Gerade bei den Sinti-Familien herrscht eine beinahe militärische Disziplin, und jedem, der dem Oberhaupt nicht pariert, drohen drakonische Strafen. Das habe ich mal gelesen.«

»Wie viele Zigeuner hast du denn schon persönlich kennengelernt?«

»Keinen«, mußte ich zugeben.

»Papier ist geduldig«, sagte Steffi nur und drehte um. Bevor wir die Landstraße erreicht hätten, zweigte nochmals ein Weg ab, der zu einem Dorf zu führen schien. Auf halber Strecke dorthin gab es einen von Bäumen bestandenen Hügel, und mitten darin war ein uraltes, aus Feldsteinen erbautes Kirchlein.

»Guck mal, Steffi, sieht das nicht aus wie ein Gemälde von Monet?«

»Berge hat der doch nie gemalt, und Kirchen auch nicht. Der hatte es doch immer mehr mit 'm Wasser.«

»Ich meine ja auch nicht unbedingt das Motiv, sondern mehr die Stimmung.«

»Du hast recht, die Sonne steht schon ziemlich tief. Warum bleiben wir nicht einfach hier?«

Ich war einverstanden. Was sollte uns schon im Schatten des Gotteshauses passieren? Während Steffi unser mobiles Heim wieder auf Wohnbetrieb umstellte, inspizierte ich die nähere Umgebung. Die Bäume waren keine Fichten mehr, sondern Pinien, die Wildblumen kannte ich zum Teil gar nicht, und trotz der abendlichen Stunde war es noch so warm, daß ich nicht mal eine Jacke brauchte. Wir näherten uns ganz offensichtlich wärmeren Zonen.

Das Kirchlein, mindestens einige hundert Jahre alt, war einem Heiligen geweiht. Ich weiß nicht mehr, welchem, aber sein Namenstag wird am 21. September gefeiert, und an diesem Tag sollte ihm zu Ehren hier oben ein Gottesdienst stattfinden. Das zumindest besagte ein schon von der Sonne ausgeblichener Zettel, mit profanen Heftzwecken an der dicken Holztür befestigt.

»Wenn uns heute nacht jemand abmurkst, werden unsere sterblichen Überreste spätestens in viereinhalb Monaten gefunden werden.« Ich erzählte Steffi von meiner Entdeckung.

»Hat denn auch die Jahreszahl danebengestanden?« forschte sie mißtrauisch. »Ach ja, eine Frage noch: Weißt du, wo ich die Grillkohlen verstaut habe?«

»Gegenfrage: Haben wir überhaupt welche gekauft?«

Notgedrungen grillten wir die mitgebrachten Steaks auf Pinienzapfen, die entsetzlich qualmten und dem Essen ein ungewohntes Aroma verliehen, aber es schmeckte trotzdem großartig. Vöglein zwitscherten ihr Abendlied, Eidechsen huschten über die sonnenwarmen Steine und brachten die Hunde zur Verzweiflung, und als der Mond hinten über den Weizenfeldern aufstieg, saßen wir immer noch draußen und schauten in die Sterne. »Hier würde ich es ein paar Tage lang aushalten.«

»Ich nicht«, erwiderte Steffi, »ist mir ein bißchen *zu* einsam. Mir schwebt etwas ganz anderes vor, was Ausgefallenes abseits der üblichen Ferienorte, wo aber trotzdem was los ist.«

»Dann solltest du auf eine Nordsee-Hallig fahren. Du hast ja keine Ahnung, was da los ist, wenn das wöchentliche Postschiff kommt!«

Nach dem dritten Glas Rosé hatten wir die nötige Bettschwere erreicht und verzogen uns in unser luxuriöses Heim. Mit nur halb aufgepumpter Luftmatratze hätte ich eigentlich herrlich schlafen müssen, doch wer behauptet, man solle sich nicht über Kleinigkeiten ärgern, hat noch nie eine Mücke im Schlafzimmer gehabt.

14

»Heute machen wir aber mal in Kultur!« entschied ich, während wir unsere Terrasse abbauten und das Wohnmobil in fahrbereiten Zustand versetzten. »Avignon ist sehr geschichtsträchtig.«

»Muß das sein?« Steffi schob die zusammengeklappten Stühle in den Wagen. »Vergiß nicht wieder, den Krempel im Bad bruchsicher zu verstauen.«

»Habe ich schon.« Nach unserer ersten Übernachtung hatten wir von der Seife bis zum Mückenvertilgungsmittel alles offen stehenlassen und abends ein Chaos vorgefunden. Die ganze Naßzelle roch noch immer intensiv nach Odol, in die hoffentlich letzte Scherbe war ich vorhin erst getreten, und mein Lieblingslippenstift war auch im Eimer. Bei dem Versuch, den kläglichen Rest Shampoo vor dem endgültigen Auslaufen zu retten, hatte Steffi die Hülle einfach plattgetreten. Noch einmal würde so etwas nicht passieren! Im diffusen Mondlicht hatten wir noch gestern abend eine Checkliste aufgestellt und die Verantwortung für die einzelnen Sicherheitsmaßnahmen gewissenhaft geteilt. Künftig war Steffi für den technischen Bereich zuständig, worunter auch die Kontrolle der Wasserbehälter einschließlich Abwassertank und Chemietoilette fiel, während ich die hauswirtschaftlichen Belange zu übernehmen hatte. Würden wir plötzlich ohne Benzin dastehen, wäre das Stefanies Schuld, und wenn wieder einmal das Baguette über den Fußboden kullerte, so war das meiner Nachlässigkeit zuzuschreiben. Vor der Abfahrt hatte es hochkant im Kleiderschrank verstaut zu werden, dem einzigen Platz mit einer Tür davor, wo so ein langes Teil hineinpaßte.

Ohnehin waren wir schon ein recht gut eingespieltes Team. Jeder wußte genau, wann er sich wo hinzusetzen hatte, damit der andere mit einem Tablett in der Hand gefahrlos den Wagen der Länge nach durchqueren konnte. Der Ruf »Vorsicht!« bedeutete, daß man auch seine Beine anziehen mußte, weil die halbe Vorratstruhe ausgeräumt wurde (die zweite Packung Knödel war ganz nach unten gerutscht), und »alle Mann raus!« hieß, es war mal wieder der Schraubverschluß vom Mineralwasser runtergefallen und genau dorthin gerollt, wo man ihn nur mit Hilfe von Handfeger und/oder Kleiderbügel hervorbekam, artistische Verrenkungen inbegriffen.

Auf dem Weg nach Avignon erteilte ich Steffi Geschichtsunterricht. Sehr viel war auch bei mir nicht hängengeblieben, doch wozu gibt es Lexika? Einige Stichworte hatte ich mir notiert. »Von 1309 bis 1377 regierten in Avignon insgesamt sieben Päpste.«

»Neun«, korrigierte Steffi.

»Wirklich? Dann muß es Doppelbesetzungen gegeben haben. Jedenfalls endete mit der Französischen Revolution der Kirchenstaat Avignon und ...«

»... seitdem ist auch die Brücke kaputt.«

»Nein, die wurde schon 1669 zerstört.«

»Wodurch?«

»Keine Ahnung. Vielleicht durch Hochwasser.«

»Oder durch Touristen, sofern es damals schon welche gegeben hat. Den schiefen Turm von Pisa haben sie ja auch kleingekriegt.«

»Du redest komprimierten Schwachsinn! Der Turm sackt von allein ab, weil der Untergrund nachgibt.«

»Weiß ich auch. Aber vielleicht würde er nicht so schnell rutschen, wenn nicht seit Jahrzehnten Touristen raufsteigen und sich genau dort hinstellen würden, wo die schiefe Seite ist.«

»Quatsch! Außerdem haben Touristen mit der kaputten

Brücke von Avignon gar nichts zu tun. Die ist ja erst zur Attraktion geworden, *weil* sie kaputt ist.«

»Genau wie die in Heidelberg. Kein Mensch hat sich für den Neubau interessiert, und erst, als er wieder zusammengekracht ist, sind alle hingepilgert und haben sich die architektonische Pleite angeguckt.«

Da gab ich es auf, faltete meine Gedächtnisprothese zusammen und warf sie in die Mülltüte. Die war auch schon wieder voll. Da die Abfallbeseitigung in den hauswirtschaftlichen Bereich fiel, hoffte ich, irgendwo einen Rastplatz zu finden und dort eine noch nicht überquellende Mülltonne. Ich entdeckte weder das eine noch das andere, obwohl wir uns nur noch im Schneckentempo vorwärtsbewegten. Schließlich trat Steffi auf die Bremse und schaltete den Motor aus. »Nichts geht mehr.«

»Stimmt. Alles fährt.«

Gute zehn Minuten hingen wir im Stau, dann konnten wir weiterrollen. Endlich tauchten auf der linken Seite die ersten Mauern der gewaltigen Residenz auf. »Jetzt sollten wir irgendwo anhalten und aussteigen.«

»Haha«, machte Steffi nur, auf die unzähligen Verkehrsschilder deutend, die außer Geradeausfahren so ziemlich alles verboten. Verständlich, denn halb Europa schien sich hier versammelt zu haben. Autos mit Nummernschildern von Finnland bis Portugal krochen vor, hinter und neben uns die Straße entlang, holländische Wagen mit schaukelnden Anhängern, auf dem Dach drei Fahrräder und hinten drin Oma, Opa nebst Enkelkind oder auch mal vier übereinandergestapelte Koffer, die durch ihr Gewicht die Hinterachse fast auf den Boden drückten. Dazwischen eine Selbstmordkandidatin auf dem Fahrrad mit drei Weißbroten unterm Arm.

»Versuch's mal mit Beten«, schlug Steffi vor, »an dieser weihevollen Stätte liegt ein Wunder zumindest im Bereich des Möglichen.«

»Was soll ich?«

»Um einen Parkplatz beten.«

Obwohl ich dieses blasphemische Ansinnen weit von mir wies, geschah das Wunder. Auf der schmalen Grasnarbe, die den Fußweg von der Straße trennt, setzte sich ein Wohnwagen in Bewegung, und sofort steuerte Steffi den freiwerdenden Platz an. Die einbetonierten Parkverbotsschilder übersah sie genauso großzügig wie alle anderen Verkehrsteilnehmer, die dort ihre Autos abgestellt hatten. »Sollen sie uns doch ruhig ein Knöllchen verpassen. Nachher sind wir sowieso wieder weg, und Interpol wird wegen einer simplen Ordnungsstrafe bestimmt nicht bemüht.«

»Was ist, wenn sie gleich Bares kassieren?«

»Dann hast du eben Pech gehabt.«

Vor der Kultur gönnten wir uns und den Hunden einen Spaziergang entlang der Rhône. Obwohl immer ein halbgefüllter Trinknapf im Wohnmobil stand, der trotzdem bei jedem Bremsmanöver überschwappte, stürzte Otto sofort ans Wasser und vor lauter Eifer auch gleich hinein.»Otto, du bist ein Hund, kein Seehund!« brüllte Steffi hinterher. »Wenn der erst mal das Meer sieht, dreht er völlig durch. Laß ihn da bloß nie unbeaufsichtigt, Määm, der schwimmt sonst glatt bis Korsika.«

Jojo dagegen, der Wasser nur als Durstlöscher akzeptiert, obwohl ihm Bier wesentlich lieber wäre, stand einen halben Meter vom Ufer entfernt und jaulte seinem abtrünnigen Freund hinterher. Die ersten Passanten wurden aufmerksam und erwogen bereits Rettungsmaßnahmen, als Otto triefend an Land kletterte und der netten Dame, die ihm einen Keks entgegenhielt, vor lauter Freude an den hellblauen Rock sprang. Danach war sie gar nicht mehr so nett. Von ihrer Schimpfkanonade verstand ich kaum etwas, meine gestammelte Entschuldigung wollte sie nicht hören, und was Fleckenwasser auf französisch heißt, wußte ich sowieso nicht.

»Am besten bringen wir die Hunde zurück in den Wagen, sonst werden sie noch totgetreten.« Sie hatten auch gar nichts dagegen. Als Landhunde benehmen sie sich im Stadtverkehr ähnlich idiotisch wie Urwaldbewohner, die zum erstenmal in ihre Metropole kommen und der Meinung sind, Verkehrsampeln seien eine Art Zauber gegen die bösen Geister und Zebrastreifen eine städtische Variante der heimischen Höhlenmalerei. Jojo wollte sich in selbstmörderischer Absicht vor einen Lkw stürzen, während Otto unter das erste geparkte Auto kroch und nur mit Gewalt wieder hervorgezerrt werden konnte. Im Wohnmobil verzogen sie sich sofort auf ihre Lieblingsplätze, nämlich vorne ins Führerhaus, und dort auf die Fußmatten. Steffi holte noch schnell meine Brille aus der »Küche«, und bevor sie die Tür schloß, ermahnte sie unsere beiden Vierbeiner: »Schön dableiben!«

Darauf neben mir eine Stimme: »Ick würde det aba lieba mit de Handbremse vasuchen.«

Die Hunde waren dem guten Mann entgangen, nicht jedoch Steffis Abschiedsworte zu dem scheinbar leeren Wagen. Über seinen Irrtum aufgeklärt, wurde er zutraulich. »Warten Sie etwa ooch uff wen, der da drin bei die toten Päpste rumlooft?« Mit einer Kopfbewegung deutete er zum Eingang des Palastes, vor dem sich die Menschenmenge in dicken Trauben zusammenballte. »Erst wollte ick ja ooch mit rin, aba erstens is mir det zu voll, und zweetens is die nächste Führung in Deutsch erst wieda in zwee Stunden. Japanisch kann ick aba nich und Spanisch ooch nich. Außerdem war ick schon mal in Rom, det hat ma für mein kirchlichet Bedürfnis jereicht. Da jibt et wenigstens noch 'n lebendijen Papst. Bloß dajewesen isser nich.«

Es stellte sich heraus, daß Herr Malwitzki aus Berlin stammte, was ich schon nach den ersten Worten nicht bezweifelt hatte, und seit einer Woche mit Gattin und Wohnwagen auf dem Weg nach Port Grimaud war, wo er auf dem dortigen Campingplatz seinen alljährlich für Mai und Juni reservierten Stellplatz beziehen wollte. »Da isset noch nich so voll, aba schon scheen warm, und essen müssen wa zu Hause ooch.«

»Kann man um diese Zeit im Mittelmeer schon baden?« wollte Steffi wissen.

»Können kann man, bloß Spaß macht's noch keenen. Fahr'n Se etwa ooch an die Küste?«

»Ja, aber in die Camargue.«

»Kenn ick. Is hübsch da, hat ooch 'n paar jute Campingplätze, bloß verdammt teuer.«

»Wie ist es, Määm, willst du jetzt tatsächlich in dieses Gemäuer rein und dich durchschieben lassen, oder wollen wir nicht doch lieber weiterfahren? Ich finde, von außen sieht es auch ganz beeindruckend aus.«

Eingedenk meiner Erfahrungen mit den vatikanischen Museen in Rom, durch die man ebenfalls im Eiltempo geschleust wird und eigentlich nur das richtig sehen kann, was an die Decken gemalt worden ist, verzichtete ich auf die Besichtigung des Papstpalastes und damit auch auf eine Bereicherung meiner Geschichtskenntnisse. Und auf die Brücke. Wir sahen sie von weitem, doch als Steffi sie durch das Fernrohr beäugte, meinte sie nur: »Die ist auch voller Touristen.«

Versehen mit guten Ratschlägen, von denen sich später nicht einer als brauchbar erwies, ließen wir Herrn Malwitzki weiter auf seine Frau warten und reihten uns wieder in den Verkehr ein. Er war wesentlich flüssiger geworden. Mittagszeit. Die Franzosen waren zwecks Einhaltung der geheiligten Siesta von den Straßen verschwunden, die Touristen saßen auf Klappstühlen, Mauervorsprüngen oder auf der blanken Erde, um sich herum ein Stilleben aus Thermoskannen, Kühltaschen, Babyfläschchen und belegten Broten.

»Das müssen alles Schwaben sein«, vermutete Steffi, »von zwölf bis eins wird gegessen.«

»Ich könnte jetzt aber auch was vertragen. Soll ich uns schnell eine Tütensuppe kochen?«

»Määm, wie oft soll ich dir noch sagen, daß der Herd während der Fahrt nicht benutzt werden darf. Und nicht kann, weil die Gaszufuhr geschlossen ist.«

»Nicht mal für ein ganz kleines Töpfchen Wasser?« versuchte ich es erneut. »Ich hätte jetzt so gern einen Kaffee.«

»An der nächsten Bar halte ich an.«

»Brauchst du nicht, ich kann Café au lait nicht mehr sehen!«

Wenig später stoppte sie neben einer Imbißbude, vor der lauter Skandinavier saßen und Hochprozentiges in sich hineinkippten. Sie wollte Milch, die es nicht gab, dann Kakao, den es auch nicht gab, ich wollte Kaffee ohne Milch und kriegte Espresso, Würstchen waren aus, und nach Crêpes stand uns nicht der Sinn. Hungrig fuhren wir weiter.

»Wir müssen ja bald in Arles sein, da lade ich dich zum Essen ein.« Nicht Großmut war es, die mich zu dieser Zusage veranlaßte, sondern reiner Selbsterhaltungstrieb. Wenn Stefanie nicht regelmäßig gefüttert wird, bekommt sie schlechte Laune, und wenn sie schlechte Laune hat, wird sie kratzbürstig. Das hat zur Folge, daß ich ebenfalls pampig werde, und das Ende ist dann ein zu intensiver Kontakt mit der Böschung oder einem Kilometerstein. Beides hatten wir schon mal gehabt. Das ist zwar lange her, doch die Voraussetzungen dafür waren immer die gleichen gewesen: Hunger.

»Gibt es in Arles nicht auch eine Brücke?«

Himmel, fing sie denn schon wieder an? »Höchstwahrscheinlich«, sagte ich patzig. »Zumindest glaube ich nicht, daß seine Bewohner die Rhône schwimmend überqueren.«

Sie kicherte. »Ich meine doch die berühmte Brücke von van Gogh.«

Ach so, mein Fehler. Aber so ist das nun mal mit der Bildung. Sie ist das, was übrigbleibt, wenn man alles vergessen hat. »Kaum anzunehmen, daß diese Brücke noch besichtigt werden kann. Immerhin ist van Gogh seit hundert Jahren tot. Vermutlich ist der Bach inzwischen kanalisiert, oder es steht schon längst eine Reihenhaussiedlung drauf. Aber ein van-Gogh-Museum gibt es, vielleicht sollten wir da mal rein.«

»Vorausgesetzt, wir finden es. Sag mir lieber, ob ich jetzt rechts oder links abbiegen soll?«

Wir hatten die Ausläufer von Arles erreicht. »Rechts!« sagte ich zuversichtlich, denn ich hatte ein Schild mit der Aufschrift »Centre« gesehen und es logischerweise mit Zentrum, also Stadtmitte, übersetzt. Wenig später standen wir auf einem riesigen Einkaufsareal, und bis wir uns dort wieder rausgewurstelt hatten, war Kaffeezeit.

»Gleich fange ich an zu schreien!« knirschte Steffi mit zusammengebissenen Zähnen, als wir uns einem größeren Platz näherten, auf den ein halbes Dutzend Straßen mündeten. »Wo, um alles in der Welt, geht's denn jetzt weiter?«

Das wußte ich auch nicht. »Fahr einfach dem Hauptverkehrsstrom hinterher.«

Der schob sich durch eine breite Geschäftsstraße, die weiter hinten vor einem Bauzaun endete. Ein Umleitungsschild deutete nach rechts in eine schmale Einbahnstraße. »Wenn das nur gutgeht«, zweifelte Steffi, als sie das unhandliche Wohnmobil vorsichtig um die Ecke bugsierte. Es ging gut, doch nur dreihundert Meter weit, dann war endgültig Feierabend. Die Umleitung mündete rechtwinklig in eine genauso enge Straße, und da kamen wir nicht mehr herum. Ja, wenn dort keine Häuser gestanden hätten oder wenn es wenigstens einen vernünftigen Gehsteig gegeben hätte statt dieses handtuchschmalen Weges ... So aber saßen wir fest. Und das im wahrsten Sinne des Wortes. Die Fahrräder hatten sich an einem Fensterladen verhakt, und unser linkes Vorderrad klemmte zwischen einer Treppenstufe und einem verwitterten Grenzstein.

»Das war's dann wohl.« Steffi stellte den Motor ab und forderte mich zum Aussteigen auf. »Ich kann nicht. Auf meiner Seite geht die Tür nicht mehr auf.«

Hinter uns begann ein ohrenbetäubendes Hupkonzert, untermalt von wenig freundlichen Kommentaren, die aber schnell verstummten, als die ersten zwanzig Autofahrer ausgestiegen waren und sich um das Hindernis versammelt hatten.

»Jetzt bist du dran«, sagte Steffi lakonisch. »Ich kann kein Französisch.«

Daß ich es auch nicht konnte, wurde den Umstehenden schnell klar, nachdem ich den auf mich einprasselnden Wortschwall immer nur mit einem hilflosen Achselzucken quittiert hatte. Ich weiß nicht, *was* diese liebenswürdigen, hilfsbereiten Menschen sprachen, es mußte wohl ein fast ausgestorbener provenzalischer Dialekt gewesen sein, jedenfalls verstand ich kaum ein Wort. Der erste Flic tauchte auf, kurz darauf waren es schon drei, die aber gleich wieder verschwanden, um das hinter uns entstandene Verkehrschaos zu entwirren. Ihre schrillen Pfeifen hörten wir noch lange.

»Steffi, paß auf, da klaut einer unsere Räder!«

Doch der junge Mann löste nur die Fahrräder aus ihrer Verankerung und schuf auf diese Weise einen halben Meter Freiraum nach hinten. Zwei andere, einer davon in hellgrauen Flanellhosen, versuchten, das Fahrzeug vorne aus seiner Umklammerung zu befreien, schafften es jedoch nicht. »Point!« schrie einer, wobei er immer wieder zum Führerhaus deutete.

»Was will er?«

»Ich weiß es doch nicht«, jammerte ich entnervt. »Wer hatte denn Anfang der fünfziger Jahre schon ein Auto? Technische Vokabeln haben wir in der Schule nie gelernt.«

Schließlich verlor die Flanellhose die Geduld. Sie enterte das Wohnmobil und legte den Leerlauf ein. Nun wußte ich, was »point« bedeutete. Daß wir inzwischen als hoffnungslose Idioten abgestempelt waren, nahm ich hin, doch wir waren ja auch zwei Frauen, und diese Tatsache mußte wohl in den ausnahmslos männlichen Franzosen edelmütige Instinkte geweckt haben. Jedenfalls nahm ein bulliger Typ mit Vollbart und Zigarettenkippe im Mundwinkel den Platz der Flanellhose ein, ließ den Motor an, legte den Rückwärtsgang ein und schaffte es nach mehrmaligen Versuchen tatsächlich, das eingeklemmte Vorderrad freizubekommen. Danach begann die Feinarbeit. Ich weiß nicht mehr, wie oft er den Wagen vor- und zurücksetzte, durch Zurufe von außen dirigiert, das Steuer neu einschlug, wieder ein bißchen Spielraum gewann, wieder in den Rückwärtsgang schaltete ...

Wer sich von Franzosen gesteuerte Autos einmal genauer ansieht, wird feststellen, daß es kaum einen Wagen ohne Schrammen und Beulen gibt. Für unsere Nachbarn ist ein Auto nichts anderes als ein Gebrauchsgegenstand und eine Delle in der Stoßstange nur ein Beweis dafür, daß sie ihren Zweck erfüllt hat. Ein eingebuffter Scheinwerfer? Kein Problem, Hauptsache, das Licht brennt noch. Kratzer im Kotflügel? Macht nichts, er wird nicht der einzige bleiben. Außenspiegel zersplittert? Na, wennschon, innen ist ja noch einer, und bei Gelegenheit wird man schon mal einen neuen besorgen.

Kein Wunder also, daß ich pausenlos Stoßgebete gen Himmel schickte, während unser Helfer das Wohnmobil zentimeterweise um die Ecke lavierte. In Gedanken überschlug ich den Inhalt der Reisekasse, in der aufwendige Reparaturen nicht vorgesehen waren, hatte auch keine Ahnung, was eine neue Tür oder gar eine Rundumlackierung kosten würde, verwünschte Steffi, die uns diese ganze blöde Fahrt eingebrockt hatte — und kam erst wieder zu mir, als Beifall aufbrandete. Unser hilfsbereiter Mitmensch hatte es tatsächlich geschafft, das Wohnmobil ohne die kleinste Schramme um die Ecke zu setzen. Ein paar Schweißtropfen standen zwar auf seiner Stirn, doch er winkte nur ab, als ich ihm stotternd zu danken versuchte. »Mais où voulez-vous donc partir?«

»Dans la Camargue«, antwortete ich zögernd.

Er grinste nur. »Bon voyage. Mais là-bas au moins les rues sont plus larges.«

Den letzten Satz hatte ich mal wieder nur akustisch verstanden. Seinen Sinn suchte ich mir im Wörterbuch zusammen, während wir noch den Gehsteig blockierten und darauf warteten, daß sich die hinter uns aufgestauten Wagen am Wohnmobil vorbeiquetschten. »Sehr überzeugt scheint unser Retter von deinen Fahrkünsten nicht zu sein.« Ich deponierte das Buch vor der Frontscheibe. Wir würden es wohl noch öfter brauchen. »Er hat uns gute Reise gewünscht und versichert, daß die Straßen in der Camargue viel breiter seien als hier.«

»Hoffentlich«, sagte Steffi, »aber deinen Bildungsfimmel kannst du dir jetzt abschminken. Mich kriegst du jedenfalls mit dieser Karre in keine Stadt mehr rein!«

Zunächst mal mußten wir aus eben dieser raus. Nur wie? »Ich kaufe jetzt einen Stadtplan«, entschied Steffi, als sie einen Parkplatz entdeckte, der ausnahmsweise mal nicht für Wohnmobile verboten war. Sie trabte ab, war jedoch gleich wieder da. »Gib mal das Wörterbuch! Oder weißt du, was Papiergeschäft heißt?«

»Warte, ich komme mit. Die Hunde brauchen sowieso einen Auslauf.«

»Und ich was zu essen.«

Die Möglichkeiten, nachmittags um fünf eine warme Mahlzeit zu bekommen, sind für Ortsfremde begrenzt, und mit zwei Hunden an der Leine nahezu aussichtslos. Lediglich ein Pizzabäcker gewährte uns Zutritt zu seinem Kunststoffmobilar. Weil er sogar Spaghetti bolognese anzubieten hatte, wurde Steffi zusehends friedlicher. Nach zwei Portionen erwachte sogar ihr Unternehmungsgeist. »Jetzt bummeln wir noch ein bißchen durch die Stadt.«

»Also doch van-Gogh-Museum?«

»Wenn's denn sein muß . . .«

Ihre Toleranz wurde belohnt. Das Museum hatte geschlossen. Aber die Kathedrale St. Trophime konnten wir besichtigen, Krönungsort irgendeines mittelalterlichen deutschen Kaisers, doch welcher das gewesen war, konnte ich Steffi auch nicht sagen. Wir hatten einfach zu viele davon gehabt.

Wenige Meter weiter der phantastische Kreuzgang des Klosters. Sogar Stefanie war beeindruckt. »Was ist das für ein Baustil?«

»Romanisch«, sagte ich prompt. Vielleicht hat es ja gestimmt, doch ich bin nun mal kein Experte für römische Kapitelle und romanische Säulen, und bevor mich meine Tochter noch mehr in Verlegenheit bringen würde, schlug ich einen Standortwechsel vor. »Das Amphitheater müssen wir uns noch angucken.« Da konnte nicht viel passieren. Erbaut hatten es die Römer, und auf die genaue Jahreszahl würde sie bestimmt keinen Wert legen.

Zunächst umrundeten wir das Bauwerk von außen, dann wollten wir hinein. »Meint du, daß sich die acht Mark Eintritt pro Person lohnen?« Mäßig interessiert lugte sie durch das Gitter (es stammte mit Sicherheit nicht aus der Römerzeit!). »Oben sehe ich Stufen und unten gar nichts. Glaubst du nicht, daß wir das Geld da drüben viel besser anlegen könnten?«

»Da drüben« bedeutete die vielen bunten Tische und Stühle vor den beiden Straßencafés mit Sonnenschirmtupfern dazwischen und bevölkert von sommerlich gekleideten Passanten. Doch, ich konnte jetzt ebenfalls eine Pause vertragen, Kulturdenkmäler gehen in die Füße, besonders, wenn sie weit auseinanderliegen (nicht die Füße!). Die Hunde hatten auch keine Lust mehr zum Laufen, vor allem Otto nicht. Seine Mißachtung antiker Bauwerke hatte er sehr deutlich zum Ausdruck gebracht, indem er mitten auf die große Treppe gepinkelt hatte. Bevor wir nach einem freien Tisch suchten, studierte ich die Getränkekarte. An jedem Sonnenschirm hing ein Exemplar, entgegenkommenderweise gleich in vier verschiedenen Sprachen. Deutsch war auch dabei. Café mit Eis sollte vermutlich Eiskaffee heißen, und wenn die Franzosen darunter das gleiche verstanden wie wir, sollte es mir recht sein. Ob es stimmte, haben wir nicht feststellen können. Wir hatten nämlich auf zwei blauen Stühlen Platz genommen, die zu einem anderen Café gehörten als die roten, und hier gab es nur Bier und Brause. Wenigstens war sie kalt. Und weil der Ober ein Herz für Tiere hatte, stellte er den Hunden sogar unaufgefordert eine Schüssel mit Wasser hin. Der späteren Rechnung nach hätte es allerdings Champagner sein müssen.

Mit einem frischen Baguette (unser Vorrat war auf maximal zwölf Zentimeter Länge geschrumpft), Milch und einem Körbchen Erdbeeren machten wir uns auf den Rückweg. Besser gesagt, wir hatten es vor!

»Weißt du, wo es langgeht?«

Überflüssige Frage, natürlich wußte ich es nicht. Kreuz und quer waren wir durch kleine Gassen spaziert, hatten malerische alte Häuser bewundert, hatten an einem Brunnen die Hunde getränkt, waren links abgebogen und wieder rechts und hatten keinen Moment lang auf den Weg geachtet.

»Jetzt weiß ich, weshalb Theseus mit 'm Stück Strippe ins Labyrinth gezogen ist«, seufzte Steffi, als sie das Haus mit dem ulkigen Giebel wiedererkannt hatte, bei dem wir vorhin stehengeblieben waren, und das dann doch ein anderes war und bloß so ähnlich aussah. »Die Karre finden wir nie wieder! Ich weiß ja nicht mal die Richtung.«

»Kannst du dich an den Straßennamen erinnern?«

»Nee. Oder doch. Ich glaube, es hieß Place de ...« Sie stockte.

»Und weiter?«

»Weiß ich nicht mehr. Irgendwas langes.«

»Vielleicht Place de la République?« Den gibt es in fast jeder französischen Stadt.

»Bestimmt nicht, den Namen hätte ich ja übersetzen können. Der andere war viel länger.«

Das half uns auch nicht weiter. Wer weiß, wie viele Plätze es in Arles gab, und alle hatten einen Namen. Plötzlich fiel mir etwas ein: »Der Fluß! Wir haben doch oberhalb vom Fluß geparkt. Jetzt müssen wir bloß noch die Rhône finden.«

Die erste französisch aussehende Dame sprach Englisch und war nicht von hier. Der Herr mit typisch französischer Baskenmütze begriff nicht, was ich von ihm wollte, doch das junge Pärchen konnte uns helfen. Es kam aus Deutschland, wandelte schon seit einigen Tagen auf den Spuren van Goghs und hatte sogar das Irrenhaus besichtigt. Nur von außen natürlich, es sei ja ein Kloster und leider immer noch sehr weltabgewandt, Besuchern nicht zugänglich, aber trotzdem sollte man ...

»Das wollen wir ja auch, wir müssen nur erst unser Auto finden. Wo, bitte, geht's zum Fluß?« fragte Steffi ungeduldig.

Es war gar nicht weit, doch daß wir mindestens einen Kilometer zu weit nördlich das Ufer erreichten, verlängerte unseren Spaziergang um eine weitere Viertelstunde. Und danach dauerte es noch mal eine kleine Ewigkeit, bis wir endlich die Stadt hinter uns gelassen hatten.

»Ich kann mir nicht helfen, Steffi, aber einen Urlaub habe ich mir etwas anders vorgestellt. Mir schwebte eine Blümchenwiese vor, ein murmelndes Bächlein, dolce far niente auf der Liege — und was haben wir? Großstadtstraßen zur Rush-hour.«

»Meinste, *ich* hab' nicht die Nase voll? Du warst es doch, die unbedingt nach Arles wollte! Ist doch hirnrissig, vor dem Gedränge in der Großstadt zu fliehen, um sich in jeder fremden Großstadt gleich wieder ins Gedränge zu stürzen! Wir suchen uns jetzt einen Stellplatz, und morgen fahren wir ohne Aufenthalt durch bis Saintes-Maries-de-la-Mer.«

Diesmal weckte uns keine Kuh, sondern ein Trecker. In seliger Unkenntnis der Tatsache, daß in Frankreich Feldwege nicht wie bei uns vor einem Wäldchen enden oder sich durch Äcker schlängeln, sondern ausnahmslos zu einem Weingut oder auch mal zu einem abseits gelegenen Bauernhof führen, hatten wir neben einem Rapsfeld geparkt. Von dem Geschimpfe des Bauern verstand ich nur chemin privé, doch ich begriff sofort, daß wir schleunigst von seinem Privatweg verschwinden sollten. Was auch verständlich war, denn wir versperrten ihm die Zufahrt. Die Teekanne konnte ich gerade noch retten, als sich Steffi im Nachthemd hinter das Steuer setzte und den Holperweg bis zur Straße entlangschaukelte, aber die Milchflasche kippte aus dem noch nicht arretierten Kühlschrank, gefolgt von Butterdose und Käseaufschnitt. Im Bad klapperte es auch verdächtig. Zum Glück war außer dem arbeitswütigen Landmann noch kein Mensch unterwegs, wir konnten uns also in Ruhe anziehen und das mobile Heim vom Schlafwagen in den Wohnwagen verwandeln. Sogar der morgendliche Freiheitsdrang unserer Vierbeiner hielt sich in Grenzen. Sie hatten vom Fußboden Milch und Käse gefrühstückt, die Butter allerdings liegenlassen, und waren friedlich.

»Heute müssen wir auf einen Campingplatz«, sagte Steffi nach erfolgtem Check-up, »das Klo ist voll. Wasser brauchen wir auch.«

Die Benutzung unserer Chemietoilette hatten wir auf ein Mindestmaß beschränkt, nachdem uns klargeworden war, daß man den Inhalt nicht einfach in einen Gulli kippen kann. Er muß fachgerecht »entsorgt« werden, und dafür sind nur Campingplätze eingerichtet.

»Davon hast du aber vorher nichts gesagt! Ich glaubte, wir seien von den Segnungen der Zivilisation unabhängig?«

»Man kann ja nicht an alles denken«, knurrte sie. »Abgesehen davon würde ich ganz gern mal wieder richtig duschen.«

Das wollte ich auch. »Also schön, zweimal pro Woche Campingplatzgebühren können wir uns noch leisten.«

Saintes-Maries-de-la-Mer liegt am äußersten Zipfel der Camargue und wäre ein entzückendes kleines Städtchen, würde es nicht den Anspruch erheben, ein Touristenzentrum zu sein. Entlang der Uferpromenade löst eine Bar die andere ab, dazwischen Imbißhallen, Andenkenläden, auf der gegenüberliegenden Seite ein Rummelplatz en miniature, in den Seitenstraßen reihenweise Boutiquen, deren Warenangebot größtenteils aus Strohhüten, Porzellan-Flamingos und ähnlich nützlichen Dingen besteht. Nur das Meer konnte noch nicht verschandelt werden. Hinter einem Wall tonnenschwerer Steine liegt ein herrlicher breiter Sandstrand. Trotz der frühen Jahreszeit war er schon recht bevölkert.

Otto mußte das Wasser gerochen haben. Wie ein Besessener kratzte er an den Wänden, jaulte, quiekte, ließ sich kaum anleinen und schoß los, sobald ich die Tür einen Spaltbreit geöffnet hatte. Ich hatte nur nicht bedacht, daß unsere Fußbank noch nicht draußen stand, flog die letzte Stufe runter und landete bäuchlings im Dreck. Die Leine hatte ich losgelassen, und kaum hatte Otto das spitzgekriegt, als er auch schon davonraste. Zielrichtung Meer. Steffi hinterher. Vorsichtig rappelte ich mich auf, stellte erleichtert fest, daß alle Knochen noch dort waren, wo sie hingehörten (seit meinem Schenkelhalsbruch vor einigen Jahren steige ich nicht mal mehr auf eine Trittleiter), nahm Jojo an die Leine und wollte gerade den beiden anderen folgen, als Steffi schon wieder zurückkam, den sich heftig sträubenden Otto hinterherzerrend. »Erst hat er versucht, die Schaumkronen zu fangen, dann hat er das Salzwasser wieder ausgekotzt, und danach wollte er mit dem gleichen Spiel von vorn anfangen. Määm, du hast einen selten dämlichen Hund!« Sie sah mich von oben bis unten an. »Du solltest mal in den Spiegel gucken und dir bei dieser Gelegenheit gleich eine andere Hose anziehen!«

Vorher war ich noch niemals in einen Pferdeapfel gefallen. Es ist mir auch später nicht mehr passiert, doch in der Camargue steigt man ständig über qualmende Haufen, die mitten auf den Wegen liegen und einen unverwechselbaren Duft nach gesunder Landluft verströmen. Zum touristischen Muß gehört nämlich der Ritt auf einem der berühmten weißen Pferde, entweder in der Gruppe schön hintereinander im Zuckeltrab oder — für Fortgeschrittene — in gestrecktem Galopp den Strand entlang, ganz dicht am Wasser, damit es auch ordentlich spritzt. Weiter hinten an den Klippen steht die Wellblechhütte vom Fotografen. Die Bilder bekommt man schon am nächsten Tag.

Wir beköstigten uns an einer Frittenbude, doch wenn wir erst einmal den Campingplatz gefunden und uns etabliert hatten, wollten wir ein üppiges Grillfest veranstalten mit richtigen Kohlen und richtigen Kartoffeln. Nichts gegen Maggi, aber ich wollte mal wieder mit Messer und Gabel essen.

Der Campingplatz liegt am Ende der Uferstraße schon fast außerhalb des Ortes. Als erstes fiel uns die Verbotstafel ins Auge. Hunde waren nicht gestattet, grillen nicht erlaubt, ab zweiundzwanzig Uhr hatte Ruhe zu herrschen, und der kleine Supermarkt durfte nicht in Badekleidung betreten werden.

»Es muß doch eine Möglichkeit geben, hier rein- und wieder rauszukommen, ohne zu übernachten«, grübelte Steffi. »Ja, wenn ich nicht dringend unseren Lokus entsorgen müßte . . .« Und dann hatte sie eine Idee. Undurchführbar, wie meistens, aber sie wollte es probieren. Während sie mit den Hunden vor der Umzäunung wartete, erkundigte ich mich beim »Empfang« nach freien Stellplätzen. Doch, es seien noch welche da. Danke schön und auf Wiedersehen bis nachher.

»Der mit den blonden Haaren spricht Deutsch«, teilte ich Steffi mit.

»In Ordnung, dann versuche ich mal mein Glück.« Sie

holte den hinten auf der Straße abgestellten Wagen und fuhr ihn auf das Campingareal. Ich blieb mit den lauthals protestierenden Vierbeinern außer Sichtweite. Es dauerte gar nicht lang, dann kam Steffi aus der Empfangsbude heraus, setzte sich hinter das Steuer und schaukelte davon. Zwanzig Minuten später stand sie wieder am Tor und verschwand erneut in der Holzhütte. Die Tür hatte sie offengelassen. »Entweder sind sie noch nicht da, oder ich habe den Campingplatz verwechselt. Wo gibt es denn noch einen?« hörte ich sie fragen. »Zehn Kilometer? Na, das ist ja noch zu schaffen. Jedenfalls herzlichen Dank und auf Wiedersehen.«

»Was hast du dem denn bloß erzählt?« wollte ich wissen, nachdem sie uns wieder eingesammelt hatte.

»Daß ich hier mit Freunden verabredet sei, aber nicht wüßte, ob sie schon da wären, und ob ich mal nachschauen dürfe. Wie du siehst, durfte ich. Jetzt haben wir wieder ein leeres Klo und einen vollen Wassertank.«

»Aber noch immer kein Standquartier.«

Das fanden wir schnell. Gleich hinter dem Campingplatz, nur durch den mannshohen Zaun und dichtes Gebüsch getrennt, befand sich ein großer Parkplatz, auf dem schon mehrere Wohnmobile standen. Und das nicht erst seit kurzem. Da waren Freiluftherde aufgebaut mit Gasflasche daneben, Sonnenschirme steckten im Sandboden, überall standen Tische und Stühle herum — Camping in Reinkultur.

»Hier bleiben wir!« entschied Steffi sofort. »Das sind alles erfahrene Camper, von denen können wir bestimmt noch was lernen.«

Nur eine Nacht hatten wir bleiben wollen, und dann wurden es doch drei. Tagsüber strampelten wir mit den Rädern durch die Umgebung — es fand sich immer jemand zum Hundesitting —, abends glühten die Grillfeuer und lockten die Ghettobewohner vom Campingplatz an, die mit ihren rohen Steaks erschienen und als Äquivalent für die großmütig überlassenen Kohlen flaschenweise Landwein anschleppten. Sie zeigten uns auch das kleine Hintertürchen, das vom Campingplatz direkt zum Strand führte und tagsüber offenstand. Schamlos benutzten wir sämtliche sanitären Einrichtungen zum Nulltarif, und Steffi hatte sogar die Courage gehabt, in den kleinen Pool zu springen, obwohl der immer von einem bärbeißigen Platzwart bewacht wurde.

Der Abschied fiel uns richtig schwer, als wir uns nach einigen Tagen wieder auf den Weg machten, doch wir wollten noch ein bißchen mehr von der Camargue kennenlernen. Am meisten trauerte Otto. Er hatte die morgendlichen Spaziergänge am Strand entlang geliebt — er im Wasser, Jojo in gebührender Entfernung davon —, und lange noch jaulte er den Pferdeäpfeln nach, die er so gerne gefrühstückt hätte. Am ersten Tag war ihm das noch geglückt, von da an paßten wir auf.

Genaugenommen gibt es in der Camargue nur eine Straße, die von Nord nach Süd führt und in Saintes-Maries-de-la-Mer endet. Davon zweigt eine kleinere schräg nach links ab, Generalrichtung Nîmes. Und das war's auch schon. Alles andere sind mehr oder weniger breite Wege, die in andere Wege münden und immer genau dort einen Bogen machen, wo man eigentlich geradeaus weiterfahren wollte. Das geht aber nicht, denn da ist ein Tümpel. Oder eine sumpfige Wiese. Oder ein Zaun, hinter dem — sehr friedlich und sehr domestiziert — die berühmten wilden Pferde grasen. Von den nicht weniger berühmten schwarzen Stieren haben wir keinen einzigen gesehen, doch Flamingoherden gibt es wirklich noch. Den ersten Exemplaren waren wir auf einer Radtour begegnet. »Guck mal, Steffi, da drüben! Weißt du, was das sind?«

»Ja, Hühner!« erklang es von dem hinter uns radelnden Landsmann, der grinsend sein Leinenhütchen lüftete und in zügigem Tempo überholte, »das sieht man doch.« Später fanden wir diese rosafarbenen Vögel noch oft, wie sie Nahrung suchend durch das Sumpfgelände stakten.

Kreuz und quer fuhren wir durch diese brettebene, rundherum grüne Landschaft mit ihren unzähligen Wasserarmen, entdeckten Wildblumen, die es bei uns gar nicht mehr gibt, kletterten über Zäune, weil ich Steffi unbedingt neben einer friedlich vor sich hin mümmelnden Kuh knipsen sollte, und dann fanden wir sogar meine Blümchenwiese. Nur ein schmaler Weg trennte sie von einem Seitenarm der Rhône; außer einigen Anglern war kein Mensch zu sehen und außer Bienengesumm und Vogelgezwitscher kein Laut zu hören. Eine Idylle. Allerdings nur bis zum Sonnenuntergang.

Stundenlang hatten wir in der Sonne gebrutzelt und uns erst bei Dämmerungsbeginn zu einem Spaziergang mit den Hunden aufgerafft. Wir waren schon auf dem Rückweg, als sie scharenweise über uns herfielen. Wer? Die Mücken!!! Stefanies gelbe Bluse hatte es ihnen angetan. Das behauptete sie jedenfalls, obwohl ich eher auf ihr Haarspray tippte, das jeden mit einem normalen Geruchssinn ausgestatteten Menschen in die Flucht treibt, aber vielleicht bei Mücken das Gegenteil bewirkt. Im Dauerlauf legten wir die restliche Strecke zurück, stürzten ins Wohnmobil und schlugen sofort die Tür hinter uns zu. Ein paar von den Viechern hatten es aber trotzdem geschafft. Steffi benutzte den Schneebesen, ich das Wörterbuch (Mücke = moustique), aber wir haben sie alle erwischt. Wichtigste Regel für die nächsten Tage: Vor dem Öffnen der Tür Licht aus, mit einem Handtuch die sirrenden Vorposten wegwedeln und hinter sich die Tür sofort wieder schließen. Alternative: Ab Einbruch der Dämmerung gar nicht mehr rausgehen.

Doch sobald morgens die Sonne durch die Jalousien blinzelte und beim Frühstück mitten auf der Wiese die erste Biene ins Marmeladenglas fiel, hatten wir alles wieder vergessen. Es war so friedlich hier, so ruhig, kein Mensch störte uns, und wenn gelegentlich auf dem Fluß ein

Hausboot vorübertuckerte, brauchten wir nicht einmal die griffbereit liegenden T-Shirts über unsere Badeanzüge zu werfen; die auf dem Kahn hatten meistens noch weniger an.

Am vorletzten Tag hatte Steffi sogar eine mückensichere Ausgehkleidung kreiert: Jogginganzug, Hände in den Hosentaschen vergraben, auf dem Kopf ein Salatsieb und darüber, arretiert mit Wäscheklammern, eine von den Tüllgardinen, die normalerweise die schmalen Fenster zierten. Die flatternden Enden wurden oben in die Jacke gesteckt, Reißverschluß zu, fertig. Wahrscheinlich haben sich die Mücken totgelacht, jedenfalls hat uns keine mehr belästigt.

Wassermangel und das vermaledeite Chemieklo zwangen uns in die Zivilisation zurück. Darüber hinaus brauchten wir mal wieder Frischfutter. Das Bargeld ging auch zur Neige.

»Also«, sagte Steffi, die schon reichlich mitgenommen aussehende Karte ausbreitend, »wir fahren jetzt nach Aigues-Mortes, von da weiter zur Autobahn, und die hat irgendwo hinter Marseille eine Abzweigung zur Küste runter. Da finden wir bestimmt einen Campingplatz.«

Das klang einleuchtend, nur: »Wie kommen wir nach Aigues-Mortes? Oder weißt du genau, wo wir hier eigentlich sind?«

»Nein. Aber wir müssen nach Norden, die Sonne steht jetzt im Südosten, also fahren wir *da* lang.« Sie deutete in die Richtung eines kleinen Hügels mit vereinzelten Bäumen drauf.

»Da sehe ich bloß keine Straße.«

»Die werden wir schon finden.«

Eine ganze Weile hielt ihr Optimismus an, dann wurde ihre Stimme immer kläglicher. »Ich glaube, dieser Weg hier endet im Nichts.«

»Na und? Ist doch herrliches Wetter für eine Erdumkreisung.«

Ihre verbiesterte Miene wich einem schadenfrohen

Grinsen, als sie auf die Bremse trat. »Da drüben geht jemand. Steig mal aus, und erkundige dich, wie wir zu diesem verdammten Aigues Sowieso kommen.«

»Bist du verrückt? Gesetzt den Fall, der versteht *mich*, dann heißt das noch lange nicht, daß ich *ihn* verstehe.«

»Sei nicht so feige, versuch es wenigstens.«

Das Wörterbuch nahm ich vorsichtshalber gleich mit. »Bonjour, Monsieur« — das zumindest war mit Sicherheit richtig —, »excusez-moi, où est la route à Aigues-Mortes?«

Das Bäuerlein kratzte sich am Kopf, dann nickte es zustimmend. Es hatte mich tatsächlich verstanden! Die Schwierigkeiten begannen auch erst, als es mir den Weg zu erklären versuchte. Erst weiter geradeaus, das begriff ich noch, dann sollten wir nach gauche abbiegen (war das nun links oder rechts? Keine Ahnung mehr, mußte ich gleich nachschlagen), nach cinq kilomètres käme un petit amo, und da gehe die Straße nach Aigues-Mortes devant. »Vous ne pouvez pas la manquer.«

Ich bedankte mich höflich, ging zum Wagen zurück und suchte im Wörterbuch das zusammen, was ich nur unzulänglich hatte übersetzen können. »Also: Zuerst fährst du geradeaus, bei der nächsten Abzweigung nach links, dann kommt nach fünf Kilometern ein amo, und da führt die Straße nach Aigues-Mortes vorbei.«

»Was ist ein amo?«

»Weiß ich nicht. Ich hab' keine Ahnung, wie sich das schreibt, sonst hätte ich es ja längst gefunden. Wahrscheinlich ist es ein auffallendes Gebäude oder etwas in dieser Art, wir müssen eben aufpassen. Der Bauer hat jedenfalls gesagt, wir könnten die Straße gar nicht verfehlen.«

Seufzend ließ Steffi den Motor wieder an. »Was *wir* nicht verfehlen können, das gibt es überhaupt nicht.«

Diesmal hatte sie sich geirrt. Gleich hinter einem Minidörfchen, das aus vier Häusern und einer Kneipe bestand, stießen wir auf die Hauptstraße, obwohl wir doch das wegweisende petit amo nirgends gesehen hatten. Erst zu Hause klärte mich Nicki auf. »Ein amo ist ein kleines Dorf, mehr so 'n Weiler, irgendwo mitten in der Pampa. Kaum biste drin, biste auch schon wieder draußen.«

»Aha. Wie schreibt sich das eigentlich?«

»H-a-m-e-a-u.«

Wer sollte denn das ahnen?

Auf einen Abstecher nach Aigues-Mortes ließ sich Steffi nicht ein. Sie hatte das erste Autobahnschild entdeckt. »Wir fahren jetzt bis zur Küste durch! Aigues-Mortes. Komischer Name. Was heißt das überhaupt?«

»Tote Wasser.«

»Na also. Was sollen wir denn da? Verdreckte Tümpel haben wir in Deutschland zur Genüge.«

Ist man tagelang über kurvenreiche Landstraßen gekrochen, dann hat eine Autobahn doch gewisse Reize. Man kommt schneller vorwärts. Zwar trauerte ich immer noch dem herben Charme der Camargue nach, als die ersten Betonwohnklötze der Marseiller Vorstadt auftauchten, doch die verschwanden bald wieder, allerdings nur, um den nächsten Platz zu machen.

»Fürchterlich!« sagte Steffi. »Die reinsten Arbeiterschließfächer. Und das soll die berühmte Riviera sein?«

»Quatsch, die fängt erst weiter oben an, etwa bei St. Tropez.«

»St. Tropez? Kommen wir da durch?«

»Wir können, müssen aber nicht.«

»Natürlich müssen wir! Diesen Tummelplatz der High-Society lasse ich mir doch nicht entgehen.«

»Na, ich weiß nicht. Seitdem Brigitte Bardot sich weniger um Männer und mehr um herrenlose Viecher kümmert, ist St. Tropez ein bißchen in Vergessenheit geraten«, gab ich zu bedenken. »Das einzige, was von dem verblaßten Ruhm geblieben ist, werden vermutlich die Preise sein.«

»Macht nichts. Einmal wenigstens will ich mitten zwischen den Berühmten dieser Welt am Jachthafen sitzen und lässig einen Cocktail schlürfen.«

»Darf's auch ein Eis sein? Alkohol am Steuer ...«

»... schwappt so schnell über, ich weiß. Also gut, ein Eis und ein Erinnerungsfoto.«

Die Berühmtheiten oder auch nur die Reichen haben wir nicht gesehen. Bloß ihre schwimmenden Herbergen, eine größer und luxuriöser als die andere. »Viel Geld müßte man haben«, sagte Steffi, ihr Eis löffelnd und dabei sehnsüchtig zu der schwarzen Jacht hinüberschielend, auf deren Sonnendeck ein Steward die Bordbar auffüllte. »Mit Geld hat man einfach alles.«

»Nicht alles. Zum Beispiel keine unbezahlten Rechnungen.«

Sie lachte.»Sei doch nicht immer so destruktiv.«

Dazu hatte ich allen Grund. Diese beiden Eisportionen waren die teuersten meines Lebens. Für drei kleine Kugeln mit ein bißchen Sahne drauf bezahlte ich vierzehn Mark pro Person, nicht inbegriffen den geklauten Fotoapparat und den Strafzettel wegen überschrittener Parkzeit. Kassiert wurde an Ort und Stelle.

»Du hattest recht, Määm«, seufzte Steffi, als wir endlich wieder im Wagen saßen, »St. Tropez ist wirklich zu teuer für uns. Am meisten ärgert mich aber, daß jetzt die ganzen Fotos weg sind.«

»Bloß die Fotos? Und was ist mit der Kamera?«

»Das war ja deine. Selber schuld, wie kannste die auch an der Stuhllehne hängenlassen? Alter nützt eben bei Torheit nichts.«

15

Campingplätze haben hundert verschiedene Gesichter. Da gibt es die mit einer simplen Holzbude am Eingang und dem Schild davor »Komme gleich wieder«, und wenn man eine halbe Stunde lang gewartet hat, taucht der Besitzer auf und sagt einem, daß zwar noch Plätze frei seien, aber von den drei Toiletten sei eine kaputt, und warmes Wasser gäbe es nur abends. Dann gibt es das andere Extrem, nämlich jene Campingplätze, auf denen alles vorhanden ist, von der Waschmaschine über den Bügelautomaten bis zum Supermarkt mit Champagner, frischen Langusten und viersprachigen Ansichtskarten. Das einzige, was man zu diesen Etablissements mitbringen muß, ist das eigene Zimmer samt Einrichtung. Die Übernachtung auf einem dieser Super-Komfort-Grand-Hotel-Camps ist allerdings nicht viel billiger als ein Bett im Hotel.

»Achte mal ein bißchen auf die Autokennzeichen«, empfahl Steffi, als wir die dritte Anlage besichtigten. »Wenn viele Deutsche da sind, ist der Platz okay.«

»Genau da will ich aber nicht hin!«

»Ist ja nur für zwei Nächte. Hauptsache, die Toiletten sind sauber und die Duschen funktionieren.«

Demnach mußten wir den richtigen Platz erwischt haben. Vom Mercedes aus Stuttgart bis zum Motorroller mit Hamburger Nummer waren so ziemlich alle deutschen Bundesländer vertreten, aber auch ohne diese unübersehbaren Hinweise hätte ich sofort gewußt, daß wir uns in einer deutschen Kolonie befanden. Da gab es Wohnwagen, die inmitten eines transportablen Gartenzauns standen, bei anderen steckte ein schwarz-rot-goldenes Fähnchen in der Zeltstange, und wer besonders originell sein wollte, hatte seinem Heim sogar einen Namen gegeben. »Sanssouci« hieß das feuerrote Zelt mit transparentem Wintergarten davor und »Heinis Klause« der Wohnwagen mit Fernsehantenne obendrauf. Vor dem »Fidelen Duo«, einem besonders luxuriösen Wohnmobil mit drei Meter Kunstrasen neben dem Ausstieg, bewässerte eine gar nicht so fidel aussehende dürre Frau zwei mitgebrachte Geranientöpfe, während an »Krügers Tusculum, bitte zweimal klingeln« ein handgemaltes Schild hing: Sind nicht zu Hause.

»Willst du hier wirklich bleiben? Mich erinnert die ganze Anlage ein bißchen zu sehr an Schrebergartensiedlung. Es fehlen bloß noch die Lampions.«

»Abwarten! Es ist ja noch nicht dunkel«, sagte Steffi.

Dabei gefiel mir der Platz als solcher. Die eine Hälfte lag auf der Meeresseite und erstreckte sich bis zum Strand, die andere befand sich jenseits der Straße in einem weitläufigen Kiefernwald, gefahrlos durch einen Fußgängertunnel zu erreichen. »Na schön, schlagen wir unser Lager im Wald auf«, stimmte ich schließlich zu.

Steffi warf einen flüchtigen Blick auf die vier vereinzelt stehenden Zelte. »Nee, lieber drüben am Meer, da sieht man wenigstens was.«

»Na, was denn wohl, deutsches Familienleben? Dazu brauche ich nicht nach Frankreich zu fahren, das habe ich zu Hause billiger.«

»Du warst eben noch nie auf einem richtigen Campingplatz!«

Die Formalitäten waren schnell erledigt. Wie zu erwarten, sprach man an der Rezeption auch Deutsch. Nein, Strom und Wasseranschluß brauchten wir nicht, aber wir hätten zwei Hunde... so, das gehe in Ordnung? Wunderbar. Fünfzehn Francs pro Tag? Bißchen teuer, nicht wahr? Aha, vielerorts seien Hunde verboten, na ja, dann... Und den Stellplatz dürften wir uns selber aussuchen? Ja, natürlich sagen wir gleich Bescheid, welche Nummer das Areal hat, und die Pässe bringen wir dann ebenfalls mit. Grillen nicht gestattet? Schade, doch durchaus verständlich bei den vielen Bäumen rundherum und der Trockenheit. Ach, seit Februar kein Tropfen Regen? In Deutschland gab es mehr als genug, vielleicht sollte man mal tauschen, hahaha ...

Wir einigten uns auf einen Platz halbwegs zwischen Straße und Meer, wo man von den vorüberdonnernden Lastwagen nichts mehr und vom Strandgetümmel noch nichts hörte. Eine noch sehr jugendliche Eiche spendete etwas Schatten. Die beiden Plätze neben uns waren frei, gegenüber, lediglich durch einen breiten Weg getrennt, standen ein voluminöses Zelt mit einem großen Vorbau und daran angrenzend eine Art Küchentrakt, in dem es sogar Regale mit Töpfen, Geschirr und Vorräten gab. Und daneben lag ein dunkelblaues rundes Samtkissen, über dessen Bestimmung wir uns so lange den Kopf zerbrachen, bis die Zeltbewohner von ihrem Spaziergang zurückkehrten und Liliane auf den Samtpuff setzten. Liliane trug weiße Locken, ein zum Kissen passendes, mit Glitzersteinen besetztes Halsband und auf dem Kopf ein Seidenschleifchen. Liliane war eine Pudeldame. Sie war so fein, daß sie gar nicht erst geruhte, unsere beiden Vierbeiner zur Kenntnis zu nehmen. Niederer Landadel kam für sie offensichtlich nicht in Betracht, und da Jojo nicht einmal den aufweisen konnte, war er für Liliane überhaupt nicht existent. Zur Strafe fraß er gleich am nächsten Morgen ihren Freßnapf leer, als sie zwecks Erledigung eines hündischen Bedürfnisses ihr Sitzkissen verlassen hatte.

Neben Liliane und ihren ebenso hochnäsigen Besitzern hatte ein englisches Ehepaar sein Zelt aufgebaut. Bis zum Nachmittag liefen beide in geblümten Bermudas und nicht weniger farbenfreudigen T-Shirts herum, doch kurz vor vier verschwanden sie regelmäßig im Zelt, um wenig später in korrekter Straßenkleidung wieder aufzutauchen. Und Punkt vier erschien ein ähnlich gewandetes Ehepaar, woraufhin man am schon vorher gedeckten Tisch gemeinsam den Tee einnahm.

»Die Engländer haben doch alle einen Knall!« kommentierte Steffi das sich täglich wiederholende Ritual. »Was glaubst du, ob die sich abends auch noch in den Smoking schmeißen?«

Im Gegensatz zu uns, die wir jetzt sogar richtige Mahlzeiten kochten, pflegte Großbritannien auswärts zu speisen, aber jedesmal verpaßten wir die Abfahrt. Die Frage, ob Abendgarderobe oder nicht, blieb also offen.

Unser diesseitiger Nachbar, allerdings durch zwei noch nicht besetzte Stellplätze getrennt, war der mit dem Gartenzaun. Die ihn überragenden künstlichen Blumen, alle dreißig Zentimeter in den Rasen gesteckt, bemerkte ich erst später. Nicht mal der Gartenzwerg fehlte; er stand gleich neben der Wohnwagentür und bewachte die dort abgestellten Hausschuhe, ohne die die »Villa Sonnenschein« nicht betreten werden durfte.

»Wo kommen die eigentlich her?« Zur vermeintlichen Suche nach einem Papierkorb bewaffnete sich Steffi mit zwei leeren Konservendosen. Die wurde sie zwar nicht los, aber wenigstens war ihre Neugier befriedigt. »Dachte ich's mir doch, das können nur Schwaben sein. Die sind aus BB.«

Wenn Frau Böblingen nicht gerade ihren hausfraulichen Tätigkeiten nachging, also erst den Wohnwagen ausfegte, bevor sie den Boden wischte und die Fenster mit einem besonders imprägnierten Tuch putzte, dann saß sie in ihrem Garten und strickte. Das konnte sie, ohne hinsehen zu müssen, und deshalb entging ihren ständig umherschweifenden Blicken nichts, was sich in der unmittelbaren Umgebung tat. Und was sie selber nicht beobachtete, wurde ihr zugetragen, denn sie war sehr kommunikationsfreudig und sprach ungeniert jeden an, der an ihrem Zaun vorbeikam.

Am ersten Abend war ich ihrer Aufmerksamkeit noch entgangen, am zweiten erwischte sie mich, als ich mit den Hunden zum Meer wollte. »Sie sind neu hier, nicht wahr? Ich habe Sie noch nie gesehen.«

Ich bestätigte, daß wir erst seit gestern hier seien.

»Sie kommen von der Bergstraße, habe ich gesehen.«

Schon wollte ich protestieren, als mir einfiel, daß unser gepumptes Wohnmobil das Kennzeichen von Heppenheim trug, was Steffi bis zum letzten Tag mißfallen hatte. Nach ihrer Meinung können die Heppenheimer alle nicht Auto fahren, und überhaupt bedeute HP nichts anderes als Heil- und Pflegeanstalt und sei deshalb absolut zutreffend. Nur nicht auf sie selber. HN wie Heilbronn sei auch nicht gerade ein Aushängeschild für überdurchschnittliche Fähigkeiten am Steuer eines Automobils, doch immer noch besser als HP. Ich habe ihr schon mehrmals einen Umzug nach Köln oder München empfohlen.

Nachdem die Frage unserer vermeintlichen Herkunft geklärt war, schürfte Frau Böblingen tiefer. Wer denn das junge Mädle sei? So, meine Tochter? »Das habe ich mir schon beinahe gedacht. Ist sie auch Lehrerin?«

»Nein, wieso denn?«

»Wegen der Pfingstferien. Mein Mann ist Konrektor, deshalb sind wir um diese Zeit immer hier. Was macht denn Ihre Tochter?«

Nein, das ging nun wirklich zu weit! »Sie ist Perlentaucherin, hat aber jetzt Urlaub, weil ihre zwei dressierten Delphine inzwischen auch allein arbeiten.« Ich nickte freundlich und ging weiter. Künftig nahm ich lieber einen Umweg in Kauf.

Herr Böblingen war dagegen selten in seinem Garten anzutreffen. Um so öfter sah man ihn auf der Terrasse des Restaurants, das am entgegengesetzten Ende lag und selbst für die Argusaugen seiner Gattin nicht mehr einzusehen war. Nach Hause kam er eigentlich nur zum Essen und Abwaschen. Aus welchen Gründen er zum Spülen vergattert worden war, weiß ich nicht, doch wir sahen ihn dreimal täglich mit einem Plastikwännchen voll Geschirr zu den großen Spülbecken ziehen. Vorher band ihm seine Frau jedesmal eine grüne Schürze über die Shorts, und dann setzte für den Ärmsten ein regelrechtes

Spießrutenlaufen ein, denn das allgemeine Grinsen konnte ihm trotz der niedergeschlagenen Augen kaum entgehen. Erst recht nicht die Kommentare: »Was haste denn ausgefressen, daß du immer die niederen Arbeiten verrichten mußt?« — »Machste det zu Hause ooch?« — »Mit Schürze siehst du gleich viel männlicher aus!«

Geschirrspülen ist eine Tätigkeit, die ich noch mehr hasse als Fensterputzen, deshalb hatte sich auch immer Steffi der Sache angenommen, wenn wir uns das letzte Messer geteilt und mangels sauberer Tassen den Kaffee aus Wassergläsern getrunken hatten. Die Vorstellung, ich würde jemals freiwillig und auch noch mit einer wahren Begeisterung Töpfe abwaschen, war derart utopisch, daß es mir zu Hause niemand geglaubt hat. Es stimmte aber. Nirgends sonst war es so unterhaltsam und so aufschlußreich wie im Kommunikationszentrum Spülecke. Ganz egal, ob die »unmögliche Strandkombination von der Frau mit dem Mann mit dem Gipsfuß« erörtert wurde, die Wahrscheinlichkeit, daß die junge Frau von Parzelle 19 nichts mit dem Magen hat, sondern schwanger ist, oder die Überlegung, ob die Begleiterin von dem Bärtigen nicht vielleicht doch seine Freundin ist (»Von wegen Tochter! Die haben doch gar keine Ähnlichkeit miteinander!«) — jedes Thema wurde von allen Seiten gründlich beleuchtet und durchgehechelt. Oft fiel es mir schwer, ernst zu bleiben und desinteressiert zu tun, doch da ich mich an diesen Gesprächen nie beteiligte, hielt man mich entweder für überheblich oder geistig unterbelichtet. Bald beachtete man mich nicht mehr, sondern schrie sich über meinen Kopf hinweg die jeweiligen Neuigkeiten zu.

»Der mit seinem Lamborschiiini hat doch gestern wieder eine andere abgeschleppt. Möchte bloß wissen, wo der immer die Mädchen herhat.«

»Na, woher wohl? Aus Ste. Maxime natürlich. Da laufen sie doch dutzendweise rum und warten darauf. Ist das ein neues Spülmittel? Kenn ich ja noch gar nicht. Sieht aber komisch aus, so rosa. Was ich noch sagen wollte: Meinen Walter hat ja auch schon so eine angesprochen, wo ich doch bloß ganz kurz im Laden war und die Bildzeitung gekauft habe. Man will ja wissen, was in der Welt passiert. Haben Sie schon von dem Flugzeugabsturz gehört? In Indien oder so mit über hundert Toten. Ja, und wie ich rauskomme, steht doch da so ein Weibsbild und macht meinen Walter an. Na, der habe ich vielleicht was erzählt!«

»Hat sie es denn verstanden?«

»Natürlich nicht, aber sie hat genau gewußt, wo sie mit mir dran war. Ganz schnell war sie weg.«

»Was hat denn Ihr Mann dazu gesagt?«

»Dumm geguckt hat er, was sonst? Und dann wollte er mir noch weismachen, daß ihn die Dame, jawohl, Dame hat er gesagt, nur nach dem Weg gefragt hat. So ein Quatsch, mein Walter kann doch gar kein Französisch. Kann ich das Spülmittel mal probieren?«

Ursprünglich hatte Steffi am ersten Abend nur heißes Wasser holen wollen, um unseren Propangas-Vorrat zu schonen, doch sie kam gleich wieder zurück und begann das gesamte schmutzige Geschirr in unserem größten Kochtopf zu stapeln. »Hilf mir mal tragen, ich kriege das nicht auf einmal weg.«

»Wo willst du denn hin?«

»Da drüben ist das Abwaschen viel bequemer als in unserer Vogeltränke.«

Zugegeben, sehr viel Fassungsvermögen hatte unser Becken nicht, alles, was größer war als ein Eßteller, ging nicht rein, aber trotzdem hatten wir die Salatschüssel und die Suppenkelle immer saubergekriegt.

Gemeinsam trotteten wir zum Waschhaus, in dem sich die großzügig angelegten und blitzsauberen sanitären Anlagen befanden. Neben diesem Betonrondell waren — unter freiem Himmel — zehn emaillierte Spülbecken installiert. Acht waren besetzt. Steffi belegte das fünfte. Rechts davon trocknete Frau England die Teetassen ab, links stand eine lila Kittelschürze, schrubbte eine Aluminiumpfanne und erörterte mit ihrer Nachbarin von Becken sieben den Campingklatsch.

»... zu Gustav gesagt, er soll sich da nicht einmischen, aber ihm hätte die junge Frau so leid getan, hat er gesagt. Kann ich mal Ihren Topfkratzer haben? Danke. Und wie der Gustav dann rüber ist und an die Tür geklopft hat, war es plötzlich ganz ruhig. Was soll man davon halten?«

Das haben wir leider nicht erfahren, weil Frau England mit ihrem Teeservice etwas zu geräuschvoll abzog, doch das freigewordene Becken wurde sofort von einer jungen Frau besetzt, die die Kittelschürze mit einem angewiderten Blick bedachte. »Können Sie sich nicht endlich einmal um Ihre eigenen Angelegenheiten kümmern?«

Es folgte eine längere Debatte, ob lautstark ausgetragene Ehestreitigkeiten eine Privatangelegenheit oder ein öffentliches Ärgernis seien. Als wir mit unserem Abwasch fertig waren, stritten sie immer noch.

»Ich glaube, die einzigen, die bei einem Ehekrach beide Teile anhören, sind die Nachbarn«, sagte Steffi. »Schade, daß wir nicht mehr Geschirr hatten. Das war ja schöner als Kino. Määm, kannst du mal das Sieb aufheben? Wenn ich mich jetzt bücke, fliegen die Teller auch noch in den Dreck. Morgen kaufen wir 'ne schöne große Plastikschüssel.«

»Wir können doch das Tablett nehmen.«

»Wie sieht das denn aus? Hast du nicht bemerkt, daß alle Frauen mit Spülschüsseln angerückt sind? Anscheinend ist das beim Campen ein unerläßliches Muß.«

Wir kauften nicht nur eine orangefarbene Schüssel — andere Farben gab es nicht —, sondern deckten uns gleich mit neuen Vorräten und vor allem mit Geld ein. Tanken mußten wir auch. Das alles konnte man im fünfzehn Kilometer entfernten Einkaufszentrum erledigen, und zum erstenmal beneideten wir die Camper mit Wohnwagenanhänger, die ihr mobiles Heim einfach stehenlassen und mit dem Pkw wegfahren konnten. Wir dagegen mußten unseren Karren erst wieder transportsicher machen, bevor wir mit dem Ungetüm quer über den ganzen Platz und dann auf die Straße schaukeln konnten.

Auf dem Rückweg klopfte ich vorsichtig ab, wie lange meine Tochter denn noch hierzubleiben gedächte. Wir hätten doch noch einiges vor.

»Einen oder zwei Tage. Ich finde es ganz lustig. Du nicht?«

Das wußte ich nicht so genau. Unterhaltsam war der Campingplatz zweifellos. Man lernte die verschiedensten Leute kennen, die gleich uns ihre Vierbeiner in dem gegenüberliegenden Wald frei laufenließen, und dort geschah es auch, daß sich Otto unsterblich in eine Colliehündin verliebte. Zusammen waren sie einem Eichhörnchen hinterhergepest, hatten nach erfolgloser Jagd gemeinsam das Fußbecken leergeschlabbert, und dann hatte Otto vor seiner neuen Freundin gesessen und sie herzerweichend angejault. Er jaulte noch um zehn Uhr abends und fing morgens um sechs wieder an. Ganze Arien sang er, bis ich ihn an die Leine nahm, auf daß er seine Angebetete begrüßen konnte. »Bring wenigstens frische Croissants mit«, knurrte Steffi, durch die Jaulerei aus dem Tiefschlaf geholt, »und wenn das Vieh nicht endlich seine Schnauze hält, koche ich heute abend kantonesisch.«

Zwei Tage hielten wir es noch aus, hauptsächlich deshalb, weil uns ein nettes Krefelder Pärchen zu einer Spritztour in die weitere Umgebung einlud (die nähere hatten wir schon mit den Fahrrädern erkundet), doch dann wollte ich weg. Nach Genua war es noch ein weiter Weg.

Waren wir bisher kaum negativ aufgefallen, so dürfte sich das in der letzten Stunde vor unserer Abfahrt grundlegend geändert haben. Otto hatte genau den Augenblick abgepaßt, als wir unser Freiluftmobiliar in den Wagen räumten und die Tür kurze Zeit offenstand. Er türmte und fegte quiekend und bellend zwischen Wohnwagen, Zelten, Autos, Gartenmöbeln und sonstigen Hindernissen quer über den Platz bis zum Heim seiner Angebeteten, fand das Zelt leer, schlug kurzerhand die Richtung zum Fußgängertunnel ein und ward nicht mehr gesehen. Jojo war ebenfalls entwischt. Nur stürmte er zum Meer in der Hoffnung, wieder einen vergammelten Fisch zu finden, wofür er eine uns unbegreifliche Vorliebe hatte.

Steffi rannte also zum Wasser, ich japste mich durch den Tunnel. Keine Spur von Otto. Die paar Camper,denen Waldesrauschen lieber war als das sanfte Gluckern der Wellen, waren entweder noch gar nicht aus ihren Zelten hervorgekrochen, oder aber sie hatten nichts gesehen. Ich brüllte mir die Lunge aus dem Leib. Otto hörte nichts. Vielleicht wollte er ja auch nicht.

»Wie alt ist denn der Kleine?« Endlich hatte ein Camper Mitleid mit mir.

»Knapp zwei Jahre.«

»Na, dann kann er doch noch nicht weit weggelaufen sein.« Er kratzte sich seinen kahlen, von einer dicken Cremeschicht bedeckten Schädel. »Wissen Sie genau, daß der Kleine hier drüben ist? Ein Kind wäre mir bestimmt aufgefallen.«

»Wer redet denn von Kind? Otto ist ein Dackel.«

Womit das Interesse des eingefetteten Herrn schlagartig nachließ. »Ach so, na ja, dann ... Einen Hund habe ich aber auch nicht gesehen.«

Inzwischen war Steffi herangekommen, den mürrischen Jojo hinter sich herzerrend. Sofort leinte sie ihn ab. »Auf, Jojo, such Otto!« Er preschte auch gleich los und verschwand zwischen den Bäumen.

»Jetzt sind wenigstens beide weg!« Ich setzte mich auf einen Baumstumpf und durchsuchte meine Hosentaschen. »Hast du Zigaretten dabei?«

Sie hatte. Nach der zweiten war von den Hunden noch immer nichts zu hören und erst recht nichts zu sehen. »Vielleicht ist der Wald größer, als wir glauben, und die beiden haben sich verlaufen.«

»Unsinn. Otto ist zwar dämlich, aber sein Geruchssinn

ist am besten von allem ausgeprägt. Eine tote Maus riecht der aus hundert Metern Entfernung. Also wird er doch noch seine eigene Spur finden.« Trotzdem wurde ich allmählich unruhig. »Na gut, gehen wir eben noch ein Stückchen weiter.«

Das verhältnismäßig ebene Terrain wurde zunehmend steiler, das Unterholz dichter, und dann zog sich nur noch ein ausgetretener Pfad aufwärts. »Wo geht's denn hier hin?«

»Woher soll ich das wissen? Aber wir sind nicht die ersten, die hier herumkraxeln. Da drüben liegt Zivilisationsmüll.« Ich zeigte auf die beiden leeren Bierdosen neben dem Mimosenstrauch.

Plötzlich hörten wir etwas! Zweige knackten, Jojo bellte, und dann war da noch ein nicht zu identifizierendes heiseres Geschrei. »Die sind irgendwo da oben!« Steffi wischte sich die Schweißtropfen von der Stirn, ich betupfte meine aufgeschrammten Beine mit Spucke. »Irgendwas oder irgendwen haben sie in der Mangel. Na wartet bloß, ihr beiden! Ich stopfe euch zum Abkühlen in den Eisschrank!«

Wir keuchten weiter bergauf, und dann standen wir vor einem wunderhübschen Landhaus mit gepflegter Rasenfläche, Blumenbeeten und mittendrin — nein, nicht die Hunde, sondern ein Pfau, der gravitätisch vor dem Drahtzaun auf und ab schritt, wobei er merkwürdig kichernde Töne von sich gab. Unsere zwei Ausreißer versuchten mit allen Kräften, den Zaun zu zerbeißen oder zu überklettern, Otto hatte sogar schon einen Tunnel in Angriff genommen, doch als sie uns sahen, drehten sie ab und rasten genau den Weg zurück, den wir gerade heraufgestiegen waren. Dieses Wendemanöver war so schnell gegangen, daß wir immer noch verdutzt dastanden, als von den Hunden schon wieder nichts mehr zu sehen war.

»Laß sie laufen, unten kriegen wir sie«, murmelte Steffi, noch immer den Bungalow betrachtend. »Wie kommt dieses Haus hierher? Und vor allem, wie kommen die Bewohner hier rauf? Etwa über den Trampelpfad?«

»Ich nehme an, von der anderen Seite, das hier ist sicherlich bloß der Dienstboteneingang. Muß schön sein, so auf einem kleinen Berg zu wohnen mit unverbaubarem Blick und ohne Nachbar.«

»Ganz besonders bei Gewitter, oder wenn mal das Salz alle ist und die Kartoffeln auf dem Herd stehen.«

Der Herr mit der Glatze erwartete uns schon. Feuerrot leuchtete der Sonnenbrand auf seinem Schädel. »Eben sind hier zwei Hunde durch.«

»Warum haben Sie sie denn nicht festgehalten?« keuchte Steffi

»Weiß ich denn, ob die bissig sind? Außerdem waren sie viel zu schnell.«

»Und wo sind sie jetzt hin?«

»In den Tunnel.«

»Na bravo«, sagte Steffi und rannte los. Ich hatte es nicht so eilig. Zum einen war ich wirklich etwas außer Puste, zum anderen ganz einfach feige. Nur zu genau konnte ich mir vorstellen, was jetzt drüben auf dem Campingplatz los war, wenn zwei wildgewordene Handfeger über das Gelände tobten. Die meisten Gäste saßen bestimmt schon beim Frühstück, entweder in ihren Zelten oder, wie wir immer, im Freien, und Klapptische haben nun mal nicht die gleiche Standfestigkeit wie solide Gartenmöbel.

Auf dem Platz herrschte Chaos. Anscheinend versuchte die halbe Belegschaft, die Hunde einzufangen, und die wiederum betrachteten den ganzen Auftrieb als herrliches Spiel. Die übrigen Vierbeiner, angebunden oder eingesperrt, untermalten die Treibjagd mit empörtem Gebell, denn sie hätten ja liebend gerne mitgespielt. Da ich es für sinnlos hielt, mich auch noch in das Getümmel zu stürzen, schlich ich mich außen herum zu unserem Wohnmobil und bezog dort Posten. Vielleicht erinnerte sich ja doch mal einer der beiden Ausreißer, wo sein Freßnapf stand.

Vorläufig sah es nicht so aus. Otto fegte zwar einmal mit hängender Zunge an mir vorbei, doch bevor ich zugreifen konnte, war er schon wieder weg und unter dem nächsten Wohnwagen verschwunden. Da legte er so lange eine Ruhepause ein, bis Steffi sich auf den Bauch schmiß und hinterherrobbte. Otto flitzte unter der Anhängerkupplung wieder hervor, sah sich kurz um, entdeckte zwischen seinen Verfolgern eine Lücke und wetzte durch. Zwei Männerköpfe knallten aneinander.

»Verdammte Töle!« schrie einer und rieb sich seine geschundene Stirn.

»Mistvieh, dämliches!« echote der andere. »Jetzt mache ich aber nicht mehr mit.«

Trotzdem hatte ich den Eindruck, daß den meisten Campern diese Treibjagd Spaß bereitete. Ernstlich böse war niemand, manche lachten sogar, andere erzählten sich gegenseitig Erlebnisse mit eigenen Vierbeinern, nur Frau Böblingen regte sich auf, weil ihr Mann nun kalten Kaffee trinken mußte. Dem schien das jedoch nichts auszumachen, er kam sogar zu mir herüber.

»Mit den beiden haben Sie sicher keine Langeweile?«

»Mir gehört ja nur einer, aber es stimmt schon, manchmal hält mich der kleine Besen ganz schön in Trab.«

Er seufzte. »Wenn es nach mir ginge, hätten wir schon längst einen Hund, am liebsten eine Dogge, aber meine Frau will keinen. Hunde machen zuviel Dreck, meint sie. Dabei haben wir ein Haus mit einem großen Garten, und gleich dahinter beginnt der Wald. Besser könnte es ein Tier doch gar nicht haben, nicht wahr?«

Das bestätigte ich ihm. »Warum holen Sie sich nicht ganz einfach einen? Möglichst aus dem Tierheim. Diese armen abgelegten Viecher brauchen doch besonders viel Zuwendung.«

Unschlüssig wiegte er seinen Kopf hin und her. »Meinen Sie wirklich?«

»Natürlich. Wenn der Hund erst mal da ist und Ihre Frau nicht gerade ein Herz aus Stein hat, wird sie sich mit ein paar Fußstapfen auf dem Küchenboden schon abfinden.«

»Ob ich es mal versuchen soll?«

Wäre ich ehrlich gewesen, hätte ich ihm davon abgeraten, denn Frau Böblingen sah mir ganz danach aus, als ob sie ihr Herz eher an eine blankgewienerte Edelstahlspüle hängen würde als an einen Hund, doch mir tat der Mann einfach leid. »Ich an Ihrer Stelle ...«

»Eeeedwiiin!«

»Ich komme ja schon«, rief Edwin und enteilte. Ich fürchte, auf den Besuch von Edwin wartet das Böblinger Tierheim noch heute.

Plötzlich waren die Hunde wieder da. Nachdem sich niemand mehr um sie kümmerte, hatten sie die Lust an der Herumjagerei verloren und kamen wedelnd angetrabt. Keine Spur von schlechtem Gewissen, ganz im Gegenteil. Beifallheischend standen sie vor mir. Immerhin hatten sie es ja geschafft, sich von niemandem einfangen zu lassen.

Steffi war weniger tolerant. Als ihre Schimpfkanonade anfing, einen bedauerlichen Mangel an Kinderstube zu offenbaren, schob ich sie in den Wagen und schloß die Tür. »Wenn wir es heute noch bis zur Grenze schaffen wollen, sollten wir allmählich mal abfahren.«

Die Frage, ob Autobahn oder Küstenstraße, war schnell geklärt. »Wenn ich schon mal an der Côte d'Azur bin, will ich auch was davon haben«, entschied sie, ein Entschluß, den sie schon bald bereute. Nicht nur wegen der unzähligen Kurven, die ein Überholen von Tanklastwagen und Müllautos nahezu unmöglich machen, sondern wegen der verlorenen Illusionen. Zwar glitzerte das Meer immer noch so herrlich in der Sonne, wie es das seit Tausenden von Jahren tut, doch die Strände waren vollgeklatscht mit

Cafés, Restaurants und nicht zuletzt mit Kassenhäuschen, in denen man erst seinen Obolus entrichten muß, um überhaupt den Strand betreten zu dürfen. Gab es wirklich mal eine freie Stelle, dann war sie ungepflegt und dreckig.

Auf der gegenüberliegenden Straßenseite Häuser ohne Ende — kleine, größere, Appartements, Pensionen, fast alle an die Berge geklebt, neben- und übereinander, dazwischen halbkahle Bäume, die ihrem baldigen Ende entgegenwelkten.

»Das sieht ja grauenvoll aus«, fand Steffi, »und ich habe immer geglaubt, ein Ferienhaus an der Côte d'Azur sei das Traumziel aller Reichgewordenen. Nee, danke, dann nehme ich lieber eins am Titisee. Hat sich hier wirklich mal der Geldadel angesiedelt?«

»Der wird wohl inzwischen auf die Bermudas oder nach Florida ausgewichen sein.«

»Wie gut, daß wir diese Probleme nicht haben. Ist es noch weit bis Cannes?«

»Nein, doch das umgehen wir lieber.«

»Kommt nicht in Frage! Einmal im Leben will ich auch über die Croisette gefahren sein!«

Die berühmte Prachtstraße hat sie erst gar nicht gesehen. Umleitung. Sie führte durch Häuserschluchten, die genauso ausschauten wie in Bremen oder Hannover. Erst später bekamen wir mit, daß ausgerechnet in jenen Tagen die Filmfestspiele stattfanden und die Strandpromenade für den Durchgangsverkehr gesperrt war. Dort parkten die Straßenkreuzer der Leinwandprominenz.

Nächstes Ziel Nizza. Nun hatte selbst Steffi genug von der ach so lieblichen Côte d'Azur, bog von der Küstenstraße ab und wählte eine Umgehung. Sie endete beim Flughafen. »Wie sind wir denn hierher gekommen?« fragte sie verblüfft.

»Weiß ich nicht. Frag lieber, wie wir wieder rauskommen.« Es gab zwar eine Menge Hinweistafeln mit ausführlicher Beschriftung, doch in verkehrstechnischer Hinsicht erwies sich mein Wörterbuch wieder einmal als völlig unzureichend. »Fret steht überhaupt nicht drin. Jetzt bin ich mit meinem Latein wirklich am Ende.«

»Dann solltest du vielleicht mal Französisch lernen!«

Nun gehört Steffi nicht zu jenen Menschen, die nach einer längeren Irrfahrt die Nerven verlieren und in Tränen ausbrechen. Mir ist das schon öfter passiert, ihr noch nie. »Ich fahre jetzt einfach mal weiter, irgendwo wird schon ein Wegweiser auftauchen.«

Auf der Suche nach einem solchen konzentrierten wir unsere Aufmerksamkeit mehr auf das, was in Augenhöhe zu sehen war, und deshalb entgingen uns die niedlichen kleinen Hindernisse auf der Fahrbahn. Mit fünfzig Stundenkilometern bretterten wir über die eingebauten Bodenwellen (die deutsche Übersetzung stand auch nicht im Wörterbuch!).

»Au weia, hoffentlich haben die Achsen nichts abgekriegt.« Ganz langsam fuhr sie weiter, wartete auf ein verdächtiges Knacken, auf ein Auseinanderdriften der Räder, bemerkte nichts Außergewöhnliches, atmete auf.»Noch mal gutgegangen. Das hätte uns auch gerade noch gefehlt.«

Es muß kurz vor Monaco gewesen sein, als ich mich aus dem Beifahrersitz zwängte, um etwas zu trinken zu holen. »Um Himmels willen, Steffi, halt bloß schnell an, da hinten fährt unser Abendessen spazieren.«

»Was?«

»Der Kühlschrank ist auf und alles schwimmt.«

»Ich kann erst an der nächsten Parkbucht halten.«

Na gut, auf die paar Minuten kam es auch nicht mehr an. Zu retten war ohnedies nichts mehr. Die Schüssel mit Gulasch, wegen der bevorstehenden Fahrt schon gestern gekocht, war kopfüber aus dem Kühlschrank gekippt und hatte sich mit dem Inhalt der ausgelaufenen Weinflasche vermischt. Mittendrin schwammen einige Wurstscheiben, und das klebrige Zeug mußte der übriggebliebene Himbeersaft vom Grießpudding sein. Obenauf schaukelte ein halbes Baguette. Nicht mal die Hunde hatten sich an diese unappetitliche Pampe herangewagt. Zusammengerollt lagen sie auf den beiden Bänken und sahen interessiert zu, wie ich breitbeinig zum Kühlschrank stakste, um erst einmal die Tür zu schließen. »Hast du denn noch immer keinen Parkplatz gefunden?«

»Da hinten kommt einer.«

Und dann standen wir mit hochgekrempelten Hosenbeinen barfuß in der Brühe und versuchten, die schlimmsten Spuren zu beseitigen.

»Ich verstehe gar nicht, wie das passieren konnte.« Mit den Resten einer alten Illustrierten schaufelte Steffi das Fleisch in den Abfalleimer. »Vor der Abfahrt habe ich extra noch den Verschluß vom Kühlschrank kontrolliert.«

»Die Konstrukteure dieses Mechanismus' haben vermutlich nicht mit einer Fahrt über Sprungschanzen gerechnet. Kommst du an den Küchenkrepp ran?«

»Der ist alle, aber hier ist noch eine Klorolle.« Sie warf den eingewickelten Packen herüber. Wieder einmal stellte ich fest, daß Toilettenpapier an den perforierten Stellen am haltbarsten ist. Als Scheuerlappen ist es auch nicht geeignet. »Ein Glück, daß nur das Brot aus dem Schrank gefallen ist. Stell dir bloß vor, die Hosen wären auch alle im Gulasch gelandet.«

»Das stelle ich mir lieber nicht vor, ich habe sowieso nur noch zwei saubere.« Zweifelnd betrachtete Steffi den oberflächlich gereinigten Boden.»Das gibt Ärger! Die Rotweinflecken kriegen wir von diesem Plastikparkett bestimmt nicht runter.«

»Abwarten! Heute abend versuchen wir es mal mit Chemie. Wir müssen sowieso noch unsere Francs loswerden, ab morgen zahlen wir in Lire.«

Am liebsten hätten wir nun auch noch Monte Carlo großzügig umrundet, doch dazu war es zu spät, wir mußten mitten durch. Eine nicht enden wollende Autoschlange, nur unterbrochen von Touristenbussen, schob sich durch die engen Straßen, die meisten auf der Suche nach einem Parkplatz (pro halbe Stunde sechzig Mark!). Rundherum Hochhäuser, irgendwo rechts unten ein bißchen Meer, lediglich durch eine Häuserlücke zu erspähen, das Grüne davor mußte wohl der Botanische Garten sein, anscheinend nur noch per Hubschrauber zu erreichen.

»Bloß raus hier!« sagte Steffi, die eigentlich beabsichtigt hatte, zwanzig Mark im Spielkasino zu riskieren, weil sie noch niemals in einem gewesen war, und den riesigen Gummibaum daneben hatte sie auch sehen wollen. Jedesmal hatte ich von ihm geschwärmt, wenn unser kümmerliches Pendant im Wohnzimmer mal wieder ein Blatt verloren hatte. Wer weiß, ob der Baum nicht schon längst einem lukrativeren Appartementhaus hatte weichen müssen. Dreißig Jahre sind eine lange Zeit.

Menton, letzter Ort vor der Grenze nach Italien. Hier fanden wir nicht nur bequem einen Parkplatz, sondern auch ein hübsches Bistro, in dem wir heiße Schokolade trinken und die Reste unseres französischen Kapitals zählen konnten. Viel kam nicht mehr zusammen, doch: »Für eine Flasche Fußbodenreiniger wird es wohl noch reichen.«

Es reichte sogar noch für ein Telefongespräch nach Hause. Nicki war am Apparat. »Wo steckt ihr denn jetzt?«

»In Menton. Wieso bist du nicht in der Uni?«

»Die Hälfte der Dozenten hat sich schon Pfingsturlaub bewilligt, und stell dir vor, es ist genau die Hälfte, bei der wir Vorlesungen haben.«

»Wer's glaubt, wird selig. Ist Papi nicht da?«

»Nee. Seit dem Vatertag ist er nicht mehr hiergewesen.«

»Waaas???«

Sie kicherte. »Keine Angst, er ist in Düsseldorf. Onkel

Felix hat gemeint, dort gäbe es mehr Kneipen als hier, deshalb sollte Papi lieber zu ihm fahren, statt umgekehrt.«

»Hoffentlich hat er seine Kreditkarte zu Hause gelassen. Gibt es sonst noch was Neues?«

»Nö, nur 'ne Rechnung vom Kundendienst, vierundachtzig Mark siebzig. Die Waschmaschine war im Eimer. Aber dafür habe ich jetzt das Geheimnis der fehlenden Socken gelöst. Sie kriegen schwarze Löcher und entschwinden durch sie in eine andere Welt.«

»Hör auf mit dem ... gleich ist das Geld alle ... ich rufe wieder ...« Klick machte es, dann war die Leitung tot.

»Irgendwelche besonderen Vorkommnisse?« wollte Steffi wissen.

»Die Zwillinge schwänzen die Uni, euer Vater säuft sich durch Düsseldorfs Altstadt, die Waschmaschine ist kaputt, und Nicki hat keine Strümpfe mehr zum Anziehen. Aber sonst ist alles in Ordnung.«

»Dann können wir ja beruhigt weiterfahren.«

Es dämmerte schon, als wir die Grenze erreichten, und es war stockdunkel, nachdem wir sie endlich passiert hatten. Dabei hatten sich die Zöllner weder für unsere Pässe interessiert noch für Wagenpapiere oder Tierarztbescheinigungen, nein, sie hatten schlicht und einfach Langeweile gehabt. Wir waren die einzigen Grenzgänger und boten eine willkommene Abwechslung. Ob wir armi mit uns führen?

Ob wir was??? Eine Sekunde lang war ich verunsichert, dann fiel der Groschen. Richtig, wir waren in Italien, da spricht man Italienisch. Hatte ich mal recht gut gekonnt, leider lag das auch schon dreißig Jahre zurück. Arma = Waffe, folglich mußte armi der Plural sein, aber wir hatten so etwas ja nicht mal in der Einzahl dabei, Brotmesser und Pfefferstreuer ausgenommen.

Trotzdem wünschte der Zöllner, Typ Heintje nach dem Stimmbruch, den Wohnwagen zu besichtigen. Ich wußte zwar nicht, was er zu finden hoffte, doch wenn es ihn glücklich machte, bitte sehr. Nur Otto war damit nicht einverstanden. Er haßt Uniformhosen, und wenn er sich mit unserem Briefträger dank gelegentlicher Liebesgaben auch inzwischen angefreundet hat, so erstreckt sich diese Sympathie keineswegs auf andere Uniformträger. Bundeswehrsoldaten, Bahnbedienstete und Polizisten mag er ebensowenig wie Knöllchenkleberinnen, obwohl die meistens Röcke tragen.

Steffi leinte die knurrenden Hunde an, dann durfte der Zöllner einsteigen. Trotz geöffneter Fenster stank es im Innern des Wagens noch immer wie in einer billigen Kneipe. Der Beamte rümpfte die Nase, warf mir einen beziehungsreichen Blick zu, einen zweiten auf den dreckigen Fußboden, öffnete den Kleiderschrank, aus dem ihm das erst vorhin gekaufte Baguette entgegenfiel, schloß die Tür, öffnete das linke Klappfach und bekam eine Handvoll zusammengerollter Tennissocken auf den Kopf. Er wußte ja nicht, daß man diese Fächer nur zentimeterweise aufmachen darf und ihren Inhalt mit der anderen Hand zurückhalten muß.

Vorsichtshalber wandte er seine Aufmerksamkeit nun der weniger gefährlichen Bank zu. Da unsere Vorräte schon merklich geschrumpft waren, konnte er den restlichen Bestand mit einem Blick übersehen. Er fand nichts Verdächtiges.

»Dopo de che Lei cerco?« Na bitte, das klang doch ganz gut, und der Mann hatte es sogar verstanden.

»Stupefacente«, bekam ich zur Antwort. Aha, nun wußte ich wenigstens, wonach er suchte. Nach Stupefacente, was immer das auch sein mochte. Ich versicherte ihm, daß wir so etwas bestimmt nicht hätten, auch nicht zu kaufen gedächten, und was denn das überhaupt sei.

»Cocaina.«

»Koks? Bei uns???« Ich fing schallend an zu lachen, woraufhin Steffi ihren Kopf zur Tür hereinsteckte und sich nach dem Grund meiner Heiterkeit erkundigte. »Der sucht Rauschgift.«

»Biete ihm doch mal das Mondamin an, vielleicht gibt er sich damit zufrieden.«

Doch der Beamte hatte genug gesehen. Rückwärts kletterte er aus dem Wagen, legte die Hand an den Mützenschirm, wünschte gute Fahrt und verschwand in seiner Zollbude.

Den unfreiwilligen Aufenthalt hatte Steffi zu einer Sondierung des Terrains genutzt und dabei einen großen Parkplatz entdeckt, der zu einem weiter hinten liegenden Hotel gehörte. »Da stehen schon zwei Wohnmobile, also stellen wir uns einfach dazu. In Sichtweite der Polizei sind wir besser aufgehoben als sonstwo.«

»Warum nicht? Im Zollgrenzbezirk habe ich noch nie übernachtet.«

Sie rangierte den Wagen neben einen Kastanienbaum, und während auf dem Herd statt des Gulaschs die beiden letzten Tütensuppen kochten (ich konnte mich nicht erinnern, jemals Grünkernsuppe gekauft zu haben), lagen wir auf den Knien und schrubbten den Fußboden. Ganz sauber wurde er nicht, aber wenigstens klebte man nicht mehr darauf fest.

Wir hatten uns gerade zu unserem frugalen Mahl niedergelassen, als wir ein fernes Grollen hörten. Im selben Augenblick fing das Besteck im Schubkasten zu klappern an, das Grollen wurde zum Donnern, die Hunde bekamen einen hysterischen Anfall, der ganze Wagen erzitterte, und dann verebbte der Krach allmählich, bis es wieder totenstill war.

»Was ist denn *das* gewesen?« Steffi öffnete die Tür und schaute sich um. »Nichts zu sehen.«

»Ich glaube, der Krach kam mehr von oben.« Gemeinsam stierten wir in die Dunkelheit. Ein dicht bewaldeter Berg, davor die Straße, auf der anderen Seite auch viel

Grün — also was, zum Kuckuck, hatte diesen höllischen Lärm verursacht?

Kaum hatten sich die Hunde halbwegs beruhigt, als dieses Grollen schon wieder einsetzte. Diesmal kam es von der anderen Seite. »Hört sich an wie Panzer. Es wird doch nicht etwa der nächste Krieg ausgebrochen sein, und wir wissen noch gar nichts davon?«

Wir kamen gerade noch rechtzeitig nach draußen, um schräg über uns, kaum fünfzig Meter Luftlinie entfernt, einen hellerleuchteten Zug vorbeirattern zu sehen. Als er über die jetzt erst sichtbare Brücke fuhr, klirrten auf dem Tisch die leeren Teller.

»Angenehme Nachtruhe. Wenn mich nicht alles täuscht, ist das die Strecke Genua—Marseille.«

»Und wennschon«, sagte Steffi gähnend, »ich bin hundemüde. Nachts fahren bestimmt keine Züge mehr.«

»Das glaubst auch nur du! Schon mal was von Gütertransporten gehört?«

»Mir egal. Ich kann trotzdem schlafen.«

»Aber ich nicht. Und erst recht nicht die Hunde.« Die saßen zitternd vorne im Führerhaus.

Ich wollte gerade die Tür schließen, als ich Motorengeräusch hörte. »Sieh mal nach links, Steffi! Das eine Wohnmobil tritt bereits den Rückzug an. Denen da drin ist es auch zu laut.«

Dafür tastete sich ein anderes Gefährt auf den Parkplatz, eins Marke Eigenbau. Ursprünglich mußte es ein Transporter gewesen sein, jetzt hatte es unterhalb des Dachs lauter niedrige Fenster, die alle offenstanden, damit die dahinter aufgehängte Wäsche im Fahrtwind trocknen konnte. Bindfäden mit Wimpeln dran sieht man ja öfter, doch eine Rundumbeflaggung mit Ringelsocken, Spitzenhöschen und baumwollenen Herrenslips war eine Novität. Daß dieser rollende Wäscheständer ein englisches Kennzeichen trug, wunderte uns gar nicht.

Zwei Züge zählte ich noch, dann mußte ich wohl doch

eingeschlafen sein. Wach wurde ich von einem fürchterlichen Krach, der jedoch anders klang als das nun schon wohlbekannte Rattern einer Eisenbahn. Die Lärmquelle mußte direkt neben uns sein.

»Was ist *das* nun schon wieder«, schimpfte Steffi ein Stockwerk über mir. »Geh mal raus und sag den Idioten, daß andere Leute noch schlafen. Wie spät ist es überhaupt?«

»Kurz nach sechs.« Ich schob die Jalousetten ein bißchen auseinander. »Es ist bloß die Müllabfuhr. Du hättest gestern nicht direkt neben den Containern parken sollen.«

»Die hab' ich gar nicht gesehen.«

An Schlafen war nicht mehr zu denken. Kaum war das Müllauto weg, kam der Bäckerwagen zum Hotel, gefolgt vom Milchlieferanten. Der Nachtportier brüllte seinem Kollegen von der Tagesschicht einen Morgengruß quer über den Platz zu, und als dann noch der Frühzug über die eiserne Brücke donnerte, kapitulierte Steffi endgültig. »Porca miseria!« (Das ist ein italienisches Schimpfwort und braucht nicht übersetzt zu werden.)

Während des Frühstücks klapperte das Geschirr nur zweimal, der dritte Zug kam erst, als wir gerade abfahren wollten. »Na, dann los«, sagte Steffi, den ersten Gang reinschiebend, »du mia bella Italia, Land der Zitronen und der Caprifischer, jetzt wird es sich ja zeigen, ob deine Schönheit auch bloß ein Produkt der deutschen Schnulzenbranche ist.«

16

Bordighera, San Remo, Diano Marina, Alassio — Namen, die in den fünfziger Jahren auf der Zunge zergingen und das Traumziel aller Deutschen waren, die sich damals schon eine Urlaubsreise leisten konnten. Noch ein bißchen früher pflegten in dieser Gegend abgedankte Potentaten ihr Zipperlein zu kurieren und russische Großfürsten den Untergang des Zarenreiches zu beklagen. Inzwischen fliegen deutsche Urlauber nach Thailand oder auf die Malediven, arbeitslose Könige gibt es nicht mehr, und die Russen kriegen keine Devisen. Italien gehört also weitgehend wieder den Italienern.

Das merkten wir schon nach den ersten Kilometern. Der italienische Autofahrer unterscheidet sich vom deutschen insofern, als bei ihm nicht aufgeblendete Scheinwerfer das effektivste Mittel sind, andere Wagen an die Seite zu scheuchen, sondern die Hupe. Jeder Überholvorgang wird durch anhaltendes Hupen begleitet, und wenn man sich einer Kurve nähert, wird ebenfalls gehupt, damit der Entgegenkommende weiß, daß da gleich jemand mit achtzig um die Ecke schießt. Weshalb die Italiener Radios in ihren Autos haben, weiß ich nicht, hören können sie sie auf keinen Fall. Hatte Steffi noch das erste Dutzend Überholer als Volltrottel, Idioten und potentielle Selbstmörder bezeichnet, so gab sie die Schimpferei bald auf. »Müssen das herrliche Zeiten gewesen sein, als man hier noch mit Kutsche und zwei Pferden entlangfuhr. War es das, wovon du heute noch so schwärmst?«

»Als ich das erstemal nach Loano gefahren bin, gab's schon Autos«, entgegnete ich bissig, »bloß nicht so viele. Wo sind wir jetzt eigentlich?«

»Woher soll ich das wissen? Ich denke, *du* kennst dich hier aus.«

»Nicht mehr«, mußte ich kleinlaut zugeben. Wo war sie denn geblieben, die alte Via Aurelia, auf der schon die römischen Legionen marschiert waren? Das konnte doch unmöglich diese vierspurige Straße sein mit ihren Ampeln, den Parkbuchten und den nicht enden wollenden Verkehrsschildern? Wo waren die kleinen Fischerdörfchen, wo die Überreste jahrhundertealter Mauern, von Blütenkaskaden überrankt, die gerade jetzt im Mai ihren betäubenden Duft versprühen müßten? Wo waren die hübschen kleinen Badeorte mit ihren wenigen Hotels und der Handvoll Pensionen? Richtige Städte waren daraus geworden, die ineinander übergingen, vollgestopft mit Hochhäusern, Diskotheken, Schnellimbissen und Spielsalons.

»Hübsch«, sagte Steffi. »Eigentlich noch viel schöner als in Frankreich! Bist du sicher, daß wir auf der richtigen Straße sind?«

»Nein!!!« schrie ich sofort. »Das ist nicht die richtige Straße, die hat es damals noch gar nicht gegeben. Das ist auch nicht meine Riviera, wie ich sie kenne, das ist alles nur noch scheußlich!« Tränen der Enttäuschung standen in meinen Augen. »Wären wir bloß nicht hergekommen.«

»Sascha hatte dich ja vor diesem Nostalgie-Trip gewarnt.«

Das allerdings stimmte. Nur hatte ich mir einfach nicht vorstellen können, daß man innerhalb von drei Jahrzehnten eine Landschaft so verschandeln kann, wie es hier geschehen war. Einige neue Hotels, ja, die waren sicher nötig gewesen, meinetwegen auch ein paar Geschäfte, aber doch keine dreistöckigen Kaufhäuser und erst recht keine Sex-Shops. »Am liebsten würde ich umkehren.«

»Hier kann ich nicht wenden«, sagte Steffi, »und außerdem sind wir schon in Loano.« Sie deutete auf das Ortsschild.

»Das muß ein Irrtum sein! Zwischen Borghetto S. Spirito und Loano liegen mindestens sechs bis sieben Kilometer Niemandsland, und in Borghetto sind wir noch gar nicht gewesen.«

»Doch, wir fahren gerade raus.«

»Wieso? Ich denke, wir sind bereits in Loano?«

»Meine Güte, Määm, nun begreif doch endlich! *Deine* romantischen Dörfer gibt es nicht mehr, das Ganze ist eine zubetonierte Steinwüste, und wo der eine Ort aufhört, fängt der nächste an. Wo soll ich jetzt abbiegen? Rechts? Links? Geradeaus weiterfahren? Ich nehme doch an, du möchtest ein bißchen auf vertrauten Pfaden wandeln? Die Hunde müssen auch mal raus.«

»Fahr nach links. Da müßte gleich ein Sandweg kommen, der in die Berge führt.«

Den Weg gab es noch, nur war er jetzt asphaltiert und endete vor einem Fabrikgelände. »Umdrehen?« fragte Steffi.

Ich nickte. »Vielleicht finden wir am Meer einen Parkplatz.« Natürlich fanden wir keinen, und dann hatte ich plötzlich genug von dem ganzen Italien, wollte bloß noch weg. Wahrscheinlich hätte ich das Haus gefunden, in dem meine Mutter gewohnt hatte, und möglicherweise war sogar noch der eine oder andere kleine Laden übriggeblieben, in dem ich stolz meine Sprachkenntnisse angebracht und jedesmal Lob eingeheimst hatte, weil ich prezzemolo richtig aussprechen konnte (das heißt Petersilie, und die gab es immer gratis). Aber dieses Loano hatte kein Flair mehr, war eine unpersönliche Stadt geworden, mit der mich nichts mehr verband. »Wenn es nach mir ginge, Steffi, würden wir jetzt hinten über die Autobahn zurückfahren nach Frankreich und uns dort abseits der Küste ein hübsches Plätzchen suchen, an dem wir noch ein paar Tage bleiben.«

»Gott sei Dank«, meinte sie aufatmend, »diesen Gedanken hatte ich schon gleich hinter San Remo, ich habe mich bloß nicht getraut, was zu sagen.«

Bis zur Grenze brauchten wir diesmal nur anderthalb Stunden, hatten also noch genug Zeit, uns mit neuen Vorräten einzudecken. »Welches Menü darf ich dir denn an deinem Geburtstag servieren?« Die Riesenkrabben in der Fischabteilung sahen zwar sehr appetitlich aus, doch Steffis Kochkenntnisse beschränken sich mehr auf solide Hausmannskost. Wer weiß, was sie mit diesem teuren Getier anstellen würde.

»Es wird überhaupt nicht gekocht, wir werden übermorgen ganz groß essen gehen.« Bevor sie protestieren konnte, fiel ich ihr ins Wort: »Nein, nicht aus der Reisekasse. Ich werde endlich mal meine neue Kreditkarte einweihen.«

In dieser Nacht störte uns nichts und niemand, und als ich von einer kalten Hundezunge geweckt wurde, die quer über mein Gesicht fuhr, war es fast neun Uhr. Zwei Stunden und schätzungsweise siebenunddreißig Haarnadelkurven später streikte Steffi. »Könnte es sein, daß du die Karte verkehrtherum hältst und wir uns auf dem direkten Weg nach Andorra befinden?«

»Nein. Wir sind auf der Route Napoléon. Hier ist schon Bonaparte mit seinen Mannen entlanggezogen.«

»Ja, auf 'm Pferd und nicht in einem Wohnmobil. Wenn die Straße noch steiler wird, komme ich nicht mehr rauf.«

»So schlimm kann es doch gar nicht sein, oder hast du nicht bemerkt, daß uns schon zwei Wohnwagen entgegengekommen sind?«

»Doch.« Und dann in einem Ton, wie man ihn gewöhnlich Kleinkindern gegenüber anschlägt: »Sie sind *runter*gefahren.«

Da sagte ich lieber nichts mehr und betete vor jeder neuen Kurve, sie möge endlich den Blick auf das Hochplateau freigeben, das wir uns als Ziel ausgeguckt hatten.

Ein See mußte da sein mit einem Campingplatz, und dort erhofften wir uns noch einige ruhige Tage, bevor wir uns auf die Heimreise machen wollten.

Vom See war noch immer nichts zu sehen, als endlich ein Ortsschild auftauchte: Moustiers Ste.-Marie, Stadt der Fayencen.

»Was sind Fayencen? Was zu essen?«

»Wenn dein Magen Keramikschüsseln verträgt... Komm, laß uns mal aussteigen, vielleicht finden wir etwas Hübsches.«

»Das meinst du doch wohl nicht im Ernst?« kam es entsetzt zurück.

»Warum denn nicht? Den Daheimgebliebenen müssen wir doch irgend etwas mitbringen.«

»Ach so«, meinte sie erleichtert, »du denkst an Souvenirs.«

»Woran denn sonst?«

Eine Antwort blieb sie schuldig.

Dieser Ort muß ebenfalls zu den Anlaufpunkten ausländischer Touristenbusse gehören. Überall standen die geparkten Ungetüme, spuckten ihre Fracht aus und sorgten für umsatzträchtiges Gedrängel. Kaum jemand, der uns entgegenkam und nicht eine Tüte oder ein in Zeitungspapier gewickeltes, unförmiges Paket vor sich hertrug. Auch wir beguckten elegisch dreinblickende Schäferinnen und handbemalte Aschenbecher, gar nicht zu reden von den Obstschalen, deren Dekor nicht den geringsten Zweifel an ihrer Bestimmung offenließen. »Guck mal, Määm, die haben sich schon der Zeit angepaßt. Hier sind sogar Kiwis drauf.«

In einer Seitengasse entdeckte ich einen winzigen Laden. Eine einzige, schon leicht angestaubte Blumenvase füllte das kleine Schaufenster fast völlig aus, und in genau die verliebte ich mich auf den ersten Blick. Noch niemals hatte ich ein so leuchtendes Blau gesehen. »Wahrscheinlich ist sie unerschwinglich.«

»Frag doch einfach mal!«

Ganz so kostspielig, wie ich befürchtet hatte, war sie nicht, aber immer noch teuer genug. Lange zögerte ich, dann hatte ich eine Rechtfertigung gefunden. »Die schenke ich mir selber zum Geburtstag.«

»Tu das!« sagte Steffi sofort. »Und wenn wir sie nicht heil nach Hause kriegen, kannst du dir immer noch die einzelnen Scherben ins Regal stellen. Sie passen dann gut zu den zehn Zentimetern Berliner Mauer.«

Wir kauften noch vier bemalte Töpfchen mit der Aufschrift »Herbes de Provence«, dann zogen wir befriedigt wieder ab. Wo wir den See finden würden, wußten wir jetzt auch.

In sechs waschreife T-Shirts gewickelt und tagsüber im »Schlafzimmer« zwischen den Betten verstaut, hat die Vase den Transport unbeschadet überstanden. Vorsichtshalber hatte Steffi einen Zettel mit einem großen Ausrufungszeichen an ihr Deckbett geheftet, damit sie daran erinnert wurde, vor dem abendlichen Umbau das kostbare Stück in der Spüle zu deponieren.

Den See spürte Otto schon wieder, bevor er überhaupt zu sehen war. Wie verrückt kratzte er an der Tür. Kaum hatte ich sie geöffnet, da schoß er hinaus und direkt ins Wasser. Und ebenso schnell war er wieder draußen. Bergseen sind kalt.

Der Campingplatz war klein, nicht besonders komfortabel — Geschirrspülen fand wieder im Wohnmobil statt —, aber sauber und wenig bevölkert. Ich baute gerade unsere Terrasse auf, als mir jemand auf die Schulter tippte. »Kenn wa uns nich?«

Verwundert drehte ich mich um. »Na also, hab' ick doch richtig jesehn. Wissen Se nich mehr? Bei die toten Päpste in Avignon ham wa uns jetroffen.«

Natürlich, Herr Malwitzki aus Berlin. »Was machen Sie denn hier? Ich denke, Sie campen irgendwo an der Küste?«

»War ick ja ooch, und nächste Woche fahr'n wa wieda runta. Aba jetzt über Pfingsten, wenn die janzen Franzosen mit ihre jesamte Sippschaft einfallen, machen wa imma 'ne Flieje. Den Krach und det Jeschwafel von morjens bis abends hält keen normaler Mensch aus. Hier oben isset nich so vornehm, aba wenigstens stille. Sind Sie ooch wejen dem Feiertagsrummel jetürmt?«

»Nein, wir sind schon beinahe auf der Heimfahrt.«

»Ach so. Na ja, is nich zu ändern. Allet hat mal 'n Ende, bloß die Wurst nich, die hat zwee.«

Unsere nicht. Wir hatten nur welche in Scheiben, vakuumverpackt. Zusammen mit Spiegeleiern auf Toast, überbacken mit Käse, schmeckte sie hervorragend. Tütensuppen waren Gott sei Dank alle.

»Halt doch mal still, du blödes Vieh!« und »Du bist ein Hund, Jojo, keine Kuh. Nimm das Grünzeug aus der Schnauze!«

Merkwürdige Töne so früh am Morgen! Verschlafen blinzelte ich durch die noch halbgeschlossenen Lider und sah Steffi auf dem Fußboden hockend, wie sie versuchte, den beiden Hunden je ein Margeritensträußchen unter das Halsband zu schieben. Knurrender Protest der so Dekorierten, doppelstimmiges Gewinsel, schließlich Flucht in die Fahrerkabine.

»Die sind aber auch zu dämlich!« seufzte sie.»Dabei hatte ich mir das so schön vorgestellt. Na, dann eben nicht! Dafür kannst du jetzt auf einem Blütenteppich ins Bad schreiten.« Sie umarmte mich liebevoll. »Herzlichen Glückwunsch und alles Gute für die nächsten fünfundvierzig Jahre. Dann bist du hundert, wirst Ehrenbürgerin von Randersau, brauchst keine Steuern mehr zu zahlen und kriegst vom Bürgermeister eine Freikarte fürs Hallenbad. Dafür lohnt es sich doch, noch ein paar Jahrzehnte durchzuhalten. — Ach ja, dein Geschenk steht zu Hause, weil sich eine Espresso-Maschine hier so schlecht verstecken ließ. Und wenn du jetzt aufstehst, kann ich sogar den Frühstückstisch decken, du liegst nämlich noch drauf. Ich habe am Kiosk frische Brötchen bekommen, ist das nicht erstaunlich? Zeig mir mal einen deutschen Bäcker, der am Pfingstsonntag in seiner Teigschüssel rührt.«

Lediglich das Wetter paßte nicht zu dem hohen Feiertag. Es nieselte. Und als es aufhörte zu nieseln, begann es zu regnen. »An der Küste scheint bestimmt die Sonne, da war der Himmel immer blau.« Aus einem der Klappfächer kramte Steffi den Würfelbecher heraus, suchte weiter, räumte Unterwäsche und Badeanzüge von links nach rechts, warf zwei Päckchen Puddingpulver auf den Tisch — »Wie kommen die denn hier rein?« —, durchwühlte die übrigen Fächer, stieg wieder von der Bank. »Ich kann die Kniffelblocks nicht finden.«

»Hast du denn welche mitgenommen?«

»Wieso ich? *Du* wolltest doch ...«

Wenigstens die Spielkarten waren da. Gin-Rummy, das man in England stilvoll vor einem flackernden Kaminfeuer zu spielen pflegt, hatte uns Vicky beigebracht, aber wir wurden uns über die Regeln nicht mehr einig, und der Kamin fehlte auch. Sechsundsechzig? Zu langweilig. Patiencen legen? Dazu war der Tisch nicht groß genug.

»Wir könnten ja mal was lesen«, schlug Steffi vor.

Stimmt, dazu waren wir bisher kaum gekommen. »Mir ist aber jetzt nicht nach Mittelalter.«

»Was haste denn mit?«

»Das Parfum.«

»So was liest man auch nicht im Urlaub, sondern zu Hause im Bett. Willst du was von mir haben?« Sie schob mir eins der drei Taschenbücher herüber. *Die Unersättlichen* hieß das umfangreiche Werk, dessen Cover keinen Zweifel an dem Inhalt offenließ. »Nee, danke. Früher küßte der Held die Heldin erst auf der vorletzten Seite, jetzt küßt er sie schon nackend auf dem Titelbild. Wo hast du denn diesen Schmarren her?«

»Der lag zu Hause rum.«

Zum Glück hörte es dann doch zu regnen auf, und nach einem ausgiebigen Spaziergang nahmen wir im Kiosk unser Mittagsmahl ein: Grüne Suppe und hinterher Würstchen mit Fritten. Senf war aus, statt dessen bekamen wir Ketchup. Zu Hause hätte ich zumindest Hackbraten gekriegt. »Haben wir heute nicht auch noch Muttertag?«

»Doch«, bestätigte Steffi kauend, »aber den habe ich absichtlich ausgeklammert, weil wir ihn nachfeiern wollen. Um deinen arbeitsfreien Sonntag kommst du schon nicht herum.«

Auch gut, dann gibt es eben in vierzehn Tagen Hackbraten.

»Was ich noch sagen wollte«, fuhr sie fort, den letzten Rest Ketchup mit dem Wurstzipfel aufwischend, »wenn wir heute abend vornehm essen wollen, habe ich nichts anzuziehen.«

»Wir gehen ja nicht ins Maxim's.« Um ehrlich zu sein, ich hatte nicht die geringste Ahnung, wo es in diesem nicht übermäßig bevölkerten Landstrich überhaupt ein Restaurant gab. Wäre uns nicht das Ehepaar aus Wiesbaden über den Weg gelaufen, dann hätte das Geburtstagsdiner vermutlich aus Hamburgern nebst gemischtem Salat bestanden, der Alternative zu Würstchen mit Ketchup.

Herr und Frau Neuberth hatten ebenfalls beschlossen, den Abend fern vom Campingplatz samt tropfenden Gartenstühlen zu verbringen, nur hatten sie im Gegensatz zu uns schon einen Tip bekommen, wo man sowohl gut essen als auch gut sitzen konnte. Es sei auch gar nicht weit weg. »Wollen wir nicht zusammen fahren?«

Nichts lieber als das. Familie Neuberth reiste mit Wohnwagen, daneben parkte ein Auto der schon sehr gehobenen Mittelklasse, und wenn ich es schaffte, mit dem winzigen Reisebügeleisen noch mal anständig Falten in Steffis dunkle Hose zu pressen, würde sie selbst den kritischen Blicken hochnäsiger Oberkellner standhalten können.

Von außen wirkte das Restaurant wie eine verwitterte Scheune, innen wie der Speisewagen vom legendären Orientexpreß. Weinroter Plüsch dominierte. Stühle gab es kaum, man saß auf gepolsterten Bänken, von denen sich jeweils zwei in abgeteilten Nischen gegenüberstanden. Ein Kellner mit bodenlanger weißer Schürze schoß auf uns zu. Die Herrschaften hatten reserviert? Das hatten die Herrschaften leider nicht. Sehr bedauerlich, denn es sei schon alles besetzt. Wieso das? Von den zwölf Tischen waren doch noch sieben frei? (Neidisch stellte ich fest, daß Herr Neuberth ein ausgezeichnetes Französisch sprach.) Eben nicht, die Plätze seien vorbestellt.

Ein Kellner ohne Schürze eilte herbei. Es mußte eine höhere Charge sein, denn er schickte seinen Kollegen weg und geleitete uns in die entfernteste Nische mit direktem Blick zur Toilettentür.

Da saßen wir nun und plauderten uns über die erste Befangenheit hinweg, bis Frau Neuberth auf die Uhr sah. »Jetzt sind wir schon seit zwanzig Minuten hier, und noch immer hat sich kein Schwanz blicken lassen. Das Dumme an einem ruhigen, ausgeglichenen Wesen ist, daß man damit in Lokalen nie bedient wird. Markus, frag doch mal, ob man hier etwas zu trinken bekommt.«

Das Restaurant hatte sich in der Zwischenzeit gefüllt, doch von den herumwieselnden Kellnern geruhte keiner, unsere Nische auch nur zur Kenntnis zu nehmen. Schließlich wurde es Herrn Neuberth zu dumm, er stand auf und marschierte geradewegs zur Schwingtür, hinter der immer die Ober verschwanden, um wenig später mit silbernen Schüsseln wieder aufzutauchen. Kurz vor dem Allerheiligsten wurde er gestoppt. Von dem Wortwechsel bekamen wir nichts mit, doch als er zurückkam, folgten ihm auf dem Fuß gleich zwei Bedienstete, ein kleiner und ein großer. Der Große trug eine Serviette, der Kleine vier Speisekarten von Gästebuchgröße, die er an den Großen weiterreichte, auf daß der sie uns einzeln vorlege. Als dies geschehen war, traten beide den Rückzug an.

Nach alter Gewohnheit betrachtete Steffi die Karte erst einmal von rechts nach links. »Preise haben die hier wie im alten Rom. Tomatensuppe siebenundzwanzig Francs. Wird die Brühe etwa mit Blattgold serviert?«

»Du bist eingeladen!« erinnerte ich sie.

»Na schön. Dann nehme ich Shrimps-Cocktail, danach das Entrecôte und hinterher Mousse au chocolat. Einverstanden?«

Frau Neuberths Sprachkenntnisse standen in umgekehrtem Verhältnis zu denen ihres Mannes, denn sie ließ sich die gesamte Speisekarte übersetzen und wußte hinterher noch immer nicht, was sie essen wollte. »Soll ich für dich bestellen, Hannelore?«

Hannelore nickte, und Markus orderte etwas, das aus viel Grünzeug mit zwei hauchdünnen Scheiben Fleisch bestand. Nun war mir auch klar, weshalb sie ein hautenges Kleid tragen konnte, ohne darin ordinär auszusehen.

Obwohl ich gern das Gegenteil behaupten würde, war das Essen hervorragend, und als wir halb fertig waren, kam sogar schon der Weinkellner mit dem Burgunder. Frau Neuberth trank Vichy-Wasser, anderes gab's nicht, einmal wegen der Figur, zum anderen wegen des Führerscheins. »Wir teilen uns immer die Fahrten. Markus fährt hin und ich zurück.«

Als die erste Flasche leer war, bestellte Herr Neuberth die zweite. Mit dem letzten Glas tranken wir Brüderschaft, und dann stellte Steffi selig beschwingt fest: »Siehste, Määm, nu isses doch noch ein schö-schöner Geburtstag geworden.« Worauf Herr Neuberth, der jetzt mit Markus angeredet werden mußte, Champagner orderte. Danach waren wir abgefüllt. Restlos!

»L'addition, s'il vous plaît«, befahl er.

»Séparé«, ergänzte ich, meine Kreditkarte zückend. Der Kellner ohne Schürze bedauerte, darauf sei man noch nicht eingestellt. Macht nichts, Euroschecks hatte ich auch dabei. Die wollte er ebenfalls nicht haben, die Abwicklung dauere zu lange, man müsse auf das Geld drei bis vier Monate warten. Was jetzt? Vom Inhalt meines Portemonnaies hätte ich allenfalls die Krabbencocktails bezahlen können.

»Ich geh f-f-freiwillig in die K-küche und spüle Geschschirr«, bot Steffi an, »und w-wenn alle w-weg sind, m-machen wir den Sch-schuppen hier noch sauber.«

Rettende Engel müssen keine Flügel haben, sie können auch mal Nadelstreifen tragen. Selbstverständlich seien wir seine Gäste, versicherte Markus und blätterte nahezu den gesamten Inhalt seiner Brieftasche auf den Tisch.

»K-kommt nicht in Frage! Sie ... d-du kriegst morgen einen Scheck. Mein Essen kann ich immer noch s-selber bezahlen.«

»Das glaube ich dir ja, aber Geld ist nicht alles.«

»N-nein, das nicht. B-bloß, wenn keiner die Kreditkarte akzet... apzek... also wenn keiner das D-ding nehmen will, lernt man Geld schätzen.«

Auf der Rückfahrt erfuhr ich, daß wir entgegen meiner Behauptung vorgestern gar nicht die Route Napoléon entlanggekrochen waren, die läge nämlich weiter östlich, und dann müßten wir unbedingt noch den Grand Canyon Verdon besichtigen, immerhin die größte Schlucht Europas.

»M-müssen wir das, Steffi?«

»Klar müssen wir! M-machen wir auf der Heimreise.«

Dreimal brachten wir uns gegenseitig zu unseren Wohnwagen, dann trat Steffi in ein Morastloch und hatte zu weiteren Spaziergängen keine Lust mehr. Außerdem waren die Hunde aufgewacht und kläfften im Duett. »Die müssen bestimmt n-noch mal Pipi, und du m-mußt soww-wso noch teleffnieren. Ich komm' mit.« Sie zog Schuhe und Strümpfe aus. »T-tautreten ist gesund.«

»Aber nicht mitten in der Nacht. W-warum soll ich jetzt telef-fonieren? Mit wem denn?«

»Mit sssu Hause. Ich habe versprochen, daß du an d-deinem Geburtstag anrufst.«

»Die schlafen doch schon alle.«

»Isss egal. S-sollen sie aufstehen. Wir sch-schlafen ja auch noch nich.«

Neben dem Kiosk befanden sich zwei Zellen, eine für Münzen, für die andere brauchte man eine Telefonkarte. Die lag im Wagen. »Ich hab' K-kleingeld.« Viel war es nicht, was Steffi aus der Tasche zog, es reichte höchstens für drei Minuten, doch sie bestand darauf, daß ich jetzt anrufen müsse. Nach dem achten Tuten nahm jemand den Hörer ab, und eine verschlafene Stimme murmelte: »Falsch verbunden.«

»Katja?«

»Ja. Aber hat das nicht bis morgen Zeit? Welcher Idiot holt einen nachts um halb eins aus dem Bett?«

»Ich.«

»Wer ist ich?« Irgendwie mußte sich wohl meine Stimme verändert haben. »Deine liebe Mami.«

Schweigen. Dann: »Du hast auch schon bessere Einfälle gehabt. Was gibt es denn so Wichtiges.«

»Gar nichts. Wir ha-haben ein bißchen Geburtstag gefeiert. Pfröhliche Pfingsten w wollte ich d-dir auch noch wünschen.«

Jetzt wurde sie mißtrauisch. »Sag mal, ganz nüchtern bist du aber nicht mehr?«

»N-nein. Ich habe meinen Eintritt ins G-grufti-Alter begossen. D-durfte ich das nicht?«

»Doch. Aber nun geh mal schön ins Bett, Grufti, und ruf morgen wieder an, ja? Tschüß.«

»Sie will nicht mit mir telef-fonieren«, sagte ich beleidigt. Steffi nahm mir den Hörer aus der Hand und hängte ihn wieder ein. »Ich soll sch-lafen gehen, hat sie gesagt.«

Untergehakt trotteten wir zurück in unser mobiles Heim. Gerade wollte ich den Tisch zusammenklappen und mein Bett bauen, als Steffi mir in den Arm fiel. »Laß das, jetzt schppielen wir Boule.«

»Du schpinnst! Du hast zuviel getrunken.«

»Gar nicht, guck mal h-hier!« Sie zeigte auf die winzig kleinen bunten Kügelchen, Überbleibsel der Schokoladenplätzchen, die wir heute mittag aus lauter Langeweile gegessen hatten. »Damit kann man p-prima Boule spielen.« Mit dem Zeigefinger schnippte sie eine Kugel weg.

»Das war falsch! Du m-mußt die w-weiße da hinten treffen.« Jetzt versuchte ich es. »Daneben.«

»Ohne Brille k-kannst du d-doch ganich treffen. Wwo iss die Brille?«

»Weiß nich.«

»Dann nimm das F-f-fernrohr!«

Nach zwei Tagen reiste Familie Neuberth ab, und am Nachmittag des dritten, als wir uns noch faul in der Sonne aalten, fragte Steffi beiläufig: »Welchen Tag haben wir eigentlich?«

»Mittwoch.«

»Ich meine doch das Datum.«

»Den Siebzehnten.«

Mit einem Ruck kam sie von der Luftmatratze hoch. »Schon??? Weißt du überhaupt, daß wir spätestens Samstagmittag zu Hause sein müssen?«

Das sah ich gar nicht ein. »Warum denn? Du hast noch anderthalb Wochen Urlaub, und ob ich ein paar Tage früher oder später zurückkomme, ist doch Wurscht. Weshalb also diese Hektik?«

»Weil ich am Samstagabend das Wohnmobil zurückgeben muß. Ab Sonntag ist es nämlich wieder vermietet. Saubermachen müssen wir die Karre vorher auch noch.«

Jetzt wurde ich ebenfalls munter. »Das fällt dir aber früh ein. Können wir das überhaupt schaffen?«

»Sag nicht können, sag lieber müssen!« Sie ging in den Wagen und kam mit der Karte wieder zurück. »Ich weiß nicht, wie es passiert ist, aber irgendwo müssen wir die Datumsgrenze überschritten haben.« Gemeinsam studierten wir das Gewirr von roten, gelben und grünen Linien. »Momentan sind wir hier«, sie deutete auf den hellblau eingezeichneten See, »und müssen nach da.« »Da« war gar nicht mehr drauf, weil die Karte am Genfer See endete. »Wir haben also noch die ganzen Savoyer Alpen vor uns, die Autobahn kriegen wir erst in Grenoble, an einem Tag ist das gar nicht zu machen. Sieh dir bloß mal diese gekringelte Straßenführung an. Kurven ohne Ende!« Seufzend faltete sie die Karte zusammen. »Am liebsten würde ich sofort losfahren.«

»Kommt nicht in Frage! Bis wir alles zusammengepackt und die Rechnung bezahlt haben, ist es sieben und zwei Stunden später dunkel. Lieber gehen wir heute früh ins Bett und starten bei Sonnenaufgang.«

Daraus wurde nichts, weil wir ihn verschlafen haben. Dann fiel Steffi ein, daß wir noch frisches Wasser brauchten und das Gegenteil entsorgen mußten. Tanken wollte sie auch noch.

»Geht nicht, keine Zeit!« sagte sie, als wir uns dem Canyon näherten und ich ihr zwecks Umrundung dieser Sehenswürdigkeit den rechten Weg weisen wollte. Nur mal kurz runtergucken durfte ich. Grünes, unwahrscheinlich grünes Wasser schimmerte im Licht der einfallenden Sonnenstrahlen am Boden der Schlucht, und das winzige bunte Pünktchen mittendrin mußte wohl ein mutiger Kanute sein. »Können wir nicht doch mal drumherum . . .«

»Nein!!!«

Dann eben nicht. Statt dessen immer weiter aufwärts, eine Kurve nach der anderen. Links Felsen, rechts trennte uns nur ein niedriges Mäuerchen und häufig auch gar nichts vom Abgrund. Und immer noch unendlich viele Kilometer bis zur nächstgrößeren Straße. »Das schaffen wir nie!« murmelte Steffi in regelmäßigen Abständen vor sich hin.

»Was soll schon groß passieren, wenn wir nicht pünktlich zurück sind? Dann zahlen wir eben die Miete für einen weiteren Tag.«

»Und was ist mit den Leuten, die Sonntag früh in ihren Urlaub starten wollen?«

»Die fahren auch einen Tag später. Und überhaupt dürfen sonntags gar keine Lkws auf die Autobahn.« Wie gut, daß mir dieses Verbot noch eingefallen war. Vielleicht würde sich Steffis miese Laune wieder etwas heben.

Irrtum. *»Das hier ist kein Lkw!!!«*

Es war schon später Nachmittag, als sie endlich vernünftig wurde. Wir hatten die Route nationale erreicht, die zwar ebenso kurvenreich, aber wenigstens etwas breiter war, und hielten in einem kleinen Bergdörfchen, in dem wir eine Telefonzelle zu finden hofften. »Eigentlich könnten wir hier doch unser Nachtquartier aufschlagen.«

Sie hatte unter einer alten Eiche geparkt dicht neben einem Brunnen, die nächsten Häuser standen ein ganzes Stück weit weg, und in Sichtweite gab es sogar eine Kneipe, in der wir bestimmt etwas zu essen bekommen würden. Große Lust zum Kochen hatten wir beide nicht mehr.

»Chez Henri« hieß das Wirtshaus, und der Mann mit der schmuddeligen Wolljacke über dem karierten Hemd mußte wohl der Patron persönlich sein. Er hätte dringend ein Bad und eine Rasur benötigt. Die beiden Männer vor dem Tresen auch. Eine halbgeleerte Flasche Pastis und drei Gläser standen auf der Theke.

»Bonjour«, sagte ich zaghaft, »est-ce que c'est possible

que je téléphone ici?« Immerhin hatte ich an der Wand ein Telefon entdeckt, auch wenn es so aussah, als sei es seit Monaten nicht mehr benutzt worden.

Drei Augenpaare starrten uns an. »Ähhh?« machte der Wirt. Ich wiederholte meine Frage. Monsieur Henri schüttelte nur den Kopf und setzte zu einer langen Erklärung an, von der ich nicht ein einziges Wort verstand. Weshalb sprachen sämtliche Leute, mit denen ich zu kommunizieren versuchte, immer irgendeinen obskuren Dialekt?

»Vielleicht sollten wir erst mal was zu trinken bestellen?« flüsterte Steffi. »Bei uns kann man ja auch nicht einfach in ein Lokal gehen und bloß telefonieren wollen.«

Das leuchtete ein. Ich orderte zwei Flaschen Eau minérale, was den Umsatz dieser Lokalität sicher nicht wesentlich erhöhte, und dann trat ich noch einmal in Verhandlungen bezüglich des Telefons. Sie scheiterten wiederum an Verständigungsschwierigkeiten. Was ich wollte, schien der Patron zu begreifen, was er mir sagte, blieb weiterhin ein Rätsel. Schließlich winkte er mich hinter die Theke und hielt mir den Hörer ans Ohr. Es rauschte. Ach so, vermutlich lief hier alles noch über eine Vermittlung, und ich sollte ihm die Nummer geben. Alles klar! »Hast du ein Stück Papier zur Hand?«

»Nur die Benzinquittung.«

»Ist egal. Schreib unsere Nummer drauf, und setz vorsichtshalber Allemagne dahinter.«

Auch das nützte nichts. »Cassé! Cassé!« sagte der Wirt immer wieder.

»Ob der glaubt, daß wir nicht bezahlen können? Leg doch mal ein bißchen Geld auf den Tisch.«

»Quatsch! Ich weiß zwar nicht, was cassé heißt, aber ganz bestimmt nicht das, was du glaubst. Hol lieber das Wörterbuch.«

Nun endlich klärte sich die Sache. Cassé bedeutet kaputt, und eine cabine téléphonique gab es im ganzen Dorf nicht. Ich bedankte mich, zahlte unser Mineralwasser und verkniff mir wohlweislich die Frage nach einem möglichen Abendessen. Baguette und Käse hatten wir selber.

Der noch vorher leere Platz hatte sich bevölkert. Eine Schar Kinder klebte an dem Wohnmobil und drückte an den Fenstern die Nasen platt, während sich drinnen die Hunde heiser bellten. Grüppchen von Erwachsenen beobachteten das Spektakel in gebührendem Abstand.

»Nee, Määm, hier können wir nicht bleiben. Anscheinend stehen wir mitten auf dem Dorfplatz und dienen momentan der allgemeinen Volksbelustigung. Kannst du dir vorstellen, was nach Feierabend hier los sein würde?«

Dazu reichte meine Phantasie noch aus. »Wenn ich mich recht erinnere, sind wir kurz vor diesem Kaff an einem Waldstück vorbeigekommen. Dort gab es einen Seitenweg. Das wäre doch ein optimaler Stellplatz.«

»Na schön«, sagte sie ergeben, »ich tu ja alles, was du willst. Sogar zurückfahren.«

Höchstens zwei Kilometer ging es wieder bergab, dann sahen wir schon den Weg und gleich dahinter einen kleinen Steinbruch. Er schien aufgegeben worden zu sein, nur das Gerippe einer ausgeschlachteten Planierraupe erinnerte an frühere Betriebsamkeit.

»Schnapp du dir mal die Hunde, ich sehe inzwischen nach, ob wir noch was anderes zu essen haben als Ravioli.«

Das war auch eine von Steffi angeordnete Form von Arbeitsteilung! Jedesmal, wenn wir unseren abendlichen Rastplatz erreicht hatten, schickte sie mich samt den Vierbeinern auf die Pipi-Runde ohne Rücksicht auf etwaige Gefahren, die überall auf mich lauern konnten. Hier lauerten sie in Form von spitzen Steinen und verborgenen Wurzeln, denn der Weg verengte sich zu einem steilen Pfad, auf beiden Seiten von Büschen überwuchert, die in dichten Baumbestand übergingen. Rechts unten plätscherte ein unsichtbarer Bach. Grillen zirpten, Vögel zwitscherten, eine aufdringliche Hummel surrte um meinen Kopf — Natur pur. Von allem, was am Wegesrand wuchs, pflückte ich einen Strauß zusammen — auch ein karges Mahl kann durch entsprechenden Tischschmuck zu einem Festessen werden (großmütterliche Weisheit!) —, dann pfiff ich die Hunde heran und machte mich auf den Rückweg.

Steffi hatte Gesellschaft bekommen. Ein Knabe ihres Alters stand neben der geöffneten Wohnwagentür und übte sich in Konversation. Vorne an der Straße parkte ein Citroën. Beim Anblick des Jünglings sträubte sich Ottos Fell, er stürzte wild kläffend los und hing wenige Augenblicke später an dem fremden Hosenbein.

»Was ist denn in den gefahren?« Vergebens versuchte Steffi den Hund zurückzureißen, er ließ nicht locker. »Otto, aus!!!« Otto dachte gar nicht daran, zumal er jetzt Unterstützung von Jojo bekam.

Es kostete uns einige Mühe, das sprachlose Opfer von den zwei kleinen Kannibalen zu befreien, und als wir sie im Wagen eingesperrt hatten, krakeelten sie weiter. Der Mann murmelte etwas Unfreundliches, stieg in sein Auto und fuhr weg.

»Ich möchte bloß wissen, was unsere friedlichen Wauwaus so auf die Palme gebracht hat«, sagte Steffi, »sonst macht Otto um jeden Fremden einen Riesenbogen, und dem hier geht er an die Wäsche. Dabei hat er doch ganz normal ausgesehen.«

»Was wollte er überhaupt?«

»Nichts Besonderes. Er hat gefragt, wo ich herkomme, ob ich hier über Nacht bleiben will, wie lange ich schon unterwegs bin — na ja, das übliche Blabla.« Sie nahm mir die Blumen ab. »Wo soll ich die denn reintun?« Auf zehn Zentimeter Länge gekürzt, landeten sie schließlich im Zahnputzbecher.

»Und du hast alles verstanden, was er gesagt hat?«

Sie grinste. »Er konnte Deutsch. — Jetzt komm aber endlich, sonst wird unser Essen welk.« Zum gemischten Salat gab es Baguette mit Camembert und als Nachtisch eingemachte Pfirsiche. Das Glas hatte schon seit zwei Jahren bei uns im Keller gestanden und mindestens genauso lange im Keller unserer Nachbarin, der ich diese milde Gabe zu verdanken hatte. Soweit ich mich erinnerte, hatte Sven ihren Pfirsichbaum schon vor etlichen Jahren abgesägt.

»Weißt du, Steffi, mir läßt das Affentheater von den Hunden keine Ruhe.« Ich rührte in meiner Kaffeetasse, obwohl noch gar keine Sahne drin war, und schielte immer wieder zu den friedlich schlafenden Vierbeinern hinüber. »Es muß einen Grund gehabt haben, daß Otto auf diesen Knaben losgegangen ist. Irgend etwas muß ihn an dem Mann gestört haben.«

»Vielleicht war er bloß eifersüchtig.«

»Glaube ich nicht. Dann hätte er auch den ollen Malwitzki attackieren müssen oder Herrn Neuberth ... nein, da hat etwas anderes mitgespielt. Ich weiß nicht, warum, aber ich habe ein mulmiges Gefühl.«

»Du hast doch nicht etwa Angst?«

»Wenn du es genau wissen willst, jawohl! Wer garantiert uns denn, daß dieser Mann nicht bloß die Lage peilen wollte und heute nacht mit seinen Kumpanen zurückkommt? Das bißchen Tür ist doch kein Hindernis für ein paar kräftige Burschen, und daß die Hunde keine Neufundländer sind, auch wenn sie sich manchmal so anhören, hat er ja gesehen. Im besten Fall kriegen wir eins über die Rübe, und wenn wir aufwachen, ist der Wagen weg. An mögliche Alternativen will ich erst gar nicht denken.«

»Da gibt's ja nur zwei: Entweder ermordet oder umgebracht.« Aber sie war doch nachdenklich geworden. »Vielleicht hast du nicht mal so unrecht. Tiere haben ja einen besseren Instinkt als Menschen. Andererseits hat der Junge wirklich ganz harmlos ausgesehen, der wollte sich bloß unterhalten.«

»Würden alle Mörder wie Mörder aussehen, gäb's

keine mehr! Nee, Steffi, wir packen zusammen und räumen das Feld.«

Gesagt, getan. »Aber nur bis zum nächsten Ort.« Sie schob den Zündschlüssel ins Schloß. »In spätestens einer Viertelstunde ist es stockfinster.«

Links herum kam nicht in Betracht, da würden wir wieder in diesem Bergdorf landen. Also nach rechts. Sieben Kurven, dann sahen wir schon die ersten Häuser eines Ortes. »Da vorne ist ein Parkplatz«, sagte Steffi erfreut, »da halten wir.«

Der Platz war hell erleuchtet. Gleich daneben befand sich die Schule, gegenüber eine Sporthalle, in der noch lebhafter Betrieb herrschte, und in kaum zehn Meter Entfernung ratterte der Durchgangsverkehr vorbei. »Richtig anheimelnd«, meinte ich nur.

Da rastete Steffi aus. »Such *du* doch was, wenn es dir hier nicht paßt. Ich habe die Schnauze voll!«

Hatte ich auch, obwohl ich mich vielleicht (aber auch nur vielleicht) nicht ganz so drastisch ausgedrückt hätte, doch als Schlafplatz nach einem anstrengenden Tag war diese Stelle nun wirklich nicht geeignet. Und morgen hatten wir einen mindestens ebenso anstrengenden Tag vor uns. »Kommt, Jungs, wir gehen noch mal Gassi!«

Die waren aber schon auf Nachtruhe programmiert und nur widerwillig bereit, noch ein weiteres Mal mit mir loszuziehen. Wir schlenderten die Einkaufsstraße entlang — ein kleiner Supermarkt, ein Metzger, ein Bäcker, der morgen früh wenigstens frische Brötchen garantierte, eine Kneipe, ein Laden für Schwimmbad-Technik, einer mit rechts drei Kleidern im Schaufenster und auf der linken Seite Büroartikel, noch eine Kneipe — aus. Gleich dahinter gabelte sich die Straße. Ich ließ die Knöpfe an meiner Bluse entscheiden. Es waren sechs. Also nach links.

Da standen Ein- und Zweifamilienhäuser mit Gärten davor, und in jedem Garten lief mindestens ein Hund herum, der sich auch sofort bemerkbar machte. Meine beiden gaben Antwort, und bald hörte man ein vielstimmiges Gebell in sämtlichen Tonlagen von ganz tief (Dobermann) bis zu hysterischem Gefiepe (Yorkshireterrier). Die ersten Fenster gingen auf, und ich rannte los, um den ansässigen Vierbeinern den Anlaß ihrer begreiflichen Empörung aus den Nasen zu bringen. Sehen konnten sie meine beiden Dackel bestimmt nicht, dazu war es viel zu dunkel.

Die Straße wurde steiler, der Asphaltbelag hörte auf, und die Häuser auf der rechten Seite schauten noch etwas unfertig aus. Aha, Neubaugebiet. Sehr schön. Genau das, was ich suchte, auch wenn ich es vorher nicht gewußt hatte.

Die letzten drei Hunde bellten immer noch, als wir die Straße in entgegengesetzter Richtung zurückliefen, und prompt fielen alle anderen auch wieder ein. Jetzt öffneten sich schon mehr Fenster! Was würde erst geschehen, wenn wir mit dem Wohnmobil hier durch mußten?

Steffi wartete schon vor der Tür. »Gibt's da oben einen Hundezwinger?«

»Nicht direkt, nur eine Töle in jedem Haus, und da stehen eine Menge Häuser. Aber ich habe einen idealen, ganz ruhigen Platz gefunden, bloß ein paar hundert Meter von hier.«

Wir schaukelten ab, doch schon an der Straßengabelung trat Steffi wieder auf die Bremse. »Was ist denn *hier* los?« Die eben noch menschenleere Straße war plötzlich recht bevölkert. Frauen in Morgenröcken standen überall herum, Lockenwickler in den Haaren und Schläppchen an den Füßen, andere gestikulierten über den Gartenzaun, aus den geöffneten Fenstern dröhnten die Fernseher — es herrschte eine Art Volksfeststimmung. Nur Männer waren nicht zu sehen.

»Grüne-Witwen-Ghetto«, sagte Steffi, »da fahre ich nicht durch. Gibt es noch einen anderen Weg?«

»Wahrscheinlich, doch den finden wir im Dunkeln bestimmt nicht. Außerdem ist das hier eine öffentliche

Straße, und es steht nirgendwo geschrieben, daß man sie nach einundzwanzig Uhr nicht mehr befahren darf.«

Nur im Schrittempo bewegten wir uns vorwärts, begleitet von neugierigen und teils auch mißtrauischen Blicken, doch niemand hielt uns an. Trotzdem waren wir froh, als wir das letzte bewohnte Haus hinter uns gelassen und gegenüber den Neubauten halten konnten.

»Vielleicht war es ja wirklich besser, daß wir aus dieser Waldeinsamkeit getürmt sind«, murmelte Steffi schon im Halbschlaf, »aber diese Straße hier rauf hat mich wieder einen Haufen Illusionen gekostet.«

»Wieso denn das?« Ich saß noch auf dem Boden und suchte das Loch in der Luftmatratze, dem ich eine recht unbequeme Nacht zu verdanken hatte.

»Lauter Frauen und kein einziger Mann. Dabei sahen die alle so verheiratet aus.«

»Das sind sie bestimmt auch.« Das Loch hatte ich gefunden, doch wo war das Flickzeug?

»Meinst du? Wo waren denn die ganzen Männer?«

»In der Kneipe.« Jetzt fiel es mir wieder ein. Steffi hatte gesagt, Fahrradflickzeug müsse man kühl lagern, und es neben die Senftube in die Kühlschranktür gepackt. »In Frankreich verbringen Ehemänner ihre Abende meistens in der Kneipe.«

»Na siehste, wieder ein Grund mehr, nicht zu heiraten.« Sie seufzte leise. »Den idealen Mann finde ich sowieso nicht.«

»Kannst du auch gar nicht.« Ich schmirgelte die durchlöcherte Stelle ab und klebte den Flicken drauf.

»Warum nicht?«

»Weil er wahrscheinlich auf der Suche nach der idealen Frau ist. Gute Nacht.«

17

»Wenn wir heute bis Grenoble kommen, können wir morgen früh gleich auf die Autobahn, und mit etwas Glück und ohne Stau sind wir nachmittags zu Hause. Hoffentlich sind die Zwillinge da.«

»Warum?« Ich ließ den letzten Honig auf das halbtrockene Baguette tropfen — Marmelade war auch schon alle — und goß mir die zweite Tasse Tee ein, obwohl ich morgens gar keinen mag. Nicht mal meckern durfte ich, denn die Vorratshaltung fiel in den Bereich Küche, und beim letzten Einkauf hatte ich den Kaffee schlicht vergessen.

»Die müssen beim Großreinemachen helfen«, antwortete Steffi kauend. »Sag mal, haben wir noch irgendwas, womit man dieses trockne Zeug gleitfähiger machen kann? Leberwurst in der Dose zum Beispiel?«

»Nein, bloß noch Ölsardinen.«

»Morgens um sieben? Nein, danke. Du hättest eben doch zum Bäcker gehen sollen.«

»Wollte ich, aber du hast selbst gesagt, daß dazu keine Zeit ...«

»Ist schon gut«, sagte sie abwinkend, »auf nüchternen Magen soll man ja nicht soviel essen.«

Darauf wollte ich mich jedoch nicht verlassen. Eine nur ungenügend abgefütterte Stefanie könnte sich verkehrsgefährdend auswirken. »Beim nächsten Boulanger halten wir.«

»Ein Bäcker wäre mir lieber. Ich habe richtigen Heißhunger auf ein knuspriges Laugenbrötchen.«

»Und ich auf eine Scheibe Vollkornbrot mit Emmentaler.«

Nach diesem Ausbruch niederer Instinkte zerkrümelten wir das restliche Baguette für die Vögel, sattelten unsere neunzig Pferde und machten uns wieder auf den Weg. Die grünen Witwen waren entweder noch nicht aufgestanden oder anderweitig beschäftigt, wir sahen keine einzige, und die vielen Hunde mußten sich gestern wohl heiser gebellt haben. Nur der Yorkshire krächzte einen Abschiedsgruß.

Kleine Dörfer, größere Dörfer, in jedem mindestens eine Töpferei und zwei Antiquitätengeschäfte. Jeder Stuhl, den Opa auf seinem Dachboden ausgegraben hat, schien plötzlich um Jahrzehnte gealtert und somit eine Antiquität geworden zu sein.

Steffi entdeckte noch eine andere Merkwürdigkeit. »Ist dir schon mal aufgefallen, Määm, daß es in jedem zweiten Nest ein Geschäft gibt, das Schwimmbäder verkauft?«

Darauf hatte ich noch nicht geachtet, doch es erschien mir irgendwie logisch. »Das Meer ist weit weg, Seen gibt es auch nicht, und wenn, sind sie eisgekühlt, also setzt sich jeder seinen eigenen Pool in den Garten.«

»Vier Quadratmeter Badewanne würde ich nicht gerade als Pool bezeichnen.«

»Bei dreißig Grad im Schatten immer noch besser als eine behelfsmäßige Brause aus 'm Gartenschlauch.«

Mittags erreichten wir Gap. Wider Erwarten hatte Steffi nichts gegen eine Pause einzuwenden, sie war sogar bereit, das centre ville anzusteuern, was Innenstadt und brodelnden Verkehr bedeutete.

»Gap ist auch ein Überbleibsel von den Römern, kam im 9. Jahrhundert zum Königreich Burgund und war später ein Zentrum der französischen Refor...«

»Da drüben ist eine Pizzeria!«

»...mation«, beendete ich den Satz, mußte jedoch einsehen, daß sich meine Tochter mehr für die Neuzeit interessierte. »Am besten hole ich gleich vier Stück, die schmecken auch kalt.«

»Ich will keine Pizza, ich will etwas Vernünftiges essen.«

Wir fanden ein Restaurant, das recht vielversprechend

aussah, obwohl mich die Speisekarte hätte mißtrauisch machen müssen. »Rippele mit sauren Kraut« klang überhaupt nicht französisch, und was ich unter »sauren Braten« zu verstehen hatte, wollte ich erst gar nicht wissen.

»Wir scheinen in einer Touristen-Hochburg gelandet zu sein.« Steffi zeigte auf etwas in der Karte. »Ich esse das.«

»Laß das lieber bleiben! Bouillabaisse ißt man unten an der Küste und nicht mitten in den Bergen. Ganz abgesehen davon kann ich mir nicht vorstellen, daß dir Fischsuppe schmeckt.«

»Iiihhh«, kam es entsetzt zurück, »ich dachte, das ist irgendwas mit Knödeln.«

»Die heißen hier Boulettes.«

»Dämliche Sprache!«

Wie kommt es eigentlich, daß die am Nebentisch servierten Gerichte immer besser aussehen als das, was man selbst bestellt hat? Der Herr nebenan schmatzte zufrieden über seinem Eintopf, wir kauten mit langen Zähnen unsere als Steaks deklarierten Schnitzel. »Die Bohnen sind aus der Dose«, meckerte Steffi.

»Und die Kartoffeln vom vorigen Jahr.«

Wenigstens wurden wir satt. Anschließend gestattete mir Steffi sogar einen Bummel durch die umliegenden Straßen. »Bis Grenoble können es höchstens noch hundert Kilometer sein, das schaffen wir locker. — Guck mal, wie gefällt dir das Sweatshirt?«

»Überhaupt nicht. Wie kann man Lila mit Neongrün kombinieren? Wer da eine Weile draufschauen muß, braucht eine Sonnenbrille.«

»Du hast nicht für fünf Pfennig Geschmack!«

»Weiß ich. Das sagt dein Vater auch immer, weil ich mich weigere, eins von diesen handbreiten Röckchen anzuziehen. Ich habe schließlich schon die letzte Minirockwelle mitgemacht, und deshalb finde ich, daß ich mich diesmal zurückhalten sollte.«

»Männer steh'n nun mal auf Beine.«

»Eben. Deshalb stecke ich meine auch lieber in Hosen.«

Beinahe wären wir an der Telefonzelle vorbeigelaufen, obwohl wir schon seit einem halben Tag danach gesucht hatten. »Sag den Zwillingen, daß sie morgen unbedingt zu Hause bleiben müssen. Wenigstens ab nachmittags«, trichterte mir Steffi ein.

Sie waren erst gar nicht da. Nach Dossenheim seien sie gefahren, schon vor zwei Tagen. »Das Haus ist so entsetzlich leer«, beschwerte sich Rolf, »bis auf die Spüle. Wann kommt ihr eigentlich zurück?«

»Morgen gegen Abend.«

»Na endlich. Ihr müßt aber irgendwas zu essen mitbringen, sonntags kommt der Hähnchenwagen nicht.«

Nachdenklich legte ich den Hörer auf. »Was hat er damit bloß gemeint?« fragte ich Steffi, nachdem ich kurz den Inhalt des Gesprächs wiedergegeben hatte.

»Ist doch ganz klar! Die Mädchen sind vorgestern weggefahren, und seitdem ernährt sich Papi von totem Huhn. Bei Tengelmann steht doch täglich die fahrbare Hendlbraterei.«

Zum erstenmal seit zweieinhalb Wochen rührte sich mein Gewissen. »Das ist aber ein sehr einseitiger Speisezettel.«

»Ach was«, meinte sie gleichmütig, »der Mensch sollte nicht gesünder leben, als ihm guttut. Hast du auf der Telefonkarte noch ein paar Einheiten drauf? Gut, dann rufe ich jetzt die Zwillinge an.«

Das Gespräch dauerte nicht lange. »Sie wären sowieso gekommen, hat Nicki gesagt, und wir brauchen auch nichts zum Essen zu kaufen wegen dem verspäteten Muttertag. – So, und jetzt sollten wir zusehen, daß wir wieder ein bißchen Landstraße unter die Räder kriegen.«

Hinein in die Alpen! Immer aufwärts, noch eine Kurve, noch eine Spitzkehre, vor uns eine majestätische Silhouette von Kuppen, Gipfeln und Gletschern, um uns herum große Waldregionen, vom sauren Regen auch schon arg angeknabbert, kaum mal ein Haus – ein herrliches Panorama, doch wohnen möchte ich hier trotzdem nicht.

Steffi hatte kaum einen Blick für die grandiose Landschaft. Seit mehreren Kilometern ärgerte sie sich über den hinter uns fahrenden Sportwagen, dessen Fahrer dauernd auf die Hupe drückte, aber trotzdem nicht überholte. »Warum fährt der Idiot nicht endlich vorbei? Was nützt denn ein Tiger im Tank, wenn ein Kamel am Steuer sitzt? Der Kerl macht mich wahnsinnig!« An der nächsten Haltebucht scherte sie aus und stoppte. Der Sportwagen ebenfalls. Der Fahrer stieg aus und klopfte an die Scheibe. »You lose your bike«, knautschte er in schönstem Amerikanisch, stieg wieder in seinen Flitzer und rauschte davon.

»Tolles Geschoß!« Sehnsüchtig sah Steffi hinterher. »Ich glaube, Sportwagenfahrer sind die einzigen, die von unten auf andere Leute herabsehen können. Was wollte er eigentlich?«

»Irgendwas scheint mit den Fahrrädern nicht in Ordnung zu sein.« Wir stiegen aus, und dann sahen wir auch schon die Bescherung. Eins der Räder hatte sich aus der Verankerung gelöst und hing halb über der Straße. Das Pedal hatte sich auch schon verbogen. »Au weia, wenn das runtergefallen wäre ...«

»Wahrscheinlich ist es passiert, als du vorhin den halben Baum mitgenommen hast. Ich habe dir ja gleich gesagt, du sollst dich ein bißchen mehr links halten.«

»Ja, ja«, knurrte Steffi, während sie den festgezurrten Riemen noch einmal kontrollierte, »die besten Fahrer findet man immer auf dem Beifahrersitz. Wir können ja mal tauschen!«

Bloß nicht! »Das lohnt nicht mehr, wir müssen gleich in Grenoble sein.« Die ersten Anzeichen einer Großstadt waren unübersehbar: Wegweiser und Reklameschilder.

»Wenn wir direkt auf die Autobahn fahren«, überlegte Steffi laut, »könnte ich bis zum Dunkelwerden locker hundertfünfzig Kilometer abreiten.«

»Und wo willst du übernachten? Im Schatten einer Raststätte? Hast du übrigens mal einen Blick zum Himmel geworfen?« Schon seit einer ganzen Weile hatte ich die grauen Wolken beobachtet, die sich zusehends zu einer dichten Wand ballten. »Da braut sich ein mächtiges Gewitter zusammen.«

Wenn es etwas gibt, wovor Steffi Angst hat, dann sind es Gewitter. Zu Hause kriecht sie ins Bett, nimmt den ebenfalls zitternden Jojo in den Arm und vergräbt sich unter der Decke. Erwischt es sie unterwegs, rekapituliert sie die These vom Faraday-Käfig und hofft auf ihre Richtigkeit. Es ist auch völlig sinnlos, ihr zum einhundertneunundsiebzigstenmal den Zusammenhang zwischen Warm- und Kaltluft zu erklären; sie kennt ihn und fürchtet sich trotzdem. Weshalb sie allerdings vor dem Donner Angst hat und nicht vor den Blitzen, ist ihr Geheimnis geblieben. »Wir würden geradewegs in das Gewitter hineinfahren.«

Das half. »Dann bleiben wir am besten gleich hier«, entschied sie, »vielleicht kriegen wir von dem Unwetter gar nichts ab.«

Es mußte sich um den Vorort eines Vorortes handeln, denn die Häuser sahen alle sehr neu aus, und die Gärten befanden sich noch im Urzustand. Die einzigen Farbtupfer in der lehmigen Wüstenlandschaft bildeten zerfetzte Zementsäcke und zerbrochene Ziegel. Kein Baum versperrte den Blick über den Ort, doch gleich dahinter begann ein Wald, und genau den steuerte Steffi an. In dem kleinen Krämerladen suchten wir noch unser Abendessen zusammen — sogar frischen Spargel gab es und Erdbeeren —, dann fuhren wir den Waldrand so lange ab, bis wir ein Stückchen Wiese fanden. Tür auf, Hunde raus, Gartenmöbel wieder unterm Wagen deponiert, Herd und Kühlschrank auf Gas umgeschaltet — jetzt, da sich die Reise dem Ende näherte, waren wir ein perfekt eingespieltes Team.

Der Himmel war schwarz geworden, und als die Hunde mit eingezogenen Schwänzen in den Wagen zurückschlichen, wurde Steffi immer kleinlauter. »Ich glaube, wir kriegen doch was ab.«

Im selben Augenblick wurde es taghell, dann krachte es auch schon. Steffi schrie auf, die Hunde krochen winselnd unter den Fahrersitz, und mir war die Sache auch nicht mehr ganz geheuer. Blitz folgte auf Blitz, die Donnerschläge hörten gar nicht mehr auf, gingen ineinander über, vervielfältigten sich durch das Echo, und dazu tobte ein Sturm, der den Wagen hin und her schwanken ließ. Die ersten Regentropfen klatschten aufs Dach, dann prasselte es nur noch so herunter. Und immer wieder Blitz und Donner. »Hört denn das überhaupt nicht auf?« Steffi grub ihren Kopf tiefer ins Kissen. »Sonst ist ein Gewitter doch nach zehn Minuten vorbei.«

Dieses hier dauerte schon über eine halbe Stunde. »Vergiß nicht, daß rundherum Berge sind. Es hängt fest und kommt nicht rüber.«

»Wir hätten nicht so dicht an den Wald fahren sollen«, lamentierte sie weiter, »da schlägt der Blitz doch immer zuerst ein.«

Moment, wie war das noch gleich mit den großmütterlichen Sprüchen? Vor den Eichen sollst du weichen. Doch die Buchen sollst du suchen. Alles Blödsinn, der Blitz schlägt immer an der höchsten Stelle ein. Es ist ihm völlig egal, ob das eine Eiche, eine Buche oder eine Zypresse ist. Davon mal abgesehen, standen hier sowieso bloß Kiefern, und die waren viel höher als unser Auto.

Immer wieder krachte es. Ab und zu gönnte uns das Gewitter eine kleine Atempause, weil es scheinbar abzog, doch Minuten später kehrte es in voller Stärke wieder zurück. So etwas hatte ich noch nie erlebt. Nur der Regen ließ nach. Eine Zeitlang war ich mir vorgekommen wie in einer Autowaschanlage, doch allmählich konnte man durch die Fensterscheiben wieder etwas sehen. Als erstes fiel mir auf, daß die ganze Ortschaft im Dunkeln lag, und als zweites, daß sich ein munteres Bächlein abwärtsschob, das vorher noch gar nicht dagewesen war. »Läßt sich dieses Wohnmobil eventuell zu einem Hausboot umfunktionieren? Wenn es so weiterregnet, ist aus dem Weg hier rauf bis morgen ein Fluß geworden.«

»Ist doch egal«, tönte es dumpf aus dem Kissen, »die Nacht überleben wir sowieso nicht.«

Plötzlich ein neues Geräusch. Jemand warf Murmeln aufs Dach. Sogar Steffi nahm den Kopf hoch.»Was is 'n das nun schon wieder?«

»Hagelkörner.«

Sie sah ängstlich nach oben. »Hoffentlich hält der Wagen das aus. Dem Krach nach müssen die Dinger so groß wie Tischtennisbälle sein.«

»Nun übertreib nicht gleich. Ich möchte sowieso mal wissen, wie eigentlich die Hagelkorngröße bestimmt worden ist, als es noch keine Ping-Pong-Bälle gab.«

Sie grinste kläglich, hielt sich aber sofort wieder die Ohren zu, als der nächste Donnerschlag krachte. »Ich werde noch verrückt!«

»Das bist du schon. Wahrscheinlich liegt es nur daran, daß deine reguläre Fütterungszeit längst überschritten ist. Ich schäle schon mal den Spargel.«

»Untersteh dich!« schrie sie entsetzt. »Du kannst doch jetzt kein Messer anfassen!«

Gegessen haben wir dann nachts um halb elf, als sich das Gewitter doch verzogen oder vielleicht auch nur aufgelöst hatte, denn die dunklen Wolken hingen immer noch über den Bergen. In der Ferne grummelte es leise.

Wie hatte es doch häufig in den Romanen geheißen, die ich meiner Großmutter früher heimlich vom Nachttisch geklaut hatte? »Vom azurnen Himmel, dessen Bläue nur von vereinzelt wie Wattetupfer hingestreuten Wolkenbällchen unterbrochen wurde, gleißte eine Sonne, deren Strahlen die Tautropfen an den Grashalmen im Park in funkelndes Geschmeide verwandelten und auf die Wangen der Komtesse ein ebenso zartes Rosa hauchten, wie es die Blüten aufwiesen, von denen sie einige für die erkrankte Mutter pflücken wollte.«

Omi hatte diese Romane geliebt. Sie stammten vorwiegend aus der Fleischerzeitung, erschienen in Fortsetzungen und wurden erst dann gelesen, wenn mit Kuß und stets nachfolgender Verlobung auch das letzte Kapitel abgeschlossen war. Meine Mutter bezeichnete diese Lektüre als Schmachtfetzen und verbot mir rundheraus, sie auch nur anzurühren.

Nun pflegen Verbote ja meist das Gegenteil zu bewirken. Was ich mir eigentlich erhofft hatte, weiß ich nicht mehr, vermutlich Aufklärung über gewisse Dinge, die einem mit zwölf oder dreizehn Jahren noch etwas unklar sind. Jedenfalls holte ich mir diese mit einer Wäscheklammer sorgfältig zusammengehefteten Seiten, wenn ich mal wieder nichts mehr zu lesen hatte. Im Gegensatz zu heutigen Büchern waren diese sentimentalen Rührgeschichten harmlos. Jetzt gibt es ja Romane, die wagt man gar nicht aus der Hand zu legen, wenn Kinder im Haus sind.

An die blumenreichen Schilderungen gräflicher Parks im Morgenlicht wurde ich erinnert, als ich nach der stürmischen Nacht die Wohnwagentür öffnete. Nun habe ich keine Ahnung, wie ein azurner Himmel auszusehen hat; der hier war jedenfalls wunderschön blau, und die Watteballchen waren auch da. Das funkelnde Geschmeide an den Grashalmen waren zwar keine Tau-, sondern Regentropfen, rosa Blüten gab es weit und breit nicht, nur gelben Löwenzahn, aber sonst stimmte alles. Wenn man mal von dem Park absah. Ein halber Hektar Wiese ist kein Park, außerdem gibt es da Kieswege, und hier hatten wir nur gelben Matsch, den wir nachher würden hinunterrutschen müssen. »Aufstehen, Steffi! Die Sonne scheint, die Vöglein singen, es ist nicht zu heiß, also herrliches Reisewetter.«

»Anscheinend haben wir ja doch überlebt«, kam es verschlafen aus dem Alkoven. »Wenn das so ist, könntest du ein letztes Mal frische Croissants holen. Ich mache inzwischen Kaffee.«

Fast wären wir im Lehm steckengeblieben, als Steffi das Wohnmobil mehr schlitternd als fahrend den Weg hinunterbugsierte, aber dann hatte sie es doch geschafft und wieder festen Boden unter den Rädern. »Wenn ich jetzt noch wüßte, wie wir zur Autobahn kommen, wäre ich rundherum zufrieden.«

Schilder gab es nicht, auf unseren nur mangelhaft funktionierenden Instinkt wollten wir uns auch nicht mehr verlassen, also griff ich wieder nach dem Wörterbuch und baute mich auskunftheischend vor einem mürrisch vor sich hintrottenden Mann auf. Beide Hände in den Hosentaschen vergraben, sah er mich kaum an, als ich ihn nach dem Weg fragte. Mit dem Kopf wies er in die entsprechende Richtung, murmelte noch etwas von à droite und bouclier und trottete weiter.

»Du, das war der erste Mensch, der es fertiggebracht hat, dir mit den Händen in den Taschen den Weg zu erklären«, sagte Steffi lachend. »Hoffentlich hast du ihn trotzdem verstanden.«

Von nun an ging es zügig vorwärts. Chambéry, Aix-les-Bains, Annecy – Namen, die uns noch von der Herfahrt geläufig waren, nur kamen uns die Entfernungen zwischen den einzelnen Städten wesentlich kürzer vor. Autobahnen haben doch etwas für sich! Jedenfalls die französischen, denn die kosten Geld und werden deshalb weniger benutzt.

Schweizer Grenze. Nein, wir hatten nichts zu verzollen, waren nur auf der Durchreise, die Vignette klebte auch noch an der Scheibe, dann also merci vielmals und gute Fahrt.

»In Basel sollten wir noch mal tanken. Diesel ist in der Schweiz billiger als bei uns«, sagte Steffi.

»Zigaretten auch.«

Sofort winkte sie ab. »Ich schmuggle keine mehr. Uns haben sie einmal erwischt, als ich mit Horst am Bodensee war und wir einen Abstecher auf die andere Seite gemacht haben.«

»Ist ja auch kein Wunder, im Pkw gibt es längst nicht so viele Verstecke wie in diesem rollenden Wohnzimmer. Wie wäre es neben dem Abwassertank? Da suchen sie bestimmt nicht.«

»Und wenn doch? Dann nehmen sie uns den ganzen Wagen auseinander, und wir stehen noch um Mitternacht an der Grenze. Da muß die Karre aber schon in Heppenheim sein, vergiß das nicht.«

Also keine Zigaretten.

Lausanne, Fribourg, Bern. Kurz vor Solothurn Mittagessen mit Zürcher Geschnetzeltem und Rösti. Die letzten Franken gingen für Diesel drauf.

»Könnten Sie bitte mal die Reifen nachsehen?« bat Steffi den Tankwart, ein pfiffiges Bürschlein von höchstens achtzehn Jahren. Er nickte zustimmend und umrundete den Wagen. »Eins, zwei, drei, vier — alle da.«

»Wievielmal pro Tag bringst du diesen ollen Kalauer denn an?« Sie schaffte tatsächlich ein klägliches Grinsen.

Der Tankwart grinste zurück. »Wer läßt denn hier schon den Reifendruck prüfen?« Er tat es trotzdem, fand ihn in Ordnung und kassierte das erhoffte Trinkgeld. »Merci vielmals, gute Fahrt.«

»Noch eine knappe Stunde bis Basel, und von da noch zweieinhalb bis nach Hause. Zum Kaffeetrinken müßten wir dort sein«, rechnete Steffi, »dann zwanzig Minuten ausräumen, anschließend saubermachen — zu viert könnten wir das in längstens einer Stunde hinkriegen —, danach noch einmal sechzig Minuten bis Heppenheim ... also spätestens um Mitternacht kann ich den Wagen abliefern. Bis dahin ist er ja bezahlt.«

Steffis Milchmädchenrechnungen kannte ich, die stimmten nie. »Erstens weißt du nicht, ob wir nicht in einen Stau kommen, zweitens können nicht vier Leute gleichzeitig den Wagen schrubben, da tritt einer dem anderen in den Scheuerlappen ...«

»Wieso denn? Einer putzt draußen die Fenster, der andere drinnen, und wer hinten die Spüle poliert, kommt dem vorne in der Fahrerkabine auch nicht ins Gehege.«

»... drittens wissen wir noch gar nicht, ob die Zwillinge schon da sind, und viertens laß uns erst mal zu Hause sein, dann sehen wir weiter.«

Sie gab sich zufrieden.»Ich rufe nachher in Heppenheim an und frage, ob ich Papiere und Zündschlüssel eventuell in den Briefkasten schmeißen kann, falls es zu spät wird.«

Über einen kleinen Umweg, der uns auf direktem Weg zum Gotthard-Paß geführt hätte, erreichten wir die deutsche Grenze und wurden gleich durchgewinkt. »Siehste, wir hätten doch Zigaretten...«

»Wer sagt denn, daß wir keine haben?« Triumphierend zog Steffi drei Stangen ihrer Lieblingsmarke unter dem Sitz hervor. »Habe ich vorhin gekauft, als du noch das Essen bezahlt hast.«

»Weshalb hast du nichts davon gesagt?«

»Weil man dir sofort ansieht, wenn du ein schlechtes Gewissen hast.«

Ein paar Kilometer kamen wir zügig voran, dann nahm Steffi den Fuß vom Gas. »Wir sind wieder im Land der zwei Jahreszeiten: Winter und Baustellensaison.«

Den ersten Stau hatten wir nach zwanzig Minuten überwunden, der zweite dauerte schon wesentlich länger, und im letzten hingen wir bis zur Abfahrt Bad Randersau. Da war es kurz vor sieben und Zeit zum Abendessen.

Kaum war die stürmische Begrüßung etwas abgeflaut, da stürzte Steffi ans Telefon. »Wie ist die Vorwahl von Heppenheim?«

Katja blätterte schon — »06252«.

Ich mußte inzwischen den aufgeblühten Flieder im Garten bewundern, der bei unserer Abfahrt noch nicht mal Knospen gehabt hatte, und Vickys selbstgestrickten Pullover, den sie irgendwann im vergangenen Sommer angefangen und nun endlich fertig gekriegt hatte, mußte Sascha erläutern, weshalb wir nicht die Lavendelfelder von Grasse besucht hatten, mußte Otto beruhigen, der vor lauter Freude über sein wiedergefundenes Zuhause quiekend durch die Gegend tobte, mußte Kaffee trinken und Marmorkuchen essen und bekam gar nicht mit, daß Steffi in der Küche auf dem Boden saß und lachte, bis ihr die Tränen aus den Augen liefen.

»Määm, komm doch mal!« Nickis Stimme klang richtig besorgt. »Ich weiß nicht, was sie hat. Dreht sie jetzt durch?«

Unmöglich war das nicht. Immerhin hatte sie in den letzten drei Wochen fast viertausend Kilometer lang hinter dem Steuer gesessen, einen nicht geringen Teil davon gestern und heute. Wahrscheinlich löste sich jetzt die Anspannung. »Nun beruhige dich erst einmal, und steh vor allen Dingen auf. Komm, ich helf dir.«

»Laß mich, ich kann nicht mehr«, japste sie, von einem neuen Lachanfall geschüttelt, »du weißt ja noch nicht, was mir der Hollreiner eben am Telefon gesagt hat.«

»Was denn?«

»Wir müssen ... hahaha ... müssen den Wagen ... hihihi ...«

»Was ist denn nun mit dem Wagen?«

»Den brauchen wir erst *morgen* abend zurückzugeben. Ich hab' mich im Datum geirrt.«

Nun mußte ich mich auch hinsetzen. »Du bist ein Trottel«, war alles, was mir dazu einfiel. Dann gelobte ich feierlich, meinen nächsten Urlaub wieder als Pauschalreise zu buchen mit Hotelzimmer und drei Mahlzeiten am Tag. Am besten auf einer Insel, wo ich nicht Auto fahren mußte. »Wann ist die beste Zeit, nach Tahiti zu fliegen?«

»Jederzeit zwischen einundzwanzig und fünfundvierzig«, sagte Sascha.

»Ich glaube, das mußt du noch zurückstellen.« Rolf reichte mir einen schon geöffneten Briefumschlag. »Der ist vorige Woche per Einschreiben gekommen, deshalb habe ich ihn aufgemacht. Es hätte ja etwas Wichtiges sein können«, entschuldigte er sich.

Der Absender war ein bekannter Getränkehersteller. »Was wollen die denn von mir? Ich trinke das Zeug doch nie.« Neugierig faltete ich den Briefbogen auseinander. Bei der Postkartenaktion, an die ich mich schon gar nicht mehr erinnern konnte, hatte ich den dritten Preis gewonnen: Ein Wochenende in Monte Carlo einschließlich Besuch des Spielkasinos.

»Neeeiiin!!!«

Schuld war nur die Badewanne

Inhalt

Familiengeplauder

»Düdellüdellüt ... düdellüdellüt ... düdellüdellüt ...«

Warum, um alles in der Welt, muß dieses verflixte Telefon immer gerade dann bimmeln, wenn ich im Keller die Waschmaschine füttere oder, wie jetzt, oben in der Mansarde die Fenster inspiziere, ob man die längst überfällige Reinigung nicht doch noch eine Woche hinausschieben kann? In der Beliebtheitsskala unerläßlicher Hausarbeiten kommt Fensterputzen bei mir gleich hinter Wäschebügeln!

Das Telefon steht 24 Stufen tiefer im Erdgeschoß. Bis ich die zwei Treppen hinuntergespurtet bin, hat der Anrufer entweder aufgegeben, oder die Konserve hat sich eingeschaltet. Sofern ich nicht wieder vergessen habe, auf den entsprechenden Knopf zu drücken. Seit meinem letzten Geburtstag besitze ich sogar ein transportables Telefon, familienintern »Knochen« genannt, aber der hat auch seine Tücken. Entweder habe ich versäumt, den Akku auszuwechseln, dann geht überhaupt nichts, oder – was meistens der Fall ist – ich finde den Hörer erst gar nicht. Mal ist er unter der aufgeschlagenen Zeitung vergraben, mal liegt er im Wohnzimmer zwischen den Sofakissen, doch meistens buddle ich ihn in Rolfs Zimmer aus. Aber auch nur dann, wenn es gerade läutet und ich das Teil akustisch orten kann. Früher konnte man sich in chaotischen Haushalten wenigstens mit Hilfe der Zuleitungsschnur zum Apparat vorarbeiten, bei den strippenlosen Dingern geht das auch nicht mehr. Wen also wundert es, wenn ich von den technischen Fortschritten nicht immer gleich begeistert bin?

Nach Ansicht meiner Nachkommen, denen ich das nützliche Geschenk zu verdanken habe, soll ich den Knochen ständig mit mir herumtragen. Nun bin ich jedoch ein entschiedener Gegner von Kittelschürzen mit ihren unbestritten praktischen

Taschen (ihre Aufnahmekapazität erstaunt mich immer wieder; unsere Putzfrau stopft sogar den Inhalt eines halben Papierkorbes hinein), doch ich trage meistens Jeans. Und bei denen wiederum sind die Taschen lediglich Dekoration. Deshalb räume ich sie auch nie aus, und deshalb habe ich unlängst Svens Mini-Geldbeutel samt Führerschein und Scheckkarte versehentlich mit in die Maschine gesteckt. Das Waschpulver hat auch prompt gehalten, was die Werbung versprochen hatte: Die Papiere sind hinterher so weiß gewesen, daß wir sie nicht mehr lesen konnten.

Das Telefon bimmelt immer noch. Ich beschließe also, daß die Fenster noch nicht geputzt werden müssen – man kann noch deutlich erkennen, daß draußen ein bißchen die Sonne scheint –, und jage die Treppen hinunter. Zu spät. Meine leiernde Stimme teilt dem Anrufer gerade mit, daß ich nicht zu Hause bin. Inzwischen dürfte er das ohnehin gemerkt haben. Den Text sollte ich auch mal ändern. Diesen dämlichen Spruch, ich sei gerade unterwegs, um das Geld aufzusammeln, das bekanntlich auf der Straße liegt, kennen mittlerweile alle Freunde. Zwischendrin quäkt Katja: »Nun geh doch endlich ran, ich weiß ja, daß du da bist!«

Kann sie überhaupt nicht! Sie hat jetzt im Hörsaal zu sein und sich mit den Werken von Pestalozzi und Frau Montessori herumzuschlagen. Angehende Lehrer müssen auch das lernen, was dank unzähliger Schulreformen und neuer psychologischer Erkenntnisse längst überholt ist.

Endlich habe ich den Hörer in der Hand. »Wieso bist du nicht in der Uni?«

»Weil die letzte Vorlesung mal wieder ausgefallen ist. Sitzt du?«

Nein, ich sitze nicht. Den einzigen erreichbaren Stuhl hat Hund Otto belegt, der meine Aufforderung, den Platz zu räumen, stoisch ignoriert. Nicht umsonst ist er ein gebürtiger Bayer. Wahrscheinlich hat er es uns nie verziehen, daß er in einen preußischen Haushalt geraten ist. Notgedrungen lehne ich mich also gegen den Eßtisch. »Ich bin darauf trainiert, Katastrophenmeldungen auch stehend entgegenzunehmen. Raus mit der Sprache, was ist passiert?«

»Sei nicht immer so destruktiv«, kichert Katja, »freu dich lieber! Du wirst nämlich Oma!«

»Bei wem? Etwa bei dir?«

Katja ist Studentin im siebten Semester und sollte eigentlich hinreichend aufgeklärt sein. Außerdem nimmt sie die Pille. Sie wiegelt auch sofort ab. »Im Augenblick reichen mir die Kids, mit denen ich mich im Praktikum herumärgern muß. Nein, Vicky ist schwanger.«

»Woher weißt du das?«

»Sie hat es Steffi erzählt, und die hat mich gerade angerufen.«

Die Kommunikation innerhalb unserer Familie klappt immer noch hervorragend.

»Konnte sie sich das nicht früher überlegen?« jammert Katja. »Ich habe doch meine Weihnachtsgeschenke schon alle zusammen. Was meinst du, ob ich ihr einen Gutschein für fünf Packungen Pampers schenke? Den brauche ich erst im Herbst einzulösen. Momentan bin ich nämlich total pleite.«

Das ist sie meistens und nicht nur zwei Wochen vor Weihnachten. »Wann soll denn das Baby kommen?«

»Na ja, September oder so. Ich nehme doch an, daß auch Engländerinnen die gleiche Tragezeit haben wie normale Frauen. Oder glaubst du, daß die später werfen?«

»Vicky ist kein Elefant!«

»*Noch* nicht«, gluckst Katja. »Ach ja, noch etwas: Du weißt natürlich nichts von dem Familienzuwachs. Vicky hat es Stefanie unter dem Siegel der Verschwiegenheit erzählt.«

»Und deshalb hat sie dich auch gleich angerufen?«

»Na klar. Aber ich soll's nicht weitersagen. Wahrscheinlich wollen sie dir die Neuigkeit als Weihnachtsgeschenk präsentieren. – Du, ich muß Schluß machen, es klingelt. Das wird Nicki sein. Die hat mal wieder ihren Schlüssel verbummelt. Bin neugierig, was sie sagt, wenn sie hört, daß sie Tante wird.«

Vielen Lesern dieses Buches wird meine Familie schon bekannt sein, und manche von ihnen haben den Werdegang meiner Nachkommen quasi vom Windelalter an verfolgt, doch es soll immer noch einige Menschen geben, die den Sandersschen Familienclan nicht kennen. Und bevor sie das Buch entnervt zur Seite legen, weil ihnen der Durchblick fehlt, sei mir eine kurze Rückschau gestattet:

Die Silberhochzeit habe ich seit etlichen Jahren hinter mir, was den Schluß nahelegt, daß ich noch immer mit demselben Mann verheiratet bin. Rolf ist Werbeberater (heute heißt das *public relations manager* oder wenigstens *art director*, seinerzeit reichte die deutsche Bezeichnung) mit zunehmender Tendenz zum Ruhestand – eine Entwicklung, die ich mit Besorgnis verfolge. Doppelt soviel Ehemann mit halb soviel Geld! Er hat zwar viele Hobbies, aber die machen ja nur Spaß, solange man keine Zeit dafür hat. Wie hatte sich das früher immer angehört? »Ich würde ja wirklich gern mal wieder im Garten wursteln, ich kriege es bloß zeitlich nicht auf die Reihe. Der Prospekt für Meier und Schulze muß wieder geändert werden, die Kaffeetassen sollen doch lieber weiß bleiben, zur Druckerei soll ich kommen, und der Steuerberater hat auch schon zweimal angerufen.«

Jetzt hätte Rolf Zeit für die Hobbies, nur hat er keine Lust mehr. »Rasen mähen? Der ist doch noch ganz naß!«

Dieser mitunter etwas turbulenten Ehe sind im Laufe von zehn Jahren fünf Kinder entsprossen. Sohn Nr. 1 ist Sven. Aus dem naturbegeisterten Knaben, der meinen Kühlschrank mit Gläsern voll toten Spinnen, Regenwürmern und ähnlich Eingemachtem zu füllen pflegte, ist ein Landschaftsgärtner geworden, der sich ganz in unserer Nähe etabliert hat und sein Leben als Junggeselle zu beenden gedenkt. Bis jetzt wenigstens!

Sohn Sascha, zwei Jahre jünger, hatte ähnliches im Sinn gehabt, reduzierte die Zeitspanne später auf »vor meinem dreißigsten Geburtstag heirate ich auf keinen Fall!« und wurde dann doch mit siebenundzwanzig Ehemann besagter Vicky, die eigentlich Victoria heißt und noch immer englische Staatsbürgerin ist. Kennengelernt hatte er sie auf der QUEEN ELIZABETH II, jenem Kreuzfahrtschiff, auf dem er als Steward zwei Jahre lang um die Welt gefahren war. Vicky ist ausgebildete Tänzerin und gehörte zur Showtruppe des Riesenkahns. Seine Verlobung hatte uns Sascha telefonisch irgendwo aus dem Indischen Ozean mitgeteilt, und kennengelernt habe ich meine Schwiegertochter erst bei der Hochzeit in England.

Wenige Tage später importierte Sascha seine Gattin nebst einem Lieferwagen voll Möbel und Hochzeitsgeschenken nach Deutschland, quartierte vorübergehend alles bei uns ein, weil die angemietete Wohnung noch nicht fertig war, und überließ es mir, der jungen Ehefrau sowohl die deutsche Sprache als auch die Grundbegriffe von Haushaltsführung beizubringen. Deutsch kann sie inzwischen!

Eine Zeitlang hatte er noch in seinem erlernten Beruf als Restaurantfachmann gearbeitet, dann jedoch das Silbertablett an den Nagel gehängt mit der Begründung, daß dieser Job ausgesprochen familienfeindlich sei. Unregelmäßige Arbeitszeiten, Dienst auch an Feiertagen und so weiter. Bis dahin war ihm das nie aufgefallen, seine jeweiligen Freundinnen waren alle aus der Hotelbranche gekommen. Jedenfalls eröffnete er uns eines Tages, er habe einen ihm genehmen Posten in der Industrie gefunden, womit allerdings ein Umzug nach Mainz verbunden sei, aber eine Wohnung gebe es bereits. Er informierte eine Umzugsfirma und zog mitsamt Ehefrau, Hund Mäx sowie inzwischen vergrößertem Hausrat nach Norden. Seitdem steigt er die Karriereleiter stetig aufwärts, aber da Vicky sich beharrlich weigert, den Führerschein zu machen und auf diese Weise selber mobil zu werden, sehen wir uns relativ selten. Die Telekom verdient jedoch ganz gut. Vicky ruft grundsätzlich tagsüber an.

Als Sascha das Kindergartenalter erreicht hatte und nur noch nachmittags mit dreckbeschmierten Gummistiefeln durchs Haus marschierte, entschlossen wir uns zu einem dritten Kind, das hoffentlich ein Mädchen werden und mit Puppen statt mit verbeulten Blechbüchsen spielen und keine halbtoten Mäuse in den Taschen herumschleppen würde. Es wurde tatsächlich ein Mädchen – zumindest optisch. Kinderbilder zeigen ein niedliches Gör mit großen dunklen Augen und einem fast schwarzen Lockenkopf. Nur bei der Erziehung müssen wir etwas falsch gemacht haben. Stefanie entwickelte sich zum dritten Jungen, schmiß die Puppen aus dem Puppenwagen und setzte Nachbars einäugige Katze rein, klaute ihren Brüdern die Matchbox-Autos und wünschte sich zum Geburtstag Fußballschuhe. Ihre Freunde waren überwiegend männlichen Geschlechts, mit denen sie sich herumprügelte und dabei meistens die Oberhand behielt. Die letzte Keilerei erlebten wir, als sie elf war und sich mit Busenfreund Manuel in den Haaren lag. Diesmal siegte männliche Kraft über weibliche Finessen, und soviel ich weiß, haben die beiden Kontrahenten seitdem nie wieder ein Wort miteinander gewechselt.

Meine Vorstellung von einem Mädchen hatte aber ganz anders ausgesehen! Statt pastellfarbener Kleidchen kaufte ich robuste Lederhosen für Steffi, statt Lackschühchen feste Treter mit Lkw-Bereifung, und das kleine silberne Armband, Geschenk von Oma zum vierten Geburtstag, hing schon am nächsten Tag zerrissen an einem Ast vom Mostapfelbaum.

Also ein letzter Versuch, die männliche Vorherrschaft in unserer Familie zu brechen. Nicole sollte unsere Tochter heißen, einen Jungennamen hatten wir erst gar nicht parat. Einen zweiten Mädchennamen aber auch nicht! Wer rechnet schon mit Zwillingen??? Bei der ersten Begutachtung seines doppelten Nachwuchses meinte Rolf denn auch: »Welche von den beiden ist denn nun der Mengenrabatt?«

Seit jenem Tag sind 23 Jahre vergangen. Die Zwillinge studieren in Heidelberg, haben eine kleine Dachgeschoßwohnung, sind fest mit jeweils einem Thomas verbandelt, was sie aber nicht hindert, an den Wochenenden häufig und grundsätzlich ohne Vorwarnung im Elternhaus aufzutauchen, oft genug mit Kommilitonen im Schlepptau, die genauso abgebrannt sind wie sie selber, den Kühlschrank halb leer fressen und mit den verbliebenen Resten im Kofferraum zwei Tage später wieder abziehen.

Dackel Otto wurde bereits erwähnt. Laut Stammbaum heißt er »Zorro von der Frankenhöhe«, doch trotz der adeligen Herkunft lassen seine Manieren sehr zu wünschen übrig. Hundedamen gegenüber verhält er sich ausgesprochen chauvinistisch, und von Heldenmut kann auch keine Rede sein. Seine Vorfahren haben Pokale eingeheimst und sogar Prüfungen abgelegt als Stöberhund und Kaninchenschleppe-Herauszieher, was immer das auch bedeuten mag, doch Otto türmt schon winselnd unter den nächsten Stuhl, sobald er nur Katjas Goldhamster wittert.

Womit die Familie vorgestellt wäre und das Buch endlich anfangen kann.

Alle Jahre wieder

»Wenn die in den nächsten zehn Minuten nicht einreiten, fangen wir an«, moserte Sven, »mein Magen hängt schon in den Kniekehlen!«

»Da wäre er eine Zeitlang ganz gut aufgehoben.« Katja warf einen vielsagenden Blick auf Svens Taille. »Als ich dir den Gürtel zum Geburtstag geschenkt habe, hat er noch im dritten Loch gepaßt.«

»Alle Säugetiere der nördlichen Hemisphäre legen sich Winterspeck zu, das hat die Natur so vorgesehen«, behauptete er grinsend, »aber ich fange ja schon an, ihn wieder abzubauen.«

»Wie denn?«

»Mit einer Joghurtdiät.«

Jetzt wurde Steffi aufmerksam. »Davon habe ich noch nie was gehört. Was darfst du denn da essen?«

»So ziemlich alles. Außer Joghurt.«

»Idiot!!!«

Heiligabend. Fest des Friedens und der Familie. Die Familie war fast vollzählig versammelt, doch die friedliche Stimmung geriet bereits ins Wanken. Die ersten zwei Würstchen waren auch schon geplatzt. Ich schaltete den Herd ab und sah auf die Uhr. Halb acht. Zwei Stunden maximal braucht man von Mainz bis zu uns, wo also blieben Sascha und Vicky?

»Otto kratzt an der Tür«, meldete Nicole, »muß der etwa jetzt noch raus? *Ich* gehe jedenfalls nicht schon wieder. Vorhin habe ich ihn bloß hinter mir hergezerrt.«

Stimmt. Otto ist ausgesprochen lauffaul und dürfte der einzige Hund sein, dem die Leine grundsätzlich längs über der Schnauze hängt. Normale Dackel rennen vorneweg, Otto schleicht im Zeitlupentempo hinterher. Rolf öffnete die Terrassentür. Der Hund steckte den Kopf ins Freie, befand den

Schneeregen als für ihn unzumutbar, drehte um und verkroch sich unterm Schaukelstuhl, nicht ohne vorher einen anklagenden Blick in meine Richtung geworfen zu haben. Die vielen Leute gingen ihm ganz offensichtlich auf die Nerven. Außerdem war kein Sessel mehr frei, und sein Lieblingsplatz auf dem Sofa war ebenfalls belegt.

Wer hat eigentlich behauptet, wenn man in die mittleren Jahre käme und die Kinder so nach und nach aus dem Haus gingen, würde bei den gestreßten Eltern allmählich Ruhe einkehren? Aus dem Haus gehen sie ja wirklich, doch nach kurzer Zeit kommen sie wieder und sind zu zweit. Früher hatten sich außer uns allenfalls noch eine und einmal sogar alle beiden Omas zum Ansingen der Edeltanne eingefunden, doch jetzt ähnelte unser Wohnzimmer immer häufiger einem Theaterfoyer kurz vor Beginn der Vorstellung. Gesungen wird auch nicht mehr.

»Wenn das so weitergeht, müssen wir anbauen«, hatte Rolf erst unlängst überlegt. »Stell dir bloß mal vor, hier tummeln sich noch zwei bis sieben Enkelkinder und wollen Ostereier suchen.«

Im Augenblick hatten sich allerdings erst die eventuellen Erzeuger dieser Enkelkinder eingefunden, nämlich Steffis Dauerfreund Horst Hermann sowie die beiden Thomasse. Katja legt übrigens großen Wert darauf, daß ihr Thomas Tom genannt wird, um jede Verwechslung mit Nickis Thomas auszuschließen. Die Gefahr ist allerdings sehr gering, denn die beiden ähneln sich überhaupt nicht, und daß Thomas im internen Kreis bei uns nur noch »der Schwabe« hieß, hat Nicki erst erfahren, als ich mich in ihrer Gegenwart mal verquasselt hatte. Darauf hatte sie mich drei Wochen lang nicht angeguckt, obwohl ich ihr begreiflich machen wollte, daß diese Bezeichnung nichts mit seinem Charakter zu tun hätte, sondern lediglich mit seiner Herkunft. Sehr überzeugend kann ich nicht gewesen sein!

Lediglich Sven hockte unbeweibt auf dem Boden und ärgerte Otto. Die Eltern seiner Freundin pflegten die Feiertage immer in ihrem Ferienhaus bei Marbella zu verbringen, hatten ihn auch zum Mitkommen aufgefordert, doch das hatte er abgelehnt. »Im Kofferraum 'ne Plastiktanne und im Hinterkopf ein ellenlanges Vergnügungsprogramm einschließlich Silvesterball in so einem Schickimicki-Laden. Nee, danke. Ohne mich!«

Bremsen quietschten, ein Hund bellte, drinnen antwortete Otto – die Nachzügler waren endlich da. Ich öffnete die Tür. »Wo bleibt ihr denn so lan … Mäx, olles Ferkel!!!« Nichts ist so anschmiegsam wie ein nasser Hund! Da hatte dieses Wollknäuel erst einen kurzen Inspektionsgang durch den Vorgarten unternommen, das frisch angehäufelte Mandelbäumchen bepinkelt, und jetzt hing das Vieh an meiner hellen Hose. »Die habe ich erst gestern aus der Reinigung geholt! Könnt ihr diesen verrückten Handfeger nicht festhalten?«

»Der freut sich doch bloß«, informierte mich Sascha. Als ob ich das nicht wüßte! Otto freut sich ja auch dauernd, wobei es völlig gleichgültig ist, ob ich aus dem Keller komme oder auf der Gästetoilette eine neue Rolle Klopapier eingesetzt habe. Sobald ich länger als zwei Minuten aus Ottos Blickfeld verschwunden bin, führt er bei meinem Wiederauftauchen einen Freudentanz auf.

Jetzt begrüßte er quiekend und jaulend seinen Halbbruder, wälzte sich mit ihm auf dem Teppich herum, entdeckte die noch offenstehende Haustür, ein kurzer Blickkontakt genügte, und prompt verschwanden beide Hunde ins Dunkle. Wir hörten es bloß noch rascheln und fauchen. Die Katze von gegenüber, seit Jahren Erzfeind unseres Vierbeiners, war noch unterwegs und nunmehr auf der Flucht. Die Hunde hechelnd hinterher.

»Seht zu, wie ihr die wieder einfangt. Ich ziehe mich erst mal um.«

Es war fast neun Uhr, als ich das letzte Würstchen – jetzt waren sie alle geplatzt! – aus dem Topf fischte und die Platte auf den Tisch stellte. Dazu gibt (und gab es seit jeher) Kartoffelsalat. Das ist Tradition. Nur weiß kein Mensch mehr, woher die eigentlich stammt. Rolf meint, ihr Ursprung sei wohl in jenen Jahren zu suchen, als unser Nachwuchs mehr an dem Inhalt der bunten Teller interessiert gewesen war als an einem Drei-Gänge-Menü und beides hintereinander selbst die Aufnahmekapazität von Teenagermägen überfordert hätte. Ich kann mich auch noch gut an etliche Weihnachtsmorgen erinnern, die speziell bei den Jungs mit Zwieback und Kamillentee begonnen hatten.

Während wir auf den reichlich verwässerten Würstchen herumkauten – die frisch geduschten und trockengefönten Hunde lagen schmollend in einer Ecke –, erklärte Sascha ausführlich, weshalb sie so spät gekommen waren. Demnach hatte er erst den größten Verkehrstrubel abwarten wollen, dann habe jedoch Schneegestöber eingesetzt, außerdem dürfe er mit Vicky als Beifahrerin nie schneller als hundert fahren, und auf den letzten Kilometern Landstraße habe es noch einen Unfall gegeben. »So'n Heizöl-Ferrari hat mich überholt, aber zwei Kilometer weiter hing er an 'ner Fichte. Der Fahrer hat bloß ein paar Schrammen abgekriegt, nur die Karre ist einen halben Meter kürzer geworden. Autos sollten sich eben nie auf einen Zweikampf mit Bäumen einlassen, die haben die bessere Bodenhaftung«, schloß er mit einem ironischen Seitenblick zu seinem Vater, der auch schon mal versucht hatte, an einer Rotbuche zu bremsen. Allerdings hatte ihn das nur einen neuen Kotflügel gekostet und mich den Wäschetrockner, den ich endlich hätte kriegen sollen und dann doch wieder nicht bekam. Ein ramponiertes Auto fällt eben mehr auf als ungebügelte Hosen, wenn sie nicht rechtzeitig trocken geworden sind!

»Na, du wirst dir wohl auch bald einen Kombi zulegen müssen«, sagte Steffi beiläufig, »in deinen Wagen kriegst du doch keinen Kind … äh, ich meine, der hat doch inzwischen weit über hunderttausend Kilometer drauf, und du hast immer gesagt … äh, wolltest du nicht schon damals einen Kombi haben?«

»Nein, nie!«

Steffi lief dunkelrot an, wir anderen sagten gar nichts, weil wir offiziell nicht wissen durften, was wir inzwischen doch alle wußten, aber schließlich war es Vicky selber, die das ungemütliche Schweigen brach. »Eigentlich wollten wir es euch erst nachher sagen, doch nun ist es egal. Ich bin nämlich schwanger.«

Einem unbeteiligten Zuschauer wäre so viel gekünstelte Überraschung wahrscheinlich aufgefallen, die künftige Mutter sonnte sich jedoch in der allgemeinen Aufmerksamkeit, nahm Glückwünsche entgegen und beantwortete bereitwillig alle Fragen von »Wann ist es denn soweit?« bis zu »Habt ihr schon einen Namen für das Baby?«

»Yannik oder Tabea«, sagte Vicky.

»O Gott«, murmelte Sascha bloß. Mit seiner Rolle als werdender Vater schien er ohnehin noch erhebliche Schwierigkeiten zu haben, denn als Tom ihn ein bißchen auf die Schippe nahm, winkte er sofort ab. »Hör auf mit dem Quatsch, ihr geht mir alle auf den Geist! Und du ganz besonders!«

»Wenn wenigstens was da wäre, wo ich drauf gehen könnte ...«

Auch über das Geschenk konnte Sascha nicht lachen, das Steffi als vermeintlich einzige »Eingeweihte« noch in letzter Minute besorgt hatte und nun stolz präsentierte: einen Marienkäfer auf Rädern. Sobald man die Flügel entfernte, kam ein Töpfchen zum Vorschein. »Etwas noch Dußligeres hast du wohl nicht gefunden?«

Steffi war beleidigt, Tom hatte sich achselzuckend abgewandt, Sascha sagte auch nichts mehr – der Abend drohte ein Desaster zu werden. Aber es gab ja noch Mäx und Otto. Nach ihrem »Festtagsmenü für kleine verwöhnte Hunde« – ich war so lange von der Werbung berieselt worden, bis ich tatsächlich zwei Packungen gekauft hatte – hatten sie uns das verhaßte Duschen verziehen, eine Runde geschlafen, und nun waren sie im Gegensatz zu uns putzmunter.

»Wer kommt mit auf die Pipi-Runde?« Eine Frage, die normalerweise von jedem Familienmitglied mit dem Hinweis unaufschiebbarer Tätigkeiten mit »Ich nicht! Außerdem ist es ja *dein* Hund!« beantwortet wird. Diesmal fanden sich aber so viele Freiwillige, daß ich zu Hause bleiben konnte.

»Also gut, die Männer ziehen los, wir anderen räumen mal ein bißchen auf«, schlug ich vor, doch das mußte wohl keine so gute Idee gewesen sein. Das Geschirr stand schon wieder im Schrank, die letzten Überreste der Goldfolienschlacht waren beseitigt (ja, ich weiß, inzwischen benutze ich auch recycelbares Geschenkpapier, doch vor ein paar Jahren waren glitzernde Verpackungen noch nicht mit einem Tabu behaftet gewesen), sogar die Geschenke hatten wir schon zusammengestellt – nur die Gassigehkolonne war noch nicht wieder aufgetaucht.

»Sind die eingeschneit?« Katja öffnete die Haustür und streckte die Hand hinaus. »Höchstens abgesoffen – es gießt in Strömen. Bei dem Wetter bleibt doch keiner länger draußen, als er muß.«

»Schon gar nicht Otto«, ergänzte Nicki. »Der traut sich ja nicht mal bei dreißig Grad im Schatten in die Nähe vom Rasensprenger.«

»Vielleicht sind sie in einer Kneipe gelandet?«

»Heute? Da hat doch alles zu!«

Eben das war unser Irrtum! Ein Kneipier, erst unlängst von seiner Frau geschieden, hatte seine Wirtschaft offengehalten, vermutlich in der nicht unberechtigten Hoffnung, daß Leidensgenossen und Ehemänner auf der Flucht vor Schwiegermüttern oder sonstigen Verwandten bei ihm Zuflucht suchen würden. Jedenfalls waren unsere Männer, angelockt von der erleuchteten Bierreklame, zwecks äußerlicher Trocknung und innerlicher Erwärmung dort eingekehrt und hängengeblieben. Die Hunde hatten Frikadellen bekommen und waren selig eingeschlafen, den Herren der Schöpfung war es nach dem vierten Grog so ähnlich ergangen. Schließlich hatten sie sich doch noch für den Rückweg entschieden und standen nun tropfnaß vor der Tür.

Eine Übernachtung sämtlicher Gäste war eigentlich nicht vorgesehen gewesen. Genaugenommen sollten nur Sascha und Vicky bei uns schlafen, alle anderen hatten nach Hause fahren wollen, doch beim Anblick der Jammergestalten war das kein Thema mehr. Und wozu gibt es Luftmatratzen, Schlafsäcke und diese platzsparenden, weil zusammenklappbaren Gästebetten, die man allerdings nur solchen Gästen zumuten sollte, die man nie wiedersehen möchte? Egal, Improvisation ist alles. Die klatschnassen Mäntel kamen in den Heizungskeller, alle verfügbaren Kissen und Decken wurden zusammengetragen, das Wohnzimmer zum Feldlager für die männlichen Schläfer ernannt, die weiblichen verteilten sich in den oberen Stockwerken – nur die Hunde waren etwas frustriert. Ihren angestammten Platz auf dem Sofa hatte Tom belegt, und bei seinen 1,97 m Gesamtlänge hatten sie keine Chance mehr.

»Ich kann mir nicht helfen«, sagte Steffi später, den Mund schon voll Zahnpasta, »aber früher ist Weihnachten irgendwie gemütlicher gewesen.«

Zwei Wochen danach rief mich Sascha an. Wir plauderten über dies und das und hatten uns schon verabschiedet, als ihm noch etwas einfiel: »Ach ja, ehe ich es vergesse: Den versprochenen Kinderwagen brauchst du vorläufig nicht zu kaufen. Vicky ist gestern beim Arzt gewesen. Die Schwangerschaft war bloß eine Hormonstörung.«

Westöstlicher Briefwechsel und seine Folgen

Seitdem der antifaschistische Schutzwall, wie diese Mauer quer durch Deutschland von ihren Erbauern bezeichnet wurde, demontiert worden ist, bekomme ich auch Leserbriefe aus der ehemaligen DDR. Der allererste kam von einer Dame aus Wandlitz.

»Wo is'n das überhaupt?« wollte Steffi wissen, deren Geographiekenntnisse der östlich gelegenen Länder sich seinerzeit noch auf Städte wie Moskau, Warschau oder allenfalls Leipzig beschränkt hatten. So ganz genau wußte ich das aber auch nicht. Also Atlas her! Der stammte noch aus der Mauerzeit und wies eine offenbar recht dünn besiedelte DDR aus. Wandlitz war nicht drauf.

»Jetzt erst recht!« Steffi klappte den Atlas zu und empfahl mir den baldigen Ankauf eines neuen. Bei den ständig wechselnden politischen Gegebenheiten könne man zwar nicht immer auf dem laufenden sein, doch daß es jenseits der Elbe auch noch Städte mit deutschen Namen gebe, habe sich ja inzwischen herumgesprochen. Nur von Wandlitz hatte sie noch nichts gehört. »Im Wagen habe ich einen nagelneuen Autoatlas, erst vorige Woche gekauft.« Sie trabte ab, und wenig später saßen wir, ich mit Brille, sie mit Lupe bewaffnet, am Tisch und suchten Wandlitz. Wir fanden es in der Nähe von Berlin.

»Na ja, wenn man so dicht dran wohnt, kommt man sicher auch mal in eine Westberliner Buchhandlung, oder woher sonst soll dein neuer Ossi-Fan deine Bücher kennen?«

»Vielleicht deshalb, weil man sie jetzt auch in den Neubuläs kaufen kann.«

»In – was???«

»In den NEUen BUndesLÄndern!«

Steffi kicherte. »Stammt diese Wortschöpfung von dir?«

»Was soll man denn sonst sagen? Ehemalige DDR ist viel zu lang, und Ossiland finde ich auch nicht so doll.«

»Dein – wie war das noch? – Neubulä hört sich aber auch ziemlich bescheuert an. Was will dein neuer Fan denn überhaupt von dir?«

»Lies doch selber!« Ich schob ihr den Brief hinüber und formulierte in Gedanken schon eine Antwort.

»Du sollst da 'ne Lesung abhalten?« Kopfschüttelnd gab mir Steffi das Schreiben zurück. »Manche Leute haben wirklich merkwürdige Einfälle. Für nur einmal lesen ist der Weg doch viel zu weit.«

Frau S. hatte mir mitgeteilt, daß man ihr schon früher einige Bücher von mir hinübergeschmuggelt habe, und momentan würde jenes Opus vor ihr liegen, in dem ich die Erlebnisse auf einer Lese-Tournee geschildert hatte. Jetzt wollte sie fragen, ob ich solch eine Reise nicht mal in den neuen Bundesländern unternehmen und natürlich auch in Wandlitz Station machen könnte. Für Unterkunft, zumindest bei ihr, sei gesorgt.

Nun ist das mit Lesungen ja nicht so ganz einfach. Da erkundigt sich zum Beispiel ein Buchhändler beim Verlag, ob dieser oder jener Autor sich bereitfinden würde, nach Kassel, Würzburg, Castrop-Rauxel oder in einen Ort, den manchmal nur seine Einwohner kennen, zu einem Leseabend zu kommen. Der Verlag erkundigt sich beim Autor, und der sagt erst mal NEIN. Weil er keine Lust hat, weil die betreffende Stadt fünf Autostunden weit entfernt ist, weil Frau, Kinder, Hund, Katze krank sind oder das Pferd in Kürze fohlen wird. Außerdem arbeitet er gerade an einem neuen Werk, hat also gar keine Zeit, und in Urlaub will er auch noch fahren. Der Verlag sieht das ein und vertröstet den Buchhändler auf einen späteren Termin. Irgendwann wird sich schon eine Möglichkeit ergeben.

Dann kommt die Buchmesse, auf der der Autor sein neues Werk präsentiert hat, und nun ist er auch zu anderen Taten bereit – besonders zu solchen, die dem Verkauf seines Werkes förderlich sind. Der Verlag hat inzwischen die Anfragen weiterer Buchhändler gesammelt und ist bemüht, eine Route zusammenzustellen, die sowohl die potentiellen Gastgeber als auch die Wünsche des Autors berücksichtigt. Der will nämlich nicht nach Bayern, weil er da mal schlechte Erfahrungen gemacht hat, nach Flensburg aber auch nicht, das ist zu weit weg. Schließlich einigt man sich. Zwei Abende in Hessen, dann Ruhrgebiet, da liegen die Orte so schön dicht beeinander, und den Abschluß in Hamburg. Dort gibt es sogar drei Interessenten. Außerdem wohnt der Bruder des Autors ganz in der Nähe. Ein Besuch bei ihm geht also auf Spesen.

In gemilderter und ausführlicherer Form teilte ich Frau S. die Präliminarien einer Lesereise mit, bestätigte jedoch, daß ich sehr gern in die ehemalige DDR kommen würde, steckte den Brief in den Kasten und vergaß die ganze Sache.

Nicht so Frau S. Kurz nach Neujahr fand ich unter meiner Post ein Schreiben der »Staatlichen Fachstelle für öffentliche Bibliotheken« in Frankfurt an der Oder. Eine Frau Wagner teilte mir mit, sie habe auf Veranlassung von Frau S. ein rundes Dutzend Büchereien ausfindig gemacht, die an einer Lesung mit mir interessiert seien – und ob ich denn nun auch wirklich kommen würde? PS.: Welche Kosten würden wohl entstehen? Man habe leider nur einen sehr geringen Etat.

Mein erster Gedanke war: Was haste dir da bloß eingebrockt? Das biegst du aber ganz schnell irgendwie ab. Und gleich danach der zweite: Warum eigentlich nicht? Zumindest solltest du mal darüber nachdenken.

Nun habe ich keine Ahnung, inwieweit es in der früheren DDR Autorenlesungen gegeben hat und wie die ausgesehen haben. Wurden die Autoren zwangsverpflichtet, abkommandiert, bekamen sie Honorar, oder liefen derartige Veranstaltungen unter dem Oberbegriff *Freiwilliger Arbeitseinsatz*? Autoren konnte man ja kaum zum Kartoffelbuddeln schicken, aber zum Gemeinwohl haben sie bestimmt auch beitragen müssen, warum also nicht in Form von Lesungen? Wo mögen die überhaupt stattgefunden haben? Gab's da drüben nicht solche hübschen Betonklötze, die man Kulturhaus nannte und die meistens den Charme eines Wartesaals ausstrahlten?

Mein Ehemann, Meister im Erfinden glaubhafter Ausreden, wenn er irgendwohin muß und keine Lust hat, schüttelte nur den Kopf, als ich ihn um Rat fragte. »Wer A sagt, muß auch B sagen!« Eine dämliche Redensart und völlig unlogisch. Wie viele Wörter gibt es denn, bei denen auf das A ein B folgt? Doch nur solche, die mit Ab … anfangen, also Abstand, Absolution, Absage …

Der Familienrat wurde einberufen. Er war einstimmig dagegen. Von Sibirien war die Rede und von »die Ossis gucken doch jetzt abends lieber RTL und SAT, statt sich was vorlesen zu lassen. Bücher haben die auch früher schon gehabt!« Die zum Teil absurden Argumente, weshalb ich mich auf diese Reise nicht einlassen sollte, gipfelten schließlich in Svens Meinung, wonach sowieso kein Mensch zu einem Leseabend kommen würde. »Die sorgen sich um Betriebsschließungen, um Arbeitslosigkeit, um Mieterhöhungen – da hat doch keiner Sinn für deine Familienstories. Hätte ich auch nicht, wenn ich nicht wüßte, wovon ich im nächsten Monat meine Kinder ernähren soll.« Dabei hat er gar keine!

Irgendwann hatte Rolf die Nase voll. »Jetzt laß dir erst mal genaue Informationen schicken, wie die in Frankfurt sich die Sache vorstellen, und dann kannst du immer noch einen Rückzieher machen.«

Doch das hatte ich schon nicht mehr vor.

Frau Wagner antwortete postwendend. Daß ich für die Lesungen kein Honorar nehmen würde, überraschte sie gar nicht (also doch Arbeitseinsatz??!), die Fahrtkosten würde man selbstverständlich erstatten, um Unterkünfte würde man sich kümmern, auch wenn das manchmal etwas schwierig wäre, und anliegend eine Liste jener Büchereien, die auf meinen Besuch warteten. PS.: Ob ich gegebenenfalls auch mit einem Privatquartier einverstanden sei?

Karte her! In weiser Voraussicht hatte ich mir inzwischen selbst eine besorgt. Die erste Station meiner Reise sollte Templin sein, nördlich von Berlin gelegen und mitten in der Uckermark. Die kannte ich noch nicht. Dann würde es weitergehen nach Prenzlau, von dort nach Gramzow (nie gehört!), anschließend nach Eberswalde und zum Schluß nach Wandlitz. Daß es sich bei diesen Angaben nur um die jeweiligen Übernachtungen handelte und ich später in Dörfern landete, die ich nur mit Hilfe von Ortskundigen fand, ahnte ich damals noch nicht. Frau Wagner fand übrigens, daß der Mai doch ein herrlicher Monat für solch eine Reise sei, die Mark Brandenburg präsentiere sich gerade dann in ihrer ganzen Schönheit, und ob ich mich mit diesem Termin anfreunden könne?

Was Fauna und Flora anbelangt, so mag ich den Mai auch am liebsten, doch erfahrungsgemäß wird um diese Jahreszeit auch in Wald und Flur geackert, von den heimischen Gemüsegärten ganz zu schweigen. Wer aber acht Stunden und länger Rüben gehackt oder Unkraut gezupft hat, der dürfte für eine abendliche Dichterlesung, zu der man sich notgedrungen auch noch umziehen muß, wenig Begeisterung zeigen. Aber vielleicht war das in den Neubuläs ja ganz anders! Ausgehungert nach westlicher Literatur – schließlich hatte man den armen DDRlern jahrzehntelang nur politischen oder linientreuen Lesestoff verordnet –, würden die Zuhörer in Scharen kommen, dankbar, daß sich sogar jemand in die tiefste Provinz vorwagt. Hatte ich gedacht.

Ungefähr vier Wochen vor Beginn der Reise eröffnete mir Steffi, daß der unter Ausschluß eines Stimmberechtigten tagende Familienrat beschlossen habe, mich nicht allein fahren zu lassen. »Erstens wirst du den halben Tag auf Landstraßen verbringen, weil du selten auf Anhieb dort landest, wohin du willst, und zweitens kriegst du ja Depressionen, wenn du vierzehn Tage lang mutterseelenallein durch die Pampa driftest.«

Davor hatte ich auch schon einen Bammel gehabt, aber das sagte ich natürlich nicht. Im Gegenteil, ich protestierte sofort. »Ich brauche keinen Babysitter! Und überhaupt – wer von euch würde denn freiwillig mitkommen wollen?«

»Na ja, das ist ein bißchen schwierig«, gab Steffi zu, »ich habe nämlich nur eine Woche Urlaub gekriegt, und die Zwillinge stecken mitten im Prüfungsstreß.«

Das war nun wieder maßlos übertrieben. Es stimmte zwar, daß im Oktober das erste Staatsexamen beginnen würde, doch von Streß war den beiden nichts anzumerken. Hin und wieder erwähnten sie zwar mal die Zulassungsarbeiten, deren Fertigstellung in erster Linie im Nachschlagen pädagogischer Werke und dem Zitieren ihrer Verfasser bestand (Kommentar Katja:

»Das Wichtigste sind die Quellenangaben. Je länger später der Abspann ist, desto größer die Überzeugung der Prüfungskommission, daß du diese ganzen Wälzer auch tatsächlich gelesen hast!«) – aber von rauchenden Köpfen und durchgeistigter Stubenhockerblässe hatte ich bei den Mädchen noch nichts bemerkt.

»Ja, also wir hatten uns das so gedacht«, nahm Steffi den Faden wieder auf, »in der ersten Woche fahre ich mit und in der zweiten Nicki. Die kommt dann rauf.«

»Seid ihr verrückt? Wie stellt ihr euch das denn vor? Bis Berlin sind es ja bloß schlappe 700 Kilometer!« Ich hatte vorgehabt, am Sonntag vor der ersten Lesung nach Berlin zu fahren, dort bei Freundin Irene zu übernachten, und am nächsten Morgen gemütlich nach Templin zu tuckern. Bis zum Abend würde ich die hundert Kilometer wohl geschafft haben. Am Freitag wollte ich wieder nach Berlin zurückkommen, das freie Wochenende bei Irene verbringen und von dort zur letzten Etappe nach Eberswalde und Wandlitz starten. Wie es schien, wollten meine Töchter den Austausch in Berlin vornehmen. »Das ist doch heller Wahnsinn«, erklärte ich denn auch, »kommt überhaupt nicht in Frage. Ich schaffe das schon allein.«

»Wir haben aber alles schon abgemacht. Thomas bringt Nicki rauf und nimmt mich mit zurück.« Sie seufzte. »Die Vorstellung, mit diesem Langweiler stundenlang im Auto sitzen zu müssen, hätte mich beinahe von meinem edlen Vorsatz abgebracht, aber was tut man nicht alles aus töchterlichem Pflichtgefühl?«

Von wegen! »Gib doch zu, daß dich die pure Neugier treibt! Du hast noch nie einen Fuß in die DDR gesetzt, kennst lediglich die Transitautobahn und hast bis vor kurzem geglaubt, daß man jenseits der Mauer nur russisch spricht.«

»Jetzt übertreibst du aber!« empörte sie sich.

»Findest du?«

Eine Rückfrage bei Frau Wagner, ob man die gebuchten Einzelzimmer in Doppelzimmer umwandeln könnte – selbstverständlich würde ich die zusätzlichen Kosten selber tragen –, erregte nur gelindes Erstaunen. Es ständen sowieso immer zwei Betten drin, Einzelzimmer gäbe es gar nicht. Ach so?!

Als nächstes der längst überfällige Anruf bei Irene. Nach dem üblichen Geplauder über das Wohlergehen der Enkelkinder und der Blumenzwiebeln (sie handelt damit) kam ich zum Kernpunkt. »Hast du am elften Mai mal wieder ein Nachtquartier für Steffi und mich?«

»Immer«, lautete die Antwort, »bloß bin ich dann nicht da.«

Damit hatte ich nun überhaupt nicht gerechnet. »Warum nicht?«

»Weil ich mit Katharina in die Toskana fahre. Die muß mal raus und ich auch.«

Durchaus begreiflich. Katharina ist Irenes Tochter und arbeitet als Kinderpsychologin.

»Aber du kannst ja trotzdem kommen, du kennst dich doch aus, und wo du den Hausschlüssel findest, weißt du ebenfalls. Also wo liegt das Problem? Ich muß nur Janka Bescheid sagen, sonst alarmiert sie das Überfallkommando.«

Janka ist Irenes Putzfrau und während ihrer Abwesenheit zuständig fürs Blümchengießen und die Fütterung der Raubtiere in Gestalt dreier schon etwas betagter Katzen.

»Warum hast du denn nicht früher gesagt, daß du kommen willst? Dann hätten wir die Reise um ein paar Tage verschoben.«

»Der Termin hat sich erst jetzt ergeben.« Fünf Minuten lang Erläuterung meiner geplanten Exkursion.

»Du bist ganz schön mutig«, meinte Irene nur.

»Weshalb denn? Die Kriminalitätsrate ist in Ossiland wesentlich geringer als bei uns.«

»Das habe ich auch nicht gemeint, aber wir Wessis sind bei unseren Brüdern und Schwestern zur Zeit wenig beliebt. Soll ja innerhalb der Verwandtschaft gelegentlich vorkommen.«

Mit der Zusage, mich noch mal zu melden, legte ich den Hörer auf. Was nun? Irenes Angebot, trotz ihrer Abwesenheit in ihrem Haus einzufallen, annehmen oder nach einem Ausweichquartier suchen? Wer oder was käme denn da in Frage? Kunzes Laube? Freunde von uns bezeichnen ihr gar nicht mal so kleines und einschließlich Küche gemütlich möbliertes Wochenendhaus mit beharrlicher Untertreibung als »Laube«, obwohl es mit den unter diesem Begriff bekannten Schrebergarten-Bretterbuden nicht die geringste Ähnlichkeit hat.

Allerdings liegt besagte Laube jott-we-de. Außerdem gibt's da keinen Boiler, und wenn ich etwas hasse, dann ist es die morgendliche Kaltwasserdusche.

Tante Annelies? Nein, lieber nicht. Sie würde zwar mit Freuden Möbel rücken und in ihrer ohnehin blitzsauberen Miniwohnung einen Großputz veranstalten, um uns entsprechend beherbergen zu können, doch die Jüngste ist sie nun wirklich nicht mehr. Außerdem hat sie Rheuma.

Wer bleibt denn noch? Richtig, Dagi! Warum bin ich nicht gleich darauf gekommen?

Dagi habe ich quasi geerbt. Unsere Eltern waren Jugendfreunde gewesen. Wir Kinder nicht. Ich konnte Dagi nicht ausstehen, und diese »Zuneigung« beruhte auf Gegenseitigkeit. Beide wurden wir von Omas aufgezogen. Unsere Väter standen an der Front, die Mütter waren »kriegsdienstverpflichtet«, und es war damals völlig normal, daß die Aufzucht des Nachwuchses häufig Großeltern oder anderen, meist älteren Verwandten überlassen blieb. Im Gegensatz zu meiner eigenen, die mich streng preußisch erzog, war Dagis Großmutter eine richtige Bilderbuch-Oma: klein und rund mit Knoten im Nacken und geblümter Schürze vorm Bauch, gutmütig, nachgiebig und ihrer temperamentvollen Enkelin hoffnungslos unterlegen. Außerdem gab es da noch Tante Idchen. Die war noch ein bißchen kleiner als Oma Emma und noch ein bißchen toleranter. Platzte Emma tatsächlich mal der Kragen und sie verhängte über Dagi eine drakonische Strafe, die in der Regel aus ein paar Stunden Stubenarrest bestand, dann versüßte Tante Idchen dem bedauernswerten Kind die Haft mit Bonbons und sicherte ihm für den nächsten Tag einen Kinobesuch zu.

Dabei war Dagi wirklich ein ausgemachtes Ekel! Statt sich wie ein normales Kind fair zu prügeln, kratzte, biß und spuckte sie, brüllte wie am Spieß, wenn sie nicht das bekam, was sie gerade wollte, und stand mal wieder ihr Besuch in Aussicht, dann räumte Omi vorsichtshalber alles Zerbrechliche weg. Seitdem Dagi ihre große Kristallschale zertrümmert hatte, weil sie unbedingt die darin aufbewahrten Rosenblätter essen wollte, haßte Omi dieses »unerzogene Scheusal« beinahe so sehr wie ich.

Als wir von Berlin nach Düsseldorf übersiedelten, verlor ich Dagi aus den Augen. Ich erfuhr zwar, daß sie sehr früh geheiratet und nach anderthalb Jahren Sohn Harry in die Welt gesetzt hatte, nur war der Mann ihrer Träume wohl doch nicht das gewesen, was sie erwartet hatte. Also Scheidung und einige Jahre danach ein neuer Versuch. Diesmal war es ein Arzt, in den sie sich Hals über Kopf verliebt hatte. Nach der Hochzeit entpuppte er sich als Säufer, worauf Dagi erneut ihren Anwalt bemühte und seitdem kaum noch Alkohol trinkt.

Über den Weg gelaufen sind wir uns erst wieder, als ich während einer Berlinreise ihre Mutter besuchte und Dagi unverhofft in der Tür stand. Aus dem widerlichen Kind war eine selbstbewußte, blendend aussehende Frau geworden, die ihr Leben fest im Griff hatte. Wir verstanden uns auf Anhieb und sehen uns jetzt, sooft sich eine Möglichkeit ergibt. Unsere regelmäßigen und nicht eben kurzen Telefonate sind Rolf seit Jahren ein Dorn im Auge. »Meinst du nicht, es wird billiger, wenn Dagmar mal wieder herkommt?«

Geheiratet hat sie nicht mehr, doch es gibt Victor. Victor ist ein Workaholic mit viel Geld und wenig Zeit. Als er Dagi damals einen Antrag machte, hatte sie ihm einen Korb gegeben; Jahre später hätte sie ihn ganz gern genommen, aber nun wollte *er* nicht mehr – jedenfalls nicht amtlich mit Brief und Siegel. Trotzdem kommt einer ohne den anderen nicht klar, und so leben die beiden seit ewigen Zeiten miteinander oder auch nebeneinander, je nachdem, ob es mal wieder Krach gegeben hat oder das Barometer auf Sonnenschein steht.

Victor hat mit Immobilien zu tun, und dank dieser Tatsache besitzt Dagi eine kleine Wohnung in einer ruhigen Ecke von Schöneberg mit viel Grün drumherum und recht honorigen Nachbarn. Ich war allerdings noch nie dort gewesen, doch das ließe sich ja ändern. Schließlich brauchte ich ein Nachtquartier.

Dagi war sofort einverstanden. »Na klar könnt ihr kommen! Gemeinsam werden wir es schon schaffen, diese verdammte Ausziehcouch zum letzten Mal in ein Doppelbett zu verwandeln. Die klemmt nämlich und fliegt bei der nächsten Sperrmüll-Abfuhr raus. Bloß wenn ich jetzt eine neue kaufe, weiß ich nicht, wohin mit der anderen. Der Keller ist voll.«

»Ist das etwa immer noch das alte Ding von Oma Emmchen?«

»Aber sicher! Ist ja schließlich Vorkriegsware und noch gute deutsche Wertarbeit. Deshalb habe ich auch schon mal versucht, das Möbel einem Bekannten als Antiquität unterzujubeln und vorher ein paar Holzwurmlöcher reingebohrt. Sah auch richtig echt aus, hat aber leider nur beinahe geklappt.«

Berlin ist bekanntlich eine Reise wert – man muß bloß erst mal hinkommen! Wohnt man im südwestlichen Zipfel der Bundesrepublik, dann muß man halbschräg durch dreiviertel Deutschland. Eine passende Autobahn querdurch gibt es jedoch nicht, also fährt man ca. zweihundert Kilometer Umwege. Steffi hatte sich für die südliche Route entschieden, da sei weniger Verkehr. Das war der erste Irrtum!

Der zweite stellte sich heraus, als wir die frühere Grenze passiert hatten und einsehen mußten, daß wir unseren Zeitplan nie würden einhalten können. Wo damals überwiegend Lastwagen und Autos mit westdeutschen Kennzeichen im Hundertkilometertempo langgeschlichen waren, herrschte jetzt ein Verkehr wie am Frankfurter Kreuz zur Rush-hour. Vom verbeulten Opel Baujahr 79 bis zum nagelneuen Renommierschlitten schoben sich endlose Kolonnen über den ramponierten Asphalt, und fast jedes Auto gehörte nach Ossiland. Die vereinzelten Trabis mittendrin fielen schon richtig aus dem Rahmen.

Es ist ja kein Geheimnis mehr, daß viele ehemalige Trabifahrer mit den vermehrten Pferdestärken gewisse Schwierigkeiten hatten und immer noch haben. Nach der dritten Vollbremsung, weil es vor uns mal wieder gekracht hatte, und einem leichten Bumsen gegen die rückwärtige Stoßstange meinte Steffi nur: »Hier drüben könnte man dringend eine Bremse brauchen, mit der man den Wagen des Hintermannes zum Stehen bringen kann.«

Endlich Dreilinden. Wie oft hatte ich hier in der Autoschlange gewartet, bis mein Paß von den Vopos kontrolliert, fotografiert und mit irgendwelchen Listen verglichen worden war! Und einmal hatte ich sogar in die taghell erleuchtete Halle fahren müssen, wo man den Wagen buchstäblich auseinandergenommen hatte. Außer einem alten Exemplar des *Playboy*, der von einem männlichen Familienmitglied wohl mal liegengelassen und nun sofort konfisziert worden war, hatte man allerdings nichts gefunden.

Es war schon ein merkwürdiges Gefühl, an diesem Kontrollpunkt so einfach vorbeifahren zu können, doch Steffi kurvte trotzdem auf einen Parkplatz. »Du mußt hier nicht mehr halten!« erinnerte ich sie.

»Ich habe keine sentimentalen Gefühle, ich brauche den Stadtplan!«

Ach so.

»Jetzt setz mal deine Brille auf, sonst erkennst du wieder die blauen Striche nicht, und dann sag mir genau, wie ich fahren muß!«

Kein Problem, den Weg zur Rosenheimer Straße hatten wir schon zu Hause sorgfältig markiert. Das Problem entstand erst dadurch, daß ich zwar zum Lesen eine Brille brauche, zum normalen Sehen jedoch nicht. Und bis jetzt habe ich mich einfach noch nicht dazu durchringen können, mir eine dieser ausnehmend kleidsamen Lesebrillen zuzulegen, die so elegant auf der Nasenspitze thronen und immer aussehen wie gewollt und nicht gekonnt. Bis ich – Brille ab! – das Straßenschild entziffert und – Brille auf! – auf der Karte gefunden hatte, waren wir schon wieder zwei Straßen weiter.

»Da vorne kommt so 'ne Art Platz«, warnte Steffi rechtzeitig.

»Wie heißt der denn?«

»Woher soll ich das wissen? *Du* bist doch in Berlin aufgewachsen.«

»Aber nicht in dieser Gegend.« Ich beugte mich wieder über die Karte. »Hier scheint es eine Menge Plätze zu geben.«

»In der Mitte steht ein Denkmal.«

»Jeder Platz, der was auf sich hält, hat ein Denkmal. Kannst du erkennen, was es ist?«

»Ein Mann auf einem Pferd«, sagte Steffi lakonisch.

»Dann ist es wahrscheinlich Bismarck, also stehen wir logischerweise vor dem Bismarckplatz, und wenn ich mich nicht irre, liegt der in Schmargendorf.«

»Wollen wir dahin?«

»Nein!!!«

»Was soll ich denn jetzt machen?« Die Ampel sprang gerade auf Grün.

»Fahr erst mal geradeaus weiter!«

»Geht nicht. Einbahnstraße.«

Nach ungefähr zwei Stunden hatten wir endlich unser Ziel gefunden, weitere zwanzig Minuten vergingen mit der Suche nach einem Parkplatz. »Die müssen hier alle Drittwagen haben«, seufzte Steffi, als wir zum x-ten Mal an Dagis Haustür vorbeifuhren. »Wieso gibt es nirgends eine Lücke?«

»Als diese Häuser in den fünfziger Jahren gebaut wurden, brauchte man Wohnungen und keine Garagen. Wer hatte damals denn schon ein Auto?«

»Siehste, und nu isses umgekehrt! Jetzt baut man zehnstöckige Garagen und bezeichnet sie als Wohnungen. – Guck mal, da drüben fährt einer raus. Ich kann hier aber nicht wenden. Steig schnell aus, nimm meine Reisetasche mit und stell dich genau in die Mitte. Und wehe, du rührst dich von der Stelle, bis ich wieder da bin! Ich fahre nur schnell einmal um den Pudding.«

Wie ein zerrupftes Mauerblümchen kam ich mir vor, als ich Dagi in der geöffneten Wohnungstür stehen sah, gut frisiert und in einem schicken apricotfarbenen Fummel. Würde ich so etwas anziehen, hätte ich allenfalls auf einem Kostümfest Erfolg, etwa als Gespenst von Canterville oder so ähnlich. Abgesehen davon, daß mir Apricot überhaupt nicht steht, könnte ich auch keine Schlabberkleider tragen. »Wie machst du das eigentlich, daß du immer noch aussiehst wie höchstens fünfundvierzig?«

»Wandleuchten mit 25-Watt-Birnen«, lautete die lapidare Erklärung. »Aber jetzt kommt erst mal rein, und macht es euch gemütlich. Ich habe schon gedacht, ihr seid unterwegs verlorengegangen. Wollt ihr 'n Kaffee haben, Tee oder lieber etwas Gehaltvolleres?«

»Tee klingt gut«, meinte Steffi, »aber kann ich mir erst mal die Hände waschen?«

»Erste Tür links.«

Ich hörte sie nur noch »Wow!« sagen, bevor sie verschwand. Später wußte ich auch, weshalb. Das Bad war nicht sehr groß, aber ein Traum in Pink. Marmorboden, Marmorwanne, eingebautes Waschbecken, indirekte Beleuchtung und viel Grünzeug. »Nach sozialem Wohnungsbau sieht das nicht gerade aus.«

»Ist es aber«, sagte Dagi, »allerdings hat Victor ein bißchen die Finger dazwischen gehabt. Wenn ich bei ihm in der Villa schon unbezahlte Putzfrau spiele, kann er ja auch mal was für mich tun.«

Richtig, die Villa! In Nikolassee steht sie, also in Berlins Nobelviertel, ein bißchen sehr heruntergekommen und für eine Person viel zu groß, doch der arme Mann hat ja keine Zeit zum Renovieren. Gerade mal drei Zimmer bewohnt er, edel eingerichtet, und zu einer neuen Einbauküche hatte Dagi ihn auch noch überreden können, doch wenn er duschen will, muß er ganz nach unten, wo der Swimmingpool ist. Da gibt es eine.

Nach Besichtigung der übrigen Wohnung einschließlich der großmütterlichen Antiquitat, die statt des mir noch bekannten Großblumendessins nun einen altrosa Bezug hatte und ganz passabel aussah, sowie insgesamt fünf Tassen Tee wollte Dagi wissen: »Habt ihr eigentlich keinen Hunger?«

Doch, und wie! Seitdem auf den Speisekarten der Autobahnraststätten genau aufgelistet ist, welche Chemikalien in welchen Gerichten enthalten sind, vergeht mir meistens schon vorher der Appetit. Es wäre doch wesentlich einfacher, nur die paar Speisen zu kennzeichnen, die *nicht* gesundheitsschädlich sind. Ein Omelette jedenfalls braucht weder Ameisensäure noch Emulgatoren, dafür war es zäh gewesen, und die frischen Waldpilze hatten größtenteils aus getrockneten Lamellen bestanden.

»Ich hab' mir gedacht, wir essen einen Happen in meiner Stammkneipe. Ist nur zwei Ecken weiter. Einverstanden?«

Natürlich waren wir einverstanden. »In Ordnung, dann rufe ich schnell an, damit sie einen Tisch freihalten.« Sie holte ihr Telefonverzeichnis, blätterte darin und sah sich suchend um. »Habt ihr irgendwo eine Brille liegen sehen?«

Ich stutzte. Dagmar und Brille? Sie hatte doch immer abgelehnt, solch ein »entstellendes Monstrum« auch nur in Erwägung zu ziehen. »Seit wann hast du denn eine?«

»Seitdem ich neulich beim Kuchenbacken zwei Rosinen mit der Fliegenklatsche erschlagen habe. – Wenn ich bloß wüßte, wo ich das Ding wieder liegengelassen habe.«

Eine hektische Suche begann, die schließlich im Bad endete. »Richtig«, erinnerte sie sich, »ich wollte vorhin mal ausprobieren, ob mir falsche Wimpern stehen. Geht aber nicht, die schleifen an den Brillengläsern.«

Die Kneipe war klein, voll, verräuchert, aber urgemütlich – und die Küche hervorragend. Außer bei meiner Großmutter habe ich nie wieder solch einen köstlichen Wirsingeintopf gegessen. Gesättigt und auch hinreichend mit »Berliner Kindl« abgefüllt, zogen wir zwei Stunden später von dannen.

»So, und jetzt kommt Mütterchens Heimwerkerstunde«, meinte Dagi, nachdem wir gemeinsam die Betten bezogen hatten. »Das letztemal habe ich die halbe Nacht gebraucht, bis ich dieses verdammte Ding auseinander hatte.«

»Wo fängt man denn da an?« wollte Steffi wissen, mißtrauisch das rosa Möbel begutachtend.

»Erst mal gar nicht. Wir brauchen noch einen Hammer, eventuell ein Stemmeisen und mit Sicherheit Heftpflaster.«

Soweit ich mich erinnere, mußte unten etwas herausgezogen und oben etwas drübergeklappt werden, nur waren im Laufe der Jahrzehnte die Metallteile angerostet und verbogen. Es knirschte und quietschte, als wir mit vereinten Kräften an dem sperrigen Unterteil zerrten. Auf der einen Seite schlug Steffi mit dem Hammer auf die Eisenstrebe, auf der anderen bearbeitete Dagi das verklemmte Pendant mit dem Stemmeisen, und nach zehn Minuten Geziehe und Geschiebe sah das Sofa tatsächlich wie ein Bett aus.

»Da vorne fehlt was!« Steffi wies auf die linke Ecke, die sich bedenklich nach unten neigte.

»Ach ja, der Fuß«, meinte Dagi gleichmütig, »der ist schon lange ab. Er wird jetzt irgendwo drunterliegen. Wenn man bloß drauf sitzt, hält er, aber zum Schlafen nehme ich immer etwas anderes.« Aus dem Regal zog sie einen dicken Wälzer heraus, dessen Ledereinband schon tiefe Dellen aufwies. »Das ist ein altes Kochbuch von Emmchen. Benutzen kann ich es sowieso nicht, weil so ziemlich jedes Gericht anfängt mit: ›Man nehme acht Eier und ein Pfund gute Butter‹, aber es hat genau die richtige Höhe.«

Geschlafen habe ich übrigens prima, nur nicht lange genug. Als der erste Dieselmotor zu hämmern anfing und immer mehr Autotüren zuklappten, wachte ich auf. Da war es kurz nach sechs. Großstadtlärm bin ich eben nicht mehr gewöhnt. In meiner ländlichen Kurort-Idylle, wo Ruhe die erste Bürgerpflicht bedeutet, werde ich ja schon nervös, wenn in unserer Nachbarschaft mal ein fremder Hund bellt.

Aller Anfang ist schwer

Meteorologie ist die Wissenschaft, die uns aufgrund komplizierter Hoch- und Tiefdruckberechnungen genauestens darüber informiert, wie das Wetter hätte sein sollen. Gestern abend hatte der Herr vom Berliner Wetteramt Regen prophezeit, und dieser Meinung war er um acht Uhr morgens immer noch. Draußen schien die Sonne.

»Ziehe ich nun was Langärmeliges an oder bloß ein T-Shirt?« überlegte Steffi vor der geöffneten Tasche.

»Das kommt darauf an, ob du dich auf den Wetterbericht verläßt oder auf dein Knie.«

Seitdem Stefanie im Teenageralter ihre sportliche Phase gehabt und vom Voltigieren bis zum Kugelstoßen alles ausprobiert hatte, womit man seine Knochen ruinieren kann, hat sie zwei Operationen hinter sich, und ihr linkes Knie sieht jetzt aus wie die tektonische Landkarte von Spanien. Aber es ist ein zuverlässiger Wetterprophet. Andere müssen sich auf ihr Rheuma verlassen, Steffi befragt ihr Knie. »Da merke ich nichts«, erklärte sie denn auch, »also gibt es keinen Wetterumschwung.«

Die Sonne begleitete uns, bis wir uns aus Berlin herausgewurstelt hatten, und sie war auch noch da, als wir auf der Landstraße nach Norden tuckerten – ganz gemütlich, wir hatten ja genug Zeit.

»Wenn wir wieder zu Hause sind, brauchst du neue Stoßdämpfer«, konstatierte Steffi, nachdem sie ein Schlagloch umrundet, das nächste jedoch übersehen hatte. »Bis zu den Straßen scheint der Aufbau Ost noch nicht vorgedrungen zu sein.«

»Erst mal sind die Autobahnen dran. Sonst hätten die Bewohner der Neubuläs keine Möglichkeit, ihre neuen Wagen mal richtig auszufahren, also würden sie erst gar keine mehr kaufen, wodurch wiederum die westdeutsche Autoindustrie …«

»… stagnierte und die Zulieferfirmen Pleite machten. So kann man die soziale Marktwirtschaft auch definieren.«

Je weiter wir uns von Berlin entfernten, desto unberührter wurde die Landschaft. Rechts und links Wiesen, die noch wie richtige Wiesen aussahen, durchsetzt von Wildblumen, über denen Schmetterlinge tanzten. Dann wieder ein schilfbewachsener See oder ein Bach, der sich durch die Felder schlängelte und bestimmt noch keine Abwässer gesehen hatte. Doch am meisten beeindruckten mich die herrlichen alten Bäume am Straßenrand, deren Kronen ein fast geschlossenes Dach bildeten, so daß die Sonnenstrahlen nur vereinzelte Kringel auf den schattigen Asphalt malen konnten – ein kilometerlanger lichtdurchfluteter Dom.

»Wetten, daß diese Buchen in spätestens zwei Jahren …«

»Die Buchen sind Linden«, verbesserte ich.

»Also schön, daß diese Linden dann abgehackt, die Straßen begradigt und doppelt so breit sind und alle hundert Meter ein Verkehrsschild steht? Wo gibt es denn bei uns noch solche Alleen? Nach westdeutschen Kriterien sind sie in höchstem Grade verkehrsgefährdend; die vielen Bäume, nicht mal 'ne Parkbucht, und fluoreszierende Kilometersteine habe ich auch noch nicht gesehen.«

Dafür sahen wir an einer Wegkreuzung eine alte Frau unter einem Sonnenschirm sitzen, vor sich einen Klapptisch und darauf mehrere Blecheimer mit selbstgebundenen Feldblumensträußen. »Halt mal an!«

Steffi trat auf die Bremse. »Du willst doch nicht etwa was von dem Suppengrün kaufen? Bis wir im Hotel sind, ist es welk.«

»Die Hälfte der Strecke haben wir doch schon hinter uns. Außerdem zeichnen sich die meisten Hotelzimmer durch gleichbleibende Tristesse aus, da kann ein bißchen Frühling in der Vase bestimmt nicht schaden.« Weil sie so hübsch aussahen, kaufte ich gleich zwei Sträuße.

»Müssen Sie noch weit fahren?« fragte die Frau, während sie die Blumen erst in eine feuchte Zeitung und dann in braunes Packpapier wickelte.

»Nur nach Templin.«

»Bis dahin werden sie sich halten, doch dann sollten sie gleich ins Wasser. Feldblumen sind empfindlich.«

»Was hast du denn jetzt dafür bezahlt?« wollte Steffi wissen, als ich meinen Einkauf auf dem Rücksitz deponiert hatte.

»Vier Mark zusammen.«

»Dafür hätt'ste bei uns nicht mal die Margeriten gekriegt. – Hoppla, das wäre beinahe schiefgegangen!« In letzter Sekunde hatte sie noch das Steuer herumgerissen, sonst hätte sie die Ente plattgefahren. »Wo kam die denn plötzlich her?«

»Frag sie doch!«

Grimmig sah sie mich an. »Du bist auch schon mal komischer gewesen! – Apropros Ente: Langsam kriege ich Hunger.«

»Ich auch, aber wir müssen ja bald da sein. Sollten wir nicht überhaupt mal links abbiegen?«

»Erst in Mümmeldorf oder wie das Kaff heißt. Bisher ist es noch nicht aufgetaucht.«

Das Kaff hieß Milmersdorf und wurde renoviert. Zumindest hörte plötzlich die Straße auf. Rotweiße Schranken signalisierten Bautätigkeit, von der allerdings nichts zu sehen war. Der Ort schien menschenleer.

»Mittagspause«, vermutete Steffi. »Bis die zu Ende ist, möchte ich eigentlich nicht warten.«

»Weshalb solltest du?«

»Weil ich partout keine Ahnung habe, wie ich jetzt weiterfahren muß. Siehst du vielleicht irgendwo ein Schild? Na also! Und bevor wir eventuell an der Ostsee landen, würde ich doch lieber einen Eingeborenen fragen.«

»Wie stellst du dir das vor? Willst du an der nächsten Haustür klingeln?«

»*Ich* nicht!« kam es prompt zurück.

Ich sah in ihr erwartungsvolles Gesicht und schüttelte den Kopf. »Denk erst gar nicht daran!« Andererseits hatte ich auch keine Lust, bis zum Erscheinen des ersten menschlichen Wesens auszuharren. Die Länge der Mittagspausen hängt bekanntlich vom Arbeitseifer der jeweiligen Vorgesetzten ab, speziell bei Bauarbeitern, und von denen will der Polier auch erst mal in Ruhe seine Bildzeitung lesen. »Fahr doch einfach weiter! Am besten nach links, da müssen wir sowieso hin.«

»Auf diesen Trampelpfad? Na, wenn du meinst ...«

Es mußte wohl der richtige gewesen sein. Plötzlich waren wir wieder auf einer Straße und wenig später am Ortseingang von Templin. Genau in diesem Augenblick fing es an zu regnen.

»Scheint ja ein reizendes Städtchen zu sein.« Steffi deutete auf die trostlosen Wohnblocks mit ihren abblätternden Fassaden, die den ersten und letzten Anstrich während der Ulbricht-Ära bekommen hatten. Dazwischen eine Jugendstilvilla, heruntergekommen, beinahe schon baufällig. Neu waren lediglich die Satellitenschüsseln, mal neben dem Fenster montiert, mal auf dem Balkongitter befestigt, selten auf dem Dach – ein Meer von runden Scheiben.

Bevor wir uns auf die Suche nach der Kreisbibliothek machten, steuerte Steffi ein am See gelegenes Restaurant an. »Die hier scheinen von unserem Solidaritätszuschlag schon was abgekriegt zu haben.«

Vielleicht war das hübsche Holzhaus früher mal eine HO-Gaststätte gewesen – direkt am See gegenüber von einem Angelsteg gelegen –, ein bißchen sah es noch danach aus, doch hatte man es offensichtlich renoviert und ein kleines Restaurant daraus gemacht. Der verlockende Duft nach Gebratenem trieb uns hinein.

»Ich nehme die Kohlrouladen«, entschied Steffi nach einem flüchtigen Blick auf die Speisekarte, »du machst ja nie welche!«

Stimmt. Seit meiner letzten Blamage, die allerdings schon etliche Jahre zurücklag, hatte ich mich an diese sperrigen Dinger nicht mehr herangewagt.

»Kohlrouladen haben aus Kohl zu bestehen und nicht aus Hackfleisch!« hatte mein Ehemann gemeckert, als ich ihm das erste Produkt meiner damals noch sehr unzulänglichen Kochbuch-Kenntnisse vorgesetzt hatte. Seitdem mußte ich immer mindestens fünf Kohlblätter um die Füllung wickeln, aber dann hält die Klammer nicht, und mit Zahnstochern braucht man gar nicht erst anzufangen. Die Methode unserer Altvorderen ist in diesem Fall die beste. Omi hatte früher immer eine

Rolle Nähgarn in der Küchenschublade gehabt, ich nehme lieber Zwirn, der reißt nicht so schnell.

An jenem bewußten Tag – Rolf war nicht da, statt dessen hatte Sascha mal wieder zwei Freunde an den kostenlosen Mittagstisch geschleppt – klingelte das Telefon, als ich gerade das Essen aufgetragen hatte. Während ich noch an der Strippe hing, hörte ich plötzlich aus dem Nebenzimmer die Kommandostimme meines Sohnes: »Eins, zwei, drei! Und ziehen ... rollen ... ziehen ... rollen ...« Ich warf den Hörer hin und stürzte ins Nebenzimmer. Da stand doch die ganze Meute auf den Stühlen und spulte zwei Meter Zwirnsfaden auf die Gabeln. Ich hatte ganz einfach vergessen, ihn vor dem Servieren zu entfernen. – Seitdem habe ich etwas gegen Kohlrouladen!

Ganz genau hatte uns die Kellnerin den Weg zur Friedrich-Engels-Straße beschrieben. Die hatten wir auch gleich gefunden, nur die Bücherei suchten wir vergebens. Es gab kein Haus mit der Nummer sieben.

»Eigentlich kann es nur der Schuppen da hinten sein«, meinte Steffi, nachdem wir ein zweites Mal die Straße rauf- und wieder runtergefahren waren, »etwas anderes steht doch hier gar nicht.«

Ich sah zu dem zurückliegenden, wellblechgedeckten Flachbau hinüber, betrachtete den aufgeweichten, von Pfützen übersäten Weg und befand, daß er keinesfalls zu einer kulturellen Stätte führen könne.

»Wetten, daß ...?« fragte Steffi grinsend.

»Wetten, daß nicht ...?«

Den Wagen ließen wir vorsichtshalber auf der Straße stehen, es genügte, wenn unsere Schuhe im Matsch versanken. »Hat's denn im Arbeiter- und Bauernstaat nicht mal ein paar Eimer Schotter gegeben?« schimpfte Steffi, mit einem Papiertaschentuch den Lehm von ihren Tretern wischend. »Und sieh dir mal meine Hosen an! Wenn ich die nachher ausziehe, stehen sie untenrum von alleine.«

Wenigstens waren wir auf dem richtigen Weg gewesen. Steffis Gemecker hatte die Bibliothekarin vor die Tür gelockt. Offenbar fiel ihr ein Stein vom Herzen, als sie uns sah. »Sie sind doch Frau Sanders, nicht wahr? Wir hatten schon Angst, daß Sie gar nicht kommen. Das wäre für unsere Leser eine große Enttäuschung geworden.«

Na, so furchtbar viele würden das bestimmt nicht werden. Die beiden Räume waren nicht groß und würden selbst nach einigen Umbauten Platz für maximal zwei Dutzend Stühle haben. Mich wunderte allerdings, daß man damit noch gar nicht angefangen hatte. Ich hatte nämlich festgestellt, daß die einzelnen Regale keine Rollen hatten, und wenn man die erst würde ausräumen müssen, um sie zur Seite schieben zu können ...

Frau Bort mußte Gedankenleserin sein. »Die Veranstaltung findet natürlich nicht hier statt, sondern im Gemeindesaal. Der ist aber ganz einfach zu finden. Gleich das zweite Haus rechts am Marktplatz, und da im ersten Stock. Unten ist die Kindertagesstätte drin.«

Das hörte sich schon besser an. »Vorher würden wir noch gern ins Hotel fahren.«

»Ja, natürlich«, sagte Frau Bort, »das ist nicht weit weg. Bis zur Unterführung, da biegen Sie links zum Wald ab, und dann sehen Sie es schon.« Bevor wir uns verabschiedeten, drückte sie mir ein Kuvert in die Hand. Den Absender kannte ich schon: Staatl. Fachstelle für öffentliche Bibliotheken. »Frau Wagner war sich nicht sicher, ob der Brief Sie vor Ihrer Abreise noch erreichen würde, deshalb hat sie ihn hierher geschickt. Ich glaube, da hat es ein paar Änderungen gegeben.«

Die hatten Zeit bis später. Ich wollte endlich raus hier und im Hotel unter die heiße Dusche.

»Es fängt an zu regnen«, bemerkte Steffi ganz richtig, während wir bei noch geöffneten Türen im Wagen saßen und den klebrigen Lehm von den Schuhen kratzten. »Wären wir später angekommen, hätten wir wahrscheinlich schwimmen müssen.« Sie deutete auf die Pfützen, die sich zusehends zu einem See vereinten. »Im Winter wird man Schlittschuhe brauchen.«

Selbst bei Sonnenschein würde diese Stadt nicht gerade einladend aussehen, bei Regen wirkte sie einfach trostlos. Grauer Himmel, graue Häuser, Farbtupfer höchstens durch ein beleuchtetes Schaufenster oder frisch gestrichene Fensterrahmen. Dazwischen immer mal wieder die verblichenen Buchstaben eines ehemaligen HO-Geschäfts.

»Hier sieht es ja noch aus wie vor fünfzig Jahren«, murmelte Steffi, »und ich habe gedacht, daß man wenigstens schon ein paar Anzeichen des kommenden Wohlstands erkennen kann. Wenn ich da an Ostberlin denke …«

»Berlin ist Hauptstadt und hier tiefste Provinz. Von den Solidaritätsmillionen kommen wahrscheinlich bloß ein paar Tausender an.«

»Und die haben nicht mal für 'ne Kneipe gereicht! Oder hast du schon ein Etablissement entdeckt, wo wir nachher was zu essen kriegen?«

Darauf hatte ich noch gar nicht geachtet, und außerdem schadet zweimal Essengehen der Taille. »Am besten hältst du vor dem nächsten Supermarkt.«

»Nach kalter Küche ist mir aber gar nicht«, meckerte sie, »und überhaupt haben Chauffeure Anspruch auf angemessene Verpflegung.«

»Die kannst du dir ja zusammensuchen!«

Wenig später hatte sich unser Gepäck um eingeschweißte Landjäger, Joghurt, eine Tüte Obst und zwei Flaschen Orangensaft vergrößert. »Damit du's gleich weißt«, warnte Steffi, »*ich* trage die Tüte nachher nicht quer durch das Hotel! – Da hinten ist übrigens die Unterführung. Ich sehe bloß keine Straße, die links abgeht.«

Die sah ich auch nicht. Es gab nur einen Waldweg, freigegeben für landwirtschaftlichen Verkehr. »Na ja, so, wie das Auto und wir momentan aussehen …« Wenig später eine Schranke mit Vorhängeschloß. Also Rückwärtsgang rein und zurück. »Guck mal, da drüben schimmert was Grünes durch die Bäume. Vielleicht ist es das!«

Steffi folgte dem ansteigenden Weg, und dann standen wir auch schon vor einem riesigen langgestreckten Kasten mit unendlich vielen Fenstern und einem ebenso riesigen Parkplatz, auf dem allerdings kein einziges Auto zu sehen war. »Das ist kein Hotel, das ist ein Verwaltungsgebäude, und die haben jetzt alle Feierabend«, entschied Steffi. »Wenigstens kann man hier problemlos wenden.«

Der Mann unten auf der Straße stieg nur zögernd von seinem Fahrrad, was ich ihm bei diesem Nieselwetter auch nicht verdenken konnte, aber dann erklärte er uns doch den Weg zum Hotel. Es war genau derselbe, auf dem wir eben erst zurückgefahren waren.

»Kannst du mir mal verraten, weshalb man ausgerechnet in dieses öde Nest ein 300-Zimmer-Hotel hingeklotzt hat?«

Nein, das konnte ich nicht, aber irgend jemand mußte sich ja wohl etwas dabei gedacht haben. Später erfuhren wir, daß es keine 300, sondern 500 Zimmer hatte, und neu war lediglich das Schild über dem Eingang: HOTEL AM BURGGRABEN stand drauf. Seitlich neben der Klingel hing noch eins, sogar aus Messing: »FdGB-Heim Salvador Allende«. Daß das Buchstabenkürzel einmal *Freier deutscher Gewerkschaftsbund* bedeutet hatte, konnte Steffi nicht wissen, aber von dem füsilierten chilenischen Präsidenten und Sozialistenführer sollte sie doch schon mal etwas gehört haben.

»Ach, *der* ist gemeint? Ich habe bloß nicht gewußt, wie sein Vorname war.«

In der Empfangshalle hätte bequem ein ganzer Gewerkschaftskongreß Platz gefunden, doch außer einem kleinen Tresen in der rechten Ecke war sie leer. »Hübsch häßlich«, meinte Steffi nach einem kurzen Rundblick, und dann, etwas lauter: »Hallo, ist hier jemand?«

Die Frage war überflüssig, man hatte unser Kommen bereits bemerkt. »Sie sind Frau Sanders und Tochter, nicht wahr?« sagte die junge Dame, die irgendwo aus dem Hintergrund erschienen war und nun ihren Platz hinter der Theke einnahm. »Für Sie ist ein Doppelzimmer bestellt worden.«

»Das ist richtig.« Die Bemerkung, ob eine Reservierung angesichts des großen Zimmerkontingents und der offensichtlich geringen Nachfrage überhaupt nötig gewesen wäre, verkniff ich mir aber doch.

»Sie haben Nummer 202 im ersten Stock. Frühstück gibt es ab sieben Uhr. Ich wünsche Ihnen einen angenehmen Aufenthalt.«

»Danke schön. – Ach ja«, fiel mir ein, »haben wir Telefon auf dem Zimmer?«

Die Dame bedauerte.

»Macht ja nichts, dann kann ich sicher hier unten telefonieren?«

»Das geht leider nicht, der Apparat ist noch nicht angeschlossen.« Ihr vielsagender Blick deutete zur gegenüberliegenden Wand. Da hing zwar eine moderne Plexiglasmuschel, nur die Hauptsache fehlte – das Telefon. Der rangeklebte Zettel *Demnächst in Betrieb* war auch schon leicht vergilbt. Trotzdem gab ich nicht auf, immerhin hatte ich fest versprochen, gleich nach meiner Ankunft zu Hause anzurufen. »Sie haben doch bestimmt hier an der Rezeption ein Telefon? Kann ich das nicht benutzen?«

Nun wurde die Dame unsicher. »Ich weiß nicht, ob das geht. Ich muß nämlich jedes Gespräch aufschreiben.«

»Das können Sie auch, ich will ja nicht umsonst telefonieren. Was kostet denn eine Einheit?«

Ein kurzes Zögern, dann platzte sie heraus: »Das weiß ich nicht, wir hatten das nämlich noch nie.«

Die ganze Zeit schon hatte Steffi verhalten gegluckst, jetzt brach sie in schallendes Gelächter aus. »Laß doch, Määm, auf dem Marktplatz habe ich eine Telefonzelle gesehen, dann rufen wir nachher eben von dort aus an.«

Ein Fahrstuhl war nicht vorhanden, Hausdiener hatte es im realen Sozialismus nicht gegeben, gab es im beginnenden Kapitalismus aber auch noch nicht, also schleppten wir unser Gepäck selber die breite Steintreppe hinauf. Sie führte zu einem großen quadratischen Flur, der auf zwei Seiten in einen endlos langen Gang mündete. Möbliert war er mit einigen Sitzgruppen aus volkseigenem Plaste sowie mehreren Blumenkübeln, die aber nur mit Sand gefüllt waren. Hellem Sand.

Unser Zimmer war gleich das zweite. Steffi öffnete die Tür und blieb wie angewurzelt stehen. »Wow! Das reinste Luxus-Appartement!«

»Nun geh doch mal weiter!« drängte ich. »Staunen kannst du immer noch.« Doch dann staunte ich auch. Maximal zehn Quadratmeter groß, enthielt das Zimmer zwei Betten nebst Nachttischen, einen schmalen Kleiderschrank, einen Tisch und einen Stuhl. »Hier ist ja nicht mal Platz für die Koffer! Wenn das früher ein Ferienheim gewesen ist, Määm, dann möchte ich mal wissen, wie die Gäste das 14 Tage lang in so einer Zelle ausgehalten haben. Sobald einer rumläuft, muß der andere aufs Bett, sonst tritt man sich gegenseitig auf die Füße.«

»Er kann ja so lange auf den Gemeinschaftsflur gehen.« Ich setzte mich auf den Bettrand und zog Steffi neben mich. »Schon vor der Abreise habe ich dir gesagt, daß wir Abstriche machen müssen. Nach einem halben Jahrhundert Mißwirtschaft kannst du doch keine Wunder erwarten! Wohnungen sind erst mal wichtiger als Hotels, also greift man auf das zurück, was schon vorhanden ist. Das Zimmer hier ist sauber, und zum Schlafen reicht es. Betrachte die Sache einfach mal von der komischen Seite!«

Sie grinste ein wenig schmerzlich. »Der Humor vergeht mir aber, wenn mir buchstäblich die Decke auf den Kopf fällt. Guck mal nach oben!«

Direkt über dem Kopfende des Bettes hatte sich ein großes Stück Putz gelöst. Wie lange es da halb abgebrochen schon hing, weiß ich nicht, doch es sah aus, als würde es jeden Augenblick herunterfallen. »Unter diesem Schafott schlafe ich jedenfalls nicht!« erklärte Steffi kategorisch.

Ich wuchtete den Koffer aufs Bett und klappte ihn auf. »Kannst du mal nachsehen, ob die Dusche funktioniert?«

Sie öffnete die gegenüber dem Kleiderschrank befindliche kleine Tür. Erst hörte ich gar nichts, dann die von verhaltenem Lachen begleitete Frage: »Welche Dusche?«

»Wieso? Ich hatte ausdrücklich um Zimmer mit Bad gebeten.«

»Na, dann sieh dir das Bad am besten mal an!« Sie trat einen Schritt zurück, weil ich sonst gar nicht hineingekommen wäre, und dann stand ich auch schon direkt vor der Toilette. Auf der Wand dahinter zeichnete sich ein prachtvolles Gemälde ab. Noch nie hatte ich eine so schöne und vor allem so große Schimmelkultur gesehen. Zum »Bad« gehörten noch ein Waschbecken von Vogeltränkengröße und unter dem Spiegel eine schmale Ablage mit zwei Plastikbechern. Das war alles. Mehr wäre auch gar nicht hineingegangen. Auf dem Klodeckel lagen zwei Handtücher Marke VEB Kombinat Weißwäsche oder so ähnlich.

Wir sahen uns beide an, und dann brüllten wir vor Lachen los. »Heute ist Montag«, gluckste Steffi, als sie sich endlich beruhigt hatte, »zum Wochenende sind wir wieder in Berlin, also was soll's? Früher hat man auch bloß samstags gebadet.«

Ich konnte mir allerdings nicht vorstellen, daß es in diesem riesigen Kasten nicht irgendwo eine Duschgelegenheit geben sollte. »Jetzt gehst du mal nach unten und erkundigst dich! Und bring eine Blumenvase mit!«

Steffi trabte ab, und ich fing an, wenigstens einen Teil des Koffers auszupacken. An der Innentür des Schranks entdeckte ich ein »Inventar-Verzeichnis«, auf dem bis zum Wäschetrockner alles genau aufgelistet war, was sich in diesem Apartement befand – einschließlich Toilettenbrille, beige, und Gemälde mit Blumen, bestehend aus einem kunststoffgerahmten Kalenderblatt. Nur den Wäschetrockner hatte ich noch nirgends entdeckt, dabei müßte so ein Möbel doch zuerst ins Auge fallen. Ich fand ihn schließlich in Form eines fünfarmigen Plastikhalters über der Toilette. Die stammte wohl auch noch aus den Gründerjahren des Arbeiter- und Bauernstaates; wer zieht denn heute noch an einer Kette, wenn er die Spülung betätigen will?

Steffis unterdrücktes Gekicher hörte ich schon von weitem. Kaum hatte sie die Zimmertür hinter sich geschlossen, warf sie sich aufs Bett und brach in unbändiges Gelächter aus. Sie konnte sich gar nicht beruhigen.

»Jetzt hör endlich auf mit dem blöden Gegacker! Sag lieber, was los ist! Gibt es eine Dusche, oder müssen wir unter die Pumpe im Hof?«

»Nein«, kicherte sie, »oder doch. Den Gang runter und da irgendwo in der Mitte. Gemeinschaftsdusche Frauen soll dranstehen. Aber das andere ist ja viel komischer ...« Sie bekam einen neuen Lachanfall. Es dauerte lange, bis sie einen halbwegs verständlichen Satz zusammenbrachte. »Die Rezeptionstante hat mich nämlich gefragt – hihihi –, ob wir die Frühstücksbons – hahaha – extra bezahlen, oder ob sie die mit – hihihi – auf die Rechnung setzen soll.«

»Die – was???«

»Genauso habe ich auch geguckt«, nickte sie, die Tränen aus den Augen wischend. »Frühstück bekommt man nämlich nur mit einem Bon, und den muß man sich für fünf Mark an der Rezeption holen. Hast du so was schon mal gehört?«

Ich schüttelte den Kopf. »Andere Länder, andere Sitten!« Eine logische Erklärung fiel mir aber doch noch ein. »Wenn das Haus früher voll belegt gewesen ist, und daran zweifle ich keine Minute, dann müssen ungefähr tausend Urlauber hier durcheinandergequirlt sein. Wie soll da ein Mensch den Überblick behalten?«

»Ach, du meinst, es haben welche zweimal gefrühstückt?«

»Hältst du das für ausgeschlossen?«

»Na ja«, gab sie zu, »so gesehen hatten diese Bons wohl ihre Berechtigung. War es nicht überhaupt Genosse Lenin, der mal gesagt hat: Vertrauen ist gut, Kontrolle ist besser? Aber das ist doch jetzt nicht mehr nötig. Soviel ich gesehen habe, sind wir die einzigen Gäste.«

»Na wenn schon! Das hat man seit Jahrzehnten so gemacht, und dabei bleibt es eben. Gewohnheiten sind ein beliebter Ersatz für's Nachdenken.«

»Du hast ja recht«, sagte Steffi, sich endlich vom Bett aufrappelnd, »jetzt gib mir mal zehn Mark, damit ich die Dinger holen kann. Wenn ich schon kein vernünftiges Abendessen kriege, will ich wenigstens richtig frühstücken können. – Ach ja«, fiel ihr noch ein, »eine Blumenvase haben sie auch nicht.«

Die Duschen fanden wir noch. Es waren insgesamt fünf, die nebeneinander aufgereiht an der Wand hingen, und erstaunlicherweise funktionierten. Das Bügelbrett in der Ecke hielt ich so lange für eine gute Idee, bis ich feststellen mußte, daß kein Eisen da war.

»Dafür mußt du dir wahrscheinlich an der Rezeption einen Bon holen, und im dritten Stock kriegst du es dann ausgehändigt«, ulkte Steffi. »Sag mal, wie soll man sich denn mit diesem Küchenhandtuch abtrocknen? Das reicht ja gerade für die Haare.«

»Der kluge Mann baut vor.« Ich gab ihr eins der beiden mitgebrachten Badetücher. »So was Ähnliches habe ich schon geahnt.«

Frisch gefönt und auch sonst halbwegs restauriert stiegen wir wieder ins Auto, um den vermutlich schon zahlreich Versammelten westdeutsches Kulturgut zu Gehör zu bringen! Drei Bücher hatte ich mir unter den Arm geklemmt, wollte erst abchecken, welche Lektüre denn wohl angebracht sein würde, doch genaugenommen hätte ich gar keine gebraucht. Kaum hatten wir uns die schlecht beleuchtete, knarrende Holztreppe bis zum ersten Absatz hinaufgetastet, als sich oben eine Tür öffnete. »Fallen Sie bloß nicht hin!« sagte Frau Bort.

Der Gemeindesaal war möbliert mit langen Tischen nebst vielen Stühlen, von denen tatsächlich drei besetzt waren. Zusammen mit unserer Gastgeberin waren es also schon vier weibliche Zuhörer. Wenig später kamen noch zwei, doch zehn Minuten nach acht mußte ich einsehen, daß sich mein Auditorium wohl nicht mehr vergrößern würde.

»Schick sie wieder nach Hause!« wisperte Steffi. »Vorher kannst du ja jeder ein Buch in die Hand drücken, dann sollen sie selber lesen!«

»Das kann ich nicht machen«, flüsterte ich zurück, »jetzt sind sie schon mal da, und nun muß ich ihnen auch etwas bieten. Bloß was?«

»Sei'n Sie mal nicht traurig, daß wir so wenige sind«, sagte plötzlich die gemütlich aussehende Frau hinten in der Ecke, »das liegt bestimmt an dem Mistwetter.« Sie stand auf und reichte mir die Hand. »Ich bin Frau Gutebrodt, und ich freue mich, daß Sie zu uns gekommen sind. Ihre Kollegen gehen nämlich immer bloß in die Großstädte wie Dresden, Leipzig und Berlin. Da kommt unsereins doch gar nicht hin.«

»Wir klatschen nachher auch doppelt so laut!« versprach eine andere. Die übrigen fünf nickten eifrig und fingen auch gleich damit an.

Lange gelesen habe ich nicht an jenem Abend, statt dessen mußte ich unzählige Fragen beantworten, von denen die wenigsten etwas mit Büchern zu tun hatten. Wie denn die Stimmung in Westdeutschland sei, wo doch alle so viel für den Osten bezahlen müßten, wer diese blöden Bananen-Witze aufgebracht habe, und ob in Spanien wirklich immer die Sonne scheine. »Wir fliegen nämlich im August nach Mallorca«, erzählte Frau Gutebrodt stolz. »Waren Sie schon mal da?«

Ausgerechnet diesen Alptraum des europäischen Pauschaltourismus hatte sie sich ausgesucht! »Nein, Mallorca kenne ich nicht, aber die Insel soll landschaftlich sehr schön sein, man darf nur nicht an den vollen Stränden klebenbleiben.« Vielleicht verstand sie den kleinen Wink.

»Wir wollen sowieso viel wandern«, sagte sie denn auch. Und so kann ich nur hoffen, daß ihr die berühmte Strandmeile »Ballermann 6« nebst ihren trinkfreudigen und geistig nicht eben flexiblen Stammgästen entgangen ist.

Nach zwei Stunden und einer *standing ovation* (hatte ich bis dato noch nie gehabt!) verabschiedeten wir uns in dem Bewußtsein, das Image der angeblich so arroganten Wessis ein bißchen aufpoliert zu haben. Oder weshalb sonst hatte mir Frau Gutebrodt beim Hinausgehen versichert: »Wenn man mit Ihnen redet, glaubt man gar nicht, daß Sie aus'm Westen kommen.«

Die Telefonzelle auf dem Marktplatz war kaputt, bei der zweiten, die wir nach längerem Suchen entdeckten, hatte jemand den Hörer demontiert, eine dritte fanden wir nicht. »Morgen früh schicke ich ein Telegramm«, sagte ich erbittert, als wir in unserem heimeligen Hotelzimmer auf der Bettkante saßen und trockne Landjäger kauten, »vorausgesetzt, es gibt überhaupt ein Postamt.«

Frühstücksbons und Seniorenkaffee

»Deine Blumen kannst du wegschmeißen!« gurgelte Steffi aus der Naßzelle, wo sie sich mit kaltem Wasser die Zähne putzte. »Der Stöpsel vom Waschbecken war nicht dicht.«

Noch mehr Abfall! Wir hatten nämlich ein Müllproblem! Einen Papierkorb gab es im Zimmer genausowenig wie einen Aschenbecher, deshalb häuften sich die Überreste unseres frugalen Abendessens samt den in einem Cremedosendeckel gesammelten Zigarettenkippen auf dem Tisch. Wenigstens die Spuren unseres Lasters würden wir loswerden können. Steffi hatte das Geheimnis der leeren Blumentöpfe entschlüsselt. »Ich glaube, hier darf man bloß auf dem Flur rauchen, und diese komischen Sandkübel sind Aschenbecher.«

Ich sammelte den ganzen Abfall zusammen und stopfte ihn in eine leere Plastiktüte. »Die nehmen wir mit. Vielleicht finden wir unterwegs einen Papierkorb.«

»Optimist!« Steffi schloß die Zimmertür ab. »Hast du die Frühstücksbons?«

»Wieso ich? *Du* hast sie doch gestern geholt.«

»Ich habe sie aber auf den Tisch gelegt.«

Wir fanden sie schließlich, und wo? In unserer Plastiktüte natürlich! Sie sahen aus wie angefettete Kinokarten und berechtigten zur Einnahme von 1 Frühstück.

An der Rezeption hatte Schichtwechsel stattgefunden. Das junge Mädchen wünschte uns einen guten Morgen, wollte wissen, ob wir gut geschlafen hätten (»Danke, ausgezeichnet!«), informierte uns über die derzeitige Wetterlage (den blauen Himmel hatten wir aber auch schon gesehen), und dann fragte sie mit einem fröhlichen Lachen: »Jetzt wollen Sie bestimmt wissen, wo Sie frühstücken können?«

»Genau!« bestätigte Steffi. »Ich habe einen Bärenhunger.«

Das war begreiflich. Drei Landjäger und ein Becher Joghurt fallen bei meiner Tochter in die Rubrik Zwischenmahlzeit.

»Die Restaurationsräume befinden sich leider nicht im Haus. Sie müssen um das ganze Gebäude herumgehen, dann können Sie sie schon sehen.«

Wir bedankten uns und taten wie befohlen. Statt der erwarteten Baracke fanden wir eine Art Chalet, von Grund auf renoviert und bereit, kommende Touristenströme angemessen zu bewirten. Frau Gutebrodt hatte mir nämlich erzählt, daß der Templiner See nur der Anfang einer ganzen Seenkette sei, daß es »früher mal« Ausflugsdampfer gegeben habe, eine Wiederaufnahme des Schiffsverkehrs jedoch geplant sei. Baden könne man natürlich auch, die Seen seien noch ganz sauber. Bis zu den westdeutschen Touristen schien sich die »unberührte Natur der Mark Brandenburg« (Anzeigentext in einer Illustrierten) bloß noch nicht herumgesprochen zu haben. Das Restaurant war leer.

»Wir nehmen den Tisch da drüben, okay?« Steffi setzte sich ans Fenster und griff sofort zur Speisekarte.

»Wir haben Bons«, erinnerte ich sie.

»Weiß ich. Ich will doch bloß gucken, was ich heute abend essen werde. – Hört sich gut an«, stellte sie nach flüchtigem Durchblättern fest, »Krabbencocktail, Cordon bleu, Ente à l'orange ... na ja, jetzt kriegen sie hier ja auch welche, Mousse au chocolat ... Und wir Trottel setzen uns drüben in dieses Sammelquartier und kauen trockne Würstchen. Warum hat uns denn kein Mensch was gesagt?«

»Hast du jemanden gefragt? – Na also. Da kommt übrigens unser Frühstück.«

Ein bißchen verblüfft war ich schon, als die Kellnerin zwei gefüllte Kaffeetassen vom Tablett lud, je eine Portionsdose Milch sowie zwei kleine Zuckerwürfel danebenlegte und zum Schluß zwei identische Teller hinstellte. Darauf lagen jeweils zwei Brötchen, eine Zehngrammpackung Butter, eine Miniportion eingeschweißte Marmelade, eine Scheibe rosa Wurst und ein Blättchen Scheiblettenkäse. Als Krönung obendrauf zwei Radieschen. »Guten Appetit«, wünschte sie uns, bevor sie in den hinteren Gemächern verschwand, aus denen sie während der nächsten zwanzig Minuten auch nicht mehr hervorkam.

Steffi inspizierte das Angebot auf ihrem Teller, schob ihn aber gleich wieder von sich. »Das kriege ich nicht runter.«

Nun sollte ich vielleicht erwähnen, daß wir eine ganz süße Familie sind; jedenfalls morgens und auch nur auf die Eßgewohnheiten bezogen. Da müssen drei Sorten Konfitüre auf dem Tisch stehen, Honig, Schokocreme und Fruchtquark. Vorausgesetzt, es ist nicht wieder mal die gesundheitsbewußte Phase ausgebrochen. Dann gibt es keine Teller, sondern Schüsselchen, auf denen *Müsli* steht, in die jedoch jeder irgendwelches Knusperzeug kippt. Während der Mahlzeit hört es sich immer an wie bei Kaninchens. Aufschnitt wird nur hingestellt, wenn Besuch da ist, und der traut sich meistens nicht. Statt dessen greift er zum Marmeladenglas und schielt nur sehnsüchtig auf die Schinkenplatte, sobald er sich unbeobachtet glaubt.

»Iß wenigstens ein Marmeladenbrötchen!« Eine hungrige Stefanie kann verkehrsgefährdend sein. Statt auf die Straße guckt sie in die Schaufenster von Konditoreien, und Autohupen kann sie angeblich auch nicht hören, weil ihr Magen noch lauter knurrt.

»Ich hasse Pflaumenmus!« Sie schob ihre Packung herüber. »Tauschst du mit mir?«

Das ging nicht, ich hatte ebenfalls Pflaume. »Wir halten nachher beim ersten Bäckerladen.«

»Was nützt das, wenn ich jetzt Hunger habe«, erwiderte meine Tochter, lustlos Butter auf ihr Brötchen schmierend. »Die sind übrigens von gestern.«

In jedem anderen Hotel hätte ich nach dem Geschäftsführer oder zumindest nach dem Oberkellner verlangt, hier hielt ich den Mund. Besserwessi, Kotzbrocken, Kapitalistenschweine … Es gab und gibt immer noch eine ganze Menge wenig schmeichelhafte Bezeichnungen für westdeutsche Besucher. Auf die Zunge beißen mußte ich mir allerdings, als ich um eine zweite Tasse Kaffee bat. »Die kostet eine Mark fünfzig extra«, sagte die Kellnerin mit einem verlegenen Lächeln.

»Wie bitte?«

»Es tut mir ja selber leid, daß ich Geld verlangen muß, doch so lautet die Anweisung.«

Ich legte zwei Mark auf den Tisch, bekam fünfzig Pfennig zurück und erst danach meinen Kaffee. Steffi griente bloß. »Kein Kommentar!«

Zehn Minuten später war die Welt für sie wieder in Ordnung. Sie saß an einem kleinen Marmortisch, trank heiße Schokolade und frühstückte ofenfrische Croissants. »Wieso haben wir das Café gestern nicht gesehen?«

Ich zeigte auf das Schild neben der Theke: Montags Ruhetag. »Nun beeil dich ein bißchen, sonst kommen wir zu spät zur Schule.«

In dem Briefumschlag, der mir gestern von Frau Bort ausgehändigt worden war, hatte tatsächlich ein völlig neuer Zeitplan gesteckt. Zwei Abendveranstaltungen waren gestrichen worden, statt dessen hatte man mir tagsüber einige Termine reingedrückt, unter anderem drei Schulen. Zwar hatte mich Frau Wagner gefragt, ob ich auch mal vor Jugendlichen lesen würde, doch dabei hatte ich mehr an Jugendgruppen gedacht und nicht an Schulklassen. Kritiker haben mich ja schon in alle möglichen Schubladen gesteckt, aber ich glaube nicht, daß mich einer von ihnen als Pflichtlektüre für den Deutschunterricht vorgeschlagen hätte.

Studienrat Werding nahm uns in Empfang. Der Herr Direktor sei in einer wichtigen Konferenz (das sind Direktoren meistens, wenn sie jemanden nicht sehen wollen), lasse mir jedoch die besten Grüße ausrichten. Treuherzig fügte er hinzu: »Es ist ohnedies *meine* Zehnte, in die wir gleich gehen werden.«

Na bravo! Genau die Altersstufe, die ich am meisten liebe – irgendwo zwischen sechzehn und null Bock. So sahen sie auch aus: gelangweilt, uninteressiert, zum Teil fast feindselig. Der Geräuschpegel bewegte sich in Disco-Lautstärke.

»Jetzt setzt euch und haltet eure Klappe, damit wir unsere Gäste begrüßen können!« brüllte der Herr Studienrat.

»*Wir* ha'm se ja nich einjeladen!« kam es aus einer Ecke zurück.

»Robert, du fliegst gleich raus!«

»Ick jeh ooch von alleene!« Der bezopfte Knabe griff nach seiner Mappe und machte Anstalten, den Raum zu verlassen.

»Hinsetzen!!!« Robert setzte sich wieder.

Halbwüchsige kann man am besten ködern, wenn man ihnen die Schandtaten Gleichaltriger vorliest; vermutlich hoffen sie, noch etwas lernen zu können. Eingedenk dieser Erfahrung hatte ich den *Leitfaden zur Aufzucht und Pflege von Teenagern* herausgesucht, schon vor anderthalb Jahrzehnten in einem meiner Bücher aufgestellt und immer noch aktuell. Bisher war ich damit überall gut angekommen, doch hier merkte ich bereits nach den ersten Minuten, daß ich in ein riesengroßes Fettnäpfchen getreten war. Wie sollten denn die vor mir herumlümmelnden Jugendlichen meine Klagelieder über die bei uns ausgebrochene Telefonitis verstehen oder den Verzweiflungsakt eines begüterten Vaters, der seiner Tochter zum fünfzehnten Geburtstag einen eigenen Telefonanschluß hatte legen lassen? Es war doch sogar mir bekannt gewesen, daß man in der DDR jahrelang darauf warten mußte. Während der Schilderung von Saschas Kellerfete kamen die ersten Zwischenrufe, doch am schlimmsten wurde es, als ich über die Auswüchse der Teenagermode zu räsonieren begann. Da hatte es sonst immer Beifall gegeben, hier war es flammende Empörung.

»Erzählen Sie das mal meiner Mutter!« unterbrach mich ein Mädchen. »Die ist nämlich froh gewesen, wenn wieder mal ein Paket von meiner Tante aus dem Westen kam mit abgelegten Klamotten meiner Kusinen.«

»*Wir* hatten keine Jeans, in die man Löcher schneiden mußte«, schrie eine andere, »die waren nach dem Waschen von selber da.«

An ein Weiterlesen war nicht mehr zu denken. Mein hilfloser Blick wurde von dem Herrn Studienrat ignoriert, ihm schien die Situation sogar Spaß zu machen. Das konnte ich ihm nicht mal verdenken, ich hatte mich ja selbst in die Nesseln gesetzt. Wenigstens hatte die angriffslustige Meute inzwischen ein anderes Opfer gefunden. Zwei oder drei Schüler hatten Partei für mich ergriffen, versuchten zu vermitteln, wurden niedergebrüllt. Und ich thronte da oben hinter meinem Katheder (hier gab es wirklich noch dieses auf einem Podest stehende Relikt aus den Anfangszeiten der allgemeinen Schulpflicht), starrte auf den Sekundenzeiger meiner Uhr (noch dreieinhalb Minuten!) und verwünschte meine Gedankenlosigkeit. Hätte ich nicht eine weniger brisante Textstelle heraussuchen können, oder – andersherum – hätte ich mir nicht vorher überlegen müssen, welche Reaktionen ich eventuell auslösen würde? Ein Idiot war ich, ein ausgemachter Trottel …

… Warum, zum Kuckuck, klingelte es nicht endlich? Die dreieinhalb Minuten müßten doch längst herum sein? Mehr durch Zufall entdeckte ich gleich neben der Tür einen Mann, der vorher noch nicht dagestanden hatte. Herr Lehmann selig, seinerzeit Portier bei uns in Berlin, hatte während der Arbeitszeit auch immer so einen grauen Kittel getragen. Sollte hier etwa ein pflichtvergessener Hausmeister …?

»Ich will ja nicht drängen«, meldete ich mich zu Wort, »aber könnte es sein, daß wir das Läuten überhört haben? Nach meiner Uhr müßte die Stunde schon seit fünf Minuten vorbei sein.«

»Mit einem »Ach Jottchen, ach Jottchen« entfloh der Graubekittelte, und kurz darauf bimmelte es.

Noch nie hatte eine Schulglocke in meinen Ohren so melodisch geklungen wie diesmal, ausgenommen vielleicht nach jener entscheidenden Mathearbeit, als ich beim Abschreiben nicht erwischt worden war und wußte, die nunmehr garantierte Zwei würde mich vor dem endgültigen Sitzenbleiben bewahren.

Im Handumdrehen war die Klasse leer. Nur der Herr Studienrat saß noch auf seinem Stuhl und wußte nicht so recht, was er sagen sollte. Dann war ihm aber doch etwas eingefallen: »Hätte es sich bei der Lesung um einen Aufsatz gehandelt, dann würde ich jetzt drunterschreiben: Thema verfehlt.« Er grinste mich von unten herauf an, und dann endlich löste sich die Spannung. Ich fing an zu lachen, und die beiden anderen fielen nur zu gern ein.

»Das ist ja wohl komplett in die Hose gegangen«, sagte Steffi, Buch und Tasche auf den Rücksitz werfend. »Soll ich an der nächsten Kneipe halten, oder kaufen wir im Supermarkt lieber gleich eine ganze Flasche Kognak? – Der Müll liegt übrigens immer noch da.« Sie zeigte auf die sanft vor sich hinmüffelnde Plastiktüte, dann sah sie mich aufmunternd an. »Nu werd bloß nicht trübsinnig! Du weißt doch, auch ein Tritt in den Hintern kann ein Denkanstoß sein.« Vorsichtig kurvte sie rückwärts vom Parkplatz. »Jetzt fahren wir erst mal zu den Omas! Die sind bestimmt friedlicher.«

Senioren mag ich, und das nicht nur, weil ich diesen Status inzwischen auch erreicht habe. Senioren freuen sich, wenn man ihnen etwas vorliest, sie lachen an den richtigen Stellen, und vor allem sehen sie nicht dauernd auf die Uhr. Außerdem haben die meisten von ihnen Enkelkinder. Zwischenrufe wie »Wenn ich es nicht besser wüßte, dann würde ich behaupten, Sie haben gerade unseren Kevin-Carlos beschrieben!« sind nicht selten.

Gerswalde ist ein Dorf, aus dem man schon wieder draußen ist, wenn man gerade erst reinfährt. Klein und verträumt lag es in der Mittagssonne, im Schatten einer blühenden Kastanie plätscherte der Dorfbrunnen, drumherum standen Bänke – eine richtige Lesebuch-Idylle. »Bist du beleidigt, wenn ich nachher hier draußen warte, oder muß ich wieder mit rein?«

Natürlich war ich nicht beleidigt, ich hätte mich auch lieber in die Sonne gesetzt, aber die Senioren warteten. Sie warteten im »Rat der Gemeinde«. Den fanden wir nicht. Nach der zweiten Ortsdurchquerung parkte Steffi erneut vor dem Brunnen. »Rat der Gemeinde, was soll das überhaupt sein? Ein Gebäude, eine Institution? Oder bloß wieder so ein Relikt aus DDR-Zeiten? Wahrscheinlich heißt das inzwischen ganz anders.«

Aus dem gegenüberliegenden Fachwerkhaus stürmte eine Dame mittleren Alters heraus. »Dann habe ich doch richtig geguckt!« rief sie schon von weitem. »Wenn hier ein Auto zweimal durchfährt, kann es nur ein fremdes sein. Sie sind doch Frau Sanders, nicht wahr? Wir warten alle schon sehnsüchtig auf Sie!«

Na, wenn das keine Begrüßung war! Wie viele Personen mich so sehnsüchtig erwarteten, wollte ich gar nicht erst wissen, aber vielleicht hatten sich diesmal ein paar mehr eingefunden. Ich bleibe immer Optimist! Wenigstens so lange, bis mich die Realität eingeholt hat.

Lautes Stimmengewirr vernahm ich schon, bevor ich den Fuß auf die unterste Stufe gesetzt hatte. »Das hört sich ja ganz vielversprechend an.«

Meine Begleiterin lächelte nur. »Warten Sie erst mal ab, bis wir drin sind!« Sie öffnete die Tür, und dann sah ich nur noch Gesichter. Die zwei ineinandergehenden Räume waren bis zum letzten Winkel mit Stühlen vollgestellt, und alle waren besetzt. Nicht mal ein Weg zum Durchgehen war freigeblieben.

»Wir haben schon befürchtet, Sie würden uns nicht finden«, rief eine alte Dame mit Kringellöckchen, »dabei freuen wir uns schon seit Tagen auf Ihren Besuch.«

Das war nicht zu übersehen. Ich hätte Affenarme gebraucht, um alle entgegengestreckten Hände schütteln zu können, meine reichten nur bis zur dritten Reihe. »Und was ist mit uns?« kam eine unsichtbare Stimme aus dem Nebenraum, »wir können Sie ja gar nicht sehen.«

»Hier, nimm mal meinen Taschenspiegel, Herta«, empfahl eine zweite.

»Nachher wird Frau Sanders bestimmt auch zu Ihnen kommen«, versprach meine Gastgeberin, wobei mir allerdings nicht klar war, wie ich das wohl bewerkstelligen sollte. »Ach ja, noch etwas: Wer noch mal auf die Toilette will, sollte es jetzt tun, während der Lesung kommt nämlich keiner durch.«

Niemand wollte. Also schlug ich mein Buch auf, und als ich es nach einer Stunde wieder zuklappte, ertönte sofort Protest. »Nur noch ein paar Seiten!« – »Ach bitte, noch zehn Minuten.« – »Haben Sie nicht noch ein bißchen Zeit?«

Ich gab mich geschlagen. »Na gut, für ein kurzes Kapitel reicht sie, doch um sechs Uhr muß ich wieder in Templin sein.«

»Frau Sanders soll doch noch mit uns Kaffee trinken!« tönte es aus dem Nebenzimmer.

»Das schafft sie dreimal«, behauptete der einzige Mann im Raum, mit Sicherheit des Autofahrens kundig, »die paar Kilometer ...«

Nach einer weiteren Viertelstunde waren meine Zuhörer endlich zufrieden. Geschirrklappern unterbrach den langanhaltenden Beifall, und während ich auf allgemeinen Wunsch Stefanie heraufholte, wurde eine Kaffeetafel aufgebaut. Ich weiß nicht, woher plötzlich die Tische gekommen waren. Dicke altmodische Kaffeekannen standen darauf, Tassen mit Blümchenmuster oder auch mal ganz moderne, und dazu gab es Kuchen, wie ihn nur richtige Omas backen können. Ich glaube, zu diesem Kaffeeklatsch hatte jeder etwas beigesteuert.

Nur schwer habe ich mich von dieser gemütlichen Runde getrennt, doch die nächsten Senioren warteten schon. In Templin. Im Altenheim.

»Wenn das so weitergeht, können wir uns ganz gut durchfressen«, sagte Steffi, immer noch kauend, auf der Treppe. »Ich habe mir von der weißhaarigen Dame das Rezept für den Streuselkuchen geben lassen.« Sie zog einen Zettel aus der Hosentasche. »Meinste, daß du den auch so hinkriegst?«

Ich sah kurz auf das Gekritzel und schüttelte den Kopf.

»Warum nicht?«

»Bei uns gibt es keinen Rahm zu kaufen, da steht immer *Sahne* drauf.«

Im Gegensatz zu den hiesigen Verwahranstalten, die als »Wohnheim« oder – noch hochtrabender – als »Seniorenstift« apostrophiert werden, heißen sie in der ehemaligen DDR immer noch Altenheim. Und genauso sah dieser triste Plattenbau auch aus. Zusätzlich beherbergte er die Kreispflegeanstalt. »Hier in der Gegend muß ein gesundheitsförderndes Klima herrschen, oder wo kommen sonst so viele alte Menschen her?« Steffi musterte den riesigen grauen Kasten von oben bis unten, dann druckste sie ein bißchen herum. »Moralische Unterstützung brauchst du doch nicht, oder? In der Zwischenzeit könnte ich nämlich einiges erledigen. Erst in die Post zum Telefonieren, tanken muß ich, und vielleicht kann ich ja sogar eine Haarbürste auftreiben. Meine habe ich nämlich vergessen.«

»Sieh zu, daß du endlich die Mülltüte los wirst, sie fängt an zu stinken!« Ich raffte meine Bücher zusammen und stieg aus. »In spätestens anderthalb Stunden kannst du mich wieder einsammeln.«

»Roger.« Sie schlug die Tür zu, kurbelte aber sofort das Fenster herunter. »Was ich noch sagen wollte: Guten Appetit!«

???

»Fürs Abendessen!« Weg war sie.

Schon beim Betreten des »Veranstaltungs-Saales« wurde mir klar, daß diese Senioren keine Ähnlichkeit hatten mit dem munteren Kaffeekränzchen vom Nachmittag. Hier saßen abgestumpfte, resignierte Menschen mit größtenteils leeren Gesichtern um einen langen Tisch herum. Bei manchen hatte ich den Eindruck, daß sie gar nicht wußten, weshalb sie gekommen waren. Zwei Schwestern paßten auf, daß niemand den Raum verließ, eine dritte spulte die Begrüßung herunter.

Diesmal hatte ich einen Text herausgesucht, der den Besuch meiner etwas anstrengenden Tante Lotti schilderte, seinerzeit auch den Senioren zuzurechnen. Schon nach dem zweiten Satz wurde ich unterbrochen. »Ich habe auch eine Tante«, murmelte es von links, »aber die ist tot.«

Hm, na ja. »Tante Lotti lebt auch nicht mehr«, beeilte ich mich zu erklären. Dann las ich weiter. Die Ernährungsgewohnheiten von Tante Lotti forderten die nächste Unterbrechung heraus. Ein alter Mann schlug plötzlich mit der Faust auf den Tisch. »Ich will jetzt mein Abendessen haben!«

»Aber, aber, Opa Müller, wir haben doch schon gegessen«, erinnerte eine der Schwestern.

»Ich will mein Essen haben!« beharrte Opa Müller. Er trommelte so lange mit beiden Fäusten auf den Tisch, bis er hinausgeführt wurde. Jetzt waren es noch neunzehn Personen, die mehr oder weniger – meist weniger – aufmerksam zuhörten. Wenig später linste ich über den Rand meines Buches und mußte feststellen, daß das halbe Auditorium bereits schlief. Die andere Hälfte war dicht davor.

Irgendwie kam mir die Situation bekannt vor. Richtig, damals in der Gegend von Würzburg, wohin mich der Landfrauenverband eingeladen hatte, um seinen Mitgliedern einen fröhlichen Abend zu gönnen. Nur hatte man die Landfrauen schon am Vormittag zwecks Besichtigung einer Großmolkerei durch die Gegend gekarrt, am Nachmittag hatten sie eine Schnapsbrennerei besucht, und nun sollten sie noch einen

»literarischen Abschluß« bekommen. Zur Unterstützung der geistigen Aufnahmefähigkeit, die aufgrund der vorangegangenen Eindrücke schon reichlich strapaziert gewesen war, wurde neuer Wein ausgeschenkt. Der hatte den ohnehin ermüdeten Landfrauen dann endgültig den Rest gegeben.

Obwohl ich sicher sein konnte, daß die vor mir schlummernden Senioren stocknüchtern waren, hatte die Schläfrigkeit sie übermannt. »Sie müssen das verstehen«, flüsterte die andere Schwester, »die meisten unserer Patienten gehen um diese Zeit ins Bett.«

Um halb sieben? Und wieso Patienten? Die sahen doch alle recht gesund aus. »Ich glaube, es ist besser, wenn ich Schluß mache, meinen Sie nicht auch?«

Die Schwester nickte zustimmend, bedankte sich im Namen aller Anwesenden für mein Kommen, und dann war ich entlassen. Nach genau 35 Minuten. Und Steffi würde frühestens in einer Stunde da sein! Zum Glück war das Wetter schön, doch nachdem ich zum sechsten Mal die Straße bis zur Kreuzung hin- und wieder zurückgepilgert war und jeden Blumentopf auf den Fensterbrettern der umliegenden Wohnblocks hätte beschreiben können, wurde ich unruhig. Wo, zum Kuckuck, blieb Steffi? Selbst unter Zubilligung des akademischen Viertels hätte sie längst dasein müssen. – Endlich ein rotes Auto! Nein, ist bloß ein Wartburg. Aber da hinten, das muß sie sein! Wieder nicht, biegt nach links ab. Aller guten Dinge sind bekanntlich drei, der nächste rote Wagen *muß* also meiner sein! Es kamen gleich zwei hintereinander (noch nie war mir aufgefallen, daß es so viele rote Autos gibt), aber beide fuhren vorbei. Da *mußte* doch etwas passiert sein!!!

Mit genau 51 Minuten Verspätung schoß sie um die Ecke und blieb mit knirschenden Reifen neben mir stehen. »Wartest du schon lange?«

Es gibt auch heute noch bei mir Momente, in denen die niedrigen Instinkte durchbrechen; am liebsten hätte ich meiner sechsundzwanzig Jahre alten, fröhlich grinsenden Tochter eine runtergehauen! Vielleicht hätte ich es sogar getan, wäre die Tür nicht noch verriegelt gewesen. »Würdest du mir mal verraten, wo du so lange …«

»Mach' ich«, sagte sie, räumte den Beifahrersitz von irgendwelchen Papieren frei und ließ mich einsteigen. »Fällt dir nichts auf?«

Ich sah mich um, konnte aber nichts entdecken. Oder doch. »Der Müll ist weg.«

»Den habe ich am Marktplatz in den Papierkorb geschmissen. Nein, ich meine doch, von außen.«

»Wie soll ich außen was sehen, wenn ich drinsitze?«

»Der Wagen ist wieder sauber!« verkündete sie stolz. »Ich habe ihn durch die Waschanlage gejagt.«

»Und das hat zwei Stunden gedauert?«

»Wenn vierzehn Autos vor einem stehen – ja!«

Ich hatte gerade tief Luft geholt, um in einem Atemzug das sagen zu können, was ich ihr an den Kopf werfen wollte, als sie schon losblubberte: »Am besten erzähle ich von Anfang an. Als ich in der Post endlich ein intaktes Telefon hatte, ging zu Hause keiner ran (der bereits erwähnte Anrufbeantworter ist erst neueren Datums). Da habe ich eben ein Telegramm geschickt, sonst glauben die wirklich, wir sind verschüttgegangen. Danach habe ich eine Tankstelle gesucht und sogar gefunden. Daneben war eine funkelnagelneue Waschanlage. Zeit genug hatte ich ja, und der Wagen hat es wirklich nötig gehabt. Also habe ich mich angestellt.«

»Hinter vierzehn andere Autos?«

»Die habe ich doch gar nicht gesehen! Das heißt, gesehen habe ich sie schon, aber ich habe gedacht, die wollen bloß tanken. Am Anfang lief nämlich alles nur einspurig. Dann stellte sich hinter mich ein Wagen aus Wuppertal, wir sind ins Quatschen gekommen, und da habe ich einfach nicht mehr auf die Zeit geachtet. Biste nu sehr böse?«

»Es geht.« Dabei war ich froh, daß nichts passiert war.

»Ob du's glaubst oder nicht, Määm, da sind Autos durchgefahren, auf denen nicht ein Staubkrümel zu sehen war. Die Fahrer wollten nur die Waschstraße ausprobieren. Hat es so was hier früher wirklich nicht gegeben? Ich habe mich bloß die ganze Zeit gewundert, daß die Trabis nicht alle aufgeweicht sind.«

»Sei nicht so aufgeblasen! Es stimmt ja, daß mit diesen Plastikautos nicht viel los ist, aber wasserdicht sind sie schon immer gewesen.«

Schnell wechselte sie das Thema. »Erzähl doch mal, wie es bei dir gewesen ist. Hat das Abendessen geschmeckt?«

Sie begriff gar nicht, weshalb ich plötzlich vor mich hin kicherte, doch nachdem ich sehr blumenreich meinen Auftritt im Altenheim geschildert hatte, fing sie ebenfalls an zu lachen. »Soll ich mal ganz ehrlich sein? Das Benzin hätte morgen noch gereicht, aber als ich vorhin auf der Hinweistafel auch das Wort *Psychiatrie* gelesen habe, da hat's bei mir ausgeklinkt. Nur deshalb habe ich mich abgeseilt.«

»Und du hast mir nichts davon gesagt?« Irgendwie mußte mir das Schild entgangen sein, aber wenigstens erklärte es einiges.

»Wärst du denn trotzdem hingegangen?«

»Natürlich, nur hätte ich hinterher nicht eine Stunde lang grübeln müssen, weshalb ich plötzlich so einschläfernd wirke und ob ich statt zu Lesungen nicht besser zum Rundfunk gehen sollte. Als Sandmännchen.« Hatte nicht erst unlängst eine Leserin geschrieben, sie habe immer einige Bücher von mir auf ihrem Nachttisch liegen? Das sollte eigentlich zu denken geben!

Unser Abendessen nahmen wir diesmal nicht auf der Bettkante ein, es wurde uns vielmehr im »Chalet« von einem höflichen Kellner nach allen Regeln der gehobenen Gastronomie serviert. »Ich habe mich schon gewundert, daß das Restaurant so voll ist«, sagte Steffi beim Hinausgehen, »doch vermutlich ist es das einzige Lokal, in dem man anständig essen kann. Ob man hier auch ein normales Frühstück kriegt? Ich meine, eins ohne Bon.«

Das würde sich ja klären lassen. An der Rezeption stand immer noch dasselbe junge Mädchen, das uns schon morgens verabschiedet hatte.

»Für Sie existiert der Achtstundentag wohl auch nur auf dem Papier?« Irgendwas muß man ja reden, während man auf seinen Schlüssel wartet.

»Über Mittag habe ich ein paar Stunden frei.« Sie hatte den Schlüssel gefunden und schob ihn über den Tresen. »Ich arbeite ja gern, nur, wenn kaum Gäste da sind, ist es manchmal etwas langweilig.«

Keine Gäste, aha. Ob ich da mal so ein ganz kleines bißchen einhaken sollte? »Wir haben eben in Ihrem Restaurant drüben ganz hervorragend gegessen, und dabei ist mir der Unterschied zu heute morgen aufgefallen. Da bin ich mir nämlich vorgekommen wie in einer Werkskantine. Iß, was man dir auf den Teller packt, und wenn's dir nicht schmeckt, hast du eben Pech gehabt.«

Erschrocken sah sie mich an. »Hatten Sie etwas zu beanstanden?«

»Nicht direkt.« Jetzt machte ich schon wieder einen Rückzieher. »Oder doch. Ich habe den Eindruck, Sie servieren das Frühstück noch genauso, wie Sie es früher gemacht haben, als dieses Haus ein staatliches Ferienheim gewesen ist, aber Hotelgästen können Sie das nicht mehr zumuten.«

»Was machen wir denn falsch? Sagen Sie es ruhig, wir sind für jeden Tip dankbar.«

Na, wenn die Sache so aussah! Jetzt wurde ich richtig mutig. »Üblich ist ein Frühstücksbüfett, von dem sich jeder das holt, was er möchte, doch dieser Aufwand lohnt sich erst dann, wenn man genügend Gäste hat. Aber Sie sollten wenigstens ein Glas Saft anbieten, verschiedene Marmeladensorten und einen separaten Aufschnitt-Teller.«

»Nimmt dann nicht jeder alles mit, was er nicht aufessen kann?« fragte sie erstaunt.

Ich war genauso verblüfft. »Meinen Sie etwa, als Marschverpflegung?«

»So was Ähnliches. Oder für zu Hause.« Sie schüttelte den Kopf. »Sie glauben ja gar nicht, was früher hier alles weggeschleppt worden ist. Die Leute haben uns sogar die Toilettenbrillen abgeschraubt.«

»Iiihhh!« brüllte Steffi los. Mehr konnte sie nicht sagen, weil sie ihr Schienbein reiben mußte.

»Ich bin ziemlich viel unterwegs«, nahm ich den Faden wieder auf, »aber ich habe noch in keinem Hotel gesehen, daß jemand die Käseplatte abgeräumt oder eine Handvoll Marmeladen-Packungen in die Tasche gesteckt hat. Diese Zeiten dürften endgültig vorbei sein.«

»Meinen Sie wirklich?«

»Ja!« versicherte ich so glaubhaft wie möglich, dabei hatte ich in Israel selbst erlebt, wie Mitglieder einer deutschen Reisegruppe stapelweise Stullen geschmiert und als Proviant für den geplanten Tagesausflug eingepackt hatten. Dann fiel mir aber noch etwas ein. »Sie sollten Ihren Gästen nicht nur eine bereits gefüllte und folglich lauwarme Tasse Kaffee hinstellen. Es ist üblich, daß ein Kännchen serviert wird, und wer noch mehr Kaffee möchte, bekommt ihn selbstverständlich. Und zwar ohne Aufpreis. Außerdem gehören Zucker und Sahne auf den Tisch, aber nicht einzeln abgezählt.«

»Und das alles für fünf Mark?« fragte sie entsetzt.

»Bei entsprechender Leistung können Sie den Preis natürlich hinaufsetzen. Bei uns – äh, ich meine in Westdeutschland zahlt man ja auch entschieden mehr für ein Frühstück.«

So richtig überzeugt hatte ich sie nicht. »Das muß ich erst mal durchrechnen.«

War ich zu direkt gewesen? Hätte ich nicht doch besser den Mund halten sollen? »Hoffentlich nehmen Sie mir meine Offenheit nicht übel.«

»Ganz im Gegenteil«, beteuerte sie. »Ich bin zwar mal drüben gewesen, gleich nachdem die Mauer gefallen war, aber da habe ich bei Verwandten gewohnt und gar keine Gelegenheit gehabt, in ein Restaurant zu gehen. Das Geld dazu allerdings auch nicht. Ich fand nur alles furchtbar teuer.«

Ein paar Minuten lang unterhielten wir uns noch über weniger verfängliche Themen, doch dann gähnte Steffi so betont unauffällig, daß es schon wieder auffällig war. Wohlversehen mit den besten Wünschen für eine angenehme Nachtruhe stiegen wir die Treppe hinauf. Mein erster Blick galt der Zimmerdecke. »Was meinst du, Steffi, irre ich mich, oder ist das Loch größer geworden?«

Sie kletterte aufs Bett, um den fraglichen Bereich genau zu überprüfen. »Du hast recht. Der Abstand zwischen dem Verputz und der Stelle, wo er eigentlich dransitzen sollte, hat sich vergrößert. Vielleicht solltest du mit dem Kopf am Fußende schlafen. Wenn da was drauffällt, ist es nicht so schlimm, *ich* fahre ja das Auto.«

Geburtstagsparty im »Löwen«-Haus

»Ab heute wohnen wir privat«, tröstete ich Steffi, die fluchend vor der Toilette stand und versuchte, die abgerissene Kette zusammenzuknoten.

»Mir egal. Schlimmer, als in dieser Kaserne kann es woanders auch nicht sein. Gib mir mal die Nagelschere, vielleicht kann ich die Ösen etwas auseinanderbiegen ...« Sie fummelte so lange herum, bis die Spülung wieder intakt war. Zumindest optisch. »Am liebsten würde ich jetzt mit dem Kleiderbügel noch den Putz abkloppen.« Tatendurstig sah sie an die Zimmerdecke. »Ob die hier versichert sind? Ich meine, wenn du nachher ein bißchen humpelst ...?«

Als wir wenig später unsere Koffer über den Flur zogen, fiel ihr noch etwas ein. »Was glaubst du, lassen die uns so raus, oder müssen wir erst durch die Gepäckkontrolle? Die Klobrille hat doch noch ganz passabel ausgesehen und die Nachttischlampe auch. – Hast du unseren Behelfsaschenbecher mitgenommen?«

Gestern hatten wir die Zigarettenkippen in einem der Sandkübel entsorgt, heute ging das nicht mehr. Unübersehbar prangte ein Schild daneben: *Nur zur Brandbekämpfung*!

»Man sollte ihnen vielleicht mal sagen, daß es inzwischen solche handlichen Geräte gibt, die man Feuerlöscher nennt.« Steffi nahm mir den Dosendeckel ab, grub eine Vertiefung in den Sand, kippte die Asche hinein und buddelte sie zu. »Man muß sich nur zu helfen wissen.«

Die Rezeption war nicht besetzt, die Rechnung hatte ich schon gestern bezahlt, also verließen wir die gastliche Stätte ohne Abschied.

»Wollen wir nicht besser gleich in das Café am Markt fahren?«

Eine gebürtige Schwäbin bin ich nicht, wohne jedoch schon

seit zwei Jahrzehnten im Land der Sparsamkeit, und das hat abgefärbt. Getreu der Devise »Des hemmer zahlt, des esset mer au!« lehnte ich Steffis verschwenderisches Ansinnen rundheraus ab. Zum Glück! Uns erwartete nämlich ein hübsch gedeckter Tisch, auf dem alles das stand, was ich gestern aufgezählt hatte. »Donnerwetter!« staunte meine Tochter. »Sogar Honig ist da.«

Als sie den Kaffee brachte (zwei Kännchen!), zwinkerte uns die Bedienung zu. »Wenn Sie noch mehr möchten, sagen Sie es nur.«

»Vielen Dank, aber zwei Tassen sind genug.« Sie verschwand, und Steffi griff in den Brotkorb. »Siehste, ich wußte doch, daß du gestern was ausgelassen hast! Die Brötchen! Diesmal sind es aufgebackene von vorgestern. Warum haben sie keine von heute?«

»Die gibt's morgen.«

Unser erstes Ziel hieß Gramzow. »Schon wieder 'ne Schule«, stöhnte meine Chauffeuse, »da muß doch jemand auf'm falschen Dampfer gewesen sein! Sein wann schreibst du Kinderbücher?«

Mich hatte dieser abgeänderte Veranstaltungsplan ebenfalls gewundert. Zugegeben, die Titel meiner Bücher können manchmal etwas irreführend sein, doch ich hatte eigentlich vorausgesetzt, daß jemand auch mal reingeguckt hatte, bevor er mich offenbar in die Kategorie »geeignet für die Maul- und Meckerphase« einordnete.

Diesmal waren es Vierzehnjährige, die lärmend ins Klassenzimmer stürmten, größtenteils mit Walkman in der Tasche und Knopf im Ohr, nicht gewillt, auf die Musikberieselung zu verzichten. Eine Lehrerin griff ein. »Wenn ihr nicht wollt, geht es auch anders! Ich schlage vor, Frau Sanders geht spazieren, und ihr schreibt inzwischen eine Grammatikarbeit. Bis zum Ende der großen Pause habt ihr Zeit.«

Das wollten sie nun doch nicht. Dann schon lieber zuhören, auch wenn's einen gar nicht interessiert. Bald stellte ich fest, daß sie doch ganz lustig fanden, was Sven und Sascha im Ferienlager erlebt hatten, und das Chaos während der Wohnungsrenovierung konnten sie auch nachempfinden. Als es zur

Pause läutete, hörte ich sogar ein mehrstimmiges »Schade! Gerade jetzt, wo es so spannend wird.«

»Ihr könnt euch das Buch ja in der Bibliothek ausleihen«, empfahl die Lehrerin, und sofort ging eine lebhafte Debatte los, wer es zuerst bekommen würde.

»So, jetzt möchte ich Sie erst einmal richtig begrüßen«, sagte sie, während sie uns nach draußen begleitete, »ich bin Frau Löwe, und ich freue mich, daß Sie während der kommenden zwei Tage mein Gast sein werden. Sie haben ja so herrliches Wetter mitgebracht, da können wir heute abend auf der Terrasse grillen – natürlich nur, wenn Sie einverstanden sind.«

Und ob ich einverstanden war! »Aber ich habe doch heute abend noch einen Termin. Steffi, gib mal bitte die Liste raus!« Als Reisemarschall war sie für die planmäßige Abwicklung der Tour verantwortlich. Nach längerem Suchen (Ordnung ist das halbe Leben, sie entscheidet sich häufig für die andere Hälfte!) hatte sie den Zettel gefunden. »Abendveranstaltung in gemütlicher Runde mit Lehrern und Interessierten in Gramzow«, las sie vor.

»Richtig«, nickte Frau Löwe zustimmend, »die gemütliche Runde findet bei mir im Garten statt.«

»Keine Lesung?«

»Nein, keine Lesung.«

»Das finde ich großartig«, sagte ich dankbar, »nachher muß ich nämlich noch mal ins Rampenlicht, dabei habe ich keine Ahnung, wer diesmal nicht kommen wird. Ich weiß lediglich, daß wir nach Prenzlau müssen.«

»Machen Sie es so kurz wie möglich, um so mehr Zeit haben wir hinterher.«

Inzwischen hatten sich noch andere Lehrkräfte zu uns gesellt. Steffi hatte gerade die detaillierte Schilderung unseres Luxushotels beendet und schallendes Gelächter ausgelöst, als die Schulglocke läutete.

«Warum bin ich bloß Lehrer geworden?« Der junge Mann neben mir trat seine Zigarette aus und wandte sich zum Gehen. »Ein normaler Arbeitnehmer hat eine halbe Stunde Frühstückspause!«

»Aber nicht alle fünfundvierzig Minuten«, konterte Steffi.

»Jetzt hätte ich beinahe was vergessen«, sagte eine der um mich herumstehenden Damen und nestelte ein Buch aus der Tasche. »Heute abend kann ich leider nicht kommen, und deshalb wollte ich Sie bitten, mir jetzt schon etwas hineinzuschreiben.« Den Kugelschreiber hatte sie vorsichtshalber gleich mitgebracht. Mit einem Mauervorsprung als Unterlage schreibt es sich nicht besonders gut, trotzdem bemühte ich mich um eine halbwegs leserliche Schrift, doch als ich das Datum druntersetzen wollte, zögerte ich. »Den wievielten haben wir heute eigentlich?«

»Den vierzehnten«, kam es mehrstimmig zurück.

»O nein«, schrie Steffi los, »das darf doch einfach nicht wahr sein!« Sie fiel mir stürmisch um den Hals. »Ich war fest davon überzeugt, daß heute erst der dreizehnte ist.« Ich übrigens auch.

»Ist das so wichtig?« erkundigte sich Frau Löwe besorgt.

Der Tritt ans Schienbein kam zu spät. »Meine Mutter hat nämlich heute Geburtstag.«

Die nächste Schulstunde fing mit zehnminütiger Verspätung an!

Prenzlau. Eine Stadt, der man den beginnenden Aufschwung schon etwas ansehen konnte. Zwischen den grauen Fassaden fielen die frisch gestrichenen Häuser zwar immer noch aus dem Rahmen, doch vor vielen anderen standen wenigstens schon Baugerüste. Die Stadtbücherei hatte noch keins bekommen. Wer kümmert sich schon um einen Hinterhof? Den sieht man ja nicht.

»Weißt du, Määm«, sagte Steffi, die Hinterhofholztür mit einem Fußtritt hinter sich zuschlagend, »langsam finde ich es eine Frechheit, was man dir zumutet. Du glaubst doch wohl nicht im Ernst, daß sich nachher auch nur ein einziger Zuhörer hierher verirrt?«

Verirren war der richtige Ausdruck. Nicht umsonst hatten wir -zig Mal fragen müssen, bis wir endlich diesen Hof und dort den Dienstboteneingang gefunden hatten. Wir wurden auch gleich wieder hinauskomplimentiert. Die Lesung finde natürlich ganz woanders statt, Frau Krimmel würde uns begleiten, und überhaupt sei es ja wohl schon ein bißchen sehr spät.

Wohin uns Frau Krimmel begleiten würde, wußte ich noch immer nicht, obwohl sie inzwischen schnaufend im Wagen Platz genommen hatte. »Erst mal gradeaus«, informierte sie Steffi, »ich sag' schon, wie's weitergeht.« Dann wandte sie sich an mich. »Sie dürfen das nicht persönlich nehmen, ich meine, das von eben, aber wir haben heute alle die Kündigung gekriegt. Nur vorsorglich, bloß wissen wir schon jetzt, daß sie uns den Hahn zudrehen.«

Dunkel war der Rede Sinn. »Könnten Sie mir das mal genauer erklären?«

»Is' ganz einfach. Früher waren wir staatlich, nu sind wir kommunal. Die Stadt hat aber kein Geld, also woll'n se die Bücherei zumachen. Und wir steh'n auf der Straße. – Frollein, hier hätten Se links abbiegen müssen! Na, nich so schlimm, da hinten kommt gleich Aldi, die hab'n so'n großen Parkplatz zum Umdrehen.«

»Erst kommt das Fressen und dann die Kultur«, murmelte Steffi, »ist zwar nicht originalgetreu, stimmt aber trotzdem. Was meinst du, Määm, wenn wir schon vor diesem Konsumtempel stehen, sollten wir dann nicht für heute abend ein paar Flaschen Wein mitnehmen.

»Könn' Se das nich nachher machen? Wir sind sowieso schon zu spät dran.«

Das war mir nur recht. Ich habe nichts gegen Aldi, aber ich habe sehr viel gegen unbekannte Weine.

Wir hätten uns gar nicht zu beeilen brauchen. Mein Auditorium saß draußen in der Sonne und machte nicht die geringsten Anstalten, die bequemen Korbstühle mit dem Plastikmobiliar in der Gemeindebaracke zu vertauschen. »Warum bleiben wir nicht hier?« fragte eine der vier anwesenden Damen. »Oder möchten Sie lieber reingehen?«

Das nun bestimmt nicht, zumal ich mich selbst mit einem ausgewachsenen Katarrh hier draußen hätte verständlich machen können, aber wollte ich das überhaupt? Sogar Frau Krimmel war irritiert. »Das verstehe ich nicht. Wo sind denn die anderen alle?«

»Auf'm Ausflug mit dem Herrn Pfarrer«, kam es prompt zurück. »Ich wollte ja auch mit, aber mein Bein macht wieder Scherereien.« Mit anklagender Miene zeigte die schon recht betagte Dame auf ihren dick umwickelten Fuß. »Dabei soll's Kaffee und Kuchen geben, ganz für umsonst.«

Einen Moment lang überlegte ich, ob ich das Kleeblatt nicht kurzerhand in die nächste Konditorei einladen sollte, doch gesetzt den Fall, es würde eine geben, wie sollten wir dort hinkommen? Mit nur einem Auto war das unmöglich.

»Willst du jetzt tatsächlich vorlesen?« wisperte Steffi, als ich meine Bücher aus der Mappe zog. »Die sehen überhaupt nicht kulturbeflissen aus.«

»Aber erwartungsvoll!«

»Du gibst wohl nie auf?«

Steffi hatte recht. An einer Lesung waren die vier alten Leutchen wirklich nicht interessiert, sie suchten Unterhaltung, ein bißchen Abwechslung in ihrem tristen Rentnerdasein, und es war ihnen völlig egal, in welcher Form jemand dazu beitrug. Man hatte ihnen einen »vergnüglichen Nachmittag« versprochen, also waren sie gekommen. Daß ich mit dem konkurrierenden Herrn Pfarrer nicht mithalten konnte, der seine Schäflein nicht nur per Bus durch die Gegend karren, sondern zusätzlich noch abfüttern ließ, war nur zu begreiflich. Und genau dieses Thema schien das Kleeblatt besonders zu beschäftigen.

»Die Magda is nich echt, das habe ich schon immer gewußt«, teilte die mit dem umwickelten Bein ihren interessiert lauschenden Freundinnen mit, »sie hat mir extra gesagt, daß sie nich fährt, sondern herkommt, und nu isse doch wieder mit.«

»Aber bloß, weil sich der olle Zausel aus'm Altersheim auch angemeldet hat«, wußte eine andere zu berichten. »Ich möchte bloß mal wissen, wie sie das rausgekriegt hat.«

»Die steckt doch immer mit der Paula vom Pfarramt zusammen«, sagte die erste Greisin sofort, »da isses doch ganz klar, woher sie immer die ganzen Sachen weiß. Na ja, und hinter dem Sawatzky mit seiner schönen Rente isse ja schon lange her.«

Jetzt griff Frau Krimmel ein: »Also, ich glaube nicht, daß die Frau Sanders eure Tratschereien interessiert. Soll sie nu lesen, oder soll sie wieder nach Hause fahren?«

Nein, das nun auch nicht. Die etwas verhuschelten alten Mädchen setzten sich in Positur, eine holte sogar ihre Brille aus der Schürzentasche, und dann versuchte ich es noch mal mit Tante Lotti. Beifälliges Nicken nach jedem dritten Satz und Randbemerkungen wie: »Meine Kusine is genauso; immer hat sie's mit'm Magen, aber fressen kann sie wie'n Scheunendrescher!« oder »Ich hab mal 'ne Tante gehabt, die hat einen ›von‹ geheiratet, und denn hat se ihre ganze Verwandtschaft nich mehr gekannt, weil wir ja nich standesgemäß waren«, zeigten mir, daß ich nicht nur aufmerksame Zuhörer, sondern auch noch das richtige Kapitel ausgesucht hatte. Doch später erzählte mir Steffi, daß eine der vier Grazien zwischendurch mal kurz weggenickt, von ihrer Nachbarin mittels kräftiger Rippenstöße jedoch sofort wieder zur Ordnung gerufen worden war.

Nach einer Dreiviertelstunde fanden sowohl meine Zuhörerinnen als auch ich selber, daß der Kultur Genüge getan war und wir uns nunmehr profaneren Dingen zuwenden könnten. Ich wollte weg, die Damen wollten noch warten, bis der Fritz sie abholen würde. »Aber der kommt bald, da müssen Sie sich man nich drum kümmern.«

Das hatte ich – ganz ehrlich gesagt – auch nicht vorgehabt. Irgendwie mußten sie ja zu dieser Baracke gekommen sein, also würden sie auch wieder wegkommen. Um es ganz deutlich auszudrücken: Ich hatte die Nase voll! Nicht nur von Seniorentreffs, sondern von dieser ganzen Lesetour. Was, um alles in der Welt, hatte sich Frau Wagner in Frankfurt an der Oder bloß dabei gedacht, als sie diese Reise zusammenstellte? Hatte sie sich überhaupt vorher erkundigt, ob es genügend Interessenten gäbe, oder hatte sie mich den Büchereien quasi aufgedrängt, und die hatten mich dann mangels Nachfrage an Schulen und Altenheime weitergereicht? Oft hatte ich das Gefühl gehabt, daß die jeweiligen Gastgeber gar nicht so richtig wußten, was sie mit mir anfangen sollten. Kein Wunder, denn als die neuen Bundesländer noch DDR geheißen haben, hatten Autorenlesungen fast nur in größeren Städten stattgefunden und nicht in Orten, die man bloß auf Wanderkarten findet.

Nun konnte man Prenzlau eigentlich nicht zu den elfhundertundetwas Einwohner zählenden Dörflein rechnen, andererseits haben die wenigsten Mütter mit schulpflichtigen Kindern – und aus denen rekrutieren sich die meisten meiner Leser – nachmittags um drei Uhr Zeit, sich in eine Bücherei oder sogar einen Veranstaltungssaal zu setzen und jemandem zuzuhören, dessen Name ihnen absolut nichts sagt. Seinerzeit war mein Bekanntheitsgrad jenseits der Elbe gleich null gewesen! Zwar habe ich während der ganzen zwei Wochen kaum eine leere Buchhandlung gesehen ganz im Gegenteil, sie waren meistens ziemlich voll gewesen, nur interessierten sich die Kunden kaum für Belletristik, sondern fast ausschließlich für Reiseführer. Und wer nach zwanzigmal Urlaub am Plattensee endlich mal nach Rimini oder Rhodos fahren kann, will sich vorher natürlich gründlich informieren. Also kauft er statt Konsalik und Stephen King, von denen er bestimmt schon mal was gelesen hat, lieber Polyglott oder Merian. Die kosten zwar auch Geld, aber wenigstens nicht so viel.

Ich habe es wirklich keinem übelgenommen, der meinen Lesungen ferngeblieben ist (vielleicht hatte er auch nur die meist winzig kleine Anzeige in der Tagespresse gar nicht gesehen), aber ich finde auch heute noch, daß die ganze Reise miserabel organisiert oder – was wahrscheinlicher ist – mindestens zwei Jahre zu früh anberaumt worden war. Warum nur hat mir Frau Wagner nicht ganz klar geschrieben: »Liebe Frau Sanders, wir freuen uns, wenn Sie kommen, aber warten Sie noch ein bißchen, im Augenblick haben wir alle noch mit den veränderten Verhältnissen und vor allem mit uns selbst zu tun.«

Als wir Frau Krimmel vor der Hinterhofholztür wieder abgesetzt hatten und uns verabschieden wollten, forderte sie mich zum Mitkommen auf. Wegen der Abrechnung, wie sie betonte. Welche Abrechnung denn bloß??? Würde ich das nicht später pauschal mit Frau Wagner abwickeln? Offenbar nicht. Man hatte bereits genau ermittelt, wie viele Kilometer ich zwischen Gramzow und Prenzlau zurückgelegt hatte zuzüglich der Fahrt zur Gemeindebaracke, das Ganze mit zwei multipliziert ergab soundsoviel mal Kilometerpauschale, jedenfalls bekam ich sechzehn Mark und zweiundsiebzig Pfennig ausgehändigt, die ich auch noch ordnungsgemäß quittieren mußte. Normalerweise hätte ich das Geld der Kaffeekasse spendiert, nur sah ich nirgends das unerläßliche Utensil auf einem Fensterbrett stehen, wo es ja hingehört, hatte auch nicht den Eindruck, daß man hier überhaupt Kaffee kochen würde, eine Möglichkeit, das Geld einfach zu »vergessen«, ergab sich nicht, denn sechs Augenpaare beobachteten mich …, so schob ich die Münzen schließlich in die Hosentasche, nickte freundlich in die Runde (hoffentlich hat es so ausgesehen) und verließ die wenig gastliche Stätte. Irgendwie hatte ich den Eindruck, daß die Zurückbleibenden genauso froh waren, mich verschwinden zu sehen, wie ich, als die Hinterhofholztür ein letztes Mal hinter mir ins Schloß fiel.

»Na, haben sie sich wenigstens bei dir entschuldigt für die Panne von vorhin?« empfing mich Steffi, an einer wunderbar duftenden Mohnschnecke kauend.

»Wo hast du die her? Laß mich mal abbeißen!« Im Hinblick auf den geplanten Grillabend hatte ich das Mittagessen gestrichen und eine Tüte Obst gekauft, aber Äpfel zählen bei Stefanie nicht zu den Nahrungsmitteln, sondern höchstens als Überbrückungshilfe zwischen zwei Mahlzeiten. »Falls du unter ›Panne‹ den enormen Zulauf verstehst, dann ist diese Bezeichnung falsch. Solange überhaupt jemand kommt, muß man hierzulande die Veranstaltung offenbar als erfolgreich betrachten und kann erst dann von Panne reden, wenn sich gar keiner blicken läßt. Nach unseren bisherigen Erfahrungen ist ein Auditorium von vier bis sechs Personen also völlig normal. Sollten es mal weniger als drei sein, würde ich die Sache allerdings als Flop bezeichnen.«

Natürlich meinte ich diesen Anflug von Galgenhumor nicht ernst, ich ärgerte mich im Gegenteil ganz gewaltig über die verschwendete Zeit und mein vergebliches Engagement, doch zum Glück ahnte ich noch nicht, wie recht ich mit meiner Prognose haben sollte.

Während ich oben meine Spesen kassierte, hatte Steffi zusammen mit der Mohnschnecke Informationen eingeholt. Sie wußte, wo man anständigen Wein kaufen konnte und vor allem die unerläßlichen Accessoires wie Chips, Flips, Sticks und was es sonst noch an derartigen Kalorienbomben gibt. »Du mußt doch zugeben«, meinte sie, eine Packung Crackers in den Einkaufskorb legend, »daß die Supermärkte schon recht gut bestückt sind. Von den Textilgeschäften kann man das allerdings nicht behaupten. In Templin bin ich mal in einem drin gewesen. Grauenvoll, was da angeboten wird! Man könnte glauben, die westdeutschen Kaufhäuser haben ihre gesamten Ladenhüter hierher nach Ossiland gekarrt, wo sie den Ramsch noch richtig teuer verhökern können. Bei uns werden sie den Kram nicht mal mehr im Ausverkauf los, aber hier ziehen sie die Kunden mit den ollen Plünnen regelrecht über den Tisch. Das ist eine riesengroße Schweinerei!«

Ich nickte zwar zustimmend, enthielt mich jedoch jeglichen Kommentars, denn mit Steffi über die Ungerechtigkeiten des Lebens im allgemeinen und dann unter Berücksichtigung einzelner besonders Benachteiligter zu debattieren, artet gewöhnlich in ein abendfüllendes Kolloquium aus!

Mit einer ganzen Tüte voll Knabberzeug und einem Strauß Maiglöckchen, die – legt man den Preis zugrunde – hier offenbar wild wuchsen, zogen wir von dannen, bereit, der »gemütlichen Runde im Kreise von Lehrern und Interessierten« entgegenzusehen.

Frau Löwe wohnt in einem recht geräumigen Haus am Ortsrand. Ein herrlich verwilderter Garten, der erst weit hinten an einem Bach endet, gehört dazu. Als erstes begrüßte uns ein Hund mit sehr ungewissem Stammbaum. Ihm folgte ein zweiter, in dem man doch schon ein Mittelding zwischen Collie und Geißbock erkennen konnte – übrigens keine so abwegige Kombination, denn zum Haushalt gehörte auch eine Ziege, die sich tapfer durch das überall wuchernde Gras futterte. Das Schaf Hildegund half dabei. Eine Entenfamilie kam watschelnd vom Bach zurück, wo der noch ganz flaumige Nachwuchs Schwimmunterricht bekommen hatte, zwei Gänse spazierten ungeniert an uns vorbei und gönnten uns lediglich einen hochnäsigen Blick, bevor sie hinter einem Schuppen verschwanden. Die Katze, dösend auf der Terrassenbrüstung liegend, hob nicht mal den Kopf, als wir um die Ecke bogen. Bienen umsummten uns, Vögel zwitscherten ... es roch nach Blumen, nach beginnendem Sommer – und nach Spiritus. Peter, der achtjährige Sohn des Hauses, kämpfte bereits mit den Grillkohlen. Das könne er hervorragend, beruhigte mich seine Mutter, als sie meinen erschrockenen Blick sah (Messer, Gabel, Schere, Licht ... und so weiter), er habe bereits seine Gesellenprüfung abgelegt und strebe nunmehr die Meisterwürde an. »Manchmal sind die Würstchen sogar nur noch halb verkohlt.«

Mit meinen kümmerlichen Maiglöckchen kam ich mir reichlich albern vor, doch wie hätte ich ahnen können, daß Frau Löwe nur die Hand auszustrecken brauchte, um irgend etwas von dem zu pflücken, was im Mai so alles blüht. Maiglöckchen waren sicher auch dabei, wahrscheinlich weiter hinten am Bach. Sie freute sich trotzdem über mein bescheidenes Sträußchen.

»Hast du gewußt, daß es hier ein Kind gibt?« flüsterte Steffi, während uns Frau Löwe ins Haus führte. »Ich habe noch eine Tafel Schokolade im Auto, soll ich sie schnell holen?«

»Lieber nicht. Bei dieser Hitze ist die längst Kakao geworden.« Allerdings ärgerte ich mich auch. Kinder erwarten doch immer, daß man ihnen irgend etwas mitbringt, wobei die Altersgrenze nach oben hin offen ist. Sockenfetischistin Katja ist selig, wenn ich ein besonders ausgefallenes Paar für sie finde, während Nicki eine Vorliebe für eine ganz bestimmte Maus hat (nein, es folgt keine Werbung!). Beide freuen sich aber auch über eine Tüte Gummibärchen.

Ein richtiges Gästezimmer erwartete uns, renoviert und neu möbliert, die weit geöffneten Fenster gaben den Blick frei auf eine Blümchenwiese, man hörte den Bach gluckern und die Bienen summen. »Ach, ist das hübsch!« sagte Steffi sofort. »Wie im Urlaub!«

»Dafür ist das Zimmer auch gedacht«, bestätigte Frau Löwe. »Sie sind ein paar Wochen zu früh dran, denn das Bad ist noch nicht komplett.« Sie öffnete die angrenzende Tür, doch statt einer Baustelle sah ich ein ganz modernes, weinrot gekacheltes Badezimmer mit doppeltem Waschbecken und Duschkabine. Sehr intelligent muß ich wohl nicht ausgesehen haben, denn Frau Löwe beeilte sich zu erklären, daß dieses Bad selbstverständlich fertig sei, nur leider zur Zeit noch von der Familie mitbenutzt werden müsse, weil deren eigenes ebenfalls renoviert werde. »Bis zum Sommer werden wir es wohl geschafft haben, und dann hoffen wir auf Feriengäste.«

Es ist mir heute noch ein Rätsel, wie es Frau Löwe gelungen ist, innerhalb weniger Stunden eine regelrechte Geburtstagsparty zu organisieren. Zweifellos war dieser Abend der amüsanteste und vor allem informativste der ganzen Reise, denn ich erfuhr mehr Einzelheiten über die Zustände in den neuen Bundesländern, als mir sämtliche Medien in den vergangenen anderthalb Jahren vermittelt hatten. Wer wußte denn schon, daß nicht nur wir Wessis den Solidaritätsbeitrag zahlen mußten, sondern auch die dortigen Arbeitnehmer? Von den Arbeitsbeschaffungsmaßnahmen, im Behördenkürzel ABM genannt, hatte ich zwar gehört, mir jedoch nichts Näheres darunter vorstellen können. Ob es sehr sinnvoll ist, einer ehemaligen Fließbandarbeiterin beibringen zu wollen, wie man Bewerbungsschreiben aufzusetzen hat, erscheint mir genauso fragwürdig wie der Versuch, arbeitslosen Buchhalterinnen Kochkurse anzubieten. »Die meisten machen sowieso bloß mit, weil sie sonst überhaupt kein Geld kriegen«, wurde ich informiert, »und nach sechs Monaten, wenn die ABM ausgelaufen ist, können sie erneut reguläre Arbeitslosenunterstützung beantragen, damit kommen sie wieder eine Zeitlang über die Runden.«

»Könnte man das Geld für die ABMs nicht etwas effektiver einsetzen?« überlegte Steffi laut. »So, wie Sie das alles schildern, klingt dieses ganze Unternehmen ziemlich unausgegoren.«

»Nicht nur das«, kam es aus einer anderen Ecke, »hier treiben die zweckgebundenen staatlichen Finanzspritzen mitunter absonderliche Blüten. Ich glaube, die neuerbaute öffentliche Bedürfnisanstalt mit Marmorwänden und Musikberieselung ist sogar in der westlichen Presse als Paradebeispiel kommunaler Verschwendungssucht erwähnt worden.«

»Kann man die besichtigen?« wollte Steffi sofort wissen.

»Das nehme ich doch an. Allerdings steht dieses Luxuspissoir nicht hier bei uns, und ich kann Ihnen nicht mal sagen, wo genau.«

Immer neue Fragen fielen mir ein, die auch geduldig beantwortet wurden, und schließlich brachte Steffi die ganze Sache auf einen Punkt. »Diese Wiedervereinigung kommt mir ein bißchen so vor wie eine Urlaubsreise in ein fremdes Land. Monatelang freut man sich darauf, und wenn man hinkommt, ist man enttäuscht, weil man sich alles ganz anders vorgestellt hatte.«

Als Antwort kam das verhaltene Kichern einer jungen Frau. »Na ja, eigentlich hatten wir ja auch bloß mal ein bißchen verreisen wollen dürfen ...«

Gegen Mitternacht, als die Mücken gelernt hatten, die Windlichter zu ignorieren, und sich direkt auf uns stürzten, zogen wir nach drinnen in die gemütliche Eßecke, doch erst gegen zwei Uhr löste sich die Runde auf. Es kam auch wirklich kein Tropfen mehr aus den Weinflaschen.

Obwohl ich hundemüde und das Bett äußerst bequem war, konnte ich nicht einschlafen; zu viel ging mir im Kopf herum. Die Ossis waren doch gar keine unselbständigen, anspruchsvollen Schmarotzer, die darauf warteten, daß ihnen die gebratenen Tauben in den Mund flogen! Sie wollten nur die Chance und die Voraussetzung bekommen, ihr Leben selbst gestalten zu können, und damit liegt es vielerorts noch im argen. Hatte Frau Löwe nicht erzählt, ihr Mann sei LKW-Fahrer und für eine westdeutsche Spedition ständig zwischen Stuttgart und Lissabon unterwegs? Ein-, höchstens zweimal im Monat kame er nach Hause, aber sein Antrag, eine eigene Spedition aufzumachen, werde immer wieder abgelehnt, obwohl er von seinem derzeitigen Chef die schriftliche Garantie habe, mit Aufträgen eingedeckt zu werden.

»Womit wird denn die Ablehnung begründet?« hatte ich empört gefragt.»Ich denke, jeder hat das Recht, ein Gewerbe anzumelden?«

»Eben nicht! Uns wurde gesagt, es gebe hier im Landkreis mehrere Speditionen, die alle rote Zahlen schrieben, und eine weitere brauche man nicht. Die alteingesessenen hätten Vorrang.« Klang das nicht ein bißchen sehr nach Behördenwillkür oder sogar Vetternwirtsch ...

»Kannst du nicht mal das Fenster zumachen?« murmelte Steffi. »Wer soll denn bei dem Krach schlafen?«

Krach? Wo denn bloß? »Ich höre nichts! Wahrscheinlich hast du geträumt.«

»Ich finde, dieses Froschkonzert ist ziemlich real!« Sie kroch aus dem Bett und schlappte zum Fenster. »Außerdem muß sich da draußen eine ganze Kompanie Heimchen versammelt haben!« Krachend flog der Fensterflügel zu. »Man kommt sich ja vor wie im Urwald! Ich bin Autohupen und quietschende Bremsen gewöhnt. Das Grillengezirpe macht mich wahnsinnig!« Sie krabbelte ins Bett zurück und zog sich die Decke über den Kopf. Minuten später war sie eingeschlafen, und dann machte ich ganz leise das Fenster wieder auf. Wann hatte mich denn zum letztenmal ein Frosch in den Schlaf gequakt?

Eselspfade und andere Umwege

Wegen des Schlafdefizits noch reichlich neben der Kappe, öffnete ich lauthals gähnend die Tür zum Bad und – blieb erst mal stehen! So viel hatte ich gestern doch wirklich nicht getrunken! Andererseits hätte ich jeden Eid geleistet, daß der Knabe, der am Abend so unermüdlich das Grillfeuer in Gang gehalten hatte, mindestens vier Jahre älter gewesen war als dieses Bürschlein hier. Mit runtergelassenen Hosen thronte es auf der Toilettenbrille und brach bei meinem Anblick in ein fürchterliches Geschrei aus. »Ich tu dir doch nichts!« stammelte ich, bevor ich ganz schnell die Tür zumachen wollte. Dafür öffnete sich die auf der gegenüberliegenden Seite. Frau Löwe schoß herein und nahm den kleinen Schreihals in die Arme. »Das ist unser Jüngster«, stellte sie ihn vor, »der ist gestern bei der Oma gewesen.«

Das Knäblein schniefte ein paarmal, ehe es mich von der sicheren Warte aus musterte. »Die Tante hat Hosen an!« stellte es ganz richtig fest. Wahrscheinlich schlief die Mama immer im Nachthemd.

»Das ist ein Pyjama«, sagte Frau Löwe, hob ihren Sprößling von seinem Thron und entschuldigte sich wortreich. »So etwas sollte nicht vorkommen! Es ist auch allein meine Schuld, ich hätte nicht vergessen dürfen, den Riegel der Verbindungstür zuzuschieben. Der Philipp hat ja nicht gewußt, daß wir Gäste haben.«

»Armer Kerl! Das nennt man dann Schreck in der Morgenstunde.« Bevor ich die Tür endgültig schloß, hörte ich noch das Löwenjunge piepsen: »Ich will auch einen Pipischama!«

Wenig später klopfte es an die Tür. »Das Bad ist frei! Wenn wir noch zusammen frühstücken wollen, müßten Sie sich ein bißchen beeilen. Ich habe heute zwar erst zur dritten Stunde Unterricht, aber vorher muß ich den Philipp noch bei meiner Schwiegermutter abliefern.«

Richtig, Frau Löwe war ja Lehrerin, das hatte ich total vergessen. Ich brachte Steffi auf Trab, die sich bisher lediglich durch unterschiedliche Grunztöne gemeldet hatte und nicht die geringsten Anstalten machte, ihr kuscheliges Bett zu verlassen. »Kannst du mir einen einzigen vernünftigen Grund sagen, weshalb ich aufstehen soll?«

»Ja. Du willst mich nachher nach Dedelow fahren!«

»Wollen??? Bis dahin sind es 21 Kilometer Landstraße, die schaffst sogar *du* allein!« Sie überlegte sich die Sache aber doch noch, denn kurz darauf saßen wir auf der Terrasse, von der sämtliche Spuren der gestrigen Fete schon beseitigt waren. Sogar frische Brötchen standen auf dem Tisch.

»Du meine Güte, seit wann sind Sie denn auf den Beinen?« Irgendwie hatte ich ein schlechtes Gewissen.

»Seit sechs.«Frau Löwe schob ein Marmeladenschälchen in meine Richtung. »Probieren Sie die mal! Spezialität meiner Schwiegermutter.«

Wir bekamen nicht nur selbstgekochte Konfitüre, sondern sogar ganz frische Eier, denn zu der hauseigenen Menagerie gehörten selbstverständlich auch mehrere Mistkratzer, nämlich Henne Berta nebst einigen Anverwandten, die aber gestern alle schon schlafen gegangen waren. Nur Berta hatte das Recht, uns beim Essen zuzusehen und die herunterfallenden Krümel aufzupicken; erstens war sie Stallälteste, und zweitens legte sie als einzige Eier mit brauner Schale. »Mit ihrer politischen Einstellung hat das aber nichts zu tun«, versicherte Frau Löwe todernst, »soviel ich weiß, tendiert sie mehr zu grün.«

Steffi hatte unseren Fahrplan mitgebracht und studierte die Landkarte. »Dedelow habe ich gefunden, aber wo ist K.?«

»Nordöstlich davon.« Mit dem Finger deutete Frau Löwe auf ein winziges Pünktchen, das abseits aller größeren Straßen mitten in der Pampa lag. »Haben Sie da etwa auch eine Lesung?«

Ich nickte bedrückt. »Schon wieder in einer Schule! Hätte ich das vorher gewußt, würde ich mich auf dieses ganze Unternehmen niemals eingelassen haben. Leider habe ich die geänderten Termine erst dann bekommen, als es für einen Rückzieher schon zu spät gewesen ist. Dabei weiß ich gar nicht, *was* ich den Schülern vorlesen soll, ich schreibe nun mal keine Kinderbücher!«

Nach meinem mißglückten Auftritt in Templin hatte ich zusammen mit Steffi überlegt, welche Passagen aus den mitgenommenen Büchern denn wohl am ungefährlichsten sein würden. »Du darfst nichts nehmen, was im weitesten Sinne mit Reisen, Mode, Autos, Neuanschaffungen und moderner Technik zu tun hat«, hatte Steffi gesagt.

»Was bleibt denn da noch übrig? Höchstens ein paar Seiten aus meinem kinderreichen Muttertum. Da seid ihr alle noch ziemlich klein und weder an modischem Outfit noch an exotischen Urlaubszielen interessiert gewesen.«

»Aber du beschreibst sehr ausführlich den Zehnzimmer-Luxusschuppen, in dem wir damals gewohnt haben, und vor allem Wenzel-Berta. Weißt du denn nicht, daß man in Ossiland jahrelang sogar auf eine Zweizimmerwohnung warten mußte? Da kannst du doch nicht von so einer Kapitalistenbleibe schwafeln! Und eine Haushaltshilfe hat's im realen Sozialismus bestimmt nicht gegeben, da sind doch alle Menschen gleich gewesen.«

»Wenzel-Berta war keine Angestellte im üblichen Sinn, die hat zur Familie gehört.«

»Und wenn schon. Ihr habt sie doch bezahlt, oder nicht?«

Seufzend hatte ich das erste Buch zur Seite gelegt und das zweite gleich dazugepackt. Nicht umsonst hatte ich mich mit dessen Inhalt schon einmal gründlich in die Nesseln gesetzt. Die Schilderung meines Grüne-Witwen-Daseins in einem Vorort-Reihenhaus kam auch nicht in Frage, weil für Jugendliche nicht unbedingt geeignet. Was blieb denn dann noch übrig? Allenfalls die »Pellkartoffeln«, meine Kriegskindheit in Berlin, doch dieses Buch hatte ich erst gar nicht mitgenommen, und die Wahrscheinlichkeit, es hier irgendwo kaufen zu können, war kaum gegeben.

»Warum lesen Sie nicht einfach ein Kapitel an und *erzählen* es dann weiter?« schlug Frau Löwe vor. »Fordern Sie die Kinder zu Fragen heraus! Stellen Sie selber welche! Geben Sie ruhig zu, daß sie nicht wissen, wie der Alltag von Jugendlichen hier bei uns ausgesehen hat, welche Musik sie gehört und welche Bücher sie gelesen haben. Suchen Sie nach Parallelen zu Ihren eigenen Kindern, lassen Sie auch Ihre Tochter zu Wort kommen, sie ist ja nicht auf den Mund gefallen und außerdem jung genug, den richtigen Umgangston zu finden.«

Zwar winkte Steffi sofort ab, doch was Frau Löwe sonst noch vorgeschlagen hatte, klang wirklich vernünftig. Ich nahm mir vor, künftig nicht mehr mit einem vorgefertigten Programm in eine Lesung zu gehen, sondern erst mal abzuwarten, wie sich mein Publikum zusammensetzte. Und ob überhaupt eins da sein würde! Schulklassen kann man abkommandieren, Senioren kommen freiwillig, aber was ist mit den Altersstufen dazwischen?

Die Dichterlesung in Dedelow ging schief. Die Herren und Damen Hauptschüler hatten zwar dankbar akzeptiert, daß meinetwegen eine Mathestunde ausfiel, waren jedoch weder an meinem gelesenen noch an meinem gesprochenen Wort interessiert. Sie ließen sich kaum mal aus der Reserve locken, vielmehr dösten sie vor sich hin und warteten – genau wie ich! – auf das Ende der Stunde. Als es endlich kam, schieden wir in dem gegenseitigen Bewußtsein, daß man sich diese Dreiviertelstunde auch hätte ersparen können.

»Idioten!« schimpfte Steffi, die Schultür hinter uns ins Schloß donnernd. »Bornierte Affen allesamt! Anstatt dankbar zu sein, daß sich mal ein Besucher in diese Einöde wagt, sitzen sie da wie die Ölgötzen und halten es offenbar noch für großmütig, wenn sie überhaupt zuhören. Warum läßt du nicht einfach den Rest der Reise sausen, und wir fahren nach Hause?«

Genau das hätte ich am liebsten auch getan. Aber ich bin nun mal von meiner Großmutter in preußischem Sinn erzogen worden, und weil das nicht genügte, hatte ich auch noch einen preußisch beamteten Großvater gehabt, für den »Pflichtbewußtsein« die wichtigste Vokabel gewesen war. So was färbt ab! Außerdem hatte ich mich freiwillig auf dieses Unternehmen eingelassen, also würde ich es auch zu Ende bringen. Egal, wie!

»Da ich annehme, daß K. über nicht mehr als fünfunddreißig Häuser und eine Kneipe verfügt, schlage ich vor, wir verbringen die Zeit bis zu deinem Auftritt in Prenzlau«, meinte Steffi, als vor uns das Ortsschild auftauchte.

»Und was sollen wir da?«

»Weiß ich doch auch nicht«, erwiderte meine Tochter. »Mal sehen, was sich bietet. Ein bißchen herumbummeln, irgendwo was essen, vielleicht sogar Schaufenster begucken, in denen etwas anderes liegt als Brötchenattrappen oder eine angeschnittene Salami ... Irgendwo *muß* es doch mal ein paar Boutiquen geben, Schuhgeschäfte, Krimskrams-Läden ...«

»Du meinst eine Fußgängerzone?«

»Genau! Mir ist bloß das Wort nicht eingefallen!«

Nach einer halben Stunde Herumkurverei kannten wir zwar sämtliche Ausfallstraßen Prenzlaus, nur das Zentrum hatten wir nicht gefunden. Dabei sollte es eins geben, das hatten uns sowohl der Tankwart als auch die Dame mit Schleierhut versichert, die eine Tüte mit der Aufschrift »Modebasar« in der Hand getragen hatte. »Jetzt stellen wir den Wagen hier auf dem Parkplatz ab und versuchen es mal ohne Auto. Fußgängerzonen heißen deshalb so, weil man sie zu Fuß betritt!«

»Da drüben ist ein Restaurant. Komm, laß uns mal sehen, was die haben.«

Das Etablissement machte einen recht ordentlichen Eindruck, nur mit der Speisekarte kamen wir nicht so ganz klar. Die Brathähnchen hießen nämlich immer noch Broiler, unter »Krusta mit versch. Belag« hatte man wahrscheinlich eine Abart von Pizza zu verstehen, doch was sich unter den übrigen Bezeichnungen versteckte, blieb rätselhaft. Es gab jedoch auch Schnitzel und Sauerbraten. »Willst du denn jetzt wirklich schon wieder was essen?«

Steffi sah auf die Uhr. »Halb zwölf ist noch zu früh, aber nun weiß ich wenigstens, daß es hier eine akzeptable Futterquelle gibt.«

Die Fußgängerzone fanden wir auch noch. Sie erstreckte sich über zweieinhalb Straßen (eine halbe deshalb, weil die gegenüberliegende Seite keine Geschäfte mehr aufwies), die in der Länge zwar nicht mit dem Kurfürstendamm konkurrieren konnten, aber doch eine ganze Menge Läden zeigten. Die meisten Gebäude hatten sogar schon einen frischen Anstrich bekommen, und wer noch keine Markise über dem Schaufenster hatte, konnte wenigstens mit einem Sonnenschirm glänzen. Ohnehin hatte ich den Eindruck, daß so ziemlich alle Getränkehersteller und sämtliche Zigarettenfirmen ihren Bestand an Reklameschirmen nach Ossiland geschickt und dort kostenlos verteilt hatten. Egal, ob vor einem Obstladen oder einem Wäschegeschäft etwas beschirmt werden sollte, Cola und Camel waren immer dabei.

Wir besuchten eine Buchhandlung, deren Inhaberin bedauerlicherweise kein Werk von Evelyn Sanders vorrätig hatte, es jedoch gern besorgen würde (»Siehste«, flüsterte Steffi, »hier kennt dich sowieso kein Mensch, weshalb soll dich also jemand kennenlernen wollen?«), kauften im Spielwarengeschäft eine Wasserpistole für Peter und eine Benjamin-Blümchen-Kassette für seinen Bruder, fanden weder im Modebasar noch in den anderen Läden etwas, das uns gefallen hätte, und landeten schließlich auf der Terrasse einer hübschen Eisdiele, die wohl hauptsächlich von Jugendlichen frequentiert wurde. »Zu meiner Zeit sind es die Milchbars gewesen«, erinnerte ich mich wehmütig, »Eis gab es damals nur vom Wagen – Schokolade, Vanille und Erdbeer – oder in einem richtigen Café. Ich kann dir nicht mal sagen, wann der Übergang von der Milchbar zur Eisdiele eigentlich stattgefunden hat.«

Das wollte Steffi ohnehin nicht wissen. Schon seit einigen Minuten starrte sie zu der Sparkasse hinüber, vor der ungefähr ein Dutzend Leute standen. »Was ist denn da los? Banküberfall?«

»Quatsch! Dann wäre längst Polizei da.«

»Vielleicht ist es ja eben erst passiert«, meinte sie hoffnungsvoll. »Jedenfalls sollten wir die Augen offenhalten, es könnte ja sein, daß wir wichtige Zeugen werden.«

»Du siehst zu viele Krimis!« Außer uns kümmerte sich niemand um den Menschenauflauf, und soweit ich das beurteilen konnte, rückte die Schlange zwar langsam, aber kontinuierlich vorwärts. »Da ist überhaupt nichts passiert, die Leute wollen lediglich Geld holen.«

»Und deshalb stehen sie bis draußen?«

»Na ja, vielleicht hat bloß ein Schalter auf.«

»Das will ich genau wissen!« Sie lief über die Straße, baute sich vor dem Schaukasten auf und studierte scheinbar den Aktienmarkt. Nachdem sie noch einen Blick durch die Tür ins Innere der Bank geworfen hatte, kam sie zurückgeschlendert. Allerdings konnte sie sich nur mühsam das Lachen verbeißen. »Wenn ich die Gesprächsfetzen richtig interpretiere, dann gibt es dort drüben seit zwei Tagen einen Geldautomaten. Jetzt wollen alle ausprobieren, ob das Ding auch wirklich funktioniert. Eben hat ein Mann bloß einen Zwanziger rausgeholt.«

»Na und? Vielleicht braucht er nicht mehr.«

Sie ließ sich wieder auf ihren Stuhl fallen. »Du weißt doch genau, was ich meine, Määm! Ich hab durch die Tür gelinst, der Schalterraum ist gähnend leer. Aber niemand geht rein, lieber stehen sie sich draußen die Füße platt.«

Steffi konnte das nicht verstehen. Sie ist das typische Wohlstandskind! Zwar weder verwöhnt noch verzogen, aber aufgewachsen in den Sechzigern und Siebzigern, als Krieg und Nachkriegszeit überwunden waren und der Nachholbedarf weitgehend gestillt war. Sie ist groß geworden mit Waschmaschine, Farbfernseher, Urlaubsreisen und Dreigang-Fahrrad, die erste Mikrowelle war für sie nichts anderes als ein Herd en miniature, in dem aber alles wesentlich schneller warm wurde, und Automaten, aus denen sie vom Nelkenstrauß bis zur Strumpfhose alles nur Denkbare ziehen konnte, waren eine Selbstverständlichkeit für sie. Den ersten Bankomat hatte sie denn auch nur folgerichtig mit: »Das wurde auch langsam Zeit!« kommentiert. Im Gegensatz zu mir kann sie sich nicht in die Lage derer versetzen, die jahrzehntelang hinterm Zaun gelebt haben, höchstens mal rübergucken durften und erst jetzt so allmählich das bekommen, was sie bisher nur von weitem gesehen hatten. *Ich* kann sie nur zu gut verstehen. Wie hatte ich damals den Kasten bestaunt, der die Fahrkarten automatisch entwertete und den U-Bahn-Schaffner überflüssig machte. Ich staune ja auch heute noch, und zwar immer dann, wenn ich einen Computer sehe, auf dessen Bildschirm je nach Bedarf die Börsenkurse erscheinen, das örtliche Telefonbuch oder der Grundriß vom Kölner Dom. Am meisten bestaune ich aber jene intelligenten Menschen, die mit Computern umgehen können. Doch das ist ein anderes Thema.

Nach dem Rieseneisbecher hatte Steffi nun doch keinen Hunger mehr auf Krusta mit versch. Belag, statt dessen kaufte sie drei Spreewälder Gurken, süßsauer eingelegt, und verspeiste sie gleich aus der Tüte. Mir wurde schon vom Zusehen schlecht. »Sag mal, du bist nicht eventuell schwanger?«

»Wieso?« fragte sie mampfend. »Nur weil ich nach dem süßen Zeug was Herzhaftes brauche?«

»Ich finde diese Kombination etwas ungewöhnlich. Ein Leberwurstbrötchen könnte ich noch verstehen, aber saure Gurken ...?«

»Rollmöpse hatten sie ja nicht.«

Im Innern des Wagens herrschte Saunatemperatur. Er hatte fast zwei Stunden in der Sonne gestanden. »Klimaanlage im Auto wäre keine so schlechte Idee!« Steffi riß alle vier Türen auf. »Warum kaufst du nicht endlich mal ein Cabrio?«

»Wenn du mir mindestens fünfzig regenfreie Tage pro Jahr mit Temperaturen über 25 Grad garantieren kannst, tu ich es.«

»Hahaha«, machte sie bloß, »dazu müßtest du auswandern.«

»Eben!«

Die Ausfallstraße nach Norden fanden wir gleich, den Abzweig in Richtung K. erst nach intensivem Suchen. Es war ein besserer Feldweg. »Selbst eine Landstraße dritter Ordnung sollte ausgeschildert sein«, meckerte Steffi, die Ideallinie durch ein bettlakengroßes Schlagloch suchend. »Hältst du es für möglich, daß die Erde *doch* eine Scheibe ist und da hinten bei der Kurve plötzlich aufhört? Von hier sieht es so aus, als ob danach nichts mehr kommt.«

Die Gefahr, unverhofft ins Nichts zu stürzen, war wesentlich geringer als die Wahrscheinlichkeit, irgendwo mit dem Auto liegenzublieben, und da wir schon seit etlichen Kilometern keinen Menschen mehr gesehen hatten, würde uns so bald auch niemand finden. »Dreh um!«

»Wie denn?« schrie sie mich an. »Soll ich etwa in dem Kartoffelacker wenden? Oder ist dir der Weizen lieber?«

Der Weizen entpuppte sich bei näherem Hinsehen als Gerste, aber sonst hatte sie recht; zum Wenden war der Weg zu schmal, und in den Feldern würden wir rettungslos steckenbleiben.

»Ich versuch's mal rückwärts, vielleicht kommt ja irgendwo eine etwas breitere Stelle.« Ein paar hundert Meter zockelten wir im Rückwärtsgang, dann endlich zogen sich Treckerspuren durch die Kartoffeln, und dort gelang es Steffi, die Schnauze unseres Wagens wieder in die gewünschte Richtung zu bugsieren. Kurz darauf standen wir auf einer Landstraße zweiter Ordnung, die auch nicht viel besser aussah, doch wenigstens etwas breiter war.

Die Landkarte fiel schon von allein an der richtigen Stelle auseinander, so oft hatten wir sie benutzt. Gemeinsam beugten wir uns darüber, und prompt knallten unsere Köpfe zusammen. »Wir sollten uns wirklich mal einigen, wer zuerst guckt!« Ich befühlte meine linke Stirnhälfte, doch für eine Beule war die Kollision zum Glück zu schwach gewesen.

»Ich natürlich«, sagte Steffi, »du siehst doch ohne Brille sowieso nichts.« Minutenlang studierte sie die Karte. »Es gibt keinen anderen Weg nach K. als diesen Trampelpfad, auf dem wir eben schon langgerutscht sind.«

»Und wenn wir's mal von der anderen Seite versuchen und zunächst auf dieser Straße bleiben?«

»Dann kommen wir in Polen raus«, meinte sie lakonisch, auf die dicke rote Grenzlinie deutend. »Wäre vielleicht gar keine schlechte Idee. Soll es da nicht besonders billige Zigaretten geben?«

Ein Radfahrer wurde unsere Rettung. Lange bevor er uns erreicht hatte, stieg Steffi aus dem Wagen und breitete die Arme aus. Der junge Mann hielt auch sofort an.

»Hoffentlich keine Panne?« Seine Stimme klang richtig besorgt. »Die nächste Reparaturwerkstatt gibt es erst in Prenzlau.«

»Noch sind alle vier Räder dran«, antwortete Steffi, »aber bestimmt nicht mehr lange, wenn dieser durchlöcherte Eselspfad da drüben der einzige Weg nach K. ist.«

Er grinste. »Nach K. wollen Sie? Warum fahren Sie nicht lieber woanders hin?«

Sie nickte zustimmend. »Das frage ich mich ja auch. Aber es geht nun mal nicht anders.« Vorsichtig sah sie sich nach allen Seiten um, bevor sie im Flüsterton weiterredete. »Wir sind nämlich mit Lech Walesa verabredet.«

Nur einen kurzen Augenblick stutzte ihr Gegenüber, dann lächelte es verstehend. »Also habe ich mich doch nicht geirrt! Der ist eben an mir vorbeigefahren. Neben ihm saß Gorbatschow!«

Steffi lachte laut los. »Gut pariert!« meinte sie anerkennend. »Aber nun mal im Ernst: Wir müssen wirklich nach K. und wissen nicht, wie wir hinkommen. Entweder stimmt die Karte nicht, oder die markierte Straße ist plötzlich abhanden gekommen.«

Der junge Mann lehnte sein Rad an einen Baum. »Zeigen Sie mal her!«

Nachdem er sich in das Gewirr von braunen, gelben und weißen Linien vertieft hatte, schmunzelte er. »Die Karte stimmt, nur die Dimensionen nicht! Die Straße, die Sie völlig zu Recht Eselspfad nennen, ist tatsächlich der kürzeste Weg nach K., nur nicht der beste. Wenn Ihnen Ihre Stoßdämpfer lieb sind, nehmen Sie einen Umweg in Kauf und fahren über C.«

Das taten wir denn auch, und damit wäre das aufregendste Erlebnis dieses Nachmittags bereits erzählt. Vielleicht sollte ich noch erwähnen, daß sich auch in Ossiland die Schüler nicht mehr so einfach abkommandieren lassen! Jedenfalls nicht nachmittags!

»Ich bin ja schon damals nicht gern zur Schule gegangen, aber jetzt weiß ich wenigstens, warum nicht!« sagte Steffi später. »Da hat sich in den letzten zehn Jahren auch nichts getan. Und wenn du morgen vormittag wieder den Pausenclown spielen sollst, dann ohne mich! Ich weigere mich strikt, auf dieser Reise noch mal ein Schulhaus zu betreten!«

»Ich auch!« Wütend warf ich die beiden Bücher auf den Rücksitz und steckte mir eine Zigarette an. »Pausenclown ist der richtige Ausdruck! Hab' ich es denn nötig, mich von diesen halbstarken Rotzlöffeln zur Minna machen zu lassen? Kommt nicht mehr in Frage! Die restlichen Schulveranstaltungen werden abgesagt. Basta!«

»Jawoll!« bekräftigte Steffi und kramte auch gleich in ihren Unterlagen. »Hoffentlich stehen hier nicht nur die Adressen, sondern auch die Telefonnummern drin. Darauf habe ich noch nie geachtet.«

»Das wäre nun wirklich das geringste Problem. Sogar in Ossiland hat's Telefonbücher gegeben.«

Endlich hatte Steffi das Gesuchte gefunden. »Glück gehabt, morgen hast du nur einen Auftritt am Nachmittag. In Eberswalde.«

Eberswalde? Da konnte doch etwas nicht stimmen! Diese Stadt mit dem einzigen Namen, der mir aus welchen Gründen auch immer noch aus meiner Kindheit bekannt war, würde doch erst nächste Woche an die Reihe kommen. Dazwischen sollte der Fahrerwechsel stattfinden, denn Nicki hatte sich extra die zweite Woche ausgesucht, weil wir dann schon weiter südlich sein würden und vielleicht einen Abstecher in den Spreewald machen könnten. »Ich hab' neulich in der Glotze einen Bericht gesehen ..., also das muß da ganz toll sein. Autos gibt's nicht, die Leute fahren alle mit so komischen Kähnen rum, und die Landschaft ist auch noch richtig urwüchsig. Bist du da schon mal gewesen?«

»Vielleicht als Kind, doch daran kann ich mich nun wirklich nicht mehr erinnern.« Ich weiß zwar noch, daß mich Omi seinerzeit überallhin mitgeschleppt hatte und ich mindestens ein halbes Dutzend Mal auf den dicken Filzpantoffeln durch Schloß Sanssouci gerutscht war – ein Vergnügen, das diese gräßlichen Besichtigungstouren wenigstens ein bißchen erträglicher gemacht hatte –, doch der Spreewald, so ich denn dort gewesen sein sollte, muß wohl keinen nachhaltigeren Eindruck bei mir hinterlassen haben. Trotzdem hatte ich Nicki einen Besuch dieser in Deutschland einmaligen Landschaft zugesichert.

»Du irrst dich, mein liebes Kind«, sagte ich mit der lässigen Überheblichkeit, die wir Frauen so gerne an den Tag legen, wenn wir uns absolut im Recht fühlen, »Eberswalde ist erst in der kommenden Woche dran. Du mußt die Zettel vertauscht haben.«

»Ich habe überhaupt nichts vertauscht«, wehrte sie sich sofort, »es sind doch immer bloß zwei Blätter gewesen.«

Das allerdings stimmte. »Gib den ganzen Krempel mal her!« Es hatte sich schon eine Menge Papierkram angesammelt, den ich einfach in eine Plastikhülle gestopft hatte mit dem Vorsatz, ihn zu Hause auseinanderzusortieren. Meine Steuerberaterin hat mich nämlich schon recht gut im Griff. Früher hatte ich ihr Quittungen, Benzinrechnungen, Kontoauszüge und was sonst noch alles für das Finanzamt interessant sein könnte, auf den Schreibtisch gekippt und sie gebeten, sich das für sie Brauchbare selbst herauszusuchen. Anfangs hatte sie das sogar getan. Immerhin war ich ihre erste Klientin, die das später zu zahlende Honorar als Buchautorin verdiente, folglich in die Rubrik *Künstler* eingestuft wurde und eine gewisse Narrenfreiheit genoß. Das änderte sich allerdings sehr schnell, als wir uns nicht mehr nur über Gewinnermittlung und Vorsteuerabzug unterhielten, sondern auch über Teenagerliebe und daraus resultierende Versetzungsgefährdung. Frau Grießbach hatte zwei Söhne und alles das noch vor sich, was bereits seit etlichen Jahren hinter mir lag. Jedenfalls kam sie wohl im Laufe unserer Gespräche zu dem Schluß, daß ich trotz meines »Künstlerstatus« offenbar ein ganz normaler Mensch mit einer normalen Intelligenz bin, dem man gewisse Auflagen in bezug auf Ordnung durchaus zumuten kann. Fortan verweigerte sie die Annahme meiner Schuhkarton-Buchhaltung, was zur Folge hatte, daß ich spätestens in der ersten Novemberwoche eines jeden Jahres auf dem Fußboden meines Zimmers inmitten eines Papierchaos sitze und versuche, zur Lesereise A die passenden Quittungen zu finden. Die sind natürlich nicht da, aber dafür entdecke ich zwei Hotelrechnungen, die ich mir nicht erklären kann, weil ich nicht mehr weiß, was ich im April auf der Schwäbischen Alb machte. Im Terminkalender steht auch nichts. Also lege ich die Rechnungen vorerst zur Seite, und wenn mir endlich eingefallen ist, daß ich ja in dieses kleine Kurstädtchen zu einem Kongreß gefahren war, dann sind die Quittungen schon wieder in dem ganzen Papierwust verschwunden, und das Spiel geht von vorne los.

Es muß wohl Katja gewesen sein, auf deren Schreibtisch es jahrelang so ähnlich ausgesehen hatte wie bei mir auf dem Fußboden, denn sie machte mich mit den Plastikhüllen bekannt. Die sind nur oben offen und haben an der Seite zwei Löcher, damit man sie abheften kann. Da sie erfreulicherweise auch durchsichtig sind, kann man schon von außen erkennen, was man mal reingesteckt hat. Man braucht sie also nicht mehr auszukippen. Trotzdem dauerte es noch eine ganze Weile, bis mich Katja von der Notwendigkeit überzeugt hatte, immer eine ausreichende Menge dieser Hüllen im Auto zu haben. Wenn ich mir nun auch noch angewöhnen könnte, für jede »dienstliche« Fahrt eine neue Hülle zu verwenden, wäre diese Methode des Vorsortierens sicher äußerst hilfreich. Andererseits bin ich ein sparsamer Mensch, dem es widerstrebt, für nur zwei klitzekleine Zettelchen eine ganze Tüte zu verschwenden. Da ist doch noch so viel Platz …

Auf dieser Reise hatte aber Steffi die provisorische Buchhaltung übernommen, und sie behauptete weiterhin steif und fest, außer diesen beiden Schreibmaschinenblättern keine weiteren Unterlagen zu haben. »Hier steht ganz klar und deutlich: Am 18.5., 15.00 Uhr, eine Veranstaltung in Eberswalde.«

»Und welchen haben wir heute?«

»Den Fünfzehnt …« Sie stutzte, dann sah sie mich völlig entgeistert an. »Heißt das, wir haben morgen frei? Und können tun, was wir wollen?«

Mir kam das auch etwas seltsam vor, denn soweit ich mich erinnerte, hatte ich bis einschließlich Freitag einen vollen Terminplan gehabt. Andererseits hatte ich die späteren Änderungen nicht allzu gründlich studiert, und auf das Datum hatte ich sowieso nicht geachtet.

»Warum haben wir nicht vorher nachgeguckt«, jammerte Steffi, »jetzt haben wir natürlich unsere Klamotten nicht dabei. Aber wenn wir uns beeilen, können wir in einer Stunde auf der Autobahn und spätestens um sieben in Berlin sein.«

Dieser Gedanke war mir auch sofort durch den Kopf gegangen, doch meine Euphorie verflog gleich wieder. »Das geht nicht, Steffi, wo sollen wir denn übernachten? Dagi erwartet uns erst morgen zurück, Irene ist nicht da, und nur, um ein paar Stunden eher in Berlin zu sein, bezahle ich bestimmt kein Hotelzimmer. Wir fahren morgen gleich nach dem Frühstück los, bummeln ein bißchen durch die Stadt, gehen irgendwo essen, und nachmittags treffen wir uns, wie vereinbart, bei Dagmar.«

»Bummeln könnten wir auch heute abend schon«, maulte sie enttäuscht. »Wollen wir nicht mal anrufen? Vielleicht ist Dagi ja zu Hause.«

Natürlich war sie nicht daheim, aber damit hatte ich auch nicht gerechnet. Wahrscheinlich saß sie in Nikolassee und wartete, daß der dritte Durchlauf der Spülmaschine endlich fertig war. Victor kauft zwar alle zwei Jahre einen neuen Computer, weil der vorherige seinen Ansprüchen nicht mehr genügt, doch die Handhabung der Spülmaschine stellt ihn vor unlösbare Probleme. Seine erste hatte er nach zwei Monaten reklamiert, angeblich würde sie nicht ordentlich arbeiten. Ein Abgesandter des Kundendienstes kam, überprüfte das Gerät, präsentierte dem Besitzer die vorher eingefetteten und nunmehr tadellos gespülten Teller, nahm dankend das Trinkgeld in Empfang und zog wieder ab. Drei Wochen später wurde Dagi beauftragt, die Maschine zurückzugeben und statt dessen ein anderes Modell zu ordern. Was Victor mit überhöhter Lautstärke versucht und selten schafft, gelingt Dagi mit Charme und Augenaufschlag meistens mühelos. Schon am nächsten Tag stand eine neue und um etliches teurere Maschine in der Küche. Doch auch dieses Luxusmodell weigerte sich nach relativ kurzer Zeit, die Gläser vorschriftsmäßig klar und die Teller einwandfrei glänzend zu spülen, und weil Dagi es begreiflicherweise ablehnte, auch dieses Gerät wieder zu reklamieren, beschloß sie, der Sache erst mal selber auf den Grund zu gehen. Den hatte sie auch sehr schnell gefunden. Ihre Frage, wo Victor denn das Salz stehen habe, beantwortete er etwas irritiert mit: »Im Gewürzschrank, wo sonst?«

Damit war die Sache klar gewesen. Niemand hatte ihm gesagt, daß so ein Automat außer einem Spülmittel auch Reinigungssalz braucht, und in die Betriebsanleitung hatte er selbstverständlich gar nicht erst hineingeschaut, das hat er nämlich nicht nötig. Mit Technik kennt er sich ja aus!

Einige Zeit später ein erneuter Hilferuf. Die halbe Küche stünde unter Schaum, er quelle pausenlos aus der Maschine, da müsse ein Rohr geplatzt sein, und was denn jetzt wohl zu tun sei. Dagi empfahl als Sofortmaßnahme das Herausziehen des Steckers, worauf Victor gefahrlos mit dem Abtragen des Schaumes beginnen könne – am besten unter Verwendung von Eimer und Kehrschaufel. Und was er denn eigentlich für ein Spülmittel verwendet habe?

»Das in der blauen Packung ist alle gewesen, aber im Besenschrank habe ich noch eine halbvolle Flasche gefunden. Die stand da wohl noch von früher.«

Jetzt hat Victor auch gelernt, daß Geschirrspüler nicht jedes Mittel schlucken, sondern im Gegenteil manches wieder regelrecht auskotzen. Trotzdem ist ihm dieses schaumspeiende, gelegentlich streikende Ungetüm suspekt, und deshalb stapelt er das benutzte Geschirr so lange übereinander, bis Dagi wieder aufkreuzt und sich der Sache annimmt. »Früher ist er bestenfalls vier Tage ausgekommen«, hatte sie mal erwähnt, »doch seitdem er das ganze Porzellan von seiner Mutter geerbt hat, kann er sich auch nach zwei Wochen noch saubere Teller aus dem Schrank nehmen, und ich sitze dann den ganzen Nachmittag in der Küche und jage einen Spülgang nach dem anderen durch die dämliche Maschine.«

Steffi fand sich also notgedrungen damit ab, ein weiteres Mal bei einem Froschkonzert einschlafen zu müssen, und als wir uns am nächsten Morgen verabschiedeten, taten wir es mit der Zusage, uns ganz bestimmt wieder zu melden. Steffi versprach unserem kleinen Grillmeister, ihm ihre ganzen alten Puzzles zu schicken, was sie auch wirklich getan hat, und wenn der geplante private Besuch bisher auch immer wieder aufgeschoben worden ist, so schreiben wir uns wenigstens einmal im Jahr einen ausführlichen Brief. Deshalb weiß ich auch, daß die Ferienwohnung inzwischen sogar noch eine kleine Küche bekommen hat und sich die Gäste im Löwenzwinger immer sehr wohl fühlen. Manche kommen sogar jedes Jahr wieder. Verständlich, denn uns hatte es ja auch großartig gefallen.

Fahrerwechsel

»Guck mal, Määm, gleich hängen wir in einem richtig schönen Stau! Die Zivilisation hat uns wieder.«

Es mag Auffassungssache sein, ob man in einem Verkehrsstau den Inbegriff der Zivilisation sehen will, aber auch ich fand es keineswegs frustrierend, im Schneckentempo von Ampel zu Ampel kriechen zu müssen. So hatte ich doch Gelegenheit, mich über die bunten Reklameschilder zu freuen, über den Trubel und über die vielen Menschen, die die Straßen bevölkerten. Wir waren wieder in Berlin! In Westberlin!

Schon lange vor dem Fall der Mauer war ich häufiger in Ostdeutschland gewesen, allerdings immer nur bei Freunden in Erfurt, und dort ist mir die Tristesse von Ossiland nie so recht zu Bewußtsein gekommen. Genau wie Berlin, Dresden und Weimar gehörte auch Erfurt zu den Touristenzielen und genoß Privilegien, die es für andere Städte nicht gegeben hatte. Die Häuser in den Fußgängerzonen hatten nie so heruntergekommen ausgesehen wie die anderen, für sie muß wohl immer genügend Farbe dagewesen sein, Cafés und Restaurants hatten sich speziell im Sommer, wenn man draußen sitzen konnte, kaum von den hiesigen Gaststätten unterschieden, und auch die Geschäfte waren meistens besser bestückt gewesen als üblich. Trotz aller Unzulänglichkeiten haben diese Städte *gelebt*, während ich woanders immer das Gefühl gehabt hatte, sie würden lediglich *existieren*.

Mit Sicherheit ist dieser Eindruck falsch gewesen. Trotzdem kam es mir beim Anblick des quirligen Betriebs rund um die Gedächtniskirche vor, als sei ich nicht vier Tage, sondern mindestens vier Wochen lang durch das graue Einerlei der ostdeutschen Provinz gefahren. Ein bißchen hatte mich die ganze Atmosphäre an die Zeit unmittelbar nach dem Krieg erinnert, als die Menschen fast alle mit stumpfen, grauen Gesichtern herumgelaufen waren. Sie hatten damals auch nicht gewußt, wie es weitergehen würde, sie hatten nur hoffen können.

Steffi schien ähnliche Empfindungen zu haben. Sie trällerte etwas vor sich hin, das man mit viel gutem Willen als »Pretty Woman« identifizieren konnte (wir können ja alle nicht singen!), und schimpfte nicht mal, als ihr ein dicker Daimler die Vorfahrt nahm. »Meinetwegen brauchen wir nicht großartig essen zu gehen«, sagte sie plötzlich, »mir genügt 'ne Frittenbude.«

Diese ungewohnte Bescheidenheit überraschte mich denn doch, aber die Begründung kam sofort: »Ich dachte mir, daß wir vielleicht heute abend alle zusammen ...«

»Heute abend« bedeutete mindestens fünf Personen, denn selbstverständlich würde auch Dagi mitkommen, was den Schluß nahelegte, daß dann Victor ebenfalls mit von der Partie sein würde. Also sechs! Dagis Stammkneipe war zwar recht gemütlich, Wirsingkohl leider nicht jedermanns Sache, und ob das Finanzamt die Rechnung als Reisespesen anerkennen würde, blieb auch noch dahingestellt ...

Steffi schien zu ahnen, was sich in meinem Kopf abspielte. »Nu' gib dir mal einen seelischen Ruck! Immerhin sparst du doch die Hotelkosten für uns alle.«

Damit hatte sie wiederum recht. Schließlich hatte uns Dagi für die kommenden zwei Nächte ihre ganze Wohnung zur Verfügung gestellt, während sie selbst in Nikolassee schlafen würde; das sollte man ja auch honorieren. »Also gut, wir gehen essen, und ich lade euch alle ein. Fragt sich nur noch, wohin.«

Selbst darauf wußte Steffi sofort eine Antwort. »Du hast doch immer von diesem japanischen Restaurant im Europa-Center geschwärmt! Können wir da nicht hingehen?«

Jetzt war sie total übergeschnappt! Es stimmte, daß ich dort mal ausgezeichnet gegessen hatte, doch das lag mindestens acht Jahre zurück, und außerdem hatte der Verlag die Freßorgie bezahlt als Belohnung für zwei Tage »Öffentlichkeitsarbeit«, worunter ein total verpatztes Rundfunkinterview zu verstehen ist und drei Signierstunden, die auch nicht gerade das gehalten hatten, was ihre Initiatoren sich erwartet hatten. Gegen Straßenbauarbeiten vor der Ladentür, kombiniert mit einem zünftigen Landregen, ist auch der rührigste Buchhändler machtlos.

Nach Ansicht der meisten Verleger lassen sich frustrierte Autoren am besten dadurch besänftigen, daß man sie erst mal abfüttert. Ich kann mich zwar erinnern, daß ich seinerzeit weder frustriert noch besonders hungrig gewesen war, doch die als Babysitter abkommandierte Begleitmannschaft hatte auf einem angemessenen Ambiente bestanden und mich ins »Daitokai« eskortiert. Daß es ein recht amüsanter Abend geworden war, habe ich schon irgendwann mal erzählt, doch wie teuer er gewesen ist, weiß ich nicht, denn es brauchte mich nicht zu interessieren. *Ich* mußte ja nicht die Scheine aus der Tasche ziehen!

Eingedenk der Tatsache, daß es schon damals wahrscheinlich eine ganze Menge gewesen waren, appellierte ich an Steffis Vernunft. »Geht's nicht eventuell etwas billiger?«

»Sei nicht so geizig, Mami«, schmeichelte sie. »Wann kommen wir Landeier schon mal in die große weite Welt? Bei uns gibt es doch so etwas Exotisches nicht.«

Wer hat behauptet, daß Töchter nur ihre Väter um den Finger wickeln könnten? Unsere schaffen es auch bei mir! »Also gut, essen wir eben die Vier Jahreszeiten oder das Menü Blaue Lagune oder die Fische aus dem Teich der Freuden … Japanische Speisekarten sind immer sehr blumenreich, man weiß bloß nie, was sich dahinter versteckt.«

»Wir machen es einfach wie beim Chinesen. Jeder bestellt etwas anderes, und dann futtern wir uns quer durch.«

Bisher waren wir etwas ziellos herumgefahren in der Hoffnung, irgendwo eine Parklücke zu entdecken, doch nun steuerte Steffi ein unterirdisches Parkhaus an. Es war übrigens erstaunlich leer. Aus gutem Grund, wie sich später herausstellte, denn welcher Trottel zahlt schon zehn Mark pro angefangener Stunde? Außer mir natürlich.

»Jetzt reservieren wir erst mal einen Tisch für heute abend«, bestimmte Steffi, meine stille Hoffnung begrabend, es würde sich doch noch eine preiswertere Futterquelle finden lassen.

Der deutsche Oberkellner musterte uns von Kopf bis Fuß, ehe er sich dann doch bequemte, seinen Reservierungsplan zu holen. Offenbar war es unüblich, daß man selber auf der Matte stand, statt anzurufen oder ein Fax zu schicken. Sechs Personen? Hm, etwas schwierig, wird sich jedoch machen lassen, allerdings erst zur zweiten Schicht.

»Was habe ich darunter zu verstehen?«

Er sah mich an, als hätte ich ihn gefragt, wo Tokio liegt. »Wenn Sie gegen 21 Uhr kommen, wird der Tisch wieder frei sein.«

»Das habe ich ja noch nie gehört«, wunderte sich meine Tochter, als wir wieder draußen standen. »Du vielleicht?«

»Ja. Im Speisewagen von der Bundesbahn!«

Vier Stunden später war ich fußlahm. Wir hatten so ziemlich alle Boutiquen im Umkreis von zwei Kilometern inspiziert, das KDW durchwandert und uns, wie üblich, hoffnungslos darin verlaufen, hatten ungefähr vierzehn Paar Schuhe anprobiert und dann doch keine gekauft, hatten meine Bluse mit Eis bekleckert, eine Ansichtskarte an Irene geschrieben und bei jeder Telefonzelle versucht, Dagi anzurufen. Schließlich mußte ich mich damit abfinden, daß sie wohl nicht zu Hause war. »Wer wen mißverstanden hat, weiß ich nicht, doch jetzt bleibt uns nichts anderes übrig, als schleunigst nach Schöneberg zu fahren und Wache zu schieben. Wenn Nicki und Thomas nicht schon da sind, können sie jede Minute einreiten. Vielleicht sitzen sie bereits vor der Haustür.«

»Glaube ich nicht«, winkte Steffi sofort ab, »die müssen ja auch erst mal die Straße finden.«

Hätte ich nicht automatisch auf die Klingel gedrückt, obwohl das bei einer leeren Wohnung eigentlich sinnlos ist, dann wären wir wahrscheinlich auf den Treppenstufen hockengeblieben und hätten gewartet. So aber öffnete sich sofort die Tür. »Ich wollte gerade den Mülleimer runterbringen«, sagte Dagi, ihn gleich wieder abstellend, »aber nun habe ich einen triftigen Grund, das erst mal zu verschieben. Und so richtig voll ist er ja noch gar nicht.«

»Gib her, das kann ich doch machen.« Steffi bückte sich, doch Dagi beförderte den Eimer mit einem Fußtritt in die Ecke. »Eben nicht! Da sind nämlich drei verschiedene Abteilungen drin, alle rausnehmbar, und für jede braucht man eine andere Tonne. Wehe, wenn da was verwechselt wird! Unser Hausmeister hat einen Lehrgang in Müllologie mitgemacht, glaube ich wenigstens, denn um das Unkraut im Vorgarten kümmert er sich nicht mehr, aber er kann dir genau sagen, wer vorgestern den Joghurtbecher in den falschen Container geschmissen hat.« Sie zog uns in die Wohnung und schloß die Tür. Plötzlich kicherte sie. »Wenn das Emmchen noch erlebt hätte ...!«

»Was erlebt?«

»Daß man seine Brille aufsetzen muß, um eine Heringsdose in den Mülleimer zu werfen.«

»Verstehe ich nicht«, sagte Steffi.

»*Noch* nicht! Du kannst ja noch mit bloßem Auge erkennen, was unten drunter steht, und ob die leere Quarkpackung nun zu PP, PE oder PS gehört. Was haben übrigens Autos mit Müll zu tun? PS heißt doch Pferdestärke?«

Bald saßen wir auf dem Balkon, tranken Kaffee, gabelten Erdbeertorte und erstatteten Bericht. Im Gegensatz zu uns, die wir zum erstenmal mit den neuen Bundesländern konfrontiert worden waren, war für Dagi das Gebiet um Berlin herum inzwischen vertrautes Revier. »Ich hab' das ja auch alles nicht gekannt, aber jetzt bin ich schon oft einfach ins Blaue gefahren, allein oder mit Victor, wenn er mal dazu aufgelegt war. Ihr hättet gleich nach der Wende herkommen müssen, da hat alles noch viel trostloser ausgesehen. Jetzt erkennt man doch überall schon Fortschritte!«

»Ja, und wie!« sagte Steffi sofort. »Auf der einen Allee, ich weiß nicht mehr, wie die hieß, haben sie von den herrlichen Bäumen die ganzen Kronen gekappt.«

Dagi nickte. »Ich weiß. Aber mit jedem gefällten Baum verringert sich auch die Waldbrandgefahr«, meinte sie trocken. »Will noch jemand Kaffee?«

Nach nur gut sieben Stunden Fahrzeit (angeblich!) trudelte die Ablösung ein. Übrigens war sie zu dritt. Horst Hermann war auch mitgekommen. Also noch einer mehr beim Japaner! Oder vielleicht doch nur sechs? Victors Zusage fehlte noch.

»Laß den bloß zu Hause!« hatte Dagi empfohlen, nachdem ich ihr unser Abendprogramm unterbreitet hatte. »Der nervt seit heute morgen! Was glaubst du wohl, weshalb ich nicht ans Telefon gehe?«

»Ehekrach?«

»Nee, Eifersucht! Er bildet sich doch ein, daß ich mit euch heute um die Häuser ziehe! In dem Glauben habe ich ihn ja auch gelassen, und jetzt will er dauernd kontrollieren, ob ich noch da bin.« Sie bleckte die Zähne. »Der ist wie 'ne Milchflasche! Läßt man ihn mal stehen, wird er sauer!«

»Eben! Weshalb soll er denn nachher nicht mitkommen? Soll ich ihn mal anrufen?«

»Nicht nötig. Wenn es gleich wieder klingelt, gehst *du* einfach ran.«

Victor raspelte Süßholz. Am Telefon kann er das am besten, weil ihm sein Opfer nicht direkt gegenübersteht. Mein letztes Buch habe ihm hervorragend gefallen, sagte er, es sei ganz große Klasse. Dabei weiß ich genau, daß er noch nie eins von mir aufgeschlagen hat, sich höchstens von Dagi davon erzählen und ein paar Passagen daraus vorlesen läßt. Daß ich Bücher schreibe, findet er nicht sonderlich bemerkenswert, doch daß ich damit Geld verdiene, imponiert ihm. Letztendlich bin ich eine Frau, wäre ohne Mann also gar nicht überlebensfähig, und es beunruhigt ihn immer wieder, daß seine Vorstellung von einer Ehefrau und Mutter auf mich so gar nicht zutrifft. Daß sie auch zu Dagmar nicht paßt, scheint er nicht wahrhaben zu wollen.

Victor ist ein Macho par excellence, aber ich mag ihn trotzdem. Oder gerade deshalb, denn diese Spezies stirbt allmählich aus, und Prachtexemplare wie er haben in unseren Breitengraden wirklich schon Seltenheitswert.

Meine Einladung für den Abend lehnte er erst einmal ab. Nicht etwa deshalb, weil er sich von einer Frau nicht das Essen bezahlen läßt, sondern weil ich – und vor allem Dagi – auf die Idee kommen könnten, er habe nichts Besseres zu tun. »Vielen Dank, doch das geht auf keinen Fall. Ich stecke bis über beide Ohren in Arbeit.«

Verständlich. Er ist nicht umsonst Unternehmer geworden. Nun darf er freiwillig sechzehn Stunden pro Tag arbeiten, weil er nicht mehr länger acht Stunden täglich für einen anderen hatte arbeiten wollen. »Ich hätte wenigstens eine etwas originellere Ausrede erwartet.«

»Das ist keine Ausrede, das ist eine Tatsache«, protestierte er.

»Als Tatsachen bezeichnen wir Dinge, denen wir nicht mehr weiter auf den Grund gehen wollen. Aber eins kannst du mir trotzdem verraten: Ist sie blond?«

»Hältst du mich für so phantasielos?« kam es sofort zurück. »Was soll ich denn mit zwei Blondinen?«

Richtig, Dagi ist ja auch eine. »Na gut, dann amüsiere du dich mit der Brünetten, und ich werde versuchen, deine Blondine den lüsternen Blicken unserer männlichen Begleiter möglichst fernzuhalten.«

Jetzt wurde er hellhörig. »Ich denke, da ist nur der Freund von deiner Tochter mitgekommen.«

»Der Freund hat aber noch einen Freund mitgebracht.« Thomas und Horst Hermann als Freunde zu bezeichnen war blanker Hohn. Wenn man die zwei in ein Becken mit einem Hai steckt, kriegt der Hai eine Identitätskrise! Davon mal ganz abgesehen, hatten die beiden Männer ihre Gastgeberin zwar artig begrüßt, sich dann aber nicht weiter um sie gekümmert.

»Wo wollt ihr überhaupt essen gehen?« fragte Victor scheinbar nebenbei. »Du kennst dich doch hier gar nicht mehr aus.«

»Ins Daitokai.«

»Das ist doch 'ne typische Touristenfalle«, meinte er abfällig, »Berliner gehen da gar nicht hin.«

»Warst du denn schon mal dort?«

»Natürlich nicht.«

»Siehste, aber ich! Und ich kann mich erinnern, eine ganze Menge Berliner gesehen zu haben. Mich eingeschlossen. Aber du mußt ja nicht mitkommen! Ist vielleicht auch besser; hinterher wollen wir noch ein bißchen bummeln gehen, und über so was bist du sicher auch erhaben. Das machen nur Touries. Solltest du es dir aber doch noch anders überlegen, dann sei wenigstens pünktlich. Der Tisch ist für neun Uhr reserviert.«

»Das ist sowieso viel zu spät«, hörte ich ihn noch räsonieren, bevor ich den Hörer auflegte.

»Und ob der kommt!« sagte Dagi nur.

Sie behielt recht. Wir bekamen gerade die obligatorischen

großen Lätzchen umgebunden, als Victor auch schon das Bonsai-Gärtchen durchschritt, die kleine Brücke überquerte und sich suchend umsah. Er hatte uns sofort entdeckt und kam mit großen Schritten näher. »Guten Abend.«

Nun erfordert es die Etikette, daß man zur Begrüßung aufsteht. Zumindest die Herren sollten das tun, und unsere beiden gaben sich auch redliche Mühe, der Höflichkeit zu genügen, nur ist das in einem japanischen Restaurant nicht so ganz einfach. In der Regel sitzt man auf fest installierten Bänken, der Tisch ist ebenfalls angeschraubt, und wer einmal Platz genommen hat, sollte nach Möglichkeit nicht mehr aufstehen müssen. Tut man es doch, steht man mit eingeknickten Knien und devot vorgebeugtem Oberkörper da. Den Japanern scheint das nichts auszumachen, sie begrüßen sich immer so. Europäer erwecken in dieser Haltung einen leicht debilen Eindruck. Victor war entschieden im Vorteil, er stand aufrecht und konnte seine volle Länge von 1,78 m entfalten.

Nur einen kurzen Blick hatte Dagi auf ihren Lebensabschnittsbegleiter geworfen, als sie sich zu mir herüberneigte. »Sieht er nicht schon wieder aus, als sei er gerade aus dem Bett gestiegen?«

»Leinen knittert edel«, zitierte ich den Slogan bundesdeutscher Textilhersteller, der mich trotz – oder gerade wegen! – zweier eigener Leinenblazer nie überzeugt hat. Auch Victors heller Anzug schrie förmlich nach einem Bügeleisen, das Oberhemd hätte zwei Nuancen dunkler sein müssen, und die Krawatte paßte schon überhaupt nicht, doch was er anhatte, war nicht billig gewesen, und folglich mußte es Dagi besorgt haben. »Für sich selber gibt er nie Geld aus«, hatte sie mir mal erzählt, »für offizielle Anlässe hat er seinen Smoking, und sonst ist es ihm völlig Wurscht, wie er herumläuft. Wenn er einen Hundertmarkschein wechselt, hat er bereits Angst, demnächst unterhalb der Armutsgrenze leben zu müssen. Dabei könnte er sich schon morgen zur Ruhe setzen und seinen Hobbies frönen.«

»Hat er denn welche?«

»Ja. Langbeinige Stewardessen.«

Nachdem er seine vermeintlichen Rivalen um Dagis Gunst in Augenschein genommen und als ungefährlich eingestuft hatte, wurde Victor zusehends umgänglicher. Er stellte für Horst Hermann und Thomas eine »Berlinanfänger-Besichtigungstour« zusammen, die auch so wichtige Stationen wie Transvestiten-Show und Billard International enthielt, empfahl Havelrundfahrt und Alexanderplatz, wußte, wo man preiswert und trotzdem gut essen kann ... Das Jungvolk hörte ihm aufmerksam zu, und Victor genoß es. Schließlich war er es sogar, der sich unternehmungslustig erkundigte, was man denn mit dem angebrochenen Abend noch machen könnte. Da war es kurz vor Mitternacht.

»Gar nichts«, sagte ich sofort. »Jedenfalls, was mich betrifft. Alte Leute gehören um diese Zeit ins Bett.«

Der erhoffte Protest blieb natürlich nicht aus, aber ich war tatsächlich müde und hatte nicht die geringste Lust, in einem Stripteaseschuppen zu landen. Nach Ansicht von Großstadtbewohnern sind Besucher aus der Provinz für diese Art von Vergnügungen immer zu haben. Man braucht sich ja nur das Programm der offiziellen Omnibusrundfahrt *Berlin bei Nacht* anzusehen. Und was das Schlimmste ist: Diese Tittentouren sind meistens ausgebucht!

Zum Glück ließ sich Victor überzeugen, daß ein kühles Bier in einer zünftigen Kneipe jedem Cocktail vorzuziehen sei. Er kannte auch die richtige, und dann wurde es doch zwei Uhr, ehe wir uns auf den Weg zu unseren verschiedenen Nachtquartieren machten.

»Ich habe alles rausgelegt, was ich an Decken und Kissen gefunden habe«, sagte Dagi, »sogar eine alte Luftmatratze. Irgendwie werdet ihr schon klarkommen. Und zum Frühstück treffen wir uns, wie abgemacht, am Winterfeldplatz. Ist halb zehn zu früh?«

»Zu spät!« behauptete Nicki. »Wir haben doch morgen so viel vor!«

»Also gut, sagen wir neun Uhr, einverstanden?«

»Viel zu früh«, murmelte ich, aber das hatte sowieso niemand gehört. Woher hatte Dagmar bloß diese Energie? Sooo viel jünger als ich war sie ja nun auch wieder nicht!

Frühstückscafés gibt es inzwischen in den meisten Städten, aber garantiert nicht so viele wie in Berlin. Und die meisten davon müssen in Schöneberg liegen. Daß man an jeder dritten Ecke eine Kneipe findet, war mir schon in der vergangenen Woche aufgefallen, daß man in den meisten außer Bier und Bockwurst auch ein komplettes Frühstück bekommen kann, merkten wir erst, als wir uns auf die Suche nach dem von Dagmar favorisierten »Café schräg gegenüber vom Markt« machten. Der Marktplatz war nämlich riesig, hatte vier Ecken, an jeder gab es ein Lokal und in der Mitte auch noch zwei. »Schräg gegenüber« konnte jedes sein, es kam nur darauf an, ob man die ganze Sache vom Käsestand aus betrachtete oder von Brokkoli und grünen Bohnen.

»Weißt du denn wirklich nicht, wie das Lokal heißt?« fragte Nicki zum nunmehr sechsten Mal, denn sie hatte Hunger, und die verlockenden Düfte nach frischen Backwaren wirkten nicht gerade besänftigend.

»Nein, ich weiß es wirklich nicht«, antwortete ich zum ebenfalls sechsten Mal, was ihre Laune keineswegs verbesserte.

»Dann bleibt uns wohl nichts anderes übrig, als die ganzen Schuppen der Reihe nach abzuklappern«, entschied Horst Hermann. »Irgendwo wird Dagmar ja sitzen.«

Er kannte sie zuwenig, sonst hätte er gewußt, daß Pünktlichkeit nicht zu ihren hervorstechendsten Eigenschaften gehört, und die Vermutung, sie würde bereits auf uns warten, völlig illusorisch war. »Am besten nimmt sich jeder von uns ein Lokal vor, und wenn sie nicht drin ist, muß er davor Posten beziehen.«

»Wie sollen wir uns denn verständigen? Durch Rauchzeichen?« Die Ironie in Nicoles Stimme war nicht zu überhören. Sie mußte jedoch zugeben, daß mein Vorschlag einleuchtend klang. Wir verteilten uns, und schon zehn Minuten später erlöste mich Steffi von den Büstenhaltern. Es war die einzige Marktbude gewesen, die ich zusammen mit dem mir zugeteilten Bistro im Auge behalten konnte.

Das richtige Café war es angeblich nicht, in dem wir endlich zusammentrafen, aber das war überfüllt gewesen, und dieses hier sollte auch ganz gut sein, behauptete Dagi. Sie beharrte weiterhin darauf, gestern die grünweiße Markise erwähnt zu haben, auf die wir achten sollten, doch nun saßen wir unter einer roten, und die andere wäre blauweiß und folglich auch verkehrt gewesen. »Na und?« meinte sie gleichmütig. »Wir haben uns doch auch so gefunden.«

Es ist schon erstaunlich, was Männer zum Frühstück verdrücken können! Das fängt bei Müsli an, setzt sich über Eier, Schinken, Wurst und Käse fort, danach folgt eine Quarkspeise, die notfalls durch Joghurt ersetzt werden kann, ein bißchen Obst wäre auch genehm, und als Abschluß dann etwas Süßes, vielleicht ein Stück Streuselkuchen oder eine Cremeschnitte. »Wolltest du nicht mal wieder eine Vier-Wochen-Diät machen?« Ungläubig sah Steffi zu, wie Horst Hermann zwei Salamischeiben auf seine Brötchenhälfte packte und sie mit Emmentaler Käse dekorierte.

»Mach ich auch«, sagte er kauend, »demnächst. Das Abnehmen muß sich doch lohnen.«

Wir anderen waren schon fast fertig, nur Steffi wartete immer noch auf ihre bestellten Eier, obwohl sie die schon zweimal reklamiert hatte. Als die Kellnerin wieder einmal an unserem Tisch vorbeihuschte, hielt sie sie am Schürzenzipfel fest. Ihre Stimme klang etwas lauter als üblich: »Ich wollte die Eier doch bloß gebraten, nicht gebrütet!«

Wenig später waren sie da.

»Was habt ihr denn für Pläne«, erkundigte sich Dagi, »sofern ihr überhaupt welche habt.«

Thomas sah Nicki an, Horst Hermann zuckte die Achseln, Steffi beschäftigte sich mit ihrem Spiegelei – niemand sagte etwas.

»Die werden sich nicht einig«, vermutete ich.

»Dann lassen wir sie eben sitzen.« Sie griff zu ihrer Handtasche, wühlte darin herum und zog schließlich zwei einzelne Schlüssel heraus. Einen bekam Nicki, den anderen Stefanie. »Damit könnt ihr jederzeit in die Wohnung und seid nicht voneinander abhängig. Ich weiß ja nicht, wann ihr morgen die Heimfahrt antreten wollt, aber ich schlage vor, wir frühstücken hier noch mal zusammen. Einverstanden?«

»Natürlich«, sagte Steffi sofort, »und vielen Dank für den Schlüssel.«

»Kommst du mit?« Die Frage galt mir, und da ich nicht die geringste Lust hatte, mit meinen Nachkommen und deren Anhang Berlin zu besichtigen – ich kannte es ja schon –, stand ich sofort auf. »Wohin denn?« Dabei war mir das völlig egal.

»Laß uns erst mal verschwinden«, sagte Dagi, wünschte den etwas ratlos Zurückbleibenden viel Spaß, und dann standen wir auch schon draußen. »Jetzt gehen wir ein bißchen bummeln, und später machen wir uns einen ganz faulen Nachmittag in Nikolassee. Vorigen Monat habe ich neue Gartenliegen gekauft, es wird Zeit, daß die mal eingeweiht werden.«

Das klang gut. Ich sah auf meine Füße, die sich von dem gestrigen »bißchen Bummeln« noch gar nicht richtig erholt hatten, und dann zu Dagi. »Könnten wir mit dem Faulenzen nicht sofort anfangen?«

Frau Schmitt mit Doppel-T

»Da vorne wird's ja schon wieder einspurig! Wenn das so weitergeht, sind wir irgendwann zwischen Mitternacht und Morgen in Eberswalde!« Nicki nahm den Fuß vom Gaspedal und fädelte sich rechts zwischen zwei Lastwagen ein.

Natürlich war ihre Prognose übertrieben, aber die rege Bautätigkeit auf der Autobahn Richtung Osten war wirklich bemerkenswert. Endlich konnte ich selber sehen, was mit meinem Solidaritätsbeitrag geschah: Er wurde in Leitplanken investiert! Auf DDR-Autobahnen hatte es nämlich keine gegeben, zumindest nicht in der Mitte. Da wuchs Gras, mitunter auch Gebüsch, aber dann gab es noch gelegentlich diese asphaltierten Flächen, deren Zweck so lange rätselhaft blieb, bis ein Auto mit ostdeutschem Kennzeichen nach links ausscherte und sich auf der Gegenfahrbahn wieder einordnete. Das war kurz vor Eberswalde, und bis dorthin war die Baukolonne noch nicht vorgedrungen.

»Ist der betrunken, oder was? Hast du das gesehen, Mami? Der hat doch tatsächlich mitten auf der Autobahn gewendet!« Fassungslos hatte Nicki das Manöver im Rückspiegel verfolgt. »Wenn der erwischt worden wäre ... Ich glaube, es gibt nur *ein* Vergehen, das noch mehr Punkte in Flensburg bringt.«

»Und das wäre?«

»Wenn du einen Geisterfahrer überholst!«

Es dauerte ein paar Sekunden bis ich die Pointe kapiert hatte. »Die gibt es hier nicht. Bevor sie zu Geisterfahrern werden, stehen sie auf dem Grünstreifen und anschließend auf der richtigen Fahrbahn.«

»Das hat was für sich«, stimmte meine Tochter mir zu, »wird sich aber bei uns bestimmt nicht durchsetzen!«

»Schon wegen der Leitplanken nicht!« fiel mir ein. »Wir haben ja überall welche. Macht man die nicht neuerdings aus recycelten Milchtüten? Soviel ich weiß, kann man den Rohstoff sonst bloß noch zu Parkbänken verarbeiten.«

»Das wäre doch *die* Lösung!« kicherte sie. »Die Leitplanken demontieren, statt dessen Bänke in die Mitte! Dann müssen die Zuschauer bei Verkehrsunfällen nicht mehr die Fahrbahnen blockieren.«

»Diese Vorstellung ist ziemlich makaber!«

»Aber realistisch!« behauptete sie. Wahrscheinlich hatte sie recht.

Eberswalde ist sogar über seine provinziellen Grenzen hinaus bekannt, und zwar wegen des Schiffshebewerks. Normale Schleusen kennt jeder, die haben fast alle Kanäle, auf denen Schiffe verkehren, seien es nun Ausflugsdampfer oder Lastkähne. Damit gleicht man Höhenunterschiede aus. Das Schiff fährt in die Schleuse hinein, die wird geschlossen, dann wird Wasser je nach Bedarf rein- oder rausgepumpt, das Schleusentor geht wieder auf, und das Boot kann weiterfahren. Das hatten wir nicht nur in der Schule gelernt, sondern auch in natura an der Havel beobachten müssen, und folglich hatte ich die ganze Sache in vollem Umfang begriffen.

Nicht so ein Schiffshebewerk! Dessen Funktion hat was mit Archimedes zu tun, und der ist mir schon immer suspekt gewesen. Auf alle Fälle ist so ein Hebewerk etwas nicht Alltägliches, angeblich gibt es in Deutschland nur drei davon, aber das von Eberswalde-Finow ist das älteste. Man begegnet ihm auch ständig, und sei es nur in Form von Hinweisschildern.

Die Stadtbibliothek von Eberswalde befindet sich in der Goethestraße. Nomen est omen! Daß ihre Leiterin ausgerechnet Schiller hieß, war Zufall und ihre Berufung nicht etwa einer Marketingstrategie zu verdanken. Ihr Vorname lautete denn auch nicht Friederike, sondern schlicht und einfach Inge. Beigeordnet war ihr eine Frau Schmitt. Schmitt mit Doppel-T. Vorname Edeltraut.

Frau Schmitt war Mitte Zwanzig, leicht übergewichtig, lebhaft, kontaktfreudig, und daß sie während des Erzählens immer wieder in den Berliner Dialekt verfiel, machte sie mir sofort sympathisch. »Ich bin Ihr Kindermädchen«, klärte sie mich gleich nach der Begrüßung auf. »Sie sehen ja nich so aus, als ob Sie eens brauchen, aba ick bin wenigstens ortskundig, und ehe Sie nu mit'n Stadtplan durch de Jejend irren … Ham Se uns denn jleich jefunden?«

»Gleich nicht, aber bald«, sagte Nicki.

»Ja, gleich nach dem fünften Mal fragen«, ergänzte ich.

»Ebent! Deshalb bringe ick Sie ooch erst mal zu Ihrer Unterkunft. Die liegt so'n bißchen versteckt oben am Wald, aba nur, wenn man den Weg nicht kennt.« Bevor sie sich neben Nicki auf die Beifahrerseite setzte, erkundigte sie sich besorgt: »Sie wissen doch, daß Sie privat wohnen? Hotels ham wir nämlich noch nich.«

Ich erzählte begeistert von Frau Löwe und ihrer Ferienwohnung und dann von der Hotelkaserne in Gramzow. »Ich wohne sowieso lieber privat als in diesen funktionellen, unpersönlichen Bettenburgen.«

»Na, denn wird Frau Schiller aba froh sein. Sie hatte doch richtig Angst, det Ihnen der gewohnte Komfort und det janze Drumherum fehlen wird.«

Bevor ich fragen konnte, was sie mit »Drumherum« meinte, dirigierte sie Nicki in eine steil aufwärts führende Straße. »Die bis kurz vors Ende und denn rechts einbiegen! Aba vorher schalten Sie am besten in den ersten Gang zurück!«

Ein weiser Ratschlag. Kopfsteinpflaster ist ohnehin nicht sehr autofreundlich, Kopfsteinpflaster mit zusätzlichen Schlaglöchern schadet nicht nur Stoßdämpfern, sondern auch Wirbelsäulen. Nur gibt es für letztere keine Ersatzteile. Der miserable Belag dieser relativ kurzen Straße war aber auch das einzige, was an den früheren Materialmangel noch erinnerte, denn die Häuser auf beiden Seiten, ausnahmslos Vorkriegsmodelle, hatten sich schon richtig herausgeputzt. Bei ihnen gab es keine notdürftig geflickten Dächer mehr, keine verfallenen Treppen und schon gar keine abblätternde Farbe. In verschiedenfarbigen Pastelltönen strahlten die Fassaden mit den Vorgartenblumen um die Wette, sogar die Gartenzäune sahen aus, als würden beim Berühren die Finger noch am frischen Anstrich kleben bleiben.

»Da drüben das weiße isses!« Frau Schmitt deutete auf ein Haus mit verschnörkeltem Giebel, mit Erker nach vorne und

Wintergarten an der Seite. »Am besten fahren Sie bis zum Ende der Straße und wenden da. Sonst stehen Sie auf der falschen Seite, und nachher müssen Sie sowieso wieder hierher zurück, da hinten is Einbahnstraße.«

Offenbar hatten wir es mit einer Autofahrerin zu tun. Wenn man sich nämlich in einer fremden Stadt von einem Fußgänger den Weg beschreiben läßt, steht man irgendwann vor einer Einbahnstraße, die natürlich in die entgegengesetzte Richtung führt, oder vor einer Sackgasse, aus der man hinten nur über eine Treppe wieder rauskommt. Nicht umsonst erkundige ich mich am liebsten bei jemandem, der an einer Zapfsäule gerade sein Auto auftankt; vorausgesetzt natürlich, sein Nummernschild weist ihn als Einheimischen aus.

Noch bevor wir unser Gepäck aus dem Kofferraum gehievt hatten, öffnete sich die Haustür, und eine nicht mehr ganz junge Dame eilte die Stufen herab. Erst beim Näherkommen merkte ich, daß sie die Fünfzig auch schon überschritten haben mußte. »Herzlich willkommen!« rief sie schon von weitem. »Lassen Sie die Koffer ruhig stehen, die holt mein Mann gleich herein.«

»Ach wo«, sagte Nicki, »die sind nicht schwer, das schaffen wir schon allein. Vielen Dank.« Frau Flöß griff aber doch mit zu, hob den Rucksack an und – ließ ihn sofort wieder fallen. »Du lieber Himmel, was haben Sie denn da drin? Die Reste der Berliner Mauer?«

»Nein, Bücher«, beeilte sich Nicki zu erklären, »ich muß ein bißchen was tun.«

»Sie büffelt fürs Examen«, ergänzte ich, »zu Hause hat sie dazu offenbar keine Zeit.« Schon heute früh hatte mir meine Tochter eröffnet, daß sie mich selbstverständlich überall hinfahren werde, sich allerdings weigere, an den Lesungen teilzunehmen. »Die Zeit kann ich nun wirklich besser nützen!« Dem konnte ich schlecht widersprechen, und so lagen künftig auf dem Rücksitz neben meinen Büchern auch gelehrte pädagogische Werke. Sie waren nicht nur inhaltsschwerer als meine, sondern vor allem gewichtiger.

Unsere Gastgeberin führte uns in den ersten Stock ihres Hauses und dort in ein großes Zimmer mit zwei bequem aussehenden Betten, einer gemütlichen Sitzecke und sogar einem Waschbecken. »Gleich gegenüber ist das Bad«, sagte sie, »und wenn Sie schnell mal mitkommen, dann zeige ich Ihnen auch das Frühstückszimmer.« Dazu mußten wir eine Treppe tiefer in einen hellen, freundlichen Raum, an den sich eine rundherum verglaste Veranda anschloß. »Wenn Sie arbeiten wollen, dann setzen Sie sich doch hierher«, wandte sie sich an Nicki, »da stört Sie niemand. Sollte es Ihnen zu warm werden, machen Sie einfach die Fenster auf.«

»O ja, gerne!« Ich sah es meiner Tochter an, daß sie am liebsten gleich sitzen geblieben wäre, aber erst einmal hatten wir unseren hausfraulichen Pflichten nachzukommen: Hosen bügeln! Unterwegs trage ich meistens Jeans, doch bei öffentlichen Auftritten unterwerfe ich mich notgedrungen der gängigen Kleiderordnung und ziehe etwas an, das im Familienjargon als »aufgebrezelt« bezeichnet wird, also kompletten Hosenanzug oder sportliche Kombination, selten einen Rock und niemals etwas von dem, was im allgemeinen unter den Sammelbegriff *Für festliche Stunden* fällt. Nun haben Hosen leider einen gravierenden Nachteil, nämlich Bügelfalten. Angeblich schlafen auch heute noch manche männlichen Singles mit ihrer Hose unter der Matratze, obwohl es ja inzwischen eine Menge nützlicher Geräte gibt, die »überall mühelos messerscharfe Bügelfalten« garantieren. Und genau so ein nützliches Gerät hatte mir Steffi vom Mannheimer Maimarkt mitgebracht. Es besteht aus einem Plastikteil in Form eines Schiffchens mit Sonnensegel – nur etwas kleiner! –, und wenn man am Griff herumschiebt, entsteht eine Öffnung, in die man Wasser gießen muß. Dazu kommt noch eine gehäufte Messerpitze voll Salz, ein Artikel, der normalerweise nicht zum üblichen Reisegepäck gehört. Deshalb vergißt man auch, ihn mitzunehmen, und muß ihn später aus der Hotelküche holen oder schlimmstenfalls mal unauffällig im Speisesaal besorgen. Salzstreuer werden gewöhnlich nicht weggeräumt!

Nach Beendigung dieser Vorarbeiten stöpselt man das Minikabel ein und sucht eine Steckdose. Man findet sie meistens neben der Tür. So weit, so gut. Fünf Minuten später hat sich das Wasser erwärmt, so daß aus den Schlitzen am Boden des Geräts Dampf ausströmt. Das Merkwürdige an der ganzen Sache ist lediglich die Tatsache, daß dieser Apparat nicht wie ein normales Bügeleisen benutzt werden kann, sondern nur dann funktioniert, wenn man ihn senkrecht hält. Sonst klappt das mit dem Dampf nämlich nicht. In der Praxis sieht das so aus: Man hat Hose, Jacke, Bluse oder was auch immer eine Auffrischung braucht in der Hand und sucht nun verzweifelt einen Platz, wo man den Bügel nicht nur aufhängen kann, sondern wo auch noch die Zuleitung hinreicht. Der Schrank ist zu weit weg, die Türklinke zu niedrig, der Nagel vom Bild zu kurz, und sonst gibt es nichts mehr, was in Frage käme. Jetzt bleibt nur noch *eine* Möglichkeit: Mit der linken Hand hält man Bügel samt Kleidungsstück, mit der rechten versucht man den Dampf dorthin zu leiten, wo man ihn gern hätte. Genaugenommen bräuchte man noch eine dritte Hand, mit der man Hose, Jacke oder Bluse festhält, denn ein frei in der Luft hängendes Stück Stoff bietet keinen Widerstand.

Meine anfängliche Begeisterung für diese scheinbar so praktische Erfindung hat auch nicht lange angehalten. Endgültig vorbei gewesen ist sie, als ich wieder einmal ein Hotel mit den im Kleiderschrank angeketteten Bügeln erwischte. Wenn jemand Handtücher klaut, kann ich das ja noch begreifen, aber wer läßt schon Kleiderbügel mitgehen?

Auf dieser Reise hatte ich nicht nur eine dritte Hand dabei, sondern sogar noch eine vierte, und deshalb mußte ich mich abends auch nicht in Hosen mit dreifacher Bügelfalte präsentieren. Das tolle Gerät habe ich übrigens Stefanie zurückgeschenkt, doch ich kann mich nicht erinnern, es in letzter Zeit bei ihr mal gesehen zu haben.

Um halb drei holte mich Frau Schmitt ab. Nicki hatte sich schon vorher auf die Veranda verzogen und täuschte Arbeit vor. Als ich mich verabschiedete, saß sie mit angezogenen Beinen in der Hollywoodschaukel, blinzelte in die Sonne und trank Kaffee. »Den hat mir eben Frau Flöß hingestellt«, sagte sie grinsend. »Willst du einen Schluck abhaben?«

»Nein, danke!!!« Und ob ich gewollt hätte! Am liebsten hätte ich mich dazugesetzt, denn was mich in Kürze erwartete, konnte ich mir ganz genau vorstellen. Wer hat schon Lust und vor allem Zeit, sich nachmittags um drei in einen ungemütlichen, kalten Saal zu setzen und sich etwas vorlesen zu lassen? Sogar Frau Schmitt äußerte Bedenken, als wir fünf Minuten vor drei noch immer alleine herumhockten. »Det kann ja ooch nischt werden!«

»Dann sagen Sie mir wenigstens, warum ich überhaupt eingeladen worden bin, wenn sich kein Mensch für eine Lesung interessiert?«

»Es is ja nich so, det keener kommen will, aber wer kann denn jetzt schon? Und denn isses ja auch 'n janz blöder Zeitpunkt. Hier sind in den letzten Wochen viele arbeitslos jeworden, die ham wat anderet im Kopp als Bücher. Kann man ja ooch verstehen, nich wahr?« Wie um Entschuldigung bittend sah sie mich an. »Mir tut's Ihretwegen leid, Sie hätten wat anderet verdient, aba nu isset nich zu ändern. Woll'n Sie denn trotzdem lesen?«

Wider Erwarten hatten sich doch noch einige Zuhörer eingefunden: zwei junge Mädchen, die mich neugierig musterten, eine Oma, deren etwa dreijähriger Enkel durch den Saal fegte und mit einem Trommelschlegel die Stuhllehnen bearbeitete, und schließlich noch ein Mann unbestimmbaren Alters, der aussah, als habe er die Straßenbahn verpaßt. Sollte ich diesem nicht gerade beeindruckenden Auditorium nun wirklich etwas vorlesen??? Ich tat es, allerdings ziemlich lustlos, und so war wohl auch niemand traurig, als ich schon nach einer guten halben Stunde die Dichterlesung für beendet erklärte. Oma hatte dem munteren Knaben zwar den Stock weggenommen, doch wenn man auf Holzstühlen herumkrabbelt und gelegentlich einen umkippt, macht auch das genügend Krach.

»Abends wären es bestimmt 'n paar mehr jewesen«, versuchte Edeltraut (»Sie können ruhig Traute zu mir sagen!«) zu trösten, »aber so am hellerlichten Tach kann eben keener, selbst wenn er will.« Die Frage, weshalb man überhaupt diesen ungünstigen Termin gewählt hatte, konnte sie allerdings auch nicht beantworten. »Det hab ick selber erst jestern erfahren, und da stand's schon inne Zeitung. Sonst hätte ick doch noch meckern können.« Als ich sie vor der Bücherei absetzen wollte, fiel ihr noch etwas ein: »Freuen Sie sich mal auf morgen! Da müssen wir ja nach Joachimsthal. Is zwar ooch nachmittags, aber da jehn wir zu 'nem richtig netten Seniorenverein. Die ham vorhin noch anjerufen, ob Sie denn ooch wirklich kommen. Ick kenne die Leutchen, weil meine Oma dazujehört, und die freuen sich schon mächtig. – Können Sie mich morgen so gegen zwei wieder hier abholen? Oder soll ich lieber raufkommen?«

Ich versicherte ihr, daß ich den Weg zur Bücherei auch allein finden würde, winkte noch mal und machte, daß ich wegkam. Für heute hatte ich restlos genug! Und als mich Nicole später fragte, wie es denn gewesen sei, schwindelte ich mir ein aufgeschlossenes und begeistertes Publikum zusammen, wie ich es auf dieser Tour bisher nur ein einziges Mal erlebt hatte: bei dem Kaffeekränzchen in Gerswalde!

»Geh'n wir heute mal ein bißchen bummeln?« wollte Nicki von mir wissen, nachdem sie Frau Flöß zum dritten Mal bestätigt hatte, daß sie nun wirklich keinen Bissen mehr herunterbringen würde. Schon lange waren wir nicht mehr so verwöhnt worden. Wie viele Eier wir denn haben möchten, ganz frisch seien sie, ob gekocht oder lieber gerührt, die Marmeladen seien alle hausgemacht, der Honig auch, der Bruder sei nämlich Imker, und von der Aufschnittplatte wäre eine fünfköpfige Familie satt geworden. Übrigens schmecken frische Schrippen in der Mark Brandenburg viel besser als unsere aufgeplusterten Wattebrötchen, das muß mal gesagt werden!

Nun weiß ich zwar genau, was Nicole unter bummeln versteht, nämlich erst Schaufenster begucken und dann hinein in die Geschäfte, aber da würde sie in Eberswalde bestimmt nicht auf ihre Kosten kommen. Offenbar gab es nicht mal eine Fußgängerzone, und was nützt das schönste Sommerwetter, wenn man immer wieder den Eindruck hat, die Sonne sei hier fehl am Platz? Gestern abend hatten wir noch einen langen Spaziergang gemacht, hatten in einem oben am Waldrand gelegenen Restaurant hervorragend gegessen und uns dabei gefragt, weshalb solche hübschen, weil renovierten Gaststätten auch zweieinhalb Jahre nach dem Fall der Mauer immer noch zu den Raritäten gehören. Sind die Leitplanken auf der Autobahn wirklich wichtiger als die Lebensqualität der Menschen?

Noch immer waren wir zu keinem Schluß gekommen, was wir mit unserem freien Vormittag anfangen könnten. Es war ja auch mein erster. Ob Frau Flöß vielleicht einen Vorschlag hatte? Sie hatte! Was wir denn von einem Besuch des Tierparks hielten? Der sei gar nicht weit weg, auch nicht sehr groß, jedoch recht hübsch angelegt. »Au ja«, sagte Nicki sofort, »ich weiß gar nicht mehr, wann ich zum letzten Mal im Zoo gewesen bin.«

Also besuchten wir den Tierpark und bereuten hinterher, es getan zu haben. Dackel Otto hat in unserem auch nicht sehr großen Garten hundertmal mehr Auslauf als der Eberswalder Löwe in seinem Drahtkasten, den er mit vier Schritten durchqueren konnte, und dem Geparden gegenüber ging es nicht besser. Seitdem ich einmal in Kenia eine Fotosafari mitgemacht und diese herrlichen Tiere in freier Wildbahn erlebt habe, kann ich sie eingesperrt einfach nicht mehr ertragen. Sie gehören nicht hinter Gitter und schon gar nicht in Käfige.

Dabei ist dieser Tierpark mitten im Wald wirklich hübsch angelegt, er sollte nur keine Großtiere halten. Aber es spazieren ja auch Pfauen mitten durch das Gelände, vorzugsweise in der Nähe vom Imbißstand, rundherum quiekt, raschelt und pfeift es, aber die besondere Attraktion ist der Streichelzoo für die Kinder. Was heißt Kinder? Nicki war sofort drin, schwang sich auf den Zaun und merkte erst ziemlich spät, daß sich eine der vier Ziegen intensiv mit ihrer geflochtenen Umhängetasche beschäftigte. »Wo kriege ich denn jetzt eine neue her?« jammerte sie und begann schimpfend, Geldbeutel, Brieftasche und ihre hunderttausend anderen Kleinigkeiten in meine Handtasche zu stopfen. »So was gibt's doch hier noch gar nicht.«

»Meinst du nicht, daß man die noch mal reparieren kann?«

»Wie denn? Soll ich das Loch vielleicht zuhäkeln?« Sie deutete auf eine hühnereigroße Öffnung, durch die sie als letztes Utensil ein Taschentuch zog. »Was meinst du, ob ich dem gefräßigen Vieh auch noch den Rest hinschmeiße?«

»Bloß nich, denn kriegt et Verstopfung oda Verjiftung!« warnte ein etwa zehnjähriger Knirps, der ein Eichhörnchen auf dem Arm sitzen hatte und abwechselnd das Tier und sich selbst mit Erdnüssen fütterte. »Det Stroh is doch jefärbt, oda etwa nich?«

»Sofern es überhaupt Stroh ist«, wandte Nicki ein. »Die Tasche ist schon so alt, daß ich nicht mal mehr weiß, woher sie eigentlich stammt. Ich habe sie nie benutzt, weil ich sie eigentlich potthäßlich finde.«

»Danke! Die habe ich dir mal aus Frankreich mitgebracht!«

Sie wurde feuerrot. »Entschuldige, so habe ich das gar nicht gemeint. Eigentlich wollte ich sagen, daß ich bloß nie so richtig wußte, wann ich sie hätte nehmen sollen. Ich habe nichts dazu Passendes anzuziehen.«

Natürlich nicht! Wozu hätte man auch eine champagnerfarbene Umhängetasche tragen können? »Thema beendet! Das Problem hat sich von allein gelöst! Aber wenn du glaubst, daß ich jetzt ständig *deine* Sachen in *meiner* Tasche herumschleppe, dann irrst du dich.«

»Mußt du auch nicht«, kam es sofort zurück, »ich brauche sie ja nicht jeden Tag.« Und wenige Minuten später: »Hast du mal ein Tempotuch für mich?«

Nach Currywurst für Nicki und Kaffee nebst Zigarette für mich wurde es langsam Zeit, an den Rückweg und vor allem an den bevorstehenden nächsten Reinfall zu denken. Auf Edeltraud Schmitts Versicherung, mich würden lauter nette ältere Leute erwarten, gab ich nicht viel. Sie hatte geglaubt, mich nach der gestrigen Pleite trösten zu müssen, doch inzwischen hatte ich ja gewisse Erfahrungen mit Seniorenclubs. Ein psychiatrisches Krankenhaus gab es in Joachimsthal aber nicht, das zumindest stand fest. Nicki wollte sogar mitkommen. Nicht zur Lesung, nein, so weit ging die Liebe denn doch nicht, aber nach Joachimsthal. Auf der Karte hatte sie gesehen, daß es in oder an diesem Ort Wasser gibt; in welcher Form, war nicht genau festzustellen, aber ob Teich, Bach oder See ist egal, wo Wasser ist, gibt es Wiesen, und wo Wiesen sind, kann man sich sonnen! Decke, Handtuch und Badeanzug lagen im Kofferraum, nur ihre Notizen hatte Nicki nicht dabei. »Macht nichts«, sagte sie nach einer flüchtigen Kontrolle der Rücksitze, »dann werde ich mich heute mit der geistigen Entwicklung des Kindes nach Piaget befassen. In das Buch habe ich überhaupt noch nicht reingeguckt.«

»Brauchst du auch nicht«, sagte ich sofort, »darüber weiß ich mindestens genauso gut Bescheid wie Herr Piaget! Vor allen Dingen mußt du wissen, daß sich Kinder unterschiedlich langsam entwickeln.«

»Wie meinst du das?«

»Steffi war schon mit zweieinhalb Jahren sauber, du hast noch mit vier gelegentlich in die Hosen gemacht!«

Anscheinend waren die Erfahrungen mit meinem eigenen Nachwuchs doch nicht so ganz das, was sie wissen wollte oder vermutlich wissen *mußte,* jedenfalls drehte sie das Radio an, schob eine Kassette in den Recorder, und damit erübrigte sich sowieso jede Unterhaltung. Gegen die *Prinzen* und ihren »Mann im Mond« hatte ich keine Chance.

Frau Schmitt winkte schon, als wir in die Goethestraße einbogen. Neben ihr stand ein Korb. »Für Oma«, sagte sie, »Winteräpfel aus unserem Garten. Garantiert naturbelassen. Papa spritzt nicht. Wollen Sie einen?« Na, und ob! Ein bißchen verschrumpelt sah er ja aus, gar nicht so schön glattpoliert, wie sie in unseren Supermärkten ausliegen, aber ein Aroma hatte er ... Als wir in Joachimsthal ankamen, kaute ich gerade am dritten.

»Wenn Sie noch'n Stückchen gradeaus fahr'n, seh'n Sie links schon die Badestelle«, erklärte Frau Schmitt, nachdem uns Nicki vor einem langgestreckten Flachbau ausgeladen hatte. Nur ein Feldweg und ein breiter Grünstreifen trennten uns von dem Flüßchen, das leise glucksend vor sich hinplätscherte.

»Wann soll ich euch denn wieder abholen?«

Ich sah Frau Schmitt fragend an. »Na, so ungefähr in anderthalb Stunden«, meinte sie, und als sie mein skeptisches Gesicht sah: »Noch früher kommen Sie nich weg! Ick hab schon mal durch det Fenster jelinst, die Bude ist rammelvoll!«

Von außen machte die »Bude« nicht viel her, doch innen sah sie recht gemütlich aus. Das merkte ich aber erst, nachdem die stürmische Begrüßung vorbei war und die drei Dutzend

Anwesenden sich wieder hingesetzt hatten – rund um eine bereits liebevoll gedeckte Tafel. »Kuchen gibt's erst nach der Arbeit, aber eine Tasse Kaffee können Sie schon bekommen«, sagte eine Dame in Spitzenkleid mit hochgeschlossenem Kragen. Nicht zuletzt auch wegen ihrer altmodisch hochgetürmten Frisur erinnerte sie mich sofort an die damalige Vorsitzende von Omis Königin-Luise-Bund. Deren Mitglieder hatten auch immer so gediegen ausgesehen, und meine Mutter, die für diese Kaffeekränzchen nie etwas übrig gehabt hatte, pflegte die monatlichen Zusammenkünfte insgeheim als »Geisterstunde der Damen à la Potsdam« zu bezeichnen. Nicht ganz unberechtigt, die älteste Teilnehmerin war immerhin schon über neunzig gewesen.

So alt war keine der hier Anwesenden, einige schienen sogar viel zu jung für eine Mitgliedschaft im Seniorenclub, doch wie ich später erfuhr, konnte zu dieser Veranstaltung jeder kommen, der wollte. Angeblich hatten noch viel mehr gewollt, nur hätte man dann wegen Platzmangel auf den geplanten Kaffeeklatsch verzichten müssen.

Dieser Nachmittag versöhnte mich wieder mit den Enttäuschungen der letzten Tage, denn als Nicki auf die Minute pünktlich draußen hupte, hatte ich gerade das Buch zum endgültig letzten Mal zugeklappt. Nach der vierten Zugabe! Meinen Kuchen hatte ich mir jedenfalls redlich verdient, den wollte ich jetzt auch haben! Außerdem hätte mich mein Auditorium ohnehin noch nicht weggelassen, es hatte ja noch so viele Fragen.

Ich hatte es erst gar nicht versucht, Frau Schmitt war es nicht gelungen, und erst die gepflegte Dame im Spitzenkleid schaffte es, meine Tochter an die inzwischen fertig gedeckte Kaffeetafel zu holen. Plötzlich fand sie sich am unteren Ende des Tisches zwischen lauter netten Omas wieder, die alles mögliche von ihr wissen wollten. Ob die zarte Röte auf ihren Wangen Verlegenheit war oder doch bloß von der Sonne stammte, kann ich nicht sagen, aber eines weiß ich ganz genau: Es war 18.58 Uhr, als wir wieder im Auto saßen und die letzte winkende Hand endlich aus unserem Blickfeld verschwunden war.

Zu den ersten Importen, mit denen die Wessis ihre Brüder und Schwestern in Ossiland beglückten, gehörte außer den Autos auch die Rush-hour. Ihr hatten wir es zu verdanken, daß wir anderthalb Stunden für die Rückfahrt brauchten. Danach waren wir alle genervt, und außerdem hatten wir trotz Frankfurter Kranz und Apfelkuchen mit Sahne Appetit auf etwas Handfestes. »Wo kann man denn hier nicht nur gut essen, sondern auch halbwegs gemütlich sitzen?« wollte ich von Frau Schmitt wissen.

»Beides zusammen is noch nich!« sagte sie sofort. »Entweder Ratskeller, wenn der Koch nich inzwischen nach'n Westen is, oder in den Alten Krug. Der is auf Altdeutsch jetrimmt, aba da weeß ick nich, wie det Essen schmeckt.«

Ich entschied mich für den Ratskeller, das klang so schön solide. Erst nach längerem Überreden nahm Frau Schmitt die Einladung an. »Det is mir nu jar nich recht. Umjekehrt wird 'n Schuh draus! Eijentlich müßte ick Sie einladen oda vielmehr die Bücherei, bloß wenn ick Frau Schiller die Rechnung präsentiere, flippt die aus. Für so wat is doch keen Jeld da!«

Sie ließ sich überzeugen, daß meine Reisekasse ein zusätzliches Abendessen noch verkraften würde, griff zur Speisekarte und – fing sofort zu räsonieren an. »Die sieht ja noch jenauso aus wie vor drei Jahren! Schnitzel mit Pommes und Krautsalat! Und woraus besteht der? Aus Rotkohl und Weißkohl! Kohlköppe hat's in unseren HO-Läden immer jejeben, nu könn' wir se nich mehr sehn. Ham die denn hier inne Küche noch nischt von Koppsalat, Radicchio und Frisee jehört? Vielleicht sollte ihnen mal eener sagen, det man diese Sachen jetzt ooch bei uns koofen kann!« Nachdrücklich schüttelte sie den Kopf. »Da reden die immer alle von Touristen herkriegen wollen und Naherholungsziel, und wenn denn wirklich mal welche herkommen, denn setzen se denen Kohlsalat vor!«

Ihre nicht gerade im Flüsterton vorgebrachte Beschwerde hatte Aufmerksamkeit erregt. Ein verstört aussehender Kellner näherte sich, doch offenbar war ihm nicht ganz klar, wie er uns einzuschätzen hatte. Großmäulige Wessis kannte er bestimmt, nur beschwerten die sich meistens erst *nach* dem Essen und nicht schon vorher. Frau Schmitt stellte die Sache auch gleich richtig. »Damit hier keen falscher Verdacht aufkommt: *Ick* bin diejenige, die meckert, und ick hab hier schon jejessen, als wir noch draußen vor der Tür warten mußten, bis der Herr Ober jeruhte, uns rinzulassen! Damals sind wir ja froh jewesen, wenn wir durften, aba nu können wir ooch woanders hinjehen, det habt ihr bloß noch nich bejriffen. Krautsalat!!! Habt ihr wirklich nischt anderet?«

Zustimmendes, wenn auch schweigendes Nicken einiger anderer Gäste, sodann Anmarsch einer offensichtlich höheren Charge. Selbstverständlich habe man noch andere Salatsorten, nur würde Krautsalat immer wieder gern gewählt, und wie es denn mit Gemüse sei? Der Blumenkohl sei zu empfehlen, man könne jedoch auch Brokkoli und grüne Erbsen offerieren. Wir entschieden uns schließlich für Schweinebraten mit Kroketten und Salat. Ohne Kraut!

Was uns nach angemessener Wartezeit serviert wurde, schmeckte gut und hätte bestimmt noch besser geschmeckt, wenn die Kroketten nicht im Salatdressing geschwommen wären; dafür waren die Endivienblätter eine innige Verbindung mit der Sahnesoße eingegangen. Kurz gesagt: Man hatte alles auf einen Teller gehäuft getreu den drei Hemmschuhen des Fortschritts: Das haben wir schon immer so gemacht, das haben wir noch nie so gemacht, da könnte ja jeder kommen ...

Während des Essens erzählte Edeltraut ein bißchen von dem, was sie seit dem Fall der Mauer erlebt und wie sie in Westdeutschland zwar gleich einen Job gefunden hatte, von ihrem Arbeitgeber jedoch jämmerlich über den Tisch gezogen worden war, und immer noch einen Gebrauchtwagen abzahlt, der bereits wenige Monate nach dem Ankauf seinen Geist aufgegeben hatte. »Ick hab' ja erst viel später rausjekriegt, det meine Kollegen fast doppelt soviel verdient haben wie ich, dabei hatte ick drei Jahre studiert und die nich! Aber mit so 'ner doofen Nuß wie mir, die keene Ahnung hatte von Tarifgehalt und Überstundenzuschlag, konnten se det ja machen!«

Schon wieder jemand, der für uns Wessis eigentlich keinen Funken Sympathie mehr haben dürfte. Als hätte sie gespürt, was mir gerade durch den Kopf ging, winkte Edeltraut ab. »Ick habe aber ooch andere Menschen jefunden da drüben. Ohne die hätte ick mir wahrscheinlich doch 'n Strick jenommen, aber die haben mir jeholfen. Ja, auch mit Geld, aber zuallererst mit Freundschaft, und die ist viel wichtiger gewesen.« Plötzlich sprach sie hochdeutsch, und das klang viel zu ernst. Nicki schien es auch nicht zu gefallen. Bisher hatte sie schweigend zugehört, jetzt wechselte sie schnell das Thema. »Wie haben Sie eigentlich den Tag erlebt, als in Berlin die Mauer geöffnet wurde? Wir haben zu Hause bloß vor dem Fernseher gehangen, aber Sie waren doch viel näher dran! Sind Sie hingefahren?«

Frau Schmitt brach in lautes Gelächter aus. »Ob Sie's glauben oder nicht – ich habe auf meinem Bett gelegen und geheult.«

»Kann ich gut verstehen«, sagte Nicki mitfühlend.

»Det jloobe ick nich«, widersprach Edeltraut immer noch lachend, »weil ick nämlich vor lauter Enttäuschung jeheult habe.«

»Das müssen Sie mal erklären!«

»Eijentlich jibt et jar nich so viel zu erklären! Ick bin ja vorher noch nie im Westen jewesen. Wenn man drüben keene Verwandtschaft hatte, wo mal 'n Opa siebzig jeworden oder 'ne Tante jestorben is, denn hatte man ja keene Chance rüberzukommen. Kusinen haben nich jejolten, det waren bloß Verwandte zweiten Grades. Nu habe ick aber nur 'ne Kusine in Westdeutschland, in Köln. Die wollte im November heiraten, hat mich ooch einjeladen, und ick hab mal wieder 'n Antrag für 'ne Besuchserlaubnis jestellt. Die wievielte, weeß ick nich mehr, sie sind immer alle abjelehnt worden. Aba diesmal nich! Keene Ahnung, warum, jedenfalls habe ick Bescheid jekriegt, det ick am 10. November fahren kann. Irjendwie hab ick det überhaupt nich glauben können! Wenn man jahrelang auf so wat wartet, und plötzlich isset da ... Mein Koffer war schon jepackt, die Fahrkarte hatte ick jrade jeholt, und wie ick vom Bahnhof zurückkomme, brüllt mir unser Nachbar auf der Straße zu, det die Mauer auf is und er jetzt nach Berlin fährt. Ick hab natürlich sofort Radio und Fernsehen einjeschaltet – na ja, und denn hab ick jesehen, wat los war. Und wissen Sie, wat mein erster Jedanke jewesen ist? Scheiße, jetzt können die anderen ja ooch alle rüber!«

Noch lange haben wir zusammengesessen, bevor wir Frau Schmitt nach Hause brachten, und selbst dann dauerte es noch eine Weile, bis wir uns verabschiedet hatten. Jedenfalls kann ich nur hoffen, daß sie uns in genauso guter Erinnerung behalten hat wie wir sie.

Zwischen Frankfurt/Oder und Berlin

Wenn man schon mal in Eberswalde ist, dann hat man auch das Schiffshebewerk zu besichtigen. Immerhin gibt es viele Leute, die kilometerlange Umwege in Kauf nehmen, nur um sich dieses Wunderwerk ansehen zu können. Das zumindest hatte Frau Flöß behauptet, und wahrscheinlich stimmt es auch, aber mich reizt so etwas überhaupt nicht. Mit Technik habe ich nun mal nichts am Hut! Nicht umsonst hatte ich in Physik immer eine Vier gehabt; ich glaube, das letzte, was ich noch begriffen habe, ist die Sache mit den kommunizierenden Röhren gewesen, und die kommen schon im ersten Jahr dran.

Offenbar habe ich diese Begriffsstutzigkeit weitervererbt, ich brauchte mir ja nur Nickis Gesicht anzusehen. Scheinbar interessiert hörte sie zu, was Frau Flöß zu erzählen wußte, aber die wohnt ja auch quasi in Rufweite von dem Bauwerk und mußte zumindest die wichtigsten Daten herunterleiern können. Es kann nämlich peinlich werden, wenn man so etwas nicht weiß. Als wir seinerzeit in Stuttgart wohnten, wollten alle Besucher auf den Fernsehturm, denn damals gab es noch nicht so viele, und der Stuttgarter Spargel war noch relativ neu. Die erste Frage lautete denn auch immer: »Wie hoch ist das Ding eigentlich?« Ich konnte sie nie beantworten! Nach erfolgter Besichtigung wurde ich jedesmal genau informiert, doch weshalb sollte ich mir eine Zahl merken, die mich überhaupt nicht interessierte? (Jetzt weiß ich sie aber: 216 m).

Frau Flöß half uns noch, das Gepäck im Auto zu verstauen, und dann hoppelten wir zum letzten Mal über das Kopfsteinpflaster. »Müssen wir uns dieses Schiffs-Dingsbums wirklich ansehen? Warum fahren wir nicht gleich nach Seelow?«

»Weil ich deinem Bruder versprochen habe, ihm einen Prospekt mitzubringen, und die gibt es nun mal nur vor Ort.« Sven ist nämlich das einzige Mitglied unserer Familie, das vor technischen Neuerungen nicht nur keinen Horror hat, sondern sie meistens sogar versteht. Ihm verdanke ich es, daß ich den Videorecorder programmieren kann, mit dem Dampfkochtopf klarkomme und sogar das neue, futuristisch aussehende Bügeleisen benutzen kann. Sven ist nämlich in der Lage, das seitenlange Fachchinesisch der jeweiligen Gebrauchsanleitung in verständliches Deutsch zu übersetzen und das Wichtigste zusammenzufassen. Das zerlegt er dann in einzelne Arbeitsgänge, also erstens, zweitens, drittens ..., tippt alles fein säuberlich ab, überzieht es mit Folie, und nun hängen diese Gedächtnisprothesen überall dort, wo ich sie brauche. – Daß sich sogar mein Herd programmieren läßt, hat Sven allerdings auch erst nach mehreren Monaten herausgefunden. Ich hatte mich zwar gewundert, daß links neben den Schaltknöpfen eine Uhr angebracht ist, zu der man sich immer hinunterbeugen muß, um sie abzulesen. Dachte mir dann aber, daß da wahrscheinlich noch eine leere Stelle zu füllen gewesen war. Uhren kosten nicht viel, machen sich aber immer gut.

Es hat mal einen Film mit Heinz Rühmann gegeben, in dem er einen Computerfachmann spielt, dessen ganzer Haushalt auf Knopfdruck funktioniert. Bevor er zur Arbeit ging, programmierte er das Abendessen und informierte seine Frau, daß die Ente um halb acht klingeln würde. Damals hörte sich das alles noch sehr utopisch an, jetzt besaß ich selber so ein Gerät. Ist ja auch ganz praktisch, wenn man zum Beispiel einen Friseurtermin hat und nicht genau weiß, wann man wieder rauskommt. Dann stellt man eben den Topf mit den geschälten Kartoffeln auf den Herd, gibt die gewünschte Startzeit an, und Punkt halb zwölf schaltet sich auch tatsächlich die Platte ein. Allerdings wäre es ganz hilfreich, wenn jemand zu Hause ist, der später die Temperatur drosselt! Kartoffeln haben nämlich die fatale Angewohnheit, überzukochen (das hat auch wieder was mit Physik zu tun!). Genaugenommen gibt es nur zwei Möglichkeiten: Entweder programmiert man von vornherein eine niedrige Kochstufe, dann werden die Kartoffeln aber nicht weich, oder man nimmt eine höhere, und dann werden sie auch nicht weich, weil sie erst überkochen und danach anbrennen. Eigentlich funktioniert die ganze

Sache bloß, wenn man einen Eintopf aufwärmen will und ihm dazu zwei Stunden Zeit gibt. Bis dahin ist man aber auch selber wieder zu Hause!

Wie bin ich denn jetzt vom Schiffshebewerk zu den Kartoffeln gekommen??? – Ach ja, die Technik! Zugegeben, die Anlage sah recht beeindruckend aus. Riesig war sie, man konnte sogar über eiserne Treppen hinaufsteigen und sich die ganze Sache von oben begucken, aber erstens wird mir schon auf der obersten Stufe einer ganz normalen Haushaltsleiter schwindlig, und zweitens herrschte ein viel zu großer Andrang. Es gab also tatsächlich sehr viele Leute, die sich für physikalische Vorgänge interessierten. Nicki hatte ein paar Minuten lang die rostigen Wände der leeren Hebekammer, oder wie immer das Ding heißt, angestarrt, dann wollte sie von mir wissen, was denn nun so sehenswert sei. Das wußte ich aber auch nicht.

Prospekte bekam man am Kassenhäuschen. Die kleinen waren gratis, die großen mit den technischen Details mußte man bezahlen. Als ich sie später flüchtig durchblätterte, stellte ich fest, daß wir die ganze Zeit auf der falschen Seite gestanden hatten. Wir hätten nämlich noch den Hügel hoch und dann über die Brücke gehen müssen, denn dort ist der Kanal, und da kann man genau zusehen, wie die Schiffe ... – Auch egal, ich kann jedenfalls mit vollem Recht behaupten, Deutschlands ältestes Schiffshebewerk besichtigt zu haben. Bisher hat das bloß noch niemand wissen wollen.

Auf dem Weg zum Parkplatz warf ich einen Blick auf meine Uhr – besser gesagt, ich wollte es tun, denn da war gar keine Uhr. Auch kein Ring und erst recht kein Armband. Nichts von dem hatte ich bisher vermißt, weil ich Schmuck nur dann trage, wenn er auch zur Geltung kommt. Und das ist weder beim Autofahren der Fall noch zu Hause. Vicky zum Beispiel fühlt sich nicht angezogen, sofern sie nicht an jeder Hand zwei Ringe hat, und wenn ich das sehe, frage ich mich jedesmal, wie sie mit diesem Juwelierladen an den Fingern die Badewanne schrubbt.

»Ich habe meine ganzen Pretiosen in der Nachttischschublade liegenlassen«, informierte ich meine Tochter, »wir müssen noch mal zurück!«

Erst sah sie mich ungläubig an, dann machte sie den Mund auf, und den hat sie erst wieder zugemacht, als wir beim Kopfsteinpflaster angekommen waren. Sonst hätte sie sich auf die Zunge gebissen.

Ich hatte gerade auf die Klingel gedrückt, als plötzlich ein Wagen um die Ecke geschossen kam und neben uns bremste. Am Steuer saß Frau Flöß. Sofort kurbelte sie das Fenster herunter. »Dann habe ich ja doch richtig gesehen! So ganz sicher bin ich mir nämlich nicht gewesen, ob das Ihr Wagen gewesen ist.« Sie fuhr ein paar Meter zurück, parkte am Straßenrand und stieg aus. In der Hand hielt sie ein in Seidenpapier gewickeltes Päckchen. »Sie sind doch bestimmt deshalb gekommen!«

»Wenn da mein Schmuck drin ist, dann ja.«

»Na, wenn das kein Timing ist!« sagte sie lachend. »Ich wollte gerade hinter Ihnen herfahren.«

»Zum Schiffshebewerk? Aber wir hätten doch längst weg sein können. Wie hätten Sie uns da überhaupt finden wollen?«

»Ich hätte den Parkplatz abgesucht«, sagte sie und gab mir das Päckchen. »Sonst hätte ich es Ihnen nach Hause geschickt, natürlich als Wertsendung, aber ich habe mir gedacht, daß Sie ja noch einige Tage unterwegs sind und den Schmuck sicherlich vermissen würden. Man will doch auch mal zeigen, was man hat – oder nicht?«

Mir hatte es regelrecht die Sprache verschlagen. Ich war doch nur ein ganz normaler Gast gewesen, der sich mit seiner Wirtin ein paarmal unterhalten und ihr beim Abschied ein Buch mit Widmung geschenkt hatte, doch das war noch lange kein Grund dafür, mir meine vergessenen Habseligkeiten hinterherzutragen. Ob das auch bei uns in Wessiland …?

Mit Sicherheit nicht! Ich war so gerührt, daß ich mich zigmal bedankte und sie zum Abschied einfach umarmte. Danach war *sie* gerührt, und bevor wir nun beide in Tränen ausbrechen würden, stieg ich doch lieber ins Auto. Aber ich winkte noch, bis wir das Kopfsteinpflaster und damit auch Frau Flöß hinter uns gelassen hatten.

Was auf der Straßenkarte wie eine halbe Tagestour ausgesehen hatte, entpuppte sich als relativ kurze Fahrt. Kartenlesen werde ich nie lernen! Schon oft habe ich meinem jeweiligen Chauffeur gesagt, von A nach B seien es genau 27 Kilometer, und wenn wir die doppelte Strecke hinter uns hatten und der (die) Fahrer(in) selber in die Karte sah, stellte sich heraus, daß wir uns auf der *Bundesstraße 27* befanden und bis B immer noch 14 Kilometer fehlten. Meine ganze Familie fragt sich in regelmäßigen Abständen, wie ich damals wohl zu meinem Führerschein gekommen bin, dabei sollte sie doch wissen, daß Kartenlesen noch nie zur Prüfung gehört hat.

Nun waren wir also in Letschin und hatten noch den halben Tag Zeit für uns. Erst am Abend war eine Lesung vorgesehen, und Frau Wagner hatte noch extra vermerkt, daß ich mit »sehr interessierten Teilnehmern« rechnen könnte. Ich hätte nur gern gewußt, wo die wohl herkommen würden? Letschin ist ein etwas größerer Ort zwischen lauter ganz kleinen Orten, doch es wäre übertrieben, ihn als Knotenpunkt zu bezeichnen. Ein Gasthaus gab es auch noch nicht, wir würden also wieder in einem Privatquartier nächtigen, doch das störte mich nicht – ganz im Gegenteil, bisher waren wir damit gut gefahren.

Inzwischen hatte ich mich daran gewöhnt, Stadtbüchereien nicht in bereits renovierten Gebäuden zu suchen, sondern – zumindest im ländlichen Bereich – nach wellblechgedeckten Flachbauten Ausschau zu halten, und das irgendwo am Ortseingang bzw. -ausgang. Letschin gehörte auch dazu, nur fanden wir die Bücherei diesmal erst außerhalb von außerhalb, mitten auf der grünen Wiese. Nebenan grasten Kühe. Zwei nette ältere Damen begrüßten uns, und eine von ihnen erbot sich auch sofort, uns zu unserem Quartier zu bringen. Allein würden wir es sicher nicht gleich finden.

Als Nicki in die schmale Straße bog, kamen mir schon die ersten Bedenken, und als sie vor dem angegebenen Haus hielt, wußte ich, daß die berechtigt waren. Von dem mit alten Eimern und reparaturbedürftigem Werkzeug vollgestellten Vorgarten führten drei Stufen zur Tür des winzigen Einfamilienhauses. Es sah ziemlich heruntergekommen aus, doch das war es nicht, was mich störte. Es war der Geruch, der aus einem halb geöffneten Fenster drang, ein Geruch nach alten, ungelüfteten Kleidern, nach benutztem Geschirr, nach ..., ich weiß nicht genau, wonach, ich wußte nur, daß wir hier nicht bleiben würden. Nicki sagte gar nichts, sie schüttelte nur unmerklich den Kopf.

Unsere Ankunft war nicht unbemerkt geblieben. Eine alte Frau kam die Treppe herab, ließ sich von unserer Begleiterin sagen, wer wir sind, schien sich dann jedoch zu erinnern. »Sie sind aber früh«, meinte sie. »Na, denn kommen Sie mal herein.«

»Mich brauchen Sie ja nicht mehr, oder? Wir sehen uns dann heute abend bei der Lesung. Wenn Sie nicht wissen, was Sie bis dahin machen sollen, dann fahren Sie doch an die Oder. Das ist sehr schön dort und gar nicht weit.« Frau Ichweißnichtmalwiesiehieß drehte sich um und überließ uns unserem Schicksal.

»Die Koffer lassen wir erst mal im Wagen!« sagte Nicki ziemlich laut, und dann leise zu mir gewandt: »Du willst doch nicht etwa hier einziehen?«

»Nein, aber wir müssen uns das Zimmer wenigstens mal ansehen.«

»Warum denn? Selbst wenn es die Fürstensuite wäre – hier stinkt es!«

Das hatte sie also auch schon bemerkt. »Wenn ich die Unterkunft ablehne, muß ich einen stichhaltigen Grund haben. Bloß »es stinkt« reicht ja wohl nicht aus. Vielleicht haben wir auch nur eine besonders empfindliche Nase.«

Gleich hinter der Haustür führte eine schmale Treppe ins obere Stockwerk. Auf halber Höhe stand ein Eimer mit schmutzigem Wasser. »Fallen Sie nicht drüber, ich war gerade beim Aufwischen«, wurde uns erklärt. Nun ja, Ordnung muß sein, und außerdem hatte man uns nicht so früh erwartet. Es war ja auch erst kurz nach zwölf.

Wir erreichten einen kleinen Flur, Frau (ihren Namen habe ich vergessen, deshalb heißt sie jetzt ersatzweise, dafür aber treudeutsch, Schulze) öffnete eine Tür, und dann fielen wir auch schon beinahe in die riesigen Doppelbetten hinein. Ob es außer den beiden Ungetümen noch andere Möbelstücke gab, weiß ich nicht mehr, kann es mir aber kaum denken, denn das Zimmer war genau so winzig wie das ganze Haus. Das Fenster war fest geschlossen, durch die zugeklappten Läden kam kaum Licht, und dann endlich wußte ich, wonach es im ganzen Haus roch: nach ungelüfteten Räumen! Hier hatte man ganz offensichtlich Angst vor frischer Luft.

»Haben Sie etwa für uns Ihr Schlafzimmer geräumt?« Irgend etwas mußte ich ja sagen, zumal Frau Schulze darauf wartete.

»Das macht nichts«, beteuerte sie, »wir schlafen im Wohnzimmer. Die Betten hier habe ich vorhin ganz frisch bezogen.«

»Tatsächlich?« murmelte Nicki.

»Nun zeige ich Ihnen noch das Bad. Das ist gleich nebenan, also sehr bequem für Sie.«

»Und ich dachte, wir müssen an die Wasserleitung in der Küche«, wunderte sich meine Tochter, zum Glück so leise, daß Frau Schulze nichts mitbekam. Mit sichtbarem Stolz öffnete sie die nächste Tür. Als erstes fiel mir ein nagelneuer Tiefkühlschrank auf, der stand gegenüber vom Waschbecken. Dann gab es noch eine mit einem Handtuch abgedeckte Kommode, auf der die Kosmetika des Ehepaars Schulze ausgebreitet waren einschließlich der beiden ausgefransten Zahnbürsten, denn die Ablage über dem Waschbecken hatte man für uns freigeräumt. Wären wir nicht zu früh gekommen, dann hätte Frau Schulz bestimmt noch Zeit gehabt, wenigstens mal drüberzuwischen.

Beeindruckend die Badewanne. In diesem nackten Zustand so ganz ohne Kachelkleid hatte ich solches Möbel bisher nur in Geschäften für Sanitärbedarf gesehen. Ihr zu Häupten stand ein braunes Monstrum, von Nicki weidlich bestaunt, denn einen Badeofen mit Wasserhahn vornedran kannte sie nicht. Bei uns kommt er nämlich aus der Wand!

»Wenn Sie baden wollen, müssen Sie das gleich sagen, dann heize ich den Ofen an«, erbot sich Frau Schulze, »es dauert zwei Stunden, bis das Wasser heiß ist.«

Am liebsten hätte ich jetzt gesagt: Ach nein, nicht nötig, heute ist ja erst Mittwoch, aber das verkniff ich mir denn doch. Schon die Vorstellung, bei 26 Grad Außentemperatur neben einem bullernden Ofen in der Badewanne sitzen zu müssen, trieb mir Schweißperlen auf die Stirn; es hätte also nicht noch zusätzlich der fettigen Bürste bedurft, die – voller Haare – auf dem Wannenrand lag. Ich hatte genug! Restlos! »Vielen Dank, wir kommen nachher wieder«, sagte ich nach einem Blick auf meine Uhr. »Jetzt muß ich schleunigst weg, sonst schaffe ich meinen Termin nicht mehr.«

Gefolgt von Nicki hastete ich die Treppe hinunter, öffnete die Haustür, sprang mit einem Satz die drei Stufen hinab und – holte erst einmal tief Luft. Jawohl, ich war ein Feigling, der nicht genug Courage gehabt hatte, die Wahrheit zu sagen, daß wir nämlich auf gar keinen Fall zurückkommen, sondern uns auf eigene Faust eine Unterkunft suchen würden. Aber was hätte ich denn als Grund anführen sollen? Daß ich nicht in ungelüfteten Betten schlafen und mich nicht vor einem schmuddeligen Becken waschen wollte? So was kann man doch nicht bringen! Dann schon lieber feige sein! Allerdings würde ich mit den Damen von der Bücherei mal ein paar Takte reden müssen! Doch das hatte Zeit bis heute abend, das Wichtigste war jetzt ein neues Nachtquartier. »Wie heißt die nächstgrößere Stadt?«

Nicki hatte bereits die Karte aufgeschlagen. »Seelow«, sagte sie, »liegt ungefähr zwölf Kilometer weit weg.«

»Dann auf nach Seelow!«

Gleich vorne am Marktplatz fanden wir eine Telefonzelle – allerdings mit dem nun schon sattsam bekannten Aufkleber an der Tür: Demnächst in Betrieb. Schade, daß man aus recycelten Milchtüten keine Telefonapparate machen kann, vielleicht fände man dann gelegentlich mal eine betriebsbereite Zelle. Wenigstens ein Telefonbuch gab es noch, reichlich zerfleddert, der Buchstabe H–Hotels war aber noch vollständig. Oder doch nicht? Es war kein einziges Hotel aufgeführt.

»Versuch's mal unter *Gaststätten*«, empfahl Nicki, »ich glaube nicht, daß es hier ein richtiges Hotel gibt.«

Wir probierten alles durch, was eventuell in Frage kommen könnte, denn wo man noch Broiler ißt statt Brathähnchen, übernachtet man vielleicht auch noch in *Wirts*häusern und nicht in *Gast*häusern, nur fanden wir weder das eine noch das andere. Wir fanden überhaupt nichts, was nach Übernachtungsmöglichkeit klang. Jedenfalls nicht im Telefonbuch. Nicki klappte es zu, und was stand unübersehbar auf dem Einband??? »Das ist ja bereits ein bibliophiles Sammlerstück!« jubelte sie los. »Jahrgang 1986! Kein Wunder, daß wir umsonst darin geblättert haben!«

Einzusehen, doch wo gab es ein neueres Exemplar? Logischerweise auf der Post, nur hat die mittags um ein Uhr zu; wenigstens darin haben die Ossi-Postler mit ihren westdeutschen Kollegen gleichgezogen.

Wo ein Platz ist, ist auch ein Café – das ist ein ungeschriebenes Gesetz und gilt in allen Ländern. Der einzige Unterschied besteht lediglich in der jeweiligen Bezeichnung und natürlich in den Preisen. Eines der teuersten, die ich kenne, ist das Caffè Greco in Rom, das billigste habe ich in Mombasa entdeckt, da hieß es *Bar,* und eine Tasse *kawaha* kostete umgerechnet noch keine zehn Pfennig – allerdings hatte er auch danach geschmeckt!

Das Etablissement am Seelower Marktplatz nannte sich Eisdiele, hatte jedoch auch kleine Snacks auf der Speisekarte, denn ich hatte inzwischen feststellen müssen, daß Nicki – genau wie ihre Schwester Stefanie – pünktlich gefüttert werden wollte. Die normale Zeit war bereits überschritten, darüber hinaus wissen Briefträger, Friseure und Kellner immer mehr als andere Leute – es war also nur logisch, daß wir erst mal eine Pause einlegten. Danach waren wir klüger! Auch in einem neueren Telefonbuch hätten wir kein Gasthaus und erst recht kein Hotel gefunden, weil es weder das eine noch das andere gab. »Es wird ja geredet, daß eins gebaut werden soll«, hatte uns die nette Bedienung verraten, »aber so lange werden Sie wohl nicht warten wollen?«

»Eigentlich wollten wir schon heute irgendwo schlafen«, bestätigte ich. »Sind denn niemals Gäste hergekommen, die ein Bett brauchten?«

»Was sollen Gäste schon gewollt haben?« Das junge Mädchen lächelte verhalten. »Hier gab es bloß Besucher, und die haben bei ihren Verwandten geschlafen.«

»Und daran hat sich bis heute nichts geändert?« Ich konnte das einfach nicht glauben! Wir hatten genug Autos mit westdeutschen Kennzeichen gesehen, darunter viele Firmenwagen, aber deren Insassen hatten nicht so ausgesehen, als wollten sie nur mal eben Onkel und Tante besuchen. Wo also übernachteten die ganzen Wessis? In Quartieren wie bei Frau Schulze? Mit Badeofen neben dem Fenster und runtergetretenen Hausschlappen vorm Klo? Nein danke, dann schlafe ich lieber in meinem Auto, obwohl das nicht mal Liegesitze hat.

Die Kellnerin schaukelte erst zwei verführerisch aussehende Eisbecher an unserem Tisch vorbei, dann kam sie zurück. »Ich habe mich mal bei meinen Kollegen umgehört. Einer hat gesagt, daß es zehn Kilometer von hier ein Motel geben soll. Vielleicht versuchen Sie es da mal? Sonst weiß niemand was.«

Aus lauter Dankbarkeit bestellte ich als Dessert noch zwei Eisbecher und hinterließ ein großzügiges Trinkgeld, dann machten wir uns auf die Suche. Außer in amerikanischen Filmen hatte ich noch nie ein Motel gesehen, obwohl es hierzulande inzwischen auch welche gibt, doch als das Nonplusultra des Beherbergungswesens waren sie mir eigentlich nie erschienen. Glaubt man den Drehbuchautoren, dann verstecken sich dort Kriminelle, Ehebrecher und Leute auf der Flucht, die immer falsche Namen benutzen, während die ehrlichen Gäste von schizophrenen Wirten umgebracht werden. Davon mal ganz abgesehen, haben Motels noch einen weiteren Nachteil: Sie liegen verkehrsgünstig, also an belebten Durchgangsstraßen oder gleich hinter der Autobahn-Raststätte. Den Krach hat man gratis und bei geöffnetem Fenster auch noch die Abgase. Aber dafür kann man gleich vom Bett aus ins Auto springen, denn das parkt neben der Tür.

»Hast du schon mal in einem Motel übernachtet?« wollte Nicki denn auch wissen, als der Kilometerzähler bei 11,7 stand und wir noch nichts entdeckt hatten, was eventuell eins sein könnte. »Ich muß dabei immer an *Psycho* denken.«

»Anthony Perkins bringt niemanden mehr um, der ist selber tot! – Guck mal da drüben! Könnte es das nicht sein?«

Auf der linken Seite tauchten einige der uns nun schon hinlänglich bekannten Flachbauten auf, unten Beton, oben Wellblech, davor eine kleine steinerne Terrasse, dahinter festgewalzter Sandboden. Gleich neben der Einfahrt ein ansehnliches Gebäude, renoviert, mit Blumenkästen an der Seite und einem Schild über dem Eingang: MOTEL.

»Na also, sieht doch ganz passabel aus!« sagte ich erleichtert. »Vielleicht kriegen wir eins der Häuschen, die weiter hinten liegen, da ist es ruhiger.«

»Wir haben bestimmt freie Auswahl«, vermutete Nicki, den Kopf nach allen Seiten drehend, »oder siehst du hier irgendwo ein Auto parken?« Sie stieg aus und schloß die Wagentür ab. »Ich glaube, wir gucken uns die Sache erst mal näher an. Mich erinnern diese Steinkästen ein bißchen an Übergangswohnheime für Asylbewerber.«

»Etwas anderes sind wir ja auch nicht«, erinnerte ich sie, »wir bewerben uns um Asyl für zwei Nächte.«

»Aber nicht für umme!«

»Für *was*?« Das letzte Wort hatte ich nicht verstanden.

»Dir fehlt der tägliche Umgang mit Jugendlichen«, sagte meine Tochter, »du kennst ja nicht mal mehr die gängigsten Begriffe! Umme heißt umsonst, und da wir für unser Nachtquartier zahlen werden beziehungsweise *du* zahlen wirst, sind wir keine Asylanten, sondern Gäste.«

Die Gäste betraten das renovierte Gebäude und fanden sich in einem hübschen Restaurant wieder. Die Tür gleich links führte zum Büro. Das war leer. Die andere, gleich daneben, führte zu PRIVAT. Da war auch niemand. Blieb nur noch die Tür zur Küche, und die war abgeschlossen. »Am besten setzen wir uns draußen in die Sonne«, schlug Nicki vor, »irgendwann wird schon jemand kommen.«

Ich hatte mir gerade eine Zigarette angezündet (seitdem diese absolute Nikotingegnerin mitfuhr, herrschte im Auto striktes Rauchverbot, genau wie in den Zimmern – ich war schon beinahe abstinent geworden!), als ein Mann in Overall und Gummistiefeln zwischen den Bäumen auftauchte, vermutlich ein Waldarbeiter oder ein Handwerker, denn aus einer dieser Betonbaracken drangen außer Krach und saftigen Flüchen auch noch dicke Staubwolken, – untrügliche Zeichen von Arbeit! »Warten Sie auf mich?« Die Gummistiefel hatten genau vor uns angehalten.

»Wenn Sie uns ein Zimmer vermieten können, ja – falls nicht, dann wissen Sie vielleicht, wer dafür zuständig ist.«

»Ich«, sagte der Mann, »und wenn Sie Glück haben, kriegen Sie sogar noch eins. Ich muß erst mal nachsehen.«

»Aber hier ist doch alles leer«, widersprach Nicki.

»Weil keine Autos dastehen?« fragte er lachend. »Die sind jetzt unterwegs. Warten Sie mal ab! In drei bis vier Stunden sieht das ganz anders aus. Außer uns gibt es doch zwischen Frankfurt/Oder und Berlin nichts, wo man übernachten kann!«

Das konnte doch nicht wahr sein! »Wollen Sie damit andeuten, daß Sie auf dieser Strecke quasi das Monopol haben?«

Er grinste. »*Noch!* Aber bestimmt nicht mehr lange. Die Konkurrenz wacht langsam auf. – So, dann kommen Sie am besten mit!« Er setzte sich in Bewegung, und wir folgten gehorsam. »Mal sehen, ob noch ein Bungalow frei ist.«

Die Bezeichnung Bungalow fand ich denn doch ein bißchen hochtrabend für diese steinernen Baracken, andererseits – was versteht man denn unter einem Bungalow? Doch nichts anderes als ein ebenerdiges Wohnhaus, und genau das war es, wohin wir wenig später geführt wurden. Leider könne er uns nur eines der erst provisorisch renovierten Häuser geben, entschuldigte sich unser Begleiter, die bereits fertigen seien alle vermietet, und einige andere befänden sich gerade im Umbau, aber für zwei Tage würde es wohl gehen. Außerdem sei es billiger. »Die Tür klemmt ein bißchen, doch wenn man sie etwas anhebt – sehen Sie, genau so!« Er demonstrierte die Handhabung auch gleich –, »dann geht sie spielend auf.«

Wir betraten einen Flur, von dem vier Türen abgingen. »Früher ist das mal ein Ferienheim der FdJ gewesen. In jedem Haus waren sechs Jungen untergebracht. Die Stockbetten haben wir natürlich auseinandergenommen, aber im Moment sieht es zumindest hier immer noch ein bißchen nach Kaserne aus.«

Das allerdings stimmte! Statt eines Kleiderschranks standen zwei olivfarbene Soldatenspinde in einer Ecke, der Tisch und die zwei Stühle erinnerten an Kantinenmobiliar, und daß es nicht mal Leselampen gab, sondern nur die Neonröhre an der Decke, fiel uns erst beim Zubettgehen auf.

»Wo sollte man die denn auch hinstellen?« kicherte Nicki. »Es sind ja gar keine Nachttische da!«

Die restliche Hausbegehung mußten wir allein machen, denn Herr Deringer wurde abberufen. Die Gardinen für Bungalow 17 seien gekommen, allerdings die falschen. Dabei sollten die Bewohner von Bungalow 17 froh sein, daß sie überhaupt welche kriegen würden. Vor unserem Fenster baumelte nämlich etwas, das wie eine zweckentfremdete Wolldecke aussah.

Der gegenüberliegende Raum war bis auf eine verrostete Säge und mehrere eingetrocknete Farbeimer leer, doch das dritte Zimmer überraschte uns. Offenbar handelte es sich um den früheren Aufenthaltsraum, denn er war sehr groß und enthielt neben einem richtigen Kachelofen noch zwei Tische sowie ein halbes Dutzend Stühle in den verschiedenen Stadien des Zerfalls. Ich glaube, einer war noch einigermaßen intakt, denn ich kann mich erinnern, daß Nicki ihn später auf die Terrasse gestellt und sogar benutzt hat. Ein schwarz-goldenes Sideboard aus der Nierentisch-Ära, vermutlich von jemandem gespendet, der inzwischen zu Eiche rustikal übergegangen war, brachte einen Hauch von Eleganz in dieses Einheitsmobiliar. Sogar richtige Gardinen hingen vor dem Fenster. »Wenn man die mal waschen würde, käme sicher ihre ursprüngliche Farbe wieder heraus«, meinte Nicki, den staubigen Stoff zur Seite ziehend.

»Sobald dieser Bungalow renoviert ist, gibt es neue, das hast du doch vorhin gehört!« Mich interessierte etwas ganz anderes. »Angeblich soll es doch auch ein Bad geben, aber wo?«

»Na, da ist doch noch eine Tür!« Nicki öffnete sie, und dann staunten wir erst mal. Bis unter die Decke weiß gekachelt, erinnerte der erstaunlich große Raum an das Gipszimmer in unserer orthopädischen Klinik, in dem ich früher oft genug gesessen und zugesehen hatte, wie einer meiner Nachkommen verarztet wurde. Allerdings hatten dort keine drei Pinkelbecken an der Wand gehangen, und falls doch, dann hatte man sie nicht gesehen. Die hier sah man, denn nur vor der einen »richtigen« Toilette befand sich eine Tür.

»Ich denke, hier soll auch eine Dusche sein?« Zwar lag in einem der drei Waschbecken ein Duschkopf mit einem

Schlauch dran, doch das war alles. »Wo ein Schlauch ist, ist auch ein Wasserhahn!« behauptete meine Tochter, benutzte ihn als Ariadnefaden und stellte verblüfft fest, daß er nach mehreren Metern in ein Rohr mündete. »Ich werd' verrückt«, juchzte sie los, »da ist ja ein ganz schlaues Kerlchen am Werk gewesen!« Sie drehte den Hahn über dem hintersten Waschbecken auf, und dann bekam sie auch sofort eine Ladung Wasser ins Gesicht. Der Duschkopf hatte sich erst wie eine Kobra aufgebäumt und dann genau in ihre Richtung gezielt.

»Iihhhh! Dreh bloß schnell zu! Ich seh' überhaupt nichts mehr. Ist hier irgendwo ein Handtuch?«

Während ich ihre Haare trockenrubbelte, ließ ich mir die Sache verklickern, denn was da eben passiert war, hatte ich nicht verstanden. Wieso kam aus dem Schlauch, der sich in abenteuerlichen Windungen bis fast unter die Decke schlängelte, Wasser, sobald man den Hahn vom Waschbecken aufdrehte? Das hatte sicher wieder was mit Physik zu tun! Nicki gab sich ja auch redliche Mühe (bei ihr hatte es wenigstens immer zu einer Drei im Zeugnis gereicht), aber so ganz richtig habe ich das doch nicht begriffen. Mir war lediglich klar, daß zum Duschen zwei gehörten: einer, der den Schlauch hielt, und ein Zweiter, der sich darunter einseifte. Der geniale Konstrukteur dieses Provisoriums hatte nämlich vergessen, irgendwo eine Halterung anzubringen.

Über den restlichen Verlauf dieses Tages ist eigentlich nicht mehr viel zu erzählen. Ich hatte Nicki von ihren Chauffeurspflichten entbunden, denn die paar Kilometer nach Letschin würde ich nun wirklich selber fahren können, ja, auch den Rückweg würde ich wiederfinden, und als ich eine Viertelstunde vor Beginn der Lesung eintraf, war außer den beiden Büchereidamen noch niemand da. Auch gut, dann konnte ich ihnen wenigstens sagen, weshalb wir uns im Hause Schulze nicht mehr haben blicken lassen.

Frau Ichweißnichtmalwiesiehieß bedauerte sofort. Das habe sie nicht gewußt, sei allerdings auch nie dortgewesen, die Unterkunft sei ihr jedoch von dem Freund der Tochter ihrer Nachbarin (oder so ähnlich) empfohlen worden, und es täte ihr sehr leid. Von diesem Motel habe sie noch nie etwas gehört, aber nun wisse sie das ja, und bei künftigen Autorenbesuchen werde man darauf zurückgreifen. Fragt sich nur, ob noch mal welche kommen werden, denn ich sollte vielleicht noch erwähnen, daß die »sehr interessierten Teilnehmer« aus acht Personen bestanden haben – die beiden Bibliothekarinnen eingeschlossen!

Trotz der etwas ausgeleierten Matratze hatte ich herrlich geschlafen, entgegen meinen Befürchtungen hatte die Dusche nicht nur ausreichend heißes Wasser gespendet, die phantasievolle Konstruktion war nicht mal zusammengebrochen, das Frühstück hatte geschmeckt, und nun war ich sogar bereit, es nochmals mit einer »Kinderstunde« zu versuchen. »Zehn Uhr zwanzig, neunte Klasse, Veranstaltung findet in der Schulbücherei statt« hatte auf meinem Zettel gestanden. Die genaue Adresse war allerdings vergessen worden. Erst fanden wir die Schule nicht, weil uns jeder, den wir fragten, in eine andere Richtung schickte, dann suchten wir nach der Bücherei, die lag nämlich separat, und als wir die endlich gefunden hatten, war die Stunde fast herum, und die Zeit reichte gerade noch für eine knappe Schilderung unserer Irrfahrt. Die allerdings fanden die Jugendlichen so erheiternd, daß sie mich wenig später mit lebhaftem Applaus verabschiedeten.

Das gab mir wieder mal zu denken. Vielleicht sollte ich die Bücher künftig im Wagen lassen und frei improvisieren? Andererseits war ich zu Lesungen eingeladen worden und nicht zu Plauderstündchen, und überhaupt hatte ich sowieso die Nase voll! Was als Goodwill-Tour gedacht war und nicht nur meine Zeit, sondern letztendlich auch mein Geld kostete, denn außer den Übernachtungen trug ich alle Spesen selber, entpuppte sich mehr und mehr zu einem absoluten Reinfall. Ich mußte mich damit abfinden, daß mich hier in Ossiland niemand kannte, daß mich aber auch niemand kennenlernen wollte, und wer es eventuell doch gewollt hätte, erfuhr gar nichts von meiner Existenz. Eine kurze Notiz in der örtlichen Tageszeitung war meist der einzige Hinweis auf die abendliche Veranstaltung, es gab weder Plakate noch Interviews, (wobei ich zugeben muß, daß ich auf *die* überall gern verzichte!), so daß ich mich heute frage, wie denn die zwei bis sechs Zuhörer, die dann doch erschienen waren, von den Lesungen überhaupt erfahren hatten? Eigentlich können es doch nur Verwandte der jeweiligen Bibliothekarinnen gewesen sein, unter Androhung des Ausschlusses vom nächsten Familientreffen herbeizitiert!

»Bist du schon fertig?« fragte Nicki gähnend, nachdem ich sie gesucht und schließlich auf einer Bank im Grünen aufgestöbert hatte. »Ich war gerade so schön am Einpennen.«

»Und ich hatte gedacht, du wolltest dich noch mal mit Herrn Piaget befassen?«

»Was glaubst du denn, weshalb ich so müde geworden bin?« Sie reckte sich, machte ein paar Kniebeugen, hob das heruntergefallene Buch auf und sah mich unternehmungslustig an. »Bis heute abend ist es noch eine Weile hin. Was machen wir denn so lange?«

»An die Oder fahren!« griff ich den Vorschlag von gestern auf.

»Und was sollen wir da?«

Das wußte ich auch nicht so genau. »Mal nach Polen rübergucken!«

Sie bedachte mich mit einem Blick, den sie normalerweise für die dreijährige Tochter unserer Nachbarin reserviert hat. »Rübergucken???«

»Na ja, ich glaube nicht, daß es ausgerechnet hier eine Brücke gibt«, sagte ich zaghaft.

Sie schüttelte bloß den Kopf. »Was hast du denn davon, wenn du nach Polen rüberguckst?«

»Genaugenommen gar nichts, aber ich glaube, das kannst du nicht verstehen.«

»Tu ich auch nicht, aber wenn du unbedingt willst ...«, gestattete sie gnädig, gab jedoch im nächsten Augenblick zu, daß ihr ohnehin nichts Besseres einfalle. »Die ganze DDR ist ziemlich öde.«

»Die DDR heißt nicht mehr DDR«, erinnerte ich sie.

»Na, wenn schon. Öde ist sie trotzdem!«

Wenn ich jetzt sage, daß wir die Oder beinahe nicht gefunden hätten, dann glaubt das niemand, aber es stimmt! Es gibt nämlich keine Wegweiser, und bei einer Straße, die sich plötzlich zu einer Art Feldweg verjüngt und nach ein paar hundert Metern ganz aufhört, kommen einem doch Zweifel, ob man sich nicht wieder mal verfahren hat. Das einzige, was sich inmitten dieser unberührten Landschaft etwas artfremd ausnahm, war eine Art Hochstand, so eine Bretterbude mit Holzleiter, wie Jäger sie benutzen. Bisher hatte ich diese Häuschen immer nur an Waldrändern gesehen, aber hier gab es weit und breit keinen Baum, hinter dem sich ein Reh hätte verstecken können, nur ein paar Büsche auf den Wiesen und einen schmalen Weg, der sich mitten hindurchschlängelte.

»Ob das ein ehemaliger Wachtturm ist?«

»Wen oder was hätte man denn hier bewachen sollen?« fragte ich zurück. »Höchstens die Karnickel.« Genau vor mir war ein verschreckter Hase durch das Gras geflüchtet.

»Mir kommt das hier alles ein bißchen unheimlich vor. Wollen wir nicht lieber umkehren?« Die Wagentür hatte Nicki noch nicht losgelassen, vielmehr umklammerte sie den Griff, als würde der ihr Schutz bieten.

So ganz geheuer war mir die Sache ja auch nicht, zumal wir offenbar die einzigen Menschen weit und breit waren. Andererseits – was sollte uns schon passieren? Es war heller Tag, die Sonne schien vom wolkenlos blauen Himmel, um uns herum zwitscherte, summte und zirpte es, und der Weg direkt vor uns war nicht etwa zugewuchert, sondern im Gegenteil von festgetretenen Fußspuren übersät. »Jetzt schließ endlich den Wagen ab und komm her!« sagte ich zuversichtlicher, als mir zumute war. »Hier sind vor uns auch schon Menschen gewesen.«

»Du meinst, *nach* den Neandertalern?«

Zuerst wurde der Weg immer schmaler, dann verbreiterte er sich wieder, fiel ein bißchen ab, schlängelte sich noch um einige Büsche herum, und dann glitzerte es vor uns. Wir standen an der Oder – dem »entscheidenden Bollwerk gegen die sowjetische Armee«. Beim Anblick dieses so friedlich vor sich hinmurmelnden Wassers kamen mir die schwülstigen Naziparolen richtig lächerlich vor. Viel breiter hatte ich mir »Deutschlands Schicksalsfluß« vorgestellt. Das hier war doch nur ein

Nebenfluß dritter Ordnung, den jedes Kind mit Freischwimmer-Zertifikat mühelos überqueren konnte. Ein Mittelding zwischen Rhein und Donau hatte ich erwartet und nicht dieses sanft strömende Gewässer, dessen schilfbewachsene Ufer von ein- bis zu vielbeinigen Tieren bevölkert waren, die ich nur noch aus Bilderbüchern kannte. (Das scheinbar einbeinige Viech hatte aber doch noch ein zweites gehabt, es war nämlich ein Storch im Ruhezustand gewesen). Ob das, was über unseren Köpfen kreiste, zur Kategorie Falken gehörte oder – wie Nicki vermutete – ein Hühnerhabicht war, weiß ich nicht, wir haben uns nicht einigen können; jedenfalls war es etwas, das man hierzulande nur noch sehr selten sieht.

Von den Pflanzen will ich erst gar nicht reden. Höchstens noch ein altes Kräuterweiblein hätte sie klassifizieren können, und die sterben allmählich aus. Diese Wiesen waren seit Jahren nicht mehr gemäht worden, und sollte sie trotzdem mal jemand betreten haben, dann können das nur Grenzsoldaten gewesen sein, denn genaugenommen befanden wir uns ja im ehemaligen Niemandsland. War es das nicht immer noch? Da drüben, zwei Steinwürfe weit weg, begann Polen, man merkte es nur nicht. Das gegenüberliegende Ufer sah genauso unberührt aus, und den beiden Schwänen, die so majestätisch über den Fluß paddelten, war es bestimmt egal, auf welcher Seite ihre Eier ausgebrütet worden waren.

Um uns herum krabbelte und hüpfte es, Libellen schossen wie Pfeile an unseren Köpfen vorbei, links quakte es, rechts zwitscherte etwas – Natur total. Nicki zog auch gleich ihre Schuhe aus. »Was meinst du, kann man hier noch stehen, oder geht es gleich tief runter?« Vorsichtig steckte sie einen Fuß ins Wasser.

»Das wirst du gleich merk …«

Die Frage hatte sich bereits erübrigt! Ich hörte es nur noch platschen und gleich danach ein Gurgeln: »So eine Schei …!«

Das entgeisterte Gesicht, mit dem meine Tochter wieder auftauchte, trieb sogar die Schwäne in die Flucht. »Das Wasser ist noch verflixt kalt«, schimpfte sie, mir einen Arm entgegenstreckend. »Hilfst du mir mal raus? Am Ufer ist es so glitschig, deshalb bin ich auch abgerutscht.«

Es war gar nicht so einfach, sie wieder aufs Trockne zu ziehen. Der Ertrinkende klammert sich bekanntlich an einen Strohhalm, und das erfolglos (um falschen Vermutungen vorzubeugen: Nicole hat schon vor Jahren den Rettungsschwimmer gemacht), aber genauso erfolglos ist es, wenn man sich an Land an einem Grashalm festhalten will! Zwei ganze Büschel hatte ich schon herausgerissen, und fast wäre ich selber ausgerutscht und im Fluß gelandet, bevor ich endlich ein bißchen Gestrüpp zu fassen bekam. Bibbernd kletterte sie an Land. »Und was nu?«

»Klamotten runter! In der Sonne sind sie in einer Stunde wieder trocken. Früher hat man die nasse Wäsche auch auf die Bleiche gelegt.«

»Aber bestimmt kein blaues T-Shirt.«

»So was hat es damals noch gar nicht gegeben. – Nun los, beeil dich, damit du die Sachen runterkriegst.«

Zähneklappernd sah sie mich an. »Ich kann mich doch hier nicht nackt ausziehen!«

»Ich glaube nicht, daß die Schwäne Anstoß daran nehmen werden. Und sonst ist ja niemand da.«

Noch immer zögernd streifte sie die Shorts ab. »Aber wenn nun doch jemand kommt?«

»Dann können wir immer noch überlegen, was wir machen.« Ich wrang die einzelnen Kleidungsstücke aus und hängte sie über einen Ginsterbusch. »Weshalb stellst du dich überhaupt so an? Am Strand, wo tausend andere Leute sind, liegt ihr oben ohne, und was ihr unten anhabt, ist auch nicht größer als ein Taschentuch.«

»Das ist ja ganz was anderes«, wehrte sie ab, »da läuft jeder so rum.«

Es dauerte doch länger als eine Stunde, und selbst dann hätte man Nickis Hosen noch als »bügelfeucht« bezeichnen müssen, aber alles andere war trocken, und nun wollte sie schnell in unser Motel zurück und sich wieder in einen »menschenähnlichen Zustand« versetzen.

Die Haare waren natürlich ebenfalls naß geworden, inzwischen jedoch getrocknet, aber jetzt war ihnen eine gewisse Ähnlichkeit mit einem geplatzten Sofakissen nicht abzusprechen. »Ein Glück, daß ich in diesem Aufzug nicht durch ein Hotelfoyer laufen muß«, sagte sie, fuhr den Wagen fast bis auf die Terrasse und stürzte hinaus. Gleich danach bumste es. Die Tür klemmte immer noch, und Holz ist nun mal widerstandsfähiger als ein menschlicher Kopf!

Weshalb sie auf ihre Restaurierung so großen Wert gelegt hatte, war mir ohnehin ein Rätsel. Meine stille Hoffnung, sie würde sich den Genuß einer Lesung heute mal nicht entgehen lassen und mich begleiten, verflüchtigte sich, als sie nach einer geschlagenen Stunde im Jogginganzug vor mir stand. So etwas zieht sie nur an, wenn sie keinen Schritt mehr vor die Tür setzen wird. Ich besitze ja auch solch eine bequeme Gammelkluft, und es macht mir überhaupt nichts aus, in diesem wenig eleganten Aufzug mit Otto an der Leine die Gassirunde zu drehen, ich darf mich nur nicht von meiner Tochter erwischen lassen. »Ich denke, wir wollen noch eine Kleinigkeit essen, bevor ich weg muß.«

»Lieber danach«, erklärte sie, »jetzt genügen mir die Kekse.« Die hatte ich vor drei Tagen gekauft, quasi als eiserne Ration, man kann ja nie wissen, wann man sie mal braucht. Es sollen schon Leute im Auto eingeschneit und erst nach zwei Tagen gerettet worden sein! Zugegeben, nicht unbedingt im Mai! Da muß man wohl eher mit einem Ferienstau auf der Autobahn rechnen.

Ich überließ Nicki ihren pädagogischen Werken sowie der Notverpflegung, stieg ins Auto, fädelte mich in den Durchgangsverkehr ein und suchte die dritte Abzweigung rechts. Daß es schon die vierte gewesen war, merkte ich erst, als ich einen Ort erreichte, zu dem ich gar nicht gewollt hatte. Zum Glück gab es von dort wiederum eine Abkürzung, die mich genau dahin brachte, woher ich gekommen war. Niedliche Dörflein waren es, alle beide, nur leider die verkehrten. Das richtige fand ich aber doch noch, und auch gleich den von alten Bäumen umstandenen Platz, an dem die Bücherei lag. Davon war ich sofort begeistert. Mit viel Geschmack hatte man aus dem ehemaligen Weinkeller mit seinen niedrigen, gewölbten Decken zwei urgemütliche Räume gemacht. Ich hätte es nur begrüßt, wenn außer meiner netten Gastgeberin und deren

Assistentin noch ein paar andere Leute anwesend gewesen wären. Sie war auch beinahe den Tränen nahe. »Ich verstehe das gar nicht«, beteuerte sie immer wieder, »es müßten mindestens zwanzig Zuhörer dasein. Alle, die in Frage kommen, habe ich einzeln angesprochen, und die meisten haben fest zugesagt.«

Da ich solch eine Situation noch nie erlebt hatte, stand ich erst mal ratlos herum, plapperte Belangloses und überlegte dabei, wie ich diese verfahrene Sache zurechtbiegen könnte. Mich erschütterte sowieso nichts mehr, doch diese offenbar sehr engagierte Bibliothekarin tat mir leid. »Gibt's hier in der Nähe eine Kneipe, wo wir gemeinsam ein Bier trinken können?«

»Die hat heute Ruhetag!« tönte es von der Tür her, wo eine muntere Mittvierzigerin die letzten beiden Stufen herabstieg. Verwundert sah sie sich um. »Bin ich etwa zu früh?«

»Im Gegenteil«, sagte ich, meinem offenbar einzigen Gast die Hand reichend, »normalerweise hätte ich mit der Lesung längst anfangen müssen. Es war bloß niemand zum Zuhören da.«

»Jetzt kommt auch keiner mehr«, behauptete sie sofort, »ich kenne das vom Elternabend her. Entweder stehen sie viel zu früh auf der Matte oder gar nicht.« Abschätzend sah sie mich an. »Auf die heutige Lesung habe ich mich zwar gefreut, doch ein privates Gastspiel nur für uns drei sollte man Ihnen nun doch nicht zumuten. Was halten Sie davon, wenn wir den Schauplatz wechseln? Bier habe ich nämlich auch im Kühlschrank.« Zustimmendes Nicken der beiden anderen Damen. Mein Einverständnis wurde offenbar vorausgesetzt, denn schließlich war ich es gewesen, die nach Bier gerufen hatte. Dabei mag ich gar keins.

Statt im Kellergewölbe saßen wir wenig später in einer jasminumrankten Laube, tranken Weinschorle (leider nur ein einziges Glas, dann mußte ich auf ein harmloses Wässerchen namens »Oderperle« – oder so ähnlich – umsteigen), aßen dick mit Thüringer Landleberwurst bestrichene Brote und quasselten, bis es vom Kirchturm elf Uhr schlug.

Ein interessanter und zu späterer Stunde ausgesprochen

amüsanter Abend war es gewesen, nur nicht geplant und erst recht nicht vorhersehbar. Wäre Frau Bechtel nicht gekommen, dann hätte ich mir wahrscheinlich noch zehn Minuten lang die Buchrücken in den Regalen beguckt und dabei überlegt, wie ich mich am schnellsten verdrücken könnte, während die beiden Bibliothekarinnen sich den Kopf zerbrochen hätten, auf welche Weise sie mich am elegantesten loswerden würden.

Auf den elf Kilometern Rückweg formulierte ich schon mal die Sätze, die ich morgen früh am Telefon wiederholen würde. »Liebe Frau Wagner«, würde ich sagen, oder das »liebe« besser weglassen? Egal. »Seit beinahe zwei Wochen ziehe ich hier durch die Lande«, würde ich fortfahren, »von einem Kuhdorf ins nächste« – nein, das klang zu herablassend, also »von einer Lesung zur nächsten, und das einzige, was dabei herauskommt, ist eine Erweiterung meiner Geographiekenntnisse! Nun habe ich einfach keine Lust mehr und fahre nach Hause! Warum? Das erfragen Sie lieber bei Ihren Kolleginnen, denen Sie mich so einfach aufgehalst haben!«

So oder so ähnlich würde es klingen, und ich bedauerte nur, daß ich zu höflich war, Frau Wagner meinen für sie sicherlich überraschenden Entschluß sofort mitzuteilen. Zwanzig Minuten vor Mitternacht macht man so etwas einfach nicht! (Kann man auch gar nicht, wenn man nämlich im Zimmer kein Telefon hat und das Restaurant längst geschlossen ist!)

Nicki lief mir schon entgegen, als ich mich zu unserem Bungalow durchwurstelte. Vor jedem Haus stand mindestens ein Auto, und fast alle trugen westdeutsche Kennzeichen. Sogar ein Heilbronner war dabei. Was hatte den bloß hierher verschlagen? Na ja, morgen früh würde er sich beim Anblick meines Wagens vermutlich das gleiche fragen.

»Wo bist du denn so lange gewesen?« Nicki riß die Tür auf und sah mir prüfend ins Gesicht. »Gerade wollte ich eine Suchaktion anleiern! Ich habe dich schon abgemurkst im Straßengraben gesehen oder wenigstens mit 'ner Reifenpanne irgendwo auf einem Feldweg. Sag bloß, deine Fans haben dich nicht weggelassen?!«

»So würde ich das nicht gerade ausdrücken.« Ich schloß den Wagen ab und schob sie vor mich her durch die Haustür. »Meine Lesung war solch ein Erfolg, daß er kaum noch zu überbieten ist und ich beschlossen habe, auf weitere Ovationen zu verzichten. Morgen fahren wir nach Hause!«

Victors Villa contra Friedrichs Schloß

Ich habe festgestellt, daß es eigentlich nur *eine* Methode gibt, die junge Leute davon abhalten kann, eine blödsinnige Mode mitzumachen: Man muß sie selber übernehmen! Oder zumindest so tun, als ob! Auf diese Weise war es mir gelungen, Nicole von diesen Schlabberhosen abzubringen, die oben so breit sind wie unten und immer aussehen, als habe man ein Bettlaken erst auseinandergeschnitten und dann falsch zusammengenäht. Offenbar habe ich in diesem Sack so entsetzlich ausgesehen, daß ich nicht mal die Umkleidekabine verlassen durfte; Nicki schob mich sofort wieder zurück. »Wenn du in diesem Aufzug rauskommst, kenne ich dich nicht!«

»Ich weiß gar nicht, was du hast«, beschwerte ich mich pro forma, »diese Hosen sind doch der letzte Schrei!«

»Den wirst du auch gleich von mir hören, wenn du die Dinger nicht auf der Stelle wieder ausziehst!«

Ich schaffte es auch noch, ihr diese halbe Bluse auszureden, von der ich im ersten Moment geglaubt hatte, sie sei versehentlich aus der Kinderabteilung heraufgekommen. Blusen, die oberhalb des Bauchnabels aufhören, haben entweder die falsche Größe oder sind im Trockner eingegangen. So hatte ich bis dato gedacht, stimmt aber nicht. Die müssen nämlich so sein! Weshalb sie viel teurer sind als normale, obwohl sie nur die Hälfte Stoff brauchen, ist eines der ungelösten Rätsel der Konfektionsbranche.

Im Grunde genommen kann sich fast jeder anziehen wie weiland Jackie Kennedy, man braucht doch nur die Figur, die natürliche Begabung und das Geld. Ich habe nichts von dem, und deshalb kann ich mich auch nicht für stundenlange Streifzüge durch einschlägige Geschäfte begeistern, ganz besonders dann nicht, wenn ich erst vor einer Woche durch genau dieselben Läden getigert bin. Mit Steffi war das allerdings nicht ganz so anstrengend gewesen. Nicki ist viel mutiger. Sie probiert ohne Skrupel vier Röcke, zwei Hosen und vielleicht noch ein paar Pullover an und hat lediglich ein bißchen Kleingeld in der Tasche. Eine Kreditkarte besitzt sie aber auch nicht! Weshalb sie in Heidelberg aus den von ihr favorisierten Läden nicht schon längst rausgeflogen ist, wundert mich seit langem. Wer hat schon gerne Kunden, die vierzig Minuten lang eine Umkleidekabine blockieren und am Ende doch nichts kaufen? Die Gefahr eines möglichen Rauswurfs bestand hier erst gar nicht, es kannte sie ja niemand, und als wir die dritte Boutique verließen, waren bereits anderthalb Stunden vergangen. So zwischen sechs und elf lagen jedoch noch vor uns, das KDW nicht mitgezählt.

»Weißt du was? Hier hast du den Autoschlüssel und zehn Mark, die reichen für Cola und Currywurst, und dann kannst du von mir aus bis Geschäftsschluß über die Shoppingmeile ziehen! Ich nehme die nächste U-Bahn und fahre zu Dagi!«

Nur der Form halber protestierte sie ein bißchen. »Willst du nicht lieber den Wagen …?«

»Nein, will ich nicht! Die Straßenkarte liegt übrigens im Handschuhfach.«

Während ich auf dem Bahnhof Wittenbergplatz – der sah (und sieht) immer noch so aus wie vor fünfzig Jahren – auf den Zug wartete, ließ ich in Gedanken die letzten Stunden noch einmal Revue passieren. Gleich nach dem Frühstück hatte ich in Frankfurt angerufen, Frau Wagner jedoch nicht erreicht und statt dessen einer forschen Stimme mitgeteilt, daß ich auf Grund des mangelnden beziehungsweise des überhaupt nicht vorhandenen Interesses die Reise abbrechen und heute noch nach Hause fahren würde. Die noch vorgesehenen Veranstaltungen möge man doch bitte ganz offiziell absagen. Bevor die Stimme sich hätte äußern können, fügte ich noch hinzu, daß man Näheres bei den einzelnen Büchereien erfragen könnte, im übrigen würde ich mich in den nächsten Tagen auch noch schriftlich melden, und bis dahin erst mal vielen Dank (wofür eigentlich?) und auf Wiedersehen.

Mir tat es lediglich um Frau S. leid. Sie hatte diese Reise angeregt und wohl auch ein bißchen Vorarbeit geleistet, hatte sich auf meinen Besuch gefreut und in Wandlitz »volles Haus« zugesichert, doch was davon zu halten war, hatte ich in den letzten Tagen genug erfahren. Jetzt wollte ich ganz einfach nicht mehr! Natürlich würde ich Frau S. einen ausführlichen Brief schreiben, und dann würde sie mich hoffentlich verstehen.

Weil Nicki nun doch nicht mehr den Spreewald besuchen, sondern so schnell wie möglich »raus aus Ossiland« wollte, hatten wir unser Gepäck ins Auto geladen, den kürzesten Weg zur nächsten großen Straße Richtung Westen gesucht und waren richtig froh gewesen, als das erste Schild auftauchte: Berlin 67 km. Trotz allen guten Willens hatten wir die neuen Bundesländer immer noch zu sehr mit westlichen Augen betrachtet, hatten mehr erwartet, hatten unbewußt geglaubt, daß zumindest hier im Osten noch etwas von der Euphorie zu spüren sein würde, die vor noch gar nicht allzu langer Zeit die Menschen auf beiden Seiten der zerbröckelten Mauer erfüllt hatte. Die Hochstimmung war vorbei, jetzt waren mit dem Alltag die Enttäuschungen gekommen. Was nützt denn die neue Tiefkühltruhe, wenn man nichts hat, das man einfrieren kann? Hatte man vor der Wende zwar auch nicht gehabt, aber da hatte man auch keine Kühltruhe. Jetzt hat man sie, dafür hat man seinen Job verloren, und von den paar Mark Stütze kann man keine Vorratswirtschaft betreiben. Natürlich mußte ein Westauto her, kein neues, bloß ein Gebrauchtwagen, ist ja auch verständlich nach vierzig Jahren Trabi oder Wartburg, doch kaum jemand hat gewußt, wie hoch künftig die Kosten für Steuer und Versicherung sein würden. Die hatte man früher nämlich mit links bezahlt.

Ja, ich hatte eine Menge gelernt in den letzten Tagen, hatte versucht zu verstehen und doch immer wieder feststellen müssen, daß wir zwar dieselbe Sprache sprechen und trotzdem so oft aneinander vorbeireden. Ich werde wiederkommen, dann jedoch ohne festes Ziel und ganz privat, aber erst in einigen Jahren, wenn die Wessis sich nicht mehr wundern, daß es in Ossiland sogar schon früher fließendes Wasser und elektrisches Licht gegeben hat, und die Ossis endlich einsehen, daß es im Westen auch länger als zwei Jahre gedauert hat, den gegenwärtigen Lebensstandard zu erreichen. Vielleicht haben die Ossis bis dahin ja ebenfalls die Nase voll von den kommerziellen Fernsehsendern und lesen wieder Bücher!

Dagi stieg gerade aus ihrem Käfer, als ich um die Ecke bog. Diesen Wagen, der eigentlich nur noch durch seine solide Dreckschicht zusammengehalten wurde, hatte sie vor mindestens zehn Jahren von ihrer Mutter übernommen, und selbst da war er schon eine Antiquität gewesen. Mit dem Zeigefinger bohrte ich in einem Rostloch herum. »Meinst du nicht, du solltest mal auf ein Auto umsteigen, das *nach* dem Ersten Weltkrieg gebaut worden ist?«

»Mir wird gar nichts anderes übrigbleiben«, sagte sie gleichmütig. »Die Mühle springt nur noch nach gutem Zureden an, aber eine neue Batterie rücken sie nicht gegen Kreditkarte raus. Da wollen sie doch tatsächlich Bares haben!« Sie holte zwei Einkaufstüten von der Rückbank und schloß den Wagen ab. »Verstehe ich gar nicht. Barzahler werden doch langsam suspekt, weil sich jeder unwillkürlich fragt, ob sie nicht kreditwürdig sind. – Hier, kannst du mal eine nehmen?« Ich bekam eine Tüte in die Hand gedrückt, und während wir auf den Fahrstuhl warteten, moserte sie weiter: »Du bist doch früher bestimmt mit deiner Großmutter zusammen einkaufen gegangen, nicht wahr? – Siehste! Ich auch, und ich weiß noch genau, daß Emmchen immer ganz genau gewußt hat, was sie brauchte. Und was mache ich? Ich gehe in den Supermarkt, um zu sehen, was ich brauchen *könnte*!«

»Und was hast du gebraucht?« Die Tüte war ziemlich schwer.

»Im einzelnen weiß ich das nicht mehr, aber ich habe endlich begriffen, was man unter Inflation versteht. Wenn man nämlich heute mit fünfzig Mark zum Einkaufen geht, ist man schneller wieder aus dem Laden draußen als noch vor einem Jahr. Warum dringen bei den Großhandelspreisen eigentlich immer bloß die Erhöhungen bis zu uns durch?«

Dagi hat selten ein Plus auf dem Konto, und wer sie näher kennt, weiß auch, warum. Sie gehört zu den Menschen, die einer Freundin ihren neuen, sündhaft teuren Pulli leihen, und wenn sie ihn ramponiert zurückbekommen, lediglich feststellen: »So richtig hat er mir ja gar nicht gefallen.«

Dagi kümmert sich um herrenlose Hunde und gehbehinderte Hausbewohner, tröstet verliebte Teenager, kocht für Sohn Harry und ein halbes Dutzend seiner Freunde ein Vier-Gänge-Menü, und nebenbei schmeißt sie noch Victors Drei-Zimmer-Villen-Haushalt, zu dem ein großer Garten mit viel Rasen und noch mehr Unkraut gehört. Ach ja, der Bürokram fällt auch noch in ihr Ressort. Diesmal mußte sie ihn mit in ihre Wohnung genommen haben. Zwischen Chippendale-Sessel und der Zimmerecke türmten sich etwa einen halben Meter hoch Ordner, Schnellhefter und vor allem Berge von Zetteln. Zum Teil waren die einzelnen Häufchen umgekippt, hatten sich miteinander vermischt, auf einem stand sogar eine leere Teetasse – das Ganze sah nach Arbeit, aber auch nach einer grandiosen Unordnung aus. »Was ist denn *das*?«

»Victors Buchhaltung«, sagte Dagi, »aber die hat bis Sonntag Zeit. Jetzt koche ich uns erst mal einen anständigen Kaffee. Hast du Hunger?«

Darüber hatte ich noch nicht nachgedacht, doch jetzt merkte ich, daß ich seit dem Frühstück nichts gegessen hatte. Immerhin war es inzwischen halb drei geworden. »Ja, ein bißchen«, gab ich zu.

»Wonach steht dir mehr der Sinn? Nach Tütensuppe, Erdbeerkuchen oder Schmalzstulle? Selbstgemachtes, so richtig aus Grieben mit Majoran und Zwiebeln. Das Rezept stammt noch von Tante Idchen.«

Zum Teufel mit den Kalorien! »Da fragst du noch? Ich weiß gar nicht mehr, wie hausgemachtes Griebenschmalz schmeckt!« (Es schmeckte herrlich, aber danach habe ich einen Schnaps gebraucht!)

Dagi wollte Genaueres erfahren, weshalb ich die Lesetour abgebrochen hatte, denn am Telefon hatte ich nur gesagt, daß ich schon heute kommen würde. Sie wunderte sich gar nicht.

»Wir sind Fremde da drüben, und umgekehrt ist es so ähnlich. Hier in Berlin leben wir immer noch so, als hätte es nie den 9. November gegeben. Die Ossis bleiben in ihrer Hälfte und wir in unserer. Natürlich besucht man sich gegenseitig, die einen wollen in den Zoo oder zu Ikea, die sind nun mal beide im Westteil, die anderen gucken sich den Dom an und Schloß Sanssouci. Abends sind alle froh, wieder in ihrer gewohnten Umgebung zu sein, wo man sie kennt und nicht wie unliebsame Ausländer behandelt.«

»Übertreibst du jetzt nicht ein bißchen?«

»Ich wünschte, es wäre so.«

Nicki kam erst kurz nach sieben. »Ich habe mich nicht einmal verfahren«, erzählte sie stolz, »allerdings habe ich auch nicht den kürzesten Weg genommen, sondern den einfachsten, und der war bestimmt zehn Kilometer länger.«

»Zeig mal, was du dir gekauft hast«, verlangte Dagi, auf die Tüte mit dem silbernen Logo deutend. »Der billigste Laden ist das nämlich nicht.«

»Was auch immer da drin ist, sie kann es auf keinen Fall *gekauft* haben«, sagte ich sofort, »ihr Geld hat höchstens für 'ne Bockwurst und eine Packung Gummibärchen gereicht. Stimmt es nicht, daß gerade hier in Berlin die Ladendiebstähle beängstigend zugenommen haben?«

»Mit der Bluse ging das ganz leicht«, sagte meine Tochter sofort, »viel schwieriger war es, an eine leere Tüte heranzukommen.« Dann wandte sie sich an mich. »Hast du wirklich geglaubt, ich würde ohne Geld nach *Berlin* fahren??? Ich gebe ja zu, daß ich reihum alle angepumpt habe, die noch liquide gewesen sind, außer Katja natürlich, da habe ich es gar nicht erst versucht, aber ihr müßt doch zugeben, daß ich mich sehr zurückgehalten habe.« Sie zog eine dunkelblaue Bluse heraus, die mir ausnehmend gut gefiel. »Du brauchst gar nicht so zu gucken«, meinte sie grinsend, »das ist *meine*, und die kriegst du auch nicht!« Es ist mehr als einmal vorgekommen, daß ich Nicole ein eben erst erstandenes Kleidungsstück sofort wieder abgekauft habe. Leider klappt das nicht immer, und diese Bluse würde sie vermutlich nicht herausrücken. Schade, sie stünde mir bestimmt viel besser!

Den ersten Teil des Abends verbrachten wir in Dagis Stammkneipe. Nicki kannte sie noch nicht, sie kannte überhaupt diese gemütlichen, verräucherten Pinten nicht, fand alles sehr urig, trank sogar Bier und konnte sich nur mit der Erbsensuppe nicht anfreunden. Wirsingkohl gab es leider nicht.

»Wann wollen wir morgen eigentlich starten?« fragte sie, auf einem Bein durch das aufs Trottoir gemalte »Hopse«-Feld hüpfend. »Auf keinen Fall so spät, daß wir den Wochenendtouristen in die Quere kommen.« Sie kicherte vor sich hin. »Hüte dich vor Sonntagsfahrern, die schon am Samstag unterwegs sind!«

Dagmar winkte sofort ab. »Kommt gar nicht in Frage! Ihr bleibt bis Sonntag! Morgen ist nämlich Nikolassee angesagt und Potsdam. Victor hat mir fest versprochen, daß er ausnahmsweise mal nicht arbeitet, sondern sich als Fremdenführer betätigt. In Potsdam kennt er sich wirklich aus. Keine Ahnung, woher, vielleicht ist er im früheren Leben Zweiter Stadtkämmerer beim ollen Fritz gewesen. Wäre naheliegend, denn der soll ja auch ziemlich geizig gewesen sein.«

Von der Aussicht, Postdam einschließlich Sanssouci besichtigen zu müssen, schien Nicki weniger begeistert, doch »die Villa« hatte sie schon immer mal sehen wollen.

Bewaffnet mit einem Kuchenpaket zogen wir am nächsten Vormittag nach Nikolassee. »Das wird unser Mittagessen«, hatte Dagi gesagt, »wenn man von Victor was will, muß man ihn mit Torte füttern, egal zu welcher Tageszeit. Zum Abendessen lassen wir uns von ihm einladen. Ich muß ihn vorher bloß davon überzeugen, daß das *seine* Idee gewesen ist.«

Je weiter wir in das Viertel rechts von der Potsdamer Straße eindrangen, desto größer wurden die Grundstücke und desto undurchdringlicher die Hecken. Manchmal war von den Häusern gar nichts zu sehen. Jahrzehntealtes Kopfsteinpflaster zwingt die Autofahrer zum Schrittempo, nirgends ein Kinderspielplatz, der die beschauliche Ruhe stören würde ... Die ganze Gegend strahlte gediegenen Wohlstand aus. Die Bewohner, so denn welche zu sehen waren, hatten größtenteils das Erwerbsleben hinter sich und genossen den Ruhestand. Die wenigsten von ihnen dürften Rentner sein, bei den meisten heißt das Altersgeld Pension, und genau darin liegt der kleine Unterschied. Man merkt es auch an den Hunden. Normale Rentner haben Dackel, Pudel oder was Kleineres aus dem Straßenadel, die brauchen alle nicht so viel Futter, aber in den wohlhabenderen Kreisen fängt der Hund erst beim Retriever an und gipfelt in Dogge oder Dobermann. Auf der Rehwiese, der standesgemäßen Pipipromenade, sieht man sie Gassi schreiten. Manche haben schon den hochnäsigen Blick ihres Rudelführers angenommen. Zwischendrin gibt es natürlich auch mal diese kleinen Staubwedel mit rosa Schleifchen auf dem Kopf und funkelndem Straßhalsband, Giftspritzen die meisten, die mit heiserem Kläffen ihren großen Artgenossen an die Beine gehen und sich vor lauter Schreck überkugeln, wenn die zurückbellen.

Plötzlich zwischen all diesen schmiedeeisernen oder frisch gestrichenen hölzernen Einfriedungen ein ehemals weißer Lattenzaun, dem schon etliche Teile fehlten. Er sah aus wie ein schadhaftes Gebiß. Die Büsche dahinter hätten dringend einen Fassonschnitt nötig gehabt, genau wie der Rasen, und wann die breite Zufahrt zu der Doppelgarage zum letztenmal geharkt worden war, ließ sich unmöglich feststellen.

Mit einem kräftigen Fußtritt gegen die Tür verschaffte Dagi uns Eintritt. Noch ein paar Schritte, und dann stand sie in voller Häßlichkeit vor uns – die Villa. Ehemals vermutlich beige, hatte sie jetzt eine Farbe angenommen, die an drei Tage alten Milchkaffee erinnerte. An manchen Stellen blätterte der Putz ab, ein Rolladen hing schief vor einem verstaubten Fenster, ein anderer ließ sich anscheinend gar nicht mehr hochziehen. Ich kannte dieses Gemäuer ja schon, doch Nicki stand bloß davor und staunte. Schließlich platzte sie heraus: »Gehört das hier schon zu Ostberlin?«

»Da sehen die Häuser zum Teil viel besser aus«, sagte Dagi nur. »Geht schon mal hinten rum auf die Terrasse, ich suche Victor.«

Die Rückseite des Hauses wirkte genauso heruntergekommen wie die Frontpartie. Auf der Terrasse, kaum noch als solche zu erkennen, wuchs Gras aus den Fugen, und lediglich die großen, mit leuchtendroten Geranien bepflanzten Steinkübel brachten ein bißchen Farbe ins Spiel.

»Macht mal die Tür rechts neben der Garage auf!« rief eine Stimme von irgendwoher. »Da sind die ganzen Gartenmöbel drin. Fangt schon an, ich komme gleich!«

»His master's voice!« sagte Nicki grinsend. »Na, dann wollen wir ihr mal gehorchen.«

Ganz so alt wie das Haus war das Mobiliar noch nicht, sehr viel jünger aber auch nicht, und vor allem einige Stühle sahen aus, als hätten sie früher mal in einem Biergarten gestanden. Nur die zwei Liegen waren neu und paßten nicht ins Bild.

Victor erschien mit einem Eimerchen voll Wasser, begrüßte uns herzlich und forderte Nicki auf, doch mal eben über den Tisch zu wischen. »Dagmar sucht schon eine Decke, und das Geschirr bringe ich auch gleich.«

»Glaubst du, ich kann mir das Haus nachher mal von innen ansehen?« Viel sauberer wurde der Tisch nicht, obwohl Nicki sich alle Mühe gab.

»Victor wird dich nur zu gerne herumführen und dir ganz genau erklaren, wie alles aussehen wird, wenn es erst mal renoviert worden ist. Das hat er mir vor ungefähr fünf Jahren auch schon gezeigt.«

»Warum läßt er denn nicht endlich mal was machen? Ich denke, das Geld dafür hat er.«

»Natürlich hat er es! Er hat bloß keine Lust, es in diese Bruchbude zu stecken, wird es aber nie zugeben, denn wenn man mit dem Renovieren mal anfängt, gibt es vermutlich gar kein Ende. Also schiebt er Zeitmangel vor und wird bis an sein Lebensende in seinen drei Zimmern hausen in Gesellschaft von Mäusen, Maulwürfen, Heimchen und anderem Getier. – Kann mal einer die Tassen vom Tablett nehmen?« Gemeinsam deckten wir den Tisch, während Dagi weiter räsonierte. »Früher habe ich immer noch geglaubt, Victor würde mal heiraten und dann zwangsläufig das Haus in Ordnung bringen lassen, aber vermutlich ist jede Frau, die er hierhergebracht hat, schreiend wieder getürmt, nachdem sie das Mausoleum gesehen hat.«

»Mausoleum?«

»Na ja, sein Schlafzimmer! Dunkel – düster – Begräbnishalle!«

»Wieso hast du eigentlich keinen Einfluß auf ihn gehabt?« Ich suchte ein schattiges Plätzchen für die Schlagsahne, fand keins, stellte die Schüssel auf den Boden. »So ganz am Anfang, als die Liebe noch neu und das Haus nicht so alt waren.«

»Damals hat seine Mutter auch noch hier gelebt, besser gesagt, residiert, da hätte nicht ein einziger Stuhl entfernt werden dürfen. Später, als er gedurft hätte, hatte sich Victor an das verstaubte Interieur so gewöhnt, daß er gar kein anderes mehr wollte. Und jetzt wäre für neues sowieso kein Platz mehr!« Sie blickte in unsere ungläubigen Gesichter und fing an zu lachen. »Ich zeig's euch nachher! In Afrika breitet sich bloß die Sahara immer weiter aus, hier auf dem Grundstück sind es Akten und Werkzeug. Als der Schuppen hinter der Garage voll war, wurden die Sachen auf dem Dachboden gestapelt, und von dort griffen sie ganz allmählich auf den ersten Stock über. Es kann sich nur noch um ein paar Jahre handeln, dann ist das Treppenhaus befallen, und sowohl Ordner als auch Schläuche, Kabel und verrostetes Altmetall werden auf das Erdgeschoß übergreifen.«

»Aber wozu, um Gottes willen, hebt er denn das alles auf?«

»Ich glaube, das weiß er selber nicht – leg mal bitte den Löffel in die Sahne! Den Papierkram muß er angeblich durchsortieren, er hat bloß keine Zeit dazu, und Werkzeug schmeißt man grundsätzlich nicht weg, solange es nicht in seine einzelnen Bestandteile zerfallen ist. Das meiste kann man nämlich noch reparieren, man muß bloß erst jemanden suchen, der das macht. Und bis man den gefunden hat, was nie der Fall sein wird, weil sich keiner darum kümmert, bleibt alles dort liegen, wo es liegt. – Victooor! Wenn du nicht gleich kommst, wird der Kaffee kalt und die Sahne sauer!«

Die spätere Hausbegehung übernahm Dagmar. Mit Nicki im Schlepptau verschwand sie hinter einer Kellertür, und dann hörten wir lediglich mal einen Fensterrahmen quietschen oder gedämpftes Stimmengemurmel. Nur einmal erklang lautes Lachen. »Stimmt das wirklich?« fragte Nicki.

»Wenn du es nicht glaubst, kannst du es gerne ausprobieren!« antwortete Dagi. Dann ging das Gekicher weiter.

Etwas verstaubt und mit Spinnweben im Haar fanden sie sich nach geraumer Zeit wieder ein. »Habt ihr irgendwo einen Schatz gefunden, von dem ich nichts weiß, oder weshalb habt ihr vorhin so gegackert?«

»Ich habe Nicole bloß dein Bad gezeigt«, erklärte Dagi.

»Ich denke, er hat gar keins«, fiel mir ein, »du hast mir mal gesagt, er muß zum Duschen immer in den Keller.«

»Stimmt ja auch, aber ein Bad gibt es trotzdem, sogar mit warmem Wasser. Es geht nur kein *Kalt*wasserrohr durch. Wenn die Wanne vollgelaufen ist, kommst du dir vor wie im türkischen Dampfbad. Sehen kann man nichts, baden kann man aber auch nicht, weil man erst warten muß, bis das Wasser abgekühlt ist.«

»Ist ja Quatsch«, sagte Victor gleichmütig, »ich habe dir neulich erst angeboten, den Gartenschlauch durchs Fenster zu ziehen, dann hast du kaltes Wasser!«

»Weißt du jetzt, was ich meine?« war alles, was Dagi dazu einfiel.

Zwei Stunden trabten wir nun schon durch den Garten von Sanssouci, hatten die fetten Goldfische im Brunnen vor der großen Freitreppe bestaunt, hatten versucht, einen Blick ins Innere des mit Plastikplanen verhängten Teehauses zu werfen (ging nicht), und hatten die römischen (oder griechischen?) Bäder besichtigt einschließlich der griechischen (oder römischen?) Statuen, ausnahmslos und deutlich erkennbar männlichen Geschlechts. Unter einem blühenden Gewächs hatten wir schließlich eine Bank entdeckt, uns darauf niedergelassen, zweimal »cheesecake« in Nickis Kamera gelächelt, und nun warteten wir auf den Beginn der nächsten Führung durch das Schloß. Präzise ausgedrückt warteten nur Nicki und Victor, denn Dagi hatte (angeblich!) neue Schuhe an und (wieder angeblich!) zwei Blasen am Fuß, und ich war nun wirklich schon oft genug durch dieses Gemäuer gezogen. Wenn wir nämlich früher Logierbesuch »von außerhalb« bekamen, meistens entfernte Verwandte aus den entlegendsten Ecken Niedersachsens, dann mußte ihnen natürlich etwas geboten werden. Statt sie nun in den *Wintergarten* einzuladen oder mit ihnen auf den Funkturm zu fahren, schleppte Omi sie erst mal nach Potsdam. Sie war nämlich eine glühende Anhängerin der Monarchie und hat bis zum letzten Atemzug gehofft, daß Louis Ferdinand doch noch mal den deutschen Kaiserthron besteigen würde. Immerhin stand der ihm ja zu!

Nur in Potsdam spürte man nach Omis Ansicht noch einen Rest von Preußens Gloria, und da Tante Lotte und Onkel Fritz sowie Cousine Hildchen in ihren Jugendjahren auch noch Wilhelm zwo zugejubelt hatten, waren sie mit Omis Vergnügungsprogramm immer einverstanden gewesen. Potsdam kann man sowieso nicht an einem Tag besichtigen, wenn man gründlich sein will, und Omi war sehr gründlich! Deshalb kannte ich das Schloß und die Orangerie und das Neue Palais und und und ... – nur die Bäder hatte ich vorher nie gesehen! Ich kann mir nicht vorstellen, daß Omi von König Friedrichs Abneigung gegen Frauen etwas gewußt hat (und selbst wenn, dann hätte sie es nicht geglaubt), denn die Verbannung der Frau Königin aus ihres Gatten Nähe begründete sie immer damit, daß er ja häufig unterwegs gewesen sei, schon wegen der vielen Kriegsschauplätze, und so ganz allein bloß mit der Dienerschaft wären die normalen Schlösser für die arme Königin doch viel zu groß gewesen.

Wie sich Omi die zahlreichen nackten Jünglinge – nur aus Marmor, aber immerhin! – im Badehaus erklärt hat, weiß ich nicht, vermutlich gar nicht. Statuen waren Kunst, und Kunst ist geschlechtslos. Bei uns hatte ja auch so ein Nackerter herumgestanden, eine Bronzenachbildung des berühmten Diskuswerfers, der allen Bemühungen meiner Mutter, dieses Ding versehentlich kaputtzukriegen, widerstanden hatte. Jetzt thront er wahrscheinlich auf einem Kaminsims irgendwo in Minnesota, denn ein amerikanischer Kunstliebhaber hatte ihn gleich nach dem Krieg für eine Stange Chesterfield mitnehmen dürfen.

Victor mahnte zum Aufbruch. In zehn Minuten fange die Führung an. »Schön für euch!« meinte Dagi bloß. »Ich bleibe hier sitzen.«

»Ich auch«, sagte ich, allerdings mit gemischten Gefühlen. Das offensichtliche Interesse, mit dem Nicole Victors Erläuterungen folgte, schien ihm zu gefallen. Zugegeben, er wußte eine Menge über Potsdam und konnte sein Wissen auch geschickt an den Mann (die Frau!) bringen, doch ich hätte es als wesentlich normaler empfunden, wenn er mit gelangweilter Miene hinter uns hergestapft wäre. So kannte ich ihn zumindest. Immerhin hatte ihn Dagi zu diesem Ausflug regelrecht verdonnert, freiwillig wäre er doch nie mitgekommen!

»Stewardeß ist sie zwar nicht, aber lange Beine hat Nicki auch. Besteht eventuell die Möglichkeit, daß dein Victor die Altersgrenze für seine Spielkameradinnen etwas heruntersetzen wird?«

Ich muß wohl ziemlich besorgt ausgesehen haben, denn Dagi lachte laut los. »Hast du etwa Angst um deine Tochter? Brauchst du nicht, die wäre ihm viel zu anstrengend. Victor ist wie ein Terrier, der den Autos hinterherrennt. Er will sie ja gar nicht fangen – er will sie nur ein bißchen anbellen.«

Lange brauchten wir auf die beiden nicht zu warten. »Da sind ja nur ein paar Säle freigegeben, in die anderen kommt man gar nicht rein«, beschwerte sich Nicole, »die werden angeblich renoviert. Man sieht bloß olle Stühle, an den Decken ein bißchen Stuck mit Gold, an den Wänden ab und zu mal 'n Bild – das war's dann auch schon. Können wir jetzt nicht lieber nach Potsdam reinfahren? Victor hat mir so viel von dem Holländischen Viertel erzählt, davon habe ich gar nichts gewußt.«

Ich auch nicht, aber das sagte ich natürlich nicht. Diesen Teil von Potsdam mußte mir Omi vorenthalten haben. »Holländisches Viertel« klang ja auch so gar nicht preußisch und war wohl allein deshalb eines Besuchs nicht würdig gewesen. Heute nun lernte ich es kennen, leider noch im Vorrenovierungsstadium, deshalb ist es auch nicht weiter erwähnenswert. Danach besichtigten wir noch andere historische Stätten, unter anderem die Stelle, an der mal die Garnisonkirche gestanden hatte. Ganz richtig, das war die mit dem Üb-immer-Treu-und-Redlichkeit-Glockenspiel. Danach hatten wir alle Hunger, und Victor mußte uns zum Essen einladen. Beim Italiener. Den kannte er, weil er nur zwei Ecken von der »Villa« entfernt war und Victor immer dann beköstigt hatte, wenn Dagi ein paar Tage lang nicht in Nikolassee gewesen war. »Dann kommen einem die Mäuse aus der Küche mit verheulten Augen entgegen«, hatte sie mal gesagt, und Victor hatte es entschieden bestritten. »Knäckebrot ist immer da!«

Um zehn waren wir wieder in Schöneberg, und eine halbe Stunde später lagen wir alle in den Buntkarierten. Nicki hatte beschlossen, morgen spätestens um acht Uhr abzufahren.

Weshalb wir erst um halb neun aufwachten, ist mir noch heute ein Rätsel; vermutlich lag es daran, daß die autofahrenden Bewohner der Rosenheimer Straße auch alle schliefen. Während Dagi Kaffee kochte und Nicole den Wagen belud, hing ich am Telefon und ließ mir von Victor gute Fahrt wünschen und das Versprechen abnehmen, bald wieder nach Berlin zu kommen und dann mehr Zeit mitzubringen. »Bis dahin ist auch meine Gästewohnung fertig«, sicherte er zu.

»Gästewohnung? Wo denn?«

»Na, in Potsdam.«

???

»Ich habe euch doch gestern das grüne Haus gezeigt mit dem Gerüst davor.«

»Du hast aber nicht erwähnt, daß dir dort eine Wohnung gehört.«

»Wieso Wohnung? Ich habe das ganze Haus gekauft!«

Wieder einmal bestätigte sich das Gesetz der Autobahnbiologie, wonach das erste Insekt, das gegen die frisch geputzte Windschutzscheibe prallt, genau vor den Augen landet. Es mußte mindestens eine Hornisse gewesen sein, die mit lautem Klatschen ihr Leben aushauchte, denn Nicki fuhr sofort auf den Seitenstreifen, schaltete die Warnblinker an, fischte die Mineralwasserflasche unterm Sitz hervor und verlangte ein Taschentuch von mir.

»Ich hab' nur Tempos, die zerkrümeln doch gleich.«

»Du entsprichst aber auch in keiner Weise dem Klischee einer angehenden Seniorin! Normalerweise mußt du ein spitzenumhäkeltes Stofftaschentuch in der Tasche haben oder wenigstens eins mit Hohlsaum.«

»Du weißt doch gar nicht, was das ist!« Ich konnte mich zwar noch erinnern, im Handarbeitsunterricht so etwas mal angefertigt zu haben (sagen wir lieber, ich hatte es versucht!), doch wie die Sache funktioniert, weiß ich nicht mehr. Ich glaube, es ist erst dann richtig, wenn man kleine Löcher fabriziert hat. »Taschentücher aus Stoff sind unhygienisch«, konterte ich.

»Dann möchte ich mal wissen, wer die immer noch kauft. Besonders zu Weihnachten liegen sie überall herum, im Dreierset mit Schleifchen obendrauf.« Mit Hilfe von mehreren seltersgetränkten Papiertüchern verteilte Nicki die Reste der geflügelten Leiche über die ganze Scheibe und meinte dann: »Ich werde wohl doch an der nächsten Tankstelle halten müssen!«

»Das glaube ich auch. Und komm bitte nicht auf die Idee, mir bei passender Gelegenheit so einen Dreierpack zu schenken! In meinem Schrank gilben bestimmt zwei Dutzend Taschentücher vor sich hin. Ab und zu schmeiße ich sie mal mit in die Waschmaschine, bügle sie und packe sie wieder weg, damit sie erneut verstauben. Du kannst sie gerne haben, sie stammen alle aus Geschenkpackungen und sind garantiert unbenutzt.« Aber das wollte sie dann doch nicht.

Für die Rückfahrt hatten wir die nördliche Route gewählt, weil ich Nicki in Heidelberg absetzen sollte. »Morgen muß ich mich mal wieder in der Uni sehen lassen, und dann sollte ich endlich mit der Zulassungsarbeit anfangen.«

»Das hast du schon vor vier Wochen gesagt!«

»Ich weiß, aber es hat doch auch was Gutes, wenn man alles auf die lange Bank schiebt: Man hat immer was vor!«

So gesehen hatte sie natürlich recht, andererseits kann man eine Arbeit auch so lange ausdehnen, bis sie die zur Verfügung stehende Zeit ausfüllt. Ich kann ein Lied davon singen! Autoren haben nämlich Ablieferungstermine. Die stehen im Vertrag, doch wenn man den unterschreibt, ist das erst mal kein Thema, weil sie noch in weiter Ferne liegen. Dann fängt man mit dem Schreiben an, das geht auch ganz flott vorwärts, bis die erste längere Unterbrechung kommt – Logierbesuch, eine

Schönwetterperiode, die man lieber im Garten verbringt als an der Schreibmaschine, eine Einladung zur Silberhochzeit, vierhundert Kilometer entfernt mit anschließendem Herumgereichtwerden bei Verwandten, die einem endlich mal den neuen Anbau (oder Traktor, Schwiegersohn, Kamin usw.) zeigen wollen, und wenn man sich nach zwei Wochen wieder an die Schreibmaschine setzt, hat man den Faden verloren und erst mal keine Lust, ihn zu suchen. Natürlich findet man ihn wieder, dann geht's ja auch weiter – bis zur nächsten Unterbrechung. Und plötzlich fallen die Blätter von den Bäumen, es ist Oktober, das hat man gar nicht so richtig registriert, das Buch ist erst halb fertig, und bis April ist es nicht mehr lange hin! Dazwischen liegt noch der Dezember, den muß man sowieso abhaken wegen der zu backenden Plätzchen und der Kartenschreiberei, um die man nicht herumkommt, weil es die einzige Möglichkeit ist, die im Laufe eines Jahres angesammelte Post zu beantworten.

Dann ist auch Weihnachten vorbei, für Mitte Januar hat man seinen Urlaub gebucht, also lohnt es sich gar nicht, vorher noch an dem Manuskript weiterzuarbeiten, und wenn man zurückkommt und sich endlich wieder im Alltag zurechtfindet, ist der Februar auch schon wieder herum. Es fehlen aber immer noch zirka hundert Seiten!

Die Familie wird mit Tiefkühlkost oder Mikrowellen-Futter abgespeist, bringt ihre Pullover zur Reinigung, weil ich für die langwierige Handwäsche keine Zeit habe, muß die Betten selber abziehen und – Gipfel der Zumutungen – sogar sonntags das Frühstück machen. Hund Otto jault Arien, weil Frauchen so selten mit ihm spazierengeht, Gatte Rolf jault ebenfalls, weil *er* jetzt abends raus muß, aber zwei Tage vor dem Ablieferungstermin ist es tatsächlich geschafft! Das Manuskript ist fertig, die Familie atmet auf, und wenn man sein Werk beim Verlag abliefert (es mit der Post zu schicken, ist riskant, das kann schon mal sechs Tage dauern), kriegt man zu hören: »Schade, daß Sie nicht früher geliefert haben. Vor vier Wochen hatten wir noch freie Kapazitäten, jetzt sind wir erst mal voll!« Im Klartext heißt das: Man hätte noch einen Monat oder sogar länger Zeit gehabt!

Kurz vor sechs waren wir in Heidelberg, und eine Viertelstunde später wieder auf der Autobahn. Dazwischen lagen 87 Stufen bis zur Mansardenwohnung der Zwillinge, die Feststellung, daß Katja nicht da war, ein Anruf bei Tom, der auch nicht da war, ein zweiter Versuch bei uns zu Hause, und da hockten sie anscheinend alle und warteten auf unsere Heimkehr.

»Eigentlich ist es idiotisch, jetzt runter- und nachher wieder raufzufahren«, meinte Nicki, »aber ich habe keine Lust, hier allein rumzuhängen.«

Otto war der erste, der unsere Ankunft mitbekam. Er schaffte es wieder mal, sich durch die kleine Lücke zwischen Zaun und Regenrinne zu quetschen, was ihm eigentlich nur dann gelingt, wenn der Kater von gegenüber provozierend vor dem Gartentürchen sitzt. Die Mischung zwischen Quieken, Winseln und Jaulen, mit der Familienmitglieder nach längerer Abwesenheit begrüßt werden, kann bis zu zehn Minuten dauern. Deshalb ist es auch empfehlenswert, etwas griffbereit in der Tasche zu haben, das man Otto in die Schnauze schieben kann. Diesmal hatte ich einen Büffelknochen gekauft, der vermutlich für einen Bernhardiner bestimmt gewesen ist, denn das Ding hätte man notfalls auch als Waffe verwenden können. Allein mit dem Abtransport in sein Vorratslager war Otto erst mal eine Weile beschäftigt.

Zum Empfang hatten sich nicht nur Katja nebst Tom eingefunden, auch Nickis Thomas war gekommen, Steffi natürlich mit Horst Hermann, sogar Sven hatte sein Erscheinen in Aussicht gestellt, mußte aber unterwegs verlorengegangen sein. Das war schon öfter vorgekommen und kein Grund zur Beunruhigung. Auf halber Strecke gibt es nämlich einen Dart-Club.

Und dann mußten wir Bericht erstatten! Das ging diesmal ganz gut, denn Nicki erzählte das, was wir tagsüber erlebt hatten, und ich schilderte den Rest, womit ich immer sehr schnell fertig war. Das Ganze variierte eigentlich nur in der Zahl meiner jeweiligen Zuhörer.

»Die Tour war also alles in allem eine ausgemachte Pleite, oder?« fragte Rolf schließlich.

Ich brauchte nur einen Moment zu überlegen. »Eher ein freiwilliger Solidaritätsbeitrag! Vom offiziellen landet ja auch manches an der verkehrten Stelle!«

Die Zwillinge hatten sich nun doch entschlossen, erst morgen nach Heidelberg zu fahren. »Dann müssen wir eben mal eine Stunde früher aus den Federn«, sagte Nicki. »Zum Glück wird es ja um fünf schon hell.«

»Ist das vielleicht ein Grund zum Aufstehen?« konterte ihre Schwester und schaltete den Fernsehapparat ein. »Ich habe heute noch gar keine Nachrichten gehört.«

»Was heißt heute?« Ich kuschelte mich in meinen Sessel und zog die Beine an. Das hatte ich zwei Wochen lang nicht gedurft. »Ich lebe seit vierzehn Tagen hinterm Mond und habe höchstens mal in eine regionale Zeitung geguckt. In Templin war Kirmes und in Dedelow gerade Rinderzählung. Kann auch umgekehrt gewesen sein. Was gibt's denn Neues im Fernsehen?«

»Eigentlich nichts Besonderes«, gab Katja zurück, »ein Waschpulver und zwei Eiscremesorten.«

Die große Frage: Leerer- oder Lehrerstuhl

Bevor die Zwillinge Pauker wurden, war auch ich der landläufigen Meinung gewesen, dieser Beruf sei ein gutbezahlter Halbtagsjob, der im wesentlichen aus drei Phasen besteht: Studieren, Ferien haben, Pension beziehen. Das stimmt aber nicht!

Haben angehende Lehrer endlich ihre acht Semester Studium hinter sich und mit viel Glück das erste Staatsexamen geschafft, müssen sie anderthalb Jahre lang beweisen, daß sie in den Vorlesungen nicht nur Pullover gestrickt, sondern auch etwas gelernt haben. Diese Zeit nennt man Referendariat.

Der Frischling – offiziell heißt er Lehramtsanwärter – wird einer Schule zugeteilt, die er sich natürlich nicht aussuchen kann, und bekommt einen Mentor, den er sich erst recht nicht aussuchen kann. Hat er Pech, dann ist dieser Mentor schon in Ehren ergraut, steht kurz vor der Pensionierung, hat von den neuen Lehrmethoden keine Ahnung, und falls doch, dann will er sie nicht mehr einführen. Manchmal ist er wenigstens abgeklärt genug, seinem Schützling freie Hand zu lassen.

Ein Lehramtsanwärter gibt pro Tag nur eine bis zwei Unterrichtsstunden, doch die müssen äußerst gründlich vorbereitet werden, weiß er doch vorher nie, ob sein Mentor zwecks Begutachtung daran teilnimmt. Gelegentlich erscheint auch noch der Rektor, dann passen gleich zwei auf. Von deren Wohlwollen hängt viel ab, denn sie müssen später ein Gutachten abgeben, das wiederum die Endnote beim zweiten Examen beeinflussen kann.

Hatte ich während ihrer eigenen Schulzeit bei den Zwillingen nur beratende Funktion ausgeübt, so wurde ich jetzt zur praktischen Mithilfe aufgefordert. »Kannst du das mal ausschneiden?«

»Das« waren 22 auf Pappe gemalte große N. Hinterher war die Schere stumpf. »Prima«, sagte Katja, »und nun bohrst du noch mit dem Milchdosenpikser ungefähr zehn Löcher in jeden Buchstaben, ja?«

»Wozu soll denn das gut sein?«

»Damit die Kids das morgen aussticken können. Die meisten schreiben das N immer noch verkehrt herum. Vielleicht kapieren sie es dann!«

Ein anderes Mal saß sie, am Bleistift kauend, auf der Terrasse. »Sag mir mal ein Wort mit zwei M in der Mitte!«

»Kummer«, fiel mir ein.

»Zu schwer. Die wissen doch noch gar nicht, was das bedeutet.«

»Sommer«.

»Das kommt hin, danke.« Sorgfältig schrieb sie das Wort in die bereits aufgezeichneten Kästchen. »Jetzt brauche ich noch eins mit acht Buchstaben und zwei S.«

»Preussen.«

Sie warf mir einen vorwurfsvollen Blick zu. »Das schreibt man mit ß.«

»Was soll das eigentlich werden, wenn's fertig ist?«

»Einführung von Doppelkonsonanten«, erklärte meine Tochter. »Ich versuche das mal über ein Rätsel. Fällt dir kein anderes Wort mit zwei S ein?«

»Scheisse!«

Ich habe schon Schablonen angefertigt, Herbstblätter gepreßt, Tannenzapfen gesammelt und mich vor allen Dingen damit abfinden müssen, daß in regelmäßigen Abständen meine Küche geplündert wird. Die beiden Töpfe hatte Katja gebraucht, um mit den Kindern Vogelfutter zu kochen. »Wir bauen nämlich unsere Futterglocken selber!« Von den Eierbechern, die auch eine Zeitlang verschwunden gewesen waren, bekam ich nur drei zurück, die anderen waren den Weg alles Irdischen gegangen, und die Frühstücksbrettchen habe ich nie wiedergesehen.

Leere Papphülsen von Klopapierrollen darf ich nicht mehr wegwerfen, die muß ich aufheben, damit sie im Winter zu Weihnachtsmännern umgebastelt werden können. Margarineschachteln werden sorgfältig ausgewaschen, denn sie dienen zur Aufbewahrung von Kärtchen, Kügelchen, Fähnchen und ähnlichem Kleinkram – alles Hilfsmittel, um Grundschulkinder zum Lernen zu bewegen.

Damit die Damen und Herren Referendare wegen ihrer vielen Freizeit nicht übermütig werden, müssen sie zweimal in der Woche Seminare besuchen. Nachmittags! Praktischerweise finden die nicht in der Schule statt, sondern ganz woanders. Eine Zeitlang tagten sie sogar im Sitzungssaal vom Finanzamt. Sie können aber auch sechzig Kilometer weit entfernt veranstaltet werden, wenn der Seminarleiter krank ist und sein Vertreter nicht kommen kann, weil er selber Seminaristen zu betreuen hat.

»Bekommt ihr wenigstens die Fahrtkosten erstattet?« wollte der immer sehr realistisch denkende Vater wissen.

»Na ja, später vielleicht«, sagte Nicki, »erst mal zahlen wir das von unseren vierzehnhundert netto. Wenn wir Glück haben, kriegen wir es mal über den Lohnsteuer-Jahresausgleich zurück. Ich hab' neulich gefragt, wie die sich das eigentlich vorstellen. Miete plus Nebenkosten, Auto und so weiter. Ein bißchen was zum Essen brauchen wir ja auch noch. Und weißt du, was ich zur Antwort bekommen habe? Das sei alles bekannt, leider nicht zu ändern, und wer nicht von den Eltern gesponsert würde, sei wirklich arm dran. Als angehender Beamter darfste ja nicht mal nebenbei jobben.«

»Stimmt!« sagte Rolf sofort. »Damit mußt du warten, bis du Bundestagsabgeordnete geworden bist!«

Zum Referendariat gehören auch die gefürchteten Unterrichtsbesuche. Dazu erscheint ein sogenannter Lehrbeauftragter, der meistens von der Praxis nicht mehr viel Ahnung hat, jedoch ganz genau weiß, wie die von ihm zu prüfende Stunde aussehen soll. Das Thema ist vorgegeben und selten das, was der Prüfling gern gehabt hätte.

Die beiden kommenden Nächte verbringt der Referendar überwiegend am Schreibtisch. Er muß ja nicht nur den Unterricht besonders sorgfältig planen, er muß dazu auch noch bis ins kleinste schriftlich aufschlüsseln, *was* er es tut, *warum* er es tut, und was er damit erreichen will.

»Kannst du mir mal sagen, was dieser Blödsinn eigentlich soll?« Kurz vor Mitternacht saß Katja immer noch an der

Schreibmaschine, neben sich den Papierkorb mit zerknüllten Entwürfen, vor sich die fast leere Kaffeekanne.

»Das frage ich mich schon lange«, seufzte sie. »Warum wohl muß ich die Silbentrennung einführen? Weil die Hefte nicht breit genug sind? Oder weshalb sonst? Und was ich damit bezwecken will? Soll ich vielleicht hinschreiben, ›damit die Kinder das Wort Schlappschwanz nicht nach dem Sch trennen?‹«

Hat der Prüfling seine Unterrichtsanalyse – so heißt das offiziell – grammatikalisch und stilistisch einwandfrei zu Papier gebracht, dann muß er noch eine Art Klassencharakteristik zusammenstellen. Welcher Schüler hat welche Macken, wer ist vorlaut, wer ist schüchtern, und warum fehlt Peter so häufig?

Bricht der gefürchtete Tag heran, ist der Referendar übermüdet, gereizt und ein Nervenbündel. Frühstücken will er nicht, hat überhaupt keinen Hunger, die mitgegebene Banane findet sich später zerquetscht in der Mappe, an den ebenfalls eingepackten Traubenzucker hat er nicht mehr gedacht.

Die Schüler, sowohl von dem Prüfling als auch von seinem Mentor entsprechend geimpft, sind guten Willens. Natürlich wollen sie niemanden in die Pfanne hauen, aber sie können auch nicht aus ihrer Haut heraus. Der Schulamtsabgeordnete erscheint, in seinem Kielwasser Rektor und Mentor. Sie nehmen ganz hinten auf den bereitgestellten Stühlen Platz. Das Spektakel kann beginnen.

Eine dreiviertel Stunde später ist alles vorbei. Das Gericht zieht sich zur Beratung zurück. Dauert sie länger als fünfzehn Minuten, sinken die Chancen des Prüflings, dann sind sich nämlich die Herrschaften nicht einig. Der Mentor kämpft um jeden Zehntelpunkt hinterm Komma, der Herr Lehrbeauftragte ist anderer Meinung, der Rektor sagt am liebsten gar nichts, weil er zwischen zwei Stühlen sitzt. Die besten Aussichten für ein schnelles Ende einer solchen Beratung bestehen, wenn die Prüfung in der vierten oder fünften Schulstunde stattgefunden hat. Der Herr vom Schulamt will pünktlich zum Mittagessen zu Hause sein.

Am Morgen des gefürchteten letzten Examens erschien Katja zur Endabnahme. »Kann ich so gehen?«

Richtig bieder sah sie aus mit Rock, Weste und der braven Hemdbluse. »Seit wann knöpfst du dich bis zur Halskrause zu?« staunte Rolf.

»Ich habe noch den Body mit dem Spitzeneinsatz drunter«, sagte sie grinsend. »Wenn ich den Schnorff kriege, mache ich die obersten Knöpfe alle wieder auf. Der steht auf so was. – Guck nicht so entgeistert, Paps, der Zweck heiligt bekanntlich die Mittel.«

»Wer sagt das?«

»Machiavelli.«

»Na, du kennst vielleicht Leute ...«

Herr Schnorff war nicht da, ein Striptease also weder erforderlich noch überhaupt erwünscht. Der Herr Lehrbeauftragte war bereits dreifacher Großvater und gegen weibliche Reize weitgehend immun.

»Bloß seinetwegen habe ich die Einskommafünf gekriegt«, giftete Katja später, »und wißt ihr, warum?«

Das wußten wir natürlich nicht. »Fachlich hatte er überhaupt nichts auszusetzen, aber mein Sitzkreis ist ihm zu klein gewesen.

»Ich dachte, du bist in Deutsch geprüft worden und nicht in Sport«, wandte ihr Vater ein.

Als seelischer Mülleimer und zuständig für Frustabbau war ich etwas besser informiert. »Den Sitzkreis macht sie doch oft, wenn sie den Schülern erst mal etwas mündlich erklären will.«

»Aha. Und dazu wird vorher das Klassenzimmer umgeräumt?«

»Paps, die Zeiten, wo man in Zweierreihen hintereinander saß, sind doch längst vorbei. Heute sind die Tische u-förmig angeordnet.«

»Wirklich?« Rolf warf seiner Tochter einen verträumten Blick zu. »Dann hätte ich ja von *zwei* Seiten abschreiben können.«

»Also der Sitzkreis war zu klein«, wiederholte ich, »und was weiter?«

»Angeblich haben die Kinder zu dicht aufeinander gesessen, das hätte ich als Lehrerin bemerken müssen, und deshalb bin ich eine halbe Note heruntergestuft worden. Dabei hatte ich angenommen, meine didaktischen Fähigkeiten hätten zur Debatte gestanden und nicht mein Talent als Innenarchitektin.«

Den halben Nachmittag wetterte sie noch herum, unterstützt von ihrem Zwilling, der den letzten Schulamtsauftrieb schon vor einer Woche hinter sich gebracht hatte. »Natürlich war das eine Gemeinheit, aber der halbe Punkt wirft dich doch nicht zurück?«

»Hast du 'ne Ahnung! Das wäre doch mein Bonus fürs Mündliche gewesen.«

Sind die praktischen Prüfungen erst mal vorüber, schaltet der Referendar im Unterricht auf Sparflamme. Er muß sich ja auf das mündliche Examen vorbereiten. Dazu gehört ein Wälzer vom ungefähren Umfang des Bürgerlichen Gesetzbuches, der den Titel »Schulrecht« trägt und in dem alles das steht, was Lehrer beachten müssen, nicht dürfen, zu befolgen haben, und was passiert, wenn sie es nicht tun. Einige Rechte haben sie aber auch. »Weißt du, was man unter Kranzgeld versteht?« fragte mich Katja, wieder einmal über den Paragraphen brütend.

Darüber hatte ich schon mal etwas gelesen, doch das war lange her. »Ich glaube, Kranzgeld mußte früher ein Bräutigam zahlen, der sich offiziell verlobt, dann aber vor der Hochzeit gedrückt und seine Braut sitzengelassen hatte.«

»Also bloß eine blumige Umschreibung für Alimente?«

»Unsinn! Bevor es so weit gekommen wäre, hätte er die Braut heiraten *müssen* oder nach Amerika auswandern. Kranzgeld war wohl eher eine Art Entschädigung für die schon gekaufte Aussteuer, für das Brautkleid und vor allem für die Blamage. Verschmähte Bräute hatten damals kaum Chancen, doch noch einen Mann abzukriegen.«

»Hier steht aber ganz was anderes.« Mit dem Zeigefinger fuhr sie die Seite herunter, bis sie die betreffende Stelle gefunden hatte. »Einem vor seiner Pensionierung verstorbenen Lehrer steht als Grabschmuck ein Kranz zu, der im Sommer 160 Mark kosten darf und im Winter 180, weil zu dieser Jahreszeit die Blumen teurer sind.«

Sven schleppte kiloweise Bücher an. Schon in frühester Kindheit ein Naturapostel, der dicke schwarze Spinnen streichelte und ein abgeknicktes Gänseblümchen im Eierbecher vor dem frühzeitigen Verwelken bewahrte, hatte er im Laufe der Jahre zahllose Werke gekauft, die alle etwas mit Feld, Wald, Wiese, Dschungel, Savanne und jeglicher Art von Gewässern zu tun hatten. »Hast du auch was über Ameisen?« Sven hatte.

»Ich verwechsle immer die Laubbäume, du kennst dich doch da aus. Kannst du mir mal helfen?« Sven half.

»Weißt du, welche Vögel bei uns überwintern?« Sven wußte.

»Wozu braucht ihr denn das alles?«

»Heimat- und Sachkunde«, bekam ich zur Antwort.

Etwa sechs Wochen vor Beginn der Sommerferien war es soweit. Züchtig gewandet und wohlversehen mit guten Ratschlägen (»Nie nach unten gucken, das wirkt immer unsicher!«) schlichen sie los, und ich bezog wieder Posten neben dem Telefon. Während des Abiturs hatte ich gezittert, beim ersten Examen pausenlos Däumchen gedrückt ... hörte das denn nie auf?

Endlich der erlösende Anruf. »Gesamtnote Einskommasechs«, jubelte Katja in den Hörer.

»Gratuliere! Und Nicki?«

»Überflüssige Frage. Das gleiche natürlich. Zwillingssyndrom. Wartet nicht mit dem Essen auf uns, wir gehen jetzt in die Stadt und kaufen uns was zur Belohnung.«

»Was denn?«

»Keine Ahnung. Eben irgendwas.«

Rolf meckerte. »Jetzt habe ich extra den vorletzten Champagner kalt gestellt, und nun kommen sie nicht mal.«

»Bis heute abend wird der bestimmt nicht schlecht.«

Zusammen mit Sven, der endlich die Lücken in seinem Bücherschrank wieder auffüllen wollte, haben wir später auch noch die letzte Flasche Pommery geköpft und nebenbei erfahren, wie die Sache abgelaufen war. »Da stellt der doch einen Korb mit Unkräutern auf den Tisch und verlangt von mir, daß ich alle Schmetterlingsblütler heraussuchen soll«, beschwerte sich Nicole, »dabei habe ich nicht mal gewußt, wie das ganze

Grünzeug geheißen hat. Gerade mal drei Stengel habe ich erkannt, und ausgerechnet das sind die richtigen gewesen! Na ja, Glück muß der Mensch haben.«

»Darauf wollte ich mich lieber nicht verlassen«, Katja schmunzelte, »ich fahre immer besser nach der Devise: Mangelhaftes Wissen kompensiere man durch Rhetorik. Hat ja auch wieder ganz gut hingehauen. Das ist doch so ähnlich wie bei dir, Määm. Im Grunde genommen besteht die Kunst des Bücherschreibens doch darin, wenig Handlung in epischer Breite auf möglichst viele Seiten zu verteilen.«

»Jetzt bist du unfair!« Ich war flammende Empörung. »Schreib du doch mal ...«

»Na ja, stimmt vielleicht nicht ganz«, räumte sie ein, »aber du mußt doch zugeben, daß es Bücher mit fünfhundert Seiten Umfang gibt. Wenn man die reingeblasene Luft rausließe, könnte man die Handlung oftmals auf ein Viertel komprimieren.«

»Richtig«, sagte Rolf, »so was nennt man dann Zeitung.«

Bevor Sven mit seinem Bücherstapel abzog, meinte er gönnerhaft: »Wenn ihr jetzt fertige Lehrer seid, dann kommt ja in Zukunft richtig Kohle bei euch rein.«

»Theoretisch schon«, bestätigte Katja, »praktisch gesehen fehlt uns nur noch die Voraussetzung dazu.«

»Und die wäre?«

»Eine feste Anstellung mit garantierter Verbeamtung!«

Kühlschrank gegen Waschmaschine?

Jetzt habe ich den Ereignissen aber doch ein bißchen vorgegriffen, denn bis zu Katjas eben erwähntem Stoßseufzer würde es noch rund zwei Jahre dauern; sie hatte ja noch nicht mal das erste Examen hinter sich gebracht. Allerdings war sie schon weiter gekommen als ihre Schwester, denn nach unserer Heimkehr von der Lesereise präsentierte sie Nicki stolz eine Handvoll bekritzelte Blätter, von denen sie behauptete, es handele sich um die ersten Seiten der Zulassungsarbeit.

»Für welches Thema hast du dich denn entschieden?«

»›Einfluß der Medien auf die Entwicklung der Kinder‹ oder so ähnlich«, sagte Katja. »Ich weiß, das ist bestimmt schon dreißigmal behandelt worden, und ich bilde mir auch gar nicht ein, etwas Bedeutendes zu erfahren, aber ich kann wenigstens eine Fragebogen-Aktion unter den Kids starten. Selbsterstellte Statistiken machen sich immer gut!«

»Sind aber auch schon alte Hüte.«

»Nun nimm mir doch nicht alle Illusionen!« seufzte Katja. »Originalität ist eben die Kunst, sich zu merken, *was* man gehört oder gelesen hat, und zu vergessen, *wo* das gewesen ist.«

Während der folgenden Monate sahen wir die Zwillinge nur selten. Sie arbeiteten nämlich! Geistig! Offenbar hatten sie das lange nicht getan, denn Nicki jammerte einmal am Telefon, es sei so schwer, sich wieder an das Lernen zu gewöhnen. »Nachdem wir die ganzen Scheine, die man nun mal braucht, zusammen hatten, waren das einzig Regelmäßige in unserem Leben die beiden Nachmittage, an denen wir gejobbt haben.«

Von den fast vier Jahren Studentenleben mußten sie wohl doch ein paar Wochen in der Uni verbracht haben, denn im November hatten sie das erste Examen in der Tasche.

»Und wie geht's nun weiter?« wollte Rolf wissen, als die Mädchen zwecks Entgegennahme der Glückwünsche zu

Hause aufkreuzten. Damit verbunden war je ein Scheck, den der stolze Vater den frischgebackenen Lehrerinnen aushändigte. »Ich nehme doch an, daß ich mit dieser freiwilligen Zahlung meiner Pflicht als euer Ernährer zum letztenmal nachgekommen bin.« Er klappte das Scheckheft zu und sah seine Töchter erwartungsvoll an.

»Wie meinst du das?« fragte Nicki verdattert, während Katja über so viel Unwissenheit nur den Kopf schüttelte. »Wir sind momentan arbeitslos, Paps«, begann sie, »wenn man mal von dem bißchen Jobberei absieht. Die werden wir bis zum Jahresende auch beibehalten, aber davon kann kein Mensch leben! Wir sind doch bloß Aushilfen!«

»Außerdem müssen wir uns um eine neue Wohnung kümmern«, ergänzte Nicki, »und du weißt ja, was das bedeutet!«

»Maklergebühr und drei Monate Mietkaution!« fiel mir als erstes ein. Nur zu gut konnte ich mich an die monatelange, vergebliche Suche nach einer Studentenbude erinnern, und jetzt sollte diese ganze Tortur von vorne anfangen? »Wißt ihr denn wenigstens schon, wo ihr hinkommt?«

»Natürlich nicht«, knurrte Nicki. »Das Referendariat beginnt zwar im Februar, aber seine Schule erfährt man erst nach den Weihnachtsferien. In der dann verbleibenden Zeit soll man sich eine Unterkunft – möglichst am Schulort – suchen, den Umzug organisieren und sich so ganz nebenbei noch ein bißchen auf den Unterricht vorbereiten.«

»Stimmt das?« Rolfs Stimme hatte einen drohenden Klang angenommen.

»Natürlich stimmt das. Glaubst du, wir erzählen hier Märchen?«

»Dann will ich sofort wissen, wer diesen Schwachsinn zu verantworten hat!« Der empörte Vater griff bereits zum Telefonbuch. »An wen muß ich mich wenden?«

Die Mädchen sahen sich entsetzt an. »Paps, das kannst du nicht machen!« flüsterte Katja. »Ich weiß auch gar nicht, wer dafür zuständig ist. Wahrscheinlich das Kultusministerium, und da …«

Aber Rolf hörte schon gar nicht mehr hin. Er liebt Auseinandersetzungen mit Behörden, und ganz besonders dann, wenn sie telefonisch ablaufen.

Das Kultusministerium befindet sich in Stuttgart, ein Telefonbuch der dortigen Region besitzen wir nicht, und bis Rolf die Auskunft angerufen und die gewünschte Nummer erhalten hätte, würde uns genügend Zeit zur Flucht bleiben. »Fahren wir zum Einkaufen bloß in den Supermarkt oder lieber gleich nach Heilbronn?« Ich suchte bereits nach den Autoschlüsseln.

»Nach Heilbronn natürlich«, sagte Katja sofort, »das dauert länger.« Plötzlich kicherte sie. »Wenn ich nicht genau wüßte, daß die in Stuttgart für die Stellenvergabe gar nicht zuständig sind, würde ich jetzt die Telefonstrippe kappen, bevor Papi eins von den hohen Tieren verärgert. Wer weiß, ob wir die nicht doch noch mal brauchen.«

Als wir Stunden später zurückkamen, saß der Herr des Hauses grollend in der Sofaecke. »Ihr scheint in eurer eigenen Zeitzone zu leben!« Er hielt mir den vorhin in der Küche hinterlassenen Zettel entgegen. »Sind bald wieder da!« las er vor. »Den Wisch habe ich erst vor zwanzig Minuten gefunden!«

»Dann hat doch gestimmt, was draufsteht«, sagte Katja lakonisch.

»Werde bloß nicht frech, junge Dame! Seitdem ich weiß, daß ihr bis auf weiteres immer noch an meiner Brieftasche hängen werdet, bitte ich mir ein bißchen mehr Respekt aus. Solange ihr eure Füße ...«

»... unter meinen Tisch stellt«, ging es sofort doppelstimmig weiter, »habt ihr das zu tun, was ich für richtig halte.« Die Mädchen sahen sich an und lachten. »Laß dir endlich mal was Neues einfallen, Paps!« Katja gab ihrem Vater einen Kuß auf die Nasenspitze. »Außerdem wollen wir viel lieber an unseren eigenen Tischen sitzen, wir müssen bloß erst wissen, wohin wir sie stellen können. Du weißt nicht zufällig schon etwas, was wir nicht wissen?«

Nein, er wußte nichts. Zwar habe er eine ganze Menge Gesprächspartner gehabt, die ihn immer wieder weiterverbunden hätten – Mozarts *Kleine Nachtmusik* könne er nunmehr rückwärts singen –, aber zuständig sei wohl niemand gewesen. Schließlich sei er versehentlich beim Pförtner gelandet, und der habe ihm dann gesagt, daß er sich am besten mal mit dem Schulamt Heilbronn in Verbindung setzen solle. Dieses Vorhaben sei bedauerlicherweise daran gescheitert, daß bei eben dieser Behörde keiner mehr den Hörer abgenommen habe.

»Papi, heute ist Freitag!« erinnerte ihn Nicki.

»Ja, und? Mein Steuerberater arbeitet noch, der hat mich vorhin angerufen, drüben beim Zahnarzt brennt Licht, die Geschäfte schließen erst in zwei Stunden, und sogar auf der Post kann ich jetzt noch Briefmarken holen. Mit welchem Recht geht in einer Behörde, die ich mit meinen Steuern finanziere, nachmittags um drei Uhr keiner mehr ans Telefon?«

»Weil die wissen, daß du nicht gerade zu den pünktlichsten Steuerzahlern gehörst«, sagte Katja und duckte sich sofort. Keinen Augenblick zu früh, denn den zusammengeknüllten Prospekt für einen Gartenstaubsauger bekam *ich* an den Kopf.

»Ätsch, ich habe seit heute eine Wohnung!!!« Nicki knallte die Haustür hinter sich zu, stürzte zur Pinnwand und entfernte sämtliche Telefonnummern, die dort noch, mit geheimnisvollen Abkürzungen umrandet, aufgespießt waren. Es wurde auch höchste Zeit, daß diese Zettel verschwanden. Jedesmal, wenn ich telefonierte, starrte ich auf die Buchstabenkürzel und zerbrach mir den Kopf, was sie wohl bedeuten könnten. So was kann zu Zwangsvorstellungen führen! EZW ließ sich ja noch als »Einzimmerwohnung« entschlüsseln, doch was hieß GrM 500? Vielleicht »großes Mietshaus« mit fünfhundert Parteien? Oder AW? Altenwohnung? Mit PnA konnte ich eigentlich nur einen »Postnachsendeantrag« verbinden – durchaus verständlich, wenn man umziehen will, nur genügt dafür keine Telefonnummer, das muß man nämlich schriftlich machen. Was also bedeutete PnA? Und was GrM 500?

»Bist du denn überhaupt nicht neugierig?« fragte Nicki enttäuscht. »Sonst willst du immer alles ganz genau wissen, und jetzt sagst du gar nichts.«

»Doch. Was heißt AW?«

»Keine Ahnung! Altweibersommer, Atomwaffen, Autowaschanlage – was weiß denn ich? Also: Meine neue Adresse ...«

»Du hast das doch alles selber aufgeschrieben!« Ich hielt ihr die aus dem Papierkorb wieder herausgefischten Zettel entgegen. »Hier steht's doch: Erst eine Telefonnummer und dann AW.«

Sie warf nur einen kurzen Blick darauf. »Das war die sogenannte Atelierwohnung, Dachmansarde ohne Stellwände. Da hätte ich sogar mein Bett mitten ins Zimmer rücken müssen!«

»Ach so.« Ich blätterte den Papierstapel durch, bis ich zu GrM 500 kam. »Und das hier?«

Jetzt mußte sogar sie einen Augenblick nachdenken. »War 'ne hübsche Wohnung und mit fünfhundert Mark direkt billig, aber das war ja auch nur die Grundmiete. Ohne Müllabfuhr, Treppenlicht, Hausreinigung, Gartenpflege, Schneeschippen ... Die tatsächliche Miete betrug nämlich 930 Mark, und das ist für eine Referendarin entschieden zuviel.«

Auch das war nun geklärt. Blieb noch das rätselhafte PnA. »Dieses Objekt habe ich mir erst gar nicht angeguckt«, sagte meine Tochter. »PnA heißt nämlich ›Preis nach Absprache‹, und das bedeutet von vornherein, ich kann's mir nicht leisten. Bist du nun zufrieden?«

»Ja, und heilfroh, daß *ich* nicht mehr auf Wohnungssuche gehen muß. Bleibst du zum Essen?«

»Kommt drauf an, was es gibt.«

»Bohneneintopf!«

»Weiß oder grün?«

»Weiß.«

»Dann bleibe ich nicht! Ich habe sowieso wenig Zeit, denn jetzt muß ich schleunigst meine Übersiedlung nach Heilbronn organisieren. Hast du nächste Woche schon was vor?«

»Nein, aber so schnell klappt das mit dem Umzug bestimmt nicht.«

Sie zog die Autoschlüssel aus der Tasche und öffnete die Tür. »Wer redet denn vom Umzug? Erst mal muß die Wohnung renoviert werden!«

Im Gegensatz zu ihrer Schwester, die man einer Heilbronner Schule zugeteilt hatte, hatte Katja das bessere Los gezogen. Oder auch nicht. Sie würde zwar ihr Referendariat im nur fünf Kilometer entfernten Nachbarort ableisten können, andererseits findet man weder dort noch hier bezahlbare Wohnungen. Die drei Buchstaben BAD vor dem Namen verteuern sowieso alles, ganz egal, ob es sich um die Eintrittskarte fürs Hallenbad handelt oder um einen simplen Blumenübertopf – Bewohner von Kurorten müssen damit leben. Lediglich Kurtaxe brauchen sie nicht zu zahlen, aber das müssen unsere Stadtväter bisher glatt übersehen haben.

»Warum ziehst du denn nicht wieder in dein altes Zimmer?« schlug ich vor. »Bequemer kannst du es doch gar nicht haben.«

»Billiger auch nicht«, murmelte ihr Vater, doch Katja lehnte dieses Ansinnen entschieden ab.

»Wie stellt ihr euch das denn vor? Seit fast vier Jahren bin ich an meine Selbständigkeit gewöhnt! Niemand hat mir mehr Vorschriften gemacht, keiner hat gemeckert, wenn meine Jacke über der Stuhllehne hing oder die Zeitung auf dem Boden lag. Soll ich das alles wieder aufgeben?«

»Vielleicht könnten wir uns dahingehend einigen, daß du die Jacke erst gar nicht anziehst, sondern im Auto deponierst, und da du meines Wissens von der Zeitung nur die Titelseite liest, wirst du sehr schnell dahinterkommen, daß sie dazu auf dem Tisch liegenbleiben kann.«

Ungeduldig winkte sie ab. »Du weißt doch ganz genau, was ich meine! Wenn's nicht die Jacke ist, über die du dich ärgerst, dann sind es die Schuhe in der Küche oder die Teetasse im Bad – na, eben die hundert Kleinigkeiten, über die man sich in die Haare gerät. Siehst du das denn nicht ein?«

Die Teetasse im Bad verstand ich ja noch, aber Schuhe in der Küche??? »Habe ich euch nicht mal einen Schuhschrank gekauft?«

»Siehste, da geht's schon los!« triumphierte Katja. »Natürlich haben wir so ein Möbel, das steht am anderen Ende vom Flur, aber manchmal renne ich gleich in die Küche und setze Wasser auf. Dabei ziehe ich die Schuhe aus, und dann liegen sie eben eine Zeitlang da irgendwo rum. *Du* würdest daraus doch sofort eine Staatsaffäre machen!«

»Logisch! Schuhe in der Küche sind unhygienisch!«

»Kippen in der Seifenschale aber nicht, oder?«

Jetzt hatte sie mich kalt erwischt! »Das ist ein einziges Mal vorgekommen, weil die Milch übergekocht war und ich gerade eine Zigarette in der Hand gehalten hatte.« Dummes Gör! Trotzdem sah ich ein, daß Dialoge dieser Art wohl an der Tagesordnung sein würden, sollte Katja tatsächlich wieder zu Hause einziehen.

»Es wäre allerdings möglich, daß ich *vorübergehend* hier unterschlüpfen muß, wenn ich bis Ultimo nichts gefunden habe. Zwei Eisen liegen aber noch im Feuer.«

»Was wird eigentlich aus euren Möbeln?« Rolf, Fernsehprogramm in der Hand und Brille auf der Nasenspitze, hatte unseren Wortwechsel bisher schweigend verfolgt, doch nun mußte er sich endlich Klarheit verschaffen. »Nehmt ihr die mit?« Wahrscheinlich hatte er Angst, in unserem Keller würden sich wieder mal Betten, Regalbretter und übereinandergetürmte Bücherkisten stapeln. Das hatten wir alles schon gehabt, und nicht nur einmal!

»Nicht alle«, sagte Katja sofort. »Mein Kleiderschrank würde einen nochmaligen Ab- und Wiederaufbau nicht überstehen, der hält nur noch dank zehn Zentimeter langer Nägel zusammen. Den ganzen Krempel im Bad lassen wir auch da, und für die Teppichböden kriegen wir von unseren Nachfolgern sogar noch eine Abstandszahlung. Nicki will ihr Regal stehenlassen, das hat sie sich damals für die schrägen Wände nach Maß zurechtsägen lassen. Jetzt braucht sie ja nicht mehr auf dem Bauch zu kriechen, wenn sie ein Buch sucht.«

»Und die restlichen Möbel teilt ihr untereinander auf?«

»Wir sind ja schon dabei! Aber das ist gar nicht so einfach. Bis jetzt haben wir noch jedesmal Schluß gemacht, bevor eine von uns zum Tranchiermesser gegriffen hat, aber wie lange sich die niederen Instinkte unterdrücken lassen, bleibt abzuwarten.« Katja setzte sich rittlings auf einen Stuhl, legte das Kinn auf die Lehne (das wäre auch schon wieder ein Grund für eine längere Debatte über gutes Benehmen!) und sah uns beide an. »Daß jeder seine eigenen Möbel mitnimmt, ist klar, aber es gibt ja noch das Wohnzimmer und die Kücheneinrichtung. Das meiste davon haben wir gemeinsam bezahlt ...« – sie sah meine hochgezogenen Augenbrauen und verbesserte sich sofort – »beziehungsweise geschenkt bekommen, aber da ein in der Mitte durchgesägtes Sofa keinem was nützt und es auch ziemlich sinnlos ist, wenn Nicki den Tisch kriegt und ich die Stühle, haben wir uns auf eine andere Methode geeinigt. Die klappt bloß nicht!«

»Das hätte ich mir denken können!« sagte Rolf weise nickend. »So kann das auch nicht funktionieren!«

Leicht irritiert sah Katja ihren Vater an. »Du weißt doch gar nicht, *wie* wir das machen!«

»Das muß ich auch nicht wissen. Ganz egal, wie ihr die Sache anfangt, es fehlt euch auf jeden Fall ein neutraler Dritter.«

»Ach, und der willst du wohl sein?«

»Ich denke ja gar nicht daran!« In dem Bewußtsein, uns nun restlos verunsichert zu haben, zog sich der Herr des Hauses wieder in sein Zimmer zurück.

»Vielleicht liegt Papi gar nicht so schief«, begann Katja erneut, »wir könnten wirklich jemanden gebrauchen, der die Preise festsetzt.«

Nun verstand ich gar nichts mehr. »Wollt ihr euch die Sachen etwa gegenseitig abkaufen?«

»Nicht direkt, obwohl es im Grunde genommen darauf hinausgeht. Wir haben einfach mal geschätzt, was die einzelnen Teile noch wert sind, Kühlschrank, Waschmaschine, Herd und so weiter. Da sind wir uns auch ziemlich schnell einig geworden. Nicki nimmt den Herd, dafür kriege ich den Kühlschrank, die Waschmaschine pfeift eh auf dem letzten Loch, die kann sie ruhig haben – nun guck nicht so böse, dafür will ich ja keinen Gegenwert! –, die Mikrowelle behalte ich, weil Nicki den Staubsauger bekommt ... bis hierhin ist alles in Ordnung, es geht nur noch um den Kleinkram. Da ist zum Beispiel der Besteckkasten, den du uns mal zu Weihnachten geschenkt hast. Auf den sind wir nämlich beide scharf! Und auf das Kaffeeservice. Nicki hätte auch gern die ganzen Gläser. Kann sie von mir aus kriegen, die haben mir sowieso nie gefallen, aber weil sie das weiß, hat sie den Gebrauchswert oder wie man das nennt entsprechend niedrig angesetzt. Genau wie die Kochtöpfe! Dafür hat sie die Dielenmöbel, die *ich* gerne nehmen möchte, nach meiner Ansicht viel zu hoch kalkuliert. Ich fände es auch gerecht, wenn einer das Sofa bekommt und der andere die Eßecke, aber Nicki meint, die Sachen gehören vom Design her zusammen. Ich könnte ja statt dessen die ganzen Lampen bekommen. Nun sag doch mal selber, findest du das gerecht?«

Dazu wollte ich mich nicht äußern. Was ist schon gerecht? »Nach welchen Kriterien legt ihr denn die Preise fest? Pi mal Daumen?«

»Nicht ganz«, sagte sie grinsend, »aber so ähnlich. Jeder schreibt seine Vorstellung auf einen Zettel, also ›großer Spiegel = DM 25,–‹ und ›Inhalt Küchenschublade links unten = DM 80‹, dazu gehört nämlich auch der Elektromixer, dann vergleichen wir die jeweiligen Zahlen und einigen uns meist auf den Mittelwert. Aber weil Nicki genau weiß, *was* ich haben möchte, schraubt sie genau diese Preise entsprechend hoch.«

»Ach, und wie ist das umgekehrt?«

»Ich kann doch für den Gläsersatz oder die Kochtöpfe nicht zweihundert Mark hinschreiben, wenn sie neu bloß hundertsiebzig gekostet haben! – Wir haben uns wegen dieser blöden Auseinanderdividiererei schon so in die Wolle gekriegt, daß wir manchmal den ganzen Tag lang kein Wort mehr miteinander gesprochen haben. Was glaubst du wohl, weshalb ich hier sitze und nicht in ihrer neuen Wohnung Tapeten an die Wände kleistere?« Sie seufzte tief. »Etwas ist mir in den letzten Tagen jedenfalls klargeworden. Ich werde nie heiraten! Wenn ich schon wegen ein paar lumpiger Möbel mit meiner Schwester in Dauerfehde liege, wie soll das erst bei einer richtigen Scheidung werden?«

Vierzehn Tage vor der geplanten Abschiedsparty und siebzehn Tage vor dem Umzugstermin (ich hatte schon wieder einmal in unserem Keller Platz geschaffen für Katjas Möbel – besser gesagt, ich hatte es versucht) fand sie doch noch eine eigene Bleibe, und zwar exakt 838 Schritte von unserer Haustür entfernt. Früher hießen Räume, in die man nicht hinauf-, sondern hinabsteigt, schlicht und einfach Keller. Dann fing man an, diese Räume zu isolieren, Heizungen sowie normale Fenster einzusetzen, nannte sie *Souterrain-Wohnungen* und vermietete sie. Lagen ihre Fenster nicht zur Straße hin, sondern nach hinten hinaus, wo ein paar Stiefmütterchen vor sich hinkümmerten und ein degenerierter Lebensbaum, dann handelte es sich um eine *Gartenwohnung*. Und genau eine solche hatte Katja angemietet. »Es gibt zwar nur ein Zimmer nebst Küche, aber beide Räume sind sehr groß, und was ich besonders toll finde: Die Küche ist komplett eingerichtet. Nagelneuer Herd, dito Kühlschrank, Waschmaschine, Keramikspüle, Einbauschränke ..., alles vom Feinsten! Wenn ich wollte, könnte ich heute schon einziehen.« Zum Beweis legte sie einen gut bestückten Schlüsselbund auf den Tisch.

»Du liebe Zeit, das Ding ist ja waffenscheinpflichtig!« staunte ich. »Was schleppst du denn da alles mit dir herum?«

»Haustürschlüssel, Vorraumschlüssel, Zimmerschlüssel, Badschlüssel, Kloschlüssel, Briefkastenschlüssel, Mülltonnenabstellraumschlüssel ...«

»Hör auf!!! Verarschen kann ich mich selber!«

»Tu ich ja gar nicht«, sagte Katja grinsend, »aber bevor ich dir das alles verklickere, kommst du besser mit und guckst dir mein Refugium mal an. Es liegt wirklich nur zwei Ecken weiter.«

Das allerdings stimmte. Genaugenommen befand sich das Zweifamilienhaus mit der neu eingerichteten Gartenwohnung in unserer Parallelstraße und gehörte schon zum »Prominentenviertel«, wo sich auch unser Bürgermeister angesiedelt hat und der pensionierte Direktor der größten Kurklinik, ein Zahnarzt wohnt dort, der Besitzer vom Autohaus und andere, ähnlich honorige Mitbürger. Jenes Haus, in das nun Katja einziehen wollte, gehörte einem Studienrat und seiner Gattin, einer Studienrätin. »Diese Wohnung ist quasi mein erster Lehrerbonus! Es gab natürlich noch andere Interessenten, aber ich war der einzige Pauker!« Sie zog ihre Altmetallsammlung aus der Tasche und öffnete die erste Tür. Wir schritten hindurch und dann acht breite, mit Fliesen bedeckte und auf Hochglanz gewienerte Stufen abwärts. Dann kam die nächste Tür. Zu der paßte erst der vierte Schlüssel. »Ich muß die nachher alle mal markieren, aber mit der Zeit werde ich schon mitkriegen, welcher wozu gehört.«

Diese zweite Tür führte in einen großen quadratischen, ebenfalls gefliesten Vorraum, von dem erstaunlich viele Türen abgingen. Eine davon schloß Katja auf. »Du weißt ja, daß leere Räume nie anheimelnd wirken«, warnte sie mich, »und daß das Zimmer im Moment ein bißchen dunkel ist, liegt einmal an dem trüben Wetter und zum anderen an der Böschung, aber die wird noch zurückgeschnitten!«

Groß war das Zimmer wirklich, aber dunkel war es auch, obwohl es draußen überhaupt nicht trübe war – ganz im Gegenteil: Wir hatten nämlich einen der vier sonnigen Januartage des Jahres 1993. Nur erschien das wuchernde Gestrüpp vor dem Fenster, von Sven immer abschätzig als Architektenunkraut bezeichnet, wie eine grüne Mauer, die den größten Teil des einfallenden Lichts schluckte. Ich sagte erst mal gar nichts, weil mir nichts Passendes einfiel, sondern öffnete die Tür zur Küche. Die sah wesentlich freundlicher aus. Durch das große Fenster fielen sogar Sonnenstrahlen und malten Kringel auf den Kachelboden. Zusammen mit den weißen Einbaumöbeln und den zwei weißgekachelten Wänden wirkte der Raum zwar etwas steril, aber Katja würde ihm schon ihre persönliche Note aufdrücken. Für so was hat sie ein Händchen.

»Doch, hier läßt sich was draus machen«, bestätigte ich, »aber wo ist das Bad?«

»Na ja«, sagte Katja zögernd, »das ist nicht direkt in der Wohnung, oder – präziser ausgedrückt –, die Wohnung ist nicht in sich abgeschlossen. Komm mal mit!« Also wieder zurück ins Zimmer, weiter in den Vorraum und von dort zu einer der Türen. »Hier ist es!«

»Hm, bißchen sehr kompakt, nicht wahr?« Auf der linken Seite dieses Schlauchs befanden sich Waschbecken, Badewanne und Dusche, auf der rechten ein Handtuchhalter und ein Spiegel. Mehr hätte auch gar nicht Platz gehabt. Ein Fenster gab es nicht, und daß die Entlüftung nie so richtig funktionierte, stellte sich erst später heraus. »Ist die Toilette auch wieder woanders?«

»Ein Glück!« Katja machte die Badezimmertür zu, schloß sie ab und suchte nach dem nächsten Schlüssel. »Ich glaube, das hier ist er. Am besten hänge ich ihn neben die Zimmertür. Bei meinem Talent, ständig meine Schlüssel zu verkramen, könnte das in diesem Fall mal peinlich werden! – Na, hör mal, sooo ulkig ist ist diese Vorstellung nun auch wieder nicht!« meinte sie unwillig, als ich plötzlich zu kichern anfing.

»Du weißt ja gar nicht, weshalb ich lache.« Mir war nämlich die winzige Wohnung meiner Urgroßmutter eingefallen, irgendwo im Zentrum Berlins und dann auch noch mit Blick auf einen Hinterhof, aber billig und der damaligen kleinen Witwenpension meiner Urgroßmutter gerade angemessen. Ein Badezimmer gab es natürlich nicht, nicht mal eine Toilette, denn die befand sich eine Treppe höher und wurde von mehreren Familien benutzt. Der Schlüssel zu dieser Installation, ungefähr zwanzig Zentimeter lang und entsprechend schwer, hing bei Uromi neben der Wohnungstür, aufgespießt auf einen großen Nagel. Damit er nicht mit dem kaum kleineren Hausschlüssel verwechselt werden konnte, hatte sie einen ausgekochten und dann sorgfältig gereinigten Markknochen drangebunden. Ob ich für Katja auch …?

Ihre Toilette war ebenfalls weiß gekachelt und fensterlos, beim Öffnen des Klodeckels sollte sich automatisch die Entlüftung einschalten. Eine Überprüfung der Technik war so auf die schnelle nicht möglich, denn die Kloschüssel befand sich wohl noch im jungfräulichen Zustand und war rundherum zugeklebt. »Dann weiß ich wenigstens, daß sie vor mir noch niemand benutzt hat.« Nach einem zufriedenen Rundumblick schloß sie auch diese Tür wieder ab. »So, die Wohnungsbegehung ist zu Ende. Was sagst du denn nun?«

Anscheinend erwartete sie begeisterte Zustimmung, doch dazu konnte ich mich nicht aufraffen. Und überhaupt: »Wo führen eigentlich die anderen Türen hin?« Außer den mir bekannten gab es noch drei weitere, die offensichtlich nicht zur Wohnung zählten.

»Die eine geht in den Heizungskeller, die neben dem Bad zum Wäschetrockenraum, und hinter der dritten ist der Gang zu den beiden Kellern. Die gehören den anderen zwei Mietern.«

Das mußte ich erst mal verdauen. »Heißt das, du kannst nie mal eben nackend ins Bad oder auf die Toilette gehen, weil dir jederzeit ein Mitbewohner über den Weg laufen kann?«

»Na und? Das sind zwei alte Ehepaare, die sind schon jenseits von Gut und Böse. Außerdem sollen die sich seit Jahren spinnefeind sein und kaum mal hier runterkommen aus lauter Angst, einer würde dem anderen doch mal begegnen. Wäsche wird angeblich nie aufgehängt, um die Heizung kümmert sich irgend so ein Wartungsmensch, na ja, und in den Kellern steht bloß altes Gerümpel. Weshalb sollen die also hier herumschlappen?«

»Ach, dein Vermieter wohnt gar nicht hier?«

»Gott sei Dank nicht! Wenn ich mir vorstelle, der würde genauso nerven wie Nickis Hauswirtin ... Das wäre glatt ein Grund gewesen, hier gar nicht erst einzuziehen.«

Diese Dame hatte ich allerdings auch schon kennengelernt. Eine Bilderbuchschwäbin mittleren Alters, verwitwet, nicht berufstätig, mit viel Zeit und festen Grundsätzen. Einer der ersten lautete: Vor ein Fenster gehört eine Gardine, und wenn da nach drei Wochen noch keine hängt, muß man darauf hinweisen! Was sie später auch tat und sich von Nicki sagen lassen mußte, daß ihr Vorhänge und Grünpflanzen genügen und sie nicht daran dächte, solche »gerafften Lappen« anzubringen.

Die zweite Abfuhr bekam Frau Hummel, als sie von ihrem Balkon auf den von Nicki guckte und feststellen mußte, daß dort auf dem Fensterbrett ein Aschenbecher mit zwei Kippen stand. Und das, wo sie die Wohnung doch ausdrücklich an eine Nichtraucherin vermietet hatte! Das schwarze Schaf war ja auch ich gewesen, nur hatte ich nicht geahnt, daß sich das Rauchverbot allem Anschein nach auch noch auf den Balkon bezog.

Frau Hummel registrierte genau, wann wie lange jemand zu Besuch kam, lernte sehr schnell, zwischen Freunden und Verwandten zu unterscheiden (»Hat Ihre Schwester ein neues Auto?« – nein, hatte sie nicht, es war Toms Wagen gewesen), und kontrollierte jedesmal, ob Nicki auch ihrer Kehrwochenpflicht ordnungsgemäß nachgekommen war.

Apropros Kehrwoche: Über dieses schwäbische Ritual sind ja schon seitenlange Abhandlungen geschrieben worden, und daß die wenigsten davon übertrieben sind, mag folgende kleine Episode beweisen. Ich habe sie zwar nicht selber erlebt, doch die Zwillinge haben heilige Eide geschworen, die Sache habe sich haargenau so abgespielt.

Es war im darauffolgenden Sommer gewesen, als die Mädchen an einem Samstag nachmittag auf Nickis Balkon saßen und irgendwelchen Schulkram erledigten. Der Balkon ging zur Straße hinaus, und Katja bemerkte plötzlich, daß auf dem gegenüberliegenden Gehsteig zwei Frauen mit Kittelschürze, Schrubber und Wassereimer tuschelnd ihre Köpfe zusammensteckten und abwechselnd zum Balkon und zu Katjas am Straßenrand geparkten Wagen blickten. Schließlich wurde sie unruhig, vermutete einen geplatzten Reifen oder einen anderen Defekt und lief hinunter. Am Auto war nichts zu sehen. »Stehe ich etwa vor einer Ausfahrt?« fragte sie höflich, obwohl das keineswegs der Fall war und der Wagen auch sonst nichts und niemanden behinderte.

»Noi, net direkt«, lautete die Antwort, »aber mer hend gerade die große Kehrwoche gemacht, ond mit dem Wasser tun mer sonst immer noch die Gosse bis zum Abfluß kehre.«

Ein paar Sekunden dauerte es, bis Katja den Sinn dieser Erklärung begriffen hatte. »Soll ich den Wagen ein Stück vorfahren?« Sie muß wohl große Mühe gehabt haben, sich das Lachen zu verbeißen.

»Ja, wenn Sie das mache täte ...«

Sie tat es, und dann sahen die Mädchen von oben zu, wie mit einem Strohbesen und einem Eimer voll immer noch verwendbarem Schmutzwasser auch noch der Rinnstein geschrubbt wurde!

Nun war Katja also doch Wohnungsbesitzerin geworden und erklärte sofort alle Abmachungen für hinfällig. »Ich brauche zwar keine Küchenmöbel, aber wenigstens ein bißchen was zum Reinstellen. Was nützt mir der schönste Herd ohne Kochtopf? Mit dem ganzen Zeug von der Diele kann ich auch nichts mehr anfangen, das kann alles Nicki kriegen, wenn sie statt dessen den Staubsauger rausrückt und die Hälfte von dem Kleinkram, der immer mehr kostet, als man meint.«

Jetzt hatten sich die Mädchen endlich wieder ausgesöhnt, Katja hatte sogar noch beim Streichen der Küche (grün!) mitgeholfen, und nun sollte dieser ganze Zirkus von vorne anfangen? Bloß das nicht! »Was hältst du davon, wenn wir mal den großen Schrank im Keller durchforsten? Da steht doch einiges an Geschirr drin, was eigentlich viel zu schade zum Verstauben ist. Das Limoges-Service zum Beispiel und ...«

Die Antwort war ein einziger Schrei. »Meinst du etwa diese grauenhaften Blümchenschüsseln mit den Rüschen am Rand?«

»Nur für den Anfang – bis du dir selber etwas gekauft hast!« wiegelte ich sofort ab, denn ich konnte Katjas Protest verstehen. Wäre dieses Service komplett gewesen, hätte ich es längst zu einem Antiquitätenhändler geschleppt. Über Geschmack läßt sich bekanntlich streiten, und vor hundertfünfzig Jahren mögen Teller mit handgemalten Rosen drauf und goldverzierten Schnörkeln am Rand vielleicht das Nonplusultra gehobener Tischkultur gewesen sein, aber dazu hatte man auch Silberleuchter gehabt, Kristallgläser, eine Damastdecke und vor allem eine geduldige Großmutter, die die angetrocknete Bratensoße von den Schnörkeln wieder entfernte; einen Spülmaschinendurchlauf hätte das empfindliche Porzellan nämlich nie überstanden! Sämtliche Versuche, dieses von meiner Schwiegermutter geerbte und von uns nie benutzte Geschirr irgendwie loszuwerden, waren an dem Widerstand meines Ehemannes gescheitert. Pietät war es mit Sicherheit nicht, eher die Hoffnung, doch noch mal einen Liebhaber zu finden, der die Sachen für teures Geld kaufen würde. Was praktisch unmöglich war, denn Limoges stand nicht etwa schön sichtbar hinter Glas im Wohnzimmer, wo es vermutlich hingehört hätte, sondern in dem ebenfalls geerbten »Oma-Schrank« (gute deutsche Wertarbeit!) im Keller. Daneben ein wunderschönes altes Kaffeeservice, leider etwas lädiert und darüber hinaus einer Zeit zuzuordnen, als Bohnenkaffee noch sehr teuer und Zichorie der gebräuchliche Ersatz dafür gewesen war. Eine dieser tomatenroten Tassen faßt nämlich genau einen Viertelliter Flüssigkeit, und in die dickbauchige Kanne geht der Inhalt von 14 Tassen hinein.

»Und jetzt versuch bloß nicht, mir auch noch diese bunten Gläser unterjubeln zu wollen«, empörte sich Katja weiter. »Erstens sind die ja nun wirklich zu wertvoll, und zweitens für Apfelsaftschorle und Cola-Rum denkbar ungeeignet. Wenn du sie mir allerdings *schenken* würdest, hätte ich nichts dagegen«, meinte sie mit Unschuldsblick, »die nimmt mir jeder Antiquar ab, und für das Geld könnte ich mir ganz moderne kaufen.«

So kamen wir nicht weiter! »Es ist ja üblich, daß man zum Einzug in eine neue Wohnung etwas spendet«, begann ich vorsichtig. »Eigentlich wollten wir euch je einen hübschen Teppich schenken, doch ich glaube, es gibt noch Notwendigeres. Was hältst du davon, wenn wir alle drei mal zusammen losziehen und ihr sucht euch ...«

»Ich habe einen besseren Vorschlag! Wie wär's mit BAT?«

»Womit?«

»Bar auf Tatze!« sagte Katja. »Dann kann sich jede das kaufen, was sie will, und wir müssen nicht immer endlos debattieren, ob dieses oder jenes nötig ist. Bis jetzt hat sich noch nie jemand bei uns beschwert, wenn wir den Marmorkuchen auf'm Holzbrett serviert haben statt auf 'ner Kuchenplatte, aber unsere Eierbecher haben noch jedem gefallen, und die haben entschieden mehr gekostet als fünfunddreißig Zentimeter Porzellan.« Das glaube ich gern! Sie stammen aus Frankreich, sehen ausgesprochen witzig aus und sind genauso unpraktisch. Man weiß nie, wohin mit den Schalen, weil die an den Seiten wieder rausfallen.

Da Rolf wider Erwarten den Vorschlag seiner Tochter als »äußerst vernünftig« bezeichnete, verwandelten sich die Teppiche in mehrere Geldscheine, von denen Katja den größten Teil für Bettwäsche ausgab und für ein neues Fahrrad. »Nur wegen der Gesundheit«, begründete sie diese Anschaffung einigermaßen glaubhaft. »Wenn das Wetter schön ist, werde ich die fünf Kilometer zur Schule nämlich radeln!«

Entgegen allen Erfahrungen wurde diesmal meine aktive Mithilfe beim Umzug nicht angefordert. Rolfs auch nicht, er hätte also gar nicht das »schon längst überfällige« Treffen in Basel terminieren müssen. »Natürlich hatten die an keinem anderen Tag Zeit als ausgerechnet am Freitag«, schimpfte er vorsichtshalber in der Hoffnung, ich würde ihm das abnehmen, »dabei wird doch übermorgen jede Hand gebraucht.«

»Aber nicht deine, und ich bin auch bloß fürs Essen zuständig«, sagte ich, »du hättest also ruhig hierbleiben können.«

Im Gegensatz zu ihrem Umzug nach Heidelberg, bei dem Katja noch die letzten Kisten gepackt hatte, als die freiwilligen Hilfskräfte schon auf der Treppe standen, schien die ganze Sache diesmal besser organisiert zu sein. Vor allen Dingen hatten sie jemanden gefunden, der seinen LKW zur Verfügung stellte, denn der gepumpte Lieferwagen von vor vier Jahren würde jetzt nicht mehr ausreichen. »Jede Art von Sammeln erscheint idiotisch, wenn man sieht, wie leicht sich von selbst alles mögliche ansammelt«, hatte Nicki am Telefon gesagt und beschlossen, sich nun endgültig von ihren Enten zu trennen. Deren Urahne war ein zwei Zentimeter großes Küken in einem Blumenstrauß gewesen, doch seine Nachkommen, zum Teil zu Riesen mutiert, füllten bereits drei Regalfächer.

»Mich interessiert momentan nur eins«, unterbrach ich sie, »wie viele Leute werden sich wann zum Essen einfinden?«

»Das weiß ich auch nicht genau, da muß ich erst Katja fragen, und die ist im Moment nicht da. Aber ein paar kann ich dir schon nennen. Da sind natürlich erst mal Tom und Thomas, dann Hannes, Dominik, Küchen Chrissie, Doris, Steffi, wenn sie Urlaub kriegt, später beim Ausladen noch Horst Hermann, eventuell Fritz, und wen Katja noch angeheuert hat, weiß ich nicht. Am besten ruft sie dich nachher mal an.«

Früher hatte ich ihre ganze Clique persönlich gekannt, jetzt gab es nur noch Namen und gelegentlich mal ein Foto, aufgenommen während einer Party und wenig aussagekräftig; meist junge, sympathische Gesichter, mit denen ich nichts anfangen konnte. »Ich brauche keine Namen, sondern Zahlen! Es ist nämlich ein Unterschied, ob ich für acht Personen kochen soll oder für sechzehn!« Und vor allen Dingen:

Was??? Die übliche Möbelpackernahrung, Rippchen mit Kraut, dazu Brötchen und Bier, schien mir für diesen freiwillig antretenden Verein nicht so ganz geeignet, außerdem kann man das nicht richtig warm halten, und überhaupt wollte ich am liebsten etwas haben, das aus einem einzigen Kochtopf kommt und auf einen einzigen Teller geschaufelt werden kann – pro Person, versteht sich, denn die schöne bäuerliche Sitte, Topf in der Mitte und die mit einem hölzernen Löffel bewaffneten Hungrigen drumherum, gibt es leider nur noch beim Alm-Öhi oder in Büchern von Peter Rosegger.

Bis auf Sven, der ausnahmslos alles ißt, was man ihm vorsetzt, lehnen meine Nachkommen den Verzehr von Hülsenfrüchten ab. Gelbe Erbsen eigneten sich zwar als Geldersatz beim Pokern, seien für den menschlichen Genuß jedoch unzumutbar, hatte Sascha mal gesagt, eine Behauptung, die seine Schwestern nur zu gern übernommen hatten. Erbsen, Linsen und Bohnen kamen als Eintopf folglich nicht in Betracht. Weiß- oder Wirsingkohl wollte *ich* nicht kochen, weil man gerade dann merkt, daß auch die beste Dunstabzugshaube nicht allzu viel taugt; andererseits lehne ich es jedoch ab, im Winter stundenlang alle Fenster aufzureißen. Blieb also nur eine bunte Gemüsesuppe übrig – die Tiefkühltruhen im Supermarkt machen's ja möglich. Praktisch ist sie auch, im Bedarfsfall kann man sie immer mit einem Liter Wasser verlängern.

Die Zwillinge waren einverstanden. »Aber nur, wenn du kein fettes Fleisch mitkochst!«

»Hab' ich noch nie gemacht, ich nehme immer Rinderknochen.«

Erst Schweigen, dann die erstaunte Stimme von Katja: »Knochen??? Wozu gibt es denn Brühwürfel?«

Über die genaue Zahl meiner Tischgäste konnte auch sie nichts Näheres sagen, ich sollte mich vorsichtshalber auf ein Dutzend einstellen. »Wir laden erst meinen Krempel aus und kommen dann zum Essen, bevor wir weiterfahren zu Nicki.«

Für zwölf Personen Suppe zum Sattwerden bedeutete, daß die Waschwanne gebraucht wurde – eine absolut irreführende Bezeichnung für den Riesenkochtopf, den Sascha vor Jahren mal angeschleppt hatte. Die Küche des Hotels, in dem er damals gearbeitet hatte, war mit neuen Töpfen ausgestattet worden, und wer wollte, konnte von den alten welche mitnehmen. »Hier hast du Ersatz für den eisernen Meiler«, hatte Sascha gesagt und mir so einen 15-Liter-Kübel auf den Tisch geknallt, »er hat sogar einen durchsichtigen Deckel. Jetzt kannst du wenigstens zugucken, wie dein Essen anbrennt.«

Das ist auch so eine Geschichte, die ich wohl bis an mein Lebensende aufs Brot geschmiert bekomme! Ja, es wäre *meine* Schuld gewesen, wenn das Haus in Flammen aufgegangen wäre, aber vielleicht auch die von Clark Gable oder dem Fernsehen ... Wenn man es jedoch genau nimmt, ist eigentlich Rolf schuld daran gewesen beziehungsweise seine Vorliebe für bäuerliche Kartoffelsuppe. Und Weihnachten natürlich (größere Katastrophen ereignen sich bei uns grundsätzlich zu Weihnachten), wegen der Gans!

Nach zwei Tagen mittags Gänsebraten gelüstete es meinen Ehemann nach einer rustikalen Mahlzeit, und da am morgigen Tag die Geschäfte wieder geöffnet sein würden und man das nötige Zubehör in Form von Wurzelgemüse kaufen könne, wurde also Kartoffelsuppe auf die Speisekarte gesetzt. Grundlage dafür sollte das Gerippe der Gans werden, auf kleiner Flamme gründlich ausgekocht. Wir hatten damals einen Nachtstrom-Speicher, weshalb das Vorhaben »Gänsegerippe« auf die Abendstunden verschoben wurde, weil die Kocherei dann billiger sein würde. (Der gelegentlich ausbrechende Sparsamkeitsfimmel unseres Haushaltsvorstandes treibt mitunter absonderliche Blüten).

An jenem zweiten Weihnachtsfeiertag brachte das Fernsehen zum erstenmal *Vom Winde verweht*. Als Teenager hatte ich dieses Südstaaten-Epos trotz seiner über tausend Seiten in anderthalb Wochen förmlich verschlungen, als Twen den Film im Kino gesehen, doch richtig erinnern konnte ich mich nur noch an eine Szene: Scarlett kommt erschöpft und halb verhungert zurück auf die verwüstete Plantage, zieht mitten auf dem Acker eine übriggebliebene Rübe aus dem Boden, hebt sie hoch und schreit in die untergehende Sonne: »Nie wieder hungern!« Dann war der erste Teil des Films zu

Ende, die Pause begann, und die Zuschauer holten ihre Butterbrote raus.

Bevor nun dieser Mammutfilm anfangen würde, setzte Rolf den Topf mit Wasser und dem Gänseskelett auf den Herd, entkorkte die Weinflasche – Weihnachten war ja noch nicht ganz vorbei –, holte Gläser und Eis für den Kühler, während ich abwechselnd zur Gans und auf die Uhr guckte. »Auf kleiner Flamme«, hatte Rolf gesagt, aber da würde dieser tote Vogel ja nie anfangen zu kochen. Dabei hörte ich Scarlett doch schon mit ihren Freundinnen schnattern! Also Schalter auf 3 gestellt und kurz ins Zimmer. In ein paar Minuten würde ich die Hitze drosseln.

Und dann saß ich in meinem Sessel, trank meinen Wein, fand Clark Gable immer noch sexy und wünschte mir auch eine dicke schwarze Mammy, die meine Kleider bügeln und mir morgens das Frühstück ans Bett bringen würde. Vergessen war die Gans, vergessen die Toilette, die im Gegensatz zu sonstigen Fernsehabenden heute niemand zwischendurch aufsuchte, nicht mal Rolf konnte sich aufraffen, eine neue Flasche aus dem Keller zu holen.

Endlich Pause für die Tagesschau. »Ich muß zuerst!« brüllte Nicki und raste aus dem Zimmer. »Hier ist ja alles voll Rauch! Ich kann überhaupt nichts ...« Der Rest ging in einem Hustenanfall unter. Während Rolf Haus- und Terrassentür aufriß, stürzte ich in die dunkle Küche. Dabei war sie gar nicht dunkel. Ein magisches, seltsam leuchtendes Licht ging vom Herd aus. Das kam nicht nur von der eingeschalteten Platte – nein, da glühte etwas viel Größeres! Der Topf! Der schwere, gußeiserne Topf hatte sich in ein glühendes Stück Metall verwandelt und trotzdem noch seine Form behalten. Den Deckel brauchte ich erst gar nicht hochzuheben – was mit dem Inhalt geschehen war, konnte man riechen.

Mit Hilfe des klatschnassen Schwammtuchs zog ich erst mal den Topf von der Platte. Insgeheim hatte ich damit gerechnet, daß er auseinanderfallen würde, aber er dachte gar nicht daran. »Was soll ich denn jetzt machen? Ich kann das Ding doch nicht hier stehenlassen!«

Der immer so praktisch veranlagte Sven hatte bereits aus dem Keller zwei Zangen geholt, mit denen er den glühenden Topf griff und draußen auf die Treppenstufen stellte. Richtig toll sah er aus, wie er in der Dunkelheit so vor sich hinglimmte. »Jetzt kann nichts mehr passieren«, sagte Sven und lüpfte vorsichtig den Deckel. »Hm«, meinte er nach einer flüchtigen Betrachtung des Inhalts, »soviel ich weiß, gibt es eine preiswertere Methode der Holzkohlenproduktion.«

Seine Kartoffelsuppe hat Rolf am nächsten Tag aber doch bekommen – aus der Tüte!

Doppelter Umzug

Ich war gerüstet! Auf dem Herd stand ein großer Topf mit schon gestern gekochter Gemüsesuppe, die ich nur noch aufzuwärmen und abzuschmecken brauchte, und im Kühlschrank warteten drei randvolle Puddingschüsseln auf mögliche Leckermäuler. Ich solle ihm ja etwas übriglassen, hatte Rolf gesagt, nachdem er mir noch beim Ausziehen des Eßtisches geholfen hatte. Danach war er mit Handköfferchen und gewichtig aussehenden Papprollen unterm Arm von dannen geeilt und würde vor morgen abend nicht zurückkommen. Erst dann konnte er davon ausgehen, daß er die gewohnte häusliche Ordnung wieder vorfinden würde – einschließlich warmem Süppchen und Sahnepudding!

Gegen eins würden sie dasein, hatte Nicki am Telefon gesagt, Doris sei nun doch nicht gekommen, und Steffi könne erst später mithelfen, Umzugsurlaub gebe es nämlich nur dann, wenn man selber umzieht. Ich sah auf die Uhr. Halb zehn erst, doch die Suppe sollte sich ja langsam erwärmen. In der Zwischenzeit könnte ich zusammen mit Otto die Würstchen holen. Der war auch noch nicht draußen gewesen.

Otto wollte nicht. Im Winter will er nie, ausgenommen bei Neuschnee, aber da keiner mehr fällt, betrachtet Otto das Gassigehen als überflüssig. Wozu hat er denn einen Garten? Seinen erst vorwurfsvollen, dann resignierenden Blick, sobald ich mit der Leine winke, kann man eigentlich nur so deuten: S i e will raus, aber alleine traut sie sich nicht, also zerrt sie mich mit und erwartet, daß ich mich darüber auch noch freue. S i e muß ja nicht immer mit'm Bauch durch den nassen Matsch!

Für einen Weg von maximal zehn Minuten brauchte ich mit dem Hund im Schlepptau eine knappe halbe Stunde. Zehn Minuten gingen drauf, um die empörte Dame zu beruhigen, der Otto den Zugang zu ihrem Fahrrad verweigert hatte. Wer seinerzeit auf die Idee gekommen war, den Fahrradständer neben die Hundeleinenanbindehaken zu stellen, weiß ich nicht, es kann kein Hundebesitzer gewesen sein. Sonst hätte er nämlich gewußt, daß diese Vierbeiner ziemlich energisch ihr Revier verteidigen, und da Otto großen Wert darauf legt, immer am selben Haken zu hängen, nämlich ganz außen links, war die Dame mit dem Fahrrad im Nachteil gewesen. Bis dahin reichte die Leine und folglich auch Ottos Einzugsbereich, den er knurrend behauptete. – Unnötig zu erwähnen, daß der Ständer jetzt woanders ist.

Der Rückweg dauerte nur acht Minuten, weil ich ihn teilweise rennend zurücklegen mußte – der Hund wollte das so! Die Suppe köchelte leise vor sich hin, schadete nichts, gestern waren die Kartoffelstückchen noch ein bißchen sehr *al dente* gewesen. Ich nahm einen Löffel und probierte. Es schmeckte irgendwie eigenartig. Nun ja, Salz fehlte natürlich, ein bißchen Maggi, ein paar Kräutlein, eine Prise Zucker … Danach schmeckte es zwar etwas besser, aber nicht viel. Der Trick mit der rohen Kartoffel half auch nichts. Damit kann man manchmal eine versalzene Brühe wieder hinbiegen, doch keine, die »umgekippt« ist. Gab es nicht noch andere Möglichkeiten?

»Mit Salbei und Kognak kannst du jede Soße retten«, hatte mir Sascha mal beigebracht – damals, als er noch in Hotels gearbeitet und den Köchen häufig über die Schulter gesehen hatte. »Salbei streust du in die Soße, den Kognac trinkst du selber! Nach dem dritten schmeckt sie dir garantiert!« Ausprobiert habe ich das nie, für Suppen war diese Methode sowieso nicht vorgesehen, aber es gibt Rezepte, bei denen ein Schuß Sherry empfohlen wird. Warum nicht? Allzuviel war sowieso nicht mehr in der Flasche. Ich kippte den Inhalt in den Topf, probierte – und mußte feststellen, daß sich selbst mit der doppelten Menge der leicht säuerliche Geschmack nicht übertönen lassen würde. Vielleicht hätte ich den Topf gestern doch in den Keller stellen sollen? Aber wer rechnet denn damit, daß mitten im Winter die Suppe sauer wird? Die Küche ist doch nicht geheizt.

Was jetzt? In spätestens zwei Stunden würde eine hungrige Meute hier einfallen! Mit sechs Paar Würstchen und einem halben Roggenmischbrot wäre die aber nicht satt zu kriegen. Theoretisch könnte ich jetzt noch mal Gassi gehen, die Tür hinter mir zuschlagen und ganz einfach den Schlüssel vergessen. Wer draußen steht, kann drinnen nicht kochen! Das müßte jedem einleuchten. Zu dumm nur, daß ich Nicki vorhin am Telefon erzählt hatte, das Essen sei bereits fertig und brauche nur noch aufgewärmt zu werden. Einen Hausschlüssel hat sie natürlich auch. Deshalb würde jeder andere Fluchtversuch genauso sinnlos sein, es sei denn, mir wäre eine fürchterliche Blamage, gepaart mit dem berechtigten Zorn der Zwillinge, absolut gleichgültig. Und das war leider nicht der Fall.

Resignieren hat noch nie etwas genützt, also Ärmel aufgekrempelt und zu retten versucht, was noch zu retten war. Mit dem Mut der Verzweiflung schaufelte ich jeweils drei Kellen voll Gemüse in ein Haarsieb und hielt es so lange unter fließendes Wasser, bis auch der letzte Tropfen Brühe rausgespült war. Dann braute ich aus Instant-Bouillon und Suppenwürfeln eine neue und garantiert sehr kalorienarme Flüssigkeit zusammen, kippte das nun total fad gewordene Gemüse hinein und versuchte eine halbe Stunde lang, in dieses Gebräu wenigstens etwas Geschmack zu bringen. Sogar die schon leicht verstaubten Gewürzdosen von ganz hinten habe ich vorgekramt in der Hoffnung, etwas Geeignetes zu finden, doch zum Schluß blieb nur noch die Möglichkeit, diese ganze Katastrophe optisch zu kaschieren. Zwei Bündel gehackte Petersilie verwandelten alles in ein kräftiges Grün, und danach sahen die hineingeschnittenen Würstchenscheiben wie Wasserlilien aus, die in einem Teich voll Entengrütze schwimmen. Wie hatte doch Rolf meine zu Beginn unserer Ehe noch recht mangelhaften Kochkünste einmal kommentiert? »Viele Unfälle im Haus ereignen sich in der Küche, und die meisten davon kommen später auf den Tisch.«

Fast auf die Minute pünktlich fielen sie ein. Mit Juhu und Gebrüll stürmten sie durch die Tür, wobei sich die mir noch unbekannten Hilfskräfte doch etwas gesitteter aufführten.

Dominik zum Beispiel, der sich selber vorstellte und sehr höflich für die Einladung dankte (der Knabe mußte eine gute Erziehung gehabt haben!), dann Christian, etwas burschikoser, aber nicht minder sympathisch, und zum Schluß Hannes, zweifellos der Älteste und aufgrund seiner Figur vermutlich für den Transport der schweren Sachen angeheuert. Schränke kann man auseinandernehmen, Waschmaschinen nicht, und fünfter Stock ohne Fahrstuhl ist nicht gerade das, wovon Möbelpacker träumen – auch dann nicht, wenn es nur abwärts geht.

Angeführt von den Zwillingen trampelte der ganze Verein erst mal die Treppe rauf ins Bad zum Händewaschen (warum nur gibt es in den Gästetoiletten selten warmes Wasser?), danach in den Keller zwecks Auswahl der Getränke, und dann endlich gruppierten sich die schon etwas erschöpft aussehenden Damen und Herren um den Tisch.

»Kannst du schon mal die Kaffeemaschine munitionieren?« bat Nicki. »Ich glaube, den können wir hinterher alle vertragen.«

Zustimmendes Gemurmel, sodann Begutachtung des ersten gefüllten Suppentellers, der vom unteren Ende des Tisches nach oben weitergereicht werden mußte. »Sieht großartig aus!« behauptete Tom, der viel lieber Pizza ißt oder Spaghetti *verde*. Und: »Es geht doch nichts über einen richtigen Eintopf!« bekräftigte Hannes, der eigentlich nicht so aussah, als ob er sich hauptsächlich von kalorienarmen Suppen ernähren würde. »Essen Sie denn nicht mit?«

»Ich hab' schon«, sagte ich sofort, obwohl das natürlich nicht stimmte. Ich hatte nur zu lange gebraucht und zu oft probieren müssen, um dieses Futter genießbar zu machen, jetzt konnte ich es nicht mal mehr riechen!

Es dauerte keine zwanzig Minuten, dann war die letzte Kelle Suppe ausgeteilt, der letzte Krümel Brot verspeist und nach einer weiteren Viertelstunde auch die dritte Puddingschüssel leer. Nun hockten sie dösend vor ihren Kaffeetassen und sahen aus, als würden sie demnächst alle ein Nickerchen halten. Diese Befürchtung schien auch Katja zu haben. »Hey, Leute, nicht einpennen! Ich koche auch noch mal Kaffee!«

»Der nützt nichts«, sagte Dominik, verstohlen gähnend,

»wo wir doch so viel von den alten Mittelmeerkulturen übernommen haben, welcher Idiot hat uns da eigentlich um die Siesta gebracht?«

Es war schon nach drei, als sich die müde Truppe endlich zum Gehen aufraffte. »In zwei Stunden ist alles vergessen«, versprach Nicki. »Das Schlimmste haben wir doch hinter uns. Meine neue Wohnung liegt im ersten Stock, das sind bloß fünfzehn Stufen.«

»Plus fünf bis zur Haustür«, erinnerte ihre Schwester.

»Die sind aber viel flacher.«

Unter wortreichen Dankesbezeugungen verließen meine Tischgäste das Haus, nicht ohne nochmals versichert zu haben, daß alles ganz ausgezeichnet geschmeckt habe. Wovon, um alles in der Welt, ernähren die sich denn sonst???

Anstatt nun die erste Nacht in der jeweils ersten eigenen Wohnung zu schlafen, standen die Zwillinge zur Abendbrotzeit wieder bei mir in der Küche. Dabei hatte ich mich so auf einen richtigen Gammelabend gefreut. Im Fernsehen gab es einen alten Bette-Davis-Film, den ich mir nie im Beisein der Mädchen ansehen dürfte (dürfen schon, aber nicht wollen, die heutige Jugend schluchzt bei E. T. und findet zarte Liebesszenen von vor vierzig Jahren lächerlich – bei mir ist es genau umgekehrt!), und dann hatte ich auch noch meinen uralten ausgeleierten Trainingsanzug an (jawohl, der heißt wirklich so, denn als ich ihn gekauft habe, nannte man Jogging noch »Dauerlauf«), in dem ich nach Ansicht meiner Töchter aussehe wie eine trächtige Kuh. »Was wollt ihr denn hier?«

»Erst mal duschen«, sagte Nicki, »und dann schlafen. Paßt dir das etwa nicht?«

Natürlich paßte mir das nicht. Hatte ich nicht auch mal das Recht, faul im Sessel zu liegen und gar nichts zu tun? Hund Otto, der sich schon in seiner Ecke zur Nachtruhe zusammengerollt hatte, war wieder munter geworden, freute sich laut bellend über den nicht mehr erwarteten Besuch und bezog schweifwedelnd Posten vor der Haustür. »Der Hund muß raus!« sagte Katja.

»Der muß nicht, der will bloß. Und zwar mit euch!«

»Das denkt er sich auch nur! Wir haben heute ja wohl unser Laufpensum erfüllt.«

»Im Gegensatz zu dir«, ergänzte Nicki. »Wenn ich dieses Stilleben hier so sehe ...«

Na schön, in meinem Sessel lag die Kuscheldecke, auf dem Tisch standen ein Glas Wein und ein Schälchen mit Erdnüssen, dazu mein kleidsames Outfit ... »Tut mir leid, aber in dieser Aufmachung kann ich nicht mehr auf die Straße.«

Die Antwort war ein süffisantes Grinsen. »Warum denn nicht? Draußen ist es stockdunkel, und wenn du einen Mantel drüberziehst, kannst du dich sogar in die Nähe von Straßenlaternen wagen.«

Was blieb mir anderes übrig? Nach einem Blick in den Spiegel nahm ich mir allerdings vor, die Laternen zu meiden. »Jetzt sehe ich wirklich aus wie eine trächtige Kuh!«

»Wie *eine*???«

Bei Nicki dauerte es nicht mal drei Tage, dann war ihre Wohnung betriebsfertig. Freunde, die etwas Technisches studieren, sind mitunter recht nützlich, das merkte ich wieder mal, als ich zwecks Begutachtung des neuen Heims zum Nachmittagskaffee geladen war. Sämtliche Lampen hingen, alle elektrischen Geräte waren angeschlossen und funktionierten, sogar der Fernseher war schon neu programmiert worden. Erstaunlich! Im Laufe meiner Ehe bin ich ungefähr ein Dutzend Mal umgezogen und hinterher immer glücklich gewesen, wenn ich schon nach zwei Wochen auf Anhieb das Heftpflaster fand, weil Rolf endlich den Medizinschrank angedübelt hatte, oder wußte, wo ungefähr im Keller die Kiste mit den Gläsern stand. Die waren auch noch nicht ausgepackt, denn das Regal mit dem Barfach mußte erst aufgebaut werden, und dazu wiederum brauchte Rolf den Werkzeugkoffer, den er bis dahin angeblich noch nicht gefunden hatte. Vielleicht auch nicht hatte finden wollen, denn seine handwerklichen Fähigkeiten stehen in umgekehrtem Verhältnis zu seiner technischen Ausrüstung. Jedenfalls waren die männlichen Nachbarn, die ich schließlich entnervt um Hilfe gebeten hatte, immer ganz begeistert gewesen.

»Irgendwas fehlt doch noch!« Nach der ausgiebigen Besichtigung, die sogar die gemauerte Mülltonnengarage eingeschlossen hatte, hatten wir wieder im kombinierten Wohn-Arbeits-Zimmer Platz genommen. »Ich weiß nicht, was, aber sonst ist immer etwas dagewesen, das jetzt nicht mehr da ist.«

»Du meinst sicher den Schreibtisch«, sagte meine Tochter, »den habe ich in Heidelberg gelassen. Jetzt brauche ich einen größeren, da hilft alles nichts. Wo soll ich sonst den Computer hinstellen?«

»Wozu muß eine Lehrerin einen Computer haben?« Eine an sich berechtigte Frage, denn soviel ich weiß, gibt es noch keine Software, die selbständig Aufsätze korrigiert. Allerdings hätte ich diese Frage besser nicht stellen sollen, denn die nächste halbe Stunde verging mit der Aufzählung all dessen, was so ein PC kann. »Wann schaffst *du* dir endlich einen an?«

»Nie!« sagte ich sofort, und das hätte ich auch nicht machen sollen, denn nun zählte Nicki all das auf, was der Computer für *mich* tun könnte. Sie war gerade bei den *Shortcuts* angekommen, als es läutete. Gott sei Dank! Ich hatte noch nie etwas von *Shortcuts* gehört und auch kein Bedürfnis danach. Immerhin hatte ich vor einiger Zeit erst den Umstieg von der manuellen auf die elektrische Schreibmaschine bewältigt, und damit wollte ich es genug sein lassen. Selbst da gibt es eine ganze Menge Tasten, deren Funktion ich bisher nicht enträtselt habe, aber ich weiß, daß so ein Computer noch viel mehr hat.

Draußen ertönten Stimmen, erst gedämpft, dann lauter, untermalt von scharrenden Geräuschen, und schließlich hörte ich Thomas brüllen: »Ich habe vier Semester Physik gehabt, so *kann* das einfach nicht gehen!«

Ich stürzte zum Fenster, sah aber nur einen vor dem Haus geparkten Lieferwagen. Leer. Dafür flog die Wohnungstür auf, Nicki kam mit zwei Schubladen unter dem Arm herein, Thomas folgte mit zwei weiteren, die letzten beiden brachte ein Jüngling, der mir als Fritz vorgestellt wurde. »Was machen wir denn jetzt?« Nicki stapelte die Kästen übereinander und setzte sich drauf. »Aus welchem Baujahr stammt denn der Schreibtisch?«

Thomas fuhr sich mit beiden Händen durch die Haare. »Opa ist jetzt fünfundachtzig, geheiratet hat er mit dreiundzwanzig, also wird er das Trumm wohl gekauft haben, als es ein paar Milliarden gekostet hat. War um diese Zeit herum nicht die große Inflation?«

»Weiß ich nicht«, sagte die Frau Lehrerin, »auf jeden Fall ist der Schreibtisch älter als die Richtlinien für den sozialen Wohnungsbau. Damals müssen die Türen wohl breiter gewesen sein.«

»Wovon redet ihr eigentlich?« wollte ich endlich wissen.

»Von Opas Schreibtisch«, antwortete Thomas. »Das Ding steht seit Jahren in der Garage, kein Mensch will es haben, aber für Nicole wäre es genau richtig. Es ist zwar höllisch schwer, aber es geht auch 'ne Menge rein. Wenn mein Zimmer zu Hause größer wäre, hätte ich das Möbel längst bei mir stehen.«

»Dann nimm's doch und gib mir deinen Schreibtisch!«

»Ich sagte, wenn mein Zimmer größer ...«

Der Knabe Fritz hatte bisher gar nichts gesagt und statt dessen mit einem Zollstock hantiert. Jetzt strahlte er. »Ich weiß, wie wir es machen! Wir hieven das Teil mit'm Kranwagen über den Balkon rein!«

»Und wo kriegen wir den her?« Unmißverständlich tippte sich Nicki an die Stirn. »Ich zahle doch nicht einen Haufen Leihgebühr für'n Spezialfahrzeug! Für das Geld, wenn ich es überhaupt hätte, würde ich mir viel lieber etwas Neues kaufen. Eiche massiv mit Klauenfüßen ist nicht so unbedingt mein Geschmack, aber einem geschenkten Gaul schaut man ...«

»Geliehen, Nicole! Nur geliehen!« stellte Thomas sofort richtig. »Das hat Opa extra gesagt.«

»Ich denke, der weiß gar nichts davon?«

»So darfst du das nicht sehen«, wehrte er ab, »natürlich weiß er keine Einzelheiten mehr, aber er weiß noch genau, daß irgendwo sein Schreibtisch steht.«

»Keine Sorge, sobald ich ein bißchen Geld zurückgelegt habe, kannst du das Ungetüm abholen und wieder den Holzwürmern überlassen. Im übrigen bezweifle ich sowieso, daß wir es jemals in dieses Zimmer kriegen.«

»In 'ner Stunde steht es drin!« versprach Fritz. »Mein Onkel hat doch 'ne Abschleppfirma. Ist dein Telefon schon angeschlossen?«

Wenig später war alles klar. Es würde zwar etwas länger dauern als eine Stunde, denn der Kranwagen sei noch unterwegs, doch dann werde man selbstverständlich gerne helfen. Etwa zwischen sechs und halb sieben, ob das genehm sei? So lange konnte ich leider nicht warten, obwohl es mich ja doch interessiert hätte, *wie* dieses klobige Möbel via Balkon in das Zimmer gelangen würde. Immerhin gab es drumherum eine ganze Menge Fensterscheiben. Frau Hummel hatte sich wohl auch schon ihre Gedanken gemacht, denn ich wollte gerade aufbrechen, als sie klingelte. Was das für ein »Kaschte« sei direkt neben der Haustür, der könne da aber nicht stehenbleiben.

»Der Schreibtisch geht nicht durch die Tür, deshalb müssen wir ihn mit einem Kran über den Balkon hereinbringen«, erläuterte Nicki, nicht ahnend, daß dieses Vorhaben bei Frau Hummel einen Entsetzensschrei, gepaart mit heftigen Abwehrbewegungen, zur Folge haben würde. »Des goht fei nicht«, keuchte sie, »da machet Sie mir ja mei Haus kaputt. Wenn des an die Mauer schlägt, gibt's Löcher, wo ich doch erscht vorigs Jahr alles neu hab verputze g'loscht. Ja, wenn ich des g'wußt hätt, wo ich doch auch des Fräulein vom Bürgermeischteramt als Mieterin hätte kriegen können ...«

Wie lange Frau Hummel noch lamentiert hat, weiß ich nicht, aber Nicki erzählte später, nach zwei Gläsern Wein sowie der schriftlichen Verpflichtung, für etwaige Schäden aufzukommen, habe sie sich endlich beruhigt. Unter Anteilnahme der gesamten Nachbarschaft sei der Schreibtisch jedoch ohne Probleme auf den Balkon gesetzt und von dort ins Zimmer transportiert worden. Trotzdem habe Frau Hummel hinterher genauestens die Hauswand nach Kratzern abgesucht, zu ihrem heimlichen Bedauern jedoch keine gefunden.

Während Nicki bereits Einzelheiten der *housewarming party* plante, lebte Katja noch in einer Art Fundgrube für Gebrauchtmöbel. Es war Sven zu verdanken, daß wenigstens das Bett zusammengebaut und der Kleiderschrank aufgestellt worden war, das restliche Mobiliar stapelte sich in den verschiedensten Stadien der Endmontage entlang der Wände. In der Mitte war kein Platz, da standen die halb aufgerissenen Kartons.

»Allein geht das einfach nicht! Könntest du nicht mal …?« war die Standardbegrüßung für jeden, der zwei freie Hände hatte und Katja versehentlich über den Weg lief. Doch dann hatte sie eine geniale Idee! Sie trommelte ihre frühere Clique zu einer »Heimwerkerparty« zusammen. Mitzubringen waren Hammer, Zangen, Schraubenzieher, Dübel und was man sonst noch so braucht, zur Verfügung gestellt wurden belegte Brote, laute Musik sowie alkoholfreie Getränke. Ab 22 Uhr, wenn die Stühle hoffentlich leergeräumt und der Herd in der Küche nicht mehr mit Geschirr vollgetürmt sein würden, waren Gulaschsuppe und Bier vorgesehen. »Vorher geht's nicht, sonst sieht meine Bude hinterher aus wie eine Katalogseite von *Modernes Wohnen*. Bei mir reduzieren sich zerbrechliche Gegenstände auch ohne schiefe Ebenen und komisch verformte Regale!«

Sprach's und nahm gleich zwei Vasen von mir mit, weil von ihren nur eine einzige den Umzug überstanden hatte, und die war nicht wasserdicht.

Katjas Rechnung ging tatsächlich auf. Man kannte zwar Bottleparties und Einweihungsfeste, Geburtstagsfeten, Abschlußprüfungbestandenfeiern, Verlobungs-, Trennungs- und sonstige Beziehungsfeste, nur eine Heimwerkerparty hatte es noch nicht gegeben. Sie wurde auch ein voller Erfolg, denn bis zum Nagel für den Kloschlüssel war alles fertig geworden. Ihren Abschluß fand die Fete bei uns, als lange nach Mitternacht Ottos plötzliches Bellen in ein hysterisches Gejaule überging – untrügliches Zeichen dafür, daß jemand Bekanntes gekommen war. »Halt sofort die Schnauze!« hörte ich eine männliche Stimme, die sofort von Katja übertönt wurde: »Sei ruhig! Du machst ja mehr Krach als der Hund!« Eine zweite, ebenfalls männliche Stimme fuhr dazwischen: »Hast du nicht etwas, das man ihm in den Rachen schmeißen kann?«

»Wem?« fragte Katja zurück, »Dominik oder Otto?«

»Am besten beiden!«

Dann hörte ich die Kühlschranktür zufallen, und dieses Geräusch bedeutete Alarmstufe rot! Da stand der Sonntagsbraten drin, gerollte Pute, schon fix und fertig.

So schnell hatte ich noch nie meinen Bademantel angezogen! Die Treppe runter und sofort in die Küche. Beinahe wäre ich über Otto gestolpert, der mir vor lauter Wiedersehensfreude seinen durchgekauten Büffelknochen vor die Füße legte, doch Dominik stand genau richtig, und so sank ich ihm direkt in die Arme. Gemeinsam fielen wir gegen das Spülbecken, was wiederum der dort abgestellten Glaskanne nicht bekam. Klirrend zerschellte sie auf dem Boden. »Morgen früh gibt's Nescafé«, war alles, was mir dazu einfiel.

»Gleich am Montag kauf ich dir eine neue«, versprach Katja.

»Die kriegste nich, weil man die nämlich erst bestellen muß«, kicherte Chrissie. »Jede Kaffeemaschine ist anders genormt, deshalb kannste die Kannen nich auf Vorrat halten.«

Er mußte ein recht häuslicher Knabe sein, denn welcher Vertreter des männlichen Geschlechts interessiert sich schon für Haushaltsmaschinen – es sei denn, ihr Innenleben geht kaputt? Katja deutete meinen zweifelnden Gesichtsausdruck auch genau richtig. »Es ist nicht so, wie du vielleicht denkst. Chrissie hat ...«

»Was denke ich denn?«

»Weiß ich nicht, daß er Koch gelernt hat, vielleicht, oder daß er schwul ist, dabei hat er bloß im selben Kaufhaus gejobbt wie wir, daher kennen wir uns ja, nur haben sie ihn nach unten verbannt zu Kochtöpfen und Schneebesen. Deshalb auch der Name ›Küchen-Chrissie‹. Der andere Christian ist bei den Turnschuhen.«

»Aha.« Nun hatte ich zwar das erfahren, was mich überhaupt nicht interessierte, doch was dieses Triumvirat nachts um zehn nach eins in meiner Küche suchte, wußte ich noch immer nicht. »Wäre es zuviel verlangt, wenn mir mal jemand sagen würde, aus welchem Grund ihr hier seid? Abgesehen von eurer Freßgier natürlich.« Dominik zog gerade die letzte Scheibe Emmentaler aus der Packung und schob sie in den Mund.

»Ich wollte sie bloß ins Gästezimmer bringen«, sagte Katja kleinlaut. »Nicki hat nämlich die Luftmatratzen und die

Decken, daran habe ich nicht mehr gedacht. Ich kann die beiden doch nicht auf dem nackten Boden schlafen lassen. Früher war immer alles zusammen.« Das klang so vorwurfsvoll, als sei es meine Schuld, daß es nun keine gemeinsame Wohnung mehr gab.

»Wir machen Ihnen auch ganz bestimmt keine Umstände, Frau Sanders«, versprach Dominik, »noch vor dem Frühstück verschwinden wir.«

Das bezweifelte ich, weil ich schon oft genug Studenten beherbergen mußte und noch nie erlebt hatte, daß sie freiwillig auf eine ordentliche Mahlzeit verzichtet haben, doch das war im Moment mein geringstes Problem. In der Mansarde nächtigte nämlich Sven und im Gästezimmer Steffi. Nach dem ich weiß nicht wievielten Krach mit Horst Hermann hatte sie sich wieder mal bei uns einquartiert.

»Ist denn wenigstens das Wohnzimmer noch frei?« Mit einer vollen Belegung aller vorhandenen Betten hatte Katja nicht gerechnet. »Wieso schlafen die überhaupt hier? Haben die denn keine eigenen Wohnungen?«

Eine durchaus berechtigte Frage, die sie sich nur wenige Wochen später selber anhören mußte.

Aber erst einmal zog sie ganz offiziell in ihre neue Behausung ein – im rechten Arm den Topf mit meiner inzwischen vier Meter langen Efeu-Aralie (»So was habe ich schon immer für mein Bücherregal gesucht, aber die Dinger kriegt man ja nur im Säuglingsstadium zu kaufen!«), im anderen Eigor, das räudige Plüschmonster vom Rummelplatz; zweiter Hauptgewinn an der Losbude. Da Tom ebenfalls zur Heimwerkerkolonne gehört und das restliche Wochenende bei ihr verbracht hatte, bekamen wir Katja erst am darauffolgenden Montag wieder zu Gesicht. »Hast du was zu essen für mich? Ich muß nachher erst mal richtig einkaufen! Im Augenblick habe ich bloß drei Tage alte Milch im Kühlschrank, Bier und einen Rest Gorgonzola. Nicht mal 'ne Tütensuppe.«

»Wovon habt ihr euch denn gestern ernährt?« staunte ich eingedenk der Tatsache, daß Tom einen recht guten Appetit hat.

»Erst haben wir die Reste von der Party verbraucht, und abends sind wir zum Italiener gegangen«, sagte sie, nacheinander die Deckel von den Kochtöpfen lüpfend, »aber kaltes Knoblauchbrot zum Frühstück ist nicht gerade das Nonplusultra der *haute cuisine*. – Warum hast du denn Rosenkohl gekocht?« Enttäuscht knallte sie den Deckel zurück auf den Topf. »Bebbeleskraut haben wir jeden dritten Tag in der Mensa gekriegt, ich kann's nicht mehr sehen!«

»Mit dir als Tischgast hatte ich ja nicht rechnen können, und wenn dir mein Essen nicht paßt, dann koch dir selber was!«

»Mach' ich ja auch. Ab morgen!« versprach sie, und dann: »Was gibt's denn zu den Rosenköhlern dazu?«

»Frikadellen.«

»Die eß ich! Und weil die allein so langweilig schmecken, mache ich mir 'ne Dose Bohnen auf. Darf ich?«

Was sollte ich tun? Meine ausgehungerte Tochter nach Hause schicken mit dem Hinweis, die ersehnte Eigenständigkeit beziehe auch Kochen mit ein? Oder ihr zusammen mit der Konservenbüchse drei Kartoffeln in die Hand drücken, damit sie sich ihr Essen selber machen kann? Das würde sie ja doch nicht tun, sondern an der nächsten Imbißbude eine Currywurst reinziehen, dazu kalte Cola und als krönenden Abschluß einen von diesen neonfarbenen Plastikpuddings. »Also gut, iß mit! Aber nur heute!« sagte ich warnend.

»Na klar! Ich werde in Zukunft abends vorkochen müssen, denn wenn ich erst *nach* der Schule damit anfange, bin ich ja frühestens fertig, wenn andere Leute Kaffee trinken.«

»Oder du machst es wie viele berufstätige Singles – mittags was kleines Schnelles, und die Hauptmahlzeit abends. Dann hast du genug Zeit.«

»Kommt überhaupt nicht in Frage«, protestierte sie sofort, »abends essen macht fett!«

Am nächsten Tag erschien sie erst gegen sechs Uhr, weil sie im Telefonbuch eine Nummer nachschlagen mußte. »Ich hab' noch keins bekommen«, sagte sie entschuldigend, »und auf dem Postamt haben sie gesagt, ich müßte eins beantragen, weil sie keine vorrätig haben.«

»Warum hast du nicht die Auskunft angerufen?« brummte Rolf.

»Weißt du denn die Nummer auswendig?« kam es prompt zurück. »Ich nicht.« Sie trödelte noch eine Weile herum, fragte, wo ihr Ski-Anorak sei, den wolle sie einer Freundin leihen, kramte in der Mansarde unnatürlich lange in ihrem ehemaligen und immer noch vollgestopften Kleiderschrank herum, und erst nachdem sie wirklich keinen plausiblen Grund zum Bleiben mehr fand, zog sie wieder ab.

»Ich werde das Gefühl nicht los, daß sie ihre so hartnäckig verteidigte Selbständigkeit schon bereut.« Nachdenklich blickte Rolf seiner Tochter hinterher. »Sehr zufrieden hat sie nicht ausgesehen.«

»Sie ist kreuzunglücklich, aber das wird sie nicht zugeben. Katja ist kein Mensch, der lange allein bleiben kann. Sie braucht immer jemanden zum Reden.«

»Dann schenk ihr einen Wellensittich, die lernen das ziemlich schnell!« sagte der unsensible Vater und vertiefte sich wieder in die Lebenserinnerungen von Herrn Schmidt, Bundeskanzler i. R.

Als nächstes pinnte Katja ihren Stundenplan an die Küchentür, »damit du weißt, wie lange ich in der Schule zu erreichen bin. Die Nummer vom Sekretariat steht unten drunter. Es kann ja immer mal was sein!«

»Was denn zum Beispiel?«

»Na ja, du könntest die Treppe runterfallen und dir ein Bein brechen oder ...«

»In diesem Fall käme ich erst gar nicht ans Telefon ran«, unterbrach ich sie, »und selbst wenn, dann würde ich den Arzt anrufen und nicht eure Sekretärin.«

»Ich meine ja auch bloß«, sagte sie kleinlaut. »Es könnte ja auch sein, daß du mal bei mir vorbeikommst, und dann bin ich gar nicht da.«

»Doch, das könnte sein«, gab ich zu, »aber da wir nur wenige hundert Meter auseinander wohnen, wäre ein vergeblicher Weg durchaus zu verkraften.« Es fiel mir so schwer, Katja nicht in den Arm zu nehmen und das zu sagen, worauf sie ganz offensichtlich wartete. Aber ich tat es nicht. Diesmal mußte *sie* den ersten Schritt tun. Oft genug hatten wir ihr zugeredet, für die Zeit ihres Referendariats noch einmal bei uns zu wohnen, und immer wieder hatte sie das abgelehnt. »Wir würden uns ja doch ständig in den Haaren liegen. Nicki hat sich an meine planmäßige Unordnung gewöhnt, aber du würdest garantiert ausflippen.«

»Solange sich das Chaos auf dein Zimmer beschränkt, wäre es mir egal«, hatte ich ihr zugebilligt, doch darauf war sie nicht eingegegangen. »Das hast du früher auch immer gesagt, und dann bist du doch mit dem Staubsauger durch die Bude getobt. Meinen kleinen blauen Ohrstecker habe ich nie wiedergefunden!«

Nein, diesmal mußte ich hart bleiben, sonst würde sie mir bei der ersten Meinungsverschiedenheit aufs Butterbrot schmieren, daß *ich* ja auf ihre Rückkehr bestanden hätte, obwohl sie doch gar nicht ... Und zum Schluß würde es dann so aussehen, als wäre Katja nur meinetwegen wieder zu Hause eingezogen.

Doch vorläufig gab sie noch nicht nach. Sie kam zwar fast täglich vorbei, weil sie etwas im Lexikon nachschlagen mußte, Papis Vergrößerungsapparat brauchte oder von mir wissen wollte, wie Kreuzstich geht. »Da drücken die mir doch tatsächlich textiles Werken rein, obwohl ich es gerade so schaffe, einen Faden in die Nadel zu ziehen!«

Als ich noch zur Schule ging, hatte dieses Fach Handarbeit geheißen und war mir genauso verhaßt gewesen wie später meiner Tochter. Deshalb konnte ich ihr auch nicht sagen, wie Kreuzstich geht.

Das nächstemal hatte sie einen Mantel über dem Arm. Ob ich den wohl zur Reinigung bringen könnte? Sie käme nicht dazu, hätte es auch schon ein paarmal vergessen, aber wenn sie wirklich daran dächte, dann sei garantiert Mittwochnachmittag, und da sei ja bei uns im Ort tote Hose. Und hier der Abholzettel für die Schuhe, könnte ich die wohl auch gleich ...?

Wann sie zum erstenmal am Eßtisch saß und die Diktathefte auspackte, weiß ich nicht mehr, es muß schon im Frühjahr gewesen sein, weil ich im Garten Wäsche aufgehängt hatte. »Hier scheint wenigstens die Sonne rein!« begründete sie das Stilleben auf dem Tisch. »Bei mir kriege ich höchstens abends ein paar Strahlen ab.« Dann wurde es langsam wärmer, ich schrubbte die Fliesen, entstaubte die Terrassenmöbel, entmottete den Sonnenschirm, ölte den Mechanismus der ausziehbaren Markise und erklärte schließlich die Freiluftsaison für eröffnet. Worauf Katja künftig gleich nach Schulschluß bei uns aufkreuzte und bald nur noch zum Schlafen in ihre eigene Wohnung zog.

Natürlich gab es auch Ausnahmen. Die Wochenenden zum Beispiel, wenn sie nach Heidelberg zu Tom fuhr. Oder die Nachmittage bei Nicki, die sich im Gegensatz zu ihrer Schwester in ihren ersten eigenen vier Wänden so wohl fühlte, daß sie sich bei uns nur selten sehen ließ. Kamen Freunde oder Freundinnen, dann suchten sie Katja natürlich zuerst in ihrer Wohnung, wußten jedoch, wo sie sie möglicherweise auch finden würden. Es konnte durchaus passieren, daß Rolf nach Hause kam, sich mit Post und Tageszeitung auf die Terrasse setzen wollte und sie von mehreren jungen Damen bevölkert fand, die sich ihren Frust über Schulräte, Mentoren, Lehrpläne und vor allem Schüler von der Seele redeten.

Einem ungeschriebenen Gesetz zufolge verkehren nämlich Lehrer in erster Linie mit anderen Lehrern. Böse Zungen behaupten, es läge daran, daß Lehrer über nichts anderes reden könnten als über schulische Belange und deshalb bei Nicht-Pädagogen erst auf Unverständnis, dann auf Ablehnung stoßen, aber das stimmt nicht. Am liebsten reden Lehrer über das, was sie eigentlich hätten werden wollen, wenn sie nicht Lehrer geworden wären.

Und dann kam der Tag – es war einer von den lauwarmen Vorsommerabenden –, an dem Katja beim gemeinsamen Abendessen so ganz nebenbei fragte: »Steht eigentlich euer Angebot noch?«

»Ja, du kannst meinen Wagen kriegen, wenn ihr nach München fahren wollt«, sagte ich, »das hatte ich dir doch versprochen.«

»Danke, aber das meinte ich gar nicht«, kam es zögernd zurück.

»Wenn es um das Plakat für euer Sommerfest geht, dann kannst du deinem Rektor sagen, daß er es Ende nächster Woche ganz bestimmt bekommt!« Dabei hatte Rolf seine voreilige Zusage schon x-mal bereut, nur war ihm noch keine glaubhafte Entschuldigung eingefallen, wie er sich davor drücken könnte.

»Wer redet denn von Peanuts«, sagte Katja. »Ich habe gefragt, ob ich bis zum Ende des Referendariats, also bis zum Juli nächsten Jahres, wieder hier einziehen kann.«

»Woher dieser Sinneswandel?« erkundigte sich der Vater, dessen Aufmerksamkeit mehr der Braunschweiger Dosenleberwurst galt als seiner Tochter. »Ich denke, wir behindern dich in deiner freien Entfaltung?«

»Weißt du, Paps«, sagte sie grinsend, »ich habe mir gedacht, daß die noch eine Weile warten kann.«

Nun ging das gleiche Spiel von vorne los – bloß umgekehrt. Sven nahm Bett und Kleiderschrank wieder auseinander, am Wochenende demontierte Tom die Regale, Nicki und ich halfen beim Einpacken von Büchern und Geschirr, lediglich Hannes und sein LKW mit Hebebühne wurden nicht gebraucht. Der Autoanhänger von unserem Milchbauern genügte, auch wenn es einen ganzen Tag lang ständigen Pendelverkehr zwischen den beiden Häusern gab und unsere Nachbarn ihre Wochenendeinkäufe einschließlich Bierkasten vom Parkplatz ins Haus schleppen mußten, weil die Zufahrt von diversem Kleinmobiliar blockiert war. Davor eine entnervte Katja mit Zollstock, die nicht begreifen wollte, daß die Kommode nicht dorthin passen würde, wo sie hin sollte. »In Heidelberg hatten wir doch auch schräge Wände!«

»Aber auf der anderen Seite«, sagte Nicki. »Entweder mußt du das Bett nach links ...«

Das Bett kam nicht nach links, dafür kam die Kommode erst mal in den Keller, wo sie heute noch steht. Das, was in der Kommode Platz finden sollte, wurde – natürlich nur vorübergehend – zunächst auf dem Sofa gestapelt, später sortiert, so daß nur noch die Unterwäsche dort liegenblieb, während Socken, Schals und die nicht so empfindlichen Dinge in einer Ecke auf dem Boden landeten. Da blieben sie bis zu Katjas endgültigem Auszug. Für die Slips fand sie nach längerem Suchen dann doch noch ein weniger ins Auge stechendes Plätzchen, nämlich unten im Nachttisch. Da hatte sie sonst immer das aufbewahrt, was nicht mehr in die Schreibtischfächer gepaßt hatte, also sieben bis elf Sorten Briefpapier – selbstverständlich ungebleicht –, alte Notizbücher, Fotos, steinharte Lebkuchenherzen mit Inschrift, einzelne Socken, deren Pendants zwar nie wieder aufgetaucht waren, die sich aber doch noch anfinden könnten, und natürlich Unmengen von einzelnen Zetteln, die Katja unbedingt erst durchsehen mußte, bevor sie – eventuell! – vernichtet werden könnten. In Ermangelung eines geeigneteren Platzes deponierte sie den größten Teil dieser Schätze auf dem breiten Fensterbrett, von wo sie unzählige Male nicht nur runter-, sondern oft genug durch die Gegend flogen, sobald das Fenster gekippt war und gleichzeitig die Tür geöffnet wurde.

»Wenn man die Größe des Raumes in Relation zur Wüste setzt, würde ich sagen, daß sich das Chaos in Katjas Zimmer schneller ausbreitet als die Sahara in Nordafrika«, sagte Rolf, als er zum ersten (und, soweit mir bekannt ist, auch zum letzten) Mal das Dachzimmer besichtigt hatte. »Soll man nicht Bodenräume aus Gründen der Brandgefahr von Gerümpel freihalten?«

Eine Zeitlang schaffte ich es, Katjas Übergriffe auf die zwei anderen Wohnebenen zu verhindern, aber es ist ja bis jetzt auch noch niemandem gelungen, das Vordringen der Sandwüsten zu stoppen.

Als erstes kaufte ich zusätzliche Kleiderbügel für die Flurgarderobe. Die wurden dankend angenommen, besetzt, und wenn Gäste kamen, waren wieder keine leeren mehr da. In den Schuhschrank paßten bald nicht mal mehr ein Paar Schnürsenkel hinein, deshalb reihte Katja ihre übrigen Treter daneben auf. Dann ließ sich allerdings die Toilettentür nur noch zur Hälfte öffnen. Wir gewöhnten uns daran, das Örtchen seitwärts zu betreten.

Woran ich mich allerdings nie gewöhnt habe, waren die überall abgelegten Sachen. Dabei rede ich nicht von Einkaufstüten mit Aufsatzheften drin oder oder einer Waschpulvertrommel, gefüllt mit leeren Klopapierrollen, denn die stehen ja auf dem Boden, wo man sie sieht – nein, die teilweise unsichtbaren Dinge waren es, die mich manchmal zur Verzweiflung brachten! Da raffte ich mich wirklich mal auf und fuhrwerkte mit dem Staubtuch auch ganz oben über Wandschränke und Regale, und dann kommt mir eine Blechbüchse mit Büroklammern entgegen oder ein nach hinten geschobener Karton mit bunten Filzschnipseln. Es können allerdings auch Streichhölzer ohne Köpfe sein oder – das Nonplusultra! – eine ganze Dose voll mit dem Locher ausgestanzte Papierpünktchen. Aufsaugen darf ich sie aber nicht, denn die sollen irgendwann mal Nasen und Augen von Bastelfiguren werden.

Zur Rede gestellt, weshalb sie ihren Kram nicht wegräumen würde, fand Katja immer neue Entschuldigungen. Mal war es die Aufforderung gewesen, den Tisch zu decken, also hatte sie ihn erst abräumen müssen, mal war überraschend Besuch gekommen, da wurde ganz schnell alles außer Sichtweite gestellt – und später natürlich vergessen. Meine Putzfrau ist kleiner als ich und reicht nie bis ganz oben ran, und ich tröste mich immer mit der Gewißheit, daß auch die penibelste Besucherin nicht kontrollieren kann, ob auf den Schränken Staub gewischt worden ist. Dazu würde sie einen Stuhl brauchen. Logische Folge: Vor diesem Bereich macht mein Reinlichkeitsbedürfnis öfter mal halt. Freunde wissen natürlich, daß die Zwillinge Lehrer geworden sind, Gelegenheitsgäste setzen beim Anblick eines herumliegenden Rechenbuchs der zweiten Klasse meistens ein verständnisvolles Lächeln auf. »Ich wußte gar nicht, daß Ihr Enkelkind schon zur Schule geht.« Die Frage, welches Enkelkind sie wohl meinen, verkneife ich mir dann aber doch.

Es gab nur einen Hausbewohner, der über Katjas Rückkehr in den Schoß der Familie restlos glücklich war: Otto! Er hatte sie vom ersten Tag an in sein kleines Hundeherz geschlossen, und das bestimmt nicht nur wegen der Leckerlis, von denen sie immer welche in der Tasche hat. Katja schimpfte nie, wenn Otto – triefendnaß nach einem Spaziergang durch den Regen – an ihr hochsprang, Katja half mit, den verbuddelten Knochen zu suchen, Katja reicherte das Dosenfutter oft genug mit einer Wurstscheibe an, und Katja erbarmte sich meistens, wenn

Otto mitten im Fernsehkrimi seinen Tennisball ins Zimmer warf und uns der Reihe nach erwartungsvoll ansah. Sie ist auch die einzige, die ihm ohne Bedenken einen Knochen aus der Schnauze ziehen kann, und ich bin überzeugt, daß er sogar seinen Freßnapf mit ihr teilen würde.

Otto war aber nicht für die Bezahlung der abrupt angestiegenen Telefonrechnung zuständig, er beschwerte sich nie über die zu laute Stereoanlage, und die Fernsehzeitung interessierte ihn auch nicht; es war ihm also völlig gleichgültig, ob Katja die wieder mal mit in ihr Zimmer genommen hatte. Nicht so der Hausherr. Zeitungen hatten dort zu liegen, wo sie auffindbar seien (das schloß sogar die Toilette ein, keinesfalls jedoch die Mansarde), Ärzte gehörten ins Krankenhaus und nicht in den CD-Player, und wenn diese dauernde Telefoniererei nicht aufhören würde, dann käme ein Schloß an den Apparat. Was Katja denn überhaupt von einem eigenen Anschluß halten würde?

Gar nichts, erwiderte die Tochter, aber wie der Vater denn zu einem Gebührenzähler stehe?

Gute Idee, meinte der, installierte solch ein Gerät und wußte bald ganz genau, wie viele Einheiten vertelefoniert worden waren, nur nicht, von wem!

Und dann kam der Tag, an dem der genervte Vater, vergebens nach einem sonnigen Plätzchen suchend, weil fünf weibliche Referendare Terrasse und Garten belegten, resignierend feststellte: »Wir hätten sie doch nicht an ihrer freien Entfaltung hindern sollen.«

Das Straßenfest

»Was ist denn *hier* passiert?« Der Boden im Bad war von einer millimeterhohen, fettigen Wasserschicht bedeckt, vor der sich Katja auf den Hocker gerettet hatte. Mit angezogenen Beinen rubbelte sie sich ab. »Die Wanne ist mal wieder undicht! Jetzt geht es nicht mehr ohne Klempner!«

»So haben die damals geheißen, als eine Meisterstunde noch zwanzig Mark gekostet hat; jetzt nennen sie sich Installationstechniker oder so ähnlich.« Mit dem Zeigefinger stippte ich vorsichtig in die schillernde Brühe. »Woher kommt der ganze Fettfilm? Bist du ausgelaufen?«

Ein vernichtender Blick traf mich. Katja hat eine blendende Figur, fühlt sich aber grundsätzlich zu dick. Zeigt die Waage 300 g über »normal« – wir haben tatsächlich so ein Ding, auf dem sich jedes Stück Torte niederschlägt! –, dann steigt Katja auf Reformhauskost um. Zur Zeit keimt in einem Kaffeesieb ein Körnchengemisch, das zusammen mit Tofu einen angeblich kalorienarmen, doch sehr schmackhaften Brotaufstrich ergeben soll. Drei Tage Keimzeit sind vorgegeben, jetzt wässern die Körner bereits seit einer Woche und sehen aus wie bereits einmal gegessen. Ich hoffe, daß sie bald Schimmel ansetzen, dann kann ich sie wenigstens wegschmeißen.

»Ich habe ein Ölbad genommen«, erklärte meine Tochter, »meine Haut war so trocken.«

Offenbar war ihr mal wieder eine jener Zeitschriften in die Hände gefallen, die nach den vier Seiten Kochrezepten fünf Seiten lang Diätvorschläge bringen und sich dann der äußeren Schönheit widmen. »Jetzt sieh zu, daß du den Boden wieder trockenlegst, ich muß noch zwei Pullover waschen.« (Das ist auch so ein Widersinn! Seitdem in jedem Haushalt eine Waschmaschine steht, gibt es immer mehr Kleidungsstücke, die nach

Altvätersitte mit der Hand gewaschen werden sollen und jeweils ein anderes Waschpulver brauchen.)

»Kannst du mir mal den Scheuerlappen bringen? Und ruf den Klempner an!«

»Nachmittags um zehn vor fünf?«

»Okay, vergiß es«, bestätigte Katja. »Dann aber gleich morgen früh um sieben.«

Installateure sind jene Leute, die einem zwei Tage nach dem letzten Telefonat endlich einen Azubi schicken. Der schreitet auch sofort zur Tat, dreht hier etwas ab, schraubt dort ein bißchen herum, und nach einer halben Stunde zieht er wieder los, weil er die fehlenden Ersatzteile nicht dabei hat. Kommt er nicht wieder, kann man davon ausgehen, daß der zu behebende Schaden seinen derzeitigen Wissensstand übersteigt; er hat ja gerade erst das zweite Lehrjahr begonnen.

Am nächsten Tag erscheint er im Kielwasser eines Gesellen. Der hat auch gleich den Fehler gefunden, aber Ersatzteile gibt es für dieses Modell schon lange nicht mehr. Natürlich kann man den Schaden provisorisch beheben, nur wird das nicht lange halten, und dann muß sowieso alles ausgewechselt werden. Hat man Glück, hält das Provisorium noch vier Jahre lang, und bis dahin wäre das neue Modell auch schon wieder veraltet gewesen.

Ich wußte genau, wo bei uns die Quelle der inzwischen versiegten Überschwemmung zu suchen war. Irgendwo mußte der Abfluß der Wanne ein Loch haben, und da steter Tropfen bekanntlich den Stein höhlt, mußten irgendwelche Fugen undicht geworden sein. Sven hatte sich zwar mal der Sache angenommen und mit mehr Enthusiasmus als Sachverstand einen ekelhaft stinkenden Kleister draufgeschmiert, sich jedoch strikt geweigert, der Sache auf den Grund zu gehen und erst mal die Kacheln runterzuholen.

»Weißt du, was mir eben eingefallen ist?« Die inzwischen wieder bekleidete Katja schwang sich auf den Küchentisch, weil sie sonst nicht an die Keksdose rankommt, und sah mich erwartungsvoll an. »Am Wochenende ist doch das Straßenfest, dazu werde ich Hannes einladen.«

»Wer ist Hannes? Kenne ich den?«

»Nein. Oder doch, einmal ist er hiergewesen.«

»Auf gut deutsch also, ich habe ihn irgendwann mit durchgefüttert.« Die Namen sämtlicher Kommilitonen, die im Laufe der vergangenen vier Jahre schon an unserem Tisch gesessen haben, konnte ich unmöglich behalten, nur die gelegentlichen Logiergäste sind mir in Erinnerung geblieben. Ein Hannes war mit Sicherheit nicht dabeigewesen. »Was hat der mit Badewannen zu tun? Muß man das neuerdings auch studieren?«

Katja hatte inzwischen die Dose aus dem obersten Fach geangelt. »Wer hat bloß den Deckel wieder so fest zugedrückt?« Mit einem Messer bearbeitete sie das widerspenstige Teil, bis es scheppernd zu Boden fiel. »Da ist ja gar nichts drin?«

»Das kann nicht sein! Vor drei Tagen war die Dose noch halb voll.«

»Nu isse jedenfalls leer.« Katja drehte sie um und schüttelte kräftig. Zusammen mit einer Ladung Krümel fiel ein Stück Papier heraus, und plötzlich erinnerte ich mich wieder. In einem Anfall von Verzweiflung hatte ich unlängst einen Zettel auf das Gebäck gelegt: ESST NICHT A L L E KEKSE AUF!!! Jetzt stand drunter: Welche Kekse?

»Das ist Papis Schrift!« kicherte Katja. »Wir brauchen ein neues Versteck!«

»Kekse machen dick!« erinnerte ich sie. »Sag mir lieber, was dieser Hannes mit unserer Badewanne zu tun hat. Und glaubst du wirklich, du kannst ihn mit unserem provinziellen Straßenfest ködern? In Heidelberg dürfte das Vergnügungsangebot doch wesentlich größer sein.

»Hannes ist kein Student, der gehört zu unserem Tauchertstammtisch.«

Richtig, davon hatte ich schon gehört. Seitdem meine Töchter ihre Urlaubsziele danach aussuchen, ob die dortigen Tauchgründe auch gehobeneren Ansprüchen genügen, sind sie Mitglieder der jeden Dienstag in einer Pizzeria tagenden Stammtischrunde. Angeblich trifft man sich zum Zwecke des Erfahrungsaustausches, aber in erster Linie dienen diese Zusammenkünfte mehr dem leiblichen Wohl. Die Lasagne soll besonders gut sein.

»Wenn ich dich recht verstanden habe, ist dieser Hannes also Installateur und wird sich als Dank für die zu erweisende Gastfreundschaft um die Badewanne kümmern?«

»Nein!!!« schrie Katja. »Laß mich doch erst mal ausreden!«

»Du hast ja noch gar nicht angefangen.«

»Also gut. Hannes ist kein Klempner, hat aber eine ganze Menge technisches Verständnis. Eigentlich gibt es nichts, was der nicht wieder hinkriegt.«

»Das behauptet dein Vater von sich auch. Als er das letztemal mein kaputtes Bügeleisen reparieren wollte, hat er nach zwei Stunden kapituliert und behauptet, das sei wahrscheinlich ein Toaster gewesen.«

»Kann dir bei Hannes nicht passieren. Der hat seit neuestem in seinem Laden unten im Keller einen Kompressor stehen, damit wir unsere Flaschen nicht mehr für teures Geld im Tauchshop füllen lassen müssen.«

»Ich brauche keine Preßluft, ich will eine wasserdichte Badewanne haben!«

»Mit Kacheln kennt er sich doch auch aus. Du solltest mal sein umgebautes Bad sehen! Hat er alles selber gemacht.«

»Her mit dem Mann!«

Das Randersauer Straßenfest ist eine feste Institution und findet jedes Jahr am zweiten Juni-Wochenende statt. Veranstaltet wird es im Schloßpark (daher der Name »Straßenfest«), wo das von Grund auf renovierte Wasserschloß eine malerische Kulisse abgibt. Nur die Stadtgärtner sind davon nicht so begeistert. Hinterher sieht der gepflegte Rasen immer aus wie nach einem Reitturnier, und dann muß auch noch ein Kahn herangeholt werden, damit man die vielen Pappbecher und angekauten Brötchen aus dem Schloßteich fischen kann.

In diesem Jahr meinte es der Wettergott endlich wieder gut mit den Veranstaltern, dabei hatten wir uns schon an den regelmäßig einsetzenden Regen gewöhnt. Die Sonne schien bereits am frühen Morgen, während des Frühstücks auf der Terrasse wurde die Butter flüssig, mittags zeigte das Thermometer 32 Grad, und als die Gäste eintrafen, wollten sie erst unter den Gartenschlauch und dann was zu trinken haben. Es war nämlich noch jemand mitgekommen: Schorsch. Den hatte ich nun wirklich noch nie gesehen.

»Schorsch ist Dippel-Ing für Wärme oder so«, informierte mich Katja. »Genau weiß ich auch nicht, was das ist. Ich glaube, er erklärt großen Firmen, warum sie falsch heizen. Vielleicht kriegt er den Heizkörper im Keller wieder hin, du weißt doch, den hinten am Fenster.«

Hannes konnte sich weniger an mich erinnern, sondern mehr an meinen »hervorragenden« Gemüseeintopf, den ich seinerzeit den freiwilligen Möbelpackern vorgesetzt hatte. Wenn der wüßte!!! Ich wiederum hatte ihn als jenen Vielfraß im Gedächtnis, der die Puddingschüssel bis zur Glasur ausgekratzt und dann gefragt hatte, ob noch mehr da sei.

Allmählich füllte sich der Garten. Katjas Tom fuhr vor, Nicki und Thomas trudelten ein, Sven tauchte auf – wir warteten nur noch auf Stefanie und ihren Horst Hermann. Endlich kam sie. Allein. »Es langt!« sagte sie zur Begrüßung. »Jetzt ist endgültig Schluß!« Ihr uns hinreichend bekanntes Übernachtungsköfferchen hatte sie gegen eine Art Überseekoffer eingetauscht, der offenbar bis zum Rand vollgepackt und entsprechend schwer war. »Ich kann doch hierbleiben, bis ich eine Wohnung gefunden habe, ja?«

Ihren Entschluß, Horst Hermann endgültig den Laufpaß zu geben und sich eine eigene Wohnung zu suchen, nahm keiner von uns mehr ernst. Zu oft hatten wir ihn gehört, zu oft hatte Steffi um Asyl nachgesucht, und doch hatte sie immer wieder einen Rückzieher gemacht. Stutzig machte mich lediglich der Umfang ihres Gepäcks. Sven schleppte gerade den zweiten Koffer herein. »Diesmal scheint es was Längeres zu werden.«

»Jawoll!« bestätigte Steffi. »Dieser Mistkerl, dieser energielose Schlaffi, dieser ... na ja, eben der wollte partout nicht mitkommen. Da seien so viele Leute, hat er gesagt, müde sei er auch – wovon eigentlich? Weil er fünf Tomatenstauden angebunden hat? –, und überhaupt will er nachher die Sportschau sehen. Da hat's bei mir ausgehakt! Ich hab ihm den verdammten Fernseher vor die Füße geschmissen!«

»Au weia«, meinte Sven grinsend, »das gibt Ärger!«

»Es war ja nur der kleine, mit dem haben wir sowieso bloß noch das erste Programm gekriegt. Den großen hätte ich gar nicht hochheben können.«

»Wen hättest du nicht heben können?« winkte Hannes aus der Hängematte, die er gleich nach seiner Ankunft mit Beschlag belegt und seitdem nicht mehr verlassen hatte.

»Dich!« konterte Steffi. »Wie kommst du überhaupt her?«

»Mit Schorsch.«

»Der ist auch da? Was wollt ihr denn hier? Mal ein bißchen die Provinzschönheiten anbaggern, weil ihr bei den Studentinnen in Heidelberg nicht landen könnt?«

Der weitere Dialog ist mir entgangen, weil ich Kaffee kochen mußte. Ehemann Rolf und Dackel Otto waren von ihrem Waldspaziergang zurückgekommen. Ersterer verlangte Kaffee, der zweite ein ruhiges Plätzchen zum Ausruhen. Den einen Wunsch konnte ich erfüllen, den anderen nicht.

»Ich dachte, das Straßenfest findet im Schloßpark statt?« Etwas beunruhigt deutete Rolf in den bevölkerten Garten. »Muß ich da jetzt raus? Wer sind die überhaupt alle?«

»Nein«, beantwortete ich die erste Frage, und »Freunde von den Mädchen« die zweite. »Ich kann nur hoffen, daß Sven heute abend welche mitnimmt, sonst gibt es Platzprobleme. Steffi ist nämlich auch mal wieder ausgezogen.«

»Willst du damit andeuten, daß die ganze Meute bei uns übernachten wird?« fragte er entsetzt.

»Das habe ich bisher leider noch nicht abklären können.«

»Dann solltest du es schleunigst tun«, beschied mich mein Gatte, verzog sich samt Kaffeekanne auf den Balkon und wartete aus sicherer Entfernung ab, wie sich die Angelegenheit entwickeln würde.

Sie entwickelte sich gar nicht. Stefanie erzählte dem nur mäßig interessierten Auditorium, weshalb sie Horst Hermann nun endgültig abserviert hatte, Nicki turtelte mit Thomas, Tom war auf der Liege eingeschlafen, Schorsch stierte in sein Mineralwasser und versuchte, die Zitronenscheibe mit den herausgefischten Kernen abzuschießen.

»Haben die beiden eigentlich keine Freundinnen?« wollte

ich von Katja wissen, als sie zum dritten Mal den Kühlschrank mit neuen Getränkeflaschen auffüllte. »Die Jungs scheinen doch ganz in Ordnung zu sein.«

»Na ja, Schorsch sucht immer noch nach seiner Idealfrau. Groß und blond muß sie sein, blaue Augen haben, intelligent sein – er ist ja auch nicht gerade doof –, nicht zu emanzipiert, aber auch kein Hausmütterchen, selbstverständlich muß sie tauchen können, und was sie sonst noch alles sein soll und können muß, fragst du ihn am besten selbst. Die Antwort wäre bestimmt abendfüllend.«

»Und der andere?«

»Hannes? Bei dem ist vor einigen Monaten eine langjährige Beziehung in die Brüche gegangen, und daran knabbert er immer noch. Deshalb habe ich ihn ja auch eingeladen, damit er mal auf andere Gedanken kommt. Und wegen der Badewanne natürlich! Aber darum will er sich morgen kümmern.«

Womit die noch offene Frage einer eventuellen Übernachtung geklärt war. »Wo wollt ihr bloß alle schlafen? So viel Platz haben wir doch nun wirklich nicht, zumal Steffi wieder da ist.«

»Mach dir deshalb keine Sorgen«, winkte Katja ab. »Schorsch ist doch mit seinem Campingbus gekommen, da drin ist Platz für zwei, notfalls auch für drei. Der nimmt immer sein rollendes Schlafzimmer mit, wenn irgendwo *open end* angesagt ist.«

»Wann wollt ihr eigentlich losziehen?« Allmählich ging mir der Trubel auf den Geist. Außerdem fing es bereits an zu dämmern.

»Was heißt wir?« staunte Katja. »Ihr kommt natürlich mit!«

»Das erkläre mal deinem Vater! Du weißt doch, wie sehr er es liebt, alle paar Minuten jemandem die Hand schütteln und sich anhören zu müssen, daß der Stefan gerade das Abitur gemacht oder die Carola sich verlobt hat.«

»Welche Carola?«

Zum Kuckuck noch eins! Kann sie sich nicht endlich abgewöhnen, alles so wörtlich zu nehmen? »Macht, daß ihr wegkommt, und laßt uns Gruftis in Ruhe!«

Katja trabte ab, zunächst Richtung Balkon. Wenig später war sie wieder da. »Papi packt.«

»Was macht er?«

»Er packt seinen Koffer.«

»Wo will er denn hin?« Ich hab's ja geahnt! Mit zunehmendem Alter und daraus resultierender Bequemlichkeit schwindet seine frühere Begeisterung für »Endlich mal wieder junges Gemüse im Haus«! Der Herr möchte seine Ruhe haben, im Fernsehen »Alf« anschauen dürfen, ohne die spitzen Kommentare seiner darüber bereits erhabenen Nachkommen ignorieren zu müssen, will ein Mittagschläfchen halten oder wenigstens mit Otto auf dem Bauch in der Sonne liegen können. Auf seinem eigens von ihm und nur für ihn gekauften Möbel pennte Tom. »Wo um alles in der Welt will er denn hin?«

»Vielleicht ins Hotel?« überlegte Katja.

Rolf klappte gerade seinen Koffer zu, als ich ins Zimmer stürzte. Es war nur der kleine. »Auswandern willst du also nicht?« stellte ich mit einem sarkastischen Unterton fest.

»Es gibt Momente, in denen ich es ganz gern täte, aber dort, wo es mir gefallen würde, ist das Ozonloch schon zu groß.«

Aha, sein Jugendtraum von einer Emigration nach Australien. »Bis dahin kommst du heute sowieso nicht mehr. Wo machst du Zwischenstation?«

»Bei Klaus«, sagte er grinsend. »Ich habe vorhin mit ihm telefoniert. Zum Straßenfest geht er nicht, und Marlies ist mit Hanno zu ihrer Schwester gefahren. Die kommen erst morgen abend wieder.«

Klaus wohnt knappe fünf Kilometer entfernt, hat auch einen Garten, sogar einen Kamin auf der Terrasse und immer fünf verschiedene Sorten Bier im Keller. »Wie lange gedenkst du seine Gastfreundschaft in Anspruch zu nehmen?«

»Höchstens bis morgen abend«, bedauerte Rolf. »Im Gästezimmer steht offenbar der ganze Krempel, den Marlies nächste Woche auf dem Wohltätigkeits-Flohmarkt verhökern will. Klaus sagt, ohne Atemschutzmaske und einer Prophylaxe gegen parasitäre Hauterkrankungen könne man gar nicht reingehen. – Meinst du, unsere Invasion ist bis zum Mittagessen wieder abgerückt?«

»Da bin ich mir nicht so sicher.« Wenn ich meine Töchter richtig verstanden hatte, dann sollte es morgen erst mal einen Brunch geben. Genaugenommen ist das auch nichts anderes als ein gewöhnliches Frühstück, nur beginnt es irgendwann zwischen elf und eins, damit man vorher gründlich ausschlafen kann. Da normale Menschen (sprich Hausfrauen) um diese Zeit am Kochtopf stehen oder schon die Kartoffeln abgießen, kann man natürlich nicht mehr frühstücken – das wäre dekadent und klingt zu sehr nach Lotterleben. Wohl aus diesem Grunde wurde der schöne Name Brunch erfunden, der – wie könnte es auch anders sein? – aus Amerika stammt: BReakfast und lUNCH. Ich muß allerdings zugeben, daß diese komprimierte Mahlzeit etwas für sich hat: Man spart das Mittagessen. Andererseits rotiert man schon am frühen Morgen in der Küche, wenn alle anderen noch schlafen. Bei den Vorbereitungen zu einem regulären Mittagessen schlappt wenigstens ab und zu mal jemand im Bademantel vorbei und fragt, wo die Zeitung von gestern abgeblieben ist, oder ob der Hund wirklich Gassi gehen muß, schließlich sei der Garten ja groß genug.

»Ich rufe an, wenn die Meute abgezogen ist«, versprach ich meinem scheidenden Gatten, drückte ihm noch eine Flasche Wein in die Hand, falls das Bier nicht reichen sollte, und ließ ihn ziehen. Insgeheim beneidete ich ihn sogar ein bißchen.

Das Jungvolk rüstete zum Aufbruch. »Wo ist mein Hemd geblieben?« schrie einer.

»Wahrscheinlich dort, wo du es ausgezogen hast«, bekam er zur Antwort.

»Ich weiß aber nicht mehr, wo das gewesen ist.«

Es fand sich an einem Ast von der Birke. Hannes suchte seine Schuhe, Schorsch die Brille, Nicki ihren Geldbeutel. »Und ihr wollt wirklich nicht mitkommen?« hakte Steffi noch einmal nach.

»Von ›ihr‹ kann schon mal gar keine Rede sein, euer Vater hat sich nämlich abgesetzt, und mich laßt ihr schön zu Hause.«

»Kommt überhaupt nicht in Frage«, protestierte Hannes sofort. »Mit wem soll ich mich denn sonst unterhalten? Die sind doch alle noch nicht trocken hinter den Ohren« Wie sich später herausstellte, war dieser Greis tatsächlich schon ganze 35 Jahre alt.

Warum eigentlich nicht? Andererseits hätte ich heute endlich mal freie Auswahl beim Fernsehprogramm gehabt! Seien wir doch ehrlich: Das wahre Familienoberhaupt ist immer derjenige, der die TV-Fernbedienung in der Hand hält! Ob der James-Bond-Film irgendwann wiederholt wird?

»Den kennste doch schon, Määm«, sagte Sven kopfschüttelnd, »das ist der, wo Roger Moore in der Gondel über'n Markusplatz brettert.«

Ach so. Titel kann ich mir nämlich grundsätzlich nicht merken. Deshalb passiert es gelegentlich, daß ich beim Durchblättern der Programmzeitschrift einen interessanten Film entdecke und dann nach den ersten zehn Minuten feststellen muß, daß ich mich schon beim erstenmal über die gelackte Dame geärgert hatte, die nachts um drei aus dem Bett geklingelt wird und trotzdem aussieht, als käme sie gerade von einer Beautyfarm.

Also gut, kein James Bond, statt dessen Straßenfest. Paarweise zogen wir los. Schorsch hatte Steffi untergehakt, obwohl sie weder blond ist noch blaue Augen hat, so blieb dem armen Hannes gar nichts anderes übrig, als mich zu eskortieren. Weit ist der Weg nicht bis zum Schloßpark, doch als wir ankamen, kannte ich bereits die Familienverhältnisse meines Begleiters und seinen beruflichen Werdegang. Nur womit er derzeit seine Brötchen verdiente, blieb unklar. Offenbar hatte er ein Geschäft, aber ich konnte mir unter Floristik- und Dekorationsbedarf herzlich wenig vorstellen. Wahrscheinlich Blumenerde, Geranientöppe, Papierschlangen und diese hübschen goldumrandeten Pappschilder mit »Herzlich willkommen« oder »Viel Glück dem Jubelpaar«. Man kennt das ja.

Der vorgesehene Rundgang zwecks Erkundung des kulinarischen Angebots und der Bierquellen endete bereits beim Holzkohlengrill. Zischend tropfte das Fett in die Glut, die Brötchen waren auch nicht mehr so ganz frisch – egal, das Jungvolk hatte Hunger, und sogar Katja, die nur Diätmargarine ißt, übersah großzügig den weißen Rand an ihrem Steak. Zum Nachtisch gab es Zuckerwatte.

Wir besichtigten Silberschmuck, Häkeldeckchen und Kukkucksuhren, ich kaufte ein fluoreszierendes Halsband für Otto, das nur dann seine Leuchtkraft behielt, wenn es den ganzen Tag im Kühlschrank lag, und plötzlich entdeckte Steffi den Schlumpf. Er hing an einer Wurfbude, bestimmt schon seit zehn Jahren, denn die Invasion der Schlümpfe mit Vater Abraham an der Spitze lag doch schon einige Zeit zurück. Außerdem war er häßlich. Richtige Schlümpfe hatten blau ausgesehen. Der hier war grün mit Lila.

»Wer von euch trifft am besten?« Herausfordernd sah Steffi die Männerriege an. »Ich will den Schlumpf haben!«

Hannes legte fünf Mark hin, bekam fünf Stoffbälle, peilte die zehn zerbeulten Büchsen an und traf tatsächlich sieben. »Noch mal fünf!« Vor dem dritten Anlauf warf er gleich zwanzig Mark auf den Tisch. Egal, aus welchem Winkel er die Blechpyramide anvisierte, zwei Büchsen blieben immer stehen.

»Jetzt laß mich mal ran!« kommandierte Schorsch. »Als Kind habe ich diese Dinger schon mit dem zweiten Wurf flachgelegt.« Er schaffte es nicht mal nach dem fünften.

»Ich glaube, der hat die letzte Büchse festgeklebt!« Die anderen hatte er schon heruntergeholt, jetzt zielte Tom auf die Dose, holte weit aus und – traf haarscharf daneben.

Nun waren sie vom Ehrgeiz gepackt. Während Steffi immer wieder protestierte und den Verzicht auf diese lila Scheußlichkeit herausbrüllte, flogen die Bälle unentwegt gegen die Büchsen und mehr noch gegen die Wand. Schließlich gab Hannes auf. »Ich habe kein Geld mehr, oder nehmen Sie auch Kreditkarten?«

Der Budenbesitzer bedauerte. Trotzdem strahlte er über das ganze Gesicht. Und dann holte er tatsächlich den Schlumpf vom Haken und drückte ihn Steffi in die Hand. »Nehmen Sie ihn mit, Frollein! Gewonnen hat Ihr Freund ihn nicht, aber ehrlich erkauft.«

Das Frollein errötete zart. »Du bist verrückt, Hannes! Das Ganze sollte doch bloß ein Jux sein.« Sie betrachtete ihre Errungenschaft von allen Seiten. »Das Vieh ist doch potthäßlich!«

»Interessieren würde mich mal, wieviel Sie jetzt dafür hingelegt haben!« Die ganze Zeit hatte ich versucht, mitzuzählen, und dann doch den Überblick verloren.

»Die anderen haben ja auch mitgemacht«, winkte Hannes ab, »aber der Besitzer von der Bude ist nicht umsonst so großzügig gewesen. Diese Schlümpfe haben wir vor Jahren auch mal im Laden gehabt. Im Einkauf kosteten sie keine drei Mark.«

»Jetzt gehen wir Pflümli klopfen! Ich lade euch ein.« Steffi steuerte die nächste Getränkebude an und dort eine lange Bank, die erst halb besetzt war. »Wenn wir zusammenrücken, haben wir alle Platz. Räumt mal ein bißchen die leeren Gläser weg, ich hole inzwischen die Pflümlis.«

In Unkenntnis dessen, was auf mich zukommen würde, lehnte ich vorsichtshalber ab. »Für mich nicht!«

»Sich drücken kommt nicht in Frage«, protestierte Nicki sofort. »Da müssen alle mitmachen!«

Stefanie stellte neun kleine Fläschchen auf den Tisch, und dann begann ein Ritual, das irgendein Witzbold mit mindestens zwei Promille im Blut mal erfunden haben muß. Man schraubt den Deckel ab, hält mit dem Zeigefinger die Öffnung zu und hämmert ungefähr zehnmal mit der Flasche auf den Tisch. Dann muß man sie sich zwischen die Zähne klemmen und ohne Zuhilfenahme der Hand austrinken. Das hört sich idiotisch an und sieht auch genauso aus.

»Auf einem Bein kann man nicht stehen«, meinte Schorsch und begab sich zum Ausschank. Diesmal protestierte ich nicht. Mit der Handhabung des Fläschchens noch nicht vertraut, hatte ich den größten Teil des Inhalts herausgeschüttelt und bestenfalls einen halben Fingerhut voll getrunken. Das Zeug hatte verteufelt gut geschmeckt!

Die nächste Ladung holte Tom, danach war Thomas an der Reihe, ich wollte auch nicht zurückstehen, und schließlich stand Hannes auf. Er kam gleich mit einem ganzen Karton voll zurück.

»Ich denke, du bist pleite?« wunderte sich Steffi.

»Einen Notgroschen habe ich immer dabei.«

Die Stimmung wurde zusehends lockerer, zumal die Gäste an den Nebentischen nun ebenfalls Pflümlis orderten. Anfangs hatten sie uns als harmlose Irre betrachtet, die man zwar im Auge behalten, aber nicht stören sollte, und nun hämmerten sie noch lauter auf die Tischplatte ein als wir.

Katja streikte als erste. Nicki machte nach dem zehnten Pflümli Schluß, ich hielt noch zwei weitere durch. Die Männer waren trainierter. »Das ist doch nicht stärker als Himbeersaft«, behauptete Sven. Er war schon bei Nummer 14 angekommen. »Wer holt den nächsten Karton?«

Das endgültige Besäufnis scheiterte daran, daß es keinen Pflümli mehr gab. Ob wir nicht statt dessen etwas anderes haben wollten?

Nein, danke! Katja, die so ziemlich in jeder Lebenslage schlafen kann, saß bereits mit geschlossenen Augen da, ihr Zwilling gähnte in einer Tour, und ich sehnte mich ebenfalls nach meinem Bett. Nur Steffi war noch putzmunter, dabei hatte sie doch auch schon mindestens ... oder noch mehr? War ja auch egal.

Die Kirchturmuhr schlug Mitternacht, als wir uns auf den Heimweg machten, je nach Aufnahmekapazität selig beschwipst oder immer noch erstaunlich nüchtern, nur die Reihenfolge hatte sich geändert. Katja wurde von Tom und ihrem Bruder halb schlafend mehr gezogen als begleitet, Nicole redete unentwegt auf ihren Thomas ein, der unbedingt noch nach Hause fahren wollte, es dank des von ihr konfiszierten Autoschlüssels dann doch nicht tat, und Hannes hatte sich zu Steffi gesellt. Rechts und links den Schlumpf an einem Arm gepackt, trotteten sie vor uns her. Das Schlußlicht bildeten Schorsch und ich. Seine Blondine hatte er noch immer nicht gefunden.

»Will noch jemand einen Kaffee haben?« Eine rein rhetorische Frage, denn ich hatte nicht die geringste Lust, welchen zu kochen. Es wollte auch niemand.

»Ich finde, wir sollten uns noch ein bißchen auf die Terrasse setzen.« Steffi präparierte schon die beiden Windlichter. »Draußen ist es noch ganz warm. Außerdem scheint der Mond.«

Den hatte sie sonst immer nur in romantischen Augenblicken wahrgenommen, aber davon konnte doch jetzt keine

Rede sein! Die Verteilung der Zimmer war in vollem Gange. Da sich auch Sven als nicht mehr fahrtüchtig bezeichnete, brauchten wir noch ein Bett mehr.

»Ich nehme das von Papi«, entschied er und verschwand.

»Haben wir wirklich bloß vier Gästekopfkissen?« brüllte Katja von oben. »Die reichen doch nie!« Bisher hatten sie immer gereicht, aber da hatten wir auch nicht Wallensteins Lager aufschlagen müssen.

»Zwei können bei mir schlafen«, meldete Schorsch, schien jedoch entschlossen, sein mobiles Heim noch nicht aufzusuchen; vielmehr wollte er wissen, wo die Weingläser stünden. »Ich habe zwei Flaschen ausgezeichneten Rosé im Wagen, die machen wir jetzt noch alle!«

»Diese lauwarme Brühe? Ein Rosé muß kalt sein!« Bis dato hatte Steffi nur zwischen weißem und rotem Wein unterscheiden können und sich aus beiden Sorten nicht viel gemacht. »Määm, haben wir noch welchen im Keller?«

»Weiß ich nicht, sieh selber nach!«

Hannes bot sofort seine Hilfe an. Gemeinsam stiegen sie in die Unterwelt und tauchten erst wieder auf, nachdem in den oberen Zimmern einigermaßen Ruhe eingekehrt war. Dann mußte Steffi noch mal runter, weil sie den Wein vergessen hatte.

Wenig später saßen wir Übriggebliebenen auf der Terrasse, guckten in den Mond und zu den Nachtmotten, die dauernd gegen die Lampen flogen, redeten über Belangloses und gähnten um die Wette. Die Turmuhr schlug halb zwei.

»Macht, was ihr wollt, ich gehe jetzt ins Bett!« Erstens war ich hundemüde, und zweitens sprach keiner mehr mit mir. Tom und Schorsch waren endlich bei ihrem Lieblingsthema, den Motorrädern angekommen, von denen ich nur wußte, daß sie unbequem sind und Krach machen, während Steffi gebannt zuhörte, was Hannes von seinen Tauchgängen im Roten Meer erzählte. Ich kam mir nicht nur überflüssig vor, sondern wie ein regelrechter Störfaktor. Vor allem bei meiner Tochter.

Schorsch hatte wohl das gleiche Gefühl. Er trank sein Glas aus und packte Tom am Schlafittchen. »Komm, Bruder im Geiste, folge mir in unsere Koje!« Dann ermahnte er Hannes:

»Wenn du nachher kommst, mach nicht so'n Radau! Dein Bett ist das ganz links. Und paß auf deine Finger auf, die Tür klemmt nämlich.«

»Wo schlafe ich denn? wollte Steffi von mir wissen. »Im Gästezimmer?«

»Nein, da liegt Thomas. Du mußt zu den Zwillingen in die Mansarde.«

»Habe ich nicht eine reizende Familie?« hörte ich sie noch sagen. »Jetzt werde ich sogar zu den Kleinen ins Kinderzimmer gesteckt.«

Pünktlich um acht Uhr bellte Otto. Normalerweise respektiert er die geheiligte Sonntagsruhe und rollt sich nach einigen vergeblichen Störversuchen noch mal zu einem Nickerchen zusammen. Sind Gäste da, wird er renitent. Nacheinander kratzt er an sämtlichen Türen, kassiert Schimpfwörter, Drohungen (»Morgen bringe ich dich zu McDonald's, und ab übermorgen gibt es Big Ottos!«) oder auch mal einen Latschen, und wenn er oben in der Mansarde angekommen ist, stimmt er ein nervtötendes Gejaule an. Ein Dudelsack ist nichts dagegen! Otto läuft nämlich jede Treppe rauf, aber keine runter. Findet sich endlich jemand, der das Vieh im Halbschlaf wieder hinunterträgt, dann schmollt Otto fünf Minuten lang und beginnt anschließend seinen Rundgang aufs neue. Sven hat schon mal ein solides Brett vor die Treppe gestellt, doch das hat auch nichts genützt. Otto hatte so lange an dem Hindernis gezerrt, bis er seitlich vorbeischlüpfen konnte.

»Mistvieh, elendes!« hörte ich Steffi schimpfen. »Ich stecke dich in die Mikrowelle! Bei 600 Grad. Dann essen wir heute chinesisch!« Schritte tapsten abwärts, ich hörte, wie die Terrassentür geöffnet wurde, Otto jaulte los, und Steffi fragte erstaunt: »Habt ihr etwa hier geschlafen?«

Nichts wie raus aus dem Bett! Vom Fenster aus bot sich mir ein etwas ungewöhnlicher Anblick. In der Hängematte, eingerollt in einen Schlafsack, lag Hannes; die anderen zwei Männer hatten Liegen in die Sonne geschoben und dösten vor sich hin. »Wann gibt's Kaffee?« erklang es unisono.

Man sollte sie auf den Mond schießen! Trotzdem wickelte ich mich in meinen Bademantel, trabte in die Küche, fütterte die Maschine und begab mich nach draußen. »Morgen sind wir Stadtgespräch«, sagte ich zur Begrüßung.

»Warum?« fragte Schorsch. »Etwa nur deshalb, weil wir uns sonnen?«

»Nein. Es ist nur unüblich, im Garten zu nächtigen. Das ist zum letztenmal vor zwanzig Jahren geschehen, als die Jungs ihr Zelt aufgeschlagen hatten und Überleben in der Wildnis trainieren wollten. Als ein Gewitter aufzog, haben sie allerdings die Zivilisation dem freien Leben vorgezogen.«

»Wir sind ja erst seit ungefähr einer Stunde hier«, beruhigte mich Tom. Er gehört schon beinahe zur Familie, ist oft genug bei uns und kennt sämtliche Nachbarn. Deshalb weiß er auch, daß hier jeder (fast) alles über jeden weiß, und wenn er es nicht genau weiß, dann reimt er sich den Rest zusammen. Drei Mannsbilder nachts in unserem Garten ließen ja genügend Raum für Spekulationen.

»Eigentlich mag ich Kinder«, sinnierte Hannes und schälte sich aus seinem Schlafsack, »nur nicht am Sonntagmorgen um sieben. Gibt es denn hier keinen Sportplatz?«

»Doch«, sagte Steffi, »gleich oben am Wald. Aber da tut sich erst heute nachmittag was.«

»Eben! Weshalb also müssen die Kids in aller Herrgottsfrühe vor den Garagen Elfmeterschießen üben?«

»Weil sie da niemand hört!« Nur mühsam konnte ich mir das Lachen verbeißen. Wenn ein Ball gegen die schon etwas ausgeleierten metallenen Kipptüren donnert, macht das nämlich einen Höllenspektakel, aber in den zurückliegenden Häusern bekommt man davon nichts mehr mit. Schorsch hatte sein mobiles Schlafzimmer allerdings auf dem Parkplatz direkt neben den Garagen abgestellt.

Während Steffi die unfreiwilligen Frühaufsteher mit Kaffee versorgte, verschwand ich ins Bad. Ich hatte gerade die Dusche abgestellt, als Katja vor der Tür jammerte. »Mach auf, ich muß dringend aufs Klo!«

»Dann geh doch nach unten!«

»Da sitzt Sven.«

Wenigstens waren jetzt alle wach! Und alle wollten auf die Toilette. Wir haben aber nur zwei, und wir haben auch nur ein Badezimmer. Amerika, du hast es gut! Wenn man nämlich den Hollywood-Filmen glauben kann, dann gibt es dort in jedem Haus mindestens drei Bäder, die immer wie geleckt aussehen. In fast jedem Film wohnt die Familie in einem weißgetünchten Eigenheim mit gepflegtem Rasen davor und 200 Quadratmeter großem Garten dahinter. Der Hausherr ist zwar nur Versicherungsvertreter und kann sich keine Zugehfrau leisten, allerdings hantiert die Hausfrau meistens in der immer aufgeräumten Küche oder hängt am Telefon, sofern sie nicht gerade eins der drei Kinder zu einer Schulveranstaltung fährt. Also stellt sich die Frage: *Wann schrubbt sie die drei Badezimmer???*

Im Moment hätten wir sogar vier gebraucht. Jeder, der die Zähne geputzt und geduscht hatte, wurde sofort vertrieben. Überall, wo ein Spiegel hing, stand jemand mit Fön und/oder Rasierapparat. Steffi hatte sogar die Flaschen aus dem Barfach geräumt, das ist ebenfalls verspiegelt.

Nach ungefähr anderthalb Stunden waren alle sonntagsfein im Garten verteilt. Ich holte mir eine Tasse Kaffee und setzte mich dazu. Wortlos starrten sie mich an. Endlich kam die zaghafte Frage von Katja: »Wann gibt's denn Frühstück?«

»Gar nicht. Ihr wollt ja brunchen, und zwar frühestens um halb zwölf. Bis dahin haben wir noch viel Zeit.«

Schweigen. Schließlich erneuter Anlauf. »Wenn wir alle mithelfen, geht's dann auch früher?«

Ich merkte sofort, daß sämtliche Männer trainierte Junggesellen waren – ausgenommen Nickis Thomas, aber einer mußte ja ohnehin auf der Terrasse den Tisch decken. Hannes kümmerte sich um die Rühreier und verbrannte nicht mal den Speck, Schorsch schnippelte Äpfel, Birnen, Kiwis und was sich sonst noch fand, für den Obstsalat, Tom nahm sich der Quarkpackungen an, aus denen er allerlei zusammenrührte, was hinterher sogar ausgezeichnet schmeckte, und Sven saß in der Eßdiele, wo er mit Hilfe von drei Weckeruhren die Aufbackzeiten der verschiedenen Brötchensorten überwachte. »Die Laugenstangen sind genau zehn Minuten drin. Wenn ihr jetzt die Croissants in den Ofen schiebt, werden beide zusammen fertig. Das Baguette muß aber schon in vier Minuten raus!«

Die Mädchen unterstützten den Arbeitseifer der Herren mit mehr oder weniger guten Ratschlägen, fütterten die Spülmaschine mit benutztem Geschirr und stapelten das, was nicht mehr reinging, auf dem noch freien Teil des Herdes. Ich werde nie begreifen, weshalb kochende Männer fünf Töpfe, ebenso viele Schüsseln und drei elektrische Küchenhilfen brauchen, um Eierkuchenteig anzurühren. Ich wurde übrigens rausgeworfen. Meine Bemerkung, in einem Gourmet-Restaurant hätte ich zwar schon mal Erdbeeren mit grünem Pfeffer essen müssen, aber noch niemals mit Schnittlauch garniert, hatte den Schöpfer dieser Kreation zu sehr getroffen. Ohnedies mußte jemand zum Telefondienst abgestellt werden. Der Apparat klingelte im Zehnminutenabstand. Zuerst wollte Claudia von Katja wissen, wie denn der Herr Studienrat Heimreich so sei, den habe sie nämlich am Dienstag als Unterrichtsbesucher, und soviel sie wisse, habe Katja den auch schon gehabt. Kaum hatte Katja ihre keineswegs schmeichelhafte Meinung über Herrn Heimreichs fachliche Kompetenz mitgeteilt (»Das ist so ein Schreibtischstratege, der zum letztenmal vor einer Klasse gestanden hat, als man noch Rohrstöcke benutzen durfte – sollte man übrigens wieder einführen!«), da bimmelte es schon wieder. Diesmal war es Bettina. Ob sie mal Nicki sprechen könnte. Die hatte jedoch gerade die Hände im Spülwasser (»Welcher Idiot hat das Ei genau auf die Kante gelegt? Jetzt klebt die ganze Soße im Besteckkasten!«) und konnte nicht. »Frag mal, was sie will!«

Bettina wollte die Schablonen für die Vögel haben, Nicki wisse schon Bescheid. »Die sind noch in der Schule«, gab ich weisungsgemäß weiter.

»Sag ihr, ich bringe sie morgen vorbei!« Ich sagte auch das. Während einer Pause rief ich bei Klaus an, um meinem Nestflüchter den gegenwärtigen Stand der Dinge mitzuteilen, mußte mir jedoch vom Anrufbeantworter sagen lassen, daß niemand zu Hause ist. Also kommunizierte ich mit der Konserve. »Du kannst deine baldige Rückkehr schon mal ins Auge fassen. Wir fangen gleich an zu frühstücken, aber länger als maximal zwei Stunden wird das nicht dauern.«

Kaum hatten wir uns alle hingesetzt, da läutete das Telefon schon wieder. »Dein Lover ist dran«, sagte Katja. »Ich habe den Kasten in die Küche gestellt. Mach hinter dir die Tür zu, sonst hört die ganze Nachbarschaft mit, wenn du wieder deinen Schreikrampf kriegst.«

»Kann nicht mal jemand den Hörer aushängen?« murmelte Sven, seinen Stuhl zur Seite ziehend, damit Steffi vorbeikam.

»Du kannst ruhig stehenbleiben, ich bin gleich wieder da.« Erst hörten wir gar nichts, dann wurde ihre Stimme etwas lauter, steigerte sich zumCrescendo, eine Tür flog zu, danach die zweite, aber nach fünf Minuten kam Steffi doch schon zurück, hochrot im Gesicht und zitternd vor Wut. »Am liebsten hätte ich das Telefon an die Wand geklatscht, aber das hätte ja nichts gebracht. Wenn es wenigstens *sein* Apparat gewesen wäre!«

»Was war denn schon wieder los?« erkundigte sich Katja mit scheinbar besorgter Miene. Sie kann Horst Hermann nämlich nicht leiden.

»Gar nichts!« Steffi griff zu einem Brötchen und stieß das Messer mit solcher Wucht hinein, daß es am anderen Ende wieder herauskam.

»Wen ermordest du denn gerade?« Ganz harmlos hatte die Frage geklungen, doch in Hannes' Gesicht spiegelte sich satte Zufriedenheit.

»Ich wollte ihm noch eine Chance geben«, erzählte Steffi kauend, »und habe gefragt, ob er rüberkommen will. Und was habe ich zur Antwort bekommen?« Ihre Stimme nahm einen weinerlichen Klang an. »›Ich bin noch gar nicht angezogen. Außerdem will ich meine Spesenabrechnung machen und nachher auf'n Bier ins Clubhaus.‹ Dieser Spießer! Dieses Tränentier! Wieso habe ich ihm eigentlich nicht schon längst die Suppenterrine über den Kopf gestülpt, in der er immer seine Belege sammelt? Von wegen Abrechnung!« Jetzt rückte sie mit gezücktem Messer einer Laugenstange zuleibe. »Die macht er seit sechs Wochen, und wenn er sie abgeben muß, ist sie immer noch nicht fertig. – Nee«, nachdrücklich schüttelte sie den Kopf, »dieses dämliche Geschwafel war jetzt wirklich das Tüpfelchen auf dem i. Schluß! Aus! Feierabend! Horst Hermann kann mich mal, und zwar für immer!«

»Amen«, sagte Hannes.

»Gar nicht amen«, widersprach Steffi, »jetzt habe ich nämlich ein Problem am Hals. Ich brauche eine Wohnung, und zwar schnell.«

»Wo denn?« erkundigte sich Schorsch.

»Irgendwo zwischen hier und Heidelberg. Als Außendienstler ist man ja halbwegs flexibel.«

»Siehste, hätt'ste dich von deinem Weichei früher getrennt, dann hätt'ste unsere in Dossenheim kriegen können«, trumpfte Katja auf. »Wir haben sie dir angeboten, aber da war dir ja der Mond noch zu neu.«

»Damals habe ich sie nicht gebraucht«, giftete Steffi zurück. »Wer wohnt denn jetzt da drin?«

»Studenten, wer sonst?« sagte Nicki. »Aber mach dir keine Hoffnungen, die sind erst im dritten Semester.«

Schorsch hatte angeblich einen Makler als Nachbarn, den würde er mal anspitzen, Hannes kannte auch einen, mit dem er sich sogar duzte, Tom wollte sich ebenfalls umhören, und selbst die Zwillinge sicherten Hilfe zu. Katja hatte sogar schon einen Tip. »Sag mal, Nicki, wollte Volker nicht demnächst ausziehen?«

»Welcher Volker? Der mit dem Uralt-Porsche?«

»Nee, der andere, du weißt schon! Der während der Psychologie-Vorlesungen immer an seinem grünen Schal gestrickt hat. Im letzten Semester hat er sich doch diese Ökotante angelacht, und mit der will er zusammenziehen. Seine Wohnung ist aber für beide zu klein.«

»Woher weißt du das alles?« wunderte sich Nicki.

»Von Melanie, von wem denn sonst? Ob ich den morgen mal anrufe?«

»Geht das nicht schon heute?« drängelte Steffi. »Mir brennt's unter den Nägeln. Wo liegt die Wohnung überhaupt?«

»In Wiesloch. Zwei Zimmer, Küche, Bad – alles holzgetäfelt. Das Haus gehört Volkers Oma, und ich könnte mir vorstellen, daß sie als Nachfolger lieber jemanden nimmt, den ihr Enkel empfiehlt.«

Davon war Steffi nicht überzeugt. »Dieser Volker kennt mich doch gar nicht.«

»Aber mich!« trumpfte Katja auf.

»Na, ob das gerade 'ne Empfehlung ist ...«

»So, und jetzt ist Schluß damit!« Nicki knüllte ihre Serviette zusammen und stand auf. »Will noch jemand was essen? Nein? Dann schlage ich vor, wir machen klar Schiff, und danach gehen wir alle schwimmen.«

Damit hatte ich nun überhaupt nicht gerechnet. Vielmehr hatte ich geglaubt, der ganze Verein würde endlich seine Sachen packen und sich in alle Himmelsrichtungen zerstreuen. Die dachten aber gar nicht daran.

»Schwimmen gehen ist *die* Idee!« sagte Katja sofort. »Wo fahren wir hin? An den Breitenauer See?«

»Quatsch, ins Freibad natürlich. Seitdem das umgebaut ist, bin ich noch gar nicht dagewesen. Außerdem ist es nicht so weit. Wir müssen doch nachher noch die Reste aufessen.« Nickis Blick wanderte über den Tisch. »Kriegen wir das alles in den Kühlschrank?«

Es war ja wirklich noch genug übriggeblieben, aber lieber hätte ich die Sachen verteilt und den Abreisenden als Marschverpflegung mitgegeben. Rolf ißt ungern Quark, die Brötchen wären morgen nur noch als Entenfutter zu gebrauchen, doch mein lauwarmer Hinweis, bei diesem herrlichen Wetter sei das Freibad bestimmt überfüllt, ganz abgesehen von der Autobahn, die gegen Abend garantiert von Sonntagsausflüglern verstopft sei, wurde abgeschmettert. »Nach acht ist sie wieder leer«, behauptete Schorsch. »Hat jemand eine Badehose für mich?«

Sven konnte aushelfen, er fand sogar noch eine für Thomas. Tom hatte seine eigene dabei, nur bei Hannes wurde die Sache schwierig. In der Konfektionsbranche würde seine Figur vermutlich unter der Bezeichnung »groß und kräftig« geführt werden, während die hier versammelte Männerriege in die Rubrik »lang und schlank« gehörte. Den ihm zur Auswahl vorgelegten Badehosen, darunter sogar zwei Exemplare von Rolf, schenkte er kaum einen Blick. »Was soll ich mit den Puppensachen?« Plötzlich sah er Toms Bermudashorts – schwarz mit dezent buntem Rand. »Du hast doch sicher noch ein anderes Paar dabei?«

Tom nickte.

»Das dachte ich mir. Dann ziehst du die hier aus, und ich gehe damit schwimmen.«

»Das ist keine Badehose«, wehrte er erschrocken ab.

»*Noch* nicht. Aber es wird eine! Wetten, daß?«

Gefolgt von Hannes trabte Tom in Richtung Badezimmer. »Der Klügere gibt nach«, seufzte er.

»Ja, aber bloß so lange, bis er der Dumme ist«, schimpfte Katja. »Wenn Hannes mal dringesteckt hat, kannst du die Shorts nie wieder anziehen. Der beult sie doch restlos aus!«

»Dann kaufe ich sie Tom eben ab!«

Brüllendes Gelächter empfing ihn, als er wieder zum Vorschein kam. Mit seinen fast zwei Metern Gesamtlänge war Tom zwanzig Zentimeter größer als Hannes, entsprechend lang waren auch die Hosen. Schlabbernd endeten sie unterhalb von Hannes' Knie, dafür saßen sie obenherum reichlich eng. »Willst du dich in diesem Aufzug wirklich an die Öffentlichkeit wagen?« juchzte Steffi.

»Warum nicht? Hier kennt mich ja niemand.«

Ich verteilte Handtücher, Sonnenöl und Bodematten, und als endlich der letzte seine Autoschlüssel gefunden hatte, fragte Sven so ganz nebenbei: »Kommst du denn nicht mit?«

»Wozu? Einen Aufpasser braucht ihr nicht mehr, ihr könnt doch alle schwimmen.«

»Und wer soll unsere Klamotten bewachen, wenn wir im Wasser sind?«

Unnötig, zu erwähnen, wo ich den Nachmittag verbrachte. Und das nicht einmal ungern. Nichts hebt das Selbstbewußtsein mehr, als wenn einem immer noch der Badeanzug von vor fünf Jahren paßt. Der Kopfsprung vom Beckenrand mußte auch noch ganz passabel ausgesehen haben, denn als ich auftauchte, hörte ich Schorsch fragen: »*Wie* alt ist deine Mutter?«

»Neunundzwanzig plus ein paar Jahrzehnte«, lautete Steffis prompte Antwort.

Es wurde ein sehr lustiger Nachmittag, der seinen Höhepunkt erreichte, als Hannes mit einer Flasche lauwarmem Sekt ankam und verkündete, er wolle nunmehr mit mir Brüderschaft trinken. »Zu allen anderen sagen Sie du, nur zu mir nicht.«

»Ich habe eben Respekt vor dem Alter!«

Das schmeckte ihm überhaupt nicht. Steffi sah mich auch bitterböse an. »Mußte das sein?«

»Was ist denn schon dabei? Wenn ich noch mal achtunddreißig wäre ...«

»Hannes ist fünfunddreißig!«

Volltreffer! Na ja, ohne diesen Seehundsbart würde er vielleicht jünger aussehen, aber vielleicht wollte er nur das, was er oben ein bißchen zuwenig hatte, mit dem Kraut unterhalb der Nase kompensieren.

Normalerweise gehöre ich nicht zu den Menschen, die eine Gelegenheitsbekanntschaft schon nach einigen Stunden duzen, aber was soll's? Ich wollte kein Spielverderber sein, und die Wahrscheinlichkeit eines Wiedersehens war doch wohl sehr gering. Ich bekam einen viertelvollen Pappbecher in die Hand gedrückt, ein Küßchen auf die Wange und die Warnung, ihn niemals Hans-Peter zu nennen, obwohl das sein Taufname sei. »Heißt du wirklich Evelyn, oder ist das auch ein Pseudonym? Ich habe nämlich mal eine Stripteuse kennengelernt, die hieß Roswitha Sowieso, nannte sich aber La Belle Eveline.«

Ich bestritt energisch, nähere Kontakte zum Rotlichtmilieu zu pflegen, sondern den Namen meiner Mutter zu verdanken, die während ihrer Schwangerschaft fürs Englisch-Examen gebüffelt hatte.

Kurz nach sechs beschlossen die Herrschaften, Hunger zu haben, und rüsteten zum Aufbruch. »Was meinst du, Määm, ob Papi wohl schon zu Hause ist?« Katjas Stimme klang ein bißchen ängstlich. »Der kriegt glatt einen Infarkt, wenn wir noch mal geschlossen einfallen«.

Er war noch nicht da, nur seine Stimme. Nach Barbara und Antje, die beide Katja sprechen wollten, vernahm ich das etwas undeutliche Gebrabbel meines Herrn und Gebieters. »Kann mich jemand abholen? Ich möchte lieber nicht mehr fahren.«

»Auf eine Stunde mehr oder weniger kommt es nun auch nicht mehr an«, entschied Steffi. »Jetzt essen wir erst mal in Ruhe Abendbrot.«

Das dauerte bis halb neun. Um neun Uhr war endlich das letzte Auto vom Parkplatz gerollt, und dann brauchte ich eine weitere halbe Stunde, bis ich Katja überzeugt hatte, daß sie mitkommen müsse. »Wer soll denn Papis Wagen nach Hause fahren?«

»Ich habe doch morgen Unterricht in der Vierten und noch keinen Strich dafür getan. Na, dann wird's eben mal wieder 'ne autodidaktische Stunde.«

»Eine – was?«

Während wir zur Garage gingen, wurde ich mit den unter Lehrern offenbar recht gängigen Ausweichmethoden vertraut gemacht. »Wenn man nicht vorbereitet ist, gibt es drei Möglichkeiten. Das ist einmal die autodidaktische Stunde, das heißt, auf dem Weg zur Schule überlegt man sich im Auto, wie man die Stunde herumkriegt. Ist einem nichts eingefallen, hofft man auf eine Schwellen-Stunde. Spätestens beim Überschreiten der Türschwelle sollte man einen zündenden Einfall haben. Kommt der nicht, bleibt bloß noch die Hammer-Stunde. »Was hammer denn gestern gemacht?«

Ach ja, noch etwas: Am nächsten Morgen habe ich den Klempner angerufen!

Betriebsbesichtigung

Die Wahrscheinlichkeit, innerhalb kurzer Zeit eine bezahlbare Wohnung zu finden, ist heutzutage fast geringer als ein Volltreffer im Lotto. Aber Stefanie ist ja ein Sonntagskind. Drei Tage nach dem Straßenfest kam ein Anruf von Schorsch. Schon nach den ersten Worten drückte sie auf die Lautsprechertaste, so daß ich mithören konnte. »... Schwester meiner Freundin ... äh, umgekehrt, also die Freundin meiner Schwester geht für vier Monate in die Staaten. Eigentlich wollte sie ihr Apartment nicht vermieten, doch meine Schwester hat ihr gut zugeredet. Sie war nämlich zum Blümchengießen, Post aufsammeln und Zimmerlüften abkommandiert, einmal pro Woche zwanzig Kilometer einfach. Nun sollst du sie mal anrufen. Hast du was zum Schreiben da?«

Während sie die Telefonnummer notierte, flüsterte ich: »Frag doch erst mal, wo die Wohnung ist.«

»Hätte ich sowieso getan«, wisperte sie zurück, und dann etwas lauter: »Jetzt mußt du mir bloß noch sagen, wo diese Freundin wohnt. Hochhaus siebenter Stock mit kaputtem Fahrstuhl oder dörfliche Abgeschiedenheit, wo Klärgruben noch zur Standardausrüstung gehören?«

Schorsch lachte schallend los. »Die Wohnung befindet sich in einem Dreifamilienhaus in Ketsch. Weißt du, wo das ist?«

»Keine Ahnung, nie gehört. Klingt aber sehr abgelegen.«

»Also ganz genau kann ich es dir auch nicht sagen, muß in der Gegend von Hockenheim sein, ist aber *kein* Dorf.«

»Wenn ich einen Nagel in die Wand schlagen will, muß ich also nicht erst in den nächstgrößeren Ort fahren, um einen zu kaufen? In so einem Kaff habe ich nämlich jahrelang gewohnt.«

»Nägel brauchst du sowieso nicht, das Apartment ist doch voll möbliert.«

»Ach so«, murmelte sie kleinlaut. Im Geiste sah sie wohl

schon ihre Habseligkeiten irgendwo eingelagert, während ich diese ganz woanders sah: die halbe Küche in unserem großen Keller, zwei Drittel Schlafzimmer (Horst Hermann hatte nur die Nachttische und die Wäschetruhe bezahlt) im kleineren sowie unzählige Kisten auf dem Speicher. Hatten wir etwas Ähnliches nicht schon mal gehabt?

Steffi bedankte sich, legte den Hörer auf, wählte die angegebene Nummer und erzählte der Konserve, daß sie es später noch einmal probieren würde. Beim vierten Versuch klappte es endlich, und noch am selben Abend machte sie sich auf den Weg nach Ketsch.

Kurz vor Mitternacht beschlossen wir, nicht mehr auf ihre Rückkehr zu warten. »Entweder irrt sie immer noch durch die Landschaft, oder sie probiert schon mal das Bett aus«, sagte Rolf gähnend. »Ich gehe jedenfalls schlafen.«

Steffi hatte weder das eine noch das andere getan, doch wann sie nach Hause gekommen war, wollte sie nicht sagen. »Einig geworden sind wir uns schon nach einer Viertelstunde, aber dann haben wir uns festgequatscht. Sandra wollte natürlich wissen, weshalb ich so Hals über Kopf eine Bleibe suche, und da habe ich ihr erzählt, was Sache ist. Na ja, und da kam heraus, daß sie ihren Freund auch gerade rausgeschmissen hat. Deshalb will sie ein paar Monate in die Staaten, Tapetenwechsel und so. Sie hat nämlich ...«

»Du kannst also die Wohnung haben?« unterbrach ich sie.

»Na klar, nächste Woche schon. Ist übrigens toll eingerichtet, ganz modern mit viel exotischem Grünzeug. Ich kriege noch eine genaue Liste, wie das sensible Gemüse behandelt werden muß.«

»Und was zahlst du für diese Luxusherberge?«

Sie lachte. »Erst wollte Sandra fünfhundert haben, aber zwei Stunden später meinte sie, dreihundert seien auch genug. Schließlich würde ich ja die Wohnung in Ordnung halten und mich um die Pflanzen kümmern. Ich glaube, sie ist gar nicht auf das Geld angewiesen, Papa hat anscheinend genug. Der hat ihr auch das Apartment zum 21. Geburtstag geschenkt. – Einzelkinder haben es eben besser«, schloß sie mit einem vorwurfsvollen Blick.

»Wenn wir uns seinerzeit darauf festgelegt hätten, wärst du überhaupt nicht da!« sagte ich ärgerlich. »Also beschwere dich nicht, und mach entweder Karriere oder such dir einen betuchten Ehemann, dann kommst du auch zu einer Eigentumswohnung.«

Jetzt ging alles ganz schnell. Die befürchtete Auseinandersetzung wie unlängst bei den Zwillingen, wer welchen Kochtopf kriegt, blieb aus. Horst Hermann hatte über jede Anschaffung Buch geführt (»Das sieht ihm ähnlich! Sogar die Plastikuntersetzer hat er aufgelistet!« lautete Steffis Kommentar beim Anblick der Inventarliste), ihr Eigentum rot unterstrichen, und dann war er für drei Tage ausgezogen. Im Notfall könne sie ihn telefonisch erreichen, Nummer anbei.

Zum verabredeten Termin stand Hannes mit seinem LKW und einem zur freiwilligen Mithilfe abkommandierten Angestellten vor der Tür. Während sie Schränke abbauten und die Küche demontierten, meinte er nur trocken: »Jetzt bin ich bloß neugierig, wo wir den ganzen Kram in vier Monaten wieder aufstellen dürfen.«

»Nicht *wo* ist die Frage, sondern *daß*«, gab Steffi zurück. »Ich will endlich mal nicht nur allein, sondern auch in meinen eigenen Möbeln wohnen.«

Zwar waren unsere Keller wieder bis zum letzten Winkel vollgestellt, und als der Schornsteinfeger auf den Speicher wollte, mußte er die mühsam freigeräumten drei Meter zum Kamin kriechend zurücklegen, aber dafür war die von Rolf so schmerzlich vermißte häusliche Ruhe und Ordnung wieder eingekehrt. »Wenn sie in vier Monaten noch immer keine eigene Wohnung gefunden hat, soll sie zur Bahnhofsmission gehen«, erklarte er rundheraus, »noch mal mache ich das nicht mit!«

Darüber schien sich seine Tochter im Augenblick nicht den Kopf zu zerbrechen. Sie hatte ihren Freundeskreis mobilisiert, sich mit einigen Maklern in Verbindung gesetzt und wartete nun auf das Wunder, das Sonntagskindern offenbar zusteht. Außerdem war sie mit ganz anderen Dingen beschäftigt.

»Ich habe heute den ersten Rosenstrauß meines Lebens bekommen!« jubelte sie ins Telefon. »Rate mal, von wem!«

»Mich interessiert mehr das Warum. Geburtstag hast du doch erst Allerheiligen.«

»Weiß ich selber, da habe ich am Abend davor immer schon die Vase für die Friedhofsblumen herausgestellt. Horst Hermann kam jedesmal mit Nelken an. Rosen habe ich nie gekriegt, schon gar nicht durch Fleurop.«

Jetzt wurde ich doch neugierig. »Vom wem denn?«

»Von Hannes.«

»Etwa rote?«

»Natürlich nicht«, gluckste sie, »aber blaßrosa finde ich sowieso viel schöner.« Ich war mir sicher, daß ihr auch dunkelgraue gefallen hätten. »Und für Samstag hat er mich zum Essen eingeladen.«

»Zu sich nach Hause???« Schon wieder dieser Gluckenkomplex!!! Wann würde ich endlich kapieren, daß die Kinder erwachsen sind?

»Nein, wir gehen in einen richtig feudalen Freßtempel.«

»Dann wünsche ich dir guten Appetit. Und kratz nicht wieder mit der Gabel in den Haaren!«

»Hahaha«, sagte sie nur und legte auf.

Später erzählte ich Katja von dem Anruf. »Du kennst den Hannes doch viel besser als ich. Meinst du, da bahnt sich was an?«

»Hoffentlich nicht«, lautete die ernüchternde Auskunft. »Er ist zwar ein netter Kerl, aber er gräbt jede an, die nicht schnell genug den Baum raufkommt. Wenn Steffi vernünftig ist, läßt sie die Finger davon, sonst wird sie doch bloß eine weitere Telefonnummer in seinem Notizbuch.«

Mit dem Vorsatz, diesen Casanova mal etwas genauer unter die Lupe zu nehmen, bevor es zu spät sein würde, ging ich schlafen. Am nächsten Morgen wußte ich auch, wann und wie.

»Hast du Lust, an einem der nächsten Tage mit mir nach Heidelberg zu fahren? Ich brauche noch ein Paar bequeme Treter und wenigstens zwei kurzärmelige Blusen.«

Beides hätte ich ohne Schwierigkeiten auch in Heilbronn bekommen. Wir wohnen zwar in der Provinz, aber auch dort geht man mit der Mode, nur manchmal eine Saison später. Katja allerdings kauft selbst ein Paar simple Socken ausschließlich in einer Weltstadt. Berücksichtigt man die alljährlichen Touristenschwärme, dann ist Heidelberg eine!

»Übermorgen hätte ich Zeit, da bin ich schon um zehn Uhr fertig«, sagte meine Tochter sofort. »Ich wollte sowieso mal wieder dem Pascal guten Tag sagen.«

Pascal ist eine Zeitlang ihr unmittelbarer Vorgesetzter gewesen, sofern Aushilfen überhaupt einen haben. Es ist ja bekannt, daß der Mensch nicht vom Brot allein lebt, er will auch Butter und Wurst. Selbst dafür hätte der Scheck gereicht, den Rolf während der Studienzeit jeden Monat ausfüllen mußte, jedoch nicht für Urlaubsreisen, Designer-Klamotten und ähnlich lebensnotwendige Dinge. Außerdem ist es weitgehend normal, daß Studenten jobben.

In der Molkerei war es zu stressig gewesen, beim Zeitschriftenvertrieb zu langweilig, beim Rechtsanwalt war der Junior mehr an Katja interessiert gewesen als an ihren ohnehin nicht überwältigenden Schreibmaschinenkenntnissen, und so waren die Mädchen schließlich in einem Kaufhaus gelandet; Katja in der Jeans-Abteilung, Nicki gleich daneben bei der Jungen Mode. Im Laufe dieser anderthalb Jahre hatte sich Katjas Bestand an Jeans auf 24 vergrößert. Man bekommt ja Personalrabatt, es gibt Hosen mit kleinen Fehlern, die nicht mal mit der Lupe zu finden sind, und außerdem wird von den Verkäufern erwartet, daß sie neue Modelle auch selber tragen. Die kosten manchmal überhaupt nichts, weil von den jeweiligen Vertretern gespendet. Offenbar hatte sich Katja als regelrechtes Verkaufstalent entpuppt mit sicherem Blick für die Kundschaft (»Bei mir ist keiner weggegangen, dem die Hose nicht genau gepaßt hat, und wenn er acht verschiedene anprobieren mußte!«), so daß die Geschäftsleitung ihr ein verlockendes Angebot gemacht hatte. Sie sollte ihr Studium schmeißen und auf Kosten des Hauses – bei vollem Gehalt! – BWL studieren, um danach als Einkäuferin o. ä. tätig zu werden.

»Da wäre ich auf Firmenkosten bestimmt auch mal nach Hongkong gekommen«, hatte sie gemeint, dann aber doch abgelehnt. »Am Anfang hätte ich durch alle Abteilungen gemußt, also von den Bratpfannen bis zu Sofakissen, und das wollte ich dann doch nicht. Ihr glaubt ja gar nicht, wer einem da alles über den Weg läuft! Mir war es richtig peinlich, als ich meinem ehemaligen Mathelehrer ein Paar Jeans verpassen mußte. Erst hat er mich mit Hängen und Würgen durchs Abitur geprügelt, und dann findet er mich als Verkäuferin von Hosen wieder.

Ich habe ihn aber aufgeklärt«, fügte sie hinzu, »diesen intellektuellen Abstieg wollte ich denn doch nicht auf mir sitzen lassen.«

Mit Pascal hält sie immer noch Kontakt – nicht zuletzt wegen der günstigen Einkaufsmöglichkeiten. Er kriegt ja weiterhin Personalrabatt! Sie kam auch prompt mit einem neuen Modell an; dunkelgrüne Jeans hatte sie noch nicht.

Die gewünschten Schuhe gab es in meiner Größe nicht mehr, von den Blusen hatte mir keine gefallen, außerdem wurde es langsam Zeit, den eigentlichen Zweck dieses Einkaufsbummels ins Auge zu fassen. »Wenn wir schon mitten in der Stadt sind, könnte ich doch gleich Sachen für den Garten mitnehmen«, sagte ich beiläufig. Zu Hause hatte ich mir genau überlegt, was das denn sein könnte. Eigentlich hatten wir alles, was ein Hausbesitzer ohne Ambitionen für den alljährlich zu vergebenden Preis DER SCHÖNSTE GARTEN so braucht, doch eine neue Gießkanne wäre vertretbar, die alte tropft schon seit längerem, der Spaten hatte mangels regelmäßigem Gebrauch Rost angesetzt, die kleine Harke wackelt, Blumenerde braucht man immer ... Es käme also einiges zusammen, was den Besuch in einem Garten- und Floristikbetrieb rechtfertigte. »Weißt du hier in der Nähe einen Laden, wo man Übertöpfe, Rasendünger und so weiter kriegt?«

»Du lieber Himmel, das kannst du doch auch zu Hause kaufen!«

»Eben nicht! Da erzählt mir erst dein Vater, daß der Spaten nichts taugt und die Rosenschere höchstens kaltes Wasser schneidet, und später motzt Sven, weil sich der Dünger nur für Pferdekoppeln eignet und nicht für Zierrasen. Danach darf ich alles wieder umtauschen. Allerdings würden sie mich deshalb wohl kaum nach Heidelberg zurückschicken.«

Das leuchtete ihr ein, nur hatte sie keine Ahnung, wo man in der Fußgängerzone diese nützlichen Dinge bekommen würde. »Glaubst du denn, wir hätten uns damals für Unkrautvertilgungsmittel interessiert? Ich kann dir aber auf Anhieb fünf Lokale nennen, wo man prima essen kann!«

Das war kein Zaunpfahl mehr, es war ein Wink mit einer Telegrafenstange! – Eine dreiviertel Stunde und zwei Portionen *Spaghetti alla carbonara* später standen wir wieder auf der Straße.

»Wenn du deinen Kleingärtnerkrempel wirklich noch haben willst, dann fahren wir doch einfach bei Hannes vorbei!«

Na endlich! Darauf hatte ich seit einem halben Tag gewartet. Nur pro forma fragte ich, ob das auch kein Umweg sei. »Überhaupt nicht«, sagte Katja, »von dort sind es nur drei Kilometer bis zur Autobahn.«

Einen kleinen Laden hatte ich erwartet mit einem Schaufenster voller Krimskrams, nicht jedoch eine Halle von den ungefähren Ausmaßen eines Tennis-Courts. Auf dem dazugehörigen großen Hof parkten außer dem mir schon bekannten »Möbelwagen« zwei kleinere LKW sowie ein VW-Bus – alle laubfroschgrün lackiert.

»Guck mal, Määm, ist das nicht Steffis Reisschüssel?« Schwungvoll kurvte Katja neben dem weißen Micra ein, und dann sah ich auch schon Friedhelm an der Scheibe kleben, das Maskottchen in Gestalt eines kleinen Nilpferdes. »Was macht die denn hier?«

»Mit Sicherheit keinen Spaten kaufen«, murmelte ich grimmig.

»Nun beeil dich ein bißchen«, drängelte Katja, »um fünf machen die nämlich den Laden dicht.«

»Warum so früh?«

»Weil sie schon morgens um sieben anfangen. Das ist doch ein Großhandel!«

Woher hätte ich das wissen sollen? Gießkanne ade! Großhändler verkaufen ihre Produkte immer dutzendweise, das wußte ich, aber was sollte ich mit zwölf Spaten und einer halben Tonne Blumenerde?

Schon der erste Blick in die Halle überzeugte mich, daß ich meinen Bedarf wohl doch in der heimischen Raiffeisen-Filiale würde decken müssen. Hier gab es nur Blumen. Und

Pflanzen, angefangen von Fensterbrettgröße bis zu meterhohen Bäumen.

»Das ist aber eine Überraschung!« Hinter einem Regal tauchte Steffi auf, bewaffnet mit einem mittelgroßen Fleischermesser. »Wie kommt ihr denn hierher?«

»Na, wie wohl?« Katja sah sich suchend um. »Unsere Mutter will eine Gießkanne kaufen. Gibt es hier überhaupt welche?«

»Natürlich, drittes Regal hinten links.« Steffi deutete in die entsprechende Richtung.

»Kannst du nicht mal dieses Mordinstrument weglegen?«

»Wie? – Ach so«, sie rammte das Messer in einen Pappkarton, »ich helfe gerade beim Auspacken. Gestern ist wieder neue Ware gekommen.«

Katja nickte verstehend. »Und deshalb vertreibst du dir hier so ein bißchen die Zeit? Wo ist denn Hannes?«

»Draußen bei der Keramik.«

Inzwischen hatte ich mir einen kleinen Überblick verschafft und war maßlos enttäuscht. Alles, was da so herumstand, war künstlich! Es sah ja auf den ersten Blick sehr schön aus, aber es duftete nicht, und Blumen, die nicht duften, sind keine! Jedenfalls nicht für mich. »Wer kauft denn so was bloß?« Ich zog eine Teerose aus einem der vielen Kübel und betrachtete sie genau. Einer echten sah sie wirklich täuschend ähnlich, sogar die Blütenblätter waren etwas eingerollt, und Dornen hatte sie auch, allerdings ohne Spitzen. »Was kostet die denn?«

»Die Preise habe ich noch nicht im Kopf.« Steffi nahm mir die Blume aus der Hand. »Ich schätze, so um die vier Mark herum. Wir haben aber auch noch teurere. Die Dinger sind schließlich aus Seide.«

»Wir« hatte sie gesagt!!! Was, um alles in der Welt, ging denn hier vor?

»Soll ich dich mal ein bißchen herumführen?«

Während der nächsten halben Stunde vertiefte ich meine Kenntnisse der heimischen Flora. Vom Gänseblümchen bis zur Sonnenblume war alles vertreten, was man in normalen Gärten finden kann. Unseren natürlich ausgenommen, dank der fünf Birken wächst ja nicht mal Petersilie. Rosen gab es in unzähligen Variationen, sogar blaue waren dabei. »Werden die passend zur Couchgarnitur gekauft?«

»Blödsinn«, winkte Steffi ab. »Die werden von Dekorateuren geholt oder von Floristen für Trockengestecke. Komm mal mit in unsere Deko-Abteilung!«

Schon wieder »unsere«! Ich folgte meiner Tochter durch mehrere Gänge voller Grünzeug bis zum Ausstellungsraum. Und da hing und stand alles das, was man aus diesen künstlichen Gewächsen machen kann. Leuchter, dekoriert mit Kerzen und farblich darauf abgestimmten Blumen, Gestecke in allen Farben und Größen, Biedermeiersträußchen und Blumenkugeln, von der Decke baumelten Ampeln, sogar ein Brautstrauß lag dekorativ auf einem Ständer. »Den hat Lissy nur wegen des Farbeffekts hingestellt«, erläuterte Steffi. »Sie meinte, was Weißes müßte auch mit rein, aber das meiste sieht ja immer aus wie Friedhof.«

»Wer, bitte, ist Lissy?«

»Die Floristin.«

Als ehrlicher Mensch muß ich zugeben, daß diese ganzen Blumen wirklich nichts mehr mit Omis künstlichen Osterglocken zu tun hatten, die immer mein helles Entsetzen gewesen waren. In den fünfziger Jahren hatte sie sich die sieben Stengel gekauft, original Plastik und schon von weitem als solches zu erkennen. Noch im September hatten sie in einer Kristallvase auf dem Fensterbrett gestanden, leicht angestaubt, doch ungeachtet der fortgeschrittenen Jahreszeit immer noch in voller Blüte. Eines Tages hatte ich sie zwecks Generalreinigung in die Badewanne geschmissen und erst mal gründlich eingeweicht. Wenig später waren die Stiele in Form von grünen Papierschlangen an der Wasseroberfläche geschwommen. Seitdem habe ich was gegen künstliche Blumen, auch wenn sie, wie diese hier, aus edlerem Material sind.

»Wo finde ich denn nun meine Gießkanne, Spaten und was ich sonst noch haben will?«

»Gießkanne ja, Spaten nein – gib doch mal deinen Zettel her!« Kopfschüttelnd las Steffi die Liste herunter. »Hier ist doch kein Gartencenter! Blumenerde kannste kriegen, Übertöpfe auch, die stehen draußen, den Rest mußt du woanders holen.«

Egal, die Einkäufe waren ohnehin nur ein Vorwand gewesen, aber inzwischen war mir klargeworden, daß ich mir diesen Besuch hätte sparen können. Hannes war noch nicht aufgetaucht, und Katja war auch keine Hilfe. Mit der Bemerkung, sie brauche mal wieder ein paar Kerzen, hatte sie sich abgeseilt und war zwischen den Regalen verschwunden. Nur so quasi nebenbei hatte ich herausbringen wollen, was sich hier eigentlich abspielte, doch dazu ergab sich erst gar keine Möglichkeit. Ich hatte lediglich den Eindruck, daß sich Steffi in dieser Umgebung schon absolut zu Hause fühlte. »Darf ich dich zu einem Kaffee einladen?«

Der Automat neben dem Eingang war mir schon vorhin aufgefallen, doch ... »Nein danke, auf diese Plörre kann ich verzichten.«

»Den Kasten munitionieren wir selber, also ist der Kaffee auch trinkbar«, sagte Steffi, zog zwanzig Pfennig aus der einen Tasche, einen weiteren Groschen aus der anderen und fragte kläglich: »Hast du Kleingeld?«

»Ich möchte lieber einen Kakao!« Den Arm voller Kerzen, in der Hand eine Packung blauer Glassteinchen, trabte Katja an. »Habt ihr bloß noch weiße Teelichter?« Und als Steffi nickte: »Saftladen!«

»Du hast auch so schon genug zugeschlagen!« Ich deutete auf das Sortiment Kerzen, das sie gerade auf den Kassentisch gelegt hatte, alle in Zwölferpackungen.

»Im Dutzend billiger«, meinte sie lakonisch. »Warum nimmst du nicht auch welche mit? Wir kriegen doch Freundschaftsrabatt.«

Recht hatte sie! Doch dann stand ich vor dem endlos langen Regal und wußte nicht, wofür ich mich entscheiden sollte. Es gab die Kerzen in allen Größen, Formen und Farben, zum Teil goldverziert oder mit aufgeklebten Blümchen, geringelt, gestreift, bepünktelt (wer stellt sich so was in die gute Stube?), aber zum Glück auch ganz schlichte, und denen konnte ich nicht widerstehen. Den honigfarbenen Wachskerzen auch nicht. Und weil ich an dem Regal mit den Hunderten von Bändern vorbei mußte, griff ich auch dort noch zu.

»Willste nicht lieber einen Einkaufswagen nehmen?« Grinsend schob Katja solch ein Gefährt heran. »Mir geht es jedesmal so, wenn ich hier bin. Dauernd findet man was, das man haben möchte. Im Augenblick ist ja tote Hose, aber du mußt mal im November herkommen! Dann treten sich die Kunden gegenseitig auf die Füße, und die Schlange vor der Kasse ist länger als im Supermarkt am Ostersamstag. – Guck mal, Määm, sieht dieser Cissus nicht täuschend echt aus?« Wir standen vor einem zwei Meter hohen Gewächs, das so gar keine Ähnlichkeit hatte mit dem räudigen Busch, der in unserer Eßdiele vor sich hin vegetierte und jeden Tag mindestens drei Blätter verlor.

»Du willst doch nicht behaupten, daß der Baum auch künstlich ist?«

»Natürlich«, sagte sie lachend. »Das einzige lebende Grünzeug in diesem Laden sind die Beerdigungskränze, und die liegen im Kühlhaus. – So, und jetzt reiß dich endlich los, der Kaffee dürfte inzwischen kalt geworden sein.«

Er war noch lauwarm und schmeckte überhaupt nicht nach Automat. Ich wollte mir gerade eine zweite Portion holen, als endlich Hannes aufkreuzte. »Wenn ich gewußt hätte, daß wir hohen Besuch haben, wäre ich sofort gekommen«, entschuldigte er sich, »aber mir hat ja niemand was gesagt.« Er reichte mir seinen kleinen Finger, der war noch halbwegs sauber. »Es ist doch überall das gleiche: Was wirklich wichtig ist, erfährt der Chef als letzter.«

»Vielleicht sollte sich der Chef gelegentlich mal unter das niedere Volk mischen«, schlug ich vor.

»Dazu hat er keine Zeit«, kam es prompt zurück. »Er steht nämlich schon seit Stunden im Freiluftlager und stapelt Blumentöpfe. Das niedere Volk lehnt derart schweißtreibende Arbeit nämlich ab, nicht wahr, Lissy?«

Eine blonde Frau, etwa Anfang Vierzig, hatte sich zu uns gesellt. »Das niedere Volk kriegt auch weniger Geld, nicht wahr, Hannes?«

»Dafür hat es aber pünktlich Feierabend«, konterte er mit einem Blick auf die große Wanduhr. »Darf ich dich übrigens mit Stefanies Mutter bekannt machen?«

Wir reichten uns die Hände, während Hannes zu einer weiteren Erklärung ansetzte. »Lissy ist unsere Blumenfee. Wenn du mal ein Gesteck brauchst oder etwas besonders aufwendig verpackt haben willst, dann wende dich vertrauensvoll an sie. Es gibt nichts, was sie nicht einwickeln oder dekorieren kann.«

Prompt fiel mir etwas ein. »Meine Putzfrau hat im nächsten Monat Silberhochzeit!« Schon seit Wochen hatte ich mir den Kopf zerbrochen, welches Geschenk für diesen Anlaß wohl angemessen sein könnte. Ein Freßkorb? Zu phantasielos. Außerdem hat man als Hausfrau die Preise so ziemlich im Kopf und kann sofort abschätzen, wieviel Geld der Spender dafür hingeblättert hat. Den Korb muß man auch wieder zurückgeben. Andererseits hat man nach 25 Jahren Ehe wohl doch einen komplett eingerichteten Hausstand, braucht kein Bowlengefäß mehr und keine Tischdecken, und die von mir in Erwägung gezogene Espressomaschine hatte ich wieder verworfen, seitdem Frau Ranitz mal beiläufig erwähnt hatte, daß sie »dieses bittere Gesöff« nicht trinkt. »Ich mag überhaupt keine italienischen Gerichte, Graffiti und das ganze andere Zeugs. Nicht mal Pizza!«

»Was meinst du, Katja, ob zu Emma so ein hoher Kerzenständer passen würde? Im Ausstellungsraum habe ich einen gesehen, der mir gut gefallen hat. Nur müßte er nicht gelb, sondern altrosa dekoriert sein. Zu Kirsche hochglanzpoliert paßt das am besten.«

Katja nickte zustimmend. »Sie hat momentan sowieso ihre rosa Periode, oder ist dir die neue Kittelschürze nicht aufgefallen?«

»Kein Problem«, sagte Lissy, »bis wann brauchen Sie den Leuchter?«

»Erst in drei Wochen.«

»Ich notiere es mir gleich.« Die ganze Zeit schon hatte sie mich verstohlen gemustert, jetzt faßte sie sich doch ein Herz. »Von irgendwoher kenne ich Sie, mir ist bloß noch nicht eingefallen, wo das gewesen sein könnte.«

»Irren Sie sich auch nicht?« Ich war mir sicher, Lissy noch nie gesehen zu haben. »Vielleicht habe ich eine Doppelgängerin? Oder wohnen Sie in meiner Gegend?«

Auch das war nicht der Fall – sie kam aus Walldorf. »Es kann ja sein, daß wir mal bei Ikea zusammen an der Kasse gewartet haben.« Das ist der einzige Ort, den ich in Walldorf gelegentlich ansteuere. Lissy meinte, nein, aber sie würde es noch herausfinden.

Trudchen mußte ich auch noch kennenlernen. Eigentlich heißt Hannes' Mutter Gertrud, im Betrieb nur »Chefin«, familienintern Trudchen. Klein und zierlich, wie sie ist, bleibt es ein Rätsel, wie sie zu diesem einsachtzig langen Trumm von Sohn gekommen ist. Gen-Manipulation hatte es vor 35 Jahren doch noch gar nicht gegeben.

Trudchen gab eine weitere Runde Kaffee aus, dann drängte ich zum Aufbruch. »Vorher möchte ich aber noch bezahlen.« Ich deutete auf das Sammelsurium von Gegenständen, das sich im Kassenbereich türmte und noch Zuwachs bekommen hatte. Ein Windlicht war dazugekommen, Blumenbast und zwei Rosenkugeln, von denen sich Katja »wenigstens zwei Farbflecke im Garten« erhoffte.

Hannes winkte ab. »Ein Geschenk des Hauses. Wenn ihr aber unbedingt Geld loswerden wollt, dann dürft ihr dem Vieh da drüben was ins Maul schmeißen.«

Neben der Kasse stand ein Sparbüchsen-Bär mit einem Schild um den Hals: »Ich sammle für den Betriebsausflug nach Berlin.« Also stopfte ich ihm einen Schein in den Rachen, allein schon wegen des Reiseziels. Außerdem hätte ich für die Einkäufe in einem normalen Geschäft mindestens das Doppelte zahlen müssen.

Solange sich Katja durch den Feierabendverkehr wurstelte, schwieg ich, erst auf der Autobahn fing ich vorsichtig zu bohren an. »Ich habe den Eindruck, daß der Laden recht gut läuft, oder was meinst du?«

»Millionär wird er damit nicht, aber zu den Normalverdienern würde ich Hannes auch nicht rechnen. Warum?«

»Och, nur so.«

Zehn Kilometer weiter der nächste Anlauf. »Glaubst du nicht auch, daß sich zwischen den beiden etwas anspinnen wird?«

»Wird???« fragte Katja ironisch zurück. »Da läuft doch längst was! Steffi kriegt ihre Kalbsaugen, sobald Hannes auf der Bildfläche erscheint. Die hatte sie damals bei Horst Hermann auch immer.«

Etwas Ähnliches hatte ich mir schon gedacht. »Wie ein Frauenheld sieht er eigentlich nicht aus.«

»Als ob das eine Rolle spielen würde! Einem Heiratsschwindler siehst du ja auch nicht an, daß er einer ist. Das sind doch meistens ganz unscheinbare Figuren.«

»Wie kommst du jetzt auf Heiratsschwindler? Ist er etwa verheiratet?« An diese Möglichkeit hatte ich überhaupt noch nicht gedacht.

Katja lachte auch nur laut los. »Hannes und heiraten? Nie! Er ist der Prototyp des ewigen Junggesellen.«

Hm. Trotzdem war ich mir sicher, daß ich ihn heute nicht zum letztenmal gesehen hatte.

Am nächsten Abend rief mich Steffi an. »Lissy weiß jetzt, woher sie dich kennt. Vom Foto! Sie hat nämlich alle deine Bücher. Siehste, das kommt davon, wenn man ein Pseudonym benutzt – deine Fans können im Zweifelsfall gar nicht wissen, daß du vor ihnen stehst.«

»Immer noch besser, als wenn ich an jeder Frittenbude Autogramme geben müßte!«

»Nie wieder auf so 'ne Karre!«

»Ach ja, was ich noch sagen wollte – ich habe gekündigt«, teilte Steffi ganz nebenbei mit, als sie uns wieder einmal die Ehre ihres Besuches gab. Hauptsächlich deshalb, um sich von Sven fachmännische Ratschläge bezüglich der Washingtonia zu holen. Die würde in beängstigender Anzahl gelbe Blätter kriegen. »Ich fürchte, die habe ich kaputtgepflegt.«

Da Svens Kenntnisse sich mehr auf heimische Gewächse beschränken, mußte er zunächst einige Bücher wälzen, um dann festzustellen, daß er von exotischen Pflanzen wenig und von Fächerpalmen überhaupt keine Ahnung habe. »Am besten kaufst du eine neue«, empfahl er seiner Schwester, »aber erst drei Tage, bevor du wieder ausziehst.«

»Apropros ausziehen«, hakte Steffi sofort ein, »ich kann die Wohnung in Wiesloch kriegen. Die Oma vom Volker ist einverstanden. Ist übrigens eine reizende alte Dame, aber eine Macke hat sie doch, sie will nämlich Geld sehen! Zwei Monatsmieten Kaution.«

»Das ist doch heutzutage völlig normal«, sagte ich sofort.

»Ich habe aber keine fünfzehnhundert Mark übrig«, seufzte sie. »Was meinst du, ob Papi vielleicht ...?«

»Danach mußt du ihn schon selber fragen.«

Offenbar hatte sie den falschen Zeitpunkt erwischt. Papi guckte Länderspiel. Und weil die deutsche Mannschaft mit 2:0 im Rückstand lag, hatte er schlechte Laune. »Geld verdirbt nicht den Charakter, es bringt ihn erst zum Vorschein!« schimpfte sie. »Er hat doch tatsächlich gesagt, ich könne mir ja noch einen Nebenjob suchen. Andere Leute hätten auch nicht um drei Uhr nachmittags Feierabend. Daß ich aber schon morgens um sechs unterwegs bin, hat er nicht erwähnt. – Na ja, damit ist ab Oktober sowieso Schluß!«

Richtig, die erwähnte Kündigung. Allerdings hatte ich sie

auf ihr gegenwärtiges Ausweichquartier bezogen. »Hast du etwa deinen Job aufgegeben?« Wenn man ihren etwas unorthodoxen beruflichen Werdegang zugrunde legte, der mit einem Handelsschulabschluß angefangen hatte und nach mehreren, zum Teil recht merkwürdigen Zwischenstationen bis zum sehr gut dotierten Außendienst gediehen war, hätte sie eigentlich gar keinen Grund zum Wechseln gehabt. Abgesehen vom frühen Aufstehen.

»Ich fange nämlich bei Hannes an«, sagte sie und erklärte auch sofort, weshalb. »Seine Mutter will sich allmählich aufs Altenteil zurückziehen, und nun braucht Hannes dringend Ersatz. Mir macht die Arbeit in seiner Firma richtigen Spaß. Ich habe jetzt schon so oft mitgeholfen, daß ich es beurteilen kann.«

»Nichts gegen eine berufliche Veränderung, aber als was wirst du denn eingestellt? Als Hiwi? Vom Großhandel hast du doch nun wirklich keine Ahnung.«

»Offiziell werde ich natürlich unter dem Gummibandbegriff »Sekretärin« laufen, in Wirklichkeit bin ich Mädchen für alles. Ein bißchen Buchhaltung, ein bißchen Einkauf, mal als Packerin, mal Kassiererin, dekorieren kann ich auch schon, dann natürlich Kundenverkehr – was eben gerade anfällt. Vorgestern bin ich sogar mit dem Transporter zum Zollamt gefahren und habe lauter Affen abgeholt.«

»Was???«

»Nicht, was du denkst«, sagte sie lachend. »Drei Kartons voll kleiner Stoffäffchen, die kamen aus China.«

Die Frage, ob die nachgemachten Affen für die künstlichen Palmen gebraucht wurden, verkniff ich mir denn doch. »Na schön, du holst Affen, packst sie aus, verbuchst sie und kassierst von etwaigen Käufern Geld dafür. Bekommst du denn auch ein Gehalt für diese verantwortungsvolle Tätigkeit?«

»Selbstverständlich! Sogar mehr, als ich jetzt verdiene.«

»Dann kannst du die Kaution auch selber bezahlen!« sagte ihr Vater, der nur den letzten Satz noch mitgekriegt hatte. Er holte sich eine Tasse Kaffee und scheuchte Otto von seinem Stuhl. »Ich glaube, diese Mannschaft hat man aus der Lostrommel gezogen! Wir haben haushoch verloren. Und den Klinsmann haben sie gleich zu Anfang auswechseln müssen, weil er einen Tritt ans Schienbein gekriegt hat. Sonst hätte das Ergebnis vielleicht anders ausgesehen.«

Rolf ist ein echter Fußballfan. Er kennt sogar die Nationalität eines jeden deutschen Bundesligaspielers!!! Steffi hat genausowenig für Fußball übrig wie ich. Bevor sie sich jetzt eine genaue Analyse des soeben beendeten Spiels würde anhören müssen, verabschiedete sie sich. »Tschüß, bis demnächst. Und ärgere dich nicht mehr, Paps, du weißt doch, für Schienbeine ist nichts gefährlicher als Fußball. Außer Skat natürlich!«

Ich brachte sie noch zum Wagen. »Nun mach dir wegen der Kaution keine Sorgen, die kriegst du von mir.«

»Danke, damit hatte ich im stillen auch gerechnet. Dafür bringe ich dir das nächstemal einen wunderschönen künstlichen Rosenstrauß mit. Oder willst du lieber einen Affen? Die sehen wirklich niedlich aus.«

Berlin ist bekanntlich eine Reise wert – auch ohne Mauer, und ganz besonders dann, wenn man dort geboren und aufgewachsen ist, noch viele Freunde(innen) hat und die allerbeste von ihnen einen runden Geburtstag feiert. »Du kommst doch?« hatte Irene mehr bestimmend als fragend am Telefon gesagt.

»Natürlich komme ich, und sei es nur, um bei dir abzukupfern. Schließlich bin ich im nächsten Jahr auch dran, und meine Familie ist etwas größer als deine.«

Allerdings bin ich keine Geschäftsfrau, deren Kunden und Lieferanten schon morgens um acht die ersten Blumenkörbe schicken, ab elf selber auf der Matte stehen, mit Sekt und Appetithäppchen abgefüttert werden müssen, während in der Küche noch die Kuchen für den familiären Kaffeeklatsch aus dem Ofen gezogen werden. Den letzten haben wir ökologisch entsorgen müssen. Es hat sich nie ermitteln lassen, wer versehentlich das halb gefüllte Glas zusammen mit dem Bienenstich in den Backofen gestellt hatte.

»Eins weiß ich seit heute mit Sicherheit«, sagte ich, nachdem die letzten Gäste gegangen waren und wir beide leicht angeschlagen in den Sesseln hingen, Füße auf dem Hocker und

Kissen im Kreuz, »an meinem Sechzigsten bin ich garantiert nicht zu Hause. Ich haue einfach ab. Irgendwohin.«

Irene stimmte sofort zu. »Mach das! Ich komme mit. Dann feiern wir deinen Geburtstag richtig und meinen einfach noch mal.« Wir besiegelten diesen Plan mit einem letzten Glas Sekt, dann hatten wir die nötige Bettschwere und gingen schlafen.

Nun fliegt man nicht siebenhundert Kilometer weit, nur um seiner Freundin seelischen Beistand beim Übergang ins Seniorenalter zu leisten; ein bißchen Spaß muß auch sein. Zum Beispiel Kudamm-Bummel mit Kaffeepause bei Kranzler, spazierengehen Unter den Linden – war ja früher nicht möglich –, abends unter fachkundiger Führung von Dagi und Victor einen Zug durch die Szene-Kneipen ... man kriegt ohne weiteres eine Woche herum und langweilt sich keinen Augenblick.

Den üblichen Anruf zwecks Entgegennahme häuslicher Katastrophenmeldungen mußte ich zum erstenmal bei drei verschiedenen Nummern tätigen. Die Zwillinge profitierten noch von den Schulferien, Katja mit Tom in Heidelberg, Nicki in Heilbronn. Sie rief ich zuerst an. Ja, es sei alles in Ordnung, und ob ich als Mitbringsel nicht einen Pullover finden würde, der nächste Winter käme bestimmt. Dunkelblau wäre genehm und nicht zu eng, lieber eine Nummer größer.

Ehemann Rolf erkundigte sich als erstes, wann ich wieder nach Hause käme. Otto sei so lange in Hungerstreik getreten, bis er frisches Hackfleisch bekommen habe, aber nun wolle er nichts anderes mehr. »Das geht ganz schön ins Geld.«

»Selber schuld! Am gefüllten Freßnapf ist noch keiner verhungert. Sollte er das Hackfleisch über haben, kannst du es ja mal mit Kalbskotelett versuchen.«

»Meinst du das im Ernst?«

O Gott! »Gib ihm sein Dosenfutter! Und wenn er es stehenläßt, stirbt er auch nicht gleich, sondern nimmt vielleicht mal ein Kilo ab. Sein Halsband sitzt sowieso schon im letzten Loch. Sonst noch was?«

Er lachte. »Vorhin im Supermarkt wollte ich mich gerade als letzter an die Schlange stellen, da haben sie eine zweite Kasse aufgemacht, und dort war ich der erste. Das sind so die kleinen Freuden des Alltags.«

Diese Feststellung gab mir zu denken. Wird nicht behauptet, daß der Mensch sich mit zunehmendem Alter rapide rückwärts entwickelt? Dann müßte ich Rolf zum nächsten Geburtstag wohl Karl May schenken und ein Jahr später den Struwwelpeter. Vielleicht sollte ich doch schon zwei Tage eher als geplant zurückfliegen?

Bei der dritten Nummer meldete sich Tom. Nein, Katja sei nicht da, vermutlich mit Freundinnen auf der Shoppingmeile. In Ordnung, schönen Gruß, und ich würde es abends noch mal versuchen.

»Wir wollen aber nachher ins Kino.«

»Viel Spaß, dann melde ich mich eben morgen wieder.«

Auch am nächsten Tag war Katja nicht zu erreichen, am übernächsten kam mir die Sache spanisch vor. »Raus mit der Sprache, Tom, was ist los?«

Er druckste eine Zeitlang herum, dann kam es kleinlaut durch den Hörer: »Sie liegt im Krankenhaus.«

»Um Himmels willen, warum? Seit wann? Was ist denn passiert?«

»Motorradunfall.«

Ich hab's ja geahnt! Gehaßt habe ich diese Dinger schon immer, fahre jedesmal ganz weit rechts, wenn ich im Rückspiegel so ein Geschoß mit aufgeblendetem Scheinwerfer heranbrettern sehe, und als Katja seinerzeit mit sechzehn den Mofa-Führerschein machen wollte, haben wir die Zustimmung verweigert. Als sie achtzehn wurde und unsere Unterschrift nicht mehr gebraucht hätte, sollte es ja gleich eine Fahrerlaubnis für Motorräder sein, doch dafür hatte ihr das Geld gefehlt. So wurde der Plan erst mal auf Eis gelegt und »Ente« gefahren. Zu Beginn der diesjährigen Sommerferien hatte sie endlich genug zusammengespart, um sich ihren Wunsch erfüllen zu können; vor meiner Abreise hatte sie mir noch stolz den zusätzlichen Eintrag im Führerschein gezeigt. Und jetzt das!

»Hat es sie schlimm erwischt?«

»Sie hat unverschämtes Glück gehabt«, sagte Tom, »doch das wissen wir erst seit heute. Deshalb habe ich dich auch so lange hingehalten. Ein Lendenwirbel ist nämlich angesplittert, zum Glück nach außen.«

»Was heißt das?«

»Hätte sich der Splitter innen gelöst, wäre er ins Rückenmark gegangen. Aber heute ist sie noch mal geröntgt worden, und jetzt steht definitiv fest, daß wieder alles in Ordnung kommt. Es wird allerdings eine Weile dauern.«

Ich atmete erst einmal tief durch. »Was ist eine Weile?«

Er zögerte. »Zuerst hieß es, drei Monate im Gipsbett, aber jetzt hat es schon Entwarnung gegeben. Sie kann in zwei bis drei Wochen nach Hause, darf allerdings vorläufig nicht sitzen, also nur liegen oder stehen.«

Na bravo! Und das mitten im Referendariat. Dieser Unfall würde sie ein ganzes Jahr zurückwerfen. Egal, was bedeutet schon ein Jahr, wenn man so knapp am Rollstuhl vorbeigeschlittert ist? »In welchem Krankenhaus liegt sie denn?«

»In Weinheim. Sie mußte natürlich in das nächstgelegene gebracht werden. Das ist aber okay, sie wird dort bestens betreut. Ich bin jeden Tag zweimal da. Telefon hat sie übrigens am Bett – willst du die Nummer haben?«

Dämliche Frage! »Irene, was zum Schreiben – schnell!«

Sie kam mit einem Kugelschreiber angerannt. Ich kritzelte die Zahlen auf ein Papiertaschentuch, murmelte noch irgendwas in den Hörer und legte auf. »Hast du einen Kognak?«

»Sofort! Aber jetzt sag erst mal, was los ist. Du siehst aus wie ein Gespenst!«

»Viel weiß ich auch noch nicht, aber ...« Ich sprudelte heraus, was ich eben erfahren hatte, kippte zwischendurch den Kognak und fühlte mich danach etwas besser. »Darf ich noch mal telefonieren?«

»Werd jetzt bloß nicht komisch!« meinte sie und verließ das Zimmer.

Katjas Stimme klang erstaunlich munter. »Hat Tom endlich gebeichtet? Ich hatte nämlich absolute Nachrichtensperre verhängt.«

»Daran hat er sich ja auch gehalten, aber wenn du drei Tage lang nicht zu erreichen bist, wird auch der Dümmste mißtrauisch. Ich hatte schon den Verdacht, daß ihr euch in die Wolle gekriegt und getrennt habt.«

»Im Gegenteil. Tom sitzt in jeder freien Minute an meinem Bett und hält Händchen.«

Im Laufe des Gesprächs erfuhr ich endlich, wie es zu dem Unfall gekommen war. Die beiden hatten eine Spritztour durch den Odenwald unternommen, Tom war vorausgefahren, Katja auf einem geliehenen Motorrad hinterher, hatte die Ölspur auf der Straße zu spät bemerkt und mangels Fahrpraxis falsch reagiert. Jedenfalls war sie kopfüber aus dem Sattel geflogen. »Zum Glück war ich von oben bis unten in Leder gewickelt, gar nicht zu reden von dem Helm. Den hatte mir Tom geschenkt, so ein teures Ding hätte ich mir überhaupt nicht leisten können.«

»Weiß Papi eigentlich Bescheid?«

»Natürlich nicht, der hätte doch sofort höchste Alarmstufe gegeben. Außer Nicki weiß niemand etwas, und die hat ja wohl auch den Mund gehalten. In Heidelberg hat sich meine Heldentat allerdings schon herumgesprochen. Die Besucher geben sich die Klinke in die Hand, das Zimmer sieht aus wie ein Blumenladen, und mit Lektüre bin ich mindestens bis Weihnachten eingedeckt.«

Mir fiel ein Stein vom Herzen. »Ich nehme morgen früh die erste Maschine.«

»Wozu denn?« protestierte Katja sofort. »Du kannst doch absolut gar nichts tun. Bleib lieber noch übers Wochenende in Berlin und erhol dich ein bißchen, später wirst du noch genug Scherereien mit mir haben. Ich darf doch nicht sitzen. Hast du schon mal Suppe im Stehen gegessen?«

Wenigstens hatte sie ihren Humor nicht verloren!

Natürlich blieb ich nicht bis zum Wochenende, sondern flog am nächsten Tag zurück. Tom holte mich ab und fuhr direkt zum Krankenhaus. Umrahmt von Stofftierchen jeglicher Art grinste mich Katja an. »Du siehst ja, mir geht's prächtig. Ich darf sogar wieder selber aufs Klo gehen. Mit Spezialsitz, den muß ich immer mitnehmen.« Sie deutete auf ein Plastikteil, einem Kindersitz nicht unähnlich, nur sehr viel höher. »Übrigens die einzigen Minuten, in denen ich sitzen kann.«

Rolf tobte, als ich ihm die Hiobsbotschaft in homöopathischen Dosen beibrachte. »Wieso erfahre ich das nicht? Sie hätte sofort in eine Spezialklinik gehört und nicht in ein Provinzkrankenhaus! Die haben doch keine Ahnung! Wenn eine Rückenverletzung nicht richtig behandelt wird …«

Er schaffte es tatsächlich, abends um halb elf die Privatnummer des zuständigen Arztes herauszukriegen, rief ihn an und mußte sich sagen lassen, daß man selbstverständlich einen Spezialisten zugezogen habe. Im übrigen könne er zu einer angemessenen Zeit gern ins Krankenhaus kommen und sich die Röntgenbilder erläutern lassen. Das tat er wirklich, doch einigermaßen beruhigt war er erst zwei Wochen später, als der Krankenwagen vorfuhr und Katja sich entschieden weigerte, auf der Bahre ins Haus getragen zu werden. »Ich *kann* nicht nur laufen, ich *soll* es sogar!« Mit der Klobrille unterm Arm steuerte sie die Treppe an.

»Wir haben ein bißchen gemöbelt«, bremste ich. »Dein Bett steht jetzt im Gästezimmer, damit du nicht immer *zwei* Treppen steigen mußt.«

»Einen Fahrstuhl habt ihr noch nicht installiert?«

»Dein Sarkasmus ist völlig unangebracht«, sagte ich ärgerlich. »Sei dankbar, daß du keine Rollstuhlrampe brauchst.«

»Bin ich ja auch«, kam es kleinlaut zurück. »Ich habe sogar einen Eid geleistet, mich nie wieder auf so eine verdammte Karre zu setzen. Besonders gläubig bin ich ja nicht, aber diesen Unfall habe ich als Warnung von oben verstanden.« Sie warf einen vielsagenden Blick zur Zimmerdecke. »Tom übrigens auch. Er hat seine Maschine zum Verkauf ausgeschrieben.«

Das rechne ich ihm bis heute hoch an. Gerade vier Monate alt war sie gewesen, hatte soviel wie ein Kleinwagen gekostet, und jedesmal, wenn sie vor unserem Haus geparkt war, hatte sie das Interesse der männlichen Nachbarschaft von acht Jahren an aufwärts erregt. Noch immer bekommt Tom sehnsüchtige Augen, sobald er ein besonders schönes Motorrad sieht, aber er ist eisern geblieben. Im Auto wird er auch nicht naß!

Während Katja sich mit den physischen Folgen ihres Unfalls herumschlug, knabberten wir an den finanziellen. Der

Orthopäde hatte ihr eine Spezialmatratze verordnet, eine besonders harte. So was kann man kaufen, vorausgesetzt, man besitzt ein normales Bett. Katjas Spielwiese hatte jedoch Überbreite, und Sonderanfertigungen sind teuer!

Der Klositz paßte auch nicht. Offenbar haben Krankenhäuser andere Toiletten. Oder wir. Seinerzeit hatte ich bei der Ausstattung unseres Badezimmers auf Modell »Bali« bestanden (nie wieder dunkelbraune Waschbecken!!!), und deshalb halte ich es durchaus für möglich, daß sich dieser exotische Name auch auf indonesische Körperformen bezogen hat. Folglich kostete der angepaßte Klostuhl ein Vielfaches von dem, was er schon regulär gekostet hätte.

Rolf stellte Berechnungen auf. Soundso viele Waschmaschinenfüllungen zusätzlich pro Woche (nicht nur wegen der Suppe) in Relation zu der einmaligen Anschaffung eines Bistro-Tisches. Ich kannte diese Dinger nur von Tchibo, wo man im Vorbeigehen schnell mal eine Tasse Kaffee trinkt. Als Mobiliar in einer Eßecke hatte ich solche Tische noch nie gesehen. Es gab sie auch nicht in Kiefer massiv, sondern nur in Marmor oder mit gepünktelter Kunststoffplatte. Das Möbel nahm sich etwas artfremd bei uns aus. Otto gefiel es auch nicht. Er hatte in letzter Zeit während der Mahlzeiten immer neben Katja gestanden und auf die Brocken gewartet, die während ihrer Balanceakte zwischen Eßtisch und Mund heruntergefallen waren. Jetzt konnte sie sich wenigstens abstützen.

Doch das alles sollte ja nur ein vorübergehender Zustand sein. Genau wie die Leitung, die Hannes unter Umgehung der Telekom in Katjas Zimmer zog, auf daß sie wenigstens die fernmündliche Kommunikation mit nah und fern aufrechterhalten konnte.

»Die Telefonrechnung wird sich bald wieder halbieren«, beruhigte ich meinen Ehemann, als er fassungslos auf die Endsumme starrte.

»Sind denn ihre Freunde alle nach Südamerika ausgewandert?«

»Bestimmt nicht«, sagte ich überzeugt. »Oder woher kommen alle diejenigen, die täglich auf der Terrasse sitzen?«

Zuerst war das gesamte Lehrerkollegium erschienen, zum

Glück nicht auf einmal, sondern nacheinander. So viele kleine Blumenvasen, um die jeweils fünf Stengel Astern oder Moosröschen unterzubringen, hatte ich gar nicht, wir griffen schließlich auf Biergläser zurück. Nur der Herr Rektor kam mit Pralinen – und mit einem dicken Wälzer. »Jetzt haben Sie doch genügend Zeit, sich mit dem Schulrecht zu befassen«, meinte er. »Man muß an einer Krankheit auch das Positive sehen.«

Nachdem die Lehrer alle durch waren und es sich herumgesprochen hatte, daß die Frau Sanders eigentlich gar keinen kranken Eindruck machte, trabten die Schüler an. Gruppenweise, von drei Mann aufwärts. Jetzt reichten nicht mal mehr die Biergläser, aber die Wassergläser konnte ich nicht auch noch zweckentfremden, wo hätte ich sonst die Unmengen von Saft und Cola hineinschütten sollen? Nach der dritten Bestellung innerhalb von zehn Tagen fiel ich bei unserem Getränkelieferanten in die Rubrik Großkunde und bekam eine Flasche Wein gratis.

Vor gut fünf Jahren hatte ich angenommen, meine Teilnahme an der Abiturfeier sei zugleich mein letzter Schulbesuch gewesen, doch das stimmte auch nicht mehr. Mir wurde nämlich die Aufgabe zuteil, die Verbindung zwischen Schule und Patientin aufrechtzuerhalten. Zwei- bis dreimal pro Woche stellte ich meinen Wagen auf dem Lehrerparkplatz ab, meldete mich im Sekretariat und bekam die dort deponierten Hefte ausgehändigt, auf daß ich sie meiner Tochter auf den Nachttisch legte, damit sie sich die Langeweile mit dem Korrigieren von Mathearbeiten vertreiben könne. Oder ich brachte der Vertretungslehrkraft den ausgearbeiteten Stoff für die nächste Woche. Manchmal konnte ich auch gleich die Aufsatzhefte mitnehmen. Nach einiger Zeit fühlte ich mich schon so heimisch, daß ich mein Scherflein in die Kaffeekasse warf und einmal sogar Kuchen mitbrachte. Als mich jedoch ein Lehrer auf dem Gang ansprach und mit Blick auf den Stapel Hefte in meiner Hand mit: »Sie sind sicher die neue Kollegin?« begrüßte, fand ich es an der Zeit, daß Katja sich wieder selbst um die schulischen Belange kümmerte. Das Vierteljahr Schonfrist war fast vorüber. Sie bekam jeden Tag Krankengymnastik und durfte bereits zehn Minuten täglich auf einem Stuhl mit gerader Rückenlehne sitzen. »Wenn es zwanzig sind, kann ich wieder in die Schule«, sagte sie, »zehn Minuten Hinfahrt und zehn zurück.«

Es dauerte aber doch noch bis zum Ende der Weihnachtsferien, und selbst dann brauchte sie ständig einen Gepäckträger, weil ihr bis auf weiteres das Heben und Tragen irgendwelcher Lasten untersagt worden war. Klar, eine volle Aktenmappe wiegt ziemlich viel, aber ein Plastiktablett mit zwei leeren Kaffeetassen ...?

Der Bistrotisch steht nun im Garten. Wenn man in der Hängematte liegt, hat er genau die richtige Höhe für den tragbaren Fernsehapparat. Zumindest im Sommer wissen jetzt auch die Nachbarn, wann mal wieder ein Länderspiel übertragen wird.

Schuld war nur die Badewanne

Je weiter Katjas Genesung voranschritt, desto mehr konnte ich mich wieder um den Rest der Familie kümmern. Hannes hatte seinen offiziellen Antrittsbesuch hinter sich gebracht, richtig konventionell mit Blumen (echten!) für mich und Einkommensteuerbescheid für Rolf, damit der besorgte Vater sehen könne, daß der künftige Chef seiner Tochter auch das monatliche Gehalt würde zahlen können. Daß sich die geschäftliche Beziehung nunmehr auch auf das Private erweitert hatte, war unübersehbar und wurde offenbar während des einstündigen »Männergesprächs« geklärt. Hinterher meinte Rolf sogar: »Was meinst du, wird da was Dauerhaftes draus?«

»Woher soll ich das wissen? Die kennen sich doch erst seit ein paar Wochen.«

»Eben drum! Mit Horst Hermann ist Steffi so lange herumgezogen, bis sie ihn gut genug kannte, um ihn nicht zu heiraten. Diesmal sollte sie nicht so lange warten.«

»Hör endlich auf, in jedem Mann einen potentiellen Heiratskandidaten zu sehen«, sagte ich wütend. »Ich bin froh, daß sie sich von Horst Hermann endlich getrennt hat. Er war viel zu alt für sie, und vom Temperament her haben sie auch nicht zusammengepaßt. Steffi ist Skorpion und er ein Ochse.« In das brüllende Gelächter hinein korrigierte ich mich sofort. »Ich meine natürlich, ein Stier.«

Das Thema war auch so lange vom Tisch, bis ich zwecks Einkauf von Kerzen und diversen Übertöpfen nach Heidelberg fuhr. Außerdem wollte ich sehen, wie sich meineTochter in ihren neuen Wirkungskreis hineingefunden hatte. Ich fand sie vor dem Computer sitzend. »Kannst du wirklich mit so was umgehen?«

»Warum denn nicht? Das ist doch ganz einfach.«

Das höre ich immer wieder und glaube es trotzdem nicht.

Seit Jahren werde ich auf der Buchmesse als Saurier belächelt, der seine Manuskripte immer noch schön säuberlich abgeheftet in doppelter Ausfertigung abliefert, statt sie in Form einer Diskette im Briefumschlag wegzuschicken, doch die Möglichkeit, 300 Schreibmaschinenseiten in ein DIN-A5-Kuvert stopfen zu können, übersteigt ganz einfach meine Vorstellungskraft. Und daß mit einem Computer alles viel einfacher und schneller geht, halte ich sowieso für ein Gerücht. Ich glaube ja gern, daß dieses technische Wunderwerk in Sekunden die kompliziertesten Rechen- und Buchungsarbeiten durchführt, aber warum verschickt es dann die Kontoauszüge mit zehn Tagen Verspätung?

»Du mußt dich einfach mal mit der ganzen Materie vertraut machen«, sagte meine Tochter, drückte auf eine Taste und faltete die wenig später ausgedruckten Rechnungen zusammen. »Du siehst ja, das geht alles automatisch.«

»Automatisch bedeutet gewöhnlich, daß man das Ding nicht selbst reparieren kann.«

Da gab sie es auf.

»Hast du ein bißchen Zeit?« fragte Hannes, nachdem er die Töpfe in mein Auto geladen und nach einem Blick auf die Uhr die Eingangstür abgeschlossen hatte. »Mittagspause! Was hältst du davon, wenn wir drei schnell einen Happen essen würden? Wir wollten sowieso mal mit dir reden.«

Das klang sehr nach einer unangenehmen Eröffnung. Ich kannte das noch von früher, speziell aus der Teenagerzeit meiner Nachkommen. Wenn es hieß »Können wir dich mal kurz sprechen?«, dann bedeutete das einen Zusammenstoß mit den städtischen Ordnungshütern, den ich ausbügeln sollte, eine demolierte Stoßstange an Rolfs Auto, die ich möglichst auf meine Kappe nehmen sollte, oder auch nur einen Vorschuß aufs Taschengeld. Mißtrauen war immer angebracht gewesen.

»Hiobsbotschaften kann ich auch mit leerem Magen verkraften«, sagte ich, »und Oma würde ich eigentlich ganz gerne werden. Diese Mitteilung müßt ihr mir nicht erst zusammen mit einem Schnitzel servieren.«

Offenbar hatte ich etwas Falsches vermutet. Die beiden sahen sich an und lachten los. »Solltest du wirklich derartige

Ambitionen haben, dann zähle bitte nicht auf uns«, meinte Hannes. »Ich habe zwei Nichten, das reicht.«

Ein bißchen neugierig war ich nun doch geworden. Hunger hatte ich auch. »Also gut, ich nehme die Einladung an und bin auf das Schlimmste gefaßt.«

Die Fahrt zu dem »stilvollen kleinen Restaurant« dauerte genau sechs Minuten, und während dieser kurzen Zeitspanne erfuhr ich, daß die beiden sich entschlossen hatten, zusammenzubleiben und Steffis Umzug in die neue und bereits durch Kautionszahlung gesicherte Wohnung nicht stattfinden würde. »Wozu zweimal Miete hinblättern?« sagte der in solchen Dingen sehr ökonomisch denkende Hannes. »Entweder wäre Steffi bei mir oder ich bei ihr.«

Jede normale Mutter wäre jetzt mit den üblichen Einwendungen gekommen wie: »Ist das nicht zu früh? Ihr kennt euch doch noch zu kurz, warum also schon die Eigenständigkeit aufgeben?« und so weiter. Mir fiel nichts anderes ein als: »Und was wird aus deinen Möbeln?«

Noch immer liefen wir im Keller Slalom. Rolfs vor zwei Jahren entstandenes Werk, Wiesenblumen in Öl, endlich gerahmt, konnte seinem dekorativen Zweck auch noch nicht zugeführt werden, weil wir nicht an die Bohrmaschine herankamen, und ohne die kriegen wir keinen Haken in die Wand. Vor dem Werkzeugschrank stand das Doppelbett und davor ein bißchen Küche. Der genervte Vater hatte schon angedroht, die gesamten Möbel zu Kaminholz zu verarbeiten, konnte von diesem barbarischen Tun jedoch durch meinen Einwand abgehalten werden, daß es bis zum Umzugstermin nur noch zwei Wochen dauern würde. Bis dahin würden auch die Wiesenblumen nicht verwelken. Und nun das! Soviel mir bekannt war, hatte Hannes eine komplett eingerichtete Wohnung und brauchte keine halbe Einbauküche.

»Die Möbel kommen in den Sperrmüll«, sagte Steffi.

»Dazu sind sie viel zu schade«, protestierte ich sofort, »die kannst du noch ohne weiteres verkaufen.«

Wieder mal lag ich völlig schief. Woher hätte ich denn auch wissen sollen, daß »Sperrmüll« der Name einer Zeitung ist, die nur aus Anzeigen besteht?

Weitere Kommentare ersparte ich mir. Die beiden waren alt genug oder sollten es zumindest sein, um zu wissen, was sie tun beziehungsweise zu tun beabsichtigten. Der gleichen Ansicht war auch Rolf, als ich ihm zusammen mit einem Whisky die Neuigkeit servierte. »Es wird sowieso Zeit, daß sie unter die Haube kommt – in einem Jahr ist sie dreißig.«

»Von heiraten haben sie aber nichts erwähnt.«

»Damit braucht ihr auch gar nicht zu rechnen«, mischte sich Katja ein. »Hannes hat am Stammtisch mal gesagt, die überflüssigste aller deutschen Behörden sei das Standesamt, eine Meinung, die übrigens auch Tom vertritt.«

»Kein Wunder, wenn die Deutschen langsam aussterben«, murmelte Rolf, »offenbar will niemand mehr heiraten.«

»Was hat denn das eine mit dem anderen zu tun, Paps? Oder soll ich dir erst mal die Sache mit den Bienchen und den Blümchen erklären?« Worauf der Vater von fünf Kindern wortlos das Zimmer verließ.

Wenige Tage später ließ Steffi ihre Möbel abholen, denn im Bekanntenkreis hatte sich ein Interessent gefunden, und dann kommunizierten wir eine Zeitlang nur telefonisch. Als sie das nächstemal erschien, kam sie mit Hannes' vierrädrigem Schlachtschiff an. Meine erste Frage lautete denn auch: »Ist dein Wagen kaputt?«

»Nee, verkauft!«

»Ist dir klar, daß du damit dein letztes bißchen Selbständigkeit aufgegeben hast?«

»Blödsinn!« erwiderte meine Tochter. »Das Auto hat doch bloß noch herumgestanden. Morgens fahren wir zusammen ins Geschäft, abends zusammen zurück, und wenn ich wirklich mal außer der Reihe einen Wagen brauche, dann gibt's immer noch die Firmenautos. Das Geld habe ich in eine neue Tauchausrüstung gesteckt.«

»Für den Baggersee?«

»Von wegen!« trumpfte sie auf. »Du weißt ja nicht, was mir Hannes zu Weihnachten geschenkt hat.«

»Woher denn auch? Heiligabend ist erst in sechs Wochen.«

»Reisen muß man aber früh genug buchen«. Sie strahlte

über das ganze Gesicht. »Am 22. Dezember fliegen wir für zwei Wochen auf die Malediven!«

»Was? Ihr seid überhaupt nicht da?« Ein Weihnachtsfest ohne Steffi konnte ich mir gar nicht vorstellen. »Geht das nicht *nach* den Feiertagen?«

»Määm, wir haben ein Geschäft!«

»Ach so.« Daran würde ich mich wohl gewöhnen müssen. In einer stillen Stunde ging mir auf, daß eigentlich nichts mehr so war wie früher. Nicki hatte uns nämlich mitgeteilt, daß sie mit Thomas zum Skilaufen fahren würde. »Wir wollen Heiligabend nachmittags starten, da sind die Autobahnen bestimmt leer.«

»Könnt ihr das nicht ein paar Tage nach hinten verschieben?«

»Mami, ich bin an die Schulferien gebunden!«

»Ach so.«

Nur Sven und Katja blieben uns zum Fest der Tannennadeln erhalten. Und natürlich Sascha. Eine Woche vor Weihnachten rief er an. »Määm, hat nicht mal jemand gesagt, was man schwarz auf weiß besitzt, könne man getrost nach Hause tragen?«

»Das ist Goethe gewesen«, sagte ich in der Hoffnung, daß es stimmte, »aber damals hat es das Kleingedruckte in Versicherungsverträgen noch nicht gegeben. Warum fragst du?«

»Die Auflagenhöhe deiner Bücher kenne ich zwar nicht, doch ein paar tausend werden es wohl sein. Legt man jeweils zwei Leser pro Buch zugrunde, dann hätte ich genügend Zeugen für deine schriftlich verkündete Bereitschaft, du würdest mir zur Hochzeit das Honorar für den Scheidungsanwalt schenken.«

»Ihr habt den Staubsauger gekriegt«, murmelte ich in den Hörer, »und den Scheck.« Dann erst begriff ich, was Sascha hatte ausdrücken wollen. »Soll das etwa heißen ...?«

»Natürlich soll es das heißen«, unterbrach er mich. »Vicky ist bereits ausgezogen, angeblich zu einer Freundin. Morgen treffen wir uns beim Anwalt. Wir sind uns einig, deshalb brauchen wir nur einen. Dann wird's auch billiger für dich!«

Seit langem schon hatte ich den Eindruck gehabt, daß zwischen den beiden nicht mehr alles so war, wie es vor über sechs

Jahren den Anschein gehabt hatte, obwohl ich bereits damals in der Kirche bei Sascha eine Spur von Resignation zu bemerken geglaubt hatte. Vielleicht war sein Gestotter während der Trauformel doch ein Freudscher Versprecher gewesen und nicht das halbe Wasserglas voll Sherry, das er kurz vor der Abfahrt noch gekippt hatte. Aus Nervosität!

Was sagt man einem Ehemann, der bald keiner mehr sein wird? Es tut mir leid? Dann hätte ich schwindeln müssen, denn mein Verhältnis zu Vicky war immer leicht unterkühlt gewesen. Sascha hatte etwas Besseres verdient als eine Frau, die ein Schweineschnitzel nicht von einem Rindersteak unterscheiden kann, was im Grunde genommen auch egal gewesen war, denn sie hatte aus beiden immer Schuhsohlen gebraten. »Geht es dir sehr an die Nieren?« fragte ich vorsichtig.

»Eigentlich nicht«, lautete die gleichmütige Antwort, »wir haben uns ganz einfach auseinandergelebt. Man könnte es auch anders ausdrücken: Vicky hatte geglaubt, mich ändern zu können, und ich hatte angenommen, sie würde immer dieselbe bleiben.« Sein Grinsen spürte ich sogar durchs Telefon. »Mißerfolg ist die Chance, es beim nächstenmal besser zu machen.«

»Wieso? Übst du schon?«

»Darüber möchte ich noch nicht sprechen«, sagte mein Sohn und verabschiedete sich.

Es wurde ein wesentlich stilleres Weihnachtsfest als sonst, doch einen Vorteil hatte es: In diesem Jahr kamen wir wieder mit *einer* gebratenen Gans aus!

Hätte das Jahr statt der üblichen 365 Tage ausnahmsweise mal 380 gehabt, dann wäre es in die Familienchronik als das »Jahr der Trennungen« eingegangen. Nur wenige Tage nach ihrer Rückkehr aus dem Skiurlaub setzte Nicole ihren Thomas vor die Tür. Was im übrigen nicht unbedingt wörtlich zu nehmen ist, denn er wohnte ja noch zu Hause bei Mama und Papa. »Jetzt wollte er doch tatsächlich bei mir einziehen«, empörte sie sich, »quasi von einem Schürzenzipfel zum nächsten wechseln. Als ich das abgelehnt habe, ist er sauer geworden. Das ist er immer noch.«

Sie merkte es daran, daß am darauffolgenden Samstag wieder der Kranwagen vorfuhr und Opas Schreibtisch ein zweites Mal über den Balkon gehievt wurde. Die Vermieterin, diesmal abwesend, nach ihrer Heimkehr jedoch sofort von Nachbarn informiert, inspizierte hinterher jeden Zentimeter Hauswand auf etwaige Kratzer. Es gab keine. Man hatte ja schon Übung gehabt.

Wenige Tage danach schickte Thomas per Einschreiben seine Armbanduhr zurück, die er von Nicki zu Weihnachten bekommen hatte. »So was Albernes«, meinte sie nur. »Doch wenn er jetzt glaubt, er kriegt die Ohrringe wieder, dann hat er sich geirrt, die sind nämlich wirklich hübsch. Aber sein letztes Geburtstagsgeschenk kann er zurückhaben, diese blöde Küchenmaschine steht doch bloß rum!« Sprach's, entstaubte das Teil und deponierte es zu nächtlicher Stunde auf der elterlichen Terrasse. Womit das Kapitel Thomas abgeschlossen war und das von Jo begann.

»Der hat sie doch schon vor Jahren angegraben«, informierte uns Katja, nachdem die Besuche ihrer Schwester immer seltener und die gemeinsamen Unternehmungen mit Jörg immer häufiger wurden, »bloß hat er bisher nie eine Chance gehabt.«

»Wie ist er denn so?« frage ich.

»Womit verdient er seine Brötchen?« fragte Rolf.

»Er ist ganz nett und studiert noch.« Damit waren zwar beide Fragen beantwortet, doch viel klüger waren wir noch immer nicht.

»*Was* studiert er?«

»Keine Ahnung, irgendwas Technisches«, sagte Katja gelangweilt. »Wenn er fertig ist, kann er sich Dippel-Ing. nennen. Ist denn das so wichtig?«

»Ich will ja bloß wissen, ob er später mal eine Frau ernähren kann«, meinte Rolf beleidigt.

»In welchem Jahrhundert lebst du eigentlich, Papi? In einem halben Jahr wird Nicki vermutlich mehr Geld auf ihrem Konto haben als Jo. Und ich auch. Frauen werden nicht mehr ernährt, die kaufen sich ihre Brötchen selber.«

Bis dahin war nur noch eine einzige Hürde zu nehmen, nämlich das letzte Staatsexamen. Offiziell heißt es »Zweite

Dienstprüfung« und klingt schon sehr nach Beamtentum. Dank der Unterstützung ihres Kollegiums und nicht zuletzt ihrer eigenen Initiative würde Katja trotz ihrer viermonatigen Zwangspause zur Prüfung antreten können. Bis Mai könnte sie nach Ansicht ihres Rektors alles Versäumte aufgeholt haben.

Es muß irgendwann im Februar gewesen sein, als mich Steffi telefonisch darüber informierte, daß wir den nächsten Jahreswechsel alle auf Jamaika verbringen würden und es opportun sei, schon mal für die Flugtickets zu sparen.

»Spinnst du, oder hast du im Lotto gewonnen?« war alles, was mir dazu einfiel.

»In diesem Fall würde ich natürlich für sämtliche Kosten aufkommen«, bemerkte sie ganz richtig, »aber ein zweites Mal wird mir Fortuna bestimmt keine Chance mehr geben, nicht wahr, Määm?«

Diesen Vorfall bekomme ich wohl bis an mein Lebensende aufs Butterbrot geschmiert! Sechzehn Jahre alt war Steffi damals gewesen, hatte nach dem Besuch des Heilbronner Volksfestes ihre letzten fünfzig Pfennig in einen Automaten gesteckt, der dann ein Kärtchen ausgespuckt hatte mit Jahreshoroskop, Charaktereigenschaften, die sowieso nicht gestimmt hatten, und ähnlichem Unsinn. Angebliche Glückszahlen waren auch darauf vermerkt gewesen.

»Damit spiele ich in dieser Woche Lotto«, hatte Steffi gesagt und mich um Taschengeldvorschuß gebeten.

»Aber nicht für diesen Quatsch«, hatte ich abgelehnt, »das Geld könntest du ebensogut in den Mülleimer werfen.«

Ich hatte die Sache längst vergessen, als sie Tage später in der Zeitung blätterte und die Gewinnzahlen sah. »Ich glaube, die Karte steckt noch in meiner Jackentasche. Jetzt will ich doch mal wissen, wieviel ich gewonnen hätte«, meinte sie lachend.

»Zumindest den Einsatz, den hast du nämlich gespart«, erinnerte ich sie. Minuten später wurde sie kreidebleich. Schweigend hielt sie mir Karte und Zeitung entgegen. Sie hätte fünf Richtige nebst Zusatzzahl gehabt und etwas über hunderttausend Mark gewonnen. Seit diesem Tag habe ich immer ein schlechtes Gewissen, wenn Steffi mal wieder finanzielle Probleme hat. Im Augenblick schien das allerdings nicht der Fall zu sein.

»Was soll ich auf Jamaika? Und wer sind überhaupt ›alle‹?«

»Die ganze Sippe natürlich! Oder glaubst du, ich heirate ohne Familie?«

Beinahe hätte ich den Hörer fallen lassen. »*Du willst heiraten*?«

»Hannes aber auch.«

Diese Mitteilung mußte ich erst einmal verdauen. Natürlich freute ich mich, andererseits bedeutete dieser Schritt, daß ich eins meiner Küken endgültig hergeben mußte. Schon bei Saschas Hochzeit hatte ich ein merkwürdiges Gefühl in der Magengegend gehabt, doch die Bindung an ihn war lockerer gewesen. Er hatte ziemlich früh das Elternhaus verlassen, war später zwei Jahre lang durch alle Weltmeere gekreuzt und hatte bei uns nur ganz kurze Gastspiele gegeben. Steffi dagegen war ja noch gar nicht richtig flügge geworden!

»Bist du noch dran?« klang es aus dem Hörer.

»Ja. Ich bin nur ein bißchen überrascht. Das kommt alles so plötzlich. Warum wollt ihr denn auf Jamaika heiraten?«

»Das erzählen wir euch heute abend, jetzt muß ich an die Kasse. Da stehen schon wieder zwei Basteltanten mit einem ganzen Einkaufswagen voll Krimskrams. Hast du was zu essen da? Dann würden wir nämlich gleich nach Geschäftsschluß kommen.«

Wie sollte ich nach dieser Eröffnung bloß ans Essen denken konnen? »Irgendwas wird sich schon finden«, sagte ich, legte den Hörer auf und begab mich auf die Suche nach dem zukünftigen Schwiegervater. Ich fand ihn im Keller, wo er an dem im November begonnenen Vogelhaus herumfeilte. »Jetzt brauche ich es auch nicht mehr.«

»Das weiß ich selber«, knurrte der Gatte, »aber es soll wenigstens bis zum nächsten Winter fertig sein. Gib mir mal die Schraubzwinge rüber!«

»Steffi will heiraten.«

»Was? – Das ist keine Schraubzwinge, das ist eine Rohrzange. Ich meine doch das kleine Ding mit den zwei Backen.«

Was interessierte mich sein Handwerkszeug? »Hast du nicht gehört? Steffi heiratet!«

»Wird ja auch langsam Zeit. – Kannst du das hier mal festhalten?«

Da wollte sein kleines Mädchen, sein Augapfel (zumindest so lange gewesen, bis sie zum erstenmal Fußballstiefel angezogen hatte), die seinerzeit mit hundert verschickten Geburtsanzeigen begrüßte Tochter heiraten, und dieser Mensch klebte seelenruhig Holzbrettchen zusammen!

Oben bellte Otto. Als sein Kläffen in freudiges Winseln überging, wußte ich, daß Katja gekommen war. Endlich jemand, mit dem ich reden konnte. »Setz dich erst mal hin!« begrüßte ich sie. »Ich habe eine Neuigkeit für dich.«

»Eine pro Tag reicht eigentlich«, meinte sie, »heute hatte ich schon zwei. Morgen kriege ich einen neuen Schüler und nächste Woche Unterrichtsbesuch. Noch so 'ne Offenbarung kann ich nicht mehr verkraften.«

»Es ist eine erfreuliche Mitteilung. Steffi will heiraten.«

»Weiter nichts?« Gleichmütig streifte sie ihre Schuhe ab. »Das hat sie mir schon vorige Woche erzählt. Ich glaub's aber erst, wenn sie vor dem Standesbeamten steht.«

Jetzt war ich echt konsterniert. »Warum hast du denn nichts davon gesagt?«

»Du stellst vielleicht Fragen! *Den* Triumph wollte ich ihr doch nicht nehmen. Außerdem hatte sie mich gebeten, den Mund zu halten.«

»Immer diese Geheimniskrämerei«, moserte ich. »Deck mal den Tisch, die Kartoffeln sind gleich gar. Und dann hol bitte deinen Vater aus dem Keller! Eine Schraubzwinge ist übrigens keine Zange, sondern hat zwei Backen.«

Sie sah mich an, als hätte ich ihr soeben die Relativitätstheorie erklärt. »Geh runter, dann weißt du, was ich meine.«

Die Zeit bis zum Abend verging quälend langsam, doch erst nach zwei Steaks nebst Bratkartoffeln und einer Waschwanne Salat war das Brautpaar zu näheren Auskünften bereit. »Den ersten Heiratsantrag habe ich schon auf den Malediven gekriegt«, erzählte Steffi, »sehr prosaisch zwischen Kleiderschrank und Klotür, nachts um halb zwölf nach diversen exotischen Cocktails. Ich habe ihn bloß nicht ernst genommen. Der zweite kam dann ganz stilvoll bei Kerzen und Champagner in unserem Stammlokal. Da ist mir gar nichts anderes übriggeblieben, als JA zu sagen.«

»Und wo sind die Ringe?« Eine offizielle Verlobung hatte es seinerzeit bei uns auch nicht gegeben, doch auf einem Ring hatte ich bestanden; jeder sollte sehen, daß ich Rolf fest an der Angel hatte.

»Haben wir noch nicht«, sagte Hannes. »Braucht man die nicht erst zur Trauung?«

Es schien wirklich seine erste Verlobung zu sein.

»Was soll eigentlich der Quatsch mit Hochzeit unter Palmen und so?« wollte Katja wissen. »Glaubt ihr denn, wir können uns die Flugtickets aus dem Ärmel schütteln? Ich habe jedenfalls nicht genug Geld, um mal eben in die Karibik zu jetten.«

»Zu der Einsicht sind wir inzwischen auch gekommen. Und deshalb ...«

»Daran bin ich schuld«, unterbrach ihn Steffi. »Ich gebe ja zu, daß das eine Schnapsidee gewesen ist, aber ich habe mir das so richtig schön romantisch vorgestellt: Mitten im Winter zwischen blühenden Blumen barfuß im Sommerkleid am Strand zu stehen, das Meer rauscht, von irgendwoher klingt Reggaemusik ... und dann getraut zu werden.«

»Das kommt mir aber mächtig bekannt vor«, sagte Katja sofort. »Wie heißt doch gleich diese idiotische Serie im Fernsehen? Hochzeitstraum oder so ähnlich, nicht wahr?«

Hannes brachte die ganze Sache auf einen einfachen Nenner. »Genaugenommen könnten wir überall heiraten, meinetwegen auch im Bayerischen Wald oder auf Helgoland, nur nicht gerade in Heidelberg. Unsere Firma besteht seit über hundert Jahren, sämtliche Lieferanten bekämen Wind von der Sache, von der Kundschaft gar nicht zu reden, dafür sorgt schon meine Mutter – wir wären dazu verdonnert, einen offiziellen Empfang zu geben und zur eigentlichen Hochzeit lauter angeblich wichtige Leute einzuladen, die ich überhaupt nicht sehen will. Trudchens vorläufige Liste umfaßt ungefähr neunzig Personen. Ohne Familie!«

»Jetzt haben wir uns gedacht, daß wir einen großen Polterabend feiern«, fuhr Steffi fort, »während die Hochzeit in ganz kleinem Kreis auf Jamaika stattfindet, nur mit Eltern und den Trauzeugen.«

»Finde ich gut«, stimmte Katja zu. »Lieber schöne Flitterwochen für das Geld, als zum Dank für Eierkocher und ähnlich nützliche Geschenke irgendwelche Leute abfüttern. Wer zeugt denn bei euch trau?«

»Margit und Jürgen.«

Die kannte ich bereits. Erst unlängst hatte mich Katja mitgeschleppt zum Taucherstammtisch. Immerhin hätte ich auf diesem Gebiet auch schon gewisse Erfahrung und sei somit berechtigt, zumindest als Gast an dieser Runde teilzunehmen. Der eigentliche Grund war jedoch ein anderer gewesen. »Die haben inzwischen Bücher von dir gelesen und wollen dich unbedingt kennenlernen.« Den gleichen Wunsch hatte ich allerdings auch gehabt. Dem Namen nach kannte ich schon alle, wußte, daß es einen Computerspezialisten unter ihnen gab (man kann ja nie wissen ...) und einen richtigen Installateur (die Badewanne war zwar wieder in Ordnung, aber wie lange?), und Margit war sogar Dolmetscherin, was sich vielleicht auch als recht nützlich erweisen könnte, sollten meine Bücher jemals ins Russische übersetzt werden!

Außerdem hatte ich endlich Nili kennenlernen müssen, das Maskottchen, von dem ich schon so viel gehört hatte. Nili entpuppte sich als ungefähr 60 Zentimeter großes lila Nilpferd, das richtig stehen und sitzen kann und von allen als gleichberechtigter Partner angesehen wird. Es hat seinen eigenen Stuhl am Stammtisch, besitzt eine komplette Tauchausrüstung einschließlich der Preßluftflaschen, gebastelt aus zwei schmalen Isodrink-Dosen, und war schon mehrmals auf 30 Meter Wassertiefe gewesen, was durch entsprechende Fotos belegt werden kann. Hinterher hängt das Vieh immer drei Tage lang zum Trocknen auf der Wäscheleine. Nili verfügt auch über eine recht umfangreiche Garderobe, die vom Jogginganzug bis zur Badehose alles umfaßt, was ein vielgereistes Nilpferd eben so braucht.

»Margit ist ein lieber Kerl, und ich mag sie auch sehr gern, aber in bezug auf ihr Nilpferd hat sie echt einen an der Waffel«, hatte Katja mal gesagt, »sie vermenschlicht es regelrecht.«

Dieser Vorwurf trifft jedoch nicht nur sie, sondern den gesamten Freundeskreis. Nach der Rückkehr von einer mehrtägigen Reise hatte Margit in ihrer Wohnung dutzendweise leere Pizzaschachteln vorgefunden, in einer Ecke zusammengestellt einen Haufen geleerte Sektflaschen und auf dem Tisch mehrere Rechnungen einschlägiger Lokale sowie ein Schreiben der Bundeswehr, Abtlg. Schwertransporte, mit dem die Zahlung des noch offenstehenden Betrags von zigtausend Mark angemahnt wurde für die Beförderung von sechs Nilpferden vom Frankfurter Flughafen zu Margits Behausung zwecks Teilnahme an Nilis Geburtstagsparty. Die ganzen Computerausdrucke hatten verteufelt echt ausgesehen.

Der zu Margit gehörende Jürgen war mir vom ersten Augenblick an unsympathisch gewesen. Er hatte eine große Klappe, wußte alles und das grundsätzlich besser. Weshalb Hannes ausgerechnet ihn als Trauzeugen haben wollte, war mir ein Rätsel.

Bisher hatte Rolf der ganzen Debatte schweigend zugehört, jetzt machte er zum erstenmal den Mund auf. Er hätte es lieber nicht tun sollen. »Wißt ihr, was ich mir immer vorgestellt habe?«

Erwartungsvoll sahen wir ihn alle an.

»Ich wollte meine Tochter in einem hübschen Dorfkirchlein zum Altar führen«, sagte er mit verträumtem Blick, »vor uns die Zwillinge als Brautjungfern, dazu die Orgel mit Mendelssohn-Bartholdy, Wagner will ich nicht … na ja, eben so richtig schön feierlich und nicht barfuß im Sand.«

Mit offenem Mund hatte Steffi zugehört. »Kirche? Brautjungfern?? Vielleicht auch noch weißes Kleid mit Schleier??? Paps, aber doch nicht mit mir! Ich ziehe doch nicht so einen Rüschenfummel an!«

Der so abservierte Brautführer schob seinen Stuhl zurück und stand auf. »Macht doch, was ihr wollt! Mich fragt ja sowieso keiner mehr! Hochzeit auf Jamaika! So ein Blödsinn! Sitzen da eigentlich immer noch die Engländer?«

Richtig, dieses Eiland ist ja auch mal Kronkolonie gewesen. »In offizieller Eigenschaft wird da bestimmt keiner mehr zu finden sein, was aber nicht ausschließt, daß ein paar freiwillig geblieben sind.« Es würde noch ein erhebliches Stück Arbeit bedeuten, meinem Ehemann die Reise schmackhaft zu machen. Er kennt zwar außer seiner gewesenen Schwiegertochter Vicky nicht einen einzigen Engländer persönlich, kann diese »Inselaffen« aber grundsätzlich nicht leiden und ist der allerdings nicht ganz unberechtigten Meinung, daß die gesamte Nation mit Lieschen König an der Spitze einen Spleen habe. Man brauche doch bloß an das total verkalkte Oberhaus zu denken und an die Gewohnheit, jedes Problem mit einer Tasse Tee lösen zu wollen.

Nachdem das Familienoberhaupt grollend das Zimmer verlassen hatte, konnten wir uns uneingeschränkt unserem so interessanten Thema widmen. »Weißt du denn schon, was du anziehen wirst?« fragte Katja.

»Das ist nun wirklich mein geringstes Problem«, winkte Steffi ab, »irgendein sommerliches Fähnchen.«

»Das suche ich dir aber aus!« bestimmte ihre Schwester sofort. »Sonst holst du dir wieder so ein unmögliches Teil wie damals zu Saschas Hochzeit.«

Zugegeben, sehr vorteilhaft hatte diese sandfarbene Kombination nicht ausgesehen, aber vielleicht hatte es auch nur daran gelegen, daß Steffi zum erstenmal seit ihrer Einschulung einen Rock getragen hatte, sich einfach nicht unbeschwert darin bewegen konnte und auch mit den extra dazu gekauften Pumps nicht so richtig klargekommen war. Die Turnschuhgeneration hat ja auch heute noch Schwierigkeiten mit den ersten hohen Absätzen.

Fast eine Stunde lang hörte sich Hannes mit ergebener Miene an, was eine europäische Braut an einem karibischen Strand wohl am besten anziehen könne, ob die Hochzeitstorte in der Hitze zerlaufen würde, wieviel wohl eine Drei-Mann-Kapelle kosten würde und so weiter, bis der Bräutigam energisch darauf hinwies, daß dieses bedeutende Ereignis erstens nicht in der kommenden Woche stattfände und man die Details deshalb auch nicht jetzt und hier erörtern müsse, und daß zweitens morgen ein regulärer Arbeitstag sei und man noch sechzig Kilometer Autobahn vor sich habe. »Wenn ich euch so höre, hätte ich große Lust, den Status quo beizubehalten. Und sooo viel Steuerersparnis bringt eine Eheschließung eigentlich doch nicht!«

Sofort stand Steffi auf. »Du hast ja recht, es ist wirklich spät geworden.« Sie pflückte ihre Jacke von der Stuhllehne und lief zur Tür.

»Meine Güte, renn doch nicht gleich los!« rief Katja hinterher. »Im Falle eines Falles steht dir zumindest das Kranzgeld zu!«

Schon am nächsten Tag stand Steffi wieder auf der Matte. »Ich habe meine Mittagspause opfern müssen, aber ohne Papiere ist man ja nur ein halber Mensch. Hast du meine Brieftasche gefunden?«

»Ich habe gar nicht danach gesucht.«

»Mußtest du auch nicht! Sie liegt nämlich in der Gästetoilette auf dem Fensterbrett. Da habe ich sie gestern aus der Hosentasche genommen.«

So etwas nennt man kalt erwischt! Die untere Toilette hatte ich heute überhaupt noch nicht betreten, was den Schluß nahelegt, daß ich eine miserable Hausfrau bin. Meine Nachbarin pflegt spätestens um neun Uhr morgens auf sämtlichen Fensterbrettern die Läufer und Plüschvorlagen auszubreiten, um dann mit mindestens fünf verschiedenen Reinigungsmitteln eine Putzorgie zu veranstalten. Ich weiß das nicht etwa, weil ich vormittags auf der Lauer liege, sondern weil meine Nachbarin ihre Hausarbeit mit Gesang begleitet. Leider ist sie eine Verfechterin deutschen Liedguts und offenbar auch Heino-Fan. Ich mag ihn nicht, aber er singt trotzdem besser.

Mit zwei Bananen und einer Milchschnitte unterm Arm eilte Steffi wieder zum Auto. Ich eilte hinterher. Mit der Brieftasche.

»Ich bin wirklich ein Schussel«, meinte sie, »danke fürs Nachlaufen. Ich wollte dich sowieso noch fragen, ob du nicht Lust hast, mitzukommen?«

»Wann? Jetzt?«

»Nee, nach Jamaika.«

Hochzeiten, auch wenn sie noch nicht unmittelbar bevorstehen, scheinen sonst völlig normale Menschen in eine Art Trance zu versetzen. Verwundert sah ich meine Tochter an. »Natürlich kommen wir mit, das ist doch abgemacht.«

»Da hast du was falsch verstanden. Ich meine doch im Sommer.«

»Da verreise ich nie, das weißt du ganz genau.«

»Statt dessen sitzt du alleine zu Hause rum, weil Papi mit Onkel Felix wieder zum Angeln fährt. Wo wollen sie diesmal hin? Nach Irland?«

»Nein, nach Norwegen. Felix hat gesagt, von Großbritannien habe er die Nase voll. Im vergangenen Jahr ist er in Schottland gewesen und sei sich hinterher vorgekommen, als habe er seinen Urlaub in einer Autowaschanlage verbracht.«

»Regnet es in Norwegen nicht auch ziemlich oft?«

»Weiß ich nicht. Ist mir auch egal, ich muß ja nicht hin.«

»Eben! Deshalb kannst du doch mit uns mitkommen. Das war übrigens Hannes' Idee. Er will schon mal den Umgang mit Schwiegermüttern trainieren.«

Ich schüttelte den Kopf. »Das lassen wir besser bleiben! Es reicht, wenn Hannes *nach* der Hochzeit eine Schwiegermutter am Hals hat.« Ich begriff sowieso nicht, wovon Steffi eigentlich redete. Die Hochzeit sollte Ende des Jahres stattfinden, und sie faselte dauernd etwas vom Sommer. Offenbar hatte sie meine unausgesprochene Frage verstanden.

»Der Gedanke ist uns gestern auf der Heimfahrt gekommen. Genaugenommen lassen wir uns auf ein Vabanquespiel ein, wenn wir auf gut Glück ein Hotel buchen und uns darauf verlassen, daß schon alles klappen wird. Für eine normale Urlaubsreise reicht das aus, aber wir wollen dort ja auch noch heiraten. Jedenfalls meinte Hannes, wir sollten uns das angepeilte Domizil erst mal ansehen. Vielleicht gefällt es uns überhaupt nicht, dann können wir vor Ort was anderes suchen. Außerdem wollen wir doch mal abchecken, wie die ganze Sache abläuft. Wenn der Behördenmensch nur einheimisch spricht, sollten wir zumindest wissen, wann wir JA sagen sollen. Und zwei Wochen Urlaub brauchen wir sowieso mal wieder.«

»Die seien euch ja auch gegönnt. Ich weiß nur nicht, was ich mit der ganzen Sache zu tun habe.«

»Ganz einfach, du sollst mitkommen!«

»Ich denke ja gar nicht daran!«

Das tat ich aber doch, und zwar genau eine Stunde lang, dann hatte ich Hannes an der Strippe. Ob ich jetzt zickig geworden wäre, wollte er wissen, wenn er mich nicht dabeihaben wollte, hätte er den Vorschlag erst gar nicht gemacht, und überhaupt habe er schon vorsichtshalber für mich mitgebucht. Inklusive Reise-Rücktrittsversicherung. Im übrigen hätten sich Margit und Jürgen auch noch drangehängt, das würde mich doch sicherlich beruhigen.

»Das beruhigt mich gar nicht«, brüllte ich ins Telefon, als ich endlich mal zu Wort kam, »da wäre ich doch sowieso das sprichwörtlich fünfte Rad am Wagen, also total überflüssig.«

»Irrtum«, kam es prompt zurück, »du bist das Reserverad, und das ist bei einer Panne unentbehrlich.«

Konnte sich dieser Mensch nicht weniger blumenreich ausdrücken? Was meinte er mit Panne? Sollte ich etwa bei möglichen vorehelichen Streitereien den Engel spielen? Da kannte er mich aber schlecht! Doch abgesehen davon gefiel mir die Idee, auch mal im Sommer zu verreisen, ausnehmend gut. Ich mußte nur noch Rolf dazu bringen, sie ebenfalls gut zu finden.

Seitdem die Kinder ihre eigenen (Urlaubs-)Wege gehen, tun wir es auch. Einen eingefleischten Sonnenanbeter, der zu seiner Seligkeit nur Strand und ein warmes Meer braucht, kann man nicht mit selbstgefangenen Lachsen reizen, schon gar nicht, wenn man sie aus eiskalten Gewässern holen muß. Drumherum ist es meistens auch nicht viel wärmer. Ebensowenig habe ich etwas für beschauliche Ortschaften übrig, denn mir fehlt das Malerauge. Aquarellieren kann ich nicht, ich durfte aber immer das Wasser holen. Wenn ich Glück hatte, gab es einen Dorfbrunnen, falls nicht, blieb nur die nächste Kneipe. Dabei ist es gar nicht so einfach, einem erwartungsvollen Wirt klarzumachen, daß man statt eines Mittagessens bloß eine Blechbüchse voll Leitungswasser haben will.

Andererseits kann man einem Ehemann, der schon bei zwanzig Grad Außentemperatur einen Ventilator auf seinen Schreibtisch stellt, nicht zumuten, bei dreißig Grad im Schatten einen Strandspaziergang zu machen. Ein einziges Mal habe ich Rolf nach Kenia mitgeschleift und es drei Wochen lang bereut. Den anklagenden Blick werde ich nie vergessen, wenn er in Ufernähe einen Schwarm fingerlanger Fischlein entdeckte und ich ihn im Geiste den fehlenden Meter dazuzählen sah, der in einem kühlen, klaren Fluß aufs Geangeltwerden wartete (oder auch nicht!). In der dritten Woche hatte ich meinem frustrierten Gatten ein paar Tage Hochseefischen verordnet, doch das hatte ihm nicht gefallen. Zuviel Sonne, und das einheimische Bier hatte ihm auch nicht geschmeckt.

Seitdem machen wir getrennt Urlaub, er im Sommer, ich im Winter, und beide sind zufrieden.

Überraschenderweise hatte Rolf gegen meine außerplanmäßige Reise nichts einzuwenden. »Finde ich prima, daß sie dich mitnehmen. Warum sollst du denn auch hierbleiben? Bis jetzt mußte ja immer jemand da sein, um die Küken zu bekochen und abends überall das Licht auszumachen, aber das ist doch jetzt nicht mehr nötig. Lehrerinnen haben lange Sommerferien, und das Elternhaus ist der letzte Platz, wo sie sie verbringen werden.«

Damit hatte er zweifellos recht. Katja würde bereits am letzten Schultag zu ihrem Tom nach Heidelberg fahren und selig sein, daß sich ihre Zweisamkeit mal nicht nur aufs Wochenende beschränkte, und Nicki fühlte sich in ihrer eigenen Wohnung viel zu wohl, um sie freiwillig gegen unser Gästezimmer einzutauschen.

»Vielleicht gelingt es dir ja, den beiden Eheaspiranten diese fixe Idee mit der Hochzeit auf Jamaika auszureden«, meinte Rolf so ganz nebenbei. »Vor Ort finden sich doch bestimmt genügend Gründe, die dagegen sprechen.«

Daher also wehte der Wind! Nicht Großzügigkeit und Mitleid mit der armen Daheimgebliebenen waren es, die meinen Ehemann so tolerant erscheinen ließen, sondern purer Egoismus! Er wollte bloß nicht auf das vermutlich herrliche *Island in the sun*, er wollte vielmehr seine Dorfkirche haben oder wenigstens ein deutsches Standesamt mit einem richtigen deutschen Beamten hinter dem Schreibtisch. Elender Chauvinist! Mir dagegen gefiel der Plan einer exotischen Hochzeit ausnehmend gut. So richtig vorschriftsmäßig mit weißer Braut, Kirche und Orgel hatte ich ja schon einen meiner Nachkommen verheiratet, und die Sache war schiefgegangen. Einer weniger konventionellen Zeremonie würde vielleicht eine haltbarere Ehe folgen.

Und dann kam alles doch ganz anders!

O mia bella Venezia!

Doch zuerst kam mein Geburtstag. Ein runder diesmal. Runde Geburtstage machen aber nur Spaß, solange man unter dreißig ist, danach wird es kritischer. Bis dahin war man jung, plötzlich wird man »reif«. Noch schlimmer ist es, wenn man doppelt so alt wird. Über Nacht gehört man zu den Senioren und hat Anspruch auf einen Platz im Altersheim. Sämtliche Statistiken, Meinungsumfragen und was es sonst noch an Erhebungen gibt, ziehen bei 60 eine Grenze. Bis 59 wird gestaffelt, ab dann heißt es »60 und darüber«, wobei die Skala nach oben immerhin offen bleibt.

Runde Geburtstage erfordern von den nicht unmittelbar Betroffenen erhöhte Anstrengungen. Vor allem braucht man ein besonderes Geschenk – eben weil es ein runder Geburtstag ist. Heraus kommt meistens etwas, mit dem der Beschenkte wenig anfangen kann und nur auf eine passende Gelegenheit wartet, die Gabe wieder loszuwerden, was spätestens bei der Sammelaktion für das alljährliche Schulfest der Fall ist. Die für den Flohmarkt Verantwortlichen nehmen alles!

Ich erinnere mich noch genau an jenen Tag, an dem Sven seinen ersten runden Geburtstag feierte und wir uns tagelang den Kopf wegen des besonderen Geschenks zerbrochen hatten. »Ich habe damals zu meinem Zehnten einen Atlas bekommen«, hatte Rolf sich erinnert, »ein wunderbares Geschenk. Stundenlang bin ich mit dem Finger über die Meere gefahren, habe mich durch Urwälder gequält und sämtliche hohen Berge bestiegen. In Geographie hatte ich auch immer eine Zwei.«

Das glaube ich ihm gern. Auf diesem Gebiet ist er wirklich fit. Als ich unlängst wissen wollte, wo die Kapverdischen Inseln eigentlich liegen, konnte er es mir sofort sagen. Ich hatte sie ganz woanders gesucht.

In der Erwartung, sein Erstgeborener würde seine Interessen teilen, kaufte der stolze Vater seinem Sohn ebenfalls einen Atlas, sogar einen besonders großen. Sven freute sich auch scheinbar darüber, schrieb in der nächsten Erdkundearbeit eine Vier und erwiderte auf die sanften Vorwürfe seines Vaters, er habe sich natürlich schon intensiv mit dem Atlas beschäftigt, nur nicht gerade mit der Oberrheinischen Tiefebene, und eben die sei drangekommen.

Wenige Tage darauf wagte ich mich wieder einmal in sein Zimmer – das tat ich nur dann, wenn ich richtig gute Laune und dadurch auch eine höhere Toleranzschwelle hatte –, hob als erstes den auf dem Boden liegenden aufgeschlagenen Atlas hoch und wußte endlich, auf welche Weise Sven sich mit dem teuren Stück beschäftigte. Den australischen Kontinent hatte er mit lauter Känguruhs und Koalabären verziert, in Afrika tummelte sich eine ganze Menagerie, Amerika war von Indianern, Cowboys, Pferden, Büffeln und Koyoten bevölkert, doch in Asien schien es nur schlitzäugige Menschen zu geben. Aber vielleicht war er mit der Besiedlung nur noch nicht fertig geworden, die angefangene Miniaturzeichnung eines Tigers ließ hoffen. Über den Nordpol spazierten Eisbären, am Südpol saßen Pinguine, und weil es ja zwischen den Kontinenten viel Wasser gibt, man kleinere Fischarten aber so schwer auseinanderhalten kann, hatte Sven sich auf Wale und Robben beschränkt. Über die freien Flächen fuhren Schiffe jeder Größe.

Lediglich Europa schien ihm Kopfzerbrechen zu machen. In Frankreich entdeckte ich zwar Asterix und Obelix, in Deutschland einen bartigen Germanen mit Keule, doch die übrigen Länder waren noch nicht bevölkert. Vom Vater zur Rede gestellt, erklärte der Knabe, Atlanten sähen immer so langweilig aus, und er habe seine Bilder nur dorthin gemalt, wo es keine großen Städte gäbe. »Die müssen wir immer auswendig lernen. Die Namen von langen Flüssen kommen ja öfter vor, und die kleinen brauche ich sowieso nicht. Du mußt doch zugeben, Papi, daß es jetzt richtig Spaß macht, in dem Atlas zu blättern.«

Papi gab es zu, meinte jedoch, er hätte lieber einen kleineren kaufen sollen, in dem nicht jedes Land zwei Seiten umfasse.

Soviel zu den »besonderen Geschenken«. Als ich fünfzig wurde, erschöpfte sich die Phantasie meiner Nachkommen noch in einer selbstgebackenen, sehr liebevoll dekorierten Torte, auf der auch die richtige Anzahl von Kerzen prangte. Nur war die Torte ein bißchen zu klein geraten, die Lichtlein steckten sehr eng nebeneinander, durch die Hitze verbogen sie sich, das Wachs tropfte munter auf die Glasur, und erst nachdem wir die oberste Schicht abgekratzt hatten, konnten wir den Kuchen essen.

Nun stand mir wieder so ein Jubeltag bevor, und ich ahnte, daß ich diesmal nicht so glimpflich davonkommen würde. Nicht umsonst hatte ich mit einiger Besorgnis die Fotos in Hannes' Büro beguckt, aufgenommen am 60. Geburtstag seiner Mutter. Da war eine Blaskapelle in der Halle aufmarschiert, der dritte Bürgermeister war zum Gratulieren erschienen, und auch sonst hatte sich so einiges getan, was an normalen Geburtstagen unüblich gewesen wäre.

Ein Geschäft führe ich nicht, wir sind auch nicht in der vierten Generation hier ansässig, und der hiesige Posaunenchor kommt freiwillig immer erst dann, wenn man achtzig wird. Aber man kann ihn auch mieten!!! (Später habe ich erfahren, daß mir noch Schlimmeres bevorgestanden hätte: Hannes hatte bereits den Dudelsackpfeifer angeheuert gehabt, der sonst in der Heidelberger Fußgängerzone tutend herumspaziert. Er bleibt nie stehen, was ja auch verständlich ist, denn bewegliche Ziele sind schwerer zu treffen!)

Nun hatte ich ohnehin beschlossen, dem zu erwartenden Auftrieb durch rechtzeitige Flucht zu entgehen. Mehrmals hatte ich zu spätabendlicher Stunde, wenn die Gefahr etwaiger Mithörer gebannt war, mit Irene konferiert, und gemeinsam hatten wir nach einem Asyl gesucht, das nicht zu entfernt, doch immer noch weit genug weg sein würde, um mögliche Überfälle von Gratulanten auszuschließen. »Wie wäre es mit Italien?« hatte sie gemeint.

»Um diese Jahreszeit kann man im Mittelmeer doch noch nicht baden.« Was soll man sonst in Italien machen außer Chianti trinken?

»Ich hatte eigentlich mehr an den Norden gedacht, Toskana

oder das Veneto. Ein bißchen Kultur, ein bißchen Shopping ... Warst du schon mal in Venedig?«

»Nein.«

»Siehste, ich auch nicht. Als ich geheiratet habe, hatten wir für eine Hochzeitsreise kein Geld, da sind Kochtöpfe und Bettbezüge wichtiger gewesen. Später wollten wir immer mal hin, doch irgendwie ist nie etwas daraus geworden.«

»Bei uns auch nicht. Zweimal sind wir schon dicht dran gewesen, haben quasi vor den Toren Venedigs gestanden, aber reingekommen bin ich nicht. Frag mich nicht, warum, ich weiß es nicht mehr. Allerdings bin ich nie den Verdacht losgeworden, daß Rolf nur deshalb immer einen Bogen drumherum gemacht hat, weil er nicht mit dem Wagen hinfahren durfte.«

Schweigen. Dann ein verhaltenes Glucksen. »Auf *den* Gedanken bin ich noch gar nicht gekommen, dabei ist er doch so naheliegend. Was hältst du davon, wenn wir beide Venedig einfach nachholen?«

Ich hielt das für eine glänzende Idee.

»Wir fliegen nach Mailand, mieten uns dort einen Wagen und gondeln gemütlich durch die Gegend. Vicenza, Padua und was sonst noch so am Wege liegt. Als Abschluß dann Venedig. Könntest du dich mit dieser Route anfreunden?«

»Und ob!«

»Dann ist ja alles klar«, sagte Irene und versprach, die ganze Sache in die Hand zu nehmen. »Du brauchst nur mit deinem Koffer pünktlich am Flugplatz zu sein.«

Jetzt mußte ich lediglich den günstigsten Zeitpunkt abpassen, um Sippe nebst Anhang von meiner »feigen Flucht« (Kommentar Hannes) zu unterrichten; früh genug, um kulinarische Vorbereitungen zu verhindern, aber doch so spät, daß ich mir die zu erwartenden Proteste nicht wochenlang anhören mußte. Sechs Tage vor dem Abflug ließ ich die Bombe platzen. Die Wirkung war durchschlagend.

Das sei nicht fair, ich könnte ihnen allen doch nicht die ganze Freude verderben, was ich mir eigentlich dabei gedacht hätte, und so weiter. Offenbar hatte niemand berücksichtigt, daß es ja *mein* Geburtstag war. Jedes Jahr hatte ich einen Teil meines Ehrentags in der Küche verbracht, literweise Kaffee gekocht, kalte Platten fabriziert, Sonderwünsche nach Pfefferminztee oder Weizenbier erfüllt, am Tag vorher Kuchen gebacken, am Tag danach die Spuren der Fete beseitigt, und nun nahm man es mir regelrecht übel, daß ich diesmal einfach nicht wollte. Nur Steffi brachte ein bißchen Verständnis auf. »Dann laßt sie doch ziehen! Wenn sie uns nicht haben will ... Irgendwie ist es ja begreiflich. So'n Geburtstag mit 'ner Null hintendran ist wirklich ätzend. Wenn ich mir vorstelle, daß ich in ein paar Monaten dreißig werde ... Es ist schon ein komisches Gefühl, daß man vom nächsten Tag an auf die Vierzig zugeht!«

Richtig einverstanden waren sie nicht, doch sie sicherten mir zu, sich abwechselnd um ihren Vater zu kümmern. »Sonst holt er sich ja doch wieder jeden Tag so'n Gummiadler vom Hähnchenwagen.«

Noch zehn Minuten länger diese versteckten Anklagen, und ich bekäme ein schlechtes Gewissen. Bis jetzt hatte ich noch keins. »Wenn ich zwei Wochen lang auf ›Dichterlesung‹ bin, macht ihr nie solch einen Aufstand. Nun will ich nur sechs Tage weg, und schon stellt ihr euch an, als würde ich die Ausrottung der gesamten Familie planen.«

»Das ist ja auch ganz was anderes«, kam es im Chor zurück.

Wieso eigentlich?

Italienisches Wetter ist auch nicht mehr das, was es mal gewesen war! Als wir aus dem Flieger stiegen, regnete es. Kalt war es außerdem. In Erwartung südlicher Temperaturen hatte ich aber nur eine Jacke mit und fror erbärmlich. Zu allem Überfluß funktionierte die Heizung im Wagen nicht richtig. »Hättest du nicht ein anderes Auto mieten können?«

»Einen Panda klaut wenigstens niemand«, sagte Irene gleichmütig. »Du mußt auch höchstens noch zwei Stunden durchhalten, dann kannst du dich im Thermalbad aufwärmen.«

Drei Tage lang würden wir in einem Kurort wohnen, nach ihrer Ansicht der strategisch günstigste Ausgangspunkt für die geplanten Besichtigungen. Daß ein Botanischer Garten dazugehörte, war einleuchtend, nicht umsonst beschäftigt sich Irene mit Blumenzwiebeln.

Nur als sie wissen wollte, ob ich mit Palladio etwas anfangen könnte, war ich erst mal überfragt. Maler? Dichter? Bauwerk? Vielleicht so eine Art Kolosseum? Nach ein paar sehr schweigsamen Minuten kam mir doch noch die Erleuchtung! Palladio war ein Mann gewesen, vor etwas mehr als vierhundert Jahren geboren oder auch gestorben, das wußte ich nun wirklich nicht mehr, aber ich konnte mich erinnern, daß man im Jubiläumsjahr ihn und seine Werke in der Presse gewürdigt hatte. Offenbar hatten sie mich nicht sonderlich interessiert, sonst müßte ich jetzt nicht krampfhaft überlegen, worin sie denn bestanden hatten. Hätte er Gemälde hinterlassen oder bedeutende Dichtungen, dann hätten wir ihn schon in der Schule durchgekaut, hatten wir aber nicht. Als Komponist war er mir auch nicht bekannt. Womit, um alles in der Welt, hatte sich Herr Palladio denn sonst einen Namen gemacht? Besser gefragt, wovon hatte ich am wenigsten Ahnung? »Wahrscheinlich liege ich völlig schief«, tastete ich mich vorsichtig an die Sache heran, »aber hatte der nicht im weitesten Sinn was mit Architektur zu tun?«

»Gut geraten«, sagte Irene lachend, denn ihr war mein Zögern natürlich nicht entgangen. »Hier in der Gegend gibt es ein paar ganz bekannte Villen von ihm, die sollten wir uns mal ansehen.«

»Na klar, machen wir!« Villen stehen meistens inmitten von Gärten, und wenn Irene einen sieht, der größer ist als ihr eigener, muß sie rein. Und solange ich nicht in ihnen Unkraut ziehen muß, habe ich gegen schöne Gartenanlagen nichts einzuwenden.

Unser Hotel war groß, gepflegt, angenehm beheizt und eine Spur zu vornehm. Das merkte ich schon, als wir das Foyer betraten und die Gäste elegant gewandet bei ihren Cocktails sitzen sahen. In einer knappen Stunde würde das Abendessen serviert werden.

»Du hättest mir wirklich sagen können, daß ich das kleine Schwarze mitnehmen muß«, sagte ich vorwurfsvoll, während ich in der Tasche nach »Bakschisch« für den Kofferträger fahndete, »meine Garderobe ist mehr auf Freizeit ausgerichtet.«

»Solange du Bügelfalten in der Hose und einen Seidenschal um den Hals hast, bist du salonfähig.« Mit dem Kopf deutete Irene auf zwei Seniorinnen, die ähnlich ausstaffiert waren.

»Trotzdem werde ich mir erst einen Badeanzug anziehen und ein bißchen schwimmen. Seit einem Vierteljahrhundert lebe ich in Schwaben, und da lautet die Devise: Des hemmer zahlt, des müsse mer au ausnütze!«

Wir waren die einzigen, die sich noch in dem herrlich warmen Wasser tummelten, aus der Halle ins Außenbecken schwammen und die mit Liegestühlen betüpfelte parkähnliche Anlage bewunderten. »Ich glaube, wenn morgen früh die Sonne scheint, kriegst du mich hier nicht weg«, prophezeite ich.

Sie schien noch nicht, aber wenigstens regnete es nicht mehr. Nach dem opulenten Frühstück suchten wir erst mal unser Auto, das vom Wagenmeister in der hintersten Ecke geparkt worden war, wo es das Gesamtbild der aufgereihten Nobelkarossen am wenigsten störte, und dann fuhren wir los zur ersten Palladio-Villa. Im nachhinein bin ich meiner Freundin dankbar für das Kulturprogramm. Es blieb natürlich nicht bei der einen Villa, wir haben ein halbes Dutzend besucht, doch jede ist sehenswert gewesen – einmal wegen der Säulen, zum anderen wegen der Symmetrie, wobei ich zugeben muß, daß mir zwar die Säulen aufgefallen wären, nicht aber die Harmonie des Ganzen. Begeistert haben mich allerdings die Fresken im Innern der Villen. Was man sonst nur in großen Museen bewundern kann, ziert hier Wände und Decken – Werke von Veronese, Tiepolo, Zelotti und anderen. Palladio muß hervorragende Beziehungen zu den namhaften Künstlern seiner Zeit gehabt haben. *Mir* hätten Picasso oder Chagall bestimmt nicht mein Schlafzimmer ausgemalt, selbst wenn ich sie hätte bezahlen können, doch ob sie es für einen wohlhabenderen Geschäftsmann wie z. B. Herrn Oetker getan hätten, möchte ich auch bezweifeln. Vor vierhundert Jahren muß so etwas jedoch gebräuchlich gewesen sein, Hauptsache, die Kasse hat gestimmt. Allerdings werden die Honorare damals etwas bescheidener ausgefallen sein als heute, wo manche zeitgenössischen Maler beim Verkauf ihrer monumentalen Werke offenbar einen Quadratmeterpreis zugrunde legen.

Wie üblich hatte sich Irene auf unsere Reise gründlich vorbereitet, und so habe ich eine Menge gelernt. Nicht nur über Architektur, vor allem über Gärten. Ich kann jetzt sogar auf Anhieb einen Renaissance-Garten von einem englischen Garten unterscheiden. Diese Kenntnis ist nicht lebenswichtig, doch es schadet auch nichts, wenn man ein bißchen was darüber weiß. Bis dato waren Gärten für mich Rasenflächen gewesen mit Büschen am Rand, ein paar Beeten mittendrin und viel Löwenzahn dazwischen.

Daß wir immer erst dann in eine Stadt kamen, wenn uns der Hunger dorthin trieb, hat uns eine Menge Geld erspart. Beim anschließenden Schaufensterbummel standen wir nämlich jedesmal vor verschlossenen Türen. Ihre Siesta lassen sich die Italiener nicht nehmen, sie dehnen sie sogar beliebig lange aus. Vor sechzehn Uhr wird kaum ein Laden geöffnet, manchmal sogar noch später, und vor allem Padua scheint im Mittagsdauerschlaf zu liegen. Dafür hätte ich mir die tolle Bluse aber noch abends um zehn kaufen können (o bella Italia, du glückliches Land ohne Ladenschlußgesetz!), nur lagen wir um diese Zeit gewöhnlich schon in unseren Betten. Pflastertreten macht müde!

Nach drei Tagen hatten wir genug Villen besichtigt, genug Gärten durchwandert, und die zauberhafte Landschaft des Veneto kannten wir jetzt auch ein bißchen. Sogar Petrus hatte ein Einsehen gehabt und Sonne geschickt. Ich stieg auf T-Shirt und Bermudas um.

Über Venedig gibt es tonnenweise Literatur, jeder Dichter, der mal dort gewesen ist, hat sich darüber ausgelassen, »Tod in Venedig« ist in der elften Klasse Pflichtlektüre gewesen, »Wenn die Gondeln Trauer tragen« war ein Film, den man angeblich gesehen haben *mußte*, sogar James Bond ist mal durch die Kanäle gebrettert und hat dabei ziemlich viel Kleinholz hinterlassen – i c h werde also nicht auch noch von den Sehenswürdigkeiten schwafeln.

Venedig betritt man zu Fuß. Reist man mit dem Auto an, dann muß man sein Spielzeug auf einem der riesigen Parkplätze abstellen und kann nur hoffen, daß man es erstens überhaupt wiederfindet und zweitens in demselben Zustand, in dem man es verlassen hat. Beides kann sein, muß aber nicht.

Sodann besteigt man einen der schwimmenden Omnibusse, sofern man nicht das schnellere (und wesentlich teurere) Wassertaxi bevorzugt oder – je nach Hotelkategorie – auf einen eigenen Zubringerdienst zurückgreifen kann. Da Irene der Ansicht gewesen war, zu einem runden Geburtstag und erst recht zu Venedig gehöre auch ein bißchen Luxus, hatte sie uns im bekanntesten und vermutlich auch ältesten Hotel einquartiert, einem ehemaligen Palazzo, direkt an der großen Lagune gelegen. Ein Teil der Prominenz dieses Jahrhunderts hatte hier auch schon genächtigt: Pablo Casals und Hemingway, Gunther Sachs, Maria Callas, die Begum, und angeblich soll in einer der prächtig ausgestatteten Suiten Richard Burton seine Liz verdroschen haben. In Rom gibt es ja ebenfalls ein Hotel, das mit ähnlich pikanten Histörchen aufwarten kann, was mich nicht weiter wundert, denn trotz fortschreitender Emanzipation sind die meisten Italiener immer noch Machos und tolerieren Gleichgesinnte.

Doch die Zeiten haben sich geändert, die Prominenz trifft sich woanders, und selbst renommierte Hotels müssen sich jetzt mit Reisegruppen oder ganz normalen Mittelstandsbürgern zufriedengeben. Die vielen mandeläugigen Damen und Herren, die uns im Lift, in der Lounge und im Waschraum begegneten, gehörten nämlich nicht zum Hofstaat des Tennos, sondern zu einem japanischen Elektronikkonzern. Damit sie nicht den ebenfalls tagenden Autoherstellern in die Quere kamen, trugen alle Abgesandten verschiedenfarbige Sticker auf den Revers ihrer ausnahmslos dunklen Anzüge bzw. Kostüme. Leider habe ich nicht herausbekommen, ob es sich bei diesem Massenauftrieb tatsächlich um geschäftliche Meetings handelte oder ob die jeweiligen Firmenchefs nicht doch für jungverheiratete Mitarbeiter so eine Art Sammel-Flittertage organisiert hatten. Freiwillig nehmen die doch keinen Urlaub, und irgendwie muß sogar ein japanischer Boß seine Leute bei der Stange halten! Die schon etwas älteren Herrschaften werden dann wohl besonders verdiente Angestellte mit einem jahrelangen Feriendefizit gewesen sein. Die fernöstlichen Gäste hatten ihre eigenen Aufenthalts- und Speiseräume, und wenn man ihnen begegnete, schienen sie immer auf dem Weg von oder zu ihrem Rudel zu sein.

Am zweiten Morgen wartete ich im Frühstückszimmer eine halbe Stunde lang auf Irene, rief mehrmals in ihrem Zimmer an, fragte am Empfang nach und sah sie schon gemeuchelt in einem der unzähligen Kanäle schwimmen, als sie endlich auftauchte. »Tut mir leid, aber ich habe mich verlaufen. Als ich schließlich merkte, daß ich bei den Japanern frühstücke, war ich bereits fertig.«

Eingetroffen waren wir am späten Nachmittag, also zur Rush-hour, wenn die Tagesausflügler zu den Anlegestellen hasten, ein halbes Dutzend Dampfer die Bummelanten zusammentuten und man vor lauter Menschen nicht mal mehr die Steine vom Trottoir erkennen kann.

»Venedig sehen und sterben«, murmelte Irene. »Ich weiß nicht, wer das gesagt oder geschrieben hat, wahrscheinlich sind es seine letzten Worte gewesen, bevor er totgetreten wurde.«

»Eigentlich bezieht sich das auf Neapel«, sagte ich sofort. Endlich wußte ich mal etwas, das Irene nicht wußte. Sie stritt es auch sofort ab. »Dann muß es sich um einen Übersetzungsfehler handeln. In Neapel bin ich schon gewesen. Da war es nie so voll!«

Eine Stunde später sah alles schon ganz anders aus. Immer noch wimmelte die Stadt von Besuchern, doch die mußten Venedig nicht an einem einzigen Tag besichtigen und ließen sich Zeit. Ohnehin hatten wir uns vorgenommen, die üblichen Touristenpfade zu meiden, um Museen und Katalogempfehlungen einen Bogen zu machen, uns statt dessen einfach treiben zu lassen und abzuwarten, wohin wir gelangen und was wir entdecken würden.

Als erstes entdeckten wir den Markusplatz, weil er nur wenige Schritte von unserem Hotel entfernt war. Außerdem gehört er nun wirklich zum Pflichtprogramm, und wenn man vorher noch nie in Venedig gewesen ist, *muß* man in einem der Cafés seinen Cappuccino trinken, die schwarzgrauen Fassaden der Alten Bibliothek bewundern und sich vorstellen, wie phantastisch sie ausgesehen haben müssen, als sie noch weiß gewesen sind. Man sollte jedoch darauf achten, an welchem Tisch man sich niederläßt. Wären wir ein paar Schritte weiter nach rechts zum nächsten Café gegangen, dann hätten wir die Geige etwas leiser und das Klavier pianissimo gehört und uns sogar unterhalten können; billiger wäre es auch gewesen, aber in Venedig muß man sowieso aufhören, seine Lire zu zählen, sie verschwinden von allein aus dem Geldbeutel. Es gibt nur *eine* Möglichkeit, sie zu retten: Man läßt sich von einem vertrauenswürdigen Ortskundigen auf kürzestem Wege aus der Gefahrenzone bringen, und das mit verbundenen Augen, sonst erwischt es einen doch! Ich rede nicht von Taschendieben, sondern von der Shopping-Meile.

Außer dem Kellner hatten wir noch keinen Venezianer kennengelernt, und der hatte uns nicht gewarnt. Genützt hätte es sowieso nichts, denn die Arkaden rund um den Markusplatz beherbergen die wohl schönsten Geschäfte von Venedig. Leider auch die teuersten!

Den Souvenirläden konnte ich am leichtesten widerstehen, schwieriger wurde es schon bei den Schaufenstern mit den verspielten, völlig überflüssigen und gerade deshalb so reizvollen modischen Accessoires. Von den Auslagen mit in allen Farben leuchtenden Erzeugnissen venezianischer Glasbläserkunst mußte Irene mich mit Gewalt wegziehen.

»Laß doch mal! Was, glaubst du, wird diese grüne Schale kosten? Ist die nicht herrlich?«

Sie warf einen abschätzenden Blick auf das Objekt. »Viel zu zerbrechlich, die kriegst du nie heil nach Hause!«

Also gut, keine Schale, aber wenigstens die hübsche Kette aus Murano-Glasperlen, irgendwas muß man ja zur Erinnerung an Venedig mitnehmen.

Mein Wunsch nach einer gründlicheren Inspizierung der Boutiquen wurde von Irene ebenfalls abgelehnt. »Warum darf ich nicht? Immerhin hast *du* uns in diesem Nobelschuppen untergebracht! Da genügen die Bügelfalten in der Leinenhose nun wirklich nicht mehr!«

»Zum Frühstück allemal, und sonst sollten wir auf die gastronomischen Angebote des Hauses verzichten. Oder bist du gewillt, dreiundzwanzig Mark nur für eine Tasse Hühnerbrühe auszugeben?«

»Sie werden für jedes Huhn einen eigenen Betreuer haben, und Personal ist nun mal nicht billig.«

In einer Seitenstraße entdeckten wir ein kleines Restaurant mit nur fünf Tischen davor. Sofort steuerte Irene den einzigen noch freien an. »Hier sind wir richtig! Keine viersprachige Speisekarte, keine Schunkellieder im Hintergrund, kein sogenanntes Touristen-Menü mit Schnitzel, Pommes und Salat, statt dessen nur italienische Gäste. Komm, wir gucken mal, was es an Vorspeisen gibt.«

Diese ganz versteckt liegende Trattoria wurde unser Stammlokal. Jeden Abend haben wir dort gegessen, jedesmal etwas anderes, und immer hat es phantastisch geschmeckt. Daß die Rechnung wesentlich niedriger ausfiel als an den Futterstellen der Touristenmeile, war eine angenehme Überraschung.

Es war schon nach zehn, als wir auf dem Weg zum Hotel erneut den Markusplatz überquerten. Noch immer herrschte reger Betrieb, noch immer waren die meisten Caféhausstühle besetzt, dazwischen traten sich Porträtmaler, Gaukler, fliegende Händler und Straßenmusikanten gegenseitig auf die Füße, und noch immer ließen unzählige Tauben im Flug so einiges fallen, was im ungünstigsten Fall in den Haaren oder sogar im Ausschnitt landet. Mich traf es auf der rechten Schulter.

»Das mußt du gleich mit warmem Wasser auswaschen, sonst hast du eine bleibende Erinnerung an die Colombini di San Marco. Das Zeug ätzt dir unter Umständen ein Loch in die Jacke.«

»Dann hätte ich wenigstens einen Grund, mir eine neue zu kaufen«, sagte ich sofort, »die hier hat mir nie so richtig gefallen. Vorhin habe ich mich gleich in die dunkelblaue verliebt, du weißt doch, in dem Laden direkt neben dem Juwelier, wo diese hübsche Nadel ...«

Am Ärmel zog mich Irene hinter sich her, bis wir in einem ruhigen Winkel standen. »Jetzt gibst du mir sofort deine Kreditkarte!« forderte sie kategorisch. »Du sollst dir Venedig *ansehen*, nicht kaufen!«

Erst war ich verblüfft, dann fing ich an zu lachen. »Du hast ja recht, aber sei doch mal ehrlich zu dir selbst! Hätte ich dich vorhin nicht zurückgehalten, dann würdest du jetzt in einer eleganten Lacktüte diese sündhaft teure Seidenbluse mit dir herumtragen.«

Weil wir uns nicht einigen konnten, ob wir unser Plastikgeld unter der Matratze deponieren oder – völlig unerreichbar – in den Hotelsafe legen sollten, hatten wir es weiterhin ständig dabei, und nur deshalb bin ich zum Entsetzen der Zwillinge zu Hause schon mit silbernen Lederslippern herumgelaufen, obwohl sie in Deutschland erst im darauffolgenden Jahr zum sommerlichen Modehit wurden.

Die blaue Jacke habe ich mir auch noch gekauft, und schuld daran war Irenes Geburtstagsgeschenk: eine Anstecknadel in Gestalt einer venezianischen Maske, mit der ich schon tags zuvor geliebäugelt hatte. Auf blauem Hintergrund kam sie am besten zur Wirkung. Weil nun aber die braune Handtasche überhaupt nicht mehr dazu paßte und Lederartikel in Italien sowieso billiger sind (ausgenommen in Venedig!), mußte ich natürlich die Gelegenheit nutzen. Der Verkäufer war übrigens reizend. Immer wieder lobte er meine exzellenten Sprachkenntnisse, die ich mir vor dreißig Jahren mal angeeignet, seitdem nie wieder gebraucht und zum größten Teil vergessen hatte, na ja, und einen blauen Gürtel hatte ich schon lange haben wollen. Daß das Seidentuch genau die Farbe meiner Augen hatte, mußte der nette junge Mann am besten beurteilen können. Als er mich schließlich dorthin führte, wo die Aktenköfferchen – von Büffel bis Krokodil – nebeneinander aufgereiht standen, fühlte ich mich natürlich geschmeichelt; offenbar hielt er mich für eine Karrierefrau, die zwischen zwei Geschäftsterminen mal eben ein bißchen shoppen geht. Hätte Irene mich nicht mit Gewalt aus dem Laden gezerrt, hätte ich mir mit ziemlicher Sicherheit auch noch so ein Statussymbol gekauft, ohne zu wissen, was ich damit eigentlich anfangen soll. – Nur eine Kreditkarte ermöglicht es einem kurzfristig, so zu leben, wie man möchte.

Der Gondoliere wollte allerdings Bares sehen. Als Irene mir sagte, daß sie für sieben Uhr abends eine Gondel bestellt habe, damit wir meinen Geburtstag würdig beschließen könnten, war ich alles andere als begeistert. Ich finde, dieses Relikt einer vergangenen Epoche paßt nicht mehr in unsere Zeit. Es sieht auch ein bißchen seltsam aus, wenn sich so eine Gondel mühsam ihren Weg bahnt zwischen Linienschiffen, Lastkähnen und Motorbooten. Mit einer Gondelfahrt verbindet man Ruhe, Beschaulichkeit, vor allem jedoch Romantik; ich konnte mir nur nicht vorstellen, was daran romantisch sein sollte, den Canale Grande entlangzuschaukeln und den Duft von Dieselöl zu inhalieren.

»Venedig ohne Gondelfahrt ist wie Paris ohne Eiffelturm«, sagte Irene. »Außerdem ist es jetzt sowieso zu spät. Wir werden vom Hotel abgeholt und fahren auch nicht die übliche Route, sondern dort entlang, wo nicht jeder hinkommt.«

»Wer behauptet denn das?«

»Der Gondoliere.«

Er war auf die Minute pünktlich, sah frisch gewaschen und gebügelt aus, trug sogar den runden Strohhut mit flatterndem Band, auf den schon viele seiner Kollegen verzichteten, und seine Gondel hatte er auch noch ein bißchen saubergemacht. Außer in der Lautstärke, mit der sie auf Kundenfang gehen, konkurrieren die Gondolieri lediglich durch die Ausstattung ihrer schwimmenden Wohnzimmer. Da gibt es mit Brokat überzogene Sitze oder sogar seidene Polster, schon leicht zerschlissen, doch immer noch prächtig anzusehen. Andere wieder dekorieren die Bänke mit von Gattin oder Mamma reich Besticktem, auf dem der gelbe Mond hinter dem Campanile versinkt und sich vorne eine Gondel auf den Wellen wiegt. Was allerdings in keiner fehlen darf, ist die angeschraubte Blumenvase aus Porzellan. In den fünfziger Jahren klebte in fast jedem bundesdeutschen Auto auch so ein Ding, gleich links neben dem Handschuhfach, aber irgendwann kamen sie aus der Mode. Die nicht mehr verkäuflichen wurden mit Plastikblümchen gefüllt und dann nach Venedig exportiert!

Ob wir gerne Musik hören würden, wollte unser Fährmann wissen, dabei auf ein kleines Transistorradio deutend. Singen könne er auch, nur würde das extra kosten. Wir verzichteten auf musikalische Untermalung, machten es uns auf dunkelrotem Samt bequem und warteten auf den ersten Zusammenstoß. So eine Gondel ist nämlich ganz schön lang und in Kurven reichlich sperrig. Weshalb der Gondoliere immer hinten steht, weiß ich nicht. Ich finde das auch gar nicht gut, man fühlt sich ständig beobachtet. Deshalb könnte ich mir vorstellen, daß vor allem Liebespärchen daran Anstoß nehmen.

Anfangs habe ich die Brücken noch gezählt, unter denen wir durchgefahren sind, manchmal mit reflexartig eingezogenem Kopf, weil sie so niedrig sind, doch nach der sechsundzwanzigsten habe ich es aufgegeben. Wir glitten durch Kanäle, kaum breiter als Bettlaken, und erst dort sieht man das ganze Ausmaß der Zerstörung: Häuser, deren Untergeschosse schon halb verfault sind, Palazzi, trotz ihres frischen Anstrichs dem unaufhaltsamen Verfall preisgegeben, plötzlich zwischen all dem Moder ein zauberhafter kleiner Garten, dann die nächste Brücke und dahinter die nächste Ruine. Was muß Venedig für eine wunderschöne Stadt gewesen sein – damals, als es noch keine Industrie gegeben hat, keine Motorboote und keine Touristenscharen, denen die ohnehin sehr mangelhafte Kanalisation nicht mehr gewachsen war. Die meisten Kanäle sind zu Kloaken verkommen und stinken ganz erbärmlich. Und trotzdem wohnen in den anliegenden Häusern Menschen, sitzen auf den kleinen, wie Schwalbennester an die Wand geklebten Balkonen, aus den offenen Fenstern klingt Musik … doch über allem liegt der Geruch von Fäulnis und Verwesung. Eine sterbende Stadt, und doch so voller Leben.

»Guck mal, da drüben hat Guussie logiert.« Irene zeigte auf ein unscheinbares Haus, an dem eine Bronzetafel auf den früheren Bewohner hinweist. Den Namen konnte ich allerdings nicht mehr entziffern, aber wir waren schon an Marco Polos ehemaligem Domizil vorbeigekommen, hatten gesehen, wo Tizian gelebt haben soll und Bellini – immerhin bekannte Namen –, doch wer, um alles in der Welt, ist Guussie gewesen?

»Du kennst Guussie nicht?« staunte Irene. »Hast du etwa auch noch nie was von Skeiler gehört?«

»Nein, zum Kuckuck noch eins! Muß ich denn jeden Hansl kennen, der mal seinen Fuß in diese Stadt gesetzt hat? Ich bin doch kein wandelndes ›Who is Who‹!«

»Guussie und Skeiler kennt jeder!« Richtig vorwurfsvoll klang Irenes Stimme, als hätte sie mich bei einer unentschuldbaren Bildungslücke ertappt. »Sogar die Amerikaner! Erst vorigen Sommer habe ich zwei typische Vertreter der Gattung ›Europe in thirtythree days‹ erlebt. Kurze Hosen, Turnschuhe, breite Hüte, Sonnenbrillen, in einer Hand die Kamera, in der anderen einen Reiseführer, so standen sie in Weimar vor dem Theater und beguckten sich das Denkmal. »Which one is Guussie, dear?« – »The older man, honey. The other guy is Skeiler.« – »Oh, really? They are father and son, aren't they?«

Ich prustete los. »Jetzt würde ich noch ganz gern wissen, wie unsere zwei Geistesheroen auf italienisch heißen.«

»Schil-ler e Goethe«, sagte der Gondoliere, und dann fing er ganz freiwillig an zu singen: »Ich weiß nicht, was soll es bedeuten ...«

Heine kannte er also auch.

Unsere Fahrt näherte sich dem Ende, denn wir erreichten wieder belebtere Gegenden, wo sich die Gondeln gegenseitig in die Quere kamen. Die Sänger auch. Doch statt *O sole mio* oder *Funicoli Funicula* hörten wir, je nach Nationalität der Fahrgäste, Kostproben ausländischen Liedguts. Der *Yankee-Doodle* war genauso vertreten wie *The Last Rose Of Summer* und *C'est si bon*. Was er denn so im Repertoire habe, wollte ich von unserem Steuermann wissen, denn mit der Loreley war er nur bis zur zweiten Zeile gekommen. Viele Lieder, meinte er, und fing auch gleich an: »Ein Schiff wird kommen ...« Dann mußte ihm wohl eingefallen sein, daß wir für die Gesangseinlagen gar nicht bezahlt hatten, und beendete abrupt seine Darbietung.

»Und jetzt gehen wir in die Kirche«, bestimmte Irene, nachdem wir wieder festen Boden unter den Füßen hatten.

»Warum denn das?« Mir stand der Sinn mehr nach einem Glas Wein in einer netten Trattoria oder ein bißchen Herumschlendern durch die schmalen Gassen, am allerwenigsten jedoch nach sakralem Ambiente. Kirchen hatten wir genug gesehen bei unserem ziellosen Umherstreifen, die meisten nur von außen, weil sie verschlossen gewesen waren, doch es hatte auch andere gegeben, protzigere, die in ihrem Innern wenigstens *ein* namhaftes Gemälde aufweisen können. Das jeweilige Kunstwerk fällt einem selbst dann sofort ins Auge, wenn man sich mit italienischen Malern nicht so gut auskennt. Es kann nämlich beleuchtet werden. Vorausgesetzt, man wirft eine Münze in die an der Wand hängende Sparbüchse. Sofort flammen die Scheinwerfer auf, doch während man noch den Faltenwurf von Jakobus' Mantel bewundert oder die niedlichen Schafe im Hintergrund, macht es klick, und man sieht überhaupt nichts mehr. Aus naheliegenden Gründen befinden sich die sehenswerten Gemälde immer in der dunkelsten Ecke, und daß hundert Lire nicht mal reichen, um auch nur einen flüchtigen Eindruck des Ganzen zu ermöglichen, kriegt man sehr schnell mit. Mich wundert nur, daß man diese relativ problemlose Methode des Geldeintreibens noch nicht nach Deutschland exportiert hat, aber vielleicht liegt es auch nur daran, daß wir nun mal keine Tizians, Giottos, Tintorettos etc. gehabt haben. Ob das auch mit ein Grund ist, weshalb die Kirchen hierzulande immer leerer werden?

Irene wollte allerdings keine Gemälde bewundern, sie wollte endlich die Markuskirche von innen sehen. Die hatten wir bisher nämlich ausgespart. Tagsüber war sie ständig überfüllt gewesen und abends zu. Jetzt war sie nicht nur offen, sondern sogar hell erleuchtet. »Wahrscheinlich findet eine Messe statt«, vermutete Irene, das Portal ansteuernd.

»Dann bleibe ich am besten draußen«, sagte ich sofort, »ich bin doch nicht katholisch.«

»Na und? In Israel bist du doch auch in Synagogen und Moscheen gegangen, obwohl du weder Jüdin noch Mohammedanerin bist.«

»Na ja«, gab ich zu, »doch irgendwie war das auch etwas anderes. Außerdem hatte kein Gottesdienst stattgefunden.« Erst zögernd, dann schon mutiger stiefelte ich hinter Irene her.

Ein eifriger Kirchgänger bin ich nie gewesen, und was mich bei einer katholischen Messe erwarten würde, wußte ich schon überhaupt nicht. Wahrscheinlich viel Zeremonie und vor allem viel Weihrauch. Noch heute wird innerhalb meiner Familie die Geschichte zum besten gegeben, wonach ich in einem Tiroler Urlaubsort am Sonntagmorgen meine einheimische Spielgefährtin in die kleine Dorfkirche begleitet und plötzlich geschrien haben soll: »Ganz schnell raus hier, da vorne brennt's! Feuer!«

Erinnern kann ich mich daran nicht mehr, aber diese Weihrauchschwaden sind mir auch jetzt noch suspekt. Gegen allzu intensives Parfum habe ich schon immer was gehabt.

Um welche Art Gottesdienst es sich an diesem Abend gehandelt hat, weiß ich nicht, ist auch egal, doch er hat mich beeindruckt. Nicht wegen des Bischofs, der mit großem Gefolge einzog, erst recht nicht wegen des ganzen Prunks und Pomps, der offenbar immer dazugehört, sondern wegen der Atmosphäre: die herrliche Kirche, deren Schönheit ich endlich in aller Ruhe bewundern konnte, die erstaunlich schlichte Zeremonie, doch vor allem die Musik. Hier gab es keine Gemeinde, die falsche Töne produzierte und der Orgel grundsätzlich zwei Takte hinterherhinkte, sondern einen aus Seminaristen bestehenden, geschulten Chor, der über zum Teil erstaunliches Stimmaterial verfügte. Nun fühlt sich ja jeder zweite Italiener als verkannter Caruso, und manch einer ist es vielleicht auch, doch unter diesen Sängern hier waren bestimmt einige, die sich sogar auf einer Opernbühne behauptet hätten.

Erst, als die Gläubigen zum Abendmahl gerufen wurden, verließen wir die Kirche und standen nun, zwar im Geiste gestärkt, doch mit knurrenden Mägen, auf der Piazza San Marco.

»Was jetzt?« fragte Irene. »Gehen wir noch was essen?«

»Ja, aber nur eine Kleinigkeit. Wenn ich mir um diese Tageszeit noch ein komplettes Menü reinziehe, kriege ich morgen den Reißverschluß nicht mehr zu!«

»Dann essen wir eben nur einen Salat.«

»Und zum Salat ein Baguette und danach vielleicht doch noch ein ganz kleines Muschelragout, dazu natürlich einen Rosé, und hinterher ...«

»Hör auf, ich gebe mich ja geschlagen!« sagte sie lachend. »In der Parallelstraße habe ich einen Schnellimbiß gesehen, da holen wir uns irgendeinen Snack.«

»Nicht irgendeinen, sondern einen ganz bestimmten!« Wir steuerten eine der Gassen an, von der wir annahmen, daß sie die richtige ist. »Seit fast einer Woche sind wir jetzt in Italien und haben noch nicht einmal Pizza gegessen!«

»Warum auch?« konterte sie sofort. »Die besten Pizzabäkker sind doch inzwischen alle in Deutschland.«

Ob Scampi dick machen, weiß ich nicht, auf jeden Fall machen sie satt; meine Pizza habe ich nicht mal zur Hälfte geschafft, doch aus welchem Meer die *Frutti di mare* stammten, hätte ich sehr gerne erfahren. Sie bestanden nämlich nur aus Riesengarnelen.

Langsam schlenderten wir zurück zum Hotel. Es herrschte noch immer erstaunlich viel Betrieb, was nicht zuletzt der warmen Witterung zu verdanken war, also einen letzten (und viel zu teuren) Espresso in einem der Straßencafés, ein letzter Blick auf den malerisch angestrahlten Uhrenturm … die schönen, ungebundenen Tage waren vorbei, morgen um die Mittagszeit mußten wir wieder in Mailand sein. Und noch immer hatten wir diese verflixte Seufzerbrücke nicht gefunden! Auf unzähligen Postkarten hatten wir sie gesehen, in nachgemachter Bronze an den vielen Souvenirbuden belächelt, doch in natura war sie uns nicht untergekommen. Wir konnten doch nicht in Venedig gewesen sein, ohne einen Blick auf dieses touristische Muß geworfen zu haben! Immerhin war schon Casanova über diese Brücke gegangen, also würden wir natürlich auch mal …

»Sie *muß* hier irgendwo im Dreh sein!« behauptete ich zum wiederholten Mal. »Ich weiß, daß sie vom Dogenpalast in das danebenliegende Gebäude führt, ich weiß bloß nicht, an welcher Stelle.«

»Na, auf jeden Fall dort, wo unten drunter Wasser ist«, folgerte Irene ganz richtig, »sonst hätte man ja keine Brücke gebraucht«.

»Vielleicht stehen wir gerade drauf und wissen es nicht.« Das war natürlich Unsinn, denn diese Brücke war viel zu breit und verband den Markusplatz mit dem Kai vor der großen Lagune. Ein nicht endender Menschenstrom schob sich tagsüber hier entlang, doch jetzt waren nur noch wenige Nachtschwärmer zu sehen. Ich beugte mich über das Geländer und spuckte ins Wasser. Ein Stück weiter hinten spiegelte sich in der dunklen Brühe etwas Helles. Ich hob den Kopf und – »Ich glaub's einfach nicht! Da isse ja!!!«

Unauffällig und nur wenige Meter lang klebt die Seufzerbrücke zwischen zwei dunklen Mauern. Nun wunderte es mich gar nicht, daß wir sie vorher nicht gesehen hatten. Der Blick dorthin war uns immer von fotografierenden Touristen, aufgebaut in Dreierreihen hintereinander, versperrt gewesen. Ein bißchen enttäuscht war ich schon, denn ich hatte mir dieses berühmte Bauwerk doch etwas monumentaler vorgestellt. Und drüberlaufen kam auch nicht in Frage. Dieses Brücklein mit seinem filigranen Mauerwerk ist vermutlich kurz nach Casanova gesperrt worden, sonst wäre es längst in den Kanal gefallen. Außerdem ist seinerzeit wohl niemand auf einen Spaziergang über die Brücke erpicht gewesen, denn sie soll ja direkt zu den berüchtigten Bleikammern geführt haben. Jetzt verbindet sie zwei museale Touristenziele, die man zu ebener Erde viel bequemer erreicht.

Befriedigt darüber, nun endlich auch diese Sehenswürdigkeit abhaken zu können, lud ich Irene zu einem Nachttrunk in die Hotelbar ein; mein Geburtstag dauerte ja noch genau zwanzig Minuten, danach würde ich wieder zwei Jahre brauchen, um mich an mein neues Alter zu gewöhnen. »Weißt du«, sagte ich nachdenklich zu meiner Freundin, »daß ich jetzt zu den Senioren gehöre, würde mich weniger stören, wenn man endlich mal Achtung vor mir bekäme, aber heutzutage ist doch eher das Gegenteil der Fall. Niemand hat ja mehr Respekt vor dem Alter.«

»Doch«, antwortete sie sofort, »sobald es in Flaschen abgefüllt ist.«

Am nächsten Morgen hielt Venedig noch eine ganz besondere Überraschung für uns bereit. Schon beim Betreten des direkt unter dem Dach gelegenen Frühstücksraums hatte ich mich gewundert, daß er zu dieser frühen Stunde bereits bis zum letzten Tisch besetzt war, und das am Sonntag! Da steht man ja nicht mal im arbeitswütigen Deutschland auf, wenn man nicht unbedingt muß! Noch verwunderlicher war allerdings, daß sich die meisten Gäste – Kaffeetasse in der einen Hand und Croissant in der anderen – vor den großen Panoramafenstern zusammendrängten. Sicher, man hatte von hier einen herrlichen Ausblick auf die Lagune, doch den hatte es gestern und vorgestern auch schon gegeben, und niemand hatte sich sonderlich darum gekümmert. Was war denn heute da unten los?

Auf alten Stichen, die das frühere Venedig zeigen, findet man als Motiv gelegentlich auch die Regatta, offenbar ein Spektakel mit langer Tradition, denn unter dem, was sich in der Lagune tummelte, war ungefähr alles vertreten, was schwimmen kann. Am dekorativsten natürlich die Gondeln, wobei ich nicht einmal sagen kann, wer prachtvoller aussah – die geschmückten Barken oder ihre Besitzer in den alten Trachten. Dazwischen dümpelten ordinäre Ruderkähne, Schlauchboote mit Außenbordmotor oder bloß mit Paddel, ein Vierer ohne Steuermann, ein Sechser mit, aber vielleicht war es auch ein Achter, bei dem noch jemand fehlte – das alles wuselte kreuz und quer durcheinander und bot ein buntes, aber irgendwie konzeptionsloses Bild. Bei einer normalen Regatta stehen die Boote bei Punkt A nebeneinander aufgereiht, werden mit einem Startschuß ins Rennen geschickt, und wer zuerst bei Punkt B ankommt, hat gewonnen. Hier schaukelte aber alles durcheinander, es gab weder eine Startmarkierung noch ein erkennbares Ziel, und trotzdem schossen ab und zu ein paar Boote los, wurden durch Zurufe angefeuert und jubelnd begrüßt, sobald sie das Tempo verminderten. Nach dem Geschrei zu urteilen, mußten sie wohl am Ziel angekommen sein.

»Die Spielregeln kapiere ich nicht«, sagte Irene, die gerade einen neuen Film in die Kamera zog, »aber so viele verschiedene Farbtöne habe ich noch nie auf einem einzigen Foto gehabt. Und das alles unter diesem unwahrscheinlich blauen Himmel! Wahnsinn!«

Das Ende dieser Veranstaltung haben wir leider nicht mehr mitbekommen, deshalb bezweifle ich auch, ob dieses ganze Spektakel nicht weniger eine sportliche Herausforderung als vielmehr ein Riesenspaß für alle Beteiligten gewesen ist. Ein farbenprächtiges Schauspiel war es auf jeden Fall.

Hatte in Venedig noch die Sonne geschienen, so wurde es immer dunkler, je mehr wir uns Mailand näherten. Kälter war es auch wieder geworden. Allem Anschein nach hatte sich das

Wetter in dieser Gegend seit unserer Ankunft nicht verändert. Zu Hause mußte es so ähnlich aussehen. Rolf hatte etwas von verspäteten Eisheiligen gejammert und von Geranien, die er gekauft und auf die Terrasse gestellt hatte, wo sie erst ersoffen und danach erfroren sein sollten, und ob es möglich wäre, daß der Ölstandmesser nicht richtig anzeige. Die Heizung sei nämlich ausgegangen, obwohl die Skala noch bei 20 über Normalnull stehe. »Von wem kriegen wir eigentlich unser Öl?«

Wen wundert es also, daß ich gar nicht so böse war, als Irene in einen Stau hineinfuhr. So was ist höhere Gewalt, und wenn man deshalb seinen Flieger verpaßt, kann man das Ticket bestimmt umtauschen. Gegen einen Tag in Mailand hätte ich nichts einzuwenden gehabt!

»Italienisch ist wirklich eine äußerst klangvolle Sprache«, teilte ich Irene mit, dabei halblaut die Reklameschilder lesend. »Du mußt doch zugeben, daß *cartolini ondulata* viel melodischer klingt als Wellpappe.«

»Das ist richtig.« Sie nickte zustimmend. »Und bombastischer hört sich das meiste auch an! *Cinquanta mille Lire*« – sie ließ die Silben förmlich auf der Zunge zergehen – »klingt das nicht nach Riesenerbschaft oder Lottogewinn? Aber was kriegste dafür? Wenn du Glück und ein sparsames Auto hast, gerade mal eine Tankfüllung bleifrei normal.«

»Sei nicht immer so gräßlich realistisch!«

»Im Augenblick bleibt mir gar nichts anderes übrig! Guck mal auf die Benzinuhr!«

Ich tat es und erschrak. »Meinst du, es reicht noch?«

»Sofern wir in diesem Tempo weiterzockeln, ja.« Immerhin hatten wir in den letzten zehn Minuten ebenso viele Meter zurückgelegt. »Ich glaube aber, da vorne wird es wieder zweispurig.« Sie trat kräftiger aufs Gaspedal. »Wenn wir von der Polizei nicht wegen Falschparkens rangekriegt werden wollen, müssen wir die Geschwindigkeit ein bißchen steigern.«

Probehalber klopfte ich gegen die Scheibe des Benzinanzeigers. Die Nadel zuckte nicht mal. »Was du machst, ist genauso idiotisch wie das, was die uns immer im Fernsehen vorführen«, schimpfte meine Freundin. »Da streiten sich zwei am Telefon, einer legt wütend den Hörer auf, und der andere hämmert wie besessen auf der Gabel herum in der Erwartung, das Gespräch sei wider alle Vernunft und wider alle physikalischen Gesetze doch nicht unterbrochen!«

Sie hatte recht. Mir war das auch schon aufgefallen. »Kannst du mir das mit der Physik mal erklären?«

Aus dem Stadtbummel in Mailand ist dann doch nichts geworden. Das Benzin hatte gereicht, die Maschine nach Frankfurt war noch nicht mal aufgerufen worden, als wir mit hängender Zunge zum Counter rasten, und Sightseeing bei Nieselregen ist ja nun auch nicht so doll. Außerdem war Irene schon früher mal in Mailand gewesen. Ich übrigens auch, allerdings nur querdurch mit kurzem Halt vor dem Dom zum Fotografieren. Mit zwei quengelnden Kleinkindern auf dem Rücksitz und einem ebenfalls quengelnden Ehemann hinterm Steuer sollte man sich kulturelle Ambitionen abschminken.

Drei Stunden später befand sich Irene bereits im Flieger nach Berlin, während ich noch eine ganze Weile auf meinen Abholer warten mußte. Rolf hatte doch tatsächlich geglaubt, wir würden erst morgen zurückkommen!!! Weshalb, zum Kuckuck, waren wir nicht *doch* noch in Mailand geblieben?

Es wird ernst

Kaum zu Hause, ging alles Schlag auf Schlag! Trudchen war auf den Badezimmerfliesen ausgerutscht, gegen die Wanne gefallen – es konnte aber auch die Toilette gewesen sein, das ließ sich später nicht mehr genau rekonstruieren – und hatte zwei Rippen sowie den rechten Daumen gebrochen. Nachdem sie sich, heldenhaft die Schmerzen ignorierend, aufgerappelt und Halt am Waschbecken gefunden hatte, war ihr schwarz vor Augen geworden, sie war umgekippt und in der offenstehenden Duschkabine gelandet, wo sie vorsichtshalber liegengeblieben war. Dort hatte sie wenig später Lebensgefährte Karl gefunden. Die Brötchentüte endete im Lokus, die Packung mit dem frischgemahlenen Kaffee fiel in die Badewanne, Karl stürzte zum Telefon und alarmierte den Rettungswagen. »Aber höchstens für eine Woche!« soll Trudchen gerufen haben, als der Arzt die Einweisung fürs Krankenhaus unterschrieb. »Dann muß ich den Monatsabschluß machen.«

Den erledigte der Steuerberater. Hannes behauptete, keine Ahnung zu haben, und Steffi weigerte sich. »Natürlich hätte ich mir das zugetraut«, verriet sie später, »aber hätte die Abrechnung nicht auf den Pfennig gestimmt, dann hätte mir Trudchen das ewig aufs Butterbrot geschmiert. Sie prophezeit doch sowieso schon den Konkurs der Firma, sobald sie sich aufs Altenteil setzen würde.«

Aus den von ihr genehmigten sieben Tagen wurden dann doch ein paar mehr, denn außer den zwei gebrochenen Rippen waren noch zwei andere angeknackst gewesen, und die schon seit einiger Zeit rebellierende Bandscheibe war nun endgültig verrutscht. Trudchen würde erst mal eine längere Kur machen müssen, und danach würde man weitersehen.

Das war ungefähr der Stand der Dinge, als ich mit einem Koffer dreckiger Wäsche und den Kopf voller Reiseeindrücke nach Hause kam. Noch am selben Abend rief Steffi an. »Sitzt du?«

»Ja, das heißt, eigentlich nein, ich gieße gerade Tee auf, aber wenn du einen Moment wartest, kann ich mich ja wieder hinsetzen. Du willst sicher wissen, wie es in Italien ...«

»Das auch«, kam es etwas zögernd zurück, »doch ich glaube, meine Neuigkeiten sind im Moment wichtiger!« Sie holte tief Luft, und dann sprudelte es heraus: »Wir heiraten nämlich schon in zwei Monaten und auch nicht auf Jamaica, sondern hier.«

Jetzt mußte ich mich wirklich erst einmal setzen. Als einzige Möglichkeit bot sich die Tischkante an. »Warum denn so plötzlich?« Dämliche Frage! Dafür konnte es logischerweise nur *einen* Grund geben!

»Nein, ich bin nicht schwanger«, kicherte Steffi durchs Telefon, als habe sie meine unausgesprochene Frage vorausgesehen, »aber Hannes' Mutter fällt bis auf weiteres aus, ob sie überhaupt noch mal in die Firma kommt, ist im Augenblick fraglich, jetzt muß *ich* ihren Job machen, Bankvollmacht habe ich schon, soll aber auch Prokura kriegen, bloß nicht unter meinem jetzigen Namen, und außerdem sagt Hannes, auf Dauer spart es Zeit, wenn er mich den Vertretern und auch den Kunden als seine Frau und nicht als seine *zukünftige* Frau vorstellen könnte. Darüber hinaus würden wir uns die spätere Umschreiberei beim Notar ersparen. Wir hängen schon draußen.«

»Ihr hängt? Wo denn? Und warum?«

»Beim Standesamt! Und seitdem kriegen wir täglich Post von Versicherungen, Einrichtungshäusern und Banken, die uns Anschaffungsdarlehen offerieren. Können wir uns aber nicht leisten, wir haben schon ein paar hunderttausend Mark Schulden«, sagte sie fröhlich.

Jetzt begriff ich gar nichts mehr. »Können wir das Gespräch nicht auf morgen vertagen? Anscheinend hat mich die Reise doch ein bißchen mitgenommen, jedenfalls bin ich nicht mehr aufnahmefähig. Ich habe eben was von hunderttausend Mark Schulden verstanden.«

»Nicht hunderttausend«, gluckste sie, »ich sagte, *mehrere* hunderttausend! Hannes hat nämlich eine Wohnung gekauft! – So, und nun lasse ich dich in Ruhe. Am Wochenende kommen wir mal vorbei. Gute Nacht und schlaf schön!«

Als Rolf mit Otto von der abendlichen Pipirunde zurückkam, hockte ich noch immer auf dem Tisch und versuchte, das eben Gehörte in einen Zusammenhang zu bringen.

»Du siehst aus, als hättest du ein Gespenst gesehen«, stellte mein Ehemann fest, befreite den Hund von der Leine und holte sich eine Flasche Bier aus dem Kühlschrank. »Was ist denn passiert?«

»Gar nichts«, sagte ich halblaut. »Ich habe nur eben erfahren, daß deine Tochter ganz schnell heiraten muß, weil sie Prokura haben will, während dein künftiger Schwiegersohn bis über beide Ohren verschuldet ist. Kann man ihr die Hochzeit nicht verbieten, auch wenn sie schon draußen hängen?«

Jetzt war es Rolf, der nicht eben intelligent aussah. »Wovon redest du eigentlich?«

»So ganz genau habe ich das nicht verstanden, irgendwas mit schnell heiraten müssen, bei den Vertretern Schulden machen und mit der Bankvollmacht eine Wohnung kaufen. Oder so ähnlich«, fügte ich kleinlaut hinzu, denn was ich da eben zusammengestottert hatte, klang doch reichlich idiotisch. »Weißt du, was das alles bedeutet?«

»In erster Linie, daß ich nicht nach Jamaica fliegen muß«, sagte mein Ehemann mit zufriedener Miene, »und zweitens, daß Hannes nichts Besseres tun konnte, als eine Wohnung zu kaufen. Schulden sind steuermindernd.«

»Hochzeiten auch?«

Er überlegte einen Augenblick. »Vielleicht, wenn sie als abzugsfähige Spenden anerkannt werden. In alten Zeiten wurden Opfer am Altar dargebracht – ein Brauch, der auch heute noch gepflegt wird.«

Da gab ich es auf und ging ins Bett.

»Also die Wohnung ist ganz toll!« sagte Steffi, den dritten Halb-und-halb-Knödel auf ihren Teller balancierend. »Zweiter Stock, folglich niemand mehr da, der uns auf dem Kopf herumtrampeln könnte, herrlicher Balkon und vor allen Dingen fast fertig, aber noch nicht *sooo* fertig, daß man nicht noch etwas ändern könnte.«

»Was denn zum Beispiel?« wollte Rolf wissen. Unsere neugebackenen Grundbesitzer (immerhin gehörten ihnen ja achtkommaundetwas Prozent Baugrund) hatten sich zum sonntäglichen Mittagessen eingefunden und nur zögernd die Baupläne weggeräumt, als ich schon die Klöße aus dem Wasser fischte. »Könnt ihr nicht endlich mal den Tisch decken?«

»Und genau *da* kommt das Bad hin«, erläuterte Hannes noch und tippte mit dem Finger irgendwo links oben auf ein kleines Rechteck. »Drei Zimmer genügen uns, deshalb wird aus dem vierten ein richtig schönes Bad mit Whirlpool, Sauna und extra großer Dusche.«

»Und das geht so einfach«, wunderte sich Rolf eingedenk der endlosen Debatten mit unserem Klempner, als der Geschirrspüler angeschlossen werden sollte; seinerzeit mußte in der Küche die halbe Wand aufgestemmt werden.

»Na ja, begeistert ist die SüdBau nicht gewesen«, räumte Hannes ein, »andererseits ist sie damit hausieren gegangen, daß Änderungswünsche berücksichtigt werden. Nun sollen sie sich mal den Kopf zerbrechen, wie sie das hinkriegen.«

»Wann ist denn Einzugstermin?«

»Am ersten Oktober.«

»Also könnt ihr hoffen, das Weihnachtsfest eventuell schon im eigenen Heim zu feiern!« Ich jedenfalls habe im Freundes- und Bekanntenkreis noch keinen Bauherrn erlebt, dessen Handwerker termingerecht fertig geworden wären. Mal war das schlechte Wetter an der Verzögerung schuld gewesen, dann wieder war der Installateur wegen Krankheit ausgefallen oder die Dachziegel waren nicht pünktlich geliefert worden. Wenn die gestreßten Hausbesitzer sechs Wochen später als vorgesehen endlich mit dem Möbelwagen vor der Tür standen, schraubte der Elektriker die letzten Steckdosen an, und der Maler klebte noch Tapeten.

»Die *müssen* fertig sein«, frohlockte Steffi, »das haben wir schriftlich. An dem Tag wird nämlich meine neue Küche installiert.«

»Sag mal, habt ihr 'ne Bank überfallen oder so was Ähnliches? Das alles muß doch ein Heidengeld kosten?« Ob sich das junge Paar nicht doch etwas übernommen hatte? Hannes behauptete, nein, er habe das mit seinem Steuerberater genau durchkalkuliert, ein bißchen was auf der hohen Kante habe er schließlich auch noch, und überhaupt beabsichtige er, nur ein einziges Mal zu heiraten, Scheidungskosten und spätere Unterhaltszahlungen plane er erst gar nicht mit ein.

»Apropros Hochzeit«, griff ich das Thema auf, »wann soll die eigentlich stattfinden? Bis jetzt weiß ich nur, daß ihr nicht bis Januar warten und auch nicht auf Jamaica heiraten wollt. Warum nicht?«

»Der frühere Termin hat rein administrative Gründe«, sagte Hannes, »und die Karibik kommt deshalb nicht in Frage, weil meiner Mutter so ein langer Flug vorläufig nicht zuzumuten ist. Andererseits wäre sie tödlich beleidigt, würden wir ohne sie heiraten.«

»Dafür habt ihr jetzt neunzig weitere Gäste!« erinnerte ich an seine damalige Prophezeiung. »Will jemand einen Espresso?«

»Kommt nicht in Frage!« protestierte Steffi, während sie die Teller zusammenstellte. »Wir machen ...«

»Ich hätte gern einen!« sagte Rolf, und Hannes echote: »Ich auch bitte!«

»Daß man in diesem Haus aber auch nie einen Satz zu Ende reden kann!« Mit Nachdruck knallte Steffi den Geschirrstapel auf den Tisch. »Geht in die Spülmaschine noch was rein? – Nein, eine Massenabfütterung wird es nicht geben. Wir planen einen Polterabend, zu dem kann kommen, wer will, doch die Hochzeit findet lediglich *en famille* statt. Zum Glück hat Hannes nur *einen* Bruder, während ich mit 'ner ganzen Sippe aufmarschieren muß. Da sind Katja und Tom, Nicki und Jo, Sven und – wie heißt seine Tussie? Na ja, eben die, dann Sascha und ... Ach so, hat der eigentlich schon eine Neue? Keine Ahnung, aber irgendwen bringt er bestimmt mit, dann ihr beide – da ist doch schon das halbe Restaurant voll!«

»Du hast die Trauzeugen vergessen!«

»Im Gegenteil«, sagte sie lachend, »wir suchen ja noch einen.« Und als sie mein verständnisloses Gesicht sah: »Ach so, du weißt ja noch nicht, daß sich Margit und Jürgen getrennt haben.«

Na endlich! Den Kerl hab' ich sowieso nicht leiden können.

»Margit bleibt mir natürlich erhalten, aber Hannes hat jetzt keinen, der ihm in seiner Schicksalsstunde zur Seite steht.«

»Warum nimmt er nicht seinen Bruder?« Das wäre doch eigentlich naheliegend.

»Familie will er nicht, und bis jetzt ist ihm noch niemand anders eingefallen.«

Das war schließlich nicht mein Problem, und im Laufe der nächsten acht Wochen würde sich wohl jemand finden lassen. Notfalls blieb immer noch der Pförtner vom Standesamt oder der Geschäftsführer vom Drogeriemarkt um die Ecke, vorausgesetzt, wenigstens einer von beiden hat seinen Personalausweis dabei.

Drei Stunden später – wir waren schon bei Kaffee und Kirschtorte angekommen und debattierten seit zweieinhalb Stunden das modische Outfit des Brautpaares (Hannes war der Ansicht, sein dunkler Anzug, den er zum letztenmal vor vier Jahren anläßlich der Beerdigung von Onkel Wilhelm getragen hatte, würde völlig ausreichen) – kam mir die Erleuchtung. »Warum nehmt ihr denn nicht Schorsch als Trauzeugen?«

»Wer ist Schorsch?« fragte Rolf sofort.

»Na, der Jüngling mit Brille und Hang zu intellektuellen Blondinen«, erinnerte ich, »der damals zum Straßenfest mit seinem rollenden Schlafzimmer gekommen ist.«

»Kenne ich nicht!« behauptete mein Ehemann, und das sogar mit Recht, denn er hatte diesen ereignisreichen Tag ja fern des heimischen Herdes verbracht. Während Steffi ihren Vater über Schorsch aufklärte, wollte Hannes von mir wissen, wie ich denn ausgerechnet auf ihn gekommen sei. Sicher, man würde sich beim Taucherstammtisch treffen, natürlich nicht regelmäßig, auch mal zum Squash, doch als engen Freund würde er ihn eigentlich nicht bezeichnen.

»Aber er war dabei, als du Steffi kennengelernt hast, und diesen dämlichen Schlumpf hat er mindestens zu einem Drittel mitbezahlt. Nun sollte er auch für das gradestehen, was er in weitestem Sinne mit angezettelt hat.«

»Stimmt!« sagte Hannes nach kurzem Überlegen. »Eigentlich hätte ich auch selber darauf kommen müssen. Kann ich mal telefonieren?«

Nachdem Schorsch davon überzeugt worden war, daß er im Falle einer Scheidung nicht zur Verantwortung gezogen werden könne und auch nicht verpflichtet sei, die sitzengelassene Gattin seinerseits zu ehelichen, erklärte er sich zur Unterschriftsleistung bereit.

Die ganze Zeit schon hatte mich Steffi so seltsam angesehen, nun kam sie endlich mit der Sprache heraus. »Wie kommst du eigentlich auf den Gedanken, ich hätte Hannes erst auf dem Straßenfest kennengelernt? Das stimmt doch gar nicht! Wir kennen uns seit über vier Jahren – genaugenommen seit dem Tag, an dem ich zum erstenmal beim Stammtisch war.«

»Tatsächlich?« staunte ich. »Und dann habt ihr so lange gebraucht, bis ihr euch, hm, nähergekommen seid?«

Die beiden sahen sich an und grinsten. »Eigentlich nicht«, gab Steffi zu. »Geknistert hat es schon immer zwischen uns, aber wir waren doch beide mit anderen Partnern fest verbandelt, und das haben wir respektiert – trotz aller Sympathie. Ich gebe ja zu, daß ich vielleicht immer noch mit Horst Hermann zusammen wäre, wenn Hannes seinerzeit nicht auf der Terrasse gesessen hätte, aber das wäre dann bloß Bequemlichkeit gewesen oder Gewohnheit oder wie man das nun nennen will.« Sie kuschelte sich in seine Arme. »Ich wollte sowieso schon immer fragen, weshalb du damals überhaupt gekommen bist.«

Er küßte sie auf die Nasenspitze. »Weil Katja mich eingeladen hatte.«

»Das stimmt nicht so ganz«, schaltete ich mich ein, »schuld ist nämlich die Badewanne gewesen …«

»Ich treffe mich nachher mit Steffi in Mannheim«, teilte uns Katja beim Mittagessen mit. »So allmählich müssen wir uns mal um das Brautgewand kümmern. Wieviel rückst du denn raus, Papi?«

»Wieso ich?« fragte der geplagte Vater, dem ich erst vor zwei Tagen den Scheck für die halbe Sauna aus dem Kreuz geleiert hatte (die andere Hälfte des Hochzeitsgeschenks wollte Trudchen übernehmen), »ich brauche seit Jahren nicht mehr für ihre Garderobe aufzukommen!«

»Das Brautkleid ist auch heute noch Sache der Eltern«, behauptete Katja, »aber da Steffi ja nicht in Weiß heiraten will, wird's bestimmt nicht so teuer.«

»Das gibt's nicht«, knurrte Rolf. »Alles, was mit Hochzeiten zu tun hat, ist inzwischen so kostspielig geworden, daß bald der Tag kommen wird, an dem der Braut*vater* in der Kirche steht und heult.«

»Also gut, dann geht das Kleid auf meine Rechnung«, versprach ich im Hinblick auf die Tatsache, daß er ja in absehbarer Zeit noch zwei weitere Töchter würde verheiraten müssen. Zur Zeit war davon zwar keine Rede, doch so was passiert manchmal schneller, als man denkt! »Wann wollt ihr euch denn treffen?« wechselte ich das Thema. »Es ist doch schon zwei Uhr, und ehe du in Mannheim bist ...«

»Määm, heute ist Schlado!« erklärte Katja mit gottergebener Miene. »Wir haben also Zeit genug.«

»Was ist denn das nun schon wieder?« begehrte der Vater zu wissen, denn er geht selten zum Einkaufen und niemals nach sechzehn Uhr. Da ist es ihm zu voll, und die Kassiererinnen haben keine Zeit zum Flirten.

»SCHeiß-LAnger-DOnnerstag!« sagte Katja, die diesen Stoßseufzer noch aus ihrer Kaufhauszeit kannte. »Also rechnet nicht zu früh mit mir. Sollten wir wirklich schon beim erstenmal fündig werden, was ich stark bezweifle, dann gehen wir hinterher noch was essen. Das heißt«, meinte sie nach kurzem Überlegen, »das tun wir auf jeden Fall, und sei es auch nur aus Frust.«

Sie müssen sehr frustriert gewesen sein, denn Katja kam erst kurz vor elf nach Hause. »Na ja, einen Rock haben wir ja gefunden und eine passende Bluse, doch nun fehlen immer noch der Blazer, Schuhe, Tasche und der ganze andere Kram, aber Steffi hatte keine Lust mehr.«

Ich konnte mir auch denken, warum. »Steffi und Rock? Das paßt doch nicht zusammen.«

»Unsinn«, widersprach ihre Schwester, »irgendwann muß

sie doch mal erwachsen werden und von den ewigen Hosen runter!«

»Ach? Das sagst ausgerechnet du mit deinen zwei Dutzend Jeans im Kleiderschrank und dem einen einzigen Rock, den du meines Wissens auch nur ein einziges Mal getragen hast!«

Sie grinste. »Erstens habe ich nur noch achtzehn Jeans, und zweitens soll man nicht mit Steinen schmeißen, wenn man selber im Glashaus sitzt! Wieviel Röcke hast *du* denn?«

An diesem Punkt der Unterhaltung schickte ich sie ins Bett, goß mir eine Tasse Tee auf, schaukelte diese ins Wohnzimmer und setzte mich in meinen Lieblingssessel. »Ihr Männer habt es gut«, teilte ich meinem Ehemann mit, der mit einem Auge in die Illustrierte auf dem Tisch schielte und mit dem anderen eine nur mit durchsichtigem Négligé bekleidete Dame auf dem Bildschirm verfolgte. »Was guckst du denn da?«

»Keine Ahnung, aber die Kleine sieht wirklich schnuckelig aus.«

Na ja, mit Konfektionsgröße 36 und noch weniger Lebensjahren konnte ich natürlich nicht konkurrieren. »Das Leben ist ungerecht«, philosophierte ich halblaut. »*Ihr* braucht bloß einen dunklen Anzug nebst passendem Hemd, und kein Mensch kann sehen, ob das gute Stück acht Jahre oder erst acht Tage alt ist«, nahm ich den Faden wieder auf, »bei uns Frauen geht das nicht. Soweit ich mich erinnere, trug man 1988 großgeblümt, in diesem Jahr ist aber Glitzerndes angesagt oder nabelfrei. Was wäre dir denn lieber?«

»Nabelfrei natürlich!« sagte mein Mann sofort. »Die hat doch eine tolle Figur!«

»Ich rede nicht von diesem Fernsehpüppchen, sondern von mir!«

Völlig entgeistert sah er mich an. »Du willst dir was kaufen, wo der Bauchnabel zu sehen ist?«

Von meinem Monolog hatte er nur die Hälfte mitgekriegt, und dann auch noch die falsche, aber zumindest schenkte er mir endlich seine Aufmerksamkeit. »Ich will dir ja nicht vorschreiben, was du anziehen sollst, aber findest du nabelfrei nicht etwas gewagt?«

»Wieso? Eben hat's dir doch noch gefallen.«

»Na gut, am Strand vielleicht oder meinethalben zu Hause im Garten ...«

»Ich brauche kein Strandkleid, ich brauche etwas für die Hochzeit.«

»Mit Löchern vorne drin?« schrie er entsetzt.

Ich setzte ein mokantes Lächeln auf. »Wären sie dir hinten herum lieber?«

Weshalb, um alles in der Welt, war ich nicht schon früher darauf gekommen? Plötzlich hörte mein Mann mir nicht nur zu, nein, er war sogar unaufgefordert bereit, gleich morgen mitzukommen und mir bei der Auswahl eines passenden Outfits behilflich zu sein. So viel Entgegenkommen wollte ich aber gar nicht! Spätestens nach der vierten Anprobe findet er nämlich alles todschick, was ich gerade anhabe, nach der sechsten guckt er schon gar nicht mehr hin, und wenn ich dann die nächste Boutique ansteuere, geht er Kaffee trinken. »Weißt du was«, schlug ich ihm vor, »notfalls kann ich immer noch das Schwiegermutterkleid anziehen, das ich mir seinerzeit zu Saschas Hochzeit gekauft habe.«

Damit war er sofort einverstanden, denn in diesem Jackenkleid war ich mir vorgekommen wie meine eigene Großmutter. Die Zwillinge hatten es damals allerdings sehr passend gefunden, weil ich darin so richtig seriös ausgesehen hätte und die Engländer doch alle furchtbar konservativ seien. Allerdings hatte Rolf keine Ahnung, daß ich das gute Stück längst in der Kleiderstube vom Roten Kreuz abgeliefert hatte. Vielleicht zu voreilig, denn jetzt gehörte ich ja altersmäßig zu den Senioren und war mehr oder weniger verpflichtet, langweilige Jackenkleider zu tragen. Man braucht sich doch nur mal in einem ganz normalen Kaufhaus umzusehen oder eine Verkäuferin zu fragen, wo man denn etwas Festliches findet. Da wird man entweder erst zur Abendgarderobe geschickt, also zu Schwarz mit Pailletten am Hals und stäbchenverstärkter Büste, oder man landet in der Abteilung Zweigeteiltes. »Hier, gnä' Frau, hätte ich ein ganz entzückendes Jackenkleid, wie für Sie gemacht!«

Abgesehen davon, daß es zwei Nummern zu groß ist, was jeder normale Mensch auf den ersten Blick sehen kann, besteht das entzückende Teil aus grauer Seide mit Edelweißstickerei am Saum und kleinen Straßknöpfen auf den Revers. »Dazu gehört natürlich noch eine festliche Bluse«, versichert die Verkäuferin und hat auch schon was Passendes in Lindgrün zur Hand. Die Rüschen, aus denen der Kopf wie aus einer Blumentopfmanschette ragt, reichen bis zur Unterlippe, die Ärmel sind viel zu lang, aber »das fällt unter der Jacke gar nicht auf«, meint die Verkäuferin und zupft so lange herum, bis der Knopf abspringt. »Das lasse ich natürlich sofort in Ordnung bringen«, sagt die Gute, greift zur Bluse und verschwindet. Genau das ist der Zeitpunkt, an dem man das gleiche tun sollte.

Nein, diesmal würde ich ganz allein losziehen und mir etwas aussuchen – ohne Ehemann und erst recht ohne Töchter. Allenfalls mit Steffi, die offenbar als einzige begreift, daß ich mich für den gängigen Oma-Look einfach noch ein paar Jahre zu jung fühle.

Sie war auch sofort einverstanden und beorderte mich für den kommenden Montag nach Heidelberg. »Momentan ist Saure-Gurken-Zeit, da kann ich schon mal mittags Schluß machen. Am besten holst du mich in der Firma ab!«

Nach längerem Suchen fand ich sie in dem kleinen Kabuff, wo die Druckerei installiert ist. Unter Ludwigs Anleitung druckte sie Kranzschleifen. Ludwig ist ein in Ehren ergrauter langjähriger Mitarbeiter, quasi schon zum Inventar gehörig. Er weiß als einziger, in welchem der vielen Kellerräume der Karton mit den teilweise schon schwanzlosen Dekorations-Hühnern steht, die man im letzten Jahr nicht losgeworden war, oder wo man nach der Kundenkartei von 1964 suchen muß. Ludwig ist Mädchen für alles und uneingeschränkter Herrscher über die Druckerei.

»So jeht det nich, Meechen«, hörte ich ihn erklären, »erst mußte ausrechnen, wie ville Buchstaben du brauchst, und denn mußte die so plazieren, det man den Text später ooch lesen kann. Du weeßt doch, wie die det immer im Fernsehn machen, wenn se bei Staatsbesuchen diese riesigen Kränze vor irjendwelche Denkmäler ablegen lassen. Wenn det Jrünzeuch uffjebaut is, denn jehn se hin und zuppeln so'n bißken an der Schleife rum, damit man ooch sieht, wat druffsteht. Die jängigsten Texte habe ick mir schon als so 'ne Art Matrize zusammenjebaut, also *Als letzten Gruß* oder *In Liebe* und so weiter, und denn kommt bloß noch *Tante Paula und Onkel Edi* drunter oder wat eben bestellt worden is.« Er wies auf mehrere Zettel, die über der Maschine an einer Pinnwand hingen. »Jetzt nehmen wir mal den Ruderclub! Die brauchen ihre Vereinsfarben, also Jrün-Weiß.« Aus den im Regal gestapelten verschiedenfarbigen Bändern suchte er das richtige heraus und schnitt die erforderliche Länge ab. »Wenn ick demnächst Zeit habe, denn schreibe ick die janzen Vereine, Kommunen und wat sonst noch seine eijenen Farben hat, mal uff. Ick brauche so 'ne Jedächtnisprothese ja nich mehr, nach zwanzig Jahren hat man det allet im Kopp. – Nee, Stefanie, so wird det nischt! Die Buchstaben immer spiegelverkehrt einsetzen! Siehste, jetzt haste den Salat! Den Text kann doch keener entziffern.« Während er den Fehler ausbesserte, nuschelte er vor sich hin: »Vielleicht sollte man det einfach mal so lassen! Denn könnten sich die Trauerjäste während der feierlichen Ansprachen doch 'n bißken mit Rätselraten beschäftigen.«

Von Ludwigs mitunter etwas makabrem Humor hatte ich erst neulich eine Kostprobe bekommen. Daß er die Tageszeitung grundsätzlich von hinten nach vorn liest, ist verständlich, denn anhand der Todesanzeigen kann er ungefähr abschätzen, wieviel Zeit er jeweils zum Schleifendrucken veranschlagen muß. Es kann sich aber auch mal folgender Dialog ergeben:

Hannes: »Ist die Firma XYZ eigentlich zur Konkurrenz abgewandert? Frau Y. ist doch schon seit Monaten nicht mehr hiergewesen!«

Ludwig: »Die hab ick jesehn.«

Hannes: »Tatsächlich? Wann denn?«

Ludwig. »Die kommt nich mehr.«

Hannes: »Und warum nicht?«

Ludwig: »Die steht heute inne Zeitung.«

Eine ganze Weile beobachtete ich meine Tochter, wie sie mit verbissener Miene und heraushängender Zungenspitze an der Maschine herumfuhrwerkte, doch endlich zischte es kurz, und dann präsentierte sie ihrem Lehrmeister stolz die grün-weiße Schärpe.

»Is schon ville besser! Wenn de det Band nu noch jrade einlegst und für den weißen Unterjrund nich unbedingt silberne Buchstaben nimmst, die keener erkennt, denn könnte man det schon beinahe als perfekt bezeichnen!«

»Wann, sagtest du, willst du in Urlaub gehen? Im März?«

Ludwig nickte. »Natürlich haste noch jenuch Zeit zum Üben, aber 'n Dreivierteljahr jeht ooch ziemlich schnell vorbei. Nu zitter aber erst mal ab, sonst schlägt deine Mutter hier noch Wurzeln.« Er schob Steffi zur Tür hinaus und begrüßte mich. »Ick weise sie ja nich als Urlaubsvertretung ein, Hannes kann ooch drucken, aba als künftige Chefin muß se doch von allem 'ne Ahnung haben.«

»Ich wasche mir nur noch schnell die Hände, dann können wir losfahren!« rief Steffi, bevor sie Richtung Kellertreppe verschwand. »Sag doch inzwischen Lissy guten Tag.«

Die Floristin dekorierte gerade einen Tischleuchter mit Maiglöckchen und blaßblauen Kerzen. Vier gleichartige, doch bereits fertige standen schon auf dem Tisch. »Im Dutzend billiger?« fragte ich.

»Von wegen! Die müßten doppelt so teuer sein wie normal!« schimpfte sie. »Wegen Geschmacksverirrung! Aber die Großmutter des Täuflings wollte das so haben, und folglich kriegt sie's auch! Doch der Clou kommt erst noch!« Aus einer Schachtel zog sie an biegsamem Draht befestigte Plastikbabies und setzte jeweils eins davon mitten zwischen die Maiglockchen. »Ist das nicht entzüüückend???«

»Ganz reizend!« bestätigte Stefanie, ungeduldig mit den Autoschlüsseln klappernd. »Aber solltest du auf die Idee kommen, den Blumenschmuck auf unserer Hochzeitstafel ebenfalls mit solchen niedlichen Sachen zu dekorieren, dann wird meine erste offizielle Tätigkeit in dieser Firma das Kündigungsschreiben für dich sein! – Du mußt nämlich wissen, Määm, daß es diese sinnigen Figürchen auch als Brautpaar gibt, als Jubelgreise mit Goldkränzchen auf dem Silberhaar, als Konfirmanden, als schnäbelnde Täubchen für den Valentinstag … dem Kitsch sind keine Grenzen gesetzt. Bloß als Sarg haben wir sie noch nicht gekriegt! – Können wir jetzt endlich fahren?«

Erst unterwegs ging mir auf, was Steffis hingeworfene Drohung bedeutete. Wollten die wirklich den ganzen Blumenschmuck für die Hochzeit aus den eigenen Beständen zusammenstellen? Sicher, Reklame muß sein, Lissy würde sich bestimmt viel Mühe geben, und wesentlich preiswerter würde es auch werden, aber künstliche Moosröschen auf dem Tisch und vielleicht noch seidene Orangenblüten aus Taiwan im Brautstrauß? »Sag mal, Steffi«, begann ich vorsichtig, »werden bei euch eigentlich viele Tischdekorationen geordert?«

»Haste denn die fünf Leuchter nicht gesehen? Manchmal ist es auch nur ein flaches Gesteck für die Mitte vom Tisch oder es werden ein paar ganz kleine bestellt, aber eigentlich wird so was mehr im Winter verlangt, wenn frische Blumen langsam unbezahlbar werden.«

Verständlich. Aber jetzt hatten wir Juni, und deshalb ... »Ihr wollt doch hoffentlich nicht auch auf euren Warenbestand zurückgreifen? Es gibt bestimmt noch andere Möglichkeiten, eventuelle Ladenhüter loszuwerden.«

»Aber nicht so viele auf einmal«, antwortete meine Tochter mit todernster Miene. »Wenn ich da schon allein an das Büfett denke! Zwischen den ganzen Schüsseln und Platten muß doch auch ein bißchen Dekoration sein, und da sind künstliche Gewächse viel hygienischer. Oder findest du es vielleicht appetitlich, wenn aus der Margerite eine Raupe kriecht und dutzendweise Wespen um die Blumen schwirren? Wie schnell landen ein paar davon in der Suppe. – Nee, wir nehmen lieber die künstlichen Anemonen, die sind schön klein, und davon haben wir sowieso zu viele eingekauft.«

Statt auf die Straße zu stieren, hätte ich lieber mal Steffi ansehen sollen! Nur mühsam konnte sie sich das Lachen verbeißen, und als ich dann doch endlich einen Blick zu ihr hinüberwarf, zuckte es um ihre Mundwinkel, bis sie schließlich losprustete. Erst als sie Schlangenlinien fuhr und aus dem Wagen hinter ihr wütend gehupt wurde, beruhigte sie sich etwas. »Dich kann man ja noch besser auf die Rolle nehmen als Trudchen!«

»Sooo furchtbar abwegig war meine Befürchtung nun wirklich nicht.« Immerhin hatte ich Hannes schon mehrmals erlebt, wie er beim Betreten eines Restaurants als erstes die Dekorationen musterte und noch vor dem Blick in die Speisekarte einen längeren auf die Blumentöpfe warf, mit denen die meisten Fensterbretter bestückt sind. Waren die Gewächse echt, interessierten sie ihn nicht mehr, bei künstlichem Grünzeug jedoch wurde jeder Stengel genau in Augenschein genommen, der vermutliche Lieferant debattiert und schließlich festgestellt, daß die eigene Ware natürlich viel besser sei. »Langsam gewöhne ich mich ja selber an das Zeug!«

Das war auch kein Wunder. Seit kurzem hatten wir nämlich selbst etwas größeres Grünes im Wohnzimmer stehen, made in Hongkong. Angefangen hatte es damit, daß der anderthalb Meter hohe Cissus – es war der dritte dieser Sorte – mal wieder die Blätter abzuwerfen begann und ich genau ausrechnen konnte, wann das letzte fallen würde. Direkt neben der Terrassentür fühlen sich derartige Gewächse im Sommer recht wohl, weil immer irgendein Fenster und häufig noch die Tür offensteht. Im Winter kommt dann der tägliche Kälteschock. Schließlich muß man gelegentlich lüften, der Hund will raus, und das Außenthermometer hat Rolf seinerzeit so dämlich angebracht, daß man es von innen nicht ablesen kann. Jedes Jahr gelobt er bei den ersten Minusgraden, daß er das Ding im nächsten Frühling sofort umhängen wird, und ebenso regelmäßig ist davon nicht mehr die Rede, sobald es wieder warm wird.

Den ersten Winter überlebt das Grünzeug (abwechselnd Cissus, Philodendron, Dieffenbachia und was es sonst so an dekorativem Gemüse gibt) gerade noch, fängt jedoch an zu kränkeln, und irgendwann zwischen Herbst und Weihnachten ist meistens was Neues fällig. Natürlich könnte man den Standplatz wechseln oder sich auf weniger sensible Fensterpflanzen beschränken, aber ersteres geht nicht, weil es keinen anderen gibt, und gegen die Azalee, umrahmt von Begonie und Zimmerhafer, gekrönt von den Zipfeln der Häkelgardine, habe ich nun mal was!

Steffi war gerade dagewesen, als ich die kläglichen Überreste des Cissus auf Biotonnengröße zerschnippelte, und wenige Tage später hielt ein grüner Lieferwagen vor der Tür, aus dem Lucky etwas Langes auslud.

»Schönen Gruß von Hannes, und der hier geht bestimmt nicht ein!« sagte er, lehnte das Lange an die Hausmauer, stellte einen größeren Terrakottatopf nebst einem Sack Seramis daneben und machte Anstalten, wieder in seinen Wagen zu klettern.

»Halt! Hiergeblieben!« brüllte ich los. »Ich habe nichts bestellt! Was ist da überhaupt drin?«

Das Lange war nämlich mit einer Art Sackleinwand verhüllt und zugeschnürt, und es wird ja immer davor gewarnt, die Katze im Sack zu kaufen.

Lucky grinste. »Was soll da schon drin sein?«

»Mit Sicherheit kein Bechstein-Flügel«, bestätigte ich, »aber könnten Sie mir das Ding nicht mal reinbringen und beim Auswickeln mithelfen? Sie kriegen auch eine Tasse Kaffee und selbstgebackenen Kuchen.«

Das half! Mit einer Schweinshaxe hätte ich Lucky nicht ködern können, aber Süßem kann er nicht widerstehen. Er gehört übrigens auch zur Firma und ist für den Außendienst zuständig. Natürlich heißt er nicht Lucky, doch seinen richtigen Namen kann kein Mensch aussprechen. Der fängt mit Lu an und endet mit -rszky; in der Mitte kommen aber noch drei zungenbrechende Silben. Geboren wurde Lucky in Dortmund, was den Schluß nahelegt, daß seine Vorfahren zu jenen osteuropäischen Einwanderern gehört hatten, die im vergangenen Jahrhundert von den Zechenbesitzern angeworben worden waren.

Nachdem das Lange aus seinem Kokon geschält worden war, entpuppte es sich als fast zwei Meter hoher Bambusbaum, dessen Zweige erst einmal auseinandergebogen werden mußten. Der Stamm und die Äste sind »echt«, und diesem Umstand verdankt das Gewächs sein natürliches Aussehen. Als es endlich im Blumentopf stand, den wir erst mit einigen soliden Feldsteinen beschwert und dann mit diesen kleinen rotbraunen Kügelchen gefüllt hatten, war der Baum wirklich nicht mehr von seinen lebenden Artgenossen zu unterscheiden, zumal Katja später noch zwei Blätter abrupfte und sie auf den

Topfrand legte, als seien sie herabgefallen. Das endgültige »Echtheitszertifikat« stellte jedoch Frau Ranitz aus: Gerade noch rechtzeitig konnte ich sie daran hindern, diesem Prachtstück mit der gefüllten Gießkanne zu Leibe zu rücken. Wasser ist nun mal das einzige, was mein Bambus nicht verträgt!

Jetzt bin ich schon wieder meilenweit vom eigentlichen Thema abgekommen! Das ist bereits in der Schule immer mein Problem gewesen, wenn ich zum Beispiel bei dem seinerzeit so beliebten Aufsatzthema »Was wollte uns Lessing sagen, als er ...« auch brav zwei Seiten lang die Skrupel des Majors von Tellheim nachzuvollziehen versuchte und plötzlich bei den sanitären Verhältnissen des 18. Jahrhunderts angekommen war, weil die mich viel mehr interessiert hatten.

Bleiben wir also lieber beim Einkaufsbummel! Im ersten Geschäft und gleich nach der Besichtigung mehrerer Blazer gab Steffi zu, daß sie den neulich gekauften Rock entsetzlich fände, die Bluse habe ihr auch nicht so richtig gefallen, und eigentlich habe sie die Sachen nur deshalb genommen, damit Katja endlich Ruhe gäbe. »Ich habe mich darin überhaupt nicht wohl gefühlt.«

»Hast du denn keine eigene Meinung?«

»Du weißt doch, wie überzeugend Katja sein kann! Und häßlich war's ja nicht, was sie da rausgepickt hat, sie selbst würde blendend darin aussehen, nur *ich* bin mir die ganze Zeit irgendwie verkleidet vorgekommen. Warum kann ich denn nicht einen Hosenanzug nehmen oder wenigstens eine schicke Kombination?«

Eben! Warum nicht? Schließlich war sie meine Tochter und offenbar erblich belastet.

Im wievielten Geschäft wir endlich etwas fanden, das nicht nur die Verkäuferin zufriedenstellte, sondern auch Stefanie, weiß ich nicht mehr, ich sah nur gewisse Schwierigkeiten voraus, zu diesem Anzug die Accessoires zu finden. Was, um alles in der Welt, paßt zu Vanillepuddinggelb? Das ist diese langweilige Schattierung, wenn man darauf verzichtet hat, in den fertigen Pudding noch ein Eidotter zu rühren. Anderthalb Jahre später wurde dieser Farbton unter der Bezeichnung *Champagner* ein Hit, doch im Sommer '94 kannte ihn kaum jemand. Die Lederwarenindustrie hatte ihn jedenfalls noch nicht entdeckt, denn als Steffi Tage später endlich ein Paar akzeptable Pumps fand, waren es alte Ladenhüter, die man schon dreimal im Preis herabgesetzt hatte. Aber die Farbe stimmte.

Im übrigen gefiel sie mir in diesem Anzug großartig. Ihre dunklen Haare bildeten einen aparten Kontrast zu dem hellen Stoff, und nachdem wir auch noch eine schicke Seidenbluse gefunden hatten, paradierte sie zufrieden vor dem Spiegel auf und ab. »Siehste, Määm, sooo hab ich mir das vorgestellt! Damit kann ich mich identifizieren, aber nicht mit diesem komischen Kräuselkrepprock. Der hat ausgesehen wie dauergewellt.«

Während die herbeizitierte Schneiderin Stefanie mit Nadeln spickte, weil die Hosen zu lang waren und der Knopf versetzt werden mußte, beguckte ich mir das, was da noch so an Hosenanzügen aufgereiht war. Und plötzlich sah ich doch tatsächlich …

Die Stecknadeln reichten nicht, denn bei mir mußten auch noch die Ärmel gekürzt werden, aber als dann alles auf die erforderliche Länge abgesteckt war, sah mir aus dem Spiegel eine Frau entgegen, deren Outfit mir ausnehmend gut gefiel. Bis auf die Schuhe! Zu diesem hellen Glencheckanzug sollte ich statt der ausgelatschten und deshalb äußerst bequemen Treter wohl doch besser etwas Eleganteres mit hohem Absatz anziehen! Seit meinem Oberschenkelbruch vor etlichen Jahren gehe ich nicht mehr so gerne auf Stelzen, doch ein paar Stunden Hochzeit würde ich wohl durchhalten können, zumal man die meiste Zeit sitzen kann.

»Was machen wir denn jetzt?« fragte Steffi ratlos, als wir wieder auf der Straße standen. »Ich hab' doch nicht damit gerechnet, daß wir so schnell fertig sind. Nicht mal Tüten müssen wir abladen gehen.«

»Wenn du nichts Besseres vorhast, dann könntest du mir eigentlich mal eure künftige Wohnung zeigen«, schlug ich vor, denn neugierig war ich natürlich, »oder geht das jetzt nicht?«

»Warum soll das nicht gehen? Hannes fährt jeden Tag mindestens einmal hin. Der Bauleiter kriegt schon die Krise, wenn er ihn bloß von weitem sieht.«

Das konnte ich mir lebhaft vorstellen. Mein Schwiegersohn ist ein netter und hilfsbereiter Mensch (wenn er will), höflich und entgegenkommend zu seinen Kunden (wenn er sie leiden kann), sogar verständnisvoll, wenn jemand mal Mist baut, aber wehe, man will ihn für dumm verkaufen. Dann ist er gar nicht mehr höflich, und was er von dem jeweiligen Kontrahenten hält, kriegen die Nachbarn auf der anderen Straßenseite auch noch mit. Anscheinend war es mal wieder soweit.

»Dreimal habe ich gesagt, wo die Mauer hin soll«, hörten wir ihn brüllen, »zusätzlich habe ich es aufgezeichnet, und wo steht sie jetzt??? Zehn Zentimeter zu weit links. Soll ich vielleicht ein Stück von der Sauna abhacken, oder wie haben Sie sich das gedacht? Das ist doch alles millimetergenau geplant!«

Wer sich was gedacht beziehungsweise nicht gedacht hatte, blieb unklar, denn wenig später kam Hannes aus der Tür geschossen und hätte uns beinahe über den Haufen gerannt. »Diese Idioten! Jetzt ist die Badewanne schuld, daß sie die eine Wand von der Duschkabine an der falschen Stelle hochgezogen haben. – Hallo, ihr beiden, habt ihr denn schon das ganze Geld ausgegeben?«

»Wieso Badewanne?« wollte Steffi sofort wissen. »Die ist doch noch gar nicht da.«

»Eben drum! Wenn die Wand schon dort steht, wo wir sie haben wollen, können sie angeblich die Wanne nicht mehr installieren.«

»Und deshalb haben sie ...?« Ungläubig sah Steffi nach oben, wo hinter den zwei großen Dachfenstern ein lauter Wortwechsel zu hören war.

»Jawoll, genau deshalb haben sie die Wand da hochgezogen, wo es ihnen angebracht erschien.«

«Und was jetzt?«

»Wird sie versetzt!« sagte Hannes gleichmütig. »Herr Warnke hat sich davon überzeugen lassen, daß wir ja keinen Swimmingpool haben wollen, sondern nur eine etwas größere Badewanne, die selbst dann einzubauen wäre, wenn die Dusche doppeltes Ausmaß hätte. – Geht ihr noch rauf?«

»Das hatten wir eigentlich vor«, sagte ich, »jetzt bin ich nämlich richtig neugierig geworden.«

»Ich komme aber nicht mehr mit«, lehnte Hannes ab, »sonst könnte es passieren, daß ich dem Warnke doch noch an die Gurgel gehe. Sehen wir uns nachher noch?«

»Natürlich. Mein Wagen steht doch bei euch auf dem Parkplatz.«

Ganz egal, wo man sich in einem Neubau aufhält – es zieht! Selbst dann, wenn schon alle Fenster drin sind und nur noch die Zimmertüren fehlen. Überall knirscht es unter den Schuhen, auf den Heizkörpern liegt fingerdicker Staub, und die Toilette kann man auch noch nicht benutzen. Als besonders nachteilig empfand ich den fehlenden Fahrstuhl – ganz im Gegensatz zu Steffi, die etwas von unfreiwilliger Gymnastik faselte und daß Treppensteigen bekanntlich sehr gesund sei.

»Aber nicht mit fünf Kilo Kartoffeln in der einen Hand und einem vollen Einkaufskorb in der anderen.«

»Du vergißt, daß ich demnächst einen Ehemann habe!«

»Also gut, dann zehn Kilo Kartoffeln!«

Die Wohnung selber gefiel mir, auch wenn ich mich in erster Linie auf Steffis Erklärungen verlassen mußte. »Geradeaus ist das Wohnzimmer mit Eßecke, sehr praktisch, weil gleich neben der Küche, und am anderen Ende geht's auf den Balkon. Geh ruhig mal raus, aber paß auf, die Bodenplatten sind noch nicht verfugt. Du mußt dir das vorstellen, wenn da erst mal die Markise dran ist und Blumenkästen hängen ... jedenfalls kann uns keiner reingucken, wir können uns ganz ohne sonnen!«

Nach Besichtigung des Schlafzimmers und des danebenliegenden Raumes, der noch keine feste Bestimmung hatte, führte mich Steffi in das künftige Bad. »Na, ist das nicht toll?«

Was genau ich nun so toll finden sollte, wußte ich nicht, denn außer unzähligen Rohren, die überall aus der Wand ragten, und mindestens genauso vielen elektrischen Kabeln war ja noch gar nichts zu sehen. Unter dem einen Fenster befand sich ein großes Loch im Fußboden, angefüllt mit leeren Bierflaschen, Zeitungen und sonstigem Abfall, und gegenüber stand der Stein des Anstoßes, nämlich eine zwei Meter hohe gemauerte Wand.

»Doch«, sagte ich zögernd, »schön groß ist der Raum wirklich. Andere Leute wären froh, wenn sie so viel Platz im Kinderzimmer hätten.«

»Määm, das *ist* das Kinderzimmer«, stöhnte sie, »ich dachte, das hätte Hannes dir schon längst verklickert. Wir brauchen doch keins, aber unser Traum ist nun mal ein richtig großes Bad mit allen Schikanen. Da hinten soll die Sauna hin«, sie deutete in die rechte Ecke, »die Wand, wenn sie denn erst mal an der richtigen Stelle steht, gehört zur Dusche, weil wir uns eine richtig große mauern lassen mit seitlichen Düsen und einer extra Schwallbrause (was war das nun schon wieder?), und wenn wir Glück haben, kriegen wir unter das zweite Fenster noch 'ne Sonnenbank.«

»Wirklich beeindruckend«, mußte ich zugeben. »Und die Mülldeponie gleich im Raum ist sicher auch praktisch, aber an eurer Stelle würde ich das Loch doch lieber zumachen lassen.«

Steffi grinste schmerzlich. »Ob die Wanne bis zum Einzug überhaupt schon da ist, bleibt noch ein großes Fragezeichen. Irgend jemand hat die Bestellung verschlampt. Jetzt sollen wir auch noch schuld daran sein, weil wir uns nicht an die im Bauplan vorgesehenen Installationen halten, sondern eine Extrawurst braten. Na und? Muß ich denn unbedingt ein weißes Waschbecken nehmen, wenn es die auch in anderen Farben gibt? So viel teurer sind die gar nicht.«

»Was habt ihr euch denn ausgesucht?«

»Bahamabeige«, sagte Steffi stolz.

»Oh nein! Welcher Werbefuzzi hat sich denn diesen schwachsinnigen Namen ausgedacht? Meine balibraune Toilette kann ich ja noch verstehen, die Südseebewohner sind fast alle dunkelhäutig, aber bahamabeige? Ich denke, die Bahamas liegen in der Karibik, und dort gibt es meines Wissens keine Wüste, sondern im Gegenteil eine recht üppige Vegetation. Mit der Farbe Beige verbindet aber jeder vernünftige Mensch Sand, also was soll der Quatsch?«

»Findest du Gobigelb vielleicht klangvoller?« kicherte sie.

Wir besichtigten gerade die im Bauplan als Bad ausgewiesene, viereinhalb Quadratmeter große Dunkelkammer ohne Fenster, in der später von der Waschmaschine bis zum Bügelbrett all das verschwinden sollte, wofür man sonst nie genug Platz hat, als wir vor der nur angelehnten Wohnungstür Stimmen hörten. »Ihr könnt ruhig reinkommen, da ist jetzt niemand mehr!«

Bevor Steffi hinauslaufen konnte, erwischte ich sie noch am Arm, hielt ihr den Mund zu und schüttelte den Kopf. Eng an die Wand gedrückt, beobachteten wir drei Personen, die schnurstracks ins Badezimmer marschierten. »Nun seht euch das mal an!« sagte die Stimme von vorhin. »Wozu werden denn bloß die ganzen Rohre gebraucht? Und die elektrischen Leitungen? Ich hab' mit dem einen Handwerker geredet, der hat mir gesagt, daß hier ein Bad reinkommt. Könnt ihr mir mal sagen, wozu zwei Leute so ein Riesenbadezimmer haben müssen?«

Offenbar konnte das niemand, denn die Stimme räsonierte weiter: »Eine Badewanne kriegen sie auch nicht, sondern so'n neumodischen Wörlpuhl und 'ne Sauna und denn noch 'ne Dusche, wo vier Leute drin Platz haben ... da stimmt doch was nicht!«

»Was soll denn nicht stimmen?« sagte etwas Weibliches. »Ich wünschte, wir könnten auch auf ein Zimmer verzichten und statt dieser winzigen Naßzelle ein richtiges Bad bekommen; leider brauchen wir den Raum.«

»Wenn's nur die Veränderungen hier wären, würde ich ja noch gar nichts sagen«, hob die erste Stimme wieder an, »aber ihr müßt euch mal die anderen Zimmer ansehn! Überall kommen Steckdosen hin, wo gar keine vorgesehen sind, besonders in der Küche ... Aber das wird ja sowieso keine!«

»Was denn sonst?« Diese Stimme klang tiefer, mußte also jemand anders gehören.

»Na, was wohl?« kam es herablassend von Nummer eins. »'n Massageraum oder so was Ähnliches, ich kenn' mich da nicht so aus.«

Steffi bekam ganz große Augen, doch bevor sie losprusten konnte, hielt ich ihr schnell wieder den Mund zu. »Sei bloß ruhig«, wisperte ich, »das ist ja schöner als Kino!«

Eine Zeitlang wurden noch die verschiedenen Möglichkeiten erwogen, weshalb man ausgerechnet hier eine Lichtquelle und dort gleich drei Steckdosen nebeneinander brauchen würde, bis schließlich die erste Stimme im Brustton der Überzeugung feststellte: »Is doch ganz klar, hier kommt 'n Privatpuff rein, getarnt als Schönheitssalon oder Fotostudio. – Na, wenn das erst mal feststeht, dann kann sich die Hausverwaltung aber auf was gefaßt machen! Das lasse ich mir doch nicht bieten!!!«

Der mit der tiefen Stimme lachte nur. »Mich stört es nicht, was sich in Haus B tut, ich wohne in C.«

Das Triumvirat zog wieder ab, doch im Hinausgehen hörten wir die Frauenstimme noch seufzen: »Um das Bad beneide ich sie trotzdem.«

Wie lange wir in dem kleinen Kabuff auf dem staubigen Boden gesessen und gelacht haben, weiß ich nicht mehr, aber es hat eine ganze Weile gedauert, bis wir wieder im Auto saßen. »Weißt du, wer das gewesen sein könnte?«

»Ich glaube, den mit der größten Klappe kenne ich«, überlegte Steffi, »jedenfalls habe ich die Stimme schon mal gehört, und wenn mich nicht alles täuscht, ist das sogar unser künftiger Nachbar. Wer die anderen waren, weiß ich nicht.«

»Was glaubst du wohl, wie enttäuscht die sein werden, wenn statt der erwarteten Damen ein zwar leicht überkandideltes, aber doch ganz honoriges Ehepaar in die Wohnung zieht.«

Von Steffi kam keine Antwort, aber wenn sie die Stirn in Falten legt und immer wieder die Zungenspitze herausstreckt, dann brütet sie etwas aus. Sie kurvte auch schon auf den Parkplatz, als sie endlich den Mund aufmachte. »Warum sollen wir sie eigentlich enttäuschen? Bieten wir ihnen doch das, womit sie rechnen!«

Ich löste den Sicherheitsgurt, stieg aus und drückte die Tür zu. »Jetzt spinnst du wirklich!«

»Wieso?« Sie schloß den Wagen ab und drehte sich zu mir um. »Wenn sich die Zwillinge mal so richtig übertrieben schminken und ein paar schrille Klamotten anziehen … Margit spielt bestimmt auch mit, dann haben wir garantiert einen Abend lang viel Spaß! In die Lampen kommen rote Glühbirnen, damit man schon von unten sieht, was hier los ist, und als Freier müssen eben Sven, Tom und Jo herhalten.«

»Ein Glück, daß ich da altersmäßig nicht mehr reinpasse«, sagte ich erleichtert.

»Wer behauptet denn so was?« Steffi grinste hinterhältig. »Ich denke, jedes anständige Bordell hat eine Madame?«

Polterabend

Es ist erstaunlich, wie schnell ein Monat vorbeigeht, wenn ein größeres Ereignis bevorsteht. Zwar behauptete Sven, rein statistisch gesehen würden weltweit in jeder Minute zweikommaundetwas Ehen geschlossen, so daß Hochzeiten aufgrund ihrer Häufigkeit noch weit vor Hurrikans, Zwillingsgeburten, Vulkanausbrüchen und Blinddarmoperationen rangierten und folglich nicht als »größeres Ereignis« zu werten seien. Für die Brautmütter sind sie es aber mit Sicherheit. Für die Väter natürlich auch, nur unter einem anderen Gesichtspunkt. Was hatte Rolf doch erst vor ein paar Tagen seiner Tochter Katja auf die Frage geantwortet, wie teuer es denn sei, wenn man heiratet? »Weiß ich nicht«, hatte er gesagt, »ich zahle noch!«

Dabei würde er bei der ganzen Sache relativ preiswert wegkommen. Sein Schwiegersohn in spe hatte nämlich früher mal Hockey gespielt – sogar in der Bundesliga. Und da seine ehemaligen Vereinskameraden »im Gegensatz zu mir alle etwas Vernünftiges geworden sind« (Originalton Hannes), gehören zu seinem Bekanntenkreis unter anderem drei Ärzte, praktischerweise aus verschiedenen Fachrichtungen, zwei Anwälte, ein Steuerberater, ein Schreinermeister, dem die späteren maßgeschneiderten Einbauschränke zu verdanken waren, ein Kfz-Meister mit eigener Reparaturwerkstatt und last but not least der Inhaber eines Party-Service. Und eben dieser würde den Polterabend ausrichten. Natürlich nicht mit Bier und Bockwurst, der allgemein üblichen Grundlage einer solchen Veranstaltung, sondern mit einem kalt-warmen Büfett zum Selbstkostenpreis. Für wieviel Personen? Irgendwo zwischen achtzig und hundert? Kein Problem, beim Parteitag neulich waren es fünfmal soviel. Wann und wo? Am Sechzehnten auf dem Firmengrundstück, also dort, wo sonst die ganzen Autos parken? Geht in Ordnung, der Rest ist Routine. Vom Sonnenschirm bis zum Kinderstühlchen wird alles angeliefert, aufgebaut, zwei Köche und zwei Hiwis sollten eigentlich genügen, und wenn dann auch noch das Wetter mitspielt, kann überhaupt nichts schiefgehen. Und falls es nun doch regnet? Auch kein Beinbruch, nur könnte es zeitlich ein bißchen eng werden. Das Zelt wird nämlich am Fünfzehnten noch in Köln gebraucht, und man weiß ja, was am Wochenende immer auf den Autobahnen los ist.

Für die eigentliche Hochzeit fühlte sich Trudchen zuständig, ausgenommen natürlich den amtlichen Teil, aber der war ja ohnehin nicht so wichtig. Viel wichtiger war die Tatsache, daß das zuständige Standesamt in einem ehemaligen Schloß untergebracht ist, was nicht nur ein stilvolles Ambiente garantiert, sondern auch ermöglicht, daß man später im dazugehörigen Park lustwandeln kann, während der auf solche Feierlichkeiten spezialisierte Fotograf das gestreßte Brautpaar erst unter den Torbogen plaziert, weil der sich als Hintergrund immer so gut macht, bevor er es zu der großen Eiche schleppt und dann zur Mauer mit dem Efeu. Das Grün ist so schön neutral, wenn man um die beiden Hauptpersonen auch noch die Trauzeugen und – leider nicht ganz unvermeidlich – ein bißchen Verwandtschaft gruppieren muß, deren Garderobe in den seltensten Fällen farblich harmoniert.

Das spätere Festmahl sollte in jenem Restaurant eingenommen werden, in dem Trudchen schon ihren Fünfundsechzigsten gefeiert hatte und sehr zufrieden gewesen war. Die Tafel würde im Wintergarten aufgebaut werden, wo man bei geöffneten Türen schon beinahe im Garten sitzen und trotzdem ein Dach über dem Kopf haben könnte, was sowohl bei Sonne als auch bei Regen wünschenswert sei. Lediglich über die Speisenfolge herrschte noch Uneinigkeit. Trudchen hätte gern Rehrücken gehabt, aber Steffi nicht, die ißt keine Bambis, und die Kalbsmedaillons hätte Hannes allenfalls mit Nudeln akzeptiert statt mit Reisbällchen, er haßt Reis in jeglicher Form, doch da hatte wieder Steffi protestiert. »Bloß keine Teigwaren! Die nehmen doch immer Bandnudeln. Da rutscht mir garantiert eine von der Gabel, fällt zurück auf den Teller, und dann habe ich die Soße auf der Bluse.«

»Dann eßt doch Erbseneintopf!« hatte Truchen gefaucht und die Sache erst mal vertagt.

Parallel zu den Hochzeitsvorbereitungen kostete auch die ständige Kontrolle der Handwerker Zeit und vor allem Nerven. Das meiste davon bekam ich nur telefonisch mit, wenn Steffi abends ihren Frust bei mir ablud. »Ob du's glaubst oder nicht, Määm, aber morgen wird die Wand von der Dusche zum drittenmal versetzt, besser gesagt, sie wird neu gemauert, denn noch mal umsetzen geht nicht, dann fällt sie zusammen.«

»Aber warum denn? Ich denke …«

»Haben wir auch gedacht! Der Maurer ebenfalls, nur leider das Verkehrte.«

»Verstehe ich nicht!«

»Ist aber ganz einfach«, erklärte meine Tochter. »Nachdem die Wand zehn Zentimeter zu weit links hochgezogen worden war, wurde der Fehler am nächsten Tag behoben. Am übernächsten sollten die übrigen Wände fertiggestellt werden, nur hatte man dafür einen anderen Maurer abkommandiert. Der guckte in den noch nicht wieder korrigierten Bauplan, stellte fest, daß die Wand nicht da stand, wo sie scheinbar hingehörte, und änderte das sofort. Jetzt sind wir wieder genauso weit wie zu Beginn der ganzen Aktion. Hannes hat gesagt, er bleibt morgen so lange neben den Handwerkern stehen, bis die Mauer fertig ist. Dann kann er das Notwendige gleich mit dem Nützlichen verbinden und die Schlitze fertig klopfen.«

»Er kann w a s ?«

»Du weißt aber auch gar nichts!« stöhnte meine Tochter, die selber noch vor gar nicht langer Zeit fünf Zwischenstecker gebraucht hatte, um zwei Geräte an *einer* Steckdose anschließen zu können. »Bei Hannes müssen doch sämtliche Strippen für Fernseher, Musikanlage, Nebenanschlüsse vom Telefon und so weiter unter Putz gelegt werden, weil er diese Kabelknäuel haßt, aber um die Leitungen verstecken zu können, muß man erst mal die Möglichkeit dazu schaffen. Ich hab' mir das vorhin angesehen. Unsere Wohnzimmerwände sehen aus wie der Querschnitt durch einen Termitenhaufen. Lauter übereinanderliegende Gänge!«

Drei Tage später: »Heute hätte es beinahe einen Mord gegeben«, erzählte Steffi, »und für den Täter mildernde Umstände.«

»Ist etwa schon wieder die Dusche …?«

»Nein, die ist fertig, da kann man jetzt bequem einen ausgewachsenen Ochsen drin abschrubben, aber Hannes hätte um ein Haar den polnischen Hilfsarbeiter erwürgt!«

Bevor ich nach den näheren Umständen fragen konnte, sprudelte sie schon los. »Einen halben Vormittag und drei Abende lang hat Hannes diese dämlichen Schlitze geklopft, sogar für jeden ein eigenes Telefon am Bett hatte er vorgesehen, und als wir vorhin in der Wohnung noch was ausmessen wollen, kommen wir gerade dazu, wie ein Handwerker die letzten Zentimeter Wand spachtelt. Der hat doch tatsächlich die ganzen Schlitze wieder zugekleistert!«

»Aber weshalb denn?«

»Genau das hat Hannes auch gefragt!« kicherte Steffi. »Und weißt du, was er zur Antwort gekriegt hat?«

Woher sollte ich das wohl wissen?

»Habe ich geguckt in Zeichnung«, improvisierte sie, »habe ich da nicht gesehen lange Löcher in Wand. Habe ich gedacht, jemand schlechte Arbeit gemacht. Nun wieder alles in Ordnung für Maler. Kommt morgen für Tapete.«

Es fiel mir schwer, nicht laut loszulachen. »Was passiert denn jetzt?«

»Kommt Maler für Tapete nix morgen, kommt erst polnisch Mann und macht mit Hammer und Meißel schöne glatte Wand wieder kaputt. Und dann kommt Elektriker, und erst danach kann Maler machen Tapete an Wand.«

»Siehste«, sagte Rolf, als ich ihm zusammen mit dem Abendessen die letzten Meldungen von der Baustelle servierte, »genau *deshalb* habe ich mich nicht in die Phalanx der Häuslebauer eingereiht. Wenn das Eigenheim endlich fertig ist, hat man einen Haufen Schulden am Hals und ist darüber hinaus entweder reif für die Psychiatrie oder für den Scheidungsanwalt, sofern man nicht schon vorher einen Herzinfarkt gekriegt hat.«

Also *das* ist der Grund, weshalb wir immer noch einem weniger sensiblen Hausbesitzer jeden Monat Miete zahlen?

Anruf von Hannes: »Deine Tochter sagt, ich muß mir zur Hochzeit einen neuen Anzug kaufen. Muß ich das wirklich?«

Zum Glück konnte er nicht sehen, daß ich heftig nickte. »Ich habe zwar noch nie in deinen Kleiderschrank geguckt, andererseits habe ich dich aber auch noch nie in einer anderen Aufmachung gesehen als in Jeans und was obendrüber, wobei sich letzteres selten durch Eleganz ausgezeichnet hat.«

Schweigen. Dann, etwas zaghaft: »Geht nicht ein Smoking?«

»Vormittags um elf auf dem Standesamt?«

»Geht also nicht, nein?«

»Nein, geht nicht!« behauptete ich kühn, obwohl ich mir da nicht so ganz sicher war. Schade, daß Tante Lotti nicht mehr lebte, jene entfernte Verwandte aus den »gehobenen Kreisen«, die es mit der Etikette immer sehr genau genommen hatte und in ihrer Jugendzeit, also so um die Jahrhundertwende herum, sogar bei Hof vorgestellt worden war. Tante Lotti ist letzte Instanz gewesen, wenn wir nicht wußten, ob man zu einer hochoffiziellen Einladung die Blumen selber mitbringt oder vorher ins Haus schicken läßt. Tante Lotti hatte genau sagen können, wer eine Exzellenz, eine Eminenz oder bloß ein Hochwürden war, und als ich in ihrer Gegenwart jemanden am Telefon mit »Herr Graf« anredete, wurde ich hinterher sofort getadelt. »Nur Untergebene sprechen ein Mitglied des Adels mit seinem Titel an. Auch wenn du nicht gleichgestellt bist, so ist ein simples ›Graf Sowieso‹ absolut korrekt.« (Sie hat nie erfahren, daß ich mit dem keineswegs blaublütigen Inhaber der Autowerkstatt telefoniert hatte, der schlicht und einfach Erwin Graf geheißen hatte.)

Als absolut unentschuldbar galten für Tante Lotti Verstöße gegen die Kleiderordnung. Nicht umsonst besaß sie Vormittags- und Nachmittagskleider, die sich nicht nur in den Farbtönen unterschieden (morgens hell, nachmittags gedeckt), sondern auch in der Machart. Vormittags hochgeschlossen, am Nachmittag durfte es schon mal mit Ausschnitt sein, aber nur mit kleinem, weil ein großes Dekolleté einzig und allein der Abendgarderobe vorbehalten ist. Daß ich seinerzeit überhaupt kein Abendkleid besaß – wann hätte ich so etwas in unserem damaligen Grüne-Witwen-Getto denn anziehen sollen? –, hatte Tante Lotti sehr gewundert. Mein kleines Schwarzes hatte zwar Gnade vor ihren Augen gefunden, doch als ich es – ohne schmückendes Beiwerk – zu einer Trauerfeier anzog, hätte sie doch beinahe die Contenance verloren. Wie konnte ich nur??? Und dann auch noch mit schwarzen Strümpfen, wo doch dieses Accessoire nur den Angehörigen zusteht! Genau wie der Schleier am Hut.

Hatte mal wieder ein Erbprinz die passende Braut gefunden und sie in der Kapelle von seinem Stammschloß geehelicht, dann konnte Tante Lotti anhand von -zig Fotos in allen einschlägigen Regenbogenblättchen genau aufschlüsseln, wer von den hochadligen Gästen über wieviel Ecken mit wem verwandt war. Dabei konnte es auch passieren, daß sie mit hochgezogenen Augenbrauen auf eine Randfigur zeigte: »Was fällt dir denn bei diesem Herrn auf, mein Liebes?«

»Seine Säufernase«, sagte ich prompt, »und daß die Schleife schief sitzt.«

»Das auch«, nickte Tante Lotti zustimmend, »aber er dürfte gar keine tragen!«

»Wieso denn nicht? Zum Smoking paßt doch gar nichts anderes.«

»Das ist richtig, doch ein Smoking paßt nicht zu einer Hochzeit, denn da trägt man Cut oder allenfalls einen Frack. Jedenfalls in der guten Gesellschaft!« Der weniger guten billigte sie den dunklen Anzug zu, empfand jedoch Bodenlanges bei den Damen als degoutant. Derartiges sei lediglich der Braut und ihren Jungfern vorbehalten.

Nun ist zwar mit der Generation von Tante Lotti auch die starre Kleiderordnung gestorben, doch ein Smoking ist nun mal ein Abendanzug und sollte es auch bleiben. Im übrigen bezweifelte ich, daß Hannes überhaupt noch hineinpaßte. Er hatte sich das gute Stück anläßlich des hundertjährigen Firmenjubiläums zugelegt, und seitdem waren einige Jahre mit vielen nahrhaften Ham-, Cheese- und sonstigen Burgern vergangen. Mein Vorschlag, sich bei einem Herrenausstatter in die Hände eines geschulten Verkäufers zu begeben, wurde abgelehnt. »Die kriegen doch alle Umsatzprovisionen! Ich brauche aber keinen Seidenanzug oder eine Kombination aus englischem Kammgarn und Kaschmir. Was zieht Steffi eigentlich an?«

»Hör doch mit diesen plumpen Überrumpelungsversuchen auf! Du weißt genau, daß ihre Garderobe bei Margit hängt, dort wird sie sich auch fertigmachen, und zu sehen bekommst du deine Braut erst vor dem Standesamt.«

»Ist das auch wieder so ein blödsinniger Aberglaube wie die Geschichte mit der blauen Unterhose und dem alten Taschentuch?«

»Wie bitte???«

»Was das bedeuten soll, weiß ich ja auch nicht genau. Ich habe nur so ein Getuschel mitgekriegt von wegen blau und alt und geborgt oder so ähnlich.«

Du liebe Zeit, sollten sich die so aufgeklärten, selbstbewußten und emanzipierten jungen Frauen von heute doch noch ein kleines bißchen Romantik bewahrt haben und an den alten Bräuchen festhalten, die angeblich eine glückliche Ehe garantieren? Danach soll nämlich eine Braut an ihrem Hochzeitstag etwas Neues tragen, etwas Altes, etwas Geliehenes und etwas Blaues, wobei letzteres immer das meiste Kopfzerbrechen bereitet. Brautkleider sind nun mal größtenteils weiß, wo soll man da ein bißchen Blau unterbringen?

Als ich nach einer Viertelstunde endlich den Hörer auflegte, hatte ich meinen Beinahe-Schwiegersohn davon überzeugt, daß er zum Ankauf seiner Hochzeitsgarderobe nicht etwa einen männlichen Begleiter wählen dürfe, sondern einen weiblichen. »Männer beurteilen die Paßform eines Anzugs danach, ob der Hosenbund nicht kneift und die Jackenknöpfe bequem auf- und zugehen, Frauen gucken wenigstens noch, wie das Ganze von hinten aussieht.«

Die Zwillinge hatten es rundheraus abgelehnt, ihren künftigen Schwager modisch zu beraten, obwohl sie doch die meisten Voraussetzungen dafür mitbrachten, ich wollte nicht, und Trudchen sollte nicht. Schließlich erbarmte sich Margit. Und weil Hannes nun ebenfalls darauf bestand, sich seiner Braut erst auf dem Standesamt in vollem Wichs zu präsentieren, nahm Margit auch seine Sachen mit nach Hause. So kam es, daß des Brautpaars neue Kleider schon lange vor dem großen Tag eng nebeneinander im Schrank der Trauzeugin hingen.

Am Poltermorgen galt mein erster Blick dem Fenster, hinter dem sich schon kurz vor sieben ein wolkenlos blauer Himmel zeigte. Auch der Radiomensch verkündete gleich nach der Meldung, daß auf der Autobahn A 6 Richtung Mannheim einige Kühe herumirrten, es sei mit Tagestemperaturen bis 32 Grad zu rechnen, jedoch könnten gegen Abend einzelne Gewitter örtlich etwas Abkühlung bringen. Leider sagte er nicht, wo *örtlich* denn sein würde. Mit der Wettervorhersage ist das ja sowieso eine Sache für sich: Sie stimmt zu oft, als daß man sie ganz in den Wind schlagen könnte, andererseits aber doch nicht oft genug, um sich darauf verlassen zu können.

Mein Angebot, die Erfahrungen von mindestens fünfunddreißig Kindergeburtstagsfeiern und zwei Dutzend Teenagerparties einzubringen und bei den Vorbereitungen mitzuhelfen, wurde abgelehnt. »Wir haben wie üblich bis siebzehn Uhr geöffnet, und erst, wenn der letzte Kunde weggefahren ist, kann aufgebaut werden, aber das macht Otto mit seinen Mannen ganz allein«, teilte Steffi mit.

»Wer ist Otto?«

»Na, wer wohl? Der Partyservice natürlich.«

Nun gibt es in unserem wirklich nicht kleinen Verwandten- und Freundeskreis nur ein einziges Mitglied namens Otto, und das ist mein Hund. Deshalb vergesse ich immer wieder, daß auch Menschen so heißen können.

»Wann soll der Rummel heute abend eigentlich anfangen?« Mit der Zeitung unterm Arm steuerte Rolf die Terrasse an in der Erwartung, einen gedeckten Tisch vorzufinden einschließlich Frühstücksei und Kaffee in der Thermoskanne. Er würde vergeblich danach suchen.

»Gibt's denn heute nichts zu essen?« tönte es Sekunden später.

»Du kämpfst doch angeblich immer um deine Gleichberechtigung, jetzt hast du sie! Du darfst dir ganz allein dein Frühstück machen! Ich habe nämlich einen Friseurtermin.«

Der dauerte bis halb elf. Danach mußte ich noch den Wochenendeinkauf erledigen, eine sehr zeitraubende Angelegenheit, weil viele andere Leute dieselbe Idee gehabt hatten, und als ich zur schwäbischen Mittagszeit (Punkt zwölf Uhr!) meinen Ehemann um Mithilfe beim Hereintragen der Saft- und Sprudelkästen bat, bekam ich nur ein unwilliges Brummen zur Antwort. »Ich denke, du bist emanzipiert! Selbst ist die Frau!«

Na warte! Die Kisten blieben im Kofferraum, die fürs Mittagessen vorgesehenen Koteletts kamen in die Kühltruhe, statt dessen legte ich eine gefrorene Pizza auf den Küchentisch und erklärte dem Herrn des Hauses, daß ich im Hinblick auf die zu erwartende Freßorgie bis zum Abend fasten würde. »Auf der Packung ist genau angegeben, wie lange du die Pizza im Ofen lassen mußt«, sagte ich noch, bevor ich mich aus der Gefahrenzone entfernte. Es wurde sowieso Zeit, daß ich meiner Nachbarin endlich den geliehenen Preisetikettenentferner zurückbrachte, jene Flüssigkeit, mit der man die klebrigen Reste mühelos wegkriegt, ohne die neugekauften Gläser mit einem Küchenmesser bearbeiten zu müssen. Ich habe mal für unsere Garderobe metallene Kleiderbügel gekauft, auf denen die Peisschilder so fest saßen, daß ich alles zusammen erst mal zum Abweichen in einen Eimer mit Wasser gesteckt hatte. Nach einer Stunde ließen sich die Aufkleber ablösen, nur war jetzt von oben, wo die Haken sitzen, Wasser in die Hohlräume der Bügel gedrungen. Es hat eine ganze Weile gedauert, bis ich dahintergekommen war, weshalb sich die Jacken im Schulterbereich immer so feucht angefühlt hatten.

Als ich anderthalb Stunden und zwei Tassen Kaffee später zurückkam, lag die Pizza immer noch auf dem Küchentisch. Rolf war verschwunden, dafür war Katja gekommen. »Thanks God, it's friday!« begrüßte sie mich. »Ich bezweifle langsam, daß zwei Tage Wochenende ausreichen, um sich von fünf Tagen Schulstreß zu erholen. Sagt doch heute so ein Rotzlöffel aus der Sechsten zu mir: ›Ich werde später auch mal Lehrer! Die arbeiten doch nichts, die zwingen doch bloß uns zum Arbeiten!‹«

»Es ist noch gar nicht so lange her, da hast du eine ähnliche Ansicht vertreten«, erinnerte ich sie. »Weißt du, wo dein Vater ist?«

»Wahrscheinlich in der Imbißbude. Ist die Pizza da das einzige, was du als Mittagessen zu bieten hast?«

»Keineswegs. Du kannst auch noch Frühlingsrolle haben, Reispfanne India, Brokkoli-Käse-Plätzchen …«

»Sag doch gleich, daß es bloß Tiefkühlfutter gibt.« Sie schälte die Pizza aus der Verpackung und schob sie in den Backofen. »Waren das noch Zeiten, als wir aus der Schule kamen und ein richtiges Mittagessen auf dem Tisch stand!«

»Das muß damals gewesen sein, als ihr auch noch alles gegessen habt, was ich auf den Tisch gestellt habe«, gab ich zurück. »Und bist nicht überhaupt du diejenige, die es immer ablehnt, zweimal am Tag warm zu essen?«

»Wieso? Ist heute abend was Besonderes los?«

Sollte sie den Polterabend tatsächlich vergessen haben? Sie schrieb sich doch sonst jede Kleinigkeit auf. Es gibt ja spezielle Lehrerkalender (die heißen wirklich so), bei denen jeder Tag in einzelne Stunden aufgeteilt ist, und selbst das ist für Katja noch zuwenig. Da findet man zum Beispiel an einem ganz normalen Wochentag folgende wichtige Eintragungen: 9.45 Uhr kleine Pause, Milchgeld einsammeln, 11.25 Elterngespräch (Vater von Christoph ist Choleriker), 13 Uhr Busaufsicht, 14.35 Tom anrufen wegen Oma, 16–17 Uhr Schuhe abholen, Lottozettel wegbringen, Briefmarken, Geburtstagsgeschenk Claudia, evtl. Hamster?, 20 Uhr: Wahrscheinlich Wette verloren. »Vielleicht solltest du mal deine Gedächtnisprothese zu Rate ziehen!«

»Die ist im Ranzen, und der liegt oben. Nun sag schon, was los ist! Etwa Heldengedenktag, weil ihr schon wieder ein Jahr länger verheiratet seid? Oder weil … halt, ich ahne es! Du hast deine Abrechnung gekriegt und lädst uns zum Abendessen ein!«

Sie schien wirklich nichts zu wissen! »Hast du tatsächlich vergessen, daß deine Schwester heute poltert?«

Mit nachsichtigem Lächeln sah sie mich an. »Määm, das ist morgen! Polterabende finden immer samstags statt!«

»Aber nicht, wenn das Polterpaar am Samstag selber eingeladen ist.«

»Scheiße!« Sie raste zum Telefon. Ich hinterher. »Du brauchst keine Bestätigung. Ich habe vorhin mit Steffi telefoniert, und sie hat gesagt ...«

»Ich glaub' dir's ja, aber ich muß Tom Bescheid geben. Der denkt doch auch, daß der Auftrieb erst morgen ist, und hat für acht Uhr den Squashcourt gemietet.« Sie tippte die Zahlen ein. »Kannste mal die Pizza aus dem Ofen nehmen?«

»Die ist doch noch gar nicht gut.«

»Muß sie auch nicht. Oder glaubst du, ich esse jetzt Fertigfutter, wenn ich mich nachher in die Schlacht ums Büfett stürzen kann? – Hier ist Katja«, meldete sie sich, »kann ich mal Tom ... sag doch gleich, daß du selber dran bist! Du, ich habe da was verwechselt! Der Polterabend ist nämlich ...«

Ich hatte den Herd abgeschaltet und stand nun etwas ratlos mit der halbgaren Pizza da. »Was soll ich denn jetzt mit dem Zeug machen?«

»Biologisch entsorgen!« empfahl meine Tochter. »Nein, nicht dich!« rief sie ins Telefon. »Du wirst doch noch gebraucht.«

Als taktvoller Mensch begab ich mich außer Hörweite auf die Terrasse, wo mir Otto freudig wedelnd einen leicht maroden Rinderknochen vor die Füße legte. Beifallheischend sah er mich an. »Nanu, wo hast du den denn her?« wollte ich von ihm wissen, denn in letzter Zeit hatte ich ihm derartige Leckerbissen nicht mehr mitgebracht. Gelegentlich bricht bei Otto nämlich so eine Art Eichhörnchentrieb aus, und er legt sich ein Vorratslager an. Dagegen wäre ja auch nichts einzuwenden, wenn er sich nicht gerade den toten Winkel zwischen Schuhschrank und Garderobe dafür aussuchen oder, wie unlängst, seine Beute ganz hinten unterm Sofa verstecken würde. Bei hochsommerlichen Temperaturen machen sich solche Depots doch recht unangenehm bemerkbar.

Diesmal wieselte Otto in die äußerste Ecke des Gartens, wo Sven die in einer Sperrholzkiste ausgesäte Petersilie abgestellt hatte. Dank der fünf Birken wächst bei uns außer Moos und Unkraut nämlich nichts von dem, was andere Gärten in verschwenderischer Pracht hervorbringen, aber Küchenkräuter sollen ja sogar in ganz normalen Blumenkästen gedeihen. Die Petersilie war auch schon mindestens vier Zentimeter lang geworden, nur mußte Otto wohl noch vor der Aussaat in der schönen weichen Erde seine Eiserne Ration gebunkert haben. Ein Blick auf mein umgewühltes Kräuterbeet überzeugte mich, daß ich auch weiterhin meine Petersilie im Supermarkt würde kaufen müssen.

Gegen drei Uhr fuhr Katja nach Heidelberg, weil ausgerechnet das, was sie heute abend anzuziehen gedachte, bei Tom im Schrank hing, und außerdem wollte sie noch mindestens eine Ladung Wäsche durch die Maschine jagen. »Seitdem er vor vierzehn Tagen eine rote Wollsocke bei sechzig Grad mitgewaschen hat, trägt Tom zur Zeit fast nur rosa Klamotten. Was meinst du, Mami, kann man da jetzt noch was mit Entfärber machen?«

»Keine Ahnung«, sagte ich wahrheitsgemäß, denn die Ära der lindgrünen BHs und der weißen Oberhemden mit unbeabsichtigtem Blauschimmer ist bei mir schon lange vorbei, »aber was hast du gegen rosa T-Shirts?«

»Gar nichts«, sagte sie, »sofern *ich* sie trage.«

Kaum war Katja weg, da tauchte Rolf endlich auf. Sein Mittagessen schien er in überwiegend flüssiger Form zu sich genommen zu haben, weshalb er auch den Wunsch äußerte, sich vor dem anstrengenden Abend noch etwas auszuruhen. »Du kannst mich ja gegen halb sechs wecken!«

Um fünf Uhr startete ich den ersten Versuch, alle weiteren folgten im Zehnminutentakt. Als uns Sven kurz vor sechs abholen wollte, lag Rolf immer noch im Bett. »Na, dann probieren wir eben mal wieder die bewährte Methode«, sagte Sven grinsend, holte ein paar Hundecracker aus dem Schubfach und begab sich nach oben. Während er seinen mißgelaunten Vater gestenreich begrüßte, verteilte er unauffällig die Kekse unter Kopfkissen und Decke, und dann rief er Otto. Das nachfolgende Duell zwischen Herr und Hund ist inzwischen Legende und endete damit, daß Rolf den ganzen Abend in blauweiß gestreiften Strandsandalen herumlaufen mußte, weil er mit seinem geschwollenen Zeh in keinen festen Schuh mehr hineinkam. Bei seiner Flucht aus dem Bett hatte er im wahrsten Sinne des Wortes die Kurve nicht gekriegt und war an der Kommode hängengeblieben.

Viel später als geplant hielten wir vor dem kleinen Hotel, in dem wir irgendwann zwischen Mitternacht und Morgen schlafen gehen sollten. Am Rand des Industrieviertels gelegen, beherbergte das Haus meistens Vertreter, die freitags nach Hause fuhren und dem Inhaber dieses Etablissements ein ungestörtes Wochenende ermöglichten. Trotzdem muß er wohl ganz froh gewesen sein, als Hannes vorsichtshalber das halbe Hotel reservieren ließ, ohne sich auf eine bestimmte Zimmerzahl festzulegen. Auch unter den Gästen eines Polterabends gibt es Antialkoholiker beziehungsweise Ehefrauen, die zu absoluter Abstinenz verdonnert werden, damit sie später Mann und Auto heil nach Hause bringen können. Die meisten Besucher wohnten ohnedies in der Nähe, und Taxifahrer wollen schließlich auch leben!

Wir stellten unsere Köfferchen ab und nahmen mit dem Hausschlüssel auch die Mitteilung entgegen, daß es Frühstück nur von montags bis freitags gebe, weil jetzt kein Personal da sei. Außerdem wollte der Wirt wissen, wer denn für die Rechnung aufkommen werde.

»Wir natürlich!« und »Schicken Sie die meinem Schwiegersohn, ich bin ja nicht freiwillig hier!« riefen wir unisono, was bei dem Mann hinter der Theke ein gewisses Mißtrauen auslöste. Er gab sich erst zufrieden, nachdem ich die Anmeldung ausgefüllt und zusätzlich eine Visitenkarte an das Formular geheftet hatte.

Unter Aufbietung aller Kräfte schaffte es Rolf tatsächlich, die ungefähr vierhundert Meter zum »Festplatz« zu Fuß zurückzulegen, wobei er so ziemlich jeden Schritt mit heftigem Stöhnen begleitete. »Morgen gehst du zum Arzt!« sagte ich, Mitgefühl vortäuschend, aber Sven setzte noch einen drauf. »Morgen erst? Bis dahin könnte schon eine Amputation erforderlich sein! Hannes soll besser gleich den Notarzt anrufen!«

Das wollte der Patient nun doch nicht. »Am Ende kommt ein Gynäkologe!«

Schon von weitem vernahmen wir Stimmengewirr, Gelächter und lautes Klirren, unüberhörbarer Beweis dafür, daß wieder ein Gast seinen Eintritt bezahlt hatte. Bei meiner Suche nach Poltergeschirr war ich erneut in Versuchung geraten, die Fragmente von Schwiegermutters Limoges-Service auf diese bequeme Weise zu entsorgen, und vielleicht hätte ich es sogar getan, wenn Rolf nicht dabeigewesen wäre. So aber hatte ich nur auf einige Keramikbecher zurückgreifen können, Mitbringsel von urlaubenden Nachbarn als Dank fürs Blümchengießen (man weiß hinterher immer genau, wo sie gewesen sind: Die Tasse mit dem Enzian drauf stammte aus Österreich, die mit den Hochhäusern aus New York, doch am schönsten war die aus Bangkok mit der goldenen Pagode vorne und der Tänzerin auf der Rückseite). Sven keuchte unter der dickbauchigen Bodenvase, die ich ihm in letzter Minute noch aufgehalst hatte. Vor Jahren hatte ich sie mal als Ersatz für die schlichte Porzellanvase gekauft, die Saschas sportlichen Ambitionen zum Opfer gefallen war. Wie er es damals geschafft hatte, den Fußball statt geradeaus ins angedeutete Tor halblinks durch die nur spaltbreit geöffnete Terrassentür zu schießen und dann auch noch genau die Vase zu treffen, ist uns allen und am meisten ihm selbst ein Rätsel gewesen.

Die neue Vase hatte mir so lange gut gefallen, bis ich sie zum erstenmal benutzen wollte und feststellte, daß ich dazu mindestens fünfundzwanzig Liter Wasser brauchte. Das Einfüllen ging noch relativ einfach, immerhin reichte der Gartenschlauch bis ins Wohnzimmer, problematisch wurde es erst, als die Gladiolen verwelkt waren und das Wasser sehr intensiv roch. Detaillierte Schilderungen meiner vergeblichen Versuche, die Vase auf die Terrasse zu befördern, ohne daß der Inhalt vorher auskippte, erspare ich mir; es sei nur soviel gesagt, daß ich mich schließlich an den Chemieunterricht in der Schule erinnerte, als wir Flüssigkeiten von einem Gefäß in das andere mit Hilfe eines Schlauches leiten sollten, nur mußte man sie dazu erst ansaugen, und das geht bei einem zwanzig Zentimeter langen Gummischlauch von Bleistiftstärke entschieden leichter als mit circa drei Meter solider Wertarbeit Marke »Goldschlange«. Endgültig ausgedient hatte die Vase allerdings erst, nachdem der Vater und seine zwei schon fast erwachsenen Söhne gemeinsam versucht hatten, dieses unhandliche, bis zum Rand mit Blumenwasser gefüllte Ungetüm zum Zwecke des Entleerens auf die Terrasse zu schleppen. Seit diesem Tag besitzen wir ja auch einen Naßstaubsauger für Teppichböden.

Nun konnte die Vase endlich sinnvoll entsorgt werden, aber Sven war doch etwas enttäuscht, weil sie überhaupt keinen Krach machte, sondern nur mit einem dumpfen »Plop« in drei Teile zerfiel. Auch die Keramikbecher gaben nicht viel her, Limoges wäre bestimmt viel melodiöser kaputtgegangen.

Von dem Brautpaar, das doch eigentlich die Scherben zusammenkehren müßte, war nichts zu sehen. Zwar lehnten an dem großen Container in der Ecke zwei Besen, nur schien vorläufig niemand die Absicht zu haben, sie auch zu benutzen. Hannes denkt ja immer ökonomisch: Wenn schon gearbeitet werden muß, dann sollte es sich auch lohnen.

Im übrigen war der sonst so langweilige Parkplatz nicht wiederzuerkennen. Mit zwei quergestellten Lastwagen hatte man ihn zur Straße hin so abgeschottet, daß nur ein schmaler Durchgang freigeblieben war, und über dem baumelte mit ausgebreiteten Armen der lilagrüne Straßenfest-Schlumpf. Eine um seinen Bauch gewickelte Beerdigungsschärpe trug die Aufschrift: *Ich bin schuld!* So ganz stimmte das ja nicht, aber es wäre sicher zu umständlich gewesen, eine ganze Badewanne aufzuhängen!

Gleich neben dem Eingang stand Lissy hinter einem Tapeziertisch und begrußte jeden Gast mit einem Glas Sekt. Den gemütlich aussehenden Herrn neben ihr kannte ich nicht. Wahrscheinlich gehörte er zum Partyservice, sofern er nicht Chef Otto selber war, denn im Entkorken von Sektflaschen schien er trainiert zu sein. Erst viel später erfuhr ich, daß er Winfried hieß, Lissys Ehemann war, im normalen Leben lieber Bier trinkt und beruflich was mit Autos zu tun hat.

»Na endlich! Wo bleibst du denn so lange? Ich dachte schon, du bist verlorengegangen!« Steffi zerrte mich am Arm hinter sich her. »Die anderen sind schon alle da. Sascha auch. Der hat sich einen Weihnachtsengel mitgebracht.«

»Was hat er?«

»Warte, bis du sie selber siehst! Nastassja heißt sie, und den Mund kriegt sie überhaupt nicht auf. Hannes behauptet allerdings, er habe sie schon mal reden hören.«

Unter bunten Sonnenschirmen waren kreuz und quer Tische aufgestellt, große und kleine, drumherum Stühle oder gleich ganze Bänke, Windlichter warteten auf die Dunkelheit, und wenn man nicht so genau hinguckte, konnte man die vielen blühenden Bäume durchaus für echt halten, auch wenn sie alle in Töpfen standen. Sven, mit der Botanik besser vertraut als die meisten Anwesenden, bemängelte sofort, daß ein Mandelbäumchen nicht zur selben Zeit blüht wie der Weißdorn, aber ich hätte dieses stachelige weiße Zeug in überhaupt keine Jahreszeit einordnen können. Jedenfalls sah alles sehr bunt und sehr fröhlich aus.

»Die Sippe sitzt da drüben!« Steffi deutete auf einen etwas abseits stehenden Tisch. »Aber geh erst mal zum Büfett, sonst sind die besten Sachen weg. Laß dir was von der Lachspastete geben und von dem Geflügelsalat. Ich kann leider nicht bleiben, man hat ja so seine Verpflichtungen!«

»Kennst du denn die ganzen Leute hier?« Etwa fünfzig Personen saßen oder standen kauend herum, wenn sie nicht gerade einen Teil der Schlange bildeten, die sich an den im Hintergrund aufgebauten Tischen vorbeischob.

»Höchstens zehn Prozent!« griff Steffi meine Frage auf. »Viele sind doch wegen Trudchen gekommen. Seit über vierzig Jahren ist sie die Chefin hier in dem Laden, kennt Gott und die Welt, und genaugenommen ist diese Fete mehr eine Abschiedsparty für sie als ein Fest für uns. Ist ja auch egal, die meisten Gäste sind Kunden und Lieferanten, und die werden uns hoffentlich auch weiter gewogen bleiben. – Jetzt muß ich aber wieder nach vorne. Also bis irgendwann später!« Weg war sie.

Ein Büfett ist der Treffpunkt von Leuten, die sich, weil sie sonst nichts zu sagen haben, den Mund vollstopfen. Offenbar handelte es sich bei den meisten, die in der Schlange vor mir standen, schon um den zweiten Durchgang, denn sie fragten nicht mehr, was denn das für grüne Röllchen sind und ob das mit den Nüssen da drin wirklich Käse ist oder nicht doch ein Pudding. Sie hielten vielmehr ihren Teller hin und zeigten auf das, was sie haben wollten. Genau das tat ich auch, und zwar wählte ich nur, wovon noch am wenigsten da war, weil das erfahrungsgemäß das Beste ist. Die Lachspastete war sowieso schon alle.

Auf dem Weg zum Familientisch kam mir Rolf entgegen. »Da sieht man mal wieder, wo du die Prioritäten setzt! Anstatt zuerst das künftige Familienmitglied zu begrüßen, denkst du an so was Profanes wie Essen. Ich habe nämlich den Eindruck, die nächste Hochzeit steht uns schon ins Haus.«

»Bloß nicht! Eine pro Jahr reicht! Und außerdem ist er noch gar nicht geschieden!« Nachdem ich allerdings die junge Frau an Saschas Seite gesehen hatte, war mir klar, weshalb er sie nicht mehr von der Leine lassen wollte: So was sieht man eigentlich nur als Model im Modekatalog. Konfektionsgröße zwischen 34 und 36, wobei die Standardmaße von Mannequins garantiert noch unterboten wurden, ein ebenmäßiges Gesicht, in dem die grünen Augen dominierten, und darüber eine Fülle von blonden Locken. Steffis Vergleich mit einem Weihnachtsengel war gar nicht so abwegig, nur pflegen die auf Bildern (und bei Krippenspielen) immer nachthemdähnliche Gewänder zu tragen, während sich Nastassja für Minirock und Seidentop entschieden hatte. Alles in allem sah sie großartig aus, und das fanden die meisten männlichen Gäste wohl auch. Hannes erzählte uns später, er sei dauernd gefragt worden, wer diese »aufregende Blondine« denn gewesen sei und ob die zu seiner Verwandtschaft gehöre.

Nun kann man Sascha zwar auch nicht gerade als unattraktiv bezeichnen; er ist groß und schlank, kokettiert mit den ersten grauen Haaren, die ja bei den meisten Männern ganz dekorativ wirken (bei uns Frauen werden sie als »Alterserscheinung« bezeichnet!), aber der unbekümmerte Sunnyboy von einst war er nun doch nicht mehr. Und außerdem war er ja auch schon gebraucht, also quasi ein Second-Hand-Man.

»Das ist Nastassja!« sagte er mit Blick auf seine blonde Seitendeckung, nachdem er mich erst umarmt und dann mit einem angedeuteten Kuß auf die Wange begrüßt hatte. Ich kam mir ein bißchen wie in einem TV-Familiendrama, dritte Fortsetzung, vor und wartete nur noch auf ein gemessenes »Mama (Betonung auf der zweiten Silbe!), darf ich dir meine zukünftige Frau vorstellen?« Statt dessen bekam ich zu hören: »Glaub nicht, daß sie schüchtern ist, das sieht jetzt nur so aus. Ich habe sie zwar vorbereitet, aber zwischen Verwandtschaft auf Fotos und der Realität in Gestalt von drei neugierigen Schwestern besteht eben doch ein Unterschied!«

Das stimmt! Ein Neuling, gleich welchen Geschlechts, hat es immer schwer, in unserer Familie Fuß zu fassen. Er muß ja nicht nur mit seinem(r) Partner(in) klarkommen, sondern auch mit den Geschwistern und deren Anhängseln, und die alle unter einen Hut zu bringen, ist gar nicht einfach. So manche große Liebe hatte ein vorschnelles Ende gefunden, wenn der Kandidat wegen Humorlosigkeit oder mangelnder Spontanität bei den übrigen Familienmitgliedern durchgefallen war. Wie Nastassja abschneiden würde, blieb zumindest an jenem Abend noch offen. Vorsichtshalber sagte sie so gut wie gar nichts und selbst das nur sehr leise.

Unser Tisch wurde bald zu klein, wir mußten einen zweiten dazustellen. Margit war gekommen und Schorsch, eine längst Verflossene von Hannes und dann noch eine, beide inzwischen verheiratet und jeweils mit zweifachem Nachwuchs gesegnet, der unter den Stühlen herumkroch und mit den Einkaufswagen Rallye Monte Carlo spielte, bis einer in die Scherben fiel und verarztet werden mußte – kurz, es ging recht turbulent zu.

Gegen zehn Uhr lichteten sich die Reihen. Übrig blieb der harte Kern, bestehend aus Familie, Mitarbeitern, engen Freunden, dem ehemaligen Hockeyclub und ein paar Unentwegten, hinter denen Steffi Kunden vermutete, während Hannes glaubte, es handele sich um Bekannte von Stefanie. Wer genau sie gewesen waren, hat sich nie feststellen lassen.

Schon ein paarmal hatte das Brautpaar mit Hilfe der von Ludwig zusammengenagelten zwei Besen den vorderen Teil des Platzes gekehrt und damit bewiesen, daß es auch gemeinsam zu produktiver Arbeit fähig war, doch als einige Scherzbolde den halbvollen Container wieder ausgekippt hatten und die Scherben überall verteilt lagen, platzte Hannes der Kragen. Er lief weg und tauchte kurze Zeit später mit einem halben Dutzend Besen auf, die normalerweise zum Kehren der Halle dienen. »Am besten bildet ihr euch ein, das seien Hockeyschläger«, empfahl er den Übeltätern und drückte ihnen die Besen in die Hände. Die nahmen das etwas zu wörtlich, jedenfalls landete ein Kaffeekannenhenkel in der Fensterscheibe vom Büro, worauf das Turnier Mediziner gegen Handwerk abgebrochen wurde.

Danach sollte gesungen werden. Ludwig hatte gedichtet und verteilte nun Zettel mit dem hektographierten Text. Der war sehr lang, hatte sich auch hinten immer gereimt, nur war die vorgegebene Melodie den wenigsten bekannt, und die anderen hatten keine Lust zum Singen. Vor der dritten Strophe gab auch Ludwig auf, die zweite hatte er sowieso schon allein geschmettert. Die Zettel durften wir behalten.

Plötzlich stand noch ein später Gast auf dem Hof, den nun wirklich niemand kannte. Er sah auch gar nicht sehr freundlich aus. »Wem gehört denn der Porsche da draußen, der so weit weg vom Randstein geparkt ist?«

Alle drei Ärzte sprangen auf, aber der eine setzte sich gleich wieder. »Ich vergesse immer noch, daß ich seit sechs Wochen einen Ferrari habe.« Es war übrigens der Orthopäde. Seit der Gesundheitsreform können sich Allgemeinmediziner so ein Auto ja nicht mehr leisten. Dabei hören und lesen wir doch dauernd, daß sich Wirtschaftsflaute, Arbeitslosigkeit, Inflation und Benzinverteuerung nur dann bekämpfen lassen, wenn sich jeder einen neuen Wagen kauft und zu Fuß geht.

Bei dem Crash draußen vor dem Tor schien es sich nur um einen unbedeutenden Blechschaden gehandelt zu haben, den die Versicherungen bereinigen würden. Nach dem Tausch der Visitenkarten hatte sich nämlich herausgestellt, daß der Schadensverursacher (so heißt das im Behördendeutsch) ein Zahnarzt war, und unter Kollegen erledigt man solche Bagatellsachen ohne viele Worte. Der Herr Doktor nahm sogar die

Einladung zu einem Glas Sekt an (»Aber nur halb voll!«), trank noch ein zweites (ganz voll) und fuhr viel freundlicher davon, als er gekommen war.

Ich wollte auch gerade meine Lieben zusammensuchen, auf daß wir uns gemeinsam auf den halben Kilometer Weg zu unserem Nachtquartier machen, als Trudchen ächzend einen großen Karton auf den Tisch stellte. »Mir ist vorhin eingefallen, daß wir noch von letztem Silvester eine Menge Feuerwerk im Lager haben. Jetzt schießen wir einfach die ganzen Raketen hoch!«

Das hielt Hannes für keine gute Idee. »Es ist nach Mitternacht!« Doch Trudchen – nicht mehr so ganz nüchtern – gab nicht nach. »Wer soll sich hier im Industriegebiet darüber aufregen? Der Nachtportier von gegenüber? Der wird höchstens wach, und das muß er ja sein.«

Lucky hatte ein paar leere Sektflaschen aus dem Container geholt, Ludwig – auch nicht mehr nüchtern – munitionierte sie und steckte nacheinander die Zündschnüre an. Das klappte nicht auf Anhieb und vor allem nicht immer. Als er die dritte Rakete zünden wollte, stieg die erste bereits hoch und so knapp an seinem Kopf vorbei, daß er vor Schreck auf seinen Allerwertesten plumpste und nach hinten fiel. Eine gewisse Ähnlichkeit mit einem gestrandeten Maikäfer war ihm nicht abzusprechen. Dann rappelte er sich wieder auf, nicht gewillt, seine Aufgabe als Pyrotechniker zu delegieren. Allerdings schoß er die Raketen nur noch einzeln ab und hielt die Flasche in der weit ausgestreckten rechten Hand.

»Jetzt sieht er aus wie die Freiheitsstatue«, wisperte Steffi, »bloß nicht so monumental.«

Nach der letzten Garbe, die in Form von roten Sternchen genau über der Autobahn herunterkam, war endgültig Schluß. Der Sekt war sowieso alle, Bier wollte niemand mehr, und der Pfälzer Weißwein schmeckte nur, wenn er die richtige Temperatur hatte. Otto und seine Mannen waren jedoch unter Mitnahme des Kühlwagens schon um elf Uhr abgerückt. Müde waren wir alle, hinzu kam noch die bleierne Hitze, denn »örtlich« mußte doch woanders liegen, von den Gewittern hatten wir jedenfalls nichts abgekriegt.

Plötzlich hatten wir es alle eilig, ins Bett zu kommen. Hannes orderte telefonisch ein halbes Dutzend Taxis, denn auch die Herren der medizinischen Fakultät diagnostizierten gegenseitig einen Blutalkoholspiegel von mindestens …, wenn nicht sogar das Doppelte, und als das erste Taxi vorfuhr, machten wir uns auch auf den Weg. Zu Fuß. Nicht mal Rolf meckerte, denn aufgrund seiner Blessur hatte er eine Menge Leute kennengelernt. »Wenn du einen Gesprächspartner suchst – trage einen Verband!« hatte er gesagt, als wir uns zufällig vor der Toilettentür getroffen hatten. Danach hatte ich ihn nur gelegentlich aus der Ferne gesehen.

»Diese Margit ist wirklich ein sympathischer Mensch«, teilte er mir mit, als er schon, einen kalten Waschlappen um den lädierten Zeh gewickelt, im Bett lag. »Ich habe mich lange mit ihr unterhalten.«

»Ich weiß«, gab ich zurück, »fast eine halbe Stunde.«

Überrascht richtete er sich auf. »Bist du etwa eifersüchtig, weil es mir immer noch gelingt, mit jungen Frauen zu flirten?«

»Keineswegs. Mich hat lediglich beeindruckt, daß du so lange den Bauch einziehen konntest.«

Die große Stunde naht

Ein Ehemann, der nicht nur androht, sich aus dem Berufsleben zurückziehen zu wollen, sondern es auch tatsächlich tut, ist nicht mehr der, den man mal geheiratet hat. Damit meine ich nicht die schütter werdenden Haare und den Rettungsring in der Taillengegend, sondern in erster Linie die Bequemlichkeit. Was hatte Rolf nicht alles tun wollen, wenn er erst mal die Zeit dazu haben würde! Fotos einkleben (das Urlaubsalbum endet mit den Bildern aus Holland, und damals gingen die Zwillinge noch in die Grundschule), Dias sortieren (nur muß er dazu erst mal die Rähmchen wiederfinden, die er vor sieben bis elf Jahren gekauft hatte), den Dachboden aufräumen (da müssen bibliophile Kostbarkeiten zum Vorschein kommen wie das Album mit den Zigarettenbildern. Es fehlen zwar welche, aber auf einem ist sogar Ohm Krüger drauf), und vor allem wollte er endlich den Garten auf Vordermann bringen. »Es muß doch möglich sein, hier mal was zum Blühen zu kriegen!« hatte er im Frühling gesagt. »Der Boden braucht bloß die richtige Vorarbeit und natürlich Dünger.«

Das Schönste an der Gartenarbeit ist, daß es zu spät dafür wird, wenn man sie nur lange genug hinausschiebt. Ich weiß nicht mehr, ob das Frühjahr nun zu naß gewesen ist oder zu trocken, jedenfalls hatte es immer einen Grund gegeben, weshalb Rolf den Rasen nicht vertikutieren und danach den bereits seit Monaten im Keller lagernden Dünger nicht ausbringen konnte. Plötzlich war es Mai geworden, und das einzige, was bei uns blühte, war der Löwenzahn. Die anderen Blumen konnte ich nur in den Katalogen bewundern, von denen ungefähr zwei Dutzend im ganzen Haus verteilt lagen. Das ist diese bunte, auf Hochglanzpapier gedruckte Winterlektüre aus der Gruppe der Science-fiction-Bilderbücher, die von Versandgärtnereien, Baumärkten und Geräteherstellern kostenlos ins

Haus geschickt wird. Rolf hatte sich ja auch recht intensiv damit beschäftigt und angekreuzt, was er bestellen wollte, nur hätten wir dafür einen Garten von den Ausmaßen eines Neun-Loch-Golfplatzes gebraucht. Und weil er sich nicht entscheiden kann, auf welche Pflanzen er verzichten will, grübelt er noch heute.

Manchmal, wenn ich Kartoffeln schäle oder Rouladen wickle, obwohl ich viel lieber an meinem Schreibtisch säße, denke ich wehmütig an die erste Zeit meiner Ehe zurück. Damals hatte Rolf trotz seines Berufs immer wieder Zeit gefunden, seine junge Frau in die Grundkenntnisse der Kochkunst einzuweihen (nach Ansicht meiner Mutter hätte ich seinerzeit sogar das Teewasser anbrennen lassen), hatte heroisch angebranntes Gemüse hinuntergeschluckt oder klaglos drei Tage lang Reis gekaut, weil ich die Rezeptanweisung »eine Tasse pro Person« großzügig aufgerundet hatte, und wenn ich wieder einmal etwas völlig Undefinierbares (und meistens auch Ungenießbares) zusammengerührt hatte, waren wir zum Italiener gegangen und hatten *Spaghetti alla carbonara* gegessen, das war am billigsten gewesen.

Aber heute, wo er doch genügend Zeit hätte, seinem angeblichen Hobby zu frönen und endlich mal die Rezepte auszuprobieren, die er schon vor zwanzig Jahren angefangen hatte zu sammeln, ist davon keine Rede mehr. »Wo soll ich denn hier frische Zuckererbsen herkriegen?« heißt es, oder: »Wenn du mir sagst, welcher von unseren vier Läden Merlanfilets führt, stelle ich mich gern mal wieder an den Herd.«

»Es muß ja nicht gleich etwas Exotisches sein. Wie wär's denn für den Anfang mit einem ganz simplen Gulasch?«

»Meine Güte«, sagte mein Mann angewidert, »das solltest du nun wirklich schon allein können!«

Kürzlich ist mir aber doch mal der Kragen geplatzt. Ich war beim Wäscheaufhängen und jagte gerade quer durch den Garten Otto und der geklauten Socke hinterher, während Rolf grinsend von seiner Lieblingsliege aus den ungleichen Wettlauf verfolgte, als es klingelte. Ein junger Mann wedelte mit einem Fragebogen und behauptete, er mache eine Meinungsumfrage, die in erster Linie Ruheständler beträfe. Dabei sah er mich, die ich keuchend vor ihm stand, fragend an. Ich führte ihn in den Garten und deutete auf die Liege. »Wir sind kein Ehepaar im Ruhestand. Wir sind ein Mann im Ruhestand und seine Frau!« Abends ging Rolf freiwillig mit dem Hund raus und nahm sogar die Mülltonne mit nach vorne.

Diese Gedanken und noch viele andere gingen mir durch den Kopf, während ich meine Haare so hinzufönen versuchte, wie es der Friseur immer macht. Es klappte nicht. Wieso auch? Der hatte das ja drei Jahre lang gelernt, ich war bloß Amateurin und keine besonders talentierte. Und überhaupt war es gar nicht wichtig, ob meine Frisur vorbildlich war oder nicht, die Hauptperson heute war Steffi, und die saß schon seit acht Uhr im Frisiersalon. Kurz vorher hatte sie noch angerufen. »Weißt du, Määm, mir geht's überhaupt nicht gut. Ich habe miserabel geschlafen und war schon zum drittenmal auf dem Klo.«

»Das ist normal«, beruhigte ich sie, »es wird höchstens noch schlimmer.«

»Es ist ja nicht so, daß ich Hannes nicht will, ganz im Gegenteil, ich liebe ihn doch, aber Heiraten ist so was Endgültiges!«

»Das stimmt allerdings. Außerdem ist die Ehe das einzige Meer, für das es noch keinen Kompaß gibt.« Das hatte ich mal irgendwo gelesen und sogar behalten, weil es mir gefallen hatte.

»Wenigstens bin ich seefest«, erwiderte meine Tochter. »Nicht umsonst habe ich damals als einzige den Segeltörn auf der Nordsee durchgestanden, ohne über der Reling zu hängen.« Da war sie sechzehn gewesen! »Na ja«, meinte sie schließlich, »man soll zwar am Hochzeitstag nicht an Scheidung denken, aber es ist doch beruhigend zu wissen, daß es so was gibt. – Jetzt muß ich los. Also tschüß bis nachher!«

»Weißt du, wo meine Manschettenknöpfe sind?« brüllte Rolf aus dem Nebenzimmer. »Ich kann sie nirgends finden.«

»Wann hast du sie denn zum letztenmal getragen?« schrie ich zurück.

»Keine Ahnung, das muß Jahre her sein. Es gibt doch kaum noch Hemden mit Doppelmanschetten.«

»Dann suchst du sie am besten dort, wo du schon seit Jahren aufräumen willst, also zwischen deinen Aquarellfarben oder den unbeantworteten Briefen und vielleicht noch im Regal mit den Gartengeräten.« Ich stellte den Fön ab und besah mich im Spiegel. Na ja, besser als vorher sah ich nicht aus, aber wenigstens auch nicht schlechter. Ein zweites Gesicht schob sich neben meins. »Hast du nicht auch Manschettenknöpfe?«

»Natürlich, aber sie sehen anders aus als die für Männer.«

»Glaubst du, das fällt im Zeitalter der T-Shirts und Polohemden noch jemandem auf?«

Während ich die Perlmuttknöpfe (trägt man so etwas heutzutage überhaupt noch?) in die wie immer viel zu kleinen Knopflöcher fummelte, verlas der Radiosprecher den Wetterbericht. Demnach würde es ein sonniger, wolkenloser Tag werden mit Höchsttemperaturen um dreiunddreißig Grad, in der Rheinebene noch etwas darüber. Na bravo! Von mir wollte ich ja gar nicht reden, und die Männer waren daran gewöhnt, aber Steffi würde sich in ihrem Hosenanzug totschwitzen.

Das Telefon klingelte. Katja wollte wissen, ob sie ihre blauen Slipper vergessen hätte, ich solle doch bitte mal im Schuhschrank nachsehen. Mit dem Knochen in der Hand stiefelte ich abwärts und ließ mir dabei erzählen, daß Tom sich doch gestern tatsächlich noch einen Blazer gekauft habe und nun richtig elegant aussähe. »Eigentlich wollte ich ja Hosen anziehen, aber bei dieser Hitze gehe ich doch lieber im Rock. Hast du die Schuhe gefunden?«

»Nein.« Vorsichtshalber räumte ich schnell den ganzen Schrank aus, denn manchmal rutschen welche hinten runter. Richtig, da lag tatsächlich was. »Weißt du, was ich eben entdeckt habe? Deine weißen Leinenschuhe.«

»Tatsächlich? Ich dachte, die hätte ich längst weggeschmissen. Und die blauen sind bestimmt nicht da?«

»Nein, verflixt noch mal!«

»Dann müssen sie oben in meinem Zimmer sein. Könntest du schnell mal ...«

War sie es nicht gewesen, die erst unlängst behauptet hatte, ich müsse wenigstens einmal pro Woche ins Fitness-Studio gehen? In meinem Alter sei das wichtig wegen mangelnder Bewegung und so weiter. Dabei trabte ich jetzt erst mal vierundzwanzig Stufen aufwärts, würde sie gleich wieder hinunterlaufen müssen und das ganz bestimmt nicht zum letzten Mal.

Wir besitzen ein digitales Fieberthermometer, dito eins fürs Zimmer, ganz abgesehen von diesem niedlichen wassergefüllten Spielzeug, in dem immer Bällchen auf- und absteigen mit Zahlen dran, nur wissen wir bis heute nicht, welches das mit der richtigen Temperatur ist – wir haben vom elektrischen Eierkocher bis zum batteriebetriebenen Dosenöffner alle technischen und meist völlig überflüssigen Geräte, bloß einen simplen Kilometerzähler, der auch Höhenunterschiede anzeigt, hat mir noch niemand geschenkt, obwohl ich oft genug den Wunsch danach geäußert habe. Wahrscheinlich haben sie alle Angst, mein tägliches Laufpensum im Dienste der Familie würde ihr Gewissen zu sehr belasten.

Nach längerem Suchen fanden sich Katjas Schuhe. Unter dem Bett. »Ja, wo denn sonst?« fragte sie ganz erstaunt, offenbar in völliger Unkenntnis der Möglichkeit, derartige Sachen auch woanders abzustellen. »Vergiß bloß nicht, mir die Treter mitzubringen. Bis dahin muß ich Turnschuhe anziehen, andere habe ich nicht hier.«

Es wurde wirklich Zeit, daß dieser doppelte Haushalt endlich aufhörte. Jeden Tag warteten die Zwillinge auf Nachricht vom Oberschulamt. Mit Beginn der Sommerferien endete auch ihr Referendariat, und noch immer wußten sie nicht, ob überhaupt und falls ja, an welche Schule sie abkommandiert würden.

Inzwischen hatte ich mich so weit bekleidet, wie es der Anstand erfordert, falls es an der Haustür klingelt und man öffnen muß. Leider würde ich in Kürze die neuen Hosen anziehen müssen, Strümpfe (nur bis zum Knie, mehr war nicht nötig) nebst unbequemen Schuhen. Die Seidenbluse würde nur während der ersten drei Minuten das Gefühl von Kühle erwecken, und dann gehörte zu dem ganzen Outfit ja noch die Jacke. Weshalb, um alles in der Welt, hatte ich mir bloß einen Hosenanzug ausgesucht, wo es doch so schöne leichte Sommerkleider gibt? Meinetwegen auch großgeblümt und mit Rüschen.

Rolf spazierte schon festlich gewandet herum, allerdings noch mit offenem Kragen und ohne Krawatte. »Welche soll ich denn nehmen?« Er hatte ein größeres Sortiment über dem Arm hängen und sah mich fragend an. »Die silbergraue?«

»Hast du die nicht schon zu *unserer* Hochzeit getragen?«

»Kann sein«, meinte er gleichmütig, »aber sie ist noch so gut wie neu.«

»Dann heb sie auf, sie wird bestimmt bald wieder modern.«

Mit Krawatten ist das auch so eine Sache. Früher hatte ich Rolf oft welche mitgebracht, einfach nur, weil sie mir gefallen hatten. Ehemänner sind ja daran gewöhnt, daß man sie an Geburtstagen oder zu Weihnachten mit den SOS-Liebesgaben beglückt (Socken, Oberhemd und Schlips), nur sorgten bei uns schon Mütter und Tanten dafür, so daß für mich immer bloß die Schlafanzüge übrigblieben. Jedenfalls besaß Rolf so um die fünfzig Krawatten, von denen er aber nur ein knappes Dutzend benutzte. Und die stammten samt und sonders aus den späten Siebzigern, als es noch sehr avantgardistisch war, einen gestreiften Binder zu einem karierten Jackett zu tragen. Mir war das nie so richtig aufgefallen, bis Sven sich mal von seinem Vater einen Kulturstrick leihen wollte. Nachdenklich betrachtete er die drei Reihen gepünktelter, gestreifter oder mit einem dezenten Muster versehenen Krawatten, dann schüttelte er den Kopf. »Bevor ich mir einen dieser fossilen Lappen umwürge, gehe ich lieber ohne. Oder hättest du vielleicht einen Schal für mich, Määm?«

Als ich das nächstemal mit den Zwillingen auf textiler Einkaufstour war, durften *sie* für ihren Vater Krawatten kaufen, denn ich sah mich dazu außerstande. Seitdem besitzt er auch welche mit wilden Mustern von Pink bis Kanarienvogelgelb, und auf einer tummeln sich sogar lauter japanische Schriftzeichen. Vielleicht sind es gar keine, aber sie sehen genauso aus.

Aus diesem Sortiment sollte ich jetzt etwas Passendes zum dunkelgrauen Anzug heraussuchen. Blau mit grün? Nein, zu trist. Beige mit Kringeln? Auch nicht, sieht doof aus. Am besten würde sich die Hellviolette eignen, nur erinnert mich das Dessin immer an das geblümte Sofakissen von meiner Großmutter. Egal, außer mir hat es ja keiner gekannt.

Rolf schob den Binder in die Tasche, hängte das Jackett über die Stuhllehne und leitete damit die tägliche Suche nach den Autoschlüsseln ein. Diesmal fand er sie ziemlich schnell auf dem Fensterbrett in der Gästetoilette. »Ich fahre den Wagen doch besser noch durch die Waschanlage. Bis wir in Heidelberg sind, wird davon zwar nichts mehr zu merken sein, aber wenigstens ist es dann frischer Staub.«

Er war kaum weg, als Sven vorfuhr. Auch sein Auto hatte endlich mal wieder Seifenwasser gesehen, das erste seit Monaten. Normalerweise stellt er sein schon ziemlich bejahrtes Vehikel einfach in den Regen und entschuldigt diese arbeitssparende Methode damit, daß nach zu gründlicher Reinigung die Roststellen so auffallen würden. Freundin Tanja, ein blasses Wesen mit langen dunklen Haaren und langen dunklen Fingernägeln, hatte ihr Kleid auf die Wagenfarbe abgestimmt. Sie trug etwas Schlabbriges in Grün, bei dem ich im ersten Moment glaubte, hinten sei der Saum ein Stück abgerissen. Bei näherem Hinsehen merkte ich aber, daß der Rock rundherum zippelte, also mußte das wohl so sein. »Fahrt ihr mit uns oder separat?«

»Separat natürlich«, sagte Sven. »Wir wollen doch heute abend noch nach Mannheim zu dem Open-air-Konzert.«

Stimmt, er hatte unlängst so etwas erwähnt. Warum auch nicht, im Gegensatz zu den meisten Hochzeiten würde die heutige bereits am frühen Nachmittag enden. Dann nämlich wollte das Brautpaar mit unbekanntem Ziel in seine zweieinhalb Flittertage verschwinden. Nicht einmal Steffi wußte, wohin es gehen würde; Hannes hatte ihr lediglich verraten, daß er ein Zimmer in einem Romantik-Hotel gebucht habe. Die Flitter*wochen* würden erst in genau siebzehn Tagen beginnen, wenn nämlich die Maschine nach Jamaica startete. Mit an Bord Trauzeugin Margit und Schwiegermutter Evelyn. Endlose Debatten hatten vorher stattgefunden, denn sowohl Margit als auch ich hatten diese Reise natürlich stornieren wollen. Als wir sie Anfang des Jahres gebucht hatten, war sie als Urlaub gedacht gewesen und nicht als Honeymoon! Und dabei kann man nun wirklich keine Freundin gebrauchen, selbst wenn es die beste ist, und erst recht keine Schwiegermutter! »Ich mache mich doch nicht lächerlich!« hatte ich protestiert.

»Schwiegermütter sind ohnehin schon beliebte Witzblattfiguren, aber eine Schwiegermutter, die mit auf Hochzeitsreise geht, wäre vermutlich ein Novum und ein gefundenes Fressen für die Karikaturisten.«

»Stimmt gar nicht«, hatte Steffi gesagt, »oder hast du Loriots ›Ödipussy‹ nicht gesehen? Da hat seine Mutter zum Schluß doch auch mit im Auto gesessen.«

»Dort könnte man sie ja notfalls unterwegs rausschmeißen, im Flieger geht das schlecht.«

Hannes, der eigentlich am meisten Betroffene, war schließlich energisch geworden. »Was stellst du dir eigentlich unter Flitterwochen vor?« hatte er gefragt und mich süffisant angegrinst. »Deine Tochter und ich leben seit einem Dreivierteljahr zusammen und das keineswegs in getrennten Zimmern! Also hör jetzt auf mit diesem dummen Gequassel von wegen trauter Zweisamkeit und so weiter, das mag ja zu deiner Zeit noch gepaßt haben, als man bis zum Hochzeitstag einen Anstandswauwau brauchte und nach der Trauung mit der Dampfeisenbahn an den Gardasee reiste.«

»Wie kommst du auf Eisenbahn? Wir sind noch mit der Postkutsche gefahren!« Seine Argumente hatten mich jedoch so lange nicht überzeugen können, bis Steffi schließlich sagte: »Ich weiß gar nicht, was du hast? Jeder wohnt in seinem eigenen Bungalow, und damit ist doch die Privatsphäre gesichert. Außerdem sehe ich lieber dir beim Essen zu als Familie Meier aus Leverkusen oder dem Ehepaar Huber aus Altötting, das beim Frühstück seine Verdauungsprobleme erörtert. Haben wir ja alles schon gehabt, nicht wahr?«

Die gemeinsame Hochzeitsreise war also eine beschlossene Sache, aber wenigstens die Flittertage würde das frischgebackene Ehepaar allein verbringen dürfen!

Da wir alle aus verschiedenen Richtungen kamen, hatten wir vereinbart, uns vor der Firma zu treffen und dann gemeinsam zum Standesamt zu fahren. Bis dahin würde hoffentlich jemand rausgekriegt haben, wo es überhaupt lag. Steffi sollte von Margit gebracht werden, und Hannes mußte die für diesen Tag geliehene Nobelkarosse erst mal selber hinfahren.

Sascha war offensichtlich schon eine ganze Weile vor uns eingetroffen, denn er hatte bereits Zeit gehabt, sich eine halbe Tasse Automatenkaffee über den Anzug zu kippen. Am linken Hosenbein wischte Nastassja herum, am rechten Lissy, während Trudchen das Büro auf den Kopf stellte. »Hier *muß* noch irgendwo der alte Fön sein! Der Junge kann doch nicht mit nassen Hosen herumlaufen!«

Der Fön fand sich nicht, statt dessen kam sie mit dem Elektroöfchen an, einem Relikt aus jenen Zeiten, als das Büro aus Sparsamkeitsgründen nur während der Wintermonate beheizt worden war. Außerkalendarischen Frosteinbrüchen war man stundenweise mit diesem musealen Gerät begegnet. »Setzen Sie sich mal davor!« befahl Trudchen. »Aber nicht zu dicht, sonst fangen Sie Feuer.«

»Ihr habt doch noch 'ne jute Stunde Zeit, bis der janze Rummel anfängt. Soll er doch die Hose ausziehen und hinten im Hof übern Zaun hängen. Da scheint die Sonne schon voll druff!« Ludwigs Vorschlag klang am erfolgversprechendsten, und Sascha, dem die allgemeine Aufmerksamkeit sichtlich unangenehm war, trabte ab.

Jetzt hätte ich endlich Zeit gehabt, mich ein bißchen um Nastassja zu kümmern, doch das war gar nicht notwendig. Diese Aufgabe hatte bereits Rolf übernommen, und das offenbar sehr gründlich. Ich kenne nämlich den höflich-gelangweilten Blick seiner Gesprächspartner, wenn er sie mit einem seiner zwei Lieblingsthemen unterhält! Das eine ist Angeln und das zweite moderne Kunst. Ich habe von beidem nicht viel Ahnung, und Nastassja schien es so ähnlich zu gehen.

Räder knirschten draußen auf dem Kies, begleitet von Svens asthmatischer Hupe, und gleich darauf fuhren auch Nicki und Jo vor. Rolf sah sich genötigt, Tochter nebst Begleitung zu begrüßen, und diese Gelegenheit benutzte Nastassja zur Flucht. Ich konnte es ihr nicht verdenken. Ein Mann ist so jung, wie er sich fühlt, bloß nicht so bedeutend!

Lissy verteilte zu kunstvollen Schleifen gebundene Tüllfähnchen, die wir an den Antennen unserer Autos befestigen sollten. Angeblich müssen sie dort so lange hängenbleiben, bis sie von selber abfallen, sonst bringen sie Unglück. Das hatte ich nicht gewußt, sondern mich nur immer gewundert, weshalb so viele Leute diese dreckigen Fetzen nicht endlich entfernen. Bei Rolfs Wagen gab es von vornherein Schwierigkeiten. Seine Antenne verschwindet nämlich irgendwo im Blech, sobald er das Radio ausschaltet. Außer an der Stoßstange sah ich keine Möglichkeit, dieses unerläßliche Tribut eines Brautpaar-Begleitfahrzeugs anzubringen. Sven befestigte es schließlich am Außenspiegel, aber während der Fahrt machte Rolf das Herumgeflatter so nervös, daß er das Band abnahm und in die Brusttasche steckte. Ein Teil davon hing später während der ganzen Trauungszeremonie heraus.

Als letzte kamen Tom und Katja. Hübsch sah sie aus in dem gestreiften Rock und dem dunkelblauen, kurzärmeligen Leinenblazer, nur die Turnschuhe paßten dazu wie die »Faust aufs Auge«. Turnschuhe ...? Himmel noch eins, ich hatte die Slipper vergessen! Dabei hatte ich die Tüte doch extra an die Haustür ... »Katja, mir ist da was ganz Dummes passiert.«

»Das kannst du mir nachher erzählen. Jetzt gib mir bloß schnell meine Schuhe, ich komme mir nämlich vor wie der gestiefelte Kater. Wo sind sie? Noch im Auto?«

»Nein. Die hängen zu Hause an der Türklinke!«

»Waaas???«

»Na ja«, fing ich an zu stottern, »zum Schluß ging alles so schnell wegen der Krawatte und weil der Wagen noch gewaschen werden mußte ... es tut mir wirklich leid.«

»Was glaubst du, wie leid *mir* das tut?« fauchte sie los. »Was soll ich denn jetzt machen?« Sie sah auf ihre Uhr. »Wenn's nicht so spät wäre, würde ich schnell in die Stadt reinfahren und mir ein Paar kaufen, aber das schaffe ich nicht mehr. *So* gehe ich jedenfalls nicht ins Standesamt!« beharrte sie.

»Dann lauf doch einfach barfuß«, empfahl ihre Schwester, »das würde weniger auffallen als diese Botten.«

»Denkste! Die Ära der Blumenkinder ist schon lange vorbei.« Wütend bohrte sie mit den Füßen Löcher in den Kies. »Wenn ich schon mal jemanden um was bitte ...«

»Is was?« Rolf kam herangeschlendert, Hände auf dem Rücken, fragend hochgezogene Brauen. »Warum brüllt ihr euch denn so an?«

»Ich brülle überhaupt nicht, ich bin bloß sauer!« sagte Katja. »Mami hat meine Schuhe vergessen, und mit diesen Tretern komme ich nicht mit!«

»Dann zieh doch andere an!«

»Haha, sehr komisch!« erwiderte seine Tochter. »Und wo soll ich die jetzt hernehmen?«

»Aus der Tüte.« Hinter dem Rücken zog er sie hervor, die vergessen Geglaubte mit dem Logo unseres Fischgeschäfts und dem Weihnachtsbaum vorne drauf. »Ich dachte mir schon, daß die gebraucht werden!«

»Paps, du bist wirklich der Beste!« Jubelnd fiel ihm Katja um den Hals, während sie mich nur giftig ansah. »Eine andere Verpackung hast du wohl nicht gefunden? Bestimmt riechen sie jetzt nach Kabeljau.«

Zehn Minuten später waren wir abfahrbereit. Sogar Saschas Hose war noch trocken geworden und sah nur in der Kniegegend ein bißchen zerknittert aus. Der Konvoi formierte sich. Vorneweg Karl und Trudchen, die als einzige den genauen Weg kannten, danach der Firmenwagen mit den Mitarbeitern und zwei riesigen Kühltaschen, und dann folgten in lockerem Abstand wir anderen. Bereits nach der zweiten Ampel hatten wir den Anschluß verloren und nach der vierten die Orientierung. In einer Sackgasse sammelten wir uns. »Wenn jemand die Straße weiß, ist das kein Problem. Ich habe einen Stadtplan«, sagte Jo, im Handschuhfach wühlend.

»Wenn wir die Straße wüßten, könnten wir ja auch danach fragen!« bemerkte Tom ganz richtig.

Sascha hatte einen anderen Vorschlag. »Wie wär's, wenn wir erst mal nach einer Telefonzelle suchen?«

»Willst du etwa auf dem Standesamt anrufen?«

»Nee, aber die Adresse feststellen. Oder hat jemand eine bessere Idee?« Auffordernd sah er uns der Reihe nach an. »Niemand? Also dann los!«

Ich wunderte mich, daß Rolf sich nicht geäußert hatte, denn im Straßenverkehr gibt es niemand Kompetenteren als ihn, wobei es völlig gleichgültig ist, ob es sich um Pannenhilfe handelt (er sucht immer erst nach einer verrußten Zündkerze, und wenn die alle sauber sind, tippt er auf eine defekte Zylinderkopfdichtung; das kann man nicht so ohne weiteres feststellen, aber es klingt so schön fachmännisch!) oder um die Feinheiten der Straßenverkehrsordnung; im Zweifelsfall hat *er* sowieso recht. Ich sah ihn am Ende der Straße, wo er eine treppenwischende Frau von der Arbeit abhielt. Erst hörte sie aufmerksam zu, dann nickte sie und begann ein abstraktes Gemälde in die Luft zu zeichnen. Nun hörte Rolf zu, nickte ebenfalls, bedankte sich mit einer leichten Verbeugung und kam zurück. »Wir sind gar nicht so falsch«, verkündete er, »wir hätten an der dritten Ampel nicht geradeaus fahren sondern links abbiegen müssen. Hinter den Straßenbahnschienen geht es nach rechts, und dann würden wir schon den Parkplatz sehen.«

Ehrfürchtig staunten wir ihn an. »Du hast also doch den Straßennamen gewußt?« moserte Sven.

»Nein, ich habe lediglich gefragt, wie ich am schnellsten zum Schloß komme.«

Das fanden wir dann auch wirklich, nur Parkplätze fanden wir nicht. Die waren alle besetzt, weil nämlich Markttag war. Und in genau sieben Minuten sollte die Trauung beginnen! »Es hilft nichts, jeder muß selbst sehen, wo er einen Parkplatz findet«, schrie Rolf. »Wir treffen uns vor dem Standesamt.«

Wir hatten Glück. Eine Mutter mit zwei Kindern und zwei Einkaufstaschen steuerte einen kleinen Fiat an. »Fahren Sie weg?« erkundigte sich Rolf.

»Wenn ich es schaffe, die Einkäufe hinten ins Auto zu laden, bevor die Zwillinge vorne wieder ausgestiegen sind, dann ja!« sagte sie lakonisch. Keine Frage, daß sie es schaffte, sie hatte ja doppelte Hilfe! Rolf hatte schon seinen Wagen abgeschlossen, als ich ihn an die Krawatte erinnerte. »Muß ich das Ding wirklich umbinden?«

»Natürlich mußt du! Ich ziehe ja auch meine Jacke an.«

»Selber schuld!« Vor dem Kosmetikspiegel hinter der Sonnenblende, den er immer als überflüssigstes Zubehör im ganzen Auto bezeichnet hatte, fummelte er den Schlips zurecht. »Den Erfinder dieses Henkerstricks hätte man an demselben aufknüpfen sollen! Wozu taugt er denn sonst? Er beengt einen am Hals und stört beim Essen. Wenn er nicht in der Suppe hängt, spritzt Bratensoße drauf oder Schokoladeneis.«

»Deshalb trägt der kluge Mann ja auch eine Fliege.«

»Bevor ich mir so einen Propeller unters Kinn schnalle, lasse ich mir lieber einen Vollbart wachsen!« Sprach's, überquerte die Fahrbahn und lief genau seinem Schwiegersohn in die Arme, der an seiner perfekt gebundenen Schleife herumzupfte. »Donnerwetter, siehst du scheißvornehm aus!« entfuhr es ihm. »Entschuldige, das ist mir so herausgerutscht!«

Hannes nickte gnädig. »Ich komme mir ja selber verkleidet vor.«

Er trug einen erstklassig sitzenden nachtblauen Anzug, dazu ein Hemd mit Stehkragen und – ich traute meinen Augen nicht – einen Kummerbund. »Wegen der abhanden gekommenen Taille?« fragte ich hinterhältig.

»Nee, wegen Margit! Die hat mich regelrecht dazu gezwungen.« Suchend sah er sich um. »Wo ist denn die restliche Sippe?«

»Auf Parkplatzsuche. Da drüben kommen sie ja.« Ich deutete auf die gegenüberliegende Seite. »Wo steht denn euer Wagen?«

»Na hier!« Direkt neben uns parkte ein feuerrotes BMW-Kabriolett mit einem großen Rosenbukett auf der Kühlerhaube und einem kleineren auf dem Heck. »An den Schlitten könnte ich mich gewöhnen.« Er tätschelte den Kotflügel wie die Flanke eines Trabrennpferdes mit guten Siegeschancen. »Leider ist er nur geliehen.«

Inzwischen waren auch die anderen herangekommen. »Wieso stehen wir hier eigentlich noch rum?« Aufgeregt tippte Nicki auf ihre Uhr. »Nach meiner Zeit müßte Hannes schon längst ja gesagt haben. Wo ist überhaupt die Braut?«

»Die wartet oben«, sagte der Bräutigam, »und Zeit haben wir genügend. Vor uns muß noch ein Paar verheiratet werden, das die irgendwie vergessen haben.« Er schmunzelte. »Jetzt ist ihnen der ganze Zeitplan durcheinandergekommen.«

Gemessenen Schrittes, wie in Standesämtern und vor allem auch in Schlössern üblich, schritten wir die Treppe zum ersten Stock hinauf, und dort, umrahmt von Schwiegermutter und den Trauzeugen, stand Steffi und strahlte überhaupt nicht. »Der linke Schuh drückt!« flüsterte sie mir ins Ohr, als ich sie umarmte.

»Macht nichts, du kannst ja gleich sitzen!« wisperte ich zurück, bevor ich einen Schritt zurücktrat und sie von Kopf bis Fuß betrachtete. Doch, sie sah großartig aus. Ein bißchen fremd zwar, aber das lag wohl an der ungewohnten Frisur, bei der sich der Meister des Haarsprays etwas zu sehr verkünstelt hatte. Der Anzug saß perfekt, und was Steffi im Arm hielt, war ein Traum aus hellgelben, fast weißen Rosen, aus dem vereinzelte Blüten wie absichtslos herabfielen. Lissy hatte sich selbst übertroffen.

»Also ganz klar, neu ist alles, was du anhast, und alt das Taschentuch, das Mami aus der tiefsten Ecke ihrer Raritätenschublade gekramt hat«, konstatierte Katja. »Geborgt hast du dir die Anstecknadel auf dem Revers, die habe ich nämlich schon mal bei Margit gesehen, aber wo ist das Blaue?«

»Brüll doch nicht so!« Ein vorsichtiger Blick überzeugte Steffi, daß sich kein Mann in Hörweite befand, dann öffnete sie verstohlen den obersten Blusenknopf. »Es wird ja nirgends vorgeschrieben, daß man alles *sehen* muß.«

»Meine Güte, wie unerotisch!« kicherte Katja. »Ich dachte, am Hochzeitstag trägt man schwarze Spitzenunterwäsche oder so was in der Art, aber keinen blauen BH.«

»Es ist ja noch nicht aller Tage Abend«, sagte Steffi, hastig ihre Bluse zuknöpfend, denn ein Jüngling in dunklem Anzug verkündete, daß nunmehr das Brautpaar X und Y an der Reihe sei.

»Das sind ja wir!« rief Hannes erschrocken. Dann zupfte er ein letztesmal an seiner sowieso schon schiefsitzenden Schleife und baute sich neben Steffi auf. »Noch kannst du es dir überlegen!« flüsterte er.

»Du auch!« gab sie zurück. »Aber denk daran: Das Essen für zweiundzwanzig Personen müssen wir auf jeden Fall bezahlen!« Worauf Hannes schallend zu lachen anfing, seiner Braut einen flüchtigen Kuß auf die Nase drückte und Arm in Arm mit ihr durch die Tür ins Trauzimmer schritt.

»Kraft des mir verliehenen Amtes …«

Irgendwie ähneln sich diese Trauzimmer alle. Dominiert werden sie von einem großen Möbel, das trotz auf Hochglanz polierter Oberfläche und Blumenschmuck immer ein bißchen wie Schreibtisch aussieht. Jener Tisch, vor dem ich seinerzeit auf Rolfs Jawort gewartet hatte (weshalb werden eigentlich die Männer immer zuerst gefragt?), war mit dunkelgrünem Leder bezogen und rundherum mit akkurat 94 Messingknöpfen verziert gewesen. Ich weiß das deshalb so genau, weil ich sie immer wieder gezählt hatte: Fünfzehn an der Schmal- und zweiunddreißig an der Längsseite mal zwei ergibt wieviel? Richtig! Man mag daraus ersehen, wie sehr mich die Ansprache des Standesbeamten berührt hatte. Und Rolf erzählte später, der Beamte habe Kuhmist unter der linken Schuhsohle gehabt.

Vor dem Tisch stehen gepolsterte Lehnstühle – mindestens zwei, manchmal auch vier, wenn die Trauzeugen der Zeremonie hautnah beiwohnen sollen. Unsere mußten damals hinten bleiben. An der dem Schreibtisch gegenüberliegenden Wand befinden sich die Zuschauerplätze. Sie bestehen aus harten Stühlen und werden größtenteils von der Verwandtschaft belegt. In der Regel bleiben die meisten Sitzgelegenheiten frei, wenn nämlich die standesamtliche Trauung nur eine unerläßliche Formalität ist und der große Auftrieb erst am nächsten Tag in der Kirche stattfindet. Anders sieht es aus, sobald sich das Brautpaar auf die amtliche Zeremonie beschränkt. Nicht nur die Eltern, auch Onkel, Tanten, Paten und nicht zuletzt die Freunde wollen die entscheidenden Minuten miterleben (und genau aufpassen, ob nicht einer der beiden Ehekandidaten einen Sekundenbruchteil zögert, bevor er seine Freiheit endgültig aufgibt).

Gleich beim Betreten des Trauzimmers war uns klar, daß die Stühle niemals reichen würden. Getreu der Devise »Frauen und Kinder zuerst« durften die weiblichen Anwesenden die elf Plätze unter sich aufteilen, die übrigen bauten sich daneben und dahinter auf. Margit setzte mir noch schnell Nili auf den Schoß, bevor sie sich neben der Braut niederließ. Schorsch, nervös an seiner Krawatte zupfend, saß bereits neben dem nicht minder nervösen Bräutigam. Nun hatten wir anderen Muße und Gelegenheit, vier Rücken zu betrachten und vier verschiedene Frisuren von hinten zu vergleichen. Margit hatte die längsten Haare und Hannes die wenigsten.

Der Standesbeamte war ein im Dienst ergrauter Staatsdiener kurz vor der Pensionierung. Vielleicht hatte er sich aus diesem Grund keinen neuen schwarzen Dienstanzug mehr zugelegt (oder das Finanzamt hatte eine derartige Anschaffung nicht als steuermindernd anerkannt, weil man dunkle Anzüge ja auch privat tragen kann!) – jedenfalls war das gute Stück schon etwas aus der Mode und darüber hinaus viel zu warm. Schweißperlen glitzerten auf der Stirn des Mannes. »Wir sind hier zusammengekommen«, begann er, »um Helmut Burmeester und Karin Fritsche in den Bund der Ehe zu geben. Dieser Schritt ...«

»Das stimmt nicht!« sagte Hannes sofort.

»Was stimmt nicht?« Irritiert blickte der Mann in die vor ihm liegenden Papiere. »Sie wollen doch heiraten? Oder etwa nicht?«

»Das schon, aber kein Fräulein Fritsche.«

»Wieso? Ich verstehe nicht ...«

Jetzt griff Schorsch ein: »Es handelt sich bestimmt nur um eine Verwechslung. Wieviel Hochzeiten haben sie denn heute?«

»Noch drei«, sagte der Beamte, »aber ich begreife trotzdem nicht ... Herr Kuhn!« brüllte er plötzlich, worauf sich sofort die Tür zum Nebenraum öffnete und der Jüngling von vorhin auf der Schwelle stand. Mit ergebenem Blick hörte er sich an, was sein Vorgesetzter – jetzt nur mehr im Flüsterton – zu sagen hatte, nickte schuldbewußt und meinte: »Das ist nur wegen der vergessenen Trauung passiert. Ich habe mich nach der Uhrzeit gerichtet, und danach ist jetzt das Paar Burmeester/Fritsche dran. Wie heißen Sie denn?« wandte er sich an Hannes.

Der nannte seinen Namen, worauf Herr Kuhn enteilte und mit einer neuen Akte wiederkam. Er legte sie auf den Tisch und zog sich diskret zurück.

Nun hatte der Standesbeamte offenbar den Faden verloren. Oder vielleicht hatte er ja auch mehrere Ansprachen parat, jedenfalls begann er plötzlich mit der Aufzählung, wie oft jeder Mensch auf seinem Standesamt registriert werde, dreimal insgesamt, doch nur einmal käme er selber, und das sei anläßlich seiner Hochzeit. Die letzte Meldung dagegen, nämlich die seines Todes, müßten schon wieder andere vornehmen, aber mit dem Tode werde die Akte geschlossen, die bei der Geburt angelegt …

In dieser Tonart ging es weiter, bis Trudchen nach einigen Minuten unüberhörbar flüsterte: »Sind wir denn hier auf einer Beerdigung?«

Der Beamte zuckte zusammen und kam nun endlich zur Sache. »Sind Sie gewillt, Hans-Peter …« Da beide gewillt waren, dauerte es nur noch Sekunden, bis sie kraft des ihm verliehenen Amtes zum rechtmäßig verbundenen Ehepaar erklärt wurden. Hannes zückte seinen Füller, die Zuschauer scharrten schon mit den Stühlen, als der Beamte noch einmal um Ruhe bat. »Bevor das Brautpaar und seine beiden Trauzeugen die notwendigen Unterschriften leisten müssen, werde ich den genauen Wortlaut des in das Register einzutragenden Textes vorlesen.« Und dann fing er an: »Vor mir sind erschienen und haben sich durch ihre Reisepässe ausgewiesen der Großhandelskaufmann …« Erst kam das, was in jeder Geburtsurkunde steht, danach folgten die aktuelleren Daten, wobei Körpergröße, Autokennzeichen und das Datum der letzten Grippeschutzimpfung offenbar nicht bedeutsam genug waren, um amtlich festgehalten zu werden. Doch als wir schon aufatmeten, weil nun endlich alles gesagt zu sein schien, ging das ganze Spiel von vorne los, nur waren diesmal die Trauzeugen dran. »Desgleichen sind erschienen und haben sich ausgewiesen Herr Diplomingenieur Georg … hier steht bloß Dipl. Ing. und nichts weiter. Was für einer sind Sie denn?«

»Elektronik«, sagte Schorsch. »Ist denn das so wichtig?«

»Ordnung muß sein.« Der Herr Beamte griff zu Hannes'

Füller und ergänzte seine Aufzeichnungen, dann las er weiter.

Schon zweimal hatte Herr Kuhn durch die Tür gelinst, jetzt öffnete er sie zum drittenmal. »Entschuldigen Sie, aber wir sind weit über die Zeit. Draußen warten schon zwei andere Paare.«

»Wir sind gleich fertig. Wenn Sie jetzt bitte hier unterschreiben wollen ...«

Nachdem auch das geschehen war, hatte es der Beamte plötzlich eilig. Kaum hatte er dem frischgebackenen Ehepaar gratuliert, als er uns alle aufforderte, möglichst umgehend den Raum zu verlassen, damit die nächste Trauung beginnen könne.

»Und wann werde ich endlich die Ringe los?« Noch immer umklammerte Schorsch das Etui, das er bereits nach der Trauformel aus der Tasche gezogen, mehrmals auf- und wieder zugeklappt hatte und nun einsteckte, bevor es im Gewühl verlorengehen könnte. Das Ehepaar nebst Anhang drängte hinaus, ein Brautpaar nebst Anhang drängte hinein, und erst, nachdem wir uns auf dem Treppenabsatz zusammengefunden hatten, konnten wir den etwas zerrupft aussehenden Eheleuten gratulieren.

»Bloß raus hier!« Hannes wischte sich mit einer Hand die Schweißtropfen von der Stirn, mit der anderen öffnete er den obersten Hemdenknopf. »Noch ein paar Minuten länger, und ich wäre explodiert! Für alles gibt es Bücher mit passenden Texten, egal, ob man ein Schiff taufen muß oder seiner Erbtante zum achtzigsten Geburtstag gratulieren will, bloß an die armen Brautpaare, denen ein vertrottelter Standesbeamter Grabreden hält, hat noch niemand gedacht.« Er drehte sich zu mir um. »Kannst du da nicht mal was tun? Bei Abnahme von mindestens zwei Exemplaren pro Behörde ergäbe das bei einem Preis von sagen wir mal ... weiß jemand, wie viele Standesämter es in Deutschland gibt?«

Draußen war es brüllend heiß geworden. Jeder einzelne, der aus dem kühlen Schloß in die Mittagshitze trat, begann mit seinem ganz persönlichen Striptease. Die Männer zogen ihre Jacken aus, lockerten Krawatten und ganz verstohlen auch mal den Hosenbund, wir Frauen probierten aus, wie weit man eine Bluse aufknöpfen kann, ohne Anstoß zu erregen. Nur Margit hatte Pech, ihr schickes rotes Kleid hatte einen Reißverschluß. Auf dem Rücken!

Weit entfernt, also in ungefähr 60 – 70 Meter Luftlinie (bei über dreißig Grad zählt jeder Schritt dreifach!) stand eine uralte, dichtbelaubte Kastanie. Rustikale Bänke gruppierten sich um den dicken Stamm, und genau dort warteten Lissy, Lucky und Ludwig auf uns. Und mit ihnen die beiden großen Kühltaschen. Noch ein ganzes Stück von der schattenspendenden Oase entfernt hörten wir schon die Korken knallen, sahen den Sekt in die Kelche fließen und leckten uns die Lippen.

»Wer auch immer diese hervorragende Idee gehabt hat, man sollte seinen Namen in die Rinde ritzen!« sagte Sven, griff nach einem Glas und hätte es vermutlich in einem Zug hinuntergestürzt, wenn ihm Sascha nicht in den Arm gefallen wäre. »Warte wenigstens auf das Brautpaar!«

»Warum? Ich habe doch jetzt schon Durst!«

Auch Ludwig sah nicht gerade glücklich aus. Da hatte er nun so eine schöne Rede vorbereitet, sie größtenteils auswendig gelernt, und jetzt wollte sie keiner hören. Aber den Toast durfte er wenigstens ausbringen! Wir tranken auf das Glück, die Gesundheit und den eventuellen Nachwuchs des Brautpaars, und als Margit auch noch auf das neue Heim anstoßen wollte, fiel Lucky etwas ein. »Du, Hannes, da hat heute früh jemand von der Baugesellschaft angerufen und wollte wissen, wann die Badewanne kommt. Vorher könnten sie nämlich nicht tapezieren.«

»Und warum nicht?«

»Das habe ich auch gefragt«, sagte Lucky grinsend, »aber den Grund wirst du nie erraten!« Er trank einen Schluck und sah uns, die wir interessiert zuhörten, erwartungsvoll an. »Weil es doch so staubt.«

»Was soll stauben?« Auf Hannes' Stirn bildeten sich schon wieder Falten. »Die Badewanne? Hast du das Handy dabei?«

Lucky deutete auf die Bank, doch bevor Steffi zugreifen konnte, hatte Hannes den Apparat schon in der Hand. »Es dauert nur einen Augenblick, aber ich bin jetzt gerade in der richtigen Stimmung!«

Obwohl er einige Schritte zur Seite ging, hörten wir ihn wenig später mit verdächtig ruhiger Stimme sagen: »Würden Sie mir bitte erklären, weshalb nach Ihrer Ansicht erst meine Badewanne installiert werden muß, bevor die Maler das Schlafzimmer tapezieren können.«

Die Antwort bekamen wir natürlich nicht mit, doch sie kann nicht sehr überzeugend gewesen sein. »Ich habe mir im Laufe meines Lebens schon die idiotischsten Ausreden anhören müssen, aber Ihre übertrifft wirklich alles bisher Dagewesene. Glauben Sie denn, wir tragen die Wanne erst durch die ganze Wohnung? Wenn am Montag abend nicht sämtliche Tapeten an den Wänden kleben, könnte ich möglicherweise etwas laut werden!« Er reichte Lucky den Apparat zurück. »Entschuldigt bitte, aber bei so viel Dummheit in einem einzigen Kopf kriege ich die Krise! Jetzt ist die Badewanne schon wieder schuld, daß die Maler angeblich nicht weiterkommen.«

Nicht nur daran, dachte ich im stillen.

»Wer will noch was trinken?« Lissy winkte mit einer angebrochenen Flasche. »Die hier muß leer werden.«

»Ich kriege noch ein bißchen!« sagte Trudchen, ließ ihr Glas nachfüllen und kam zu mir. »Wo wir doch jetzt quasi verwandt sind, können wir auch du zueinander sagen. Ich heiße Gertrud! Prosit!« Unsere Gläser stießen aneinander, ich bekam rechts ein Küßchen und links eins, murmelte meinen Namen und hörte hinter meinem Rücken Hannes flüstern: »Mit Karl mußt du aber nicht!«

»Mit dem bin ich auch nicht so plötzlich verwandt geworden!« flüsterte ich zurück. Rolf ist der Verbrüderung übrigens entgangen; er hatte sich auf die Suche nach einem stillen Örtchen gemacht und sich dabei gründlich verlaufen. Verständlich, wenn man bedenkt, daß es so etwas in Schlössern nicht gegeben hatte – jedenfalls nicht in alten. Und nachträglich eingebaute Toiletten sind selten dort, wo man sie vermuten könnte. Deshalb ist Rolf ja auch auf keinem Hochzeitsbild zu sehen. Er war einfach verschwunden gewesen, und der Fotograf hatte nicht länger warten können, weil das nächste Brautpaar schon auf der Treppe gestanden hatte.

Drei Bilder mit Familie vor der Mauer mit dem Efeu, dann durften wir uns wieder aufknöpfen und zurück unter die Kastanie, während die Hauptpersonen des ganzen Spektakels mit frisch gebundener Fliege und in der Hitze vor sich hinwelkendem Brautstrauß die gewünschten Positionen einnahmen. »Schau mir in die Augen, Kleines«, vor dem Rosenspalier, seelenvoller Blick schräg nach rechts oben, im Hintergrund drei Meter bröckelnde Mauer, Hand in Hand mitten zwischen Gänseblümchen (ein Stück Wäscheleine mit Strampelhöschen war später auch auf den Bildern, wurde jedoch wegretuschiert), eine Aufnahme natürlich vor dem Schloßportal und zum Schluß noch ein Foto im Hochzeitsauto. Zu diesem Zweck mußte die Braut allerdings über die Tür hineinklettern, da der Bräutigam die Schlüssel bereits Schorsch ausgehändigt hatte.

An dieser Stelle sei gesagt, daß mir die Einzelheiten zu dieser Fotoserie nur deshalb bekannt sind, weil Sven mit der Videokamera hinterhergetrabt ist und all das gefilmt hat, was sich drumherum abgespielt hat. Von diesem Film sind später mehr Kopien bestellt worden als von den Fotos!

Endlich war auch dieser Programmpunkt abgehakt. Die Service-Brigade räumte eilends Flaschen und Gläser zusammen, denn das noch vorhin an der Firmentür angebrachte Schild HEUTE AUSNAHMSWEISE ERST AB 13 UHR GEÖFFNET erforderte den sofortigen Aufbruch der drei Mitarbeiter, und wir anderen begaben uns auf die Suche nach unseren Autos.

»Wir warten hier auf euch«, sagte Hannes. »Allein findet ihr das Restaurant sowieso nicht.«

Leichter gesagt, als getan! Brautwagen dürfen direkt vor dem Eingang parken, sie sind ja auch unschwer an ihrem Blumenschmuck zu erkennen, doch davor und dahinter herrscht absolutes Halteverbot. Was also tut man als nichtberechtigter Autofahrer? Man fährt so lange um den Pudding, bis sich auch der letzte Teilnehmer des vorgesehenen Konvois eingefunden hat. Jedesmal wenn ich wieder an dem roten Kabriolett mit seinen grinsenden Insassen vorbeifuhr, hatte sich die Schlange meiner Anhänger um einen weiteren Wagen verlängert, doch erst, als wir bereits die Aufmerksamkeit einer uniformierten Knöllchenkleberin erweckt hatten, trudelte Sven als letzter ein. Er war dann auch der erste, der irgendwo auf der Strecke verlorenging.

Nun erfordert es ja der Brauch, daß man laut hupend durch die Straßen fährt. Das ist schon im Winter, wenn die meisten Wagenfenster geschlossen sind, ziemlich nervtötend, doch im Sommer bei heruntergekurbelten Scheiben ist dieses Getute einfach eine Zumutung, und das nicht nur für die Insassen. Speziell Saschas Hupe gab recht eigenartige, irgendwie asthmatisch klingende Geräusche von sich, bis sie nach halber Fahrt endlich verröchelte.

Vor dem Restaurant sammelten wir uns erst wieder, bevor wir in geschlossener Formation einmarschierten. Außer dem Personal war allerdings niemand da, der diesen bühnenreifen Auftritt hätte würdigen können. Begrüßung, Gratulation, das obligatorische Glas Sekt auf Kosten des Hauses, sodann Besichtigung der Festtafel (mit echtem Blumenschmuck!) dito des Büfetts.

»Sieht gut aus!« stellte Sascha mit Kennerblick fest. Na ja, er mußte es ja wissen, schließlich hatte er in seinem früheren Leben in der gehobenen Gastronomie gearbeitet und gelegentlich unsere unvollkommenen Tischmanieren verbessert. Die Mädchen hatten doch tatsächlich nicht gewußt, wie man einen Hummer ißt (beziehungsweise das, was davon überhaupt eßbar ist!), während ich beim Zerteilen einer Forelle immer etwas falsch gemacht hatte. Ich weiß zwar nicht, *was*, doch ich muß zugeben, daß diese Prozedur bei ihm wesentlich eleganter ausgesehen hat!

Beim Anblick der so dekorativ aufgebauten Speisen lief mir das Wasser im Munde zusammen, andererseits verlieren Markklößchensuppe und Tournedos Rossini bei über dreißig Grad im Schatten ihren Reiz. Nach Prinzeßkartoffeln stand mir auch nicht der Sinn, doch es gab ja noch Töpfe mit nicht immer zu identifizierendem Inhalt. Das war seinerzeit in Kenia besser organisiert gewesen. *Afrikanische Nacht* hatte sich der Auftrieb genannt, wenn wir statt im Speisesaal unter freiem Himmel essen und uns das Menü selber zusammenstellen mußten. Vor jedem Topf und vor jeder Schüssel hatte ein Schild mit genauer Bezeichnung des Inhalts gestanden, im Prinzip eine gute Idee, nur wußte dann doch niemand, daß *viazi* Kartoffeln heißt und *mayai* Eier. Wer spricht schon Suaheli?

Nachdem ich mehrere Deckel angehoben und meistens eine Ladung Dampf ins Gesicht bekommen hatte, kam ich an eine Terrine mit grünlichem Inhalt, der mal nicht qualmte. »Sascha! Was ist das?«

Er warf einen Blick in den Topf. »Gazpacho.«

»Das weiß ich auch. Aber woraus besteht sie?«

»Woher soll ich das wissen? Vielleicht aus Spinat. Probier doch einfach mal.«

Das tat ich, stellte fest, daß sie nach Gurken schmeckte, und kalte Gurkensuppe ist nicht jedermanns Sache. Zumindest nicht meine.

Die Suppen hatte ich hinter mir gelassen, jetzt kamen die Salate, und die sahen allesamt sehr appetitlich aus. Außerdem standen sie größtenteils auf Eis. Das hatten die anderen Hungrigen aber auch schon mitgekriegt, und so kam es, daß innerhalb kürzester Zeit Salate und kalte Platten restlos geräumt waren, während fast alles, was auf Rechauds warm gehalten wurde, nahezu unberührt geblieben war. Gelindes Entsetzen bei Bräutigam und Wirt, kurze, jedoch lebhafte Debatte mit dem herbeigerufenen Koch, sodann neu ausbrechende Betriebsamkeit in der Küche. Die hatte in Anbetracht der geleisteten Vorarbeit und der zufrieden vor sich hinkauenden Gäste schon auf Sparflamme geschaltet. Wenig später neue Platten mit Spargel und was Drumrumgerolltem, neuer Aal (jetzt vermutlich die hintere Hälfte) in Aspik, frischer Waldorfsalat. Das auch schon ziemlich geplünderte Dessertbüfett wurde ebenfalls neu bestückt. Statt der vorher wunderschön dekorierten und bis auf einen kläglichen Rest abgetragenen Eisbombe kamen jetzt ganze Schüsseln mit Eis auf den Tisch, es gab frischen Obstsalat und frische Karamelcreme, doch als zum Schluß die Hochzeitstorte hereingebracht wurde, hörte man nur allgemeines Stöhnen. »Jetzt noch Kuchen? Ohne mich!« Oder: »Ist die etwa echt?« Sie wanderte zum späteren Verzehr zurück in den Kühlschrank, wurde prompt vergessen, und wenn sie nicht doch noch jemand verspeist oder wenigstens dem nächstgelegenen Seniorenheim gespendet hat, dann kühlt sie immer noch still vor sich hin.

Zu erwähnen seien auch die unerläßlichen Reden, die jeder, der sich dazu verpflichtet fühlte, natürlich schon vorbereitet hatte und trotzdem so tat, als sei er völlig überrascht und müsse nun improvisieren. Karl fing an. Da Hannes' Vater schon seit zwei Jahrzehnten nur mehr mit der Gießkanne besucht wurde, hatte Trudchen eine schöne Ansprache entworfen, die nun Karl zu Gehör brachte. Von »nicht Sohn verloren, sondern Tochter bekommen« war die Rede (das hörte ich hier nicht zum erstenmal!), und von »Firma nun schon der vierten Generation übergeben«, Glück, Erfolg und sonst noch so allerlei wurde gewünscht, und dann mußten wir die Gläser erheben und auf das Wohl des Brautpaares trinken.

Danach zog Rolf den Krawattenknoten wieder ein Stück höher, räusperte sich und stand auf. Auch er wünschte dem jungen Paar alles das, was man bei derartigen Gelegenheiten vorbringt, doch dann wandte er sich an Trudchen. Man solle nicht vergessen, daß sie quasi den Grundstein zu der heutigen Feier gelegt habe, denn ohne sie gäbe es ja keinen Hannes. Daß es ohne mich auch keine Stefanie gegeben hätte, war logisch und wohl deshalb nicht weiter erwähnenswert, aber wenigstens schloß der Toast, den Rolf ausbrachte, auch mich mit ein. »Und deshalb bitte ich alle, zusammen mit mir auf das Wohl der beiden Mütter zu trinken und mit ihnen zu hoffen, daß sie bald Großmütter sein werden.«

Wieder scharrten die Stühle, wieder wurde nach den Gläsern gegriffen, doch dann ertönte plötzlich Hannes' Stimme: »Auf die künftigen Omas! Aber wende dich diesbezüglich bitte an deine anderen Kinder, lieber Schwiegervater, du hast ja noch vier!«

»Aber keine verheirateten!«

»Apropros heiraten«, meldete sich Schorsch, »wollt ihr nicht doch mal eure Ringe haben?« Er stellte das Etui auf den Tisch, und dann endlich schob Hannes seiner Frau den Platinreif über den Finger. Umgekehrt gab es Schwierigkeiten, die damit endeten, daß der Ehemann seinen Ring ins Etui zurücksteckte mit dem Vorsatz, am Montag als erstes beim Juwelier vorzusprechen. »Verstehe ich gar nicht. Als wir die Ringe gekauft haben, hat meiner noch gepaßt. Ob er durch das Gravieren enger geworden ist?«

Nun hätte sich eigentlich noch der Bräutigam mit geziemenden Worten für die vielen guten Wünsche bedanken müssen, aber der dachte gar nicht daran. Er sei darauf nicht präpariert, sagte er, habe schon damals in der Schule keine Gedichte vortragen können, außerdem sei genug geredet worden, und mit Kaffeetassen könne man sowieso nicht anstoßen. Damit hatte er zweifellos recht, sie klingen nämlich nicht.

Müdigkeit machte sich breit. Das üppige Essen, die Getränke, dazu die Hitze ... irgend etwas mußte geschehen, sonst wäre in Kürze mit den ersten Schnarchern zu rechnen. Hatte nicht Trudchen erzählt, als schönste Beigabe ihres vorverlegten Ruhestandes empfände sie das tägliche Mittagsschläfchen? Vielleicht könnte man ein bißchen durch den Garten lustwandeln? Er schien ziemlich groß zu sein, sogar ein Bächlein mit zwei Enten drauf murmelte vor sich hin, nur lag die ganze Pracht in der prallen Sonne, und schon bei ihrem Anblick wurde mir sehr warm – nein, nicht nur ums Herz, sondern überall. Dann fiel mir aber doch noch etwas ein, womit man in diese träge herumhängende Gesellschaft wieder etwas Leben bringen könnte.

»Steffi, wann willst du eigentlich den Strauß werfen?«

»Muß das sein?« klang es wenig begeistert.

»Natürlich muß das sein!« sagte Hannes sofort. »Oder willst du dir die Rosen später als Trockengemüse übers Bett nageln?«

»Ich weiß ja, daß das nicht geht, da hängt immer noch der doofe Wimpel von 1860 München«, konterte sie. »Aber eins sage ich dir: In der neuen Wohnung verschwindet der Lappen, oder ich klebe mein Poster von Bob Marley daneben.«

Nachdem Sascha erzählt hatte, daß Vicky seinerzeit ihren Brautstrauß konserviert und dann in einer Vase hatte vor sich hintrocknen lassen, bis er beim geringsten Luftzug erst in Staubwolken verschwand und schließlich auch in solche zerfiel, war Steffi gewillt, sich von ihrem Bukett zu trennen.

Normalerweise geschieht das nach einem ganz bestimmten Ritual, und das wiederum kennen wir zur Genüge aus amerikanischen Filmen. Dort finden ja die meisten Hochzeiten zu Hause statt, besser gesagt, in dem dazugehörigen großen Garten, wo auf der riesigen Rasenfläche für die Gäste weiße Stühle und für die Braut ein Torbogen aufgestellt werden, durch den sie am Arm ihres Vaters (er natürlich im Cut!) zum Altar schreitet. Dort wartet der immer blendend aussehende Bräutigam (selbstverständlich im Cut), und dann kommt meistens der Kameraschwenk zu den Komparsen auf ihren Stühlen, bis er im Vordergrund bei der gerührt eine Träne abtupfenden Brautmutter endet. Zu bemerken wäre noch, daß bei solchen Hochzeiten grundsätzlich schönes Wetter herrscht.

Wie der Film dann weitergeht, hängt von seinem Tiefgang ab, doch unweigerlich kommt die Szene, in der die Braut – bereits umgezogen und jetzt in ein todschickes Kostüm gekleidet – oben auf der Treppe zum Garten steht (im Film finden Haustrauungen nie in Bungalows statt, die haben nämlich keine Treppen!) und ihren Strauß schwungvoll in die unten versammelte Menge wirft. Dabei fällt auf, daß diese Menge aus mindestens zwanzig Mädchen besteht, die ja gemäß ihrer Rolle alle unverheiratet sein müßten. Ich bin schon Gast auf diversen Hochzeiten gewesen, aber so viele ledige Frauen sind mir noch auf keiner untergekommen!

Hier bei uns waren es auch nur vier, die sich nebeneinander aufreihten, nämlich die Zwillinge, Trauzeugin Margit und nach längerem Zureden auch Nastassja, die behauptete, mit über dreißig schon viel zu alt zu sein. Hätte sie nichts gesagt, würde niemand sie für älter als fünfundzwanzig gehalten haben. Eine Treppe gab es natürlich nicht, nicht mal eine Stufe, und so blieb Steffi nichts anderes übrig als ein paar Schritte Abstand zu gewinnen, sich umzudrehen und den Strauß rückwärts über die Schulter zu werfen. Beim erstenmal blieb er an der Lampe hängen und beim zweiten, weniger kraftvollen Wurf kam er zu kurz und fiel Nicki genau vor die Füße. »Gilt das denn auch? Ich hab ihn ja nicht direkt gefangen.«

»Natürlich gilt das!« behauptete Sascha. »Du hast ihn aufgehoben!«

Ein lautes Aufatmen war zu hören. Es kam von Tom, der die ganze Zeit mit der Hand vor den Augen dagesessen und auf das Ende des Spektakels gewartet hatte. »Du bist ein richtiges Ekel!« giftete Katja, als sie sich wieder neben ihn setzte. »Mußt du deine Erleichterung so deutlich zeigen?«

Bevor sich Tom verteidigen konnte, hatte Trudchen schon das Wort ergriffen. »Und jetzt der Hochzeitstanz!« Sie gab dem Wirt einen Wink, und sofort erklangen die ersten Töne der schönen blauen Donau.

»Kommt nicht in Frage!« schrie Steffi entsetzt, und: »Ohne mich!« fiel Hannes ein. »Außerdem ist hier viel zuwenig Platz zum Tanzen!«

»Dem kann man ja abhelfen!« Ein paar Stühle wurden weggeräumt, zwei Tische zur Seite geschoben, und wenn der so gewonnene Platz auch jedem Profitänzer nur ein müdes Lächeln entlockt hätte, so müßte er für zwei blutige Amateure, um nicht zu sagen Anfänger, ausreichen. Steffi hatte mal beiläufig erzählt, Hannes und sie hätten sich bei einem Tanzkurs für Ehepaare angemeldet (»daß wir noch keins sind, sieht man uns ja nicht an, oder?«) und sogar die ersten Stunden durchgezogen, doch dann war Hannes durch einen Hexenschuß außer Gefecht gesetzt worden, in der folgenden Woche hatte sich Steffi beim Squash den Fuß verstaucht, und dann hatten die beiden auch auf die restlichen Unterrichtsstunden verzichtet. Übrigens ohne sonderliches Bedauern.

Die schöne blaue Donau hatte inzwischen Budapest erreicht, und noch immer weigerte sich das Brautpaar beharrlich, wenigstens ein paar Runden zu drehen. »Walzer hatten wir ja noch gar nicht!« jammerte Steffi. »Und überhaupt tritt Hannes mir immer auf die Füße. Ab Schuhgröße 44 sollte Tanzen verboten werden!«

Es half nichts, sie mußten trotzdem ran! Bevor Sven seine Kamera ausgegraben hatte, war die Donau am Schwarzen Meer angekommen und die Musik verstummt. Nur deshalb ist dieser unwiederbringliche Moment nicht festgehalten worden, als sich die beiden Tänzer nicht über die Richtung einigen konnten, erst mit den Köpfen und dann mit Tür zusammenstießen und zum Schluß beinahe auf dem Fußboden landeten, weil Hannes mit beiden Füßen auf Steffis Schuhen stand.

»Lachen kann jeder«, tadelte Trudchen. »Könnt ihr es denn auch besser machen?« Auffordernd sah sie uns der Reihe nach an. Darauf wollte es dann doch niemand ankommen lassen. Nicki hatte angeblich die falschen Schuhe an und Margit einen zu engen Rock, Sascha konnte nur das tanzen, was nach 1980 modern geworden war, Katja hatte ihren Bänderriß mit Gipsbein gehabt, als im Tanzkurs Walzer dran gewesen war, und Rolf als Tanzpartner ist eine Zumutung. Er kann nur Foxtrott, und nicht mal den richtig.

»Meine Güte, was seid ihr doch alle für lahme Enten!« sagte Trudchen, als die schöne blaue Donau zum zweitenmal ertönte und noch immer niemand bereit war, sich öffentlich zu blamieren. »Komm her, Karl, wir zeigen dem jungen Volk mal, wie man Walzer tanzt!«

Vergessen waren die gerade erst wieder zusammengewachsenen Rippen und die ladierte Bandscheibe, vergessen Rheuma und Rückenschmerzen – Karl und Gertrud walzten über das Parkett, daß es eine helle Freude war. Sie hielten sogar durch bis zum Schluß und ließen sich erst nach dem letzten Takt völlig außer Atem, aber triumphierend auf die Stühle sinken. Den Beifall sowie unsere wortreich geäußerte Bewunderung hatten sie sich wirklich verdient. Nach dieser imponierenden Vorführung hatte auch niemand mehr den Mut, es vielleicht doch mal selber zu versuchen.

Schon ein paarmal hatte Hannes verstohlen auf die Uhr gesehen und Steffis Blick gesucht, doch sie hatte es gar nicht bemerkt. Jetzt zupfte er sie am Ärmel. »Wenn wir uns noch umziehen wollen, müssen wir in spätestens einer Viertelstunde weg!« hörte ich ihn wispern. »Ich glaube, wir sollten allmählich das Ende der Party einläuten.«

»Wie sollen wir das denn machen? Wir können sie doch nicht einfach alle rausschmeißen!«

»Sind für subalterne Aufgaben nicht die Trauzeugen zuständig? Soll sich doch Schorsch darum kümmern.«

Dazu hatte der jedoch keine Zeit, weil er das Brautpaar erst nach Hause und dann zum Bahnhof fahren mußte, bevor er den Leihwagen wieder abgeben würde. Mit dem Problem konfrontiert, meinte dieser Gemütsmensch bloß: »Sagt einfach, ihr habt den Raum bloß bis halb vier mieten können, weil ab vier Uhr ein Klassentreffen vom Jahrgang '34 stattfindet. Oder auch '29, dann sind die alten Damen noch ein bißchen älter und brauchen viel Platz für Hütchen, Täschchen, Regenschirm. Zusammenrücken ginge also nicht. Außerdem wissen wir doch alle, daß ihr flittern wollt, und das tut man in der Regel allein.«

Wer den allgemeinen Aufbruch einläutete, weiß ich nicht mehr, aber er verlief geordnet und dauerte keine zehn Minuten. Offenbar war überall schon vorher abgeklärt worden, wer später den Wagen nach Hause fahren würde, und wie nicht anders zu erwarten, waren es ausnahmslos die Frauen. Rolf besteht in solchen Fällen auch immer auf Arbeitsteilung: Er fährt hin und ich zurück. Zweieinhalb Gläser Sekt innerhalb von vier Stunden auf der Grundlage eines kalorienreichen Essens und sonst bloß Mineralwasser mit Zitronenkernen drin sollte meine Fahrtüchtigkeit eigentlich nicht beeinträchtigt haben. Wir sind ja auch heil nach Hause gekommen!

Die große Abschiedsorgie begann. Küßchen hier und Küßchen da, augenzwinkernd vorgebrachte Anspielungen, flapsige Bemerkungen, Gekicher, Gelächter ... milde betrachtet von einem vorbeikommenden Ehepaar. »Guck mal, Paul«, sagte der weibliche Teil, »eine Hochzeit. Wie klug von dem Mädchen, in einem Alter zu heiraten, wo sie noch nicht weiß, was für eine Dummheit sie da macht.«

»Dabei ist sie so eine hübsche Braut«, erwiderte Paul und streifte Nicki, die den eroberten Strauß in der Hand hielt, mit einem wohlwollenden Blick.

Erneutes Gelächter, das erst endete, nachdem die richtige Braut im Wagen saß. Hannes hatte gerade neben ihr Platz genommen, als plötzlich Hagelkörner auf die beiden herunterprasselten. Bei näherer Betrachtung entpuppten sie sich zwar als Reis, aber der war viel unangenehmer, weil beständiger. Schnee schmilzt bekanntlich.

»Seid ihr denn wahnsinnig geworden!« brüllte Schorsch, der gar nichts abgekriegt hatte. »Wo soll ich denn einen Staubsauger hernehmen? Ich kann das Auto doch nicht in diesem Zustand abliefern!«

»Wieso Staubsauger?« Trudchen guckte böse. »Den Reis werdet ihr schön aufsammeln und verbrauchen. Vor dem Kochen muß er doch sowieso gewaschen werden!«

»Bin ich Aschenputtel?« schimpfte Schorsch, die Körner vom Fahrersitz wischend. »Dazu haben wir doch sowieso keine Zeit mehr. Wer war überhaupt das Rindvieh, das auf diese idiotische Idee gekommen ist?«

»Kein Rindvieh, ein Nashorn!« sagte Margit und hielt Nili in die Höhe.

»Man sollte dieses Vieh endgültig ersäufen!«

»Nützt nix, es kann schwimmen.« Extra für die Hochzeit hatte Nili lange Hosen bekommen sowie ein Jeanshemd in Babygröße 62, hatte mit an der Tafel sitzen dürfen und äußerte jetzt den durch Margit ausgesprochenen Wunsch, das Brautpaar auf seinem Kurztrip zu begleiten.

»Wir haben lediglich ein Doppelzimmer gebucht und nicht auch noch den ganzen Swimmingpool!« sagte Hannes, schmiß das lila Stofftier aus dem Wagen und forderte Schorsch auf, endlich loszufahren.

»Nicht, bevor ich nicht weiß, wie ich die Reisplantage aus dem Auto kriege!«

»Mit dem Staubsauger natürlich.« Steffi drückte ihn zurück auf den Sitz. »Wir lassen dir den Schlüssel zu unserer Wohnung da, dort findest du nicht nur einen Hoover, sondern auch noch dreißig Meter Verlängerungskabel! Die reichen bis zur Straße. Und jetzt tritt endlich aufs Gas, sonst verpassen wir doch noch den Zug!«

Wir winkten dem Wagen hinterher, bis er um die Ecke bog, dann sammelte Margit ihr Nilpferd aus dem Staub und stellte aufatmend fest: »Na also, meine Idee war doch gar nicht so schlecht!« Sie sah uns, die wir verständnislos um sie herumstanden, lachend an. »Irgendwie mußten wir doch an den Wohnungsschlüssel herankommen! Da ist uns das mit dem Reis eingefallen.«

»Wer ist denn *wir?*« fragte ich.

»Na, Schorsch und ich, und ich finde, er hat seine Rolle nur ein ganz kleines bißchen übertrieben.«

»Also war das alles eine abgekartete Sache? Was habt ihr denn überhaupt vor?«

»So genau wissen wir das noch nicht«, kicherte sie, »aber ungeschoren kommen uns die beiden nicht davon! Die Sache damals mit Nilis angeblicher Geburtstagsfeier ist nämlich noch nicht verjährt!«

Richtig, die Pizzaschachteln, die vielen leeren Sektflaschen und die getürkten Rechnungen.

Wie zu erwarten, waren die Meinungen über das geplante, jedoch noch nicht genau zu definierende Vorhaben geteilt. Trudchen war generell dagegen, Karl meinte, solange nichts kaputtginge, solle man die Freunde doch gewähren lassen, und das restliche Jungvolk beschloß sofort, sich an der Aktion zu beteiligen. Außer Sascha natürlich, der mit der Weisheit des fortgeschrittenen Alters auf seine anderthalb Köpfe kleinere Nastassja herabblickte und beruhigend meinte: »Laß sie doch! Sie werden bestimmt keine Gelegenheit haben, ähnliche Spielchen auch mit uns zu treiben.«

Nanu, was sollte denn das heißen? Es klang so merkwürdig prophetisch, so, als würde uns die nächste Hochzeit schon ins Haus stehen. Als sich die beiden verabschiedeten, weil sie noch vor dem einsetzenden Wochenendverkehr die Autobahn erreichen wollten, stellte Sascha ihren baldigen Besuch in Aussicht. »Leider hatten wir kaum Gelegenheit zum Reden, und überhaupt solltet ihr Nastassja näher kennenlernen können. Und sie euch! Aber wenn es geht, nicht wieder alle auf einem Haufen!« Sprach's, öffnete seiner immer noch reichlich schüchternen Begleiterin die Beifahrertür, war ihr beim Einsteigen behilflich, schloß die Tür wieder, setzte sich hinters Steuer, winkte noch einmal und schoß mit einem Kavalierstart davon.

»Flegel!« sagte Rolf, den aufgewirbelten Staub von seinen Hosenbeinen reibend, bevor er mich zweifelnd ansah. »Was hältst du denn von seiner Blondine?«

»Woher soll ich das wissen? Ich habe ja kaum drei Sätze mit

ihr gewechselt. Aber sie ist hübsch und bis über beide Ohren in Sascha verliebt. Sie himmelt ihn doch regelrecht an.«

»Siehst du, eine kluge Frau lernt eben beizeiten, ihren Mann zu bewundern!«

Es war genau zehn Minuten nach sieben Uhr morgens, als am darauffolgenden Montag das Telefon klingelte. Steffi war am Apparat. »Sag mal, hast du was davon gewußt?«

Nun ist es sowieso schon eine Zumutung, zu dieser unchristlichen Zeit irgendwo anzurufen, doch dann auch noch nebulöse Fragen zu stellen, ist schlichtweg eine Frechheit. Jahrzehntelang war ich in diesem Haushalt als erste aufgestanden, um unwillige Kinder aus den Betten zu scheuchen, Schulbrote zu schmieren, Suppenteller mit Cornflakes zu füllen, die vorbeigepladderte Milch wegzuwischen, Turnschuhe, unterschriebene Elternabendeinladungen und verbummeltes Strickzeug vom Handarbeitsunterricht zusammenzusuchen und zwischendurch immer wieder endlose Streitereien zu schlichten. Jetzt konnte ich endlich selber entscheiden, ob ich überhaupt, und wenn ja, *wann* ich aufstehen wollte. Und nun wagte es tatsächlich jemand, mich im Morgengrauen mit unverschämt munterer Stimme zu fragen, ob ich »was davon gewußt« hätte.

»Kannst du nicht erst mal guten Morgen sagen?«

»Tschuldigung, aber ich bin wie üblich schon seit sechs Uhr auf und habe bereits eine wenig ergiebige Unterhaltung mit unserem Bauleiter hinter mir. Den habe ich übrigens auch aus dem Bett geholt. Aber deshalb rufe ich ja gar nicht an. Ich wollte bloß wissen, *wer* an dieser netten kleinen Überraschung beteiligt gewesen ist.«

»Woher soll ich das wissen? Ich weiß ja nicht mal, wovon du redest.« Richtig munter war ich noch immer nicht, aber zumindest fiel mir wieder ein, daß ich meine Tochter seit der Hochzeit nicht mehr gesprochen hatte. »War's schön? Wo seid ihr denn überhaupt gewesen?«

»In Baden-Baden, aber das ist doch jetzt nebensächlich. Ich will wissen, wem wir den arbeitsintensiven Ausklang unseres Flitterwochenendes zu verdanken haben.«

Jetzt endlich wurde mir klar, wovon sie eigentlich redete. »Mißtrauisch bin ich schon geworden, als uns Frau Schleitz gefragt hat, ob wir in unserer Wohnung einen Wintergarten hätten«, fuhr Steffi fort, »denn vier Personen mit Gießkannen ...«

»Wer ist Frau Schleitz?« unterbrach ich sie.

»Die wohnt unter uns. Wir haben sie vor dem Haus getroffen, als wir gerade aus dem Taxi gestiegen waren. Jedenfalls meinte sie, wenn vier Leute mit großen Gießkannen anrücken, nur um die Balkonblümchen zu bewässern, dann sei das schon etwas merkwürdig.«

»Und was haben sie wirklich begossen?«

»Nicht be-, sondern vollgegossen!« schimpfte Steffi, wobei sie das Lachen aber doch nicht ganz unterdrücken konnte. »Angefangen hatte es ja schon vor der Wohnungstür. Da hing nämlich ein Fläschchen mit Baldrian. Daneben ein Zettel, auf dem so was Ähnliches stand wie: ›Einmal kriegen wir euch doch! Nehmt lieber ein paar Tropfen, Ihr werdet sie brauchen!‹ Wir haben dann ganz vorsichtig aufgeschlossen und im Flur Licht gemacht, aber da war alles in Ordnung. Das dicke Ende kam ja auch erst!« Sie holte tief Luft. »Gezählt haben wir sie nicht, aber es müssen insgesamt sechs- bis siebenhundert Pappbecher voll Wasser gewesen sein, die in jedem Zimmer aufgereiht standen. Auch das wäre noch nicht so schlimm gewesen, wenn diese Spaßvögel nicht vorher alle größeren Behälter, in die man Wasser hätte schütten können, auf den Balkon gestellt hätten. Sogar den Mülleimer und die Blumenübertöpfe. Wir mußten uns erst einen Weg zur Balkontür freikippen, um an die Eimer heranzukommen. Kannst du dir das vorstellen? In jeder Hand zwei volle Pappbecher, und dann ab ins Bad zum Waschbecken, der einzigen Möglichkeit, das Wasser loszuwerden!«

»Wie spät war's denn da?«

»Irgendwo zwischen elf und Mitternacht. Im Bett gelegen haben wir sowieso erst gegen zwei, denn während der ganzen Planscherei ist natürlich einiges danebengegangen. Bei dieser Gelegenheit habe ich auch festgestellt, daß Hannes nicht nur weiß, wo er Schrubber und Scheuerlappen findet, sondern sogar damit umgehen kann!«

»Und diese Erkenntnis ist dir erst jetzt gekommen? Ihr lebt doch schon seit fast einem Jahr zusammen.«

»Das schon, aber du vergißt unsere Frau Kellermann! Die hat doch Hannes bereits vor dreißig Jahren heimlich die Hosen geflickt, wenn er mal wieder einen Dreiangel reingerissen hatte und seine Mutter das nicht wissen durfte. Frau Kellermann würde nie zulassen, daß ihr Goldjunge so etwas Unmännliches tun müßte wie Fußboden wischen oder Fenster putzen. Und da sie mich durchaus richtig einschätzt und ahnt, daß ich ihn ohne Gewissensbisse zu solch subalternen Arbeiten verdonnern würde, sorgt sie dafür, daß es erst gar nicht soweit kommt. Früher kam sie einmal pro Woche, jetzt ist sie jeden dritten Tag da. Und sie wäre garantiert auch gestern nacht aufgekreuzt, wenn sie gewußt hätte, was hier los war.« Sie kicherte. »Im nachhinein hört sich das alles ja ganz ulkig an, aber noch vor ein paar Stunden hätte ich jedem den Hals umgedreht, der in meine Nähe gekommen wäre. – Weißt du wirklich nicht, wer die Wassermänner gewesen sind? Außer Schorsch natürlich.«

Wider besseres Wissen behauptete ich, von nichts eine Ahnung zu haben, was genaugenommen aber nur zur Hälfte geschwindelt war. Alle hatten mitmachen wollen, übriggeblieben waren anscheinend nur vier, doch wer die gewesen sind, wußte ich nun wirklich nicht.

»Na gut, ich werd's bestimmt irgendwann rauskriegen, aber die Betreffenden können sich schon heute freuen! Auch sie werden ja mal heiraten! – By the way: Die nächste Hochzeit ist sowieso schon programmiert.«

Mit einemmal war ich hellwach. Bekanntlich erfahren Geschwister die wichtigsten Neuigkeiten oft noch vor den Eltern. »Wer heiratet? Doch nicht Sascha?«

»Nein, aber Karl und Trudchen. Und das nach fast zehn Jahren wilder Ehe!« Ihr mokantes Grinsen konnte ich direkt vor mir sehen. »Lohnt sich der Aufwand dann überhaupt noch? Andere Paare lassen sich nach solcher Zeitspanne schon wieder scheiden!«

»Das kann dir doch nun wirklich egal sein!«

»Ist es aber nicht. Hannes und ich sollen nämlich Trauzeugen werden. Und weißt du, wann? Im Januar, und zwar auf Jamaica!!!«

QUELLENVERZEICHNIS